撩表心意

上

红九 著

北京燕山出版社
BEIJING YANSHAN PRESS

图书在版编目（CIP）数据

撩表心意 / 红九著. -- 北京：北京燕山出版社，
2019.12

ISBN 978-7-5402-5504-6

Ⅰ.①撩… Ⅱ.①红… Ⅲ.①言情小说－中国－当代
Ⅳ.①I247.5

中国版本图书馆CIP数据核字(2019)第295638号

撩表心意

著　　者：　红　九
责任编辑：　王　迪
特邀策划：　号　号　李姣姣
排版设计：　46　西　少
封面插图：　视觉中国
出版发行：　北京燕山出版社有限公司
地　　址：　北京市丰台区东铁营苇子坑路138号
邮政编码：　100078
发行电话：　（010）65240430
印　　刷：　嘉业印刷（天津）有限公司　（022）59656080
开　　本：　880mm×1230mm　1/32
印　　张：　26.5
字　　数：　810千字
版　　次：　2020年4月第1版
印　　次：　2020年4月第1次印刷
书　　号：　ISBN 978-7-5402-5504-6
定　　价：　69.9元（全2册）

目

录

contents

第一章

优越感男生

十一月的冷风一吹起来，谷妙语立刻感受到老天爷长出了手，在把她的头发使劲往天上拽。她张开手臂企图给脑袋拢出一片安静天地，努力保护自己的丸子头。那可是她举着胳膊对着镜子整整盘弄了两个小时的伟大成果，她这辈子还没这么精心打扮过。

拐过风口，风终于小了。

谷妙语赶紧拿出手机对着屏幕审视自己，看她是不是被吹成了梅超风，瞪眼一看，倒有点意外。风一吹，给她吹出了些碎发，倒让她的丸子头看着更妩媚更俏皮了些，居然还挺好看的。

真是笑对人生就人生处处有惊喜啊。

谷妙语一激动差点拐回风口再吹吹。

看看时间，虽有富余但不足以被浪费，她选择继续向神圣的五道口名校进发。

今天在那所高等学府的某个礼堂里，有一场关于室内设计方面的交流分享会，到场的设计师中有一个叫陶星宇的人。

那是谷妙语放在心尖上仰慕了快三年的男人。

因为这个男人，室内设计专业的谷妙语大学一毕业就义无反顾地闯来北京，一头扎进北漂大军里，和从五道口名校法学院毕业后留在北京工作的发小楚千淼，一起合租房子落了脚。

冲冲撞撞了快三年，她终于把助理设计师的"助理"二字给摘掉了。

今天是谷妙语来到北京后第一次迈进五道口名校，她对这所学校深怀着敬畏之心。

迈进名校后她的第一个念头是：风再大，也没有这个学校大。

她走了好久，却像根本没走一样，后不见来路，前不见去途。每向前走一步，自信心就瑟缩着向后闪躲一点。

看看人家这校园，从校东头到校西头，中途不上个厕所，体内所积蓄的水都得叫人憋死。

看看人家校园里的这些男生女生，单拎出哪一个来那都叫学霸。再看看自己……三线城市的二流本科毕业，学渣一个。

谷妙语悲切地甩头，不能再想下去了，再想下去她就没办法笑对人生了。

本来今天的交流分享会楚千淼说好陪她一起来给她壮胆的，毕竟楚千淼是这所学校法学院毕业的高材生，地头蛇，熟悉地形。可偏偏一大早一通电话后，楚千淼小律师就被合作方券商投行部的神经病保代抓去一起加班了。

"大周末的加班，还让不让人活了？气死我了！咱家刀呢？拿来给我，我去剁了让我加班的那个王八蛋！"楚千淼一身杀气地出了门。

谷妙语只好一个人蒙头蒙脑地闯来五道口。

手机响起来，来电显示是楚千淼。

"喂？"谷妙语有点没好气地接通，说，"我问你，你们学校没事整这么大干什么？"

楚千淼的冷哼混着嗤笑一起透过话筒传来："可能是为了累死你吧。"顿了顿，她调整语气，说，"等下我给你发个地址，是个男生宿舍楼，你赶紧过去。我交代我一个嫡亲学弟让他带你去礼堂，省得你迷路。"又顿了顿，她做出重要补充，

"我学弟说给我从家乡带土特产了，炖汤贼好喝，正好你俩见面时做个交接把土特产带回来，顺便晚上给我炖锅汤补补，周末加班可真累。"

谷妙语："楚千淼，这么多年你的脸就没停止过生长！"

她在楚千淼前一句话里刚兴起的感动，刹那就熄灭在交接土特产和炖汤任务里。

挂了电话，楚千淼把学弟的宿舍地址以及联系方式用短信发了过来。

谷妙语捏着手机走到学弟宿舍楼下，发信息告诉他交接人已就位，可以下楼传递爱的土特产了。

学弟马上把电话回过来，声音里充满山呼海啸的歉意："妙语小姐姐吧？对不住对不住！你再稍等等我下成吗？我正在我们老师这儿讨论毕设的课题，马上就好了！等下我就过去带你到礼堂！"

谷妙语表示："学弟你要是有事就忙你的好了，我自己去找礼堂没问题的。"

学弟立刻吱哇大叫："别别！楚学姐交代的事我办不好她会宰了我的！妙语姐姐，求你再等我一会儿，请务必让我亲自带你过去！你要是觉得冷，我们宿舍楼旁边那条路左走再右走再左走再右走有个咖啡厅，你可以到里面等我一会儿！"

谷妙语听到咖啡厅的路线后当场决定放弃那个位置，她就站在宿舍楼前等好了。

左走再右走再左走再右走，那不就是原地吗？呵呵。

为了参加今天的分享会，谷妙语出门前把活了二十四年半的臭美细胞全激活起来，给自己着实好好打扮了一番。她上身穿着粉色及膝的羊绒大衣，从大衣下摆里伸出两条细直的小腿，脚上是一双半高跟的皮鞋。为了腿型更苗条更好看，她在她人生的二十四个冬天里第一次背叛了秋裤。

她用两个小时拆拆卷卷给自己梳了个丸子头，在脸上很用心地上了淡妆，特别努力地把嘴唇涂得粉粉润润。

这一通收拾后她整个人看下来，除了赏心悦目还带着点学生气，一点不像已经工作了快三年的社会人。

从宿舍楼门口走出一群男生，打打闹闹的，其中一个人手里的易拉罐掉在地上，咔啦一声。

谷妙语循着声音扭头看过去，男生们也迎着她的脸看过来，有两人还凑在一起窃窃私语地笑了一声。

男生们经过谷妙语时，都忍不住往她脸上多看了两眼。其中有个胆子大的，干脆过来搭讪："同学，是找人吗？需要帮忙吗？对了你是哪个专业的啊？可以和我交换个联系方式吗？"

谷妙语在被搭讪中飞快做了个决定：以后梳一辈子丸子头吧，招小男生的桃花运呢。

这搭讪来得有点突然，没等谷妙语给出回复，那男生已经被同伴们一把扯走。

"邵爷出来了，还闹，赶紧走了！"

他们走开前还笑嘻嘻地往谷妙语身后看了看。

少爷？谷妙语蒙蒙地回头瞧了下，从宿舍楼门口正走出来一个男生。

是个挺高、挺好看的男生。

那男生出了门口，扭头看到谷妙语后，就笔直地朝她走过来，站定在谷妙语面前。

谷妙语仰头看了看面前的少年郎。

个子真高，一米八是挡不住了。戴着黑框眼镜，穿着圆领黑毛衣，毛衣里面是白衬衫领口，每一颗扣子都严丝合缝地系着，过分的遮挡闭合反而要激起人的窥探欲，很有点禁欲范。

谷妙语不由想，年轻真好啊，随便穿点什么都可以帅得不讲理。

那男生低头看着她，审视过她精心打扮的妆容后，皱了皱眉，突然开口——

"同学。"

声音很磁性，像开了低音炮。

谷妙语恍神了一秒，回头看看，没有其他人。他确实是在和她讲话。

"你就是一直在半夜给我发短信的人吧？"

低音炮又出了声。

他把眼镜摘下来，变成毫无阻隔地看着谷妙语。

谷妙语被他又密又长的睫毛分了一秒钟神，这样的睫毛长在男人眼睛上，让女人上哪儿说理去。

"约你出来是想和你说清一些话。抱歉同学，你……"男生扇动着他的睫毛上下打量一下谷妙语的容貌仪表，"嗯……挺好的，但我并不打算谈恋爱，所以请别再半夜给我发信息了。你这样会吵到我和我的室友们，让我们很困扰。"

谷妙语听到这儿，有点目瞪口呆。

"这位同学，我想你是认错人了吧？"谷妙语好脾气地提出可能性。

男生撇撇嘴角，扯出的表情似笑非笑。

"如果这样能让你有个台阶下，那就当我认错人了吧。"

这一刻谷妙语觉得有点来气，这浓浓的优越感迎面扑来直拍在脸上，真叫人想去买菜刀。

谷妙语心说大人才不跟还没毕业的小崽子一般见识呢，她翻了个白眼背过身向旁边走开几大步。

她听到"优越感"的脚步声向着回宿舍楼的方向响起来。

她身旁不远的地方有个垃圾箱，她用纸巾泄愤地擤掉被冻出来的鼻涕，走过去把纸巾用力丢进垃圾箱，然后站在垃圾箱旁边低头给学弟发短信。

因为没穿秋裤，她有点冷，整个人有点抖，哆哆嗦嗦地端着手机打字，问学弟大概还需要多久能接头。

短信刚编辑完还没发，她耳边"嗖"的一道风穿过，那风裹挟着一个物体，极速和她擦耳而过，"咚"的一声落进她旁边的垃圾箱里。

在"嗖"和"咚"之间，谷妙语哆哆嗦嗦的手一个不稳，手机"啪"的一声掉在冰冷坚硬的水泥地上，屏幕一丝犹豫都没有地立即炸裂了。

谷妙语深呼吸，连续默念三遍笑对人生后，终于压制住想骂街的冲动。她思考了一下到底发生了什么事——有人在她身后，对着那群男生掉在地上的那个易拉罐来了个一脚抽射，让它蹿进了垃圾箱。而这脚抽射并没有把万一踢偏会误伤到她的可能性考虑在内。

谷妙语转身回头，这周围除了"优越感"再没有别人了。他正站在那儿，双手插在牛仔裤口袋里，长腿从黑毛衣下摆支出来分了半步的叉，站出一副又冷淡又悠然的样子，丝毫不觉得自己刚刚作了恶。

谷妙语好气啊，对方却一副云淡风轻不以为然的样子。

"抱歉，没有注意到你站在那里。手机钱我可以赔给你，但前提是以后不要再在半夜骚扰我了。"

谷妙语这回真的不高兴了，默念十遍笑对人生她都笑不出来。

"这位同学，你要是真嫌钱多扎手，不如多给自己买点氟哌啶醇吃！"

谷妙语使劲用鸡汤为自己洗刷坏情绪。不要跟没素质的人一般见识，你有底线他没有，越计较越吃亏。被狗咬总不能再去咬狗一口吧，不管谁咬谁到最后还不都得是你自己去打狂犬疫苗？

这么想完谷妙语弯腰捞起手机尸体，视优越感小崽子如空气——有雾霾的那种毒空气，她嫌弃至极地扭身就走。

身后也有脚步声，向相反的方向响起，还伴随着一点若隐若现的咕哝声，有人正把氟哌啶醇几个字放在唇齿间琢磨着。

谷妙语在心里发出一声解气的冷笑，就怕你记不住这四个字呢。

这一瞬她深刻地感受到，半大毛头小子真是太烦人了，一身作天作地的优越感，等进了社会有他们受的，还是陶星宇那样的成熟男人好、稳重、俊朗、有内涵。

她边走边摆弄手机，企图重新编辑一条短信告诉学弟，时间快来不及了，她得先去分享会，就不等他了。可惜手机一点反应都没有，它除了屏幕炸了，原来里面的机芯也被摔得提前寿终正寝。

谷妙语简直要疯。

她想有生之年如果她倒霉，要是再遇到那个急需补充氟哌啶醇的小子，她一定要摆脱所有鸡汤的束缚，一定要超凶地讲脏话给他，一定！

谷妙语握着不能开机的手机，左转再右转再左转再右转找到了那间咖啡厅，买了杯咖啡，顺便把自己使劲笑成一朵装嫩的花，跟服务生借了手机用。

好在她能背出来楚千森的手机号。

电话一接通，她立刻争分夺秒地说："我路上倒霉手机摔坏了，现在联系不上你学弟，你跟他说一声，分享会快来不及了，我不等他了！"

楚千淼立刻在电话那边炸了："你等等，周书奇那小犊子到现在还没和你会师吗？他居然敢这么怠慢你！这学弟不能要了！"

谷妙语赶紧说："没有怠慢，他说在跟老师讨论毕设的问题，忙正事呢，你别发脾气。"

楚千淼火爆开喷："大周末的讨论什么毕设，他就是逮着机会黏糊他们老师呢，他老师是个美丽熟女，这小子就喜欢黏糊比自己大的女人。行，他这么怠慢你，回头我就告诉他想来我们律所实习这事黄了！"

楚千淼的声带爆发力极强，谷妙语挂掉电话好一会儿耳朵眼里还在嗡嗡。

她带着一嘴的"谢谢"还了手机给服务生，顺便又仔细地问了开分享会的礼堂位置后，急急忙忙地向目的地进发。

这学校实在大，谷妙语终于找对地方时差点累哭了。

分享会已经开始，陶星宇就坐在台上。他穿着浅灰色的西装，上身挺得笔直，下身长腿屈起，怎么看怎么儒雅俊朗。

台下的海报上有关于他的介绍语——陶星宇，星宇设计工作室创始人，作品涵盖酒店、会所、豪宅别墅、高档公寓、高级写字楼等，设计作品获得多项国内外大奖。

谷妙语听着台上陶星宇一开口说话，立刻觉得幸福到发晕。她想这世上怎么会有这么迷人的男人，才三十岁就已经为自己在事业上打下一片江山。

分享会全程谷妙语都不可抑制地陷入花痴状态，分享会一结束，听到主持人对着话筒喷出爆破音说"朋友们再见"的时候，她像听到冲锋号一样立刻起身，奋力向台前冲。

可惜听到冲锋号的人不只她一个，她来得晚，坐在后面，起始距离的不利造成她赶到台前时，正好有几个人把她阻隔在一圈人墙外。

谷妙语想想自己付出的漫长化妆时间，想想一路上那扫脸的风，想想为了来到这儿遭遇了精神病少年的代价，把心一横，拱着旁边一个人的肩膀努力往里挤。

今天说什么都要和陶星宇说句话，不能白来！

好不容易挤到陶星宇面前，谷妙语争分夺秒向陶星宇发问："陶老师您好，您曾经到我们学校做过讲座，我负责接待您，您还记得我吗？我听了您的鼓励，毕业之后勇敢地来闯北京了！"

"那挺好。"陶星宇礼貌而抱歉地笑笑，微微透着迷惘的眼神表示他并不记得面前这个人和她说的事。

谷妙语有点失落，但不气馁。全国像她这样受到鼓励来北京的女孩子一定还有很多，陶星宇不记得很多中的其中一个倒也正常。

"陶老师，请问您可以……"

她的后半段话被淹没在一个大嗓门里。

"陶老师、陶老师，这边！我们得赶紧去机场，时间快来不及了！"

陶星宇对围着他的几个人一一说了抱歉，谷妙语很失落他对自己说抱歉时，和对别人说抱歉的表情没什么两样。

看来她今天还是打扮得不够好看。

陶星宇就这么急匆匆地走了，没来得及听清她想说的后半句话是什么——陶老师，请问您可以再帮我写一句鼓励我的话吗？北京的日子真不好混，请您再鼓励鼓励我吧。

谷妙语一路惆怅地回了家，途中她去了趟手机修理店，确认手机确实已经寿终正寝无力回天后，她咬牙切齿地到菜市场买了根大萝卜。

楚千淼要喝汤，晚上就炖萝卜汤吧，败火泄气。

楚千淼加班到很晚才回家，一进屋就掏给谷妙语一部八成新的手机。

"喏，拿去用。"

谷妙语接过手机问："你捡的？"

楚千淼喷她："滚！要是我有'你缺啥我能捡啥'这本事，我先给你捡点心眼回来！"

楚千淼告诉谷妙语，手机是坏蛋保代任炎的哥们儿的。下午他们加班，任炎的哥们儿去找任炎谈事，正好听到谷妙语打电话过来说手机摔成尸体了，他立刻二话不说硬塞给楚千淼一部旧手机，整个人兴高采烈极了："千淼你说巧不巧，我刚好在西单买完新手机过来的，天意啊！拿去用拿去用，别客气，你不用我顺手就要扔了。"

谷妙语惊呆了："坏蛋任炎他哥们儿，名字叫雷锋吧！"

楚千淼说："你别说，他还真姓雷，不过他名字是另一个伟人。他叫雷振梓。"

谷妙语正在胃里消化的萝卜汤差点反刍喷出来。

等楚千淼吃完饭喝完汤，谷妙语拿出一千块钱拍给她。

"帮我交给雷振梓大仙，我刚刚在网上估了一下二手手机行情，这手机大概一千块。你干妈我亲妈说了，不能白拿别人东西，占便宜是要坏掉好运气的。"

楚千淼抹抹嘴，把钱揣兜了。

"你说巧不巧，我下午刚好给了雷振梓一千块钱。"

谷妙语一下就感动了。楚千淼知道她工资低，不想她出钱，又不想凭白占人家便宜，于是自己私下把钱垫上了。

谷妙语感动得狠声狠气的："楚千淼，我怎么那么烦你，你这是要让我心甘情愿给你做一辈子饭啊！"

周书奇一直到傍晚才提着没交接出去的土特产回宿舍。他的宿舍比较特殊，是个混寝，他和另外一个人是法学院的，其余两人是经管学院学金融的，大家都读大四，到了明年夏天全得毕业滚蛋。

周书奇回来时，只有邵远在，其他两人都在外实习，基本不怎么回宿舍。

周书奇一看到邵远就一秒入戏哭丧起了脸开始诉苦。

"阿远啊我完了，学姐她抛弃了我，不让我去她们律所实习了，因为我放了她发小鸽子，答应给她带的土特产没交接出去！"

邵远摘下眼镜，捏捏鼻梁。黑墨般的眉宇，浓密的长睫毛，高挺的鼻梁，白皙的皮肤，优雅修长的手指，淡漠禁欲的气质，这一切合在一起组成了一个叫

"邵远"的俊美少年郎。

周书奇看着这位美少年就有点来气。

"都说岁月如刀,你就不能被岁月割得丑一点吗?"

邵远冲他抬抬下巴,一副助人为乐不收钱的高尚样子。

"你要嫌特产占地方给我也行,我帮你吃了。"

周书奇心道,长得好看有什么用,不要脸起来都一样挺烦人。

周书奇忽然想起什么,赶紧问邵远:"对了,你今天和那人见面了吗?"

"谁?"

"就那个老在半夜用文艺诗歌发短信骚扰你,进而间接骚扰到我们整个集体的神秘少女啊!"

邵远点点头:"嗯,见了。"

周书奇一脸来劲,急急忙忙问:"长得怎么样?"

邵远想了想白天看到的那女生的样子,很显小的圆脸,鼻子很挺,皮肤很白,大眼睛,薄薄的双眼皮,睫毛挺长但不一定能PK过自己。总体来说唇红齿白,蛮水灵的。

他说:"还行。"

周书奇立刻拖出一道怪声:"哟喂!真难得,您邵远邵爷都说还行,那其实就是漂亮了!"

邵远似笑非笑地呵了一声,拿起眼镜布擦眼镜。

"看得出,她精心打扮过,化妆品功不可没。"

听了这话周书奇啧啧地叹:"我知道你那毒舌底下还压了半句话没说,'谁晓得卸妆之后什么样'。啧啧,冰碴心肝的男人啊,怜香惜玉这个词你可能一辈子都不会写。"

周书奇一边吐槽一边抽出一袋土特产甩给邵远:"喏,羊肚菌,让你家厨子炖汤给你喝,补补你那副刻薄的肝肠!"

邵远上身稳定地保持着擦眼镜的状态,下身在瞬息中搞了个花样出来。他抬腿脚尖一挑,一个倒钩,羊肚菌准准地落在他身后的敞口储物箱里。

"谢了。"

周书奇喷气:"你不要帅能死啊？"顿了顿，改了八卦的语气问，"哎，你跟那女生说清楚之后，她什么反应啊？"

邵远:"她推荐我吃氟哌啶醇。"

周书奇一脸蒙:"那是啥玩意？"

邵远放下眼镜布把眼镜架回鼻梁，镜片挡住了他眼底的神色，他白天回到宿舍后特意查了一下那是啥玩意。

"治疗精神分裂症和狂妄症的处方药。"

周书奇呆滞两秒钟后，释放出爆笑。

"哈哈哈哈！敢情这是位博学的奇女子啊！她这算因爱生恨吗？阿远啊，这女生很有趣呀，要不然你就试试看，跟她处处？"

楚千淼喝完汤开始在客厅加班，谷妙语陪着她坐在沙发上看最新一期的室内设计杂志，看了一会儿她就困得嘀里当啷的。

她白天让风扫了，冬天的风扫了谁，谁都爱脸烫发困。他合上杂志要去睡觉，被楚千淼一个脚绊子拦住。

"你是猪吗？这么早就睡！"

谷妙语不乐意了:"十一点多了大姐！你当我也是干投行的大牲口呢？"

楚千淼笑嘻嘻地拦她:"等会再睡，我今天特别珍惜我俩的友谊，你再陪我聊会天。"

谷妙语非常了解楚千淼的尿性，直接问道:"有话直说啊，别整事。智慧的我要是没猜错的话，你干妈我亲妈又让你给我张罗你身边的小青年了吧？"

楚千淼邪里邪气地一笑。

"今天见了你男神之后怎么样？还是拒绝我干妈给你安排相亲活动吗？"

谷妙语看到茶几上有个苹果，顺手捞过来，咔哧咔哧啃上去，嘴上那狠劲像在发泄着不得出路的愤怒一样。

"当然！陶星宇一天不结婚，我一天不相亲！我等他！"

楚千森抢过她的苹果，翻个面从背面开始啃，含含糊糊地问："你等他什么？"

"等他认识我！"

楚千森把还没来得及咽下去的苹果一口喷了出去。

"想让他认识你光等有什么用！你跳槽到他的工作室去啊！"

谷妙语夺回苹果："我也得跳得进去才行啊，他工作室接的设计项目都那么高大上，而我连拿得出手的设计案例都还没有。我毕业的学校不硬，起跑线先输了一大截，而且我现在就是个菜鸟设计师，能设计好几套民居不错了，我目前上班的这个装饰公司给我的锻炼机会又不多。唉，算了，等我再强大一些吧，我就带着我的作品去应聘！"

楚千森语重心长："谷子，其实你有你自己的独特天赋，你记忆力好，画图快，精确度高，还很有想法，不过你总是缺了那么点自信。"

谷妙语啃着苹果握拳头："我知道啊，这不是天天用鸡汤补着自信吗，天生我材必有用，是金子总会发光，没有人生来就会成功，谷妙语加油！"

楚千森一边翻白眼一边在心里把天平的砝码扒向干妈的旨意："谷鸡汤，其实你一边等一边相亲也挺好。"

谷妙语很认真地横她一眼："你可拉倒吧！我心里装着陶星宇，然后去和别的男人相亲，那我不是在给陶星宇戴绿帽子吗？"

楚千森抢过苹果，边咬边冷笑："今天的氟哌啶醇吃了吗？你妄想给陶星宇戴绿帽子的病好像又严重了。"

听到药名谷妙语眼睛一亮："我今天第一次想谢谢你天天拿这药损我，我白天把这药无私奉献给一个有病青年了。"

楚千森啃着苹果问怎么回事，谷妙语一边说你大嘴能不能小点口咬，给我留点，一边把白天的遭遇讲了一遍。

楚千森听完就拍大腿："怼得好！有进步！我真怕你该吵架的时候又拿出什么做个好人生活会更美好的鸡汤去泼人，像我一样生气的时候就做个泼妇，多好！"

"但我依然认为做个好人生活会更美好。"谷妙语认真地说。

"滚！"楚千森喷她，"等回头我问问学弟，这自以为是优越感爆棚的病态青年是哪级哪专业的，我找机会损损他替你报仇。"

谷妙语特别开心："你嘴这么损一定能让我大仇得报！"

楚千森骄傲地把苹果核扔进垃圾桶，抹干净嘴巴后，她忽然意识到一件事情——

"苹果洗了吧？"

谷妙语的眼神开始放空："你要是洗过，那就是洗过了……"

楚千森的面容渐渐扭曲："说点鸡汤吧，告诉我，苹果没洗吃下去人不会死！"

谷妙语："别怕，黄泉路上你不孤独，苹果我也吃了……"

"我还是先送你去死吧！"

一大早周书奇顶着黑眼圈，哭唧唧地问邵远："你不是说你已经跟那女生说明白了吗，怎么她半夜还骚扰我们啊！她是有软件吗？你拉黑一个号还能有另外一个号继续！好可怕，怪不得知道那药名，她自己平时就在吃吧！"

邵远心里也烦躁纳闷。因为父亲心脏不太好，他的手机不能调成静音，怕万一半夜有什么情况不能及时接收到，可这却造成了有人半夜对自己和室友产生骚扰的充分条件。邵远被心底的一点小烦躁驱使着，踢了一脚周书奇的鞋，那只鞋准确无误地落进纸篓里。

周书奇心道，他的鞋犯了什么错？

邵远皱眉回想着昨天那女生的态度，她昨天被戳破拒绝以后明明那么气愤不屑，可到了半夜她的行为偏偏又背叛了她白天的态度。想了想，他给昨晚的骚扰号码发了第二条信息——之前他发的第一条信息是他实在受不了了，和那女生约了时间地点面谈，意图有什么事大家当面讲清。显然面谈并没有奏效。

他发过去第二条短信内容："同学，昨天见面的时候我已经很明确地和你说了，我没打算谈恋爱，所以请不要再半夜不停变换号码发信息给我了，你再这样我会报警的。"

大概过了一分钟，手机响了一声，那女生给他回信息了。

"你确定不会跟任何人谈恋爱吗？"

邵远心里很反感和不耐烦，但为了求得未来长久的宁静，他压下这股反感和不耐烦。

"确定。"他动了动手指，发出了与骚扰者之间的第三条信息。

这两个字像一个开关，按下了骚扰模式的关闭键。神奇的事情发生了，邵远终于不再接收到骚扰信息。

可算睡了两天好觉的周书奇一大早就心情好好地一边哼歌一边用胶带封箱子。

邵远不堪魔音灌耳，打断他："别再唱了，再唱隔壁会以为我在打你。"

周书奇停止了歌声，不吝于和邵远分享自己的幸福和喜悦。

"你猜我干吗呢？"知道邵远不会猜，他飞快地进入自问自答模式，"我给学姐封羊肚菌呢，等下我就给她快递过去！昨天她主动给我打电话了，这意味着她不生我气了。等我一说给她邮羊肚菌，她更高兴了，告诉我依然可以去他们律所实习！"

邵远推推眼镜，冷酷地以问点评："你学姐这么物质？"

周书奇立刻横眉立目："我不准你这么说她！她一点都不物质！她有一个谁都比不了的火爆而有趣的灵魂！"

邵远面无表情地发动毒舌："而你有一个受虐的体质，愿意被火爆的灵魂虐。你这种行为用一个字总结的话，就叫贱。"

周书奇不乐意地反驳："去你的，人家才不贱好吗？"封好箱子，往旁边一放，他对邵远说，"我不打算考研了，我就去学姐那里实习，等毕业差不多就能留在那儿。我的邵爷，你呢，怎么打算？"

邵远搓搓一身的鸡皮疙瘩，说："我也先找个地方实习。"

"投行吗？投行的话，我可以让学姐帮你介绍，她现在正跟投行的人一起做一个IPO项目。"周书奇说到这儿顿了顿，语调一转，"不对，依你爸你妈的人脉他们中任何一个人闭着眼都能给你弄进顶级投行实习，我净跟着瞎操心。"

邵远往椅背上一靠："我打算去实习的地方，还真不是投行。"

"那你去哪儿？"周书奇无比好奇地问。

"一个你想爆头也想不到的地方。"

晚上吃完饭，谷妙语和楚千淼双双瘫在沙发上进行饭后聊天活动。

楚千淼首先对谷妙语的晚餐手艺展开了激情澎湃的夸奖。

谷妙语叹气："唉，明明知道你夸我是为了让我明天接着给你做饭，可是怎么办，我好吃你这一套哦！"

楚千淼说："你要是再去给我洗个苹果，我能一直夸你到明天早上！"

谷妙语二话不说就起身去洗苹果了，为了听表扬，这点事她还做不到吗？

回来之后，两个人一边瘫在沙发上啃苹果一边聊天。

谷妙语被苹果这个媒介引发了前天晚上的记忆，问楚千淼："你打听到病态青年是哪级哪专业的了吗？"

楚千淼遗憾地一拍大腿："别提了，我昨天打电话问我学弟来着，问他认不认识他们宿舍楼里一个特装特自以为是优越感爆棚的男生，结果他跟我说，他们楼除了谦逊的他，哪个男生都很符合这三个特征，所以他无从考证这人到底是谁。"

谷妙语赶紧问："我那天听见有人叫他少爷，这个特征你也跟学弟说了吗？"

楚千淼点头："说了，但学弟说这特征更笼统了，谁心里还没住着个小少爷啊？他说他们楼里从来就不缺少爷，特别是自以为是的那种。"

谷妙语叹口气。

楚千淼问她："报仇无门憋屈了？"

谷妙语摇头："不是为这个。"她又叹口气，苹果都吃不出甜味了，"快年底了，我们公司每组都要冲装修的签单业绩，然后根据业绩实行末位淘汰。这么关键的时刻，我们组的销售今天却辞职了。"

楚千淼有点着急："那怎么办啊？"

谷妙语说："我们经理倒是说再给我们这组招一个。"

说到这儿谷妙语一声长叹："可是我们门店秦经理那么抠，他肯定又是招实习生，等人家干完三个月他就说人家实习不合格不给转正，然后再重新招实习生，这样就省了交社保和公积金，真是谁都没有他鸡贼！"

谷妙语说到这儿有点激动地直拍沙发扶手："公司已经发展到一定规模了，可从总公司到下边门店，那些管理者对这个行业对公司的认知却还像当年开小作坊那么肤浅，认为销售嘛，长张好嘴能说会道能把所有材料都往环保无醛上靠就行了，用不着什么太专业的技能。设计师嘛，会在电脑软件上画一画能唬住顾客也就够用了，设计师的真正价值不在于设计，而在于装修旺季时能冲到前方当销售用。"

楚千淼也一脸愤然："你们经理可真不是东西，拿实习生不当根葱，拿设计师不当瓣蒜，就拿钱当钱。"她掀开笔记本电脑，调出工作文档，叹一声，"说起来我们合作券商的保代任炎更不是个东西，他拿自己手下当牲口用不说，手还伸特长，把我用得也跟大牲口似的！"

谷妙语觉得最近从楚千淼嘴里听到"任炎"两个字的频率有点高，从楚千淼的各种吐槽总结来看，任炎似乎是个坏蛋，是个很转、大部分时间在面瘫小部分时间在坏笑、说起话来很会挖苦人、很能抓人加班的大坏蛋。

谷妙语也掀开笔记本电脑，调出北五环快要竣工验收的楼盘户型图开始研究。

"知足吧你！在我们组补齐人员配置之前，我得糟心得连大牲口都不如。"

两个女孩排排坐在沙发上，捧着各自的电脑，忙着各自的事情。她们忙碌的思维、手指敲键盘的响动、疲倦却不言放弃的努力点缀着这个城市的夜空。

这个城市从不缺少奋斗者，总有人前赴后继地拥进它的领地，它有时缺少的只是一点信念、坚持和期待。很多人来了这里又走，都是因为他们在奋斗的苦味中渐渐磨没了期待的能力。

忙了一会儿，楚千淼抻抻胳膊掰掰手指，边休息边对谷妙语说："我们来期待一下你的新组员吧！你猜会是男的女的？我猜是男的，男的好，不是小狼狗就是小奶狗！"

谷妙语从屏幕前抬起脑袋："不管是狼是奶，能沦落到秦烦人手里找工作的，那都是一只小倒霉狗。"

楚千淼纠正她:"落你们经理手里找工作,那只是个过场,说到底人最后是落到你手里的!"

谷妙语邪邪一笑:"我不期待别人落我手里,我期待有一天我能落在陶星宇手里,任他蹂躏!"

其实大三的暑假,邵远就在投行实习过了,对那个领域他不再好奇,眼下令他好奇的是家叫砺行装饰的公司。

出于一些目的,他决定到这家公司里待一阵子。

他在网上给这家公司投了简历,很快就接到了人事部门打来的电话,对方告诉他,他的意向岗位设计师助理现在并不缺人,假如他能考虑市场拓展这个职位的话,第二天就可以到公司面试,如果经理满意,当天就可以入职。

邵远问了下市场拓展主要负责什么,对方给他解说了一大堆高大上的文字描述,但邵远总结了一下这些好听的废话,其实就两个字:销售。

他想这到底是家怎样的公司,业绩很好,签单率在装饰行业内非常高,可入职门槛却低得可以,简直来者不拒,当天面试当天入职,简单的一个销售职位都要用如此虚荣的文字描述进行包装,所以在这公司里工作的人,想必作风也都会有一些浮夸吧?

第二天,邵远捏着改造后的简历到了砺行装饰,正好经理在,看过他的简历,直接拍板他可以即刻入职。

经理告诉他,会把他分配给一个叫谷妙语的设计师那一组。

妙语? 邵远想,这名字有一点好听。

很快这位设计师过来认领他了。

见到她的那一瞬间,他忘了她的名字,只记起了一个四个字的药名。

早上刚到公司不久,谷妙语就接到人事的电话。

人事告诉她:"是啊昨天我们部门又加班到九点多。先不说这些了,妙语啊,秦经理在这里呢,刚帮你招了个市场拓展,赶紧过来领人吧!"

谷妙语听电话的时候直掐自己大腿才憋回去那句"谁问你加没加班了",人事这个戏精,又争分夺秒地在经理面前给自己加戏了。

去领人的路上谷妙语想,这本事她怎么就学不会呢?她要是学会了,工资早就涨一番了。等进了人事办公室,一抬眼见到她要领的人,她顿时惊了,瞬间忘记了羡慕别人的演戏技能,脑子里只回荡起三个字:什么鬼?

她要不要这么倒霉?

谷妙语和邵远对视着两相无语。

经理站到他们视线的中心点上,向谷妙语歪歪头:"这是我给你新招的销售,叫邵远,好好带。"又向邵远歪歪头:"这是你们组的设计师谷妙语,别看年轻,可是已经工作快三年的小姐姐了,以后你们好好合作!"

谷妙语看着邵远,目光里刺探出只有他们两个人能察觉的警惕。

他一个顶级名校的学生,居然跑到这间业绩虽好但职能混乱的装饰公司来应聘销售?他是把自己学校那块金字招牌看得多谦虚……

邵远承接着谷妙语的警惕审视,回以不以为然的平静,原来她不是学生,已经工作近三年了。他马上意识到自己犯了一个错误——那天认错人了。

要不要澄清一下,道个歉呢?这样想的时候,他忽然接收到谷妙语的一记眼神。

那眼神像刀一样,刀刃上闪着杀气的光。

他听到谷妙语故意问经理:"秦经理,这位邵远同学是哪个学校哪个专业毕业的啊?"

他感受到了她话里那一点故意当面传送给他的不怀好意。澄清和道歉恐怕得先放一放,眼下要紧的是见她的招拆她的招。

谷妙语觉得秦经理绝对不会招一个五道口名校的学生来做销售,他请不起,所以她飞快地想了一下,推断这位优越感爆棚到病态的同学,有可能投了份假简历。

为了验证这个假设,她故意问经理他是哪个学校哪个专业的。

秦经理一拍巴掌:"这小伙子可厉害了!虽然他读的学校是二本,但人家是双学位，除了美术还学了金融。人家本来是奔着设计师岗位来的，但决定先从市场拓展开始历练。谷妙语你得加油啊，别让小伙子明年毕业以后直接抢了你设计师的饭碗！"

谷妙语拖着长音复述了一下那所二本院校的校名，秦经理听了她的声调忍不住抢白她："怎么，你瞧不起他的学校啊？你读的那所还不如他的呢！"

谷妙语盯住邵远的脸，说："是啊，我和这位同学就读的学校，那真是差得天上地上的，一比就跟五道口名校和成人电大一样！"五道口名校几个字她发音咬得有点重。

经理听得一头雾水："这都什么乱七八糟的比喻？"

那始终淡漠没反应的男生终于不再又冷又淡地看她了，他忽然对她微微一行礼，说："谷老师，以后还请多多关照。"

经理在这个行礼后欣慰地抬脚走了，撂下一句"都好好干"，于是谷妙语发现这男生成功地岔开了她的五道口名校比喻。

谷妙语没把邵远直接带回工作区，她把他带到了茶水休息区。

刚好没有其他人，谷妙语一转身，对峙地站在邵远面前，开门见山地问："你说你是二本的大四学生？"

邵远点头点得从从容容。

谷妙语气乐了："那我在五道口大学遇到的那个人是你的双胞胎兄弟了？"

邵远脸上没什么表情，平静而淡然地看着谷妙语脸上大展大现的表情纹理，有点嫌弃地想他之前的预感还真没错，在这公司里工作的人的确画风浮夸。

他没怎么张嘴，用那副自带低音炮的声音懒懒散散地哼了声："嗯。"

谷妙语怔了怔，他这是在说他确实有个双胞胎兄弟？

谷妙语看着眼前的男生，仔细看，眼前的人和那天的人倒真是有点不一样。

搭在额前的头发立了起来，黑框眼镜变成了金丝边眼镜，黑毛衣牛仔裤变成一身浅黑色西装，看起来更加人模人样。眼镜的金丝边和西装上衣里系得密密实实的白衬衫领口，勾勒出一副很禁欲又很衣冠禽兽的气质——闭嘴站在那儿保持静止的样子很禁欲，一张嘴一动仿佛下一秒就要抬手去扯领口解纽扣变成禽兽。

这个年纪的雄性生物可真是不得了，这是他们最血脉偾张的年纪，介于少年人的尾声和成年人的开端，青涩与成熟都有一点，同时有着两种属性的诱惑。有点奶狗，有点狼狗。有时会有点可爱，但更多时是非常可恶。

邵远推了推眼镜的金丝边，问看着自己有点怔的谷妙语："现在可以带我去熟悉我的工作环境了吗，谷老师？"

谷妙语在思绪混乱中越发有点拿不准那天见到的人是不是另一个叫邵不远或者邵近的人，于是有点蒙地说："你等等！那什么……前两天你双胞胎兄弟认错人不承认不说，还间接�了我一部手机，你不替他道个歉吗？"

邵远嘴角带着一丝抑制的笑："好，那我替他道个歉，手机我也替他赔给你。"

谷妙语在那丝笑里更加混乱了。他会笑，确实和那天的男孩不是一个感觉……

她陷进自己挖的坑里，真的有点相信这个叫邵远的人有个双胞胎兄弟叫邵不远或者邵近。

他们是不同的。

一个黑框眼镜，一个金丝边眼镜。

一个重点大学，一个二本院校。

一个冷漠面瘫，一个却会笑。

她混乱地带着邵远出了休息区，往工作区走。她在前，他在后。

忽然身后发来一声轻响，随后一个纸团从她身侧直射向前面五米远放置在墙角处的废纸篓，眨眼间，纸团在低空完成极速滑行，干脆漂亮地从纸篓中心落进去。

这脚抽射！谷妙语一下就从混乱的意识大坑中爬出来了。

"你还说你不是，你有个双胞胎兄弟？"她猛回身怒瞪住邵远，"那天的人明明就是你吧！"

邵远嘴角又起了一丝揶揄的笑意。

刚确定吗？这位姐姐未免也太傻了一点吧。

第二章

两看两相厌

谷妙语在心里默数了三个数，让自己冷静下来。

她看着面对自己的质问一派悠然自得的男生，和他嘴角噙着的那抹看戏般的笑，明白自己不能激动，越激动他越当她是个好戏看。

旁边有三三两两的同事路过，谷妙语不想在人前和邵远掰扯——新组员来的第一天就跟他闹不和，这事要是传出去隔壁组恐怕要高兴坏了。

"跟我来！"她压低声音对邵远说，把他带到了办公区外一个堆放杂物的无人角落。

"说吧，为什么骗人？"

邵远的眼神透过金丝边眼镜射出来，射向谷妙语的脸。这女人，不，还是叫她女孩吧，她的长相可真不适合生气，圆脸蛋是用来展现可爱的，这样的脸型怎么做凶狠的样子都差了一点气势。她现在一定觉得自己超凶的，可是在他看来却一点威慑力都没有。

他开了口，声音里不自觉带上了嘲弄的意味："谷老师，刚刚似乎是你自己帮我骗了你。"

谷妙语一时语塞，噎了噎，她换了下一个问题。

"所以你做了一份假简历，改了一所假的就读院校混进来，到底打算干什么？"

这个问题问完，谷妙语脑子里在一秒钟内忽然闪现了一个念头，她的舌头被这个念头驱使，让一句话跑在她的感官意识前头直接脱了口："你不是什么商业间谍之类的吧？"

邵远嗤一声笑了："谷老师，前辈小姐姐，我觉得你的想象力过于丰富了，为了给大脑解解压，这回我建议你自己吃点氟哌啶醇。"说完就转身走出杂物区。

谷妙语的感官意识到达大脑，轰的一下，她觉得自己脑袋里的每一根毛细血管都炸开了，血全涌到了脸上。她愤愤地抠着指甲盖旁边的手皮，恨不得把那欠揍的小子一撕两半，他那破嘴巴怎么就那么不吃亏！

谷妙语告诉自己，不管遇到什么样的奇葩，都应该笑对人生。

她整理好情绪，走出杂物区，领着邵远回了工作区。再烦他，该做的工作还是要做的。

她带着邵远熟悉工作环境，给他介绍同事们，向他讲解他今后的工作内容。一切交代完毕，谷妙语让邵远找个空位子坐下，丢给他一堆公司资料让他熟悉公司组织结构、企业文化、公司在哪些区有分店、业务已经覆盖哪几个省市等。

"尽快熟悉，尽快投入工作状态，年底了，我们组得抓紧提高装修的签单业绩。你主要负责的工作内容，是想办法多拉有装修意向的顾客过来，至于怎么留住顾客，是我的事。"

邵远低头看材料，一侧脸颊总是有被人用视线穿透的感觉。他轻叹口气，抬起头，果然，谷妙语在一直盯着他，用一种仿佛能切割钢铁的激光一样的眼神。

他回视谷妙语的激光眼神，压低声音说："你放心，我来这里不是想搞破坏，我只是想了解这个行业的一些事情。我如果填了我本来的学校，多半就进不来了，所以只能改造一下我的简历。"顿了顿，他忽然撇撇嘴，笑了一下。

那一笑让他终于符合他的年纪，变回了一个阳光青春的少年。

"小姐姐，别盯了，你快对眼了。"

谷妙语眯了眯眼，开了口："你打粉底了吧？能分享一下色号吗？"

邵远："……"

原来她这么会给自己找台阶下，下台阶的时候还能顺便怼怼他，可真是个人才。

午休期间，谷妙语本着人道主义精神，本来打算指点一下邵远去哪里找午饭吃，不过她去了趟卫生间的工夫，邵远人就不见了。

谷妙语索性不操那份心了，出去买了份土豆粉回来吃。

吃完土豆粉她开始啃苹果。她和楚千淼对苹果这种水果从小就有执念，因为小时候幼儿园阿姨告诉她们吃苹果能长个子，她俩从此就特别爱吃苹果。

吃到十八岁那一年她一米六五点五楚千淼一米六五。这是她从小到大唯一一件赢过楚千淼的事，以零点五公分极微弱的优势。为了巩固这点优势，她从此更加坚持每天吃苹果。

她一边啃苹果一边低头对着手机上偷拍到的陶星宇照片发花痴，视线里办公桌面上突然出现了两根手指。

那两根手指咚咚敲了两下桌子。

谷妙语在向上抬头的一秒钟里想着那两根手指长得可真标致，匀称白皙又修长，敲桌子敲得跟跳手指舞一样。等抬头看到邵远的脸，她立刻收回一秒前的感想……不就两根鸡爪子吗？

"你有事吗？"她挑着眉问站在办公位前的邵远，边问边用手拢住手机屏幕，遮住陶星宇的照片不让自己心头的春光外泄。

邵远没说话，她桌面上多出一部手机。

造型特别不起眼，甚至是丑，看不出是什么牌子。

谷妙语嫌弃地皱眉："几个意思？"

邵远把手插在裤子口袋里。谷妙语不得不承认，这不讨人喜欢的小子长了一副讨人喜欢的身架子，他这个动作从现在开始应该能耍帅到他六十岁都奏效。

"不是害你摔坏一部手机吗？赔给你一部。"

谷妙语又去看看手机，确实挺丑的，不太想要……

"能折现吗？"她提出诉求。

邵远："不能。"

"那你在哪儿买的，有发票吗？我去退。我原来的手机四千块，用了半年多，我吃点亏多折旧点就按两千五算吧。你这手机呢……看起来不像值两千五。这样吧，要是退回的钱不够两千五，你再把差价补给我好了。"

邵远挑了挑眉，眼角一抹似笑非笑闪烁在金丝边眼镜后。

"不可能不够。不过我没发票，你到实体店估计退不了钱。你要实在想折现就拿到网上卖吧。"

谷妙语嫌弃地看着手机，沉吟了一下，决定收下。丑就丑吧，总比没有强。

她忽然抬头问邵远："怎么，想一机泯恩仇，让我别告发你简历造假？"

"我索性赌一下，你不会去告发的。"邵远淡淡一笑，笃定地说。

晚上谷妙语瘫在沙发上，向楚千淼哀号，自己遇到鬼了，一个倒霉鬼。

楚千淼问她出了什么事，她无限悲怆地讲述了自己的新组员居然是那个有病青年，楚千淼发出三连震。

"不会吧，你们这么有孽缘？"

"等等不是吧，他那学历到你们公司只是去做销售？"

"这回知道他叫什么名字了！用我帮你去喷他吗？"

谷妙语瘫在沙发上有气无力地哀号："一定是我心灵鸡汤看得还不够，所以才不能化解掉他这道乌烟瘴气！你说他怎么会到我们公司实习呢？"她把邵远简历造假的事讲给楚千淼听。

楚千淼听完问她："那你决定告发他吗？"

谷妙语想想说："当一个人能容纳丑恶的时候，她才是真正懂得了光明的意义。光，就是要在包容中让黑暗与丑恶自惭形秽无所遁形。"

楚千淼从沙发上站起来，抬脚踹她："把你这段谷式鸡汤赶紧给我翻译成人话！"

谷妙语边躲边求饶："好好好别踢！我的意思是，我决定先不告发他，我要先弄清他葫芦里到底卖的什么药，再决定怎么做，反正给他发工资也不是用我的钱。我这片光明等着弄清楚一切后再把他这片黑暗照射得无处遁形！在此之前光明的我决定暂且包容一下这个丑恶的倒霉孩子。"

楚千森摇头直叹："你的鸡汤真是离人话越来越远了。"

临睡前，邵远接到母亲的电话，怕吵到已经躺下的周书奇，他起身到宿舍外面听。

母亲问邵远："已经到砺行开始实习了吗？"

邵远回答："嗯，今天第一天。"

母亲问："这段时间不回家住吗？"

邵远回："先不了，学校离那里近一点，你和爸都忙，我回家也不大遇得见你们，不如住在宿舍还有室友做伴。"

母亲问："入职都顺利吗？"

邵远说："一切还算顺利，中间有一点小插曲，不过已经解决了。"

母亲笑着说："解决就好。"然后话锋一转，问，"远远，你中午回东三环的房子了吗？晚上家政阿姨过去打扫，说发现书房柜子里的手机少了一部，吓得够呛，直说不关她事。"

邵远赶紧说："手机是我拿走的，我摔坏了别人的手机，懒得去买，回那房子找了找，有一部还挺新的，就随手拿了。"

母亲在电话那头笑："我儿子这随手随的，手笔可有点大呀。好了很晚了，不打扰你休息，早点睡吧。"

临睡前谷妙语想起手机的事。她拿着手机跑到楚千森屋里，跟她说："对了森森，那倒霉孩子赔了我一部手机，贼丑，我不想用，你帮我研究研究怎么在网上卖掉吧，好换点钱花。"

谷妙语边说边把手机递到楚千淼面前，看到手机后楚千淼的眼珠一下凸了："你个不识货的瞎子！你知道这是什么手机吗？这是威图！这机型我见过，我做的一个IPO项目的公司老板就用的这个！给你半分钟，立刻搜一下威图是个什么存在，等你都了解之后再来跟我继续说话！"

谷妙语听话地打开网页，搜索到的文字让她也凸了眼珠。

"Vertu，奢侈手机，全球唯一的工厂设在伦敦……在Vertu超过400个组件中，有名贵的钻石、黄金、珠宝、法拉利材料、硬度相当于不锈钢两倍的太空金属……每一件都是纯手工加工组装，由打造劳斯莱斯汽车的同一批工匠负责，耗时超过三年……"

谷妙语抬起头，一脸震惊。

楚千淼告诉她："亲爱的，你眼中这部贼丑的手机，限量版，价格得大几万！"

谷妙语惊得手机都快掉了，她一脸疑惑："淼淼，你说他给我一部这么贵的手机想干吗？贿赂我让我闭嘴别告发他吗？"她忽然愤慨起来，"他当我谷妙语是什么人！我谷妙语堂堂正正威武不能屈富贵不能淫！"

她气咻咻从楚千淼手里一把夺过丑而贵的手机翻来覆去地打量，语气突然一变："话说回来，淼淼你说我们要是把它卖了是不是就够去三亚吃海鲜够去重庆吃火锅也够去东北撸串了啊？"

楚千淼："你告诉我你刚才一身正气吼的那两句文言文算什么？"

"屁。"

第二天一到公司，谷妙语就把邵远叫到无人的地方，把手机往他掌心里一拍。

"这手机太丑，我能忍受它的极限就只是一晚上了，不能再多，可还你吧！"

邵远垂眼看看手机，又抬眼看看谷妙语的脸，撇一撇嘴角，笑了。

"还我，真的不是因为它太贵？"

这小崽子是蛔虫吗？谷妙语好气啊。

缺少历练调教的毛头小子就是毛病多，说话前从不晓得该考虑一下别人的感受，优越感在他们的潜意识里兴风作浪，让他们觉得自己说什么都是没问题的。

然而有些话是遮羞布，说破它并不代表机智，只会徒增尴尬。

比如他说"你把手机还给我，确定是因为它丑，而不是因为它太贵吗"，是啊，就是因为它太贵啊！既然知道原因就放在心里吧给个台阶下呗干吗非要戳破讲出来呢……

谷妙语好想拍花那张刻薄的小白脸，她在心里默念三遍笑对人生，压下无名小火，不叫自己被人牵着情绪走。

她想了想，决定还是继续委婉问出心底的疑惑："你说这手机没有发票是吧？其实学生一般都不会有这么贵的手机的……那么话说回来，你能用得起这么贵的手机，干吗还要到砺行来打工呢？所以……"她在心里措辞，想组织出一种能说出问题又不叫人难堪的语言。

"所以你想问，这手机确实是我的吧？不是我从哪里捡的骗的顺的偷的抢的吧，对吗？"邵远替谷妙语说出了后面的话。

谷妙语服气了，这小子戳别人的遮羞布痛快，对掀自己的保护层也不手软。

谷妙语索性跟着直白起来："手机是你的吧？光明正大那种？"

邵远扶扶金丝边镜框："不算是我的。"

谷妙语提起一口气。

"是我妈的。"

谷妙语吊着的那口气吁了出来。

"既然是你妈妈的手机，就拿回去还给你妈妈。"她决定在嘴上图个小痛快，"小孩子拿家长东西到外面送礼，这行为是非常不对的。"

邵远嗤地一声笑了："小孩子？在说我吗？"

谷妙语在嘴上图到了痛快的爽感："你不是吗？"

邵远撇开头又笑一下，然后他收起表情，抬手捏住镜片上下的金丝边框把眼镜摘了下来，转回头。他毫无征兆地向前踏了一步，低头，没有镜片遮挡的长睫毛轻轻向下一扫，像能带动出一阵风。他盯住谷妙语的脸，他发现很少有女生的皮肤可以像这一位这样经得住他这么近距离的凝视，那层白皮肤细得一丝毛孔都没有。

谷妙语被邵远突来的逼近弄得有点愣神，应激反应一样，他上前一俯视，她就迎面而上抬起了头去迎视。就这么忽然莫名其妙地变成了两相凝望，精致的少年面孔与她的面颊一下变得咫尺般近。

浓密长睫毛下黑洞一样的眼珠眨也不眨，白衬衫领口上浮动着一颗属于成熟男人的喉结，那喉结轻轻一动，环绕立体声的低音炮被搬进了谷妙语耳朵里。

"我哪里小？"

像轻叹一样的声音，磁性、微哑，还有点坏。

谷妙语愣了一秒钟，随后她利落地错步向后一退，完美突围了那个男性荷尔蒙骤升的包围圈。

她使劲搓着胳膊，完全发自内心地感慨："我这鸡皮疙瘩！小朋友，这里是搞家装的，不是偶像剧拍摄场地，你走错片场了！"她一说完就扭身走了，边走边不停地继续搓胳膊，那样子真是肉麻得很了。

邵远看着谷妙语的背影愣了愣，真没想到他这招突然逼近、低头凝视、轻声低语三部曲居然失灵了……

以前系里排节目有这个动作，他只要一做，不管和他搭节目的是哪个女生，都会立马脸红。他这招是无往不胜的，可这位姐姐是什么情况？居然不吃这个，还叫他小朋友。

邵远戴回眼镜，低头看看手里的手机。

他为什么要赔这样一部昂贵的手机给她？原因很简单。

他想看看谷妙语到底是个什么样的人。

假如她收下手机，说明她贪财。贪财的人很好对付，她喜欢财便给她财就是了，破点财就能堵住她的嘴，不用担心她去经理那里说关于他简历的事情。假如她还了手机，那就更好了，说明她没那么贪。贪最容易让人变坏，她不贪，就应该不会太坏，那她也不大可能会有事没事跑去经理那里说点什么。

一部手机试探出一个人，是很值得的。

午休的时候很多人都拎着午饭进了大会议室。那里是很多人的午饭天堂，可以边吃饭边扯淡。

谷妙语问邵远："要一起进去吃吗？"邵远想多了解一些公司的人和事，于是跟在谷妙语身后端着饭菜进了会议室。

他长得好，不多话，摘了眼镜闷头吃饭的样子乖帅乖帅的，又有谷妙语带着，很快就被大家融洽地接纳了。

谷妙语参与了大家的聊天，邵远一边听一边微微皱眉。这女人说的十句话里有五句都隐隐带着鸡汤，她对人生得是多绝望，需要带着这么多鸡汤活下去。

他听到大家聊着聊着聊到了年底的业绩考核。

一个人说："涂晓蓉年底奖金一定少不了，今年她们组签单最多，稳稳的业绩第一。"

大家随之附和了一阵子"涂晓蓉真神，什么客户都能捋顺毛""涂晓蓉真牛，一张嘴能把人说得五迷三道"。

说了一阵涂晓蓉，有个女孩突然话锋一转，开始说谷妙语："妙语，今年你们组业绩垫底吧？我到财务报销的时候看了眼，你到年底前起码得再签五单以上，你们组才能保证不被末位淘汰。加油啊，看你们组新来这小伙子，多帅，可别让人家刚来就跟着你失业啊！"

这番话虽然是那女孩笑着说的，但埋头吃饭的邵远听得出，里面一点笑意可都没有。

通过刚才的默默聆听和分析，他要是没把人物关系理错，说话的那个叫施莘莘的女孩应该跟那个叫涂晓蓉的设计师是一组的。他不着痕迹地抬头瞥一眼谷妙语，想知道她怎样化解这一番并不太善意的话。

谷妙语微笑："我记得去年差不多这个时候，你也说过这番话来着。说起来我都有点不好意思了，我们组总能触底反弹逆袭，让莘莘你一说这话就白说，辛苦了辛苦了！"

她就这么插科打诨但毫不吃亏地挡回去了。

邵远垂下眼帘，她在工作上倒不包子，这挺好的。兵熊熊一个，将熊熊一窝。一个团队要是领头的人不硬实，底下的人谁都不会好过。不过她去年的业绩也是触过底的吗？所以还是能力堪忧吧。

吃完饭，谷妙语拎着外卖盒走出会议室，邵远起身跟在她后头。

出了会议室，邵远把步子踏大了一步，走在了谷妙语身旁。

他压低声音："你业绩习惯性垫底？"

谷妙语一下顿住脚步，抬起头，透过镜片看着邵远的眼睛，神色是他从未见过的一种认真。

"设计贵精不贵多，走多了量就不走心了。"

邵远沉吟了一下："可是干这一行，要是量都走不起来，生活都没法富足。就求走心和贵精，是不是有点不切实际了呢？"

谷妙语看着他，表情认真到有点凝重，忽然她一笑，笑容略带讽刺："这位同学，恭喜你，刚上班两天，就被社会的大染缸成功污染了。"

下午上班，这两天一直在工地现场忙活的涂晓蓉回了公司。

谷妙语一面对涂晓蓉就有点头疼。她不怕别人对自己明刀明枪，大不了互相对砍互崩一身血，就怕别人跟她脸上笑嘻嘻心里却在骂人。

很显然涂晓蓉对她就是心里充满了脏话的人，而她们的恩怨积累始于被不同人说过的这样一句话——"哎你们两个同年的吗？不说看不出，看起来谷设计师像个小妹妹，涂设计师像个大姐姐。"

每当这时谷妙语都极力表示："没有没有！"

涂晓蓉也哈哈笑着说："可不是可不是！"

看起来谁都没怎么在意似的，但谷妙语知道，涂晓蓉心里快恨死了。

可这能怨她吗？长相是妈妈从娘胎里给的，她就看着显嫩，她有什么办法？其实她也希望自己看起来能显大一点，这样起码走在外面时，不会被某个神经病青年上来就误认成"同学，我不想和你谈恋爱"。

涂晓蓉一到公司，人没等露面，热情的笑声已经先抵达每个人耳朵边。

谷妙语看到邵远从公司材料上抬起了头，视线落在跟随笑声进了屋的涂晓蓉身上。

她发现他在观察涂晓蓉。

接下来的时间，她发现邵远一直在观察涂晓蓉。

涂晓蓉一下午都很忙，一直不停在接电话，不管是顾客还是材料商，她都带着爽朗的笑声一一应对，把对方聊得乐乐呵呵地挂电话。时不时有顾客找过来，涂晓蓉一路带着人进了会议室，聊一会儿之后准保能让人面带笑容地离开。

和她那边的忙碌热闹相比，谷妙语这边就冷清得多了，没什么电话打来，也没什么人找来。

谷妙语在电脑上对着北五环即将竣工楼盘的户型图琢磨细节的时候，屏幕右下方的聊天软件跳动起来，点开看，发信息的人是邵远。

他很直接地问："怎么没人打电话给你，也没有顾客来找你？"

谷妙语憋一声冷笑在嗓子眼，噼里啪啦打字："因为顾客对我做的设计和我监督的装修项目比较满意，没什么电话好打，也不用赶来公司说什么。"

信息发送过去，她有点纳闷，是什么给了邵远勇气让他敢这么直白不怕得罪她地问问题。

想了想，她觉得是他太闲了，就不应该让他坐办公室，应该把他踢出去揽业务才对，她指尖又在键盘上弹跳起来。

"再说，怎么让顾客来找我，这难道不是你的工作内容吗？"

这句话后，被挑衅的对话框消停了下去。

喝完下午茶，谷妙语带着邵远、涂晓蓉带着施苒苒一起到了门店前厅。

不一会儿有两个顾客相继走进来，都说家里打算装修，想了解一下砺行的装修报价。

涂晓蓉和施苒苒先截走了第一个顾客，后面进来的顾客便被谷妙语和邵远接待过来。

今天到店里来的人比较多，谷妙语迎下顾客后，发现只有涂晓蓉隔壁的圆桌还空着。

她带着邵远和顾客一起走过去坐下，给顾客倒了杯热水。

确切得到顾客有装修房子的意向后，谷妙语询问顾客家房子多大，是二手房还是新房，有房子的户型图吗，有没有什么特别的要求，打算全包还是半包。

邵远在一旁用心听着记着。

顾客说房子是二手的，房子原来带的装修得拆掉，面积是六十五平，户型是方正的朝南两居室，打算全包，特别要求就是材料一定得环保，因为他们一家人想在装修完后尽快搬进去住。他问谷妙语这样装下来大概要多少钱。

谷妙语认真地算了一下，报了一个数。顾客摇摇头，觉得价格太高。

谷妙语有点为难地笑了，说："实话跟您说，年底了，我也想多做几单冲冲业绩，所以给您报这些主材辅材的价格真心都是按照最大折扣给您算的，再低就要我自己补差价了。您觉得报价有点高，其实这是因为板材什么的都是给您选的环保等级最高的，好材料是相对要贵一点。要不这样吧，我也是诚心想签您这一单，您要是交了定金，我给您申请一台价格不低于四千块的冰箱做礼品白送给您！"

顾客撇嘴，觉得赠台冰箱也还是贵。

他们隔壁桌的涂晓蓉不知怎么声音变得大了起来，正对她那边的顾客说："老大哥您放心，知道您在北京买套七十平的房子不容易，大半辈子积蓄都掏出来了，我们一定给您好好装，用最好最环保的材料！您看一下，这是初步报价，按全包给您算，大概是这么多……"涂晓蓉说了一个比谷妙语的报价少了三分之一的数。

谷妙语这边的顾客一听就不乐意了："他房子比我大，也用的环保材料，怎么报价比我低那么多？这也差太多了吧！"

谷妙语没想到涂晓蓉为了挖她墙脚能来这么一招。论底线低，她又输了。面对涂晓蓉的变相挖墙脚，谷妙语觉得喉咙口噎死了一只苍蝇般难受。

眼下这场合，顾客这问题，让她怎么回答？说您放心吧她那单真装下来肯定不止她说的那点钱，得远远地超，里边肯定有猫腻。她要是按她说的那个数装完我现场给您表演活吞水泥。

同在一个公司，她这么说其他设计师的坏话，别人看她得是多low一个人。而且就算她这么说了，涂晓蓉能自己贴钱让顾客真的只花她报价的那个数装修，就为和她叫板。

有些事知道是知道，可你就是没法去验证它。

她噎在那儿。

顾客一抬屁股起了身，连句告辞都没有，直接坐到了涂晓蓉那一桌。

谷妙语长长叹一口气，一转头，看到邵远正瞥着自己，他的视线经过金丝边眼镜的折射，滤掉了温度，余下了嘲讽。

他用十指敲着桌面，像在敲键盘打字那样，边做这个动作边问："顾客对你做的设计和你监督的装修项目比较满意？"

谷妙语知道他在讽刺她下午在电脑上和他说的话。

她吸了口气："你这么不会聊天我猜你在学校一定没什么好人缘！"

邵远挑了挑眉梢，说："你也挺不会聊天的。你看隔壁涂设计师，什么条件都先答应下来，先让对方交了定金签了单，有什么具体事项稍后再慢慢说，你却要一开始就什么都摆得明明白白，把顾客直接吓跑。"

谷妙语神色凝重下来，她想了下，认认真真问了邵远一个问题："明知道做不到的条件，却要答应下来，为的是先把人留住，反正定金交了不退，为了定金人就跑不了了，到那时再把条件变卦。你管这种行为叫什么？"

邵远说："这是变通。"

谷妙语摇摇头："你是从商人的角度去看的。商人为了谋求利益会把很多有罪的事情都美化，比如你说的变通，如果从老百姓的角度去看，这其实叫欺诈。"

谷妙语从邵远的脸上看到了那么一点不以为然。于是她知道，他并不认同她的观点，他还在觉得她不会变通。很多时候她都对自己的事业自己的未来充满美好憧憬，但也有很多时候她对这个行业的现状有点灰心。比如眼下。

瞧吧，刚入职两天的小伙子，已经被涂晓蓉的思路带跑了。

那个顾客最后被涂晓蓉签下了，当天就去财务交了定金。

涂晓蓉笑容满面地送顾客一直到公司大门口。

顾客走后，谷妙语在公司大门外截住涂晓蓉。

涂晓蓉笑容依旧："有事？"

谷妙语点点头："能聊聊吗？"

她们两个去了离公司不远的一家咖啡厅。

一坐下涂晓蓉就先开口："多点些，我今天新签下两个单子，又多两份提成，这顿我请你。"

她把"签下两个单子"这句话说得又自然又显摆，字面上是爽朗的笑语，字面下是故意的挑衅。

这是在主动引战？

"AA就好，谁的钱都不是大风刮来的，你挣的钱不是，顾客的钱同样不是，你说对吗？"

谷妙语不想继续虚来虚往，她选择想说什么直接就说。

涂晓蓉还是笑："妙语，你怎么把脸拉那么长？瞧着都不年轻了！哦我知道了，你是因为那个顾客最后选了我，有点不高兴了是吧？正常，如果是我也会有点失落，毕竟你前期跟人家谈了那么久，连初步设计都给规划出来了，说起来我得谢谢你，让我省了不少事。"她低头喝口咖啡，忽然话锋一转，"但话说回来，妙语啊，我一没拉他二没绑他，是他自己主动过来找我签单的，我还跟他说来着，我和你都是同一家公司的，他这样半途从你那儿跳到我这边不太好。可顾客他自己非要坚持，说如果我不答应他转单到我这里，他就亲自找经理去说。"

谷妙语不想听她忽忽悠悠地虚情假意下去，听着实在烦，她打断涂晓蓉："我不是要跟你说单子的事，我就是想咨询下你，做到全环保材料装修，只花你说的那点钱，是怎么做到的？我掰着手指头算都算不下来这笔账，我都有点担心你在自己往里面搭钱。"

涂晓蓉脸色变了变，说："我当然有我自己的办法。"

谷妙语想了想，说："我知道一个办法，是我以前公司的一个设计师常用的，他故意在签合同的时候漏掉一些装修项目，或者把墙面面积故意算少一点，等开工了再让客户补钱。不过他后来比较惨，被顾客投诉到315，闹得很难看，公司怕受牵连就把他辞掉了。"

涂晓蓉垂眼抿着咖啡说："这在业内不算什么新鲜招，确实好多人都在用，不过听起来你说这人要倒霉一点。"

谷妙语盯着她的脸，说："晓蓉，今天那个客户不是善茬，要是发现有什么猫腻，会来闹你的。"

涂晓蓉放下咖啡杯，"嚓"的一声，她抬眼给出一副戴了面具似的笑："你这么说话我就不爱听了，我能有什么猫腻？妙语啊，虽然我和你同年，但我大专没毕业就出来干活了，我比你工龄长两年呢，有时候你对我说话还是要有点尊敬前辈的样子！"

谷妙语看着涂晓蓉笑眯眯的样子，觉得自己很多拳都打在了棉花上，她有深深的无力感。可是目前她能做的事，也只有敲敲打打这么多了。

砺行装饰每天晚上下班前都要开会，经理会在这个会上做一天工作的总结，做第二天工作的展望。

会上秦经理再次提到年底业绩考核的事情，借着这个事情做由头，他大力夸赞涂晓蓉。

"晓蓉非常棒，在已经稳稳做到我们分店年度业绩第一的情况下，依然不放弃不松懈，依然在为我们整个分店提高签单业绩。就今天来说，她就一下签下两单！我要谢谢晓蓉在超额完成任务的前提下，还这么卖力，让我年底去参加总公司的总结年会时能脸上有光！"

秦经理话音一落，施莀莀就鼓起掌来。

马屁精的最大能耐就是永远有眼力看得出该在什么时候拍马屁，拍谁的马屁。

谷妙语知道这只是今天会议的半个段落，还有半个段落即将在施莀莀所引领的掌声结束后登场上演。

表扬涂晓蓉从来都是和批评谷妙语成套出现的，没有谷妙语的衬托，就不能将涂晓蓉的成就拔高得更卓然更出色。

假如秦经理忘记了后半段，没关系，涂晓蓉有一万种不着痕迹的方法提醒他。

"谢谢经理表扬，我会继续努力的。其实今天妙语也功不可没，她离把其中一个顾客谈下来也就只差一点点了，没有她给顾客做的前期工作，我也不见得能这么快把单子签下来。"

谷妙语心里一个呵呵，瞧，最惦念她的人开口了，下半段要隆重上演了。

她眼神轻轻一晃，本来是要去看经理表情的，结果视线在半途中被邵远的脸截了胡。该怎么形容此刻他脸上的表情呢？

像第一次吃了臭豆腐的人，你很难从他的表情里看出他在觉得那四方物体究竟是香还是臭。

他微眯着眼，微蹙着眉，微抬着一边嘴角。好看的孩子做什么表情都依然好看，假如这副样子挪到别人脸上一准就是脸抽了，可放在他脸上却是一种很赏心悦目的嘲弄。

只是不知道他嘲弄的是涂晓蓉太有小聪明还是她谷妙语太笨。她想八成是后者吧。

耳边响起秦经理的说话声，下半段开始上演了，她得打起精神来，迎接即将开始的在众人面前被批评。

"谷妙语，不提你我还挺高兴，一提你我都替你愁。你怎么就签不下单呢？你看看晓蓉，你拿不下的单她三下五除二就拿下了！你得多向晓蓉学学工作方法啊！我告诉你再这么不知道着急，过完新年公司真的会把你们那组淘汰掉的！时间不多了，赶紧加油吧！"

对她的批评结束，下半段节目圆满上演完。

秦经理宣布散会，秦经理似乎觉得刚才的批评提醒还不足以宣泄他失望的情绪，于是又声情并茂地加重语气再补一次："谷妙语啊，长点心赶紧冲业绩吧！你可真是愁死我了！"

谷妙语面无表情地承受着大家对她内容各异的眼神注视。她告诉自己，挺住别脸红！有些屈辱只要你自己不承认，它就拿你一脚指头的办法都没有！

走到会议室门口时，邵远幽灵一样出现在她身旁。

"你还好？"他这样问了她一句。

谷妙语差点被问崩了情绪。为什么这个时候要问她这个问题？谁都知道她不会太好。人有时候难过是不需要被点明和被安慰的，假装不知道才是最大的慈悲。她好不好？当然不好！谁在会上被一次次单择出来说业绩差，说你愁死我了，谁会心情好？但她不能让这个毛头小子戳破她的不好。新人面前，面子还是得要一要的。

谷妙语毫不在意地一笑："有什么可不好的？真能操心。有第一就总会有倒数第一，第一已经没有进步空间了，而倒数第一一旦动一动就是进步！你说这有什么不好的？"

她死撑着面子回答邵远的问题，走出会议室直接走去茶水区。

大家都回各自的位置取东西下班回家，没有人去茶水区，于是那里便短暂地成为谷妙语的私人天地。

她在茶水区给自己倒了杯冷水，喝下去，情绪冷静下来。

她给楚千淼打电话，不用她多说，楚千淼什么都懂了。

楚千淼安慰她："小稻谷，冷静冷静别激动！千万别跑去辞职啊！来，跟我一起说！"

谷妙语握着手机跟着楚千淼复述："谷妙语，你要笑对人生！"

"谷妙语，不要被一时的窘境打倒！人生的勇者要敢于有自己的坚持，敢于直面惨淡，敢于迎难而上！"

"谷妙语，加油！你在这里的卧薪尝胆不会白费，未来总有一天你会成为像陶星宇那样出色的名设计师！"

灌完这口姐妹喂来的洗脑鸡汤，谷妙语觉得一直堵在心口的那团难受终于有点散开了。

邵远是难得掏出了自己的一点热心肠，问了下谷妙语是不是还好，谁知道那女人会怼给他一长串的话。

他觉得谷妙语真是有点莫名其妙。

出了会议室，他看到谷妙语拐去了茶水区。出于一点好奇心，他跟过去看了看，结果那女人居然在里面一个人振臂自呼，声声句句都是脚不沾地的浮夸鸡汤，简直像中了洗脑成功学的毒。有一瞬他真的怀疑谷妙语知道氟哌啶醇是因为她自己在服用这个药。

他真是消受不了这样的女人。嘴硬，死撑，满嘴鸡汤，还不懂变通。

晚上睡觉前周书奇拉着邵远卧聊。

周书奇问邵远："邵爷，实习得怎么样啊？环境还好吗？人都还正常吧？"

邵远眼前晃过谷妙语振臂给她自己狂灌鸡汤的画面。

"有一个女人挺不正常的。"

"哦？"周书奇一听来了劲，"能让你这种一向把不相关的人不放进眼里的家伙觉得不正常的人，她应该是很特别了！听你刚刚那语气，怎么，不大喜欢这人？"

邵远沉默了一瞬，品了品，确定地答："嗯。"

周书奇更来劲了："为啥不喜欢她呢？"

邵远沉吟了一下，说："明明业绩不好，却满嘴都是鸡汤，天天一副积极向上的虚伪样子，活得根本就不开心，却不许别人问。一个单子都签不下来，真不知道她要怎么摆脱业绩倒数第一的窘境。眼前的事都还没做好，却在做着白日梦，觉得自己未来一定能成为名设计师。"

邵远不知不觉说了一堆话，说完他自己都有点意外。才相处没两天，他怎么就积攒了这么多对谷妙语的不满。

周书奇听完啧啧地叹："阿远你是有多烦这女的啊，从不在女性身上多做言辞的你居然能在她身上发表这么多的评论，我都想去你实习的地方见识见识这位姐姐了！"

谷妙语一整晚心情都有点沮丧。临睡觉前楚千淼加完班后，开启了陪她谈心给她宽心的楚姐姐夜谈时间。

谷妙语把这一天在公司发生的事仔细给楚千淼讲了一遍。

楚千淼听完说："我一接电话就知道糟了，我们小稻谷肯定又被不良现象打击了，赶紧先喷点鸡汤喂给你把你稳住。"

她抬手摸了摸谷妙语的脑袋，有点心疼："我们小稻谷辛苦了！不过谷子啊，你听我说，这回你可别再因为气不过那些乱七八糟的事情冲动辞职了，求你了！

你看你因为这个都换过几家公司了，每次都得从零开始重新积累，很浪费青春的！"

谷妙语没精打采地点点头："嗯，以后我再冲动，就打电话给你，你还像今天那样给我灌点鸡汤醒醒脑。"顿了顿，她叹口气，"我知道新来那小子心里是瞧不起我的，觉得涂晓蓉有那么多电话接有那么多顾客找，一对比我好闲啊！还有已经到手的单子我都签不下来，我多没用啊！看涂晓蓉多有能力，我应该像她那样懂得变通才对。"

说着说着，谷妙语的脸涨红了，她拍着茶几，有点激动："你说他好歹也是个名校学生，看问题怎么就没有他校友学姐你这样的深度呢？他眼皮怎么就那么浅呢？涂晓蓉那边忙忙叨叨的他就觉得那边好，我这边没人来找，冷清，我就不好。可他根本不知道涂晓蓉那边为什么忙碌，忙碌并不代表繁荣啊！那是假象啊！里面是有问题的！有些事可以变通，可是有些事是不应该变通的呀！变通了就是在纵容装修行业的黑幕坏风气！这小子什么都不懂，就跟我来劲，长得好有什么用，还不是招人讨厌！"

谷妙语说得直喘气，楚千森赶紧给她拍胸口："别气别气！生气都不甜了！等着我去给你洗个苹果补补糖。"

楚千森给谷妙语喂了一个苹果，谷妙语闻着苹果香气冷静下来。

她叹着气："唉，在这个公司，我就是过不了自己良心这一关，我要是能过，我业绩也不至于会垫底。"

楚千森想了想，说："我们律所在给一家准备IPO上市的装修公司做辅导，我看这家公司的风气相对还可以，你要是在现在的公司干得这么闹心，要不来这家试试看？我跟这公司的证券事务代表处得还不错，我可以帮你递简历做推荐。"

谷妙语又是一声叹："别了吧，你帮我投简历我也未必进的去，毕竟人家是大公司，而我连拿得出手的设计案例都还没有呢。"她捏着苹果振臂，"等我熬出几个好设计，我立马跳槽！"

楚千森拍拍谷妙语肩膀："小稻谷，加油可劲往高了跳，腿要抻着了我给你揉！"送完又激又丧的鼓励后，楚千森眼珠滴溜溜一转，立马想到个鬼点子，"哎，我有个主意帮你解解闷气！你不是最讨厌被你们经理逼着给一整个小区的业主打电话吗？再遇到这活，你全让那小子干，让他体会一下民间疾苦再决定还要不要浑身充满优越感乱diss人！"

谷妙语眼睛一亮："就这么解恨地决定了！他那么不会说话，电话打出去非得让人喷死不可，想想我就觉得解气！"

真是想什么来什么。昨天晚上刚讨论过电话营销这件事，早上一到公司，谷妙语就被经理叫过去安排打电话，害得她在听到经理召唤后的一秒钟里差点怀疑经理是不是在她家安了窃听器。

经理甩给她几张纸，上面一排挤着一排地印着人名和手机号。

"今明两天把这个楼盘的业主电话打一遍。"

谷妙语低头看看通讯录，发现经理少说了一个字——"今明两天把这个楼盘的业主电话'再'打一遍"——这样才对。

"秦经理，这上面的人咱们两周前不是打过了吗？"

谷妙语有点抵触。这种在他们看来是养家糊口所必要的工作内容，在业主们那里其实跟骚扰电话没什么区别。况且已经骚扰过一次了，还要再次骚扰。

经理回她："死心眼啊你？你买一件挺贵的东西，不货比三家你能下决心买吗？你第一次给业主打电话，别家装修公司也在给业主打。业主嘴上说不考虑，心里其实在比较几家装饰公司的价位条件。等他犹犹豫豫的不知道选哪家好，咱们这时候再给他打一次电话，他没准就选咱们家了！"

这番话谷妙语不是第一次听了。经理每一次都爱给人讲全套的课，好像每讲一次同样的事，他知识的渊博程度会加深一点似的。

谷妙语带着楼盘业主的通讯录回到办公位，一抬头，看到邵远坐得像棵小青松一样，怎么看怎么悠闲自得。

谷妙语捏着通讯录走过去，打算给他掰掰树杈子。她把通讯录往邵远面前一放。

"这是一个已经竣工验收的楼盘的业主电话，挨个打一下，问他们是否考虑装修，向他们推荐我们公司。"

邵远垂眼看看通讯录，又抬起头看着谷妙语："具体怎么说？"

谷妙语告诉他："就说知道这个楼盘最近竣工，考虑到业主应该要装修了，所以打电话咨询一下业主的装修意向。告诉业主我们是砺行装饰，然后根据你这几天对公司的认知自由发挥吹嘘一下公司，比如去年砺行的签单率高居全市第五。"

邵远又垂眼看看通讯录，手指在上面敲了敲："这份业主名单是哪里来的？"

谷妙语好脾气地告诉他，那是秦经理下发的。

邵远继续用指头敲着通讯录，继续发问，像个审判官大老爷一样，有点不依不饶的。

"那秦经理是从哪里搞到的？"

秦经理应该是以非正常手段从小区物业某人那里私下买来的，其他装饰公司也都是这么干的，但谷妙语不想告诉邵远答案，她的好脾气有点承受不住这种拷问式语气，尤其这拷问还是来自于她的下属。她很反感邵远没有一点职业定位的自觉，生把一销售的派头搞得跟霸道总裁似的。

"你早上吃的大米是哪块地种出来的，哪台机器脱的壳，在到达你嘴里之前路过了哪几个省哪几个市哪几道小河粪沟，你知道吗？"谷妙语忍不住呛了邵远一下，"小朋友，没人教你应该用什么样的语气姿态和你的上级讲话吗？不管你在家里用多贵的手机，你有多大的优越感，职场不是你家，你得把你的优越感收起来，干你这个岗位该干的事，有你这个岗位该有的姿态。"谷妙语把这几天对邵远的反感积累成了这两大段话，一发不可收拾地表达了出来。

她已经做好邵远会反击的准备，毕竟那小子一点亏都不能吃，结果他却只沉吟着重复了三个字——

"优越感？"

然后就没有了。没有唇枪舌剑的反扑，也没有睚眦必报的抬杠。

敌人不出阵，这让她怎么继续战斗？

透过金丝边眼镜的上方，她似乎能看到那男孩子的两个眉头微微使着力，力道的走向犹豫在蹙和放之间。阳光透过窗涌进来，渲染在那欲蹙欲放的眉头间，有一刻把那男孩的内心所想照射得遁了形。

原来他在思考，带着一点自省的味道，他似乎在思考"优越感"究竟长在他身体的哪个部位。

那眉头最终卸了力，舒展开。邵远抬起头，脸上没有什么情绪变化，依然用低音炮般的声音讲出平铺直叙的话："你先给我打个样，我好知道该怎么做。"

谷妙语一脸头疼的样子，等半天原来是这句话。

她伸手把邵远面前的座机拨到自己这边，拿起话筒，照着通讯录啪啪按号码，一脸不高兴的样子。

邵远挑着眉梢，看着谷妙语的脸，像在研究着让谷妙语不高兴的点在哪里，是不是因为他让她打样的时候又不小心流露出优越感了。

等电话一通，谷妙语刚说完开场白，听筒里就传来忍无可忍的吼声："你们有完没完啊？烦不烦啊？前几天不是刚打过骚扰电话了吗？拉黑一个号码就换一个号码接着打，不知道自己烦人是不是？告诉你们几遍不装修不装修，装也不选你家！告诉你啊，再打骚扰电话过来我就报警了！"

吼声结束，电话啪地一下被挂断。

谷妙语提着话筒双眼上翻长长吐着气，她告诉自己，要笑对人生，然后把有点羞愧有点屈辱的情绪调整为平静，收回眼神看向邵远。

他脸上一副"我明白你刚才为什么不高兴了"的讨厌样子，又用手指点点通讯录："所以这不是第一次给业主们打电话？"

谷妙语："嗯。"

"反复轰炸式电话营销？"

谷妙语点点头："哪那么多废话？赶紧挨个打电话！"

她想看看当他碰壁时，当他接收到业主的反感和厌恶时，他还会不会保持住他那一副见鬼的优越感。

她看着邵远把座机拖回到他面前，眼睛扫了一下通讯录，就不再看了。他拿起话筒，手指在数字键盘上做了十一个连续流畅的跳跃，那手、那动作都无比优雅好看。

谷妙语屏着呼吸听着话筒里传来的声音。

嘟嘟声忽然一个中断,有人把电话接了起来。

邵远张嘴说了声"您好",谷妙语闻声愣了愣。

该怎么形容她刚才听到的声音呢?低沉幽邃的音色、富有磁力的音质、娓娓道来的语调,那副本就不错的嗓子经过他刻意的拿捏后变得无比好听,简直像午夜情感播音员一样,在用声音躁动听者的心。

话筒里没有如愿传来呵斥和责怨,反而一个年轻女孩的声音不知怎么的,在邵远介绍完公司情况以后就和他开心地聊了起来:"哇小哥哥,你声音超好听!你是哪家装修公司?我叫我妈妈选你的公司装修好了!"

这是什么鬼情况?为什么他没被骂?这还是她所认知的世界吗?这一刻谷妙语觉得十碗心灵鸡汤都拯救不了她对这个世界的幻灭感了。

邵远坐在位子上打了一下午的电话。

晚上下班收工前,谷妙语对这个世界的幻灭感减轻了一些,还是有很多人喷邵远警告他不要再打骚扰电话的,另外还有很多人,听到邵远刚报出砺行装饰四个字就立刻挂断了电话,不管他把自己的声音拿捏得多磁性动人,电话那边的人也没买账。

看着邵远有点挫败的脸,谷妙语放心了,这才是一个正常的世界嘛。

放心之余,她再想一想,不觉又有点心软。一向那么有优越感的人,忽然听到这么多不耐烦的拒绝和没好气的警告,怕是会有点承受不住吧。

她决定还是去疏导一下在电话里收到了很多挫败感的青少年,走到邵远桌位旁边,敲敲桌面,把他的头敲得抬了起来。

"是不是心里很委屈,很多负能量?觉得你也是在工作,可为什么对方不能体谅你一下,听你把电话讲完?大家都是出来工作讨口饭吃,容易吗?"

邵远挑挑眉梢,很慢地点了下头。他打电话的过程中,确实如谷妙语所说,心里积下了许多委屈和负能量。

谷妙语告诉他:"其实打电话这事跟'你觉得有些事是变通但在我看来那是欺诈',是同一个道理。你觉得你委屈,你打电话是为了工作,谁工作容易?为什么不体谅你？可是你想过吗少年，这些电话号码都是通过非正常的手段拿到的，从号码主人的角度看，这是隐私被泄露，而我们在他们隐私被泄露的基础上给人家打电话，这其实就是确凿无疑的骚扰电话。你的工作是建立在骚扰其他人的基础上的，你收到再多责难谩骂，又有什么好委屈的？你应该带着歉疚去承受这一切。"

谷妙语说完转身走了。

她刚刚说着说着有点激动，与其说那番话是在告诫邵远，不如说她是在再次告诫自己。有些现象就算是普遍存在，普遍到很多人都觉得没什么不对，可是她自己不能忘了，其实这样的事是不对的。

她走到公交车站，一边等车，一边平复自己复杂的心情，耳边突然响起一个声音，环绕立体声的低音炮混响效果。

"你还好吗？"

谷妙语耳边一痒，浑身一个激灵地转回身，看到了邵远。他不知道什么时候跟到了公交车站，站在她身后，问了她刚刚那个问题。

"我能有什么不好？"她夹着眉心回答邵远。

"你刚才的反应挺大的，看起来很激动也很……自厌。"

谷妙语本来很有战斗力地皱在一起的眉心一下松垮了，她被一个她讨厌的毛头小子看透了。

"是！"谷妙语透过邵远的眼镜看着他的眼睛，索性坦率地答，"我很自厌！我理解打电话营销这是项工作，但我并不认同这种造成电话骚扰的工作方式。可在这个普遍这样做的行业里，我也不得不这么做，我很讨厌这样的自己。"

公交车来了，谷妙语说了声"再见"，转身上了车。

邵远看着那辆老旧的公交车哼哼唧唧地开远。很旧的车，动起来吱吱扭扭的，是需要修缮一下了，可好在依然还能前进。

晚上邵远仔细回想了一下白天的事情。他一开始觉得谷妙语的反应有点过于夸张，可是她的那番话确实给他带来了思考。

从利益最大化的角度去看，很多事比如变通、比如电话营销，这些其实都是没有什么问题的，它们只是一种能够提高收益的工作方式。可是从道德层面去理解呢？这样的工作方式真的对吗？如果不对，为什么整个行业都在采用呢？

邵远有点想不通，他给母亲拨了一个电话，向母亲问了这个问题。

母亲的声音有点欣慰。

"你已经开始亲历种种行业现象了，这很好。其实出现这样的情况，只有一个诱因，那就是钱。"母亲告诉邵远，"当钱的诱惑大过于良心，那些不能做的事，底线就降低了。而钱的诱惑，最初往往只是为了温饱，不这样干就没办法赚到钱吃饱饭。因为这样一个基于生存的原因，很多人就给自己的行为找到了一个不得不这样做的开脱。当人人都为自己和别人的这种'我们是为了吃饱饭才这么干'的行为开脱时，这种行为就变成明知不对却有很多人在做，甚至谁提出来它不对那个人就会被视为公敌和异类。"

邵远想着母亲的话，问："那该怎么改善这种扭曲现状呢？"

母亲低声一笑："等你像我和你爸爸一样，有本事能够解决一些人的温饱问题，让他们不做这样那样的事也可以吃饱饭，到那时你就可以改善这种状况了。"

邵远陷入思考，手机听筒里再次传来母亲的声音。

"远远，我很好奇，是谁让我十指不沾阳春水的儿子开始懂得思考民生了？"

邵远笑一笑，回答："没有谁。"

那是一个他并不怎么喜欢的人，所以不必告诉母亲，不必让她在母亲心里留下印象。

第三章

努力变强大

第二天白天，谷妙语又带着邵远一起打电话，一起承接负能量。

一上午没有收获什么太明显的成果，大多数人都没好气地挂断电话，一小部分人模棱两可地表示后面如果有装修需求会考虑联系他们。

午休时，谷妙语叫了外卖，人道主义精神泛滥的她顺手给邵远也带了一份。

邵远吃着外卖，忽然抬头问："我是不是很快就要被你带着一起失业了？"

谷妙语呵呵一声："别着急啊，这不是还没到十二月三十一号吗？有人急着找工作，可没见谁还急着失业的。"

邵远点点头："你都不急，我急死也没用。"

谷妙语感觉自己抓到一个奚落他的机会："小朋友，你别把自己类比成太监啊。"

皇帝不急太监急？他一副不大想理谷妙语的样子，低头吃饭。

谷妙语不管他，自顾自对他说："但话说回来，拉单子的事不是你这个销售应该做的吗？"

邵远面无表情地点点头："那行，我去拉单子。但假如我拉到单子，请你想办法留住单子签下它。你说过怎么留住单子是你的事。"

到了下午，谷妙语和邵远打电话过程中遇到了一点状况。有些特别情绪化的业主表示："你们五分钟前刚刚打过电话，我已经不堪其扰把号码拉黑了，怎么，又换一个号码继续打？我挖过你们公司老板的祖坟吗，你们这么没完没了地骚扰？告诉你们，老子就是住毛坯房也不选你家装修！"

也有几个有装修意向的业主表示："砺行装饰是吧？你们刚才已经有人给我打过电话了呀，都已经约好这周末我过去你们门店谈一谈了，你们怎么又打电话过来，什么情况呀这是？"

谷妙语赶紧问对方："不好意思，请问刚才和您联系的人姓什么呀？"

对方回答："她说她姓涂，是你们门店的首席设计师。怎么，有什么不对劲吗？涂设计师不是你们公司的？"

谷妙语强压着一股憋闷劲，笑着说："没有什么不对劲，涂设计师确实是我们公司的设计师。"

挂断电话，谷妙语看到邵远抬头向自己望过来。她知道他应该是有话想问。

"问吧。"

邵远推推眼镜，说："秦经理在把通讯录发给各个组打电话之前，没有划分一下哪个组负责哪些业主吗？"

谷妙语抓起话筒："真巧，我也想知道这个问题的答案。"

她在座机上飞快按了秦经理的分机号。

"经理，您除了给我通讯录让我打电话，也给别的组了吗？哦，也给晓蓉了啊？那您跟她说让她来找我划分一下各自负责的范围了吗？哦，行吧。"

谷妙语满脸刻着"我还能说什么"的表情挂断电话，抬手烦躁地搓头顶，丸子头被她搓得像丸子露了馅儿。

邵远问她："秦经理怎么说？"

谷妙语顶着露了馅儿的丸子回答他："他说他忘了说划分范围这事了。"

她看到邵远脸上出现了一种奇怪的表情，她知道他还有问题想问。

"想问什么继续问。"

邵远顺势又发问："我只是在奇怪，公司职能混乱管理也混乱，为什么没倒闭不说，收益竟然还不错。"

谷妙语干笑一声："这个问题我也想过很多次了，这是为什么呢？后来我明白了，因为大家都会变通呀。"

邵远皱起眉，又松开，他摘下眼镜，揉揉眉心，揉散夹在眉心间的一点被"变通"两个字影射到的不痛快。

随后他抬起眼，用他毛茸茸的眼睛看着谷妙语，说："你要不要去和涂设计师划定一下各自负责的业主范围？也省得我们做无用功了。"

谷妙语当然知道她应该去和涂晓蓉沟通一下，这还用你个毛头小子教？而她一时没动，是因为她有预感。涂晓蓉不会配合她的，她得先做好情况会变到最坏的心理建设。

谷妙语在小会议室里找到了涂晓蓉以及她们那组的人。

果然涂晓蓉给她的回复饱含着装疯卖傻的不配合："还划什么范围啊，我这组都快把电话打完一遍了。怎么，妙语你也在联系这些业主吗？哎哟，早知道我就换个楼盘盯了！不过你那边反响怎么样？我这儿约到好几个客户呢！"

谷妙语对不起她的名字，她妙语不起来了，她很无语。遇到这种到处干着和你撕破脸的事却偏偏不和你撕破脸的人，也真是老天爷赏给人历练的一道劫了。

谷妙语回到自己的位子后，把涂晓蓉已经快打完一遍电话的事情告诉了邵远。

邵远问："那我们还有必要继续打吗？"

谷妙语看看通讯录，只剩下一页了。

"打！"她语气坚定得几乎有点发狠，"闲着也是闲着，碰碰运气吧！"

于是邵远坚持把那一页纸打到完，过程中充满艰辛，一路都是"你们刚刚不是打过电话了吗，烦不烦啊"的斥责声。

邵远到后面把眼镜都摘下来了。

谷妙语眼神好，她看到邵远鼻子上有了一层薄汗。谷妙语明白了，眼镜架在那层薄汗上停不住，一直在打滑。

她想这位青少年高人一等的优越感，这回想必是得到很好的治疗了。再有自信，想告诉人家"我不是坏人，我有能力和热心帮您设计好您的家"又如何？对方连说话的机会都不给你，于是你的自信只能憋在你自己肚子里，随着一声声呵斥被憋散熬光。

通讯录上还剩最后几个人名了。

谷妙语有点于心不忍，对邵远说："算了，剩下这几个我来打吧。"

"不用了，还是我来吧。做人做事还是应该有始有终。"邵远这样回答她。

谷妙语点点头。那一刻她想这青少年身上有一点东西倒和她有点像，他们对认准要做的事，都很坚持。

奇迹发生在倒数第二通电话里。

那通电话是一位姓吴的老阿姨接的，她说邵远的声音和她小儿子特别像，出于这点先天条件，邵远陪着吴阿姨聊了好半天，把吴阿姨聊得很开心。谷妙语一度都有点担心聊嗨了的邵远会喊声妈出来。

通话尾声邵远问吴阿姨有没有装修意向。

吴阿姨说："阿姨把所有积蓄都用来买房子了，装修恐怕得借钱。本来阿姨是犹豫的，你们公司的人之前也给我打了电话，我说我考虑考虑。可是你陪阿姨聊了这么半天，阿姨想别让你白聊才好。这样吧，阿姨明天就过去你那里看看！"

邵远挂断电话的时候，谷妙语分明从他眼中看到了一种如释重负后的活力回升。她忽然有那么一点心酸地想，这不就是刚入行时的她自己吗？付出的努力和真心哪怕得到一丝丝的回馈，都觉得无上满足。

她听到邵远对她说："单子我给你拉来了，你想办法留下吧。"

第二天吴阿姨如约来了店里。那是位质朴到令人心疼的阿姨，拎着免费赠送的购物袋，穿着款式过时的棉衣，那棉衣连羽绒服都不是。可以想见，老人如何省吃俭用一辈子，只为有生之年在北京为儿孙买下一套房。

谷妙语一看到这样的老人就心酸。她怀着这股心酸，在给吴阿姨算报价的时候，竭尽所能把一切折扣都打到了最低，甚至连自己那份设计费都不要了。然而吴阿姨还是表示价格有点贵，她负担不起，恐怕还是要借钱装修才行。

吴阿姨告诉谷妙语，自己回家后再考虑考虑，第二天再给她回信。

到了第二天，吴阿姨打电话给谷妙语时，语气有一些冷淡，她的冷淡让谷妙语有点不明所以。

吴阿姨说："谷设计师，非常抱歉，我想我还是不找您装了吧。"

谷妙语连忙问："阿姨，您是对设计不满意，还是对价格有想法？"

吴阿姨说："你给我的报价还是有点高，我有点负担不起，所以我还是再看看其他的吧。"

虽然体谅吴阿姨的难处，但谷妙语自己也有点为难："阿姨，给您选的所有材料我都是按最低价给您算的，我连设计费都给您免了。我敢跟您打包票，您出去到任何一家装修公司，假如他们的报价比我还低，他们一定是有问题的！不是增项了就是偷工减料了！"

吴阿姨停顿一下，叹了口气说："算了，我直接敞开说吧。我没有考虑别的装修公司，我是听了你们公司另外一位设计师的报价，同样的材料她给我的报价比你给我的低了两万多。谷设计师我体谅你报价高也是为了赚钱糊口，我不怪你，那你也体谅我这个老人家真的没什么钱，别怪我最后没选你选了你们公司其他的设计师！"

谷妙语一听脑子里就开始嗡嗡叫："阿姨，您说的比我报价低的设计师，姓涂对吗？"

吴阿姨给予了肯定答复，谷妙语想提刀砍人的心都有了。

她对吴阿姨说："阿姨，您相信我，比我这个报价低真的是有问题的，到最后您只会花更多的钱！"

吴阿姨缓了两秒钟，语重心长地告诉谷妙语："小谷啊，阿姨其实挺喜欢你的，但你这么说公司其他同事有问题，有点不太好。阿姨已经跟涂设计师交了定金，这回咱们就互相都体谅一下对方，好不好？"

谷妙语实在忍不住了，找到涂晓蓉，直接问她："你是又撬了我一单吗？"

涂晓蓉一副惊讶的样子："妙语，你说什么呢？大家不都是凭本事签单吗，怎么能说谁撬谁这么难听的话？"

谷妙语真想打死这个虚伪的女人，她也知道撬字难听，可她做起撬的事来却一点都不觉得难看。

谷妙语深呼吸，在心里默念三遍笑对人生，告诉涂晓蓉："这位吴阿姨家里挺困难的，晓蓉，希望你能对她手下留情一点。"

涂晓蓉灿烂的笑容维持了一秒，而后渐渐消失。她凑近到谷妙语面前，把声音压到很低的频率，有点像野兽发怒前低哑的嘶气。

"谷妙语，你是不是觉得全世界你最善良？别来教我怎么做人，管好你自己吧！还有一个多月就年底了，当心到最后只能灰溜溜地卷铺盖回家！"

谷妙语看着涂晓蓉的脸，她没有被她的狰狞吓到。

她告诉涂晓蓉："我不是教你怎么做人，我只是想你能为自己多积点德，以后等到晚年的时候，到了吴阿姨那个年纪，能有个好因果，不要遇到一个忽悠自己的年轻人。"

谷妙语刚刚和涂晓蓉战斗一番，心力交瘁，可回到自己位子时，另一番战斗还在等着她。

邵远听说吴阿姨被涂晓蓉撬走了，非常难以接受。那是他顶着两天的负能量拉到的第一个客户，最后却被别的组抢走了。

他问谷妙语，为什么相同的事情会一再发生？她有没有检讨过这是为什么？

谷妙语说，天要下雨，娘要嫁人，客户要改换设计师，定金都交了，我能怎么样呢？拿刀逼着她不叫她换吗？

邵远笑了，一种无奈、嘲讽和生气混合在一起的多滋味的笑。

"你就不能变通一下吗？又不是让你骗人，只是让吴阿姨慢慢接受总价而已！为什么非得让已经叼在嘴边的肉飞了？我真怀疑你谈单子的专业能力！"他敛了笑之后问谷妙语。

谷妙语跟着扬高了声音："假如你想买台车，商家告诉你，只要十万块，快来买啊，很便宜。你觉得真便宜啊，就交了定金。可之后商家又告诉你，十万块是忘记算车轱辘了，四个轮子要另外付钱，也是十万块。你觉得这是为了让你慢慢接受所做的变通吗？这不是欺骗吗？这就是欺骗！"谷妙语很坚定地告诉邵远，"我谷妙语这辈子也不会做涂晓蓉那样的变通！"

邵远看着她好半晌，运着气："所以你现在这样，是打算让我刚入职就被你连累的被末位淘汰掉吗？"

谷妙语呵呵一笑，她没有讽刺，她是真心的建议。

"你转组吧。"

晚上回到家，谷妙语和楚千淼双双在沙发上瘫成狗。两个人都是一副饱受工作摧残备受人生蹂躏的苦难样子，连去洗个苹果让自己变得甜起来的力气都没有。

谷妙语先问楚千淼怎么了。

楚千淼愤愤地说："我快要被券商那边的那个狗保代任炎折磨死了！天天转不啦叽的，我觉得他针对我！"

谷妙语拍拍她的头像安抚小动物一样地安慰她。

轮到楚千淼问谷妙语怎么了。

谷妙语说："又被我们公司那涂晓蓉算计了一道，顺便不能苟同你们学校那后生小子的价值观。"她给楚千淼讲了一遍白天在公司发生的事，"我和你们学校那后生小子发生的那段争执，在下班前已经传遍公司了。涂晓蓉那一组的销售还嘀嘀瑟瑟地绕过来假借找东西围观。"

楚千淼有点炸："真是有病！这种人就欠打架！哪天我请个假去你们公司找个茬冲她撒泼去！我泼不死她！"

听着楚千淼的话，谷妙语有点解了气。什么是贴心人？就是你生气的时候能不问原由地站在你身边毫不犹豫地陪着你痛骂一番的人。

谷妙语说："要不是我必须在年底前抢几单签下来，没时间和涂晓蓉撕，我非跟她就这两单好好扯个皮不可！她以为我好欺负？呸，其实稻谷奶奶我是没时间跟她搅和！等着吧，我把万事都准备好了，过几天东风一吹时机一到，我要使出吃奶的劲好好打个翻身仗！到时万一东风抽个筋吹得猛一点，那我逆袭一下在业绩上压倒她也不是不可能的。想着那时她扭曲不服的脸，那才是我真正大仇得报的一刻！"

看谷妙语没那么郁闷了，楚千淼也抬手揉了揉谷妙语的脑瓜顶，把她的小丸子揉得左一瘪右一瘪。

"就是！我们小稻谷每天回家后那么用功地画图，要是这么努力的人都得不到老天爷的回报，那老天爷一定是突发白内障了！"顿了顿，楚千淼有点语重心长，"小稻谷啊，听姐姐跟你说，我知道你看不惯你们行业的现状，可靠你一个人是扭转不了这些丑陋的行业黑幕和潜规则的。其实这几天我特怕你冲动，怕你像以前那样因为看不惯这些现象抬屁股就辞职。说实话只要这个行业不进步，其实你到哪里都还是一样的。"

谷妙语点点头："我知道，你放心，我不辞职。你说得对，每次意气用事辞了职，换个地方都要从零开始。这样每次都清零，我得什么时候才能强大起来？只要这个行业不进步，我去哪里都一样，而靠现在的我根本什么也改变不了。"她的声音因为凝重变得有点低哑起来，"所以想要改变这些污糟的现状，就必须得强大，所以我一定得强大起来！"

她被壮志鼓动得内心一片激昂："我会待在砺行的，我不会辞职，我要把我自己熬出出息来。等我翅膀硬了，我要努力尽我所能去改善这个行业肮脏混乱的状况！"

楚千淼被她的情绪所感染，也跟着豪情万丈起来："说得好！"

谷妙语一转头，对楚千淼说："来，淼淼，夜深人静，我们以鸡汤代酒，敬彼此一碗吧！"

楚千淼："你觉不觉得这画风转得有点硬？"

谷妙语没理她，脖一仰做仰天长啸状，自顾自起个调："子曰，好好整吧！坏风气终有一天会被努力的人所消灭！"

楚千淼想想去他的，在家还装什么正常人？她也跟着端起鸡汤碗："子曰，加油干啊！任炎个假面瘫总有一天会跪下对我说'你赢了我说不过你'！"

放下汤碗后楚千淼忍不住问："话说我们今天是请了哪个'子'出来日的？"

谷妙语挠挠头上的小丸子，说："为了感谢让我有手机用的那个人，要不今天的'子'就是雷震子吧！"

谷妙语第二天一到公司就被秦经理叫过去了。

秦经理告诉她："从今天开始，邵远转到涂晓蓉那一组了。"

谷妙语愣了愣。

秦经理看着她愣怔的表情，忍不住直摇头："谷妙语啊谷妙语，你说你看看挺和气一小姑娘，怎么就这么不合群呢？把那么帅气的小伙子都给吵架逼走了。唉，算了，我也懒得说太多，你就先自己兼着销售吧，把你这组业绩尽量扛一扛，没准到十二月三十一号会有奇迹能叫你起死回生呢，对不对？哎我说了一堆话，你怎么不给我个回声呢？"

谷妙语干干一笑。她还能说什么呢？确实是她让邵远转组的，可他居然真的转了。

谷妙语问秦经理："我能知道邵远具体是以什么理由提出转组申请的吗？"

刚刚在两秒钟里，她在想知道和不想知道之间犹豫了一下，然后选择了前者。不想知道是想让自己看起来洒脱一点。而选了想知道，是她在一瞬间承认，自己就不是个洒脱的人，不然就不会被抢了单的时候生气、打营销电话的时候难过、每天准备那么多鸡汤随时安慰自己，以及听到自己组的小崽子真的转组时，莫名有点情绪低落。

人可以自我否定一件事，但被别人就同一件事否定的时候，总难免窘迫和难以接受。就好像她对邵远说，你转组吧。邵远就真的转组了。

谷妙语听到秦经理告诉她："我刚才说了吧？他觉得你的专业能力不够，有待加强。"

谷妙语笑了一声："我不专业？呵呵。他两个专业没有一个是干这行的，他能知道我不专业？行吧，他学校好，他无师自通他厉害，我甘拜下风了。"

秦经理说："你也别跟这儿较劲了，有这工夫赶紧去拉顾客签单吧，别等到一个月后真的卷铺盖走人！"

谷妙语整理一下表情，收起那点莫名其妙略显多余的失落，昂首挺胸气势汹汹地走出秦经理办公室。外面的人越想看到她垂头丧脑，她就越要让她们只能瞧见她的鼻孔和下巴颏儿。

刚走出秦经理办公室，谷妙语忽然觉得胳膊上一紧，有个螃蟹钳子一样的手钳住了她。

那只钳子钳着她把她往无人的角落快速地拉，她顺着那只钳子视线往上走，看到一具套着修身西装的躯壳。躯壳的线条真是漂亮，高挺、修长、有型，可惜躯壳里装着的灵魂很不讨喜，这个灵魂自带无限优越感。

谷妙语在胳膊上一运力，甩开了邵远的钳制。

"小伙子我说你没疯吧？是没吃药还是药吃多了？大白天冲上来就拉拉扯扯的！"

她有点生气。

邵远转过头来，谷妙语一看简直要气笑了。

他看起来比她还生气。可他凭什么比她还生气？

邵远摘了眼镜，让他冰凉的眼神能够直接无阻隔地到达谷妙语的脸上，让她清楚感受到他的不痛快以及情绪压迫。

"你刚才在秦经理那里说'他学校好'，是什么意思？"

谷妙语愣了愣，她说这句了吗？她要是确实说了这句话，那她当时是有什么别的意思吗？她只记得她就是发牢骚吐个槽而已。

"是因为我提了转组申请，让你恼羞成怒，打算把我简历造假的事情告诉秦经理吗？"

谷妙语刚刚脑子里那团雾被邵远这句话劈开，她瞬间豁然开朗。哦，原来她那句话可以按照这个意思来解读，这么解读也是挺符合逻辑有理有据的。

"我要说我不是这个意思，你信吗。"

谷妙语想，经过刚才邵远的解读，她自己都觉得她对秦经理说的那句话别有深意，而想让邵远相信她并没有其他意思，那简直是有点强人所难。

所以"你信吗"她用的陈述句——其实不用你回答，我知道你不信。

邵远果然没有回答她，他直接转了话锋："咱们打个商量。你什么也别对秦经理说，等我跟完吴阿姨这一单，我得到的所有提成，全都给你，算是一并赔你手机钱。我想跟完吴阿姨这一单，所以请你帮个忙，别去跟经理说什么。"

谷妙语嗤地一声笑了："吴阿姨那单的提成吗？这位同学，跟着涂晓蓉从困难的吴阿姨身上拔毛抽血，希望你半夜不会被自己的良心痛醒！"

她有点生气地绕过邵远大步走开，走了没几步又更气地大步走回来。

"谁稀罕你那点破提成？"她做出超凶的样子压低声音，字字都在努力发着狠，"你在那儿瞧不起谁呢？这么点钱你想封谁的嘴啊？告诉你，我嘴才没那么贱！"

谷妙语的最后一句话是当双关语说的。她不想直白地说我才不稀罕讲你那点破事呢，我没那么low。要是这样说听起来就不酷了。

邵远正式转到涂晓蓉那一组去了。据说他转过去跟的第一单就是吴阿姨家的装修项目。

秦经理不肯再为谷妙语招新的销售，因为他潜意识里觉得那是一种资源浪费，毕竟看起来谷妙语在砺行装饰只干到十二月三十一号的可能性比较大。

谷妙语接受了这个事实，但并不消沉气馁，她自己扛起销售和设计师两项职能，有条不紊地干着自己该干的事。

砺行装饰从小作坊发展到现在有很多家门店，公司规模是有一点了，但小作坊的经营理念并没有得到太多改善。比起有设计能力的设计师，公司更愿意招聘那些有销售能力的设计师——或者干脆换个说法，他们其实就是有点设计能力的销售。

公司没有能够驾驭中产阶层往上的客户群体的能力，因为缺乏那个阶层所需要的设计能力出众的设计师。所以一直以来，公司的定位都是市民阶层。公司是靠着走量做出了效益。

谷妙语仔细地想过，自己的单为什么能够连续两次被涂晓蓉撬走。答案是她把自己的客户群体囿于公司的客户群体内了。她为什么不胆子大一点，去试着拔高一下自己的客户群体？

比起设计思路的精妙、设计功能的人性化、材料的环保、配套家具与居住者的协调等这些因素，公司现在的客户群体其实更在乎的是钱。他们的收入有限，所以想以尽量少的钱，去办成尽量多的事，实现尽量多的功能。涂晓蓉就是抓住了这些更在意钱的顾客的心理，钻了她的空子，以低价诱惑接连从她这里成功撬走两单。

谷妙语想了下自己和涂晓蓉各自的优势和劣势。

她的优势是设计精准人性化，她能根据不同顾客的不同需求，在设计上做出各种精妙的变通。她的劣势是她做不到忽悠，先用低价把顾客诓来，后面再想方设法把价格缺口从顾客那儿找补回来。而涂晓蓉和她正相反，她的优势是能说会道能忽悠，心理素质好，使用各种捞钱手法从不心虚手软有负疚感。但她也有很突出的短板，她的设计功底不行，她没有一点自己的想法和思考。她给顾客们呈现的设计图，基本都是顾客想到什么提出来，她就画什么，也不论证顾客提出的想法落实在设计中是否可行合理，导致很多顾客在装修好之后都有过埋怨之声。

"当初真不应该把插座挪到这里，又难看利用率又不高，还得额外加钱。"

这时涂晓蓉会说："亲爱的，这个插座当时真是您自己提出要挪到这儿的。"

涂晓蓉也没说错什么，加上她会哄人，顾客们往往也就不了了之了。但不得不说，她的设计能力，确实对不起她设计师的名头。

对比过自己和涂晓蓉的优势劣势之后，谷妙语更明确自己该怎么做了。

她决定大胆地把自己的目标客户拔高一个层次。她要把她的目标客户定位在本身不差钱、比起价位更在乎设计精妙、设计功能能得到完整实现的中产阶层的顾客身上。这样的顾客，涂晓蓉费上吐血的劲也未必挖得走。

确定好新的客户目标后，谷妙语忙碌起来。她要验证一下自己的想法是否行得通，她的设计能力是否能够驾驭中产阶级以上的客户需求。她一身兼二职，虽然有点手忙脚乱，但也不是不能驾驭。

公司其他同事有的对她同情，有的在冷眼看她热闹。

几天过去，她真有了一单成果。她去中产阶层密集的小高层楼盘售楼处蹲了几天，试了试水。某天有位男士去看房，谷妙语假装自己也要看房，和男士一起被带到样板间。

谷妙语进到样板间里开始发挥设计师技能——

"客厅里的灯其实应该见光不见灯为好。"

"柜子的收纳空间，开放部分和隐藏部分其实按二八比例分配视觉效果更好。"

"灯的开关应该改在动线上才对。哦，您问什么是动线啊？就是人在家里最经常走动的路线。这个门厅墙壁上的开关有一点靠里了。"

从样板间里出来以后，看房的男士对谷妙语说其实他这是第二次来看房了，都没觉得样板间有什么问题。谷妙语适时递出名片，表明了自己的设计师身份。说来也真是她时来运转，男士钱多事忙，没空操心，买了房子之后，直接找她签了装修的单。一笔可观的单，一单抵涂晓蓉好几单。虽然有运气成分，但这一单还是让谷妙语有了底气，她对自己的想法更加坚定了。

这天吃午饭的时候大家在会议室聊天，谷妙语自己一个人猫在角落里埋头吃面条。

有三五个人凑作一堆说到了邵远，说他和涂晓蓉、施苒苒相处得非常不错，涂晓蓉对那小伙子赞不绝口，说他聪明上道，还有眼色。现在涂晓蓉出去干什么都会叫着邵远一起，搞得施苒苒觉得自己像失宠了似的，都有点不高兴了。

说起邵远，他们自然就提到了谷妙语。

"现在她就一个人，这给她忙的，快跟灰驴似的了，也就才签成一单。虽然这一单的业主是个冤大头，说什么只求品质不在乎钱，然而只这一单对挽救她的业绩并没有什么用，说起来我真有点同情她！"

"她本来就处在被淘汰的边缘，这回又变成一个人孤军奋战，好了，都没悬念了，距离她告别我们公司倒计时正式开始。"

几个人说完这番话，其中一人眼神一瞟瞄到角落的谷妙语，赶紧随机应变对谷妙语展开寒暄，企图岔开背后讲人坏话却被当事人听到的尴尬。

"哎，妙语，吃饭呢？那什么，你买的什么饭啊？看着挺香啊！"这岔打得比金刚石都硬。

谷妙语吸溜着牛肉面，真想坦率地问问他您是不是瞎？真看不出来我吸溜吸溜地在吃啥。但她不能这么问。她会被认为是气急败坏，因为被组员抛弃，以及被组员抛弃后变得举步维艰。

于是她吸溜着面条回答："你要是问上一口呢，那我吃的是牛肉。要是问这一口呢，那我是在吃面。"

同事干笑两声，不知道怎么往下接了。

旁边有人开始玩谷妙语的套路，那是跟涂晓蓉、施苒苒关系不错的两个其他组的销售。

"小李，你吃什么饭呢？"

"你要是问上一口呢，我吃的是大米饭，你要是问这一口呢，我吃的是被炒的鱿鱼！"

"被炒的鱿鱼"几个字清脆响亮，谁都知道那是说给谷妙语听的。

谷妙语忽然有种孤军作战的孤独感。以前起码还有个小崽子是她这边的，虽然他在斗嘴方面帮不上什么实际的忙，但那起码是一种"娘家有人"的感觉。可是现在，娘家空了，就剩她自己一个光杆司令大战敌军。

谷妙语笑一笑，说："小李，我觉得你跟我真合拍，不如我下午去经理那儿把你要到我这一组吧？我要是很坚持的话，经理说不准会答应的哦！"

没人会愿意来她这组的，毕竟她不做那些有的没的"变通"，没油水捞。

小李果然翻着白眼不说话了。

其他人很快吃完饭，收拾饭盒出了会议室。会议室门口立了幅立式海报，好多人走到那里时都对海报点点头。谷妙语很好奇那张海报上印了什么新鲜好玩意，能让那些人一个两个的看完全都点头。

终于等到会议室里没有其他人了。谷妙语整个人向后往椅背上一靠，化成一摊软绵绵的人形棉花糖。她长长地呼了口气，一个人作战可真是累。

她掏出手机给楚千淼打电话，反正会议室里没有其他人，她干脆把手机开成外放，放在会议桌上，人还是瘫在椅子里和楚千淼对话。

"淼淼，陪我聊五块钱的吧，我有点难受。"

楚千淼立刻问："怎么了，我的小稻谷怎么好像耷拉脑袋了呢？谁欺负你了，告诉我，我这就打车去你们公司撒泼！"

谷妙语开心不少，她才不是一个人在战斗呢。

"其实也没什么，就是觉得在公司里孤军奋战的滋味有点不好受。"

楚千淼说："说到底还是那小崽子没义气！你也是，他那么没义气你还给他保守秘密，你倒是去告发一下解解气啊！"

谷妙语说："算了，一码归一码，告发他属于损人不利己，鸡汤有云，小犊子如果坏，要用爱心感化他。其实他也说不上坏，就是我和他的价值体系有点冲突。他是商人的思维，我是老百姓的思维。"顿了顿，她叹口气，"我只是希望他到了涂晓蓉那一组，别学会涂晓蓉那一套一套的，人要是在钱面前迷失自己，那他可就再不是一个人了，他就是个犊子了！"

和楚千淼通完电话，谷妙语心情好多了。她收拾好外卖盒，拎着塑料袋往会议室外面走。

走到门口的时候，她想起大家都冲着那幅立式海报点头。她想知道那海报上到底画了什么，能得到那么多人的点头肯定，于是她也扭头过去看了一下，结果看到海报后面延伸出两条套着浅黑色西装裤的长腿。

谷妙语心里咯噔一下，再往前稍稍探下头，海报后面暴露出一个人头来。

那人头下的脖颈一转，一张冷俊的面孔面向谷妙语。谷妙语差点把肚子里一口一口吃下去的牛肉和面再一口一口地吐出来。原来那些人不是在冲着海报点头，他们是在和海报后面的邵远点头打招呼。

谷妙语在心里念着"子曰，别慌，慌没有用"的馊鸡汤，脸上努力做着处变不惊的样子，学着之前那些人，对邵远也点点头。她想她可真够沉着大气的。

然后她就要走，邵远却叫住了她。

"你自己一个人跑单子，很辛苦吗？"

谷妙语心跳不知道是快了一拍还是慢了一拍，总之是错了一拍。这小子居然也有人文关怀的神经？

"怎么，可怜我一个人，想给我找个大部队，把我也吸纳进你们组？我答应涂晓蓉都不干！"

邵远推了推镜框，再开口时他换了个话题："你刚才说我们价值体系不同，我是商人体系，你是老百姓体系，那你觉得商人的价值体系，是错的吗？"

谷妙语首先表示："小孩子躲起来偷听大人打电话这事是不对的，这行为放在我老家可能要被打死。"然后她回答邵远的提问，"你这个问题，我还真有个现成答案回答你。"

她把某天她和楚千森就这个问题讨论后的结论告诉邵远："药能治病，对吗？但是药都有三分毒，对吗？所以只有吃对了方法，药才是药。商人的价值体系和带着三分毒的药一样。它能让利益最大化，利益驱动经济进步，这是它的好药性。但商人如果只顾着利益最大化，忽略人性和良心，它的三分毒就要显现了，这种去良心化的利益，推动的就不再是经济的进步，是经济的暂时进步和未来的长久混乱。"

邵远微微皱着眉思考。

谷妙语提着外卖盒要出去，但她又被邵远叫住了。

"你是学设计的对吗？"

"对。"

"可你怎么懂这些经济方面的东西？"

"我发小是做投行业务的律师。"

谷妙语觉得有些事真奇怪。同在一个组的时候，她和邵远没讲两句话就要互相呛起来，分了组了，倒能有问有答地客气聊上老半天，倒真是距离产生美了。

"好了，我可以走了吗？"

"再回答我一个问题。"邵远像揣了十万个问号在兜里，现在一个一个地往外掏。

谷妙语有点不耐烦，他都已经转组了，怎么还好意思跟她没完没了地提问题。

"那麻烦快点问，谢谢。"

"什么是小犊子？"邵远认真地问。

谷妙语只能硬着头皮告诉他："哦，那是东北的一种神兽。"

签下小高层那位男士的单后，接下来的好多天，谷妙语都没有时间再去小高层所在小区盯客户。

小高层的男士业主姓冯，冯先生在对待设计稿完成的时间和质量上，动用了他身为中产阶层成功人士的最主要特征——严格与高效。从量房到出设计图，冯先生只给了谷妙语很短的时间。

谷妙语没在时间限制上多做争取，她想尽量挤榨出自己更多的设计能力和更高的做事效率。

这是她第一次接中上层客户的单子，她想看看自己的极限在哪里。假如她能按时按质地完成这并不轻松的一单，那也许未来她可以试试看把她的目标客户再往上提高一个层次。

几天后她出了设计稿，约冯先生到公司来碰面。

冯先生对设计稿整体效果表示满意，但对很多细节提出了想法和意见。谷妙语对这些想法和意见一一见招拆招。

"卧室的主灯安在墙壁上怎么样？"冯先生用手指点了点设计图问。

谷妙语回答他："冯先生，是这样的，其实现在使用壁灯比以前少了，因为壁灯的照射范围有限，而且壁灯的款式相较于顶灯也少很多。说实话我考虑到了您是不是会喜欢壁灯的情况，您看一下这个，这是我把灯具从顶灯改成壁灯的3D效果图。"

谷妙语从电脑上调出另一个文件，是把顶灯换成壁灯的效果图。

冯先生对比后，点点头："还是用顶灯吧。"

谷妙语说："好的。开发商留的灯线位置稍稍有点偏，我会在图纸上帮您调正，到时工长带着工人施工的时候会帮您挪一下。这个距离不太远，我就不做付费项给您算了。之后您自己安装灯具的时候记得不要购买直射灯，卧室不宜用直射灯，要买漫射灯。"

冯先生说了声好的，他们继续过设计图。

过一会儿，冯先生又对谷妙语说："对了，我太太比较喜欢蓝色系，所以能不能让房子的主色调是蓝色系的？包括墙壁。"

谷妙语说："当然可以。您的房子是南北朝向，朝南的房间日晒时间是所有朝向里最长的，使用偏冷色调的蓝色系正好会让人感觉比较舒服。"她一边说一边又调出一张文件图，"您看，这是蓝色系墙壁的房间效果图。"她话音顿了顿，滑动鼠标，把效果图调动到朝北的房间，"但是冯先生，朝北的这个房间我不建议您用蓝色系进行装饰，因为朝北的房间比较缺少日光的折射，这种情况选用暖色系装饰墙壁比较好。"

冯先生边听边点头。谷妙语又滑动鼠标，转到饭厅位置。

"还有冯先生，饭厅我也不建议您用蓝色系进行装饰，因为蓝色投射在食物上，会让食物变得不那么有食欲。饭厅我建议您也用暖色调的颜色，这样光线反射到食物上，会让食物看起来更好吃，如果您家里有小孩子，他就会变得比较爱吃饭。"

冯先生看着设计图，笑着点点头，表示采纳谷妙语给出的建议："我家小子今年三岁，他要是住进这个家用了这个饭厅之后能变得爱吃饭，那小谷设计师我可真得好好谢谢你了！"随后他看着装修主色调为蓝色系的效果图，有点疑惑地问谷妙语，"小谷设计师，你是事先知道我想选蓝色系作为装修主色调吗？"

谷妙语笑起来："这我还真不知道。其实我是事先一并准备了多种色系的效果图，到时您喜欢哪个色系，我就调哪个色系的文件给您看。"

她把文件夹往上返了一层给冯先生看，文件夹的名字叫"七彩葫芦娃"。

冯先生笑了，说："那是不是我说我喜欢哪个色系，你都会顺着我说那个色系不错？"

谷妙语很认真地表态："当然不会！比如您如果说想要以紫色作为主色调，我就会建议您最好不要，因为紫色会给人带来压抑感。"

谷妙语一边说一边调出紫色系的3D效果图。冯先生盯着看啊看，又笑了。

"我也不知道我是不是因为你的话先入为主了，反正这个紫色看久了，我还真是觉得有点压抑！"

谷妙语也跟着笑起来。

冯先生临走前，谷妙语对他说："冯先生，您可以请一个第三方的施工监理，他能在整个施工期间监督我们的施工情况，并且把情况及时反馈给您。"

冯先生说："好的，但冲着你主动让我找监理的劲头我就知道你不怕被监理，这让我对你更放心了。虽然你们公司不是特别有名的装修公司，但我想我选你这个设计师是选对人了。"

他离开的时候，谷妙语起身送他到公司大门外。

冯先生上车前，对谷妙语说："如果我五年后再买房子，我想我那时一定请不起小谷设计师你了。五年后你肯定会是个特别厉害的设计师，你的灵气、认真和事前的万全准备，一定会让你成功的！"

谷妙语对这番评价简直有点受宠若惊："冯先生您太客气了！借您吉言，五年后我要是真能像您说得那样成功，我给您第二套房免费出设计稿！到时您要是非给我钱，我都得双倍还您不可！"

冯先生哈哈地笑，他冲谷妙语伸出手："小谷设计师，接下来我的家就交给你了！"

谷妙语无比郑重地把自己的手握上去，像在完成一个神圣的仪式。一个让她踏高第一步后获得圆满的庆祝仪式，一个隐约将她变得和以前的谷妙语不一样了的仪式。

"冯先生，您放心吧！"

修改完善并最终敲定了冯先生的设计图后，谷妙语做好装修预算，再把冯先生约到公司来正式签订了装修合同。很快冯先生的房子进入施工流程。

时间已经过去一个多星期，谷妙语总算可以松一口气继续去小高层楼盘蹲点拉单子了。

通过冯先生这一单她深切体会到大单子和小单子的不同之处。和小单子比，大单子的好处是钱多。但和小单子比，大单子也有它的累人之处——它占据的时间精力和心血更多。

等搞定冯先生的单子，谷妙语去小高层所在的小区打算再拿下一两个客户的时候，她却发现她连小区的门都进不去了——就这么几天的时间，该小区的开发商和某拟上市的大装饰公司达成战略合作，小高层楼盘的门卫保安对其他装饰公司的人严防死守，只允许拟上市装饰公司的人进到小区里去和业主拉单子。

因为谷妙语之前到小高层楼盘游荡过，保安和销售都已经知道她是某个中小装饰公司的人，于是对她的严防死守比对其他人就更显热烈了些。

谷妙语很快接受了事实并评估了现状，再在这里守株待兔是行不通的，容易把兔子饿死。她还是撤吧。她想得很开，虽然现在比"在这里至少做成两单"的预期少了一半，但她没觉得丧气。反正到这里来碰运气也只是她真正计划开始前的一个试水前菜，能成功一单已经是相当不差的收获。

谷妙语心情很不错地离开了小高层楼盘。她要保持好心情好状态，做好准备去迎接接下来的工作。对于万事备好的她来说，后面的事才是她真正的东风，能让她洗刷掉失业危机的关键东风。

谷妙语一边盯着冯先生房子的装修进度，一边为不久后的东风吹起继续补充粮草弹药。

闲歇时，她看了看万年历，眨眼已经是十二月中旬。

算算日子，她都孤军奋战好些天了，回头想了想这些天，忽然觉得有点不记得自己是怎么拼过来的。人太忙，日子就变短了，于是所有辛劳就显得没那么长久和磨人。

谷妙语把这些天的时间从自己孤身奋斗做了一个等价转化——她孤身奋斗了多少天，吴阿姨家的房子就已经装修了多少天，她发现吴阿姨家开工已经有好些天了。

砺行装饰合同上的工期统一是四十五天。算一算，吴阿姨家的装修项目已经差不多进展过半。

她不知道这一次涂晓蓉是不是良心发现，没去搞吴阿姨，她居然一直没听到吴阿姨不堪增项之苦装到一半没钱了停工之类的消息。

不过她想，没消息就是好消息。涂晓蓉能做个人总比她一直做吸血鬼好。

谷妙语发现她平时就不能没事瞎想。她刚想过涂晓蓉，就在回到公司后和她狭路相逢。

她回公司的时候，在通往工位的必经之路上，遇到了涂晓蓉和邵远。她和他们迎面相逢，她一个人，他们一前一后。

还隔着挺老远时，涂晓蓉就拉开了嗓，阻断了她企图拐进厕所中断这个注定是孽缘的相遇。

"哟，妙语，听说签了很漂亮的一单啊，不错嘛！拿到提成要请客吃饭哟！"

谷妙语可真是烦涂晓蓉这副虚伪的样子，明明心里讨厌恨不得插刀，却偏要挤一脸阳光灿烂的笑容出来。这么难为自己，她何必呢。

谷妙语冲她也笑："晓蓉，你眼线花了。"

涂晓蓉的笑容立刻像干掉的鸡蛋清面膜绷在脸上，她立马转去卫生间。一直站在她身后的邵远向前踏了一步，无缝连接上和谷妙语面对面的站位。

谷妙语觉得好累。以前她只要上演"谷妙语大战涂晓蓉"一个戏码就行了。现在可好，替补人员上位，要多一出"谷妙语大战小崽子"的戏码了。

谷妙语："你有什么事吗？有事就快说吧，没事就麻烦让一下。"

邵远半垂着眼皮，看着谷妙语的脸。他的长睫毛像道黑屏风一样，半遮着他的眼。

他很没有预兆地突然出了声，低音炮似的，环绕立体加3D。

"你脸起皮了。"

谷妙语在一秒钟内情绪急速转换，从大惊失色上手摸脸，到赶紧镇定放下手来不能丢脸。他这是在替涂晓蓉的花眼线报仇吗？谷妙语咬着后槽牙暗暗想。

她选好了词，准备开怼，可还没等嘴巴动，她忽然听到他又从胸腔里震出了环绕立体声。

"是最近在外面跑的吗？你最近很辛苦吗？"

谷妙语仰头看着邵远那张细皮嫩肉一看就没经过冬天的风吹拉弹刮的小白

脸，好像听到了一只大尾巴猫在对一只耗子满脸慈悲地哭。没转组的时候见了她，不说跟仇人似的也好不到哪儿去。转了组了，倒开始放送人文关怀了。无事献殷勤，不是有毒就是有诈。

谷妙语决定胡说八道："小朋友，比我少活了好几年，短见识了吧。这叫冬天的起皮妆，脸皮薄的人才化得出效果，体现的是劳动人民的坚强伟大。像你那脸，使劲搓完都化不出。它忒厚。"说完谷妙语昂首阔步地越过邵远走了。

邵远转了个身，望着她的背影，嘴角隐隐翘起一些。

起皮妆……这姐姐，嘴真硬啊。那明明就是被风扫脱的皮，居然可以瞎掰得有模有样理直气壮，瞎掰的同时还能兼顾损损他，真是人才。

他忽然有种觉悟，那层被冬风吹起的皮似乎应该翻起在他脸上。她一个人干了本该是他还有她两个人的活。他微眯眯眼，回想了一下谷妙语之前的皮肤。

那是上个月的一个午后，她站在宿舍楼前，左脚倒右脚地挨个轻轻跺地，一副穿少了不动腿就会冻腿的样子。他以为她是那个骚扰自己的女生。

实在是每个地方看起来都很符合——她精心打扮过，她在那个时间那个地点等一个人。这么多条件都吻合，他当然觉得她就是那个女生了。

等他走上去叫了声"同学"，她回过头来，一副茫然的样子看着自己。他还以为她的茫然是被自己的英俊面容震慑到了。现在想想，他似乎确实有点优越感过剩——她真的只是蒙而已，因为她并不认识他。

她转过来仰起头以后，他看到了她的脸。皮肤很白，一种充满水感的白。不仅白，还很细，一丝毛孔都看不见。那么水灵的皮肤，在女孩子里应该是很出众的肤质吧。

现在那样一副又白又水的皮肤，起皮了，所以她其实应该真的挺辛苦的。

晚上下了班，谷妙语直奔超市，希望能买到两根碧绿的大黄瓜带回家好做面膜，结果碧绿的大黄瓜没有了，只剩下暗绿暗绿的蔫黄瓜。

谷妙语泄了气，跟暗绿的蔫黄瓜一样回了家。

到了家吃过晚饭后她不死心，终于把魔爪伸向了大苹果。

她洗干净脸，把苹果切片切了一碗，躺在沙发上开始敷苹果面膜。

楚千淼坐在她脑袋旁边捧着笔记本电脑加班。

看她糊了一脸苹果片，楚千淼肩膀向后一震："嚯！什么鬼？做面膜你不应该用黄瓜吗？干吗屠杀苹果？"

谷妙语扶着两腮上的苹果片，嘴角僵硬地说话："黄瓜能减肥，苹果也能减肥，说明黄瓜能干的事苹果也能干，有什么问题吗？"

楚千淼一本正经地说："黄瓜能做单身者的男朋友，单身者不限男女。苹果能吗？"

谷妙语想了半天明白了这话的意思，差点从沙发上滚下去。

"明天我去给你批发一筐男朋友！"她狠声狠气地说。

楚千淼看着膝盖上笔记本电脑里的文件，一边和谷妙语说话，一边无比自然地从谷妙语的额头上掀了片她刚放上去的苹果，咔哧咔哧地吃起来。

"你怎么忽然想起做面膜了？"楚千淼咔哧着问。

谷妙语一边往自己脸上补苹果片一边回答："我今天被小崽子diss脸起皮了。"

楚千淼又掀走了谷妙语刚放上去的苹果片："那小崽子不是调组和你决裂了吗，还有脸跟你搭话呢？下回直接撒泼泼他，别废话！"她一边说一边咔哧咔哧。

谷妙语忙不迭地再往脸上补充一片："谁知道他怎么想的，以前那么嫌弃我，转组了倒每次都主动跟我挑话头。哎，三年一代沟这话真没错，你永远不知道你下一个代沟的物种他脑袋里在想什么。"

楚千淼又把她刚放上去那片掀了，继续咔哧咔哧。谷妙语在她的咔哧声里终于回过了味，吼楚千淼："三千水你够了啊！你故意的吧，你想吃苹果你跟我说我直接给你一个不就完了？你干吗非吃这些用来拯救我青春的小片片！"

楚千淼笑得快吐了："那么吃没快感啊！"

谷妙语："你滚！"她现在特别想让那个叫任炎的人给楚千淼打个电话，找找她的茬，让她加加班，恶人就得恶人磨。

楚千淼不再掀苹果片，发出感叹："二十一岁的小崽子，没出校园，什么人情世故都懂得不太利索，又把自己当大人看，真是人憎狗厌的年纪呀！"

"还是一个喜怒无常的年纪。"谷妙语做出重要补充，说着说着谷妙语感叹起来，"其实那小崽子diss我并不是关键，他在我这儿还没能让我上火的那个分量，主要是他惊醒了我你知道吗？我突然发现还有二十来天，我就二十五了！天啊我必须得保养了，我得为陶星宇保住青春才行。不得到他，我不敢老！"

楚千淼听完最后一句差点把电脑扔出去："你可吃点药吧！"她问谷妙语，"别扯没用的了，我问你，还有不到一个月就是元旦了，这么点时间，你还能完成逆袭吗？"

谷妙语把苹果片挨个使劲往自己肉里按："子曰，明天是个好日子，心想的事情都能成。子还曰，楚千淼啊，你要对谷妙语有信心！"

第二天是城北五环一个施工三年多的小区竣工验收的日子。

谷妙语默默地盯着这个盘很久了，她一大早就从被窝里坚强地爬了出来，直奔北五环小区杀过去。

那是一个群体层次相对比较复杂的小区。小区临近马路是两栋普通商品房，这两栋楼的业主年收入一般会比中产阶层低一些。两栋普通商品房内侧，是两栋高档住宅楼以及三十栋别墅。

高档住宅的业主年收入基本是中产阶层以上的水平，而别墅的业主，就是实打实的大老板、大土豪、活体大钱包。以谷妙语现在的实力和砺行的无别墅装修史，那些别墅的业主大佬谷妙语暂时就不去想了。她把攻克目标放在了两栋普通商品房和两栋高档住宅楼的业主身上。

谷妙语在杀向北五环小区的路上时心里就很清楚，这个小区从今天开始连续三天竣工验收，一定是很多装修公司都知道的消息，所以毫无疑问今天那里除了她，也将是其他装修公司、其他设计师带人将要攻克的领地。而这些人里，一定会有涂晓蓉。

涂晓蓉那组人手多，她猜她一定会把人马兵分两路。一路人马留在公司打电话，一路人马杀到小区发名片、发传单。而涂晓蓉的主攻对象，一定是两栋普通商品房的业主——凭她的设计能力，她攻不下高档住宅楼和别墅业主的。

谷妙语想想觉得挺可笑的。有时一个人在这世上最了解的人可能不是她自己，而是和自己对立的人。她怎么那么了解涂晓蓉呢。

今天业主们验收房子要签一系列的手续，交一系列的费用，递出自己一张又一张的身份证复印件给物业。所以业主们今天会很忙，在这个时候其实装修从业者们并不适合拦住他们，告诉他们"我是哪个装修公司的设计师我们公司的装修设计了解一下"这样的话，今天适合做的是到小区先派发一下名片和传单广泛撒网，没准赶上哪个网眼小就能兜住一个业主之后找她装修也说不定。

谷妙语赶到小区入口的时候发现，那里已经有很多其他公司的同行们打桩一样占据了领地。

谷妙语赶紧挤上去找位置。

当发起传单来，谷妙语发现她昨晚被苹果片滋润过的脸蛋并没有多么讨喜。传单发出去，有人收了，有人摆手拒绝，有人收下之后没等走两步就甩手直接扔地上了。

有人不耐烦，有人一副优越感，更有人一脸鄙视。

有个中年男人收下谷妙语的传单后，停住脚步，低头看了看，然后抬起头，看谷妙语的表情像进了专卖店的顾客在看着服务员，带着一脸掺着鄙夷的同情，像在说"你们卖这么贵的衣服和鞋子，你们自己有钱买吗"。

"装修设计师啊？在北京有房子吗？给自己的房子做过设计装修吗？"

谷妙语笑一笑，回答他："还没有。"

那人就笑了："没有啊？那你们不就跟那些每个月挣八千的时尚杂志编辑教人家一个月赚八万的人怎么穿衣服一样吗？就忽悠。"

谷妙语想说还是不一样的，我们的底薪要再低一点。

她想这位业主内心是有多仇视装修从业者，他八成被装修公司的骚扰电话给狠狠伤害过吧。

她依然保持微笑告诉这位业主："这位业主大哥，装修房子和自己有没有房子其实是两码事，不搭边的，虽然我没房子但这不妨碍我知道怎么装修其他房子，就像有人还没买车，但先去学了驾照，没车不等于他不会开车，您说是吗？"

那位业主倒给她说得笑了："小姑娘脾气不错，我这么挤对你都没生气。"他领了张海报卷成筒握在手里走了。

谷妙语继续发传单，发着发着，其他装修公司的人就换了地方。谷妙语隐隐觉得有哪里不对，直到她看到小区门卫保安从大门口大步走过来。

"哎，你！"

谷妙语手腕回弯，指了指自己，用动作无声传递：我？

"对，就是你！"那人指着谷妙语，说，"把地上这些传单赶紧捡一捡收一下，你们这些装修公司的人别光顾着发传单不知道收拾，这扔一地的像什么话！"

谷妙语知道那些人为什么跑了。她觉得这一届发传单的各装修公司同僚们表现不太行——以前都是大家一起发，被扔掉了也一起捡的。

谷妙语不想得罪门卫保安，以后还有用得着的地方呢。她开始弯腰捡地上的传单，捡着捡着，起了一阵风。风刮着传单飘起来落下去，谷妙语追过去，扑一扑，捡一捡。要不是时间地点不对，气氛也有点惨，谷妙语觉得以自己如此身姿矫健脚法轻盈，简直有点像那个扑蝴蝶的香妃。

她扑着扑着，脚脖子突然一崴，在胸前揽着一堆五颜六色海报的手臂随着一颤，一沓海报扑啦啦地都掉到了地上，有她还没来得及发的，以及那些她刚刚捡起来的，全掉了。

风又吹起。

谷妙语差点当场给老天爷下跪，她简直要疯，手忙脚乱跟老天爷派来的风疯狂展开抢夺海报的斗争。她起起蹲蹲地捡啊捡，惨样把保安小哥都看得于心不忍，跑来帮她捡了一下，但很快被人叫走忙事去了。

谷妙语累得不行，蹲在地上喝着风，稍作休息。

一只手出现在她视线里，手指纤长，指骨匀称。风停了。那只手从地上捡起余下的那些海报。

谷妙语顺着那只手看向它的主人，她心里是真有点怨恨老天爷，她捡就吹风，换成那小崽子捡风就停，这届的老天爷它重男轻女！

谷妙语站起身，看着捡完传单走到她面前的邵远，出了声："怎么，来帮你涂姐姐过来发传单啊？"

邵远从她怀里拽出那些被人丢过又捡起的五花八门的传单，和自己手里的并成一摞，手一伸，把它们送进身旁一臂远的路边垃圾箱里，然后他看向谷妙语。

又起风了。

邵远说："从来也没什么涂姐姐。"

谷妙语头侧着向前送，递出一只耳朵："啥？风太大，我没听清！"

邵远再开口时，像低音炮被调高了一档音量。

"我说，从来也没有什么涂姐姐。"

谷妙语："啧啧啧。"

邵远保持着高一档的音量，提前杜绝风太大听不清的可能性，他告诉谷妙语："事实是，最近一段日子，通过在涂晓蓉那一组的亲身体会，以及我认真思考了你说的话，最终我觉得你的观点是对的，你不作同流合污的坚持也是对的。"

谷妙语："啧啧啧。"

"所以……"邵远自动屏蔽她啧啧声背后的多重含义，继续说，"我想转回你这组来。"

谷妙语又向前一侧头把耳朵往前送，这次的动作比刚才幅度更大姿态更夸张，小丸子在她头顶都随着她的动作跟着轻轻颤。

"你说啥？风太大我又没听清！"

邵远看着她头顶那颗松蓬蓬的丸子，有那么一瞬间他觉得她似乎比他系里任何一个女生都要适合这个发型。圆圆的脸，配一颗圆圆的丸子，大眼睛白皮肤。用周书奇的话说，这样的女生叫"有点甜"。

可眼下这位姐姐的主味不是甜，是呛。还好他从小不怕辣。他就像听不出来谷妙语的风太大和没听清是怎么回事，只要他听不出，就不用应承她故意带给他的难堪，他也就不用尴尬。

"我想转回到你这组。"邵远字正腔圆又说一遍，胸腔都和他的声带喉结发起共鸣，顿了顿，他又补充一句，"未来十多天对你挺关键的，我转回来能帮帮你。"

谷妙语从淡讽的啧啧声，直接跨越到感情色彩浓烈的一声冷笑。她后退一步——这样瞪着邵远时她不用把头仰得太有幅度，那样会显得很没气势，她做出超凶的样子："你当我这是大车店呢？想来来想走走？"她很凶地瞪着邵远，等着看他还能有怎样大言不惭的回复。

邵远微一皱眉。谷妙语马上绷紧头皮，蓄起战斗力，随时准备见招拆招，拆掉他即将出口的话，誓不能在嘴架中落在小崽子下风。

邵远皱一皱眉后，开了口："什么是大车店？"

谷妙语攒了一身的战斗力噗地一下，泄了劲。她想这小子真有种，气人能把人气到没脾气。

时值中午，谷妙语的肚子饿得像空山谷一样，咽口唾沫都能听到从胃里返出回声来。她没力气继续跟邵远较劲，饥饿能把每个人都变得没脾气。

在她的肚子又发出一串空谷幽鸣后，邵远没揪住不放继续问大车店是什么，转了话锋对谷妙语说："都中午了，这会没什么业主过来，不如去吃点东西吧。"

谷妙语的斗志没有完全妥协给饥饿，还剩一分让她用来保持和邵远的泾渭分明。

"午饭的确是该吃的，不过你吃你的，我吃我的。"谷妙语说完转身，沿着街边找起饭店餐馆，身后像是有点脚步声跟着，又像是没有。不管有没有她才不会回头看。

走完差不多一整条街，谷妙语也没找到个能塞饭的地方，路边的餐馆饭店家家都人满为患。附近写字楼的白领趁着午间休息，赶过来用他们的胃吸纳了一条街的白米饭。

谷妙语的肚子把空城计唱得无限哀婉，她觉得自己快饿出幻觉了，幻觉里似乎有人在叫她，一声之后又一声——

"谷设计师！"

"谷妙语！"

确定过声音，那不是幻觉。谷妙语转回头，她看到邵远站在离她十米远的一家黄焖鸡米饭店门口，正扒着门框冲她喊话："你来这里，我占到两个空位！"

谷妙语对自己说，子曰，人不能食嗟来之食，所以她不能过去。她的脚钉在原地。

邵远扒在门框上，像镶在门边的一个迎宾假人似的，继续招呼她："你过来吃吧，我走，我不在这儿吃。"

谷妙语的"子"在她饥饿的胃面前败下阵来，她抬脚走向黄焖鸡米饭店。

走到门口时，她发现邵远是占了店里面一个靠门的位置，他一条腿叉在门里占着位，一条腿跨在门外呈现扒门状呼喊着谷妙语。谷妙语发现想完成这样的动作，还真得是个身高腿长的人，要不然那效果就变成自己把自己向两边扯着，使劲扯出够用的距离，跟把自己两马分尸似的。她看着平时人模人样极度重视自己外貌仪态的青少年，他此时此刻的扒门姿态简直就是丢了偶像包袱放飞自我，甚至有点滑稽。于是她心里的气继被饥饿消掉一部分后，又被该青少年扒门框的壮举消掉了一些。

反差感总能叫人轻易启动恻隐之心。平时穷凶极恶的人只要向一点的善，就能叫人感天动地。

谷妙语停在门口，听到小饭铺里传来一道埋怨声，那埋怨因为太极致，导致简单一句话的语调被说得从波峰到波谷跌宕起伏。

"我说小伙子，你等那人来是没来？门能不能关上啊？大冬天的，你觉得我们不冷是吧？"

邵远一边连声说了三遍"对不住"，一边把叉在门里的腿抽出来，把自己整个让渡到门外，侧开身，腾出门口让谷妙语往里进。

"你快进去吧，现在是高峰饭点，空座不好抢。"

谷妙语踏进门里。不算大的小饭店，人满为患，屋子中间还站着好几个人正在虎视眈眈地等位，她赶紧绕到靠门小桌的里面位子坐下。

邵远站在玻璃门外关上门，转身要走，谷妙语不知怎么就有了一点罪恶感。她忽然感觉自己有点像一个在欺负小孩的坏大人，小孩顶着骂声在饭点高峰帮她抢座占座，她却不让小孩吃口饭。

这么想着，谷妙语下意识地敲敲座位旁边的落地玻璃。

咚咚咚，敲得她自己都跟着心惊。

直到邵远听到声音转过身，看向她，她听到自己说："得了，你也进来吃一口吧。"她才反应过来她的恻隐心又背叛她的理智私自做决定了，懊恼已经来不及。

邵远很从善如流地开了门，进来坐在谷妙语对面。

小方桌小得可怜，放两个盛黄焖鸡的砂锅和两碗米饭后，差点连承受鸡骨头的地方都没有。

这么小的一张方桌，谷妙语和邵远面对面地坐。小崽子虽然是小崽子，却身高体长充满存在感，谷妙语想洗脑自己"我看不见他所以我不闹心"的想法很快宣告失效，觉得有点脑袋疼。

她干脆把脖子一弯，埋头吃饭。洗脑不灵，那就真的来个眼不见心不烦吧。

但对面的熊崽子真是不称她的心，他偏要开口讲话。

"我不知道你信不信，但我转组并不是真的觉得你没能力，也不是我为了去业绩好的涂晓蓉那一组跟着赚提成。"

谷妙语坚持不抬头，夹了块带骨头的鸡肉塞进嘴里，边嚼边支了支耳朵。哦，就是在表明你转组不是为了钱？那难不成你是为了人类进步民间疾苦才转去的？呵呵。

"我转过去，其实只是想看看涂晓蓉以低价签完吴阿姨的单，后面具体是怎么操作的，我怕她会下手坑吴阿姨的钱。"说到这儿邵远顿一顿，看到谷妙语的耳朵好像微微动了下，确定了她在听，于是继续说，"她生活那么困难，要是还被涂晓蓉多坑钱，我真的于心不忍。吴阿姨说我像她的小儿子，她也是因为我才选了砺行装修房子，冲这个我也不能让她吃亏。"

谷妙语听到这儿差点被鸡骨头硌着牙。哦，你还挺有情有义的呗？这么有情有义你把我当转组的跳板跟我在公司吵架，让人看我笑话？哼哼。

"挺抱歉的，我那天在公司和你吵架。但我只有和你吵起来，同时表现出和涂晓蓉施苒苒她们有一样的价值观，她们才会相信我和你真的合不来，我和她们才是一路人，这样涂晓蓉才会接纳我、不对我设防，我才能知道她后面到底怎么操作吴阿姨家的装修项目，才能帮上吴阿姨。"

谷妙语停止咀嚼和吞咽，她的胃在消化鸡肉和米饭，她也在消化邵远刚刚的话。简直了，公司才屁大点，都能给你提供上演无间道的舞台了？这么能耐你不应该上学上班，你应该直接上天。

谷妙语终于抬起头，含着鸡骨头，有点含混地说："你也太高估你自己了，你以为你在旁边看着，涂晓蓉就不会多收钱了？她跟我可不一样。"她低头把鸡骨头吐到骨碟里，又抬起头，"她吃肉可从不吐骨头！"

邵远看她终于肯抬头了，不免有点高兴，嘴角儿不可见地抬了抬。

"是的，我没能阻止涂晓蓉出黑手。她加了很多增项，又把很多本来是一个项目的活拆开，按好几个项目要收好几份的钱，比如贴墙面砖这个项目，她把它硬拆成墙面基层处理和贴墙砖两个项目，要收两份钱。还有给墙体批腻子和刷乳胶漆，这是一个项目，但涂晓蓉又把它拆成两个项目要分别算钱。"

谷妙语嗤笑一声："这是她的常用招数之一。"她用筷子拨了拨米粒，忽然有点吃不下去，涂晓蓉真是减肥利器，败人食欲的效果无人能敌。

"后来呢，吴阿姨有没有多花钱？"她问出自己也很关心的问题。

邵远回答得很快："没有。"

谷妙语觉得心里有什么悬而未决的东西，终于踏踏实实地落了地。

"现在工期进入后半段，基本该增项的地方都已经增完了，后期吴阿姨不会再有多交钱的事项了。这段时间我周旋在涂晓蓉和吴阿姨之间，没让涂晓蓉多赚到吴阿姨的钱。最后算上增项的钱，吴阿姨总共的花费跟你当初给她报的价，是打平的。"邵远不疾不徐地说着，一桩桩一件件把这些天来的事讲给谷妙语听。

"我知道你的报价给得最良心，我就把你的报价作为比对的标准。"

听到自己的报价被拿去做标准，谷妙语心里忽然有一种被认可的热流涌动。从进入这个行业开始工作，她有她的坚持，但她的坚持让她显得和大环境格格不入。现在她的坚持有人认可了，她真庆幸自己没有被大环境改变，她坚持住了自己的坚持，也等来了这一份认可。

耳边听到邵远又开了口："其实这些天里，最叫人难受的不是涂晓蓉增项的手段，而是她明明在忽悠吴阿姨，却又能把吴阿姨哄得对她特别感谢。那么困难的阿姨，她怎么下得去手。她那样让我觉得连人与人之间的感情都变成了挣钱的手段，这太龌龊了。"他顿了顿，眼睛盯住谷妙语的脸，一字一顿地说，"你说得对。先利用低价吸引顾客签单，等到施工后再把少要的钱补回来——这种我起初认为是变通的行为，当真正操作起来的时候，它对老百姓而言，其实就是欺诈。"

起初在和谷妙语展开的那场关于是"变通"还是"欺诈"的辩论里，他并不服气谷妙语的结论。他看到谷妙语被涂晓蓉用低价抢走单子时，非常不认同谷妙语一开始就把什么都摆到明面谈，于是显得很高的价格就把顾客从他们组吓到涂晓蓉那一组去了。他觉得谷妙语应该像涂晓蓉那样，先用个稍低的价格把顾客稳住，别吓跑了，后面再让顾客补交差额。他觉得这样的做法是个叫作"变通"的手段。

他当时让谷妙语向涂晓蓉学习，以为涂晓蓉的"变通"是对的。可他并不知道在让顾客一点点接受后面价格的过程中，涂晓蓉是会往里面撒猫腻的。

谷妙语告诉他，从商人角度看，这样的做法可以叫"变通"，但站在老百姓角度看，这其实是欺诈。他开始并不认为商人思维有什么不对，在商言商，每个公司的根本目标都是在追求利益最大化，可后来谷妙语的另一番话又引发了他的思考。

她说："商人的价值体系和带着三分毒的药一样。它能让利益最大化，利益驱动经济进步，这是它的好药性。但商人如果只顾着利益最大化，忽略人性和良心，它的三分毒就要显现了，这种去良心化的利益，推动的就不再是经济的进步，是经济的暂时进步和未来混乱。"

结合涂晓蓉的手段，站在顾客角度切身去体会吴阿姨的立场，然后再次思考那段话，他体会到了，有些运作站在商人角度看是没问题的，但站在老百姓角度看，真的就是欺骗。他很庆幸在自己快要结束二十一岁这一年，遇到一个叫谷妙语的漂亮姐姐。虽然她有时候看着有点傻，但在大原则上，她把握得比谁都通透。她引导他从二十一岁开始改变观念。

他从前的目标是希望自己今后能够成为一位出色的金融精英，现在他的目标更具体了。未来他想要成为可以兼顾"商人思维"和"老百姓思维"两种思维的、利益最大化面前可以保有良心、有所坚持的金融精英。

人满为患的小饭馆里，邵远说完一番话，注视着谷妙语的脸，等她的回答，等待着什么的眼神里总是有一分类似饥饿的光。

谷妙语快被瞅毛了。

"你盯着我干吗？你要是饿就低头，饭在你碗里，不在我脸上。"

邵远嘴角微微一弯，他发现自己在谷妙语面前开始不掩饰真正的喜怒哀乐了。他在自己信任的人面前，总变得像另一个人。

周书奇说过，刚上大学那会儿，大家都还没熟，他整天高冷得不怎么爱讲话，一张嘴十句话里有八句都是那种可以终结聊天的杀伤句，嘴毒得很。

比如有次另外三个人在宿舍里讨论是这个系的系花好看，还是那个系的系花好看。大家意见没得到统一，少数派周书奇不服另外两个多数派的审美，想拉上他站个队打上个二比二平。

结果他当时的回答是："周书奇你应该高兴，你一个人喜欢一个人，他们两个人喜欢一个人，你不用拉着我站队，你应该分化他们，让他们为同一个女人反目打起来。"

他觉得自己当时的回答充满了商场智慧的缩影，但他的话说完，宿舍另外三个人都沉默地跑到窗边看乌鸦去了。

后来他和宿舍三个人混熟了，卸下那脸高冷，会笑会嘲还会帮宿舍的室友们打饭打热水。他家境比较好，刚来的时候又高冷，浑身的派头像个大老爷一样，同学们都戏称他"邵爷"。起初大家都背后叫叫，后来有人把这个戏称拿到他面前当面叫，他也没生气。大家才知道，他其实脾气很好，不像他脸上展现得那么高冷难接近，也不像他说话时那么冲得怼人。

混熟以后周书奇就对他说过："我觉得你有点像男版小龙女。你其实也不是高冷，可能就是你家境太好，你一开始还不知道怎么跟我们这些平民之子相处，等认识久了就摸到门道了。"周书奇想了想，又做了点补充，"虽然你的嘴一直挺毒，但有时候你还挺暖男的，帮我们打饭打热水什么的。要是偶尔能再亲手帮我洗个脚什么的，那你就更完美了！"

他当时听完这一大段话，摘了很偏的一个点回应周书奇，把他回应得目瞪口呆措手不及："小龙女是谁？"

他到现在都记得周书奇的一脸蒙样，像吃了一半苹果后被人告知你手里的那个我舔过。

"你连小龙女是谁都不知道吗？我的邵爷你还有童年吗？"周书奇是这样发出震惊的。

于是他笑笑，说："哦想起来了，她是穆念慈的儿媳妇。"

周书奇用一脸吞了灯泡的表情看了他好半天，终于回过味来："你在逗我！"

此后他觉得谁傻乎乎挺有趣的，就爱用这一招。现在他发现自己对谷妙语似乎开始卸下防备，他在不吝惜地对她展现自己的真实情绪。

"我盯着你看，是想等你回答我，批不批准我转回来。"

谷妙语看着邵远嘴角微扬带着微笑的脸。奇怪，她之前倒没发现他挺擅长笑，他笑起来的样子才是回归了他真实年纪该有的样子。

她没有着急回答邵远的问题，她先问了自己很想知道的两个问题。

"我想听听你和涂晓蓉是怎么周旋的。"她有点怀疑涂晓蓉多要钱的部分，是不是邵远自己出钱垫上了。

"你当时给吴阿姨讲解报价项目的时候我都在认真听，"邵远扶扶眼镜，说，"所以后面涂晓蓉搞拆项的时候，我就跟她说，这里不是这样，应该不用拆开算钱，涂晓蓉问我听谁说的。"

谷妙语挑挑眉："你不会说是我说的吧？"

邵远："说你说的没有威慑力。"

难道不该是"说你说的会给你拉仇恨"？

邵远："我告诉她是秦经理说的，因为我刚来公司，不懂的比较多，秦经理对我比较照顾，没事就会告诉我一些事。为了让她相信，我那几天还经常找点由头进出秦经理办公室。"

谷妙语想了想，不由问："可是秦经理跟你说得着这些事吗？"

邵远回她："我和秦经理说不说得着，其实不重要，重要的是涂晓蓉并不会跑去问秦经理有没有这么一回事。毕竟她要是去问了，她拆项之后多赚了钱的事就被秦经理知道了。那这些多赚的钱到最后会到公司的账上吗？不会的，只会进她自己的腰包。秦经理会对手下设计师增项拆项睁一只眼闭一只眼，但前提是他们通过这样的手段多赚到的钱应该体现到公司账上。假如他们都自己装腰包了，秦经理肯定是不乐意的。所以我对涂晓蓉说是秦经理说的，这老阿姨太困难了，算了吧，这些项目不用拆开算，涂晓蓉最终没有拆。"

谷妙语琢磨了一会儿这一番充满前因后果的博弈，越琢磨越觉得其中的逻辑精妙。

涂晓蓉有两个选择。

一，相信秦经理对邵远说过不必拆项算。于是不拆项，认了，在吴阿姨这单上赚不到什么灰色收入。二，不相信，跑去问秦经理，您这么说过吗。

这之后也有两个可能。

一，秦经理说："是的，我说过这老太太困难，抠出钱来费劲，别拆了。"这种情况就回到了上面一中的结果——不拆项，认了，在吴阿姨这单上赚不到什么灰色收入——但这时她因为跑去问秦经理，表现出她质疑了秦经理的话。所以这种情况得出的结论是，她不该去问秦经理。

二，秦经理说："没有啊，我没不许，你可以拆项。"但这时拆项的钱秦经理知道了，就进不了她的腰包，要到公司账上。她折腾一大通，从穷老太太手里想尽办法抠点钱，最后还不属于她自己。那她何必呢？所以如果是这种可能，她更是不该去问秦经理。

于是综合所有可能，最终她的选择是相信邵远，不去问，不拆项。邵远在博弈中赢了。

想完这一大圈弯弯绕绕，谷妙语觉得自己的脑子快被烧穿了。

她猛地抬头问邵远："其实你就是学金融的吧？说学过设计是扯淡的吧？你可真够鸡贼的！"

邵远诚实地答："我确实是学金融的，没有设计专业的学位，但我生活中私下和人学过一点这方面的东西。"

谷妙语戳了戳头顶上的小丸子，像一修在划他的小光头一样，使劲集结着自己的智慧。

"还有一个问题，你跟吴阿姨的项目跟到一半转回来，你不怕后面涂晓蓉再对吴阿姨出手吗？毕竟吴阿姨那么相信甚至你说她很喜欢涂晓蓉。"

邵远偏一偏头，笑一下，那样子有点像使了什么不为人知的坏之后偷偷高兴的熊小孩。谷妙语觉得邵远今天呈现的精神面貌有点多，她快吸收不过来了。

"不会的。吴阿姨家的装修已经过中期验收进入后面阶段，后面的项目木门地板橱柜瓷砖什么的，价格都已经明白算好，不会再让吴阿姨多花钱。"顿了顿，他脸上那种做了不为人知可以自己偷着乐的事的意味更重了一点。"我前两天其实私下找吴阿姨聊了聊天。"

他实在看不下被涂晓蓉算计的吴阿姨对她充满感谢和喜欢，却对真正耿直善良的谷妙语心存不满，于是他对吴阿姨说："您看装修到现在，其实之前那个谷设计师也没有骗您吧？您算算，您之前签单时交的钱，加上后来陆续被发现少算了的必要增项，眼下总共花的钱是不是跟谷设计师最开始给您的报价差不多？"他还是很给涂晓蓉留面子的，没有戳穿她是"故意"漏下那些项目，好在最初时用低价吸引吴阿姨签单。

于是吴阿姨认真算了下，发现其实谷妙语给她的报价比她现在花出去的还少了一千多块。手头紧的人最记得住自己怎么花的钱。吴阿姨细细一回想，就回想起这一千多块花哪儿去了。

"对了，小谷那天跟我谈报价的时候对我说，有顾客买错柱盆，不要了，让他们公司拉走随便处理。她当时说柱盆就放在公司库房，反正是顾客不要的，原价一千多，她可以跟库房打个招呼提出来，就不收钱了，免费送给我安装使用。"

她到自己家卫生间转了一圈，发现柱盆和谷妙语说的牌子款式都对得上。

吴阿姨一副受了打击的样子："这不会就是小谷说的那套柱盆吧？小涂是收了我钱的……"

邵远看着吴阿姨一脸的无法相信和伤心，非常于心不忍。他体会到了母亲曾经说过的一段话——别跟底层贪婪的人交朋友。他们对钱的渴望超过一切，他们为了钱可以做尽虚情假意的事情。他们觉得自己没钱，那是因为这个世界欠他们的，而他们捞钱，是在取回该属于他们的东西，所以他们永远不会为自己的虚情假意愧疚忏悔。

邵远想，应该让吴阿姨知道究竟谁是好人，谁是一个戏弄了别人情感又不会忏悔的人。

他问吴阿姨："其实我想问问您，谷设计师先把什么事情都一桩桩摆清在台面上，一开始显得报价有点高，但后期不会增项加钱，和涂设计师先跟您报个较低的价格，但这个价格包含的项目其实不全，后面还得增项再交钱，这两种方式您更能接受哪一种？"

这个问题好像难住吴阿姨了，她坐在小板凳上想了老半天，弓起的背让邵远看了觉得悲悯心酸。

吴阿姨想了一会儿，告诉邵远："现在这么一比较的话，感觉还是谷设计师那样好一点。像小涂这样，我现在越想越觉得自己有点被骗了的感觉。"她拉起坐在旁边另一个小板凳上邵远的手，用粗糙的掌心拍着他的手问，"小邵啊，你说小涂她不是故意在骗我吧？"

听到这里，谷妙语满心都是心酸。有什么比发现自己相信和喜欢的人其实在骗自己更伤人的？

"你怎么回答吴阿姨的？"谷妙语问。

邵远又推推眼镜："我一个大男人，总不能直接背后评价女人怎么怎么样，那样就太low了。可我也不想让吴阿姨继续蒙在鼓里当什么人都是好人，所以我就告诉她……"邵远说到这儿又用一道弯都不打的眼神笔直地看着谷妙语的脸。

他当时告诉吴阿姨："我其实是谷设计师的人，到涂设计师这组来，是替谷设计师帮您把把关，把控一下装修的总体费用别超支。"

吴阿姨就笑了，笑得有点沧桑，说："好了孩子，我明白了。替我跟小谷说声对不起，我之前还怀疑她想多赚我钱，再替我跟她说声谢谢。阿姨也谢谢你，好孩子们，你们都有心了。"

他想过知道真相的吴阿姨会有点伤心，但他又想，吴阿姨应该知道究竟谁好谁坏。

邵远说："所以以后，吴阿姨会对涂晓蓉警惕起来，不会再相信她的忽悠。希望有一天所有顾客都能不再被她忽悠。"

谷妙语听得心情有点复杂，好半天没说话，沉默半晌，她撇开头嗤地笑了一下。

邵远问她笑什么。

她转回头，对邵远说："以前以为你情商低，可实际上你居然这么会做人，我挺吃惊的，也感觉我自己有点笨。"所以那声嗤是她在自嘲。

邵远又微翘了下嘴角。这次他的微笑里，含着一丝腼腆。

"其实不是我想的。怎么和涂晓蓉周旋拆项，以及怎么告诉吴阿姨真相，都是我母亲指点我的。"

谷妙语在心里"啊"地感慨了一声。她想邵远的母亲一定是个很厉害的人物，会这么多招数法门，还把那么贵的手机任由儿子随便赔给别人。

她问邵远："你让我在吴阿姨面前承了你这么多好，是逼我不得不把你收回来吧？你也太懂得情感绑架了，我要是不收你回来显得我特小心眼、特没人性、特不珍惜你的用心良苦忍辱负重是不是？哎我怎么说了几个排比句之后这么生气！"

谷妙语认真地纳闷着自己怎么有点变生气了。

午饭后太阳开始向西走，有阳光倾斜着撞在小饭馆的落地玻璃上，一撞就撞透了，哗啦一下铺洒在谷妙语的脸上。她脸上的皮肤比昨天好多了，可还是不如以前。邵远想她真得找个人帮帮她才行，不然还得累得脸起皮。

于是他说："我就是想，在外面发传单这些事让我做好了，你在屋里指挥我就行。外面风大，吹多了你脸还会接着起皮的。"

脸起皮这事在他那儿是过不去了吗？他妈妈怎么不教教他，他不能总对一个少女说她脸起皮，这样总有一天他会被少女打死的！

出于脸皮被再次问候的一点小不高兴，谷妙语决定要说点不客气的话。

"我怎么确定你这次是不是又在玩无间道，无间完涂晓蓉又过来无间我？"谷妙语有点歪着头，用手戳着自己的小丸子问。

强白日光下，她那副样子不像马上二十五岁的人，倒像个有点憨态的女生。

邵远摘下眼镜。阳光有点暖，照在他身上，他鼻梁出了点薄汗，减小了眼镜托架在鼻梁上的摩擦力。

"可我能帮她无间道你什么呢？"邵远问。

光影的效果让他的睫毛变得更长。谷妙语嫉妒地想，他家里应该连鸡毛掸子都可以省了，想掸哪里的灰，他蹲过去对着哪里呼啦呼啦地眨眼睛就可以了。

谷妙语坐直了，想了想，认真说："帮她刺探我到底要怎么过完2011年的最后十几天，防止我逆袭她。"

"我说实话你别不高兴。"邵远把眼镜戴回去，沉吟了一下，说，"其实涂晓蓉真没把你当成对手，她是实心实意地认为你不会有可能逆袭她的，所以也犯不上找个人来做无间道盯着你。"

谷妙语觉得有点扎心。

邵远对谷妙语说："你看，冲着涂晓蓉这种看低你的态度，你都要逆袭她对不对？"

谷妙语心里一边觉得对，一边有点要不好的感觉，她怎么好像被这位青少年的思路给带着走了？

"现在还剩十几天，你要是想在这么短的日子里完成逆袭，就一定要签很多单子，对吗？签单子之前，你要让业主了解装修的材料、装修的报价、装修的流程，然后交定金、出设计稿、量房、签合同。这中间你要和他们有很多的商量磨合，你有这么多时间和精力吗？好，假设你有。可假如你在帮第一批业主做这些事的时候，第二批业主又来了，你在忙第一批业主的同时还要给第二批业主讲解装修的材料、装修的报价、装修的流程……这样你怎么吃得消呢？"

谷妙语很想硬气地说声"吃得消"，但事实是她可能确实会精力不够用。一单跟着一单线性跟进的话，她可以身兼二职。可如果要同时跟进很多单，她可能真的会顾不过来。

邵远扶扶眼镜，谷妙语几乎觉得镜片后他的眼角闪现出了柯南破案时的那种特效金光。

"可是如果你让我回去帮你，情况就不一样了。你专心跟进第一批业主，我来给第二批业主讲解装修的材料、装修的报价、装修的流程，其实这些本来也是销售做的事。我做过功课，已经很会讲了。所以，让我回来帮你吧。秦经理那边你也不用担心，我已经跟他说了我想申请转回你这组的想法，他觉得我有点折腾，但没拦着已经批准了。"

谷妙语脸上还绷着，心里却有点被说动了。

她听到邵远又追加了一句话："还有我发现，来我们公司谈装修的，一般都是丈夫听妻子的，妻子说了算。和其他组的销售比起来，这些女顾客好像更愿意听我给她们讲解。"邵远说完，微抬着下巴看着谷妙语，那样子像在说我这么优秀，我，你值得拥有。

你还挺知道自己顾客受众点在哪儿的，你这么爱接客，行啊。

"OK，你回来负责接客吧。"

谷妙语看到邵远眼角那种特效一样的金光好像又闪现了一下。

小饭馆地方小人多，谷妙语不好意思把这里当成咖啡厅，一杯咖啡可以坐一整天地那么聊，她拎了包站起来准备走。已经发了一上午的传单，可是效果在这只包上却好像一点没显现出来。包还是那么沉，里面的传单好像没少一张似的。

看她站起身，邵远也跟着起来，他先走到门口开门。谷妙语从里面出来，经过门口时，肩膀陡然一轻。她下意识地一回头，看到邵远把她的大包接过去了。

"干吗，抢包啊？"

邵远把包顺势递还给她："那还你。"

谷妙语："我又没说不让你抢！"

邵远几不可见地一抬嘴角，拎着包和谷妙语一起回到小区门口，继续发传单。

邵远人高，长得好，气质也和其他人不太一样。他往道边一站，非常鹤立鸡群，他发的传单也好像比别人的传单更有姿色一样，不怎么被人愿意丢弃。

果然是块接客的好料子。谷妙语想。

两个人一边发传单，一边聊天。

"据说涂晓蓉对你不错，你这样算不算倒打她一耙？"

邵远转头看她一眼，说："在公司的大家眼中看来，他们都觉得涂晓蓉对你很不错，和你说话从来都是笑眯眯，但你觉得她对你真的好吗？"

谷妙语呵呵一声："老好了，好得我都想求求她放过我吧，对别人好去吧。"

邵远说："我跟你大致感想差不多。她显得对我很好，我猜她主要是为了气你。"

谷妙语瞬间就领悟了。女人之间的斗争，总是愿意通过其他中介展示。你和一个人处不来，我偏偏能和他处得非常棒，你说你多失败。

"我听说她干什么事都带着你。"所以除却那些为了气人的因素，谷妙语想，涂晓蓉对邵远还是有一点真的好的成分吧。

"那都是我主动想办法要求跟的。"邵远转头又看了谷妙语一眼，这次这一眼看得比刚才长，"你不是说过涂晓蓉签单之后会有很多猫腻手段吗？我想了解一下她的猫腻手段都是什么。"

"了解全了吗？"

"没有。"

"那你转回来是不是有点早？"

邵远刚转开的眼神又转回来，他对着谷妙语一笑。这一笑实在太青春了，他高高冷冷的外表一下被笑容冲破，好像风都停了，他像个站在春暖花开里的少年。

"可是我得回来帮你。"

谷妙语莫名有点感动，正感动着，她发现邵远眼神的聚焦似乎落在她脸上的某个点，心头危机感大起。

"闭嘴！你要是再说你不回来帮我的话我脸得继续起皮，我打死你！"

邵远"哦"了一声，转过脸去发传单，侧面看，他嘴角似乎带着一点弧度。

"为什么想了解那些猫腻？"发了一会儿传单，谷妙语忽然问。

"想了解一下这个行业到底有多少黑幕和混乱。"邵远回答。

"为什么想了解这些呢？"

"之前是单纯地想了解一下行业情况。现在和你一样，想了解它，然后改善它。"

谷妙语忍不住转头看了邵远一眼，这孩子今天两米八啊。

"你想知道的那些手段，我以后可以告诉你。"她对邵远说。

那些手段她不用不是因为她不懂，而是因为她根本不屑用。她的手是用来画设计图的，虽然现在她的图还画得没那么惊天动地，但她不能让那些龌龊手法脏了她的手，脏了她以后画设计图的思路。

"对了！"她忽然想到另外一个问题，"你怎么找到这儿来的？"

邵远边发传单边说："公司遇不到你。我之前无意间看过你画这个小区的设计图，我猜这里开盘你肯定会来。你来了会很忙，那我不如直接过来帮帮你。"

谷妙语觉得邵远现在可能两米八一了，这孩子够鸡贼的。

"你这么苍蝇扑火似的转回我这儿，就不怕我年终业绩倒数第一，让你跟着我一起被一刀切吗？"

这是邵远之前问过她的问题。

"你不是说你能逆袭吗？我想看看你怎么逆袭。"顿了顿，邵远纠正她，"还有扑火的是飞蛾，苍蝇另有其他爱好。"

好了，他个头又缩了，并没有两米八一。

传单发得差不多，邵远拍拍手，拍掉手上沾的纸末，问谷妙语："所以你是打算主攻高端一点的业主，靠大单子完成逆袭吗？"

谷妙语愣了愣，她想主攻高端客户的想法可从来没告诉过别人。

"你怎么知道的？"

邵远指了指自己脑子："这是一个未来金融学家的大脑。我看到你之前攻下一个中产阶层的客户，通过这个我看到的事实现象，我分析出了它现象背后的本质。"

邵远明明说对了，但谷妙语还是觉得他现在只剩下一米六不能再多了。

"少年，谦虚两个字，记得也把它们放在你未来金融学家的脑子里。"

邵远没在意她的奚落，接着说："我觉得你很有想法，很大胆，也很赞。"

好吧，勉强一米七吧。

"但你今天发传单的对象，好像并不是针对高端客户群体？"

谷妙语想邵远未来说不定还真是个出色的金融学家，有那么厉害的妈指点他，又有他自己的观察力和分析力，还有一针见血问问题的眼力。

她告诉邵远："你说对了，我今天来这里，主攻目标不是高端客户。"她搓搓手，指指小区门口对邵远说，"走，混进去！"

邵远："啊？"

谷妙语："现在领了钥匙的业主都进去和开发商施工方的人做交房验收呢。我们现在混进去，挑几个能说会道以及敢说敢道的业主，跟他使劲聊，顺着他的想法聊，把他聊嗨了，他没准就会对我们有合作意向。"

谷妙语的脸被风吹得红扑扑的，像个白里透红的苹果。

"能说会道又敢说敢道的人一般都有很强的交际能力和带头效应，这样的人在业主之间一定是有点号召力和煽动力。能拿下这样的业主做我们的客户，就有希望通过他的宣传再拿下他的邻居们。"

她看着邵远，告诉他自己的想法："为了吸引这些业主集体签单，我打算为他们做一期团购活动，给他们一些团购优惠条件。这个想法我私下跟秦经理说过，预算表也给他看过，整体是很有赚头的，他表示同意。"

邵远点点头："你确实挺有想法的，可是你不担心涂晓蓉效仿你吗？"

谷妙语笑了："涂晓蓉不会做团购的。因为团购意味着每一家的东西都一样，她不容易找到玩猫腻的空间。团购的业主会自己建群，互通有无，一旦一个人发现不对劲，或者发现自己家的和其他家的东西有一丁点不一样，就会闹起来，她承受不起。我想她只会分别攻克几个客户，那样的话就算后面业主们闹起来，她也可以说你们每个人签合同时的装修标准都不一样，挨个安抚就可以了。年底了，她业绩全都完成并且高高排在第一名，随便签上两三个各自独立的单，又能增加业绩又能操作着捞点油水，多好。"

邵远听完点点头："我觉得你挺有商业头脑的，能分析自己，也能分析竞争对手，然后开发自己的优势，让自己的优势避开对手的优势。我觉得你挺适合做老板。"

谷妙语被夸乐呵了，直接在心里把邵远的个头又长回到两米八。

他们一起盯着小区门口的保安，那个凶凶的小伙子，就是上午吆喝谷妙语让她捡传单的那个人，像个门神一样，只放业主进小区，装饰公司的人通通拦住。

邵远问谷妙语："我们混得进去吗？"

谷妙语说："试试吧，我发小说了，遇到难关不能直接退却，总要死皮赖脸试一试，这个世界你要脸可能赢不了谁，但不要脸没准可以打败一切。"

邵远表现出一点景仰的神色。

谷妙语带着邵远向小区门口冲锋陷阵，凶凶的保安小哥正铜墙铁壁般地拦人。

"不能进不能进，装修公司的人不能进！"

"为什么我们不能进啊？我们是业主！"

"你们不是业主，你们上午发传单发满地，都不带捡的，你们不能进！"

谷妙语心说坏了，这小哥长了记性的，那他也一定记得自己吧。她把心一横，把大衣脱了下来反着一穿。好在她为了省钱，追求一件衣服可以穿成两件的效果，买的羽绒服是两面穿的。

想了想觉得不放心，她又狂扫一下头发，然后抬头问邵远："是不是跟刚才判若两人？"

邵远点头点得有点艰难："准确说，是判若两种人。"一种正常，一种精神不太好。

谷妙语破釜沉舟地以拳敲掌："走，验证死皮赖脸的时刻到了！"

她领着邵远往大门口迈进，凶凶的保安小哥还在堵人："不许进！"

谷妙语："我们是业主！"

"少来！不许进！哎？你……算了算了，你进去吧！"保安小哥看着谷妙语发丝蓬乱的脑袋，嫌弃地一撇嘴，压低声音，"进去以后别捣乱啊！"

谷妙语愣了愣，什么情况？

其他人看到保安小哥给谷妙语放了行，不乐意了："你怎么让他们进不让我进啊！"

保安小哥凶凶的："你扔一地传单都不捡，不让你进！让他们进，那是因为他俩……是两口子！是业主！"

反对声立刻响起："他俩一看就不是两口子好吧？"

反对的声音一落，谷妙语就觉得自己被人搂住了。她侧头向上看邵远，正好邵远也在侧头向下看她。

"走，看看咱家去。"邵远气定神闲地对她说。

谷妙语用余光瞄到保安小哥被邵远一秒钟入戏的演技征服了，都忘了在脸上挂凶，把腰板一挺。

"走……走！看……看看咱家去！"

走出保安小哥以及被保安小哥拦住的那些人的视线范围，谷妙语抖了抖肩膀，抖掉了邵远的手臂。

"保安小哥一定是因为我长得好看才放我进来的。"谷妙语一边重新扎着丸子头一边很有信心地说。

邵远居高临下看着谷妙语手指翻动，什么路数都没看清时，谷妙语已经把刚刚把弄得散碎的头发又重新归拢进一颗憨憨的丸子里了。他觉得女孩子的手真是灵巧，女孩子的头发也是妙物。当灵巧与妙物碰在一起，就出现了让人眼花缭乱的神奇。

不过他眼睛看着神奇，嘴上却耿直地乱说实话："我想是因为你上午在他的呼喝下，把地上所有装修公司的传单都捡了，他可能觉得有点欺负你了，因此有点愧疚才放你进来的。"

为什么这孩子一阵会聊天一阵不会的？情商抽风吗？

"你走吧，我这组不要你了。"

谷妙语带着邵远走进住宅楼，开启扫楼行动。一层层等电梯太麻烦，他们采用人腿扫楼模式。

扫楼的过程不太顺利，很多业主在听说他们是装修公司的人之后都一下拉了长脸，没给什么好脸色。

客气一点的对他们说："谢谢，不考虑。"

不太客气的直接问："你们怎么进来的？不是业主也能混进来的吗？"这种质问里带着浓浓的优越感，"混"字的音效也很戳人自尊心。

更不客气的直接说："你们烦不烦？没看我这儿正验房吗，哪有空应付你们？出去出去！"

第一次从这样的业主家门口退出去时，邵远有点意难平。谷妙语想这应该是这小子第一次被人冷语轰出门吧。

她问邵远："怎么，有点难承受？"

邵远没点头也没说不是，但他白皙度大大增加眼看贴近苍白的脸色已经给出了肯定答复。

"你一直都会遇到这种情况吗？"邵远问谷妙语。

"当然。服务行业没有一种工作不是看人冷脸还得赔着笑脸的。"

邵远默了下，说："真不容易。"

谷妙语不在意地笑笑："也没什么不容易，吃哪行饭承担端哪行饭碗的难呗。你换位思考一下，其实当你总是接到装修公司的骚扰电话、当你忙着验房时被装修公司的人打扰，你也会没什么耐心，你也会忍不住吼装修公司的人。"说着说着，谷妙语脸上那种不在意的笑忽然龟裂了一道小口。她不伪装了，允许自己露出一点沮丧，但只有一点点。

"话是这么说,道理是这么讲,劝自己也是这么劝,但每次被这么对待的时候,还是一样会有点不舒服。"她抬头看看邵远,"我是没办法,就想干这行,也就得干这行。所以不管这些算不算委屈,都得受着。你呢?你家里条件挺好的吧,干吗要跑来遭这份罪?"

邵远推推眼镜,说:"也没有特别好。"

谷妙语拐进楼梯间,开始哼哧哼哧地上台阶:"得了吧,好几万的手机说随便给人就随便给人。"

邵远的声音从她背后传来,低音炮似的响在楼梯间,连混音效果都出现了。

"那是我家最贵的一件家用电器。"邵远顺口胡诌。

谷妙语一边迈楼梯一边连声啧啧不停:"我和我发小的家用电器就一根手电筒。你家的家用电器够买一千多个我家的家用电器了!"

谷妙语听到邵远不一样的气息从身后传来,应该是他笑了一下。真是人憎狗厌喜怒无常的年纪,随便一逗就又笑了。

爬完一层楼从楼梯间拐出来,谷妙语对邵远说:"我算过了,这栋楼的房子面积平均在一百到一百二十平左右。按这个面积对应的装修金额算,要是加上我之前十一个月的业绩,再加上一个星期前我签下的那套小高层高级住宅的装修,我们在这儿只要能签下四单,签单总金额就会跳出垫底的境况,年底被一刀切的就会变成别的组,过完元旦你我就还能在公司见到对方。"顿了顿,她深呼吸,给自己补充底气也是给邵远打气,"所以小朋友,忍一忍,被人损得难受也就那么一下,只要能搞定四单,不多就四单,我们就能逃出生天!"

邵远一副高贵冷艳的样子点点头,谷妙语发现高冷脸可能是他某种情绪的保护色。

她转身,再大吸一口气,准备开始扫这一层的业主。

谷妙语刚敲开这一层第一家业主的门,心里就一哆嗦。老天爷又调皮了,送给她一个低概率事件做开门礼。

来开门的人居然是她上午发传单时,遇到的那个不太客气上来就问她有没有房子的中年大哥。

虽然中年大哥临走的时候夸了她一句脾气不错，并拿走了一张她手里的传单和名片，但谷妙语还是在心里想现在假装走错门不知道还来不来得及。

结果不等她演技上脸，中年大哥倒先热情一笑："哟，我以为是我邻居呢，刚刚他还说要下楼来我这儿串门，一开门怎么是你啊小姑娘？"

谷妙语有点意外，居然没有接收到上午那样的敌意，并且大哥很健谈。

她打消了认错门的念头，当即回以更热情的笑容："业主大哥您好，打扰了！我先表明一下，我不是来劝您选我们公司装修的，我就是想跟您说，您要是有装修方面不太明白的事情，可以随时打电话或者发信息问我，我都愿意解答！"顿了顿，她马上做出重要补充，"免费的，不要钱！"

听了谷妙语这番非常急智的话，邵远不动声色地扭头看她一眼。她被这位大哥当街盘问刁难的时候，他其实在间距两棵树的距离外看到了。他想上去以暴制暴制止中年大哥的刁难，谷妙语已经用她隐忍且智慧的方式把大哥应付好了，那之后他没立刻上前和她会合，他怕她难堪。想想那时候中年大哥的不客气，邵远觉得谷妙语这番急智的回答可以说求生欲非常强了。

中年大哥哈地一声就笑了："怎么，上午让我刁难怕了？我是最近被你们这些装修公司的人骚扰狠了，上午也是赶上你倒霉，我走一路被一路人强塞传单，连说不要都不行，非硬塞，把我脾气硬生生塞出来了，正好走到你那儿就没忍住爆发了一下。"说到这儿大哥哈哈又一笑，"但没想到你这小姑娘脾气还挺好，也没跟我顶，道理也讲得有点意思。"

"来吧，参观参观我家，给我提出点装修意见！"中年大哥说着在门口一侧身，把谷妙语和邵远往屋里让。

谷妙语一瞬间简直有点受宠若惊，她想不到大哥身上居然有这样的情绪转换，更想不到她似乎已经遇到了她事业的转机。她愣神两秒钟，赶紧带着邵远冲进屋子。转机稍纵即逝，她得提神留心别让机会溜走了。

"我姓高，叫我高哥就行。小姑娘怎么称呼？哦对，我有你名片，上午你给我发了。"中年大哥和上午咄咄逼人的样子判若两人，他从大衣口袋里掏出名片看了下，"谷妙语，设计师。小谷设计师，你好。"又看向邵远，问："小伙子怎么称呼？"

邵远利落地自报家门。

中年大哥看着他们一笑："嘿，你俩颜值够高的。"

谷妙语一听别人夸她好看就脸红，余光扫一扫邵远，他老神在在的，好像这样的话听得多了脸皮都被磨厚了，羞不羞臊不臊也都看不出来。

中年大哥带着他们参观自己的屋子，三室一厅一厨一卫，户型很规整。

"我这房子怎么样？"中年大哥问。

谷妙语说："高哥您这户型相当不错，格局规整，卧室敞亮，客厅够大，屋子也够用。"

中年大哥撇嘴摇头："根本不够用啊！这正是我头疼的问题。别看是个三居室，但我们家人多。我母亲得住一间房，我和我老婆一间，我女儿一间。除此之外我老婆还有个外甥，父母都没了，孩子在北京上大学，赶上周末过节什么的得来我们家住。我合计着新房子怎么也得给那孩子留个正经睡觉的地方，不能再像以前住旧房子那样，一回来就得挤沙发睡。可你说我上哪儿弄出这地方来呢？"

中年大哥摩挲着下巴，一脸苦恼，一转头，对谷妙语说："正好，小谷设计师，你给我出出主意！"

谷妙语一声"得嘞"，走过去邵远那儿，从大包里翻出平板电脑。她这会是真心实意想给这位大哥想办法出主意，哪怕他最后并不会找她装修。能对自己媳妇的外甥，一个和自己一点血缘关系都没有的孩子都这么好，这大哥得是个多血性义气的好人。她愿意给好人多帮帮忙。

她点开平板电脑的屏幕，熟门熟路顺着一系列路径点进一张设计图。那是她早早画好的这个小区这个户型的设计图之一。

"高哥您看，这是我自己画的设计图，就是针对您这种人多房间不够用，想在有限空间内再变换出一个独立空间的情况。"

她用手指戳大设计图，着重给中年大哥看客厅的位置。

"当空间不够用的时候，我们就需要开发空间的复合功能。复合功能的意思是说，一个空间可以承担两种及以上的功能，比如一间屋子，您既可以把它当卧室，又可以把它当书房，还可以用它来会客。"谷妙语带着中年大哥回到客厅位置，图纸结合实地给他讲解，"您家里最容易开发出复合功能的空间就是客厅，因为您家客厅大而且长。您的客厅是南北向，窗子在南，北边是墙壁。您看这儿，就是北边这堵墙上，假如打一个通到棚顶的墙边柜，会很美观。然后墙边柜其实不是单纯的柜子，它里面是张隐藏床，打开柜子，门一拉，床就放下来了，不用的时候一推一关门，床就被藏进柜子里了。这个柜子除了能藏床，同时还可以藏一张桌子。打开柜门向外拉伸，可以有张桌面，桌面被拉出来的同时触发壁柜灯点亮，这样可以供您外甥看书学习。"

谷妙语抬手指指客厅顶棚墙面："我们可以在顶棚上做一个L形的滑道——对，滑道不在地面做，在地面上不美观，总会让人有种空间被割裂的感觉，而且走路会绊——然后在滑道上安装一道特殊材质的布帘，这种布帘遮光率可以达到90%以上，还有一定的降噪防潮作用，把它沿着滑道拉起来，L形的布帘、西侧墙壁、北侧墙边柜之间，就隔出了一个独立空间。在这个独立空间里，打开柜门拉下床，拉下桌子，触亮壁柜灯，这就是一个集睡眠、学习功能于一体的独立房间。把这道帘子沿着滑道收起来，嫌麻烦不愿意摘就靠墙拢着，觉得不好看也可以摘下收起来，等用的时候再随时安装，这样就又恢复了您客厅的通透完整。平面图您看着可能不够直观，您等下，我这儿还有三维立体效果图。"

谷妙语熟练地返回上一层，麻利地点开另一张图，一张三维效果图呈现在屏幕上。

中年大哥看边不住点头："这个好，这个真好！我一眼就相中你这个设计了！"顿了顿，他抬起头看着谷妙语，说，"但我可没说一定用你家装修啊！"

谷妙语噗地一下笑了："高哥您放心，我不是那种您问句梨甜不甜我就非逼您买一筐才让您走的霸道商贩，您不选我，我也愿意把这个设计送给您，包括布帘的材质是什么，到哪里去买，我都愿意告诉您。现在能对老婆好的男人很少了，能对老婆的外甥都这么好的男人，简直难找，能把设计图送您这样的好人用，您不找我装修我也乐意！"

中年大哥被谷妙语一席话说得又舒服受用又开心得劲。

邵远瞄了眼谷妙语，想她怎么那么会说话，把心里话表达得既有真情实感还不叫人觉得虚伪。

门口传来咚咚声，门没关，来人直接走进来。

中年大哥看清来人后对谷妙语说："这是我楼上邻居，买完房之后我们几个合得来的邻居就加了个群，没事就互通有无一下，热闹着呢！"说完他跟来人打招呼："来来来，老刘，过来我给你介绍一下，这位是小谷设计师，本事着呢！你不是也在想你家得怎么装修吗，正好，让小谷设计师给你看看，出出主意！"

老刘报了下自己的门牌号，他一报完谷妙语就立刻给了反应："我知道您这个户型，和高哥家的有点不太一样，他家的户型方正，您家多了一道走廊，这道走廊要是不好好利用的话就会显得空间有点浪费！"

谷妙语从平板电脑里调出老刘那个户型的设计图，开始讲起来。

老刘听得特别来劲，中年大哥也跟着来劲，听了一会儿他直接掏出手机："我让老孙、老李、大赵也都下来听听，小谷讲得有意思！"

高大哥的电话打出去不一会儿，又陆续来了三个人。

他们分别报了自家的门牌号，谷妙语听到门牌号像听到指令的智能机器一样，立马在大脑皮层反映出哪个业主大哥对应着哪种户型图。她麻利地调出这些户型图，又根据每个业主大哥的不同需求进一步调出该户型图下对应的每种可能的细分设计图。

邵远觉得这一刻的谷妙语像个魔术师，她万全的准备让她闪光炫目。以前涂晓蓉忙得热热火火的时候，他总觉得谷妙语无所事事，每天就知道狂灌鸡汤。现在他才发现，他犯了一个错误，一个学金融的人不该犯的错误——他只看到了事情的表面，没有看到本质，就依据表面情况得出了坏的结论。

母亲说得对，无论他多聪明，理论掌握得多好，他都需要到社会的熔炉和人性的修罗场里淬炼。

他看着谷妙语被几个业主包围起来，解答他们一个又一个问题，居然谁也问不住她。

一个人说："小谷设计师，我家里老人腿脚不太好，装修的时候有没有什么需要注意的？"

谷妙语告诉他："那您家里装修的时候最关键的就是得注意防滑，地面尽量安装软木地板和防滑地砖，尤其厨房和卫生间要特别注意防滑，淋浴间、浴缸、马桶周围都安装扶手。床别选太软的，老人腰受不了，睡一宿就塌腰了，也别选太高的，上下费劲。还有一般老人年纪大了之后起夜比较多，最好能在过道上安装低照明度的常亮灯。"

谷妙语刚解答完上一个，下一个紧跟着又说："小谷设计师，我女儿在学钢琴，我有点担心会吵到邻居，有没有什么解决办法？"

谷妙语想到不久前坐在家里沙发上翻看的那本最新装修杂志上的内容，说："现在有种隔音材料，比KTV包墙那种海绵要好得多，它是硬质的，您可以把它装在您女儿琴房的四面墙壁上，这样就会把声音的分贝降低，您的邻居就不会被吵到。"

另外那个人也抓紧机会问谷妙语："小谷设计师，我家养了一只猫，旧家随它抓随它造，我也没在意。可现在有新家了，再让它可劲造我就该心疼了，装修的时候有没有什么需要注意的啊？"

谷妙语告诉他："首先不建议铺实木地板，因为实木地板比较贵，被小动物的爪子抓花之后小动物赔不起。建议铺有凹凸纹路的瓷砖，这样可以防止小动物跑来跑去时打滑卡跟头。家具也别选皮质的，小动物最爱那个材质了，一定会挥爪上去练挠功。最后就是装饰品尽量少摆一点，省得被猫大人心情不好时扒到地上。"

谷妙语这一聊，不知不觉就做了两个多小时的民间装修问答节目，她嗓子都要冒烟了，五个求知好问的业主大哥才终于住口。

谷妙语把他们聊得一脸愉悦，她自己也觉得内心特别满足。她忽然有点理解为什么有人那么好为人师了——因为给人家当老师巴拉巴拉地讲，会显得自己特别有文化。

几位大哥对她的整体设计思路和设计理念都很赞赏。

领头的高大哥问她："小谷设计师，你是把我们这小区每个户型的设计图都画了吗？"

谷妙语点点头："都画了。"

在高大哥的一脸赞赏中，谷妙语又补充说明了一下："不仅都画了，还针对有可能出现的不同需求，画了很多细分稿。"

高大哥和其他几个业主把惊叹毫不吝啬地展现在脸上。

"真是有心啊！这得提前下多大功夫？"

"小姑娘我说你真神了！"

"那句话怎么说的？机会是留给有准备的人的！我看机会就是给小谷设计师这样的人的！"

邵远在一旁听着看着，捕捉着时机，到这一刻，他觉得时机到了。

他开了口："大哥说得对，机会是给有准备的人的，那么你们愿意给谷老师一个机会吗？"顿了顿，看看大部分人都没什么排斥的神色，他继续说，"看样子各位业主大哥都很满意我们谷老师的设计，那不如就考虑一下让谷老师为大家操盘新家装修吧？"

谷妙语差点在心里给邵远鼓掌鼓断手。谁说这孩子情商低？这不忽悠一下情商就涨上来了吗？这配合打得可以说特别妙了。

她是说过给几个人做免费装修顾问，只顾问，不推销，但邵远他可没这样说过。在她不能说什么的前提下，由他来卖推销，这真是妙极了。他时机拿捏得可真够准，该出口时就出口，没一点拖泥带水。

不过过场还是要走一下的。

谷妙语开了口："哎，小邵，我都说了给几位大哥做免费装修顾问，能帮大哥们解决问题我们就没白来，别让大哥们为难。"

邵远那么一唱，谷妙语这么一和，几位大哥多少有点不好意思起来。

邵远趁热打铁："相信几位大哥犹豫，绝不是因为谷老师的设计能力，可能考虑更多的是钱的因素。其实谷老师来这里之前跟我说过，要是有装修意向的业主能达到五户，她就可以和我们公司经理给大家集体申请到一个团购价。所以如果几位大哥一起在谷老师这里装修的话,每家都会比市价便宜很多,这样会很划算的。"

人人都有点被说动的样子,不过仍在被说动与下决定之间漂移着。

高大哥楼上的邻居先开了口:"一定得团购才给团购价吗?单个签不能便宜点直接按团购价算吗?"

邵远给了一个很为难的表情和委婉拒绝的答复。

楼上大哥有点小意见:"都是一样的东西,既然团购能给出更低的价格,就说明它是有让利空间的,那为什么单个装修就不行呢?小伙子你这样不就是在拿团购的噱头做道德绑架吗,这是非逼着我们全找你装修不可呢?要是有一个人不找,那在其他人那儿岂不是成不帮忙的坏人了?"

谷妙语在一旁听得有点着急,她隐隐觉得楼上邻居大哥说得不对,可是听起来却很合逻辑。她酝酿着,想着该怎么和他们解释团购才可以有团购价这回事,眼神一晃间,瞄到邵远,他的表情特别从容笃定,好像就在等着这样一个问题落入自己手中一样。

谷妙语看着他那副样子不由想到一个词——尽在掌握。

"这位业主大哥,我们不是在用团购跟您做道德绑架。"邵远扶扶眼镜,侃侃而谈。他是最不像销售的销售,看起来斯文又富有书卷气,可他也是最像销售的销售,他身上有商人的气息。

"首先我先和您解释一下,单签装修为什么会贵,团购装修为什么便宜的原理。我给大哥您举个例子。"他从肩膀上摘下一直替谷妙语背着的帆布大包,"比如谷老师背的这个包,商贩A去厂家进货,厂家的标价是进货一个三十元。他进了一个,回头他在市场上可以卖到五十元,这样他就赚了二十元利润。商贩B也去进货,他进的包多,一次要二十个。这个数量,厂家可以给到一个包二十五元的进货价,商贩B这时如果同样想赚到二十元利润的话,在市场上每个包只要卖到二十六元就足以达到。于是同样的利润下,商贩B的包比商贩A卖得便宜得多。"邵远顿一顿,给几位大哥一点消化时间,随后继续说,"这就是团购优势的最直观体现。我们装修公司并不生产材料,我们也要向材料商购进材料,但我们跟材料商购进材料的价格是和数量有关的,购得多我们才有让利空间,购得少的话——老大哥,像您说的,单独签一家装修,那我们是没有和材料商压价的余地的,我们进材料贵,就只能是跟您收的装修款也贵。"

楼上邻居大哥想了会,慢慢点点头:"你这个讲解我听明白了。但怎么说呢,我其实也不是不想选你们,我也觉得小谷设计师特别棒,就是……唉,其实之前已经有其他装修公司的人联系过我了,我也和他们谈得还不错。但我是真喜欢谷设计师的设计,你要说让我不选你们光白拿谷设计师的设计图,虽然谷设计师说没问题,但我其实也没那么大脸。唉,真纠结!"

邵远一下就明白了他的意思:"所以您刚刚是怕您不能参与团购会拖累邻居也不能享受团购价,想让团购才能享有的优惠价直接变成每个个体的让利低价,这样就算您退出也不影响其他邻居享受折扣价装修,是这样吧老大哥?"

楼上邻居大哥点头:"对对,就是这样!"

谷妙语看着邵远,她觉得他真是天生的商人。和钱有关的事情,他脑子转得飞快。

邵远做出一脸为难的样子:"那真的挺抱歉的。"他抬手不着痕迹地搭在谷妙语肩上,看起来手是自自然然地搭着,但其实指尖用了力。

"我们公司对团购的硬性规定就是五单起,要是不足五单,真的没办法享受折扣价。"

他透过指尖把力传导给谷妙语,那力道里带着文字说明:淡定,别慌,我知道你还差四单,但我们拼得下这五单。

谷妙语默契地不出声。

另外四个邻居一起看向那个犹豫不决的老大哥。

邵远趁热打铁:"其实各位大哥应该都能算明白账了,你们一起签单的话,真的很划算,价格低不说,每家还可以互相比较,看看他家用的东西和我家用的是一样的吗,我家马桶和他家用的是一个牌子一个型号的吧,我家瓷砖的缝隙和他家的是同样宽的吧。你们的比较其实对我们是一种监督,有的装修公司和设计师特别害怕这种比较,所以他们不敢做团购。但我们谷老师不怕被比较,谷老师的设计能力大家都看到了，准备功夫做得多认真大家也看到了，最重要是她还重承诺，说免费给大家做装修顾问，就不向你们提选我们公司装修一个字，可以说我们谷老师是这个行业里最良心的设计师了！"

谷妙语忍不住歪头看了看邵远。这小崽子怎么这么能说？怎么这么会说？说的时候还能学以致用把她之前告诉过他的话融进去。最关键的是，他居然能如此冠冕堂皇地把她摘出来，将她送上人格高尚的高地，她简直都要骄傲害羞了！

邵远的一席话说完，高大哥最先表态："你这小伙子，看起来不像爱说话，一说起来头头是道！行了，你不用再多说了，小谷设计师挺对我脾气的，我反正是要选她来给我装修的，至于我这几位老哥老弟……要不这样，你们先回去，我们在这儿商量一下，商量完我给小谷设计师打电话告诉你们结果。"

已经下午四点多，业主们都已陆续离开，谷妙语和邵远决定不再进行扫楼活动。

他们乘着电梯，打算去小区外的咖啡厅喝点东西，解解噎吧一下午的渴。

一走进电梯，谷妙语和邵远居然不约而同向对方递送赞美。

谷妙语："你那些话说得真棒！"

邵远："你的设计图做得真好！"

谷妙语："我们是在商业互吹吗？"

邵远微微翘了下嘴角："我们配合得好，值得一吹。"

到了咖啡厅，谷妙语迟了一拍的紧张感终于来找她了。

"你说高大哥他们会签单吗？要是他们签了可就太好了，我们就不用继续来扫楼了。"

"高大哥怎么还不来电话？这都快一个小时了。"

"你说当时我们要是说四单也签，也给团购价，是不是现在已经可以商量明天交定金的事了？唉我有点后悔。"

"你说……"

邵远不想听"你说"了，他说："亲爱的谷老师，你是一个签过高端客户的设计师，麻烦淡定。"其实你大可不用担心，我只是想逼一逼他们，万一能逼成五单呢？这样你就多了一单业绩，还是一单金额不算小的业绩。退一步说，如果楼上那位邻居大哥实在不想一起签，那就等他们把消息反馈给我们的时候，我们再说'那真遗憾。要不这样吧，我们再回去做做经理工作，再争取一下'。然后第二天我们打电话告诉他们'我们很艰难地把经理说服了，他批准我们四单也可以走团购'。这时候他们会对我们特别感激，以后装修时你和他们之间的对接也就能得到很高的配合。"

谷妙语目瞪口呆地看着邵远。他真是很有商人的理性思维，而她却是设计师的感性思维。她只会从感性的角度去想，怎样做能让顾客更开心，他们开心了她才对得起自己的良心。她太看重良心这回事了，觉得只要他们能开心，她自己吃点亏也不要紧。她从来没有换个思路去想，能不能有个方法，既让顾客开心，也让自己不吃亏。现在邵远给她带来了这个思路，在追求利益最大化的时候，良心不能丢。其实换个角度去看，也无需把良心的标准魔化。用并不妨碍彼此利益的一点小技巧，博弈在人的心理间，以获取更大的收益，未尝不可行。

其实利益最大化和良心之间，或许是有一道平衡的。谷妙语似懂非懂地想。

她的懵懂思路最终被一串电话铃声打断。

电话一接通，高大哥就对谷妙语说："小谷设计师啊，你明天后天哪天有空啊？我们哥五个去找你吧，我把他们四个都捋平了！"

话筒里传来高大哥朗朗的笑声，谷妙语在一瞬间有点眼圈发热。

电话挂断后，她抬头找到邵远的眼睛，看向那里，告诉他："成了！"

邵远对她举了举咖啡杯："祝贺我们过完元旦可以继续再相见！"

谷妙语端起咖啡杯，和邵远的一碰，很开心地干掉大半杯一点都不觉得苦的苦咖啡。心里美，吃黄莲都会吃出甜来。

她放下咖啡杯，抹抹嘴，对邵远说："今天辛苦了！那你就先回家吧。"

邵远微皱眉偏下头。

谷妙语问："怎么了？"

邵远："有一种被用完就丢掉的神奇感觉。"

谷妙语噗地就乐了："中央处理器都没有你想得多。"

她告诉邵远，她是看他累了一天了，不如回去休息。她自己还要赶回公司，准备一下明天大哥团购团去公司签约交定金的事情。

邵远说："反正我回学校也没什么事，不如跟你一起回公司，早点帮你弄完你也能早点回家。"

谷妙语也没再推辞。有个人帮忙也挺好。

走出咖啡厅，晚高峰的北京城兜头迎脸地闯进感官世界。

邵远提出打车走，谷妙语没批准他这个提议。

"谁给你报销？没人给你报销你自己花？脑袋大啊？"

她把他拽上一辆公交车。车上人多，邵远一路眉头都没松过。谷妙语不管他，这点挤都受不了，那也太娇气了。

公共汽车走走停停，加入路面的堵车大军。

谷妙语手握着拉环，跟着走走停停的韵律晃晃荡荡地向车外看。

挨着车窗坐的大妈好像晕车，把车窗开了一条缝，于是谷妙语闻到这时的北京城是有味道的——堵车时的尾气渲染着每一立方的空气，但这时的北京城也是烟火气和热闹的，每辆车的车灯，前黄后红，用暖色驱赶冬日傍晚的灰冷。所有奋斗在这城市的人，一早一晚，挤在高峰人流中，都在努力向前赶自己的路。

邵远被人挤到谷妙语身后，撞了她一下。他下意识道歉："对不起。"

谷妙语回头一笑："原谅你了。"

邵远："……"

贴太近了。他的下巴就抵在她的丸子头上，清香的茉莉花味在呼吸间钻进他鼻中。原来茉莉花的味道是这么好闻。

邵远的眼镜又借着一层薄汗开始在他鼻梁上打滑，他的喉结无声向上提了提，运了口气，使劲往旁边一挤，终于错开和谷妙语前后紧贴的窘境，他变成和谷妙语并排站着。

有人大声嚷嚷："你挤什么挤啊！"

谷妙语转头，瞄到邵远在这声嚷嚷里皱紧眉头，一脸的忍受。

谷妙语压低声音安慰他："没事，常态，别往心里去。在北京的公交车和地铁上，'你挤什么挤啊'这句话不用往耳朵里听，这句跟'你吃饭了吗''你干吗去啊'一样，就是个常用短语。"

邵远的眉头舒展开了："你还挺会安慰人。"

谷妙语笑一笑，问他："你不经常坐公交？"

邵远又皱起眉："起码不会赶在高峰期坐，这多自虐。"那不言自明的烦躁又全挤在眉头里了。

谷妙语又笑笑："好多人都讨厌北京的早晚高峰，可不知道为什么，我就不讨厌，可能还有点喜欢。"

她的话成功让邵远在拧头看向她时，眼底充满了想给她买某种药的神情。

"你不觉得这个时间里，这个城市显得很公平吗？"谷妙语握着拉环，下巴尖朝车窗外一点，"你看，在这条街上，不管你开的是劳斯莱斯还是夏利，骑的是宝马自行车还是艾玛电动车，遇到红灯你都得在这儿等着，谁都没有横行过去的特权。"

她扭头，半侧半仰看着邵远的脸，说："堵车其实挺好的，象征着公平。"

邵远想着想着，嗤地一声笑了下。他发现自己可能见鬼了，居然有点被谷妙语洗脑，觉得她的说法其实有点道理，烦躁的心境居然也渐渐平静下来。

挤在人与人紧紧相擦的肩膀间，他问谷妙语："你能把所有负面的事情都想出乐观的道理来吗？"

"当然。"谷妙语骄傲地扬着下巴，"我鸡汤谷岂是浪得虚名的？"

邵远撇过头，在确保她看不见的角度，笑了。

这小姐姐有点傻萌。

下了公交车，站点到公司还有一段路，谷妙语和邵远边走边聊天。

"你以后在公司遇到涂晓蓉，会不会尴尬？"谷妙语问。

"为什么要尴尬？"邵远反问。

"你从她那儿又转回我这儿了啊。"

"我从你这儿转到她那儿的时候，我看到你时也没觉得尴尬，所以现在看到涂晓蓉应该也不会。"

谷妙语很想说你不尴尬是你脸皮厚，我都替你尴尬。

"反正你这么转来转去，肯定是把涂晓蓉得罪了。怕不？"谷妙语问。

"为什么要怕？"邵远又反问。

"宁得罪君子，莫得罪小人啊。"

"小人有什么好怕的，小人应该放在袜子底下踩。"

你袜子穿得很民间啊！谷妙语吐槽着想。

邵远转头瞅瞅她，忽然说："难道你怕？怕我转回来给你拉仇恨？"他难得在思考女人之间的斗争思路上不再笔直，拐出了一个弯。

"我呸！"谷妙语这一声呸简直气出丹田，"我要是怕她我就不是我了！"

"那管她的？"邵远说。

"对，管她的呢！"谷妙语说。

管她的，干就完了。

谷妙语带着邵远回公司的时候，涂晓蓉和施苒苒居然还没走。

谷妙语迈进大门时，涂晓蓉正笑容满面地向外送一个顾客。她对那位顾客的殷勤笑意，和她每次拜供在办公位上的小财神佛像时一模一样。

涂晓蓉送客送到大门外，施苒苒留了步，停在谷妙语面前，拉开耀武扬威的架势。

"刚出去那位顾客呀，是北五环刚竣工验收那个小区的业主。这才刚竣工，晓蓉过去一谈就谈成一单，妙语你说她厉害不厉害！"施苒苒唱作俱佳地表演着，忽然她话锋一转，"哎呀，这一单要是你做成的就好了，这样好歹你保住饭碗的几率能大一点！"

谷妙语差点被施苒苒这副古代小姨太太样气乐了，还没等她回嘴，她身后的邵远倒先出了声。

"施姐，你眼线有点花。"

施苒苒脸色一僵，瞪了邵远一眼，转身往卫生间走，途中她努力控制步伐速率，想尽量显得她其实才没那么在意眼线花没花，仿佛她只是该去上个厕所而已。

谷妙语扭头看邵远，这招居然被他学去了。他简直像海绵成了精，看到什么都在使劲吸收，他学以致用的速度、广度着实惊人了一点。

邵远忽然冲她挑挑眉，谷妙语身后蓦地响起涂晓蓉的声音。

"妙语啊，这么晚了，怎么还没回家？"

于是谷妙语明白了邵远刚刚递给她的那个微表情是什么意思——你对手来了，准备战斗吧。

谷妙语无声一吸气，绽放出一个笑容，回过头面向涂晓蓉："你不也没走吗？"

涂晓蓉笑眯眯的："我没走是我有单子要签，我得加班啊！"她用活灵活现的语气让谷妙语意识到，她还有半句话抵在嘴边——但你有什么好加班的？你业绩那么差。

谷妙语也笑眯眯的："哦，又签一单呀，那祝贺你吧。"说完她想带着邵远走，涂晓蓉却没给她腾路出来，她走了两步，恰好挡在通向办公区的通道上。

"大冬天的，看你这春风满面的样子，你不会也接到单了吧？"涂晓蓉挡在谷妙语面前，手臂抱在胸前，语气亲切和善，语意却多管闲事得很。

没等谷妙语开口，身后的邵远已经出声替她抢答："嗯，谷老师今天也接到单了。"

涂晓蓉听到邵远说话，眼神一厉抬头剜了他一下，随后又看回谷妙语，瞬间切换回笑容满面。

"看样子收获还不小？"

又没等谷妙语出声，邵远就抢答："谷老师的收获还可以。"

谷妙语看到涂晓蓉的嘴角抽了一下。她觉得做涂晓蓉的嘴角一定很累，不是得没有真情实感地笑，就是得不受控制地抽。

涂晓蓉又冷冷剜了邵远一眼，但说话时却还是笑模笑样的："现在的实习生素质真是越来越差，墙头草也就算了，连别人说话别插嘴的基本礼貌都不懂。"

谷妙语立刻护犊子："我觉得他比你们组施苒苒刚来时跟我说话那样要

强一些。"

涂晓蓉把眼神从邵远脸上挪回来，看着谷妙语，不接她的话茬，又续回先前的话："这么说是不是要提前恭喜你，不会被公司淘汰了？"

这回谷妙语没让邵远抢答，她自己先奔到答题区对涂晓蓉说："你现在恭喜我还有点早。"

涂晓蓉笑得特别和蔼可亲："怎么，对自己摆脱业绩倒数第一没信心呀？"

谷妙语回给她一句高深莫测的话："我是担心你后面恭喜我的内容得换，太麻烦。"

涂晓蓉一副没听懂的样子。

施苒苒已经检查完她"花掉的眼线"从卫生间出来了，谷妙语不想给她和涂晓蓉会师后一起对付自己的机会，直接对涂晓蓉说："我还有事，就不陪你聊天了。等年会的时候咱俩再好好喝一杯！"

对，就是年会，姑奶奶我是不会如你所愿被淘汰的！

谷妙语心里响起很过瘾的潜台词。

她带着邵远往办公区走。她在前，邵远在后。她越过涂晓蓉时，邵远正在她身后和涂晓蓉擦肩而过。

涂晓蓉的声音阴阴凉凉地响起："好好干，小伙子，你这么懂两面三刀，知道妙语没事了又转回她那儿，见风使舵的本事这么好，你以后一定错不了，会有天大的出息的！"

谷妙语站定回身，摆开护犊子要掐架的架势。她的人她怎么嘲讽怎么责怪都可以，就是不许外人说！

邵远却在她开口前，两手搭在她肩上，以她不容对抗的一股力量将她一扭，她又变成在他前面，他推着她往前走。

走出一段距离后，他收了按在她肩膀上给她当驱动的那股力。

谷妙语立刻旋身，有点凶地问："干吗不让我怼她？"

邵远很淡定："怼她干吗？她又没说错。"扶扶眼镜后，他说，"我将来是错不了的，一定会有大出息。"

好吧让她刚才那股想护犊子的战斗力爱死哪儿去死哪儿去吧。

谷妙语一边准备第二天的定金协议，一边被某种迟来的情绪干扰着。那种情绪越来越浓，干扰也渐渐变大。

对情绪处理有点迟钝的谷妙语在喝了一杯水后，终于忧心起来。

"我刚才一直觉得明天会有点什么事发生，在我喝完这杯水后，我终于意识到是什么事了！"谷妙语举着水杯说，她举水杯的样子像个举着冲锋号准备战斗的斗士。

"明天高大哥他们五个来签定金协议的时候，涂晓蓉一定会想方设法捣乱的！"

谷妙语想涂晓蓉一定会像个赖皮缠一样，假装和她关系特别好，殷勤地一起帮忙招呼客户，然后在招呼的过程中，再一次玩她拿手的那些把戏——用更低的价格在她面前诱惑客户跳单。

就算高大哥他们比之前的大爷和吴阿姨经济实力好得多，但他们也绝不是不在乎钱的。所以即便涂晓蓉抢不走这几个客户，谷妙语也不会太好过，她得把自己的报价为什么会高这事解释明白，不然大家就干脆一拍两散。典型的自己得不到的，谁也别想好。

谷妙语把这种高达99.99%堪比千足金浓度的可能性讲给邵远听。

邵远摘下眼镜，捏了会眉心，然后抬起头，戴回眼镜，眼底有炯炯的光透过镜片射出来。

谷妙语觉得那种柯南眼角的金光特效又出现了。

"这事应该可以解决。我给你想了个办法，你只要找人实施就行了。"

邵远这样那样地对谷妙语说了一番，谷妙语听完眼睛一瞪。

"我说你这孩子，年纪轻轻的，怎么这么鸡贼呢？"随即她就绷不住了，笑起来，"这种鸡贼方法以后多切磋啊！"

邵远也跟着微笑起来："设计方面的专业能力，你厉害一点。但纯商业手段的话，我想还是我厉害一点。你呢，身上缺一点狠劲。"

谷妙语想了想，好像邵远说得有点对，她是不太够狠。

她问邵远："那你呢，你缺什么？"

邵远的回答显得那么天经地义："我？我什么也不缺，我完美。"

谷妙语白眼翻得差点淌眼泪。

邵远低头一笑。他觉得谷妙语太讲人性心太软，缺一点狠劲。而他也知道自己其实并不完美，他也有缺失。他缺的，恰是她多的那点柔软，以及一些与人性有关的历练。

第二天谷妙语和邵远很早就到了公司，但涂晓蓉比他们到得更早。她到以后就像长在了公司前厅一样，拖了把椅子就坐在那儿不动了，有话没话地一直和前台聊天。

谷妙语知道她安的什么心打的什么算盘。

她没理会涂晓蓉，站在公司大门口等。

冬日的早晨，天凉飕飕的，她的后背却辣滋滋的。涂晓蓉的视线像两道高温射线，一秒都没松懈地在炙烤她。

谷妙语在门口等了一会儿，等到一辆宝马刹着轮胎停在她面前，她赶紧迎上去。

车窗玻璃落下来，副驾上坐着的男子转过头露了脸。

谷妙语定睛看了看，是个面容十分俊朗的男人。

她招呼了一声："是……雷先生吗？"

俊朗男人撇嘴一笑，有几分不羁邪气，踮兮兮地说："不是雷先生，是任先生。你说的那位雷先生正在给我当司机。"

谷妙语怔了一下，脑子里闪过一个名字，任炎！

宝马驾驶位上的人下了车，绕过车头向谷妙语走过来，边走边打招呼："谷设计师，我是雷振梓，咱们昨天下午在电话里约好的，今天在你公司面谈。这是我哥们儿，跟我一样在北五环小区买的房子。因为我哥们儿对你的设计也很感兴趣，我就直接把他也带过来一起谈一谈。"

　　谷妙语看着传说中的雷振梓，想着自己用的还是人家原来用过的手机，对他的亲切感顿时扑面而来。

　　任炎也从车上下来，谷妙语把他们往公司里迎。

　　涂晓蓉不负所望地堆满笑容等在门口，自来熟地笑成一朵花。

　　"妙语，这是来我们公司的客户吧？你快去倒两杯水，我来帮你把他们带去会议室！两位先生这边请！"

　　谷妙语半推半就地由着涂晓蓉把任炎和雷振梓带去会议室。

　　她磨蹭了一会儿，端了两杯水过去。推门进屋的时候，雷振梓先生已经很入戏了，他在认认真真地听涂晓蓉给他说装修报价。

　　任炎坐在一旁，一直一副冷淡又踟分分的样子，总好像在凭空不屑着点什么。

　　看到她进来，雷振梓演技上脸，直接表达不满："谷设计师，你昨天给我说的报价不太对吧？怎么今天这位涂设计师给我说的价格比你给的低啊？"

　　谷妙语脸色沉下来："晓蓉，这里我来处理就可以了，你先出去忙你的吧。"

　　涂晓蓉起身："那行，我先出去了，两位先生，你们和妙语慢慢聊！妙语她是我们公司很有经验的设计师，不会让你们吃亏的！"

　　雷振梓用手指一叩桌面："涂设计师你先别走，我想再听你把报价什么的给我说一说。我雷某人不差钱，但我不能平白无故被人多坑钱！"他说这话时，一副意有所指的样子，看着谷妙语。

　　谷妙语简直要给雷振梓的演技鼓掌了。

　　涂晓蓉一副进退两难的样子："有什么好好说，大家别伤了和气！"

　　一旁的任炎这时也出了声："谷设计师，要不您先到外面等会？我们想再听听涂设计师讲讲报价，对比一下，毕竟兼听则明。你要是一直在这儿的话，涂设计师她也不好说什么。"

　　谷妙语意味深长地看了涂晓蓉一眼，涂晓蓉回给她一副看似无奈实则得意的样子，她眼底带笑，笑得特别小人得志，特别"就算我谈不成，我也想办法给你搅黄"。

　　谷妙语退出会议室，她有点同情涂晓蓉了。

楚千淼怎么会认识这么两个高能戏精？简直了，奥斯卡要有民间影帝奖，非他俩莫属。

可是楚千淼明明告诉她，只来一个雷振梓客串帮忙，怎么会突然多出一个任炎？

谷妙语隐隐觉得事情有点好玩。

当涂晓蓉口干舌燥地从会议室出来送走雷先生和任先生后，施苒苒告诉她了一个让她觉得是晴天霹雳的消息。

"晓蓉姐，你在会议室里谈客户的工夫，谷妙语一口气签下五个订单！金额都不小，她这回可能要翻身了！"

涂晓蓉眼前一黑，连续疯狂发问："什么？五单？她要翻身了？你怎么没拦住她？这样还怎么叫她滚蛋！"

施苒苒一脸委屈："也就你能拦住她，我哪拦得住啊！"

涂晓蓉咬后槽牙咬得嘴都歪了。五个订单？那会议室那两个人是怎么回事？这都什么情况？

送走高大哥他们，邵远对谷妙语表示祝贺："恭喜我们谷老师圆满签单，没有被中途截胡，也顺利与业绩倒数第一说再见，完成了逆袭。"

谷妙语龇牙一笑："没被截胡，这是你的功劳！"顿一顿，她表情一变，"不过还不算圆满。"

邵远从她脸上看到一丝野心的痕迹，他觉得带着这丝野心的谷妙语看起来特别漂亮。

"你还有其他想法？"他问。

"当然。"谷妙语说。"其实严格地说，我们现在的情况还不叫逆袭，只能叫自保成功。"

邵远看着她的眼睛，她的眼睛那么亮，像在发光。

"那真正的逆袭是什么？"

谷妙语笑得眼睛亮晶晶。真正的逆袭是——

"我们试试把涂晓蓉从业绩第一的位置拉下来，怎么样？"

午休时，谷妙语给楚千淼打电话。

楚千淼不等她说话，就抢着问："怎么样，一切顺利吗？我给你找的神仙大哥还靠谱吧？"

谷妙语连连感叹："非常顺利！神仙大哥演技绝了，把对我报价的不满演绎得栩栩如生，在他抬头望向我的一刹那，我从他的眼神里分别感受到失望、震惊、不可思议以及被欺骗后的一点伤心和愤怒，太有层次了！"

楚千淼很得意："也不看看谁给你找的人！"

谷妙语说："不过整场戏的神来一笔是一位任先生。"

谷妙语听到从电话里传来"扑通"一声。

"你坐地上了？"她问。

"你才坐地上了呢！"谷妙语能从声音里听出楚千淼的动作和表情，她肯定正在龇牙咧嘴地揉屁股。

"他怎么去了？你昨天给我打电话的时候，他明明在场，我们几个中介方正一起开会，我求我同事帮忙的时候，他还在旁边龇牙倒气地嘲讽我。后来雷振梓被他抓来给大家送爱心饭，听到我劝同事就范，演好这场人生大戏，他觉得好玩就抢着要走了这个角色。"楚千淼停了一会儿，说道，"可任炎那皮笑肉不笑精怎么也去了？我看这大哥脑皮沟里一定是种仙人掌了，又丑又带刺！"

谷妙语立刻反驳："这哥们儿很帅啊，哪儿丑了？"

楚千淼不容反驳："他心灵丑！你再说他不丑试试，信不信晚饭我给你下毒！"

谷妙语不敢再有异议，挂断电话后她想，或许人和人相遇后的命数是注定的。楚千淼和任炎，一水一火，注定不容。而她和陶星宇，他们都是"yu"，将来一定会很合拍，合得来的他们现在或许只是缺一场语与宇的相遇。

她这么美滋滋地想着，邵远正迎面向她走来，她脑子里一瞬间跑马般闪出一个念头。

那她和这小子之间，彼此的名字又给了彼此怎样的定数呢？

邵远已经走到她面前，问她："接下来我们怎么展开行动？"

那个走马观花的念头来不及清晰，一闪而逝。

"接下来啊……我们去攻攻看那两栋高档住宅楼的业主吧。"谷妙语对邵远说，"你之前不是已经看出来我调整目标客户群体要攻克高端客户了吗？你不是还问我既然调整了目标客户群体，为什么还要在大街上发传单？"

邵远点点头，承上启下地问了声："为什么呢？"

谷妙语觉得这孩子现在开始渐渐走上会聊天的道路了，过渡问句给得特别好。

"因为高端客户是我的尝试，做成与做不成的几率各占百分之五十，但团购我能做成的几率是百分之八十。我当然要先完成几率大的项目，好摆脱掉业绩倒数第一的困境，这之后没什么失业压力，再去搏百分之五十可能完成的项目，搏成功了是锦上添花，搏失败了也啥都不耽误。"

邵远听完她的思路想了想，笑了下："总觉得你单纯做设计师有点埋没才能，其实你有经商的天赋。"

谷妙语一抱拳："谢夸。"

她拉开抽屉，掏出一张图纸，那是北五环小区的楼盘布局平面图。

谷妙语指着其中一栋楼对邵远说："这是高大哥他们那栋楼，虽然是普通商品住宅，但户型大，我们拿下五单，单数是不太多，但五单加在一起的装修款总额够顶涂晓蓉签十多单的。"说到这儿谷妙语笑起来，"我现在真得谢谢涂晓蓉爱玩猫腻的把戏，为了低价吸引顾客，顺便自己也能私下多捞点，她每单合同的装修款都不太高，这倒给我从总款项上压倒她的机会了！"她抬头看向邵远，给他一个预告，"此时此刻，我忍不住要给你吟诵一句鸡汤了——看吧，凡事都有利与弊两个面，我们要站在两个面的中间才行。万一站偏，就容易栽了。"

邵远听着听着笑起来。

那一笑靓雅得很，清透得很，真真的是他少年人该有的青春本色。

谷妙语被青春的风撞了一下神经。她像他这么大的时候，也青春，也爱笑。

不过她和他不同，她二十一岁已经有了愁绪，那是一种由少女心事滋生的愁绪。在二十一岁那年，她把一个人装进了自己的心。

谷妙语甩甩头，甩走白日梦一般的迷离感。

她听到邵远说："是啊，涂晓蓉是有点聪明反被聪明误了，即便她签的单数多，可每单的金额都不出众，就算她后来有一些增项收到的钱会交给公司，但整体来说她每一单的装修金额依然不拔尖。这样在总金额上就给你留下逆袭她的余地了。"邵远说到这儿，看着谷妙语，敛了笑，认真说，"我还是觉得你适合经商。"

"谢谢啊，我适合干的事可多呢！还有人说我适合去做传销，因为鸡汤够多，给人洗脑不费劲。"

邵远想了想，居然点点头："你确实也很适合干这个。"

她是守法好公民好吗？

谷妙语用手指重重敲了两下桌面上的楼盘布局图，手指的落点是另外一栋楼。

"别扯淡了，看这里。这栋是这个小区的高档住宅楼，一整楼全是复式格局，装修款总额非常可观。我算过，这样的房子拿下不用多，只要有个两三套，我们组的年度业绩总额就有可能超过涂晓蓉，等年会上，我们就可以让我们的逆袭君闪亮登场打涂晓蓉的脸了。"

谷妙语从秦经理那儿搞到了一份小区业主通讯录。

看到这份通讯录，邵远虽然不像第一次那么惊奇，但还是忍不住问："是不是没有不会对外泄露业主隐私的楼盘？"

谷妙语认真想了下，负责任地说："就我目前所接触过的楼盘，反正没有一个是能做到不泄露业主隐私的。"顿了顿她说，"每到这个时候，中国人多的好处就显现出来了。你想查一下泄露隐私的源头是谁，一旦查起来就会发现，一个人后面还有一个人，一个又一个，总也揪不到头，于是也就不了了之了。"

邵远说："我母亲说，做生意最怕的就是不了了之，这样做来做去就会是一笔糊涂账。"

谷妙语耸耸肩，不知道说什么。她感觉自己跟邵远母亲的层次相差太远，她接不上那么厉害的人的话。她招呼邵远，两个人凑到办公区靠窗的空桌旁，一起研究起通讯录名单上的手机号。

谷妙语说："我们先从通讯录上看看，那两栋高档住宅楼的业主有没有手机号特别像的、十一个号就尾号差一个数那种，这样的号通常不是亲戚就是同事，他们的号码要么是一家人一起去办的，要么是公司统一办的。这样的业主我们能拿下一个就意味着和他串联的号码我们全拿下了。"

谷妙语拿笔点着通讯录，认真地说着。邵远偏头看她，阳光下她的皮肤看起来像快要透明似的，她脸上终于不起皮了，认真起来的样子让她变得特别有信服力。

谷妙语一抬头，发现邵远在盯着自己，视线好像两道X光，仿佛要把她按分子原子的单位分解看透个明白。

"你看什么呢？我没画眼线，眼线没法儿花。"

邵远扶扶眼镜，说："没什么，就是再一次觉得你应该学习经商。从通讯录上发现关联关系这个办法，是你自己想的吧？"

谷妙语点头："是。"

邵远："那你确实该学经商。"

原以为她只是有设计天赋，可其实她还有很多其他潜藏的才能。

"要不你就跟我学吧，我可以教你。"

谷妙语把通讯录卷成一个筒，敲在邵远头上，力道不重，但有"通"的一声。

"你赶紧醒醒！我把我两个肾摘了都凑不起支一个凉皮摊的钱，本钱都没有，我跟你学什么经商！"

邵远被敲得愣了下。这是他长这么大第一次有人敲他的头。并不疼，甚至有点新鲜的感觉。

他轻轻揉了下头笑了，笑起来的样子像个找到了什么乐趣的大孩子一样。

"谁说经商要用自己的钱？用自己的钱做买卖的都不是聪明商人，聪明商人要懂得如何用别人的钱给自己挣钱。"

谷妙语觉得邵远说的话她不是完全听不懂，似懂非懂的东西最叫人感兴趣。

她决定晚上回家研究一下，眼下她还是得干正事。她重新铺开通讯录，继续认真研究。

谷妙语觉得自己可能要转运了。

从小到大，她从来没像现在这么走运过，真叫她在通讯录上发现了三个连号的手机号码！

她把那三个手机号圈出来给邵远看，激动得话都快说不利索了："我现在是不是应该去买张彩票？"

邵远看着那三个号码，嘴角也弯起来："记得给我带一张。"

他把三个号中尾号数字八最多的那个画了一下。那个人叫唐斌。

"如果他们是一家人的关系，这人就是说了算的父亲或者兄长。如果他们是工作关系，这人就是另外两人的领导。"顿了顿，他补充，"说了算的人，手机号里八都多。"

谷妙语噗嗤一声就乐了："这么推论靠谱吗？"

邵远一本正经地说："我要是说错了，愿意把这沓通讯录吃了。"

谷妙语选择相信他。

敲定目标之后，她决定立刻展开行动。

"但我们首先应该怎么做呢？"

谷妙语想，像唐斌这样能买得起高档复式住宅的人，一定不会把打电话营销的这些装修公司看在眼里，往往他们听到"您好这里是"就会直接掐断通话，所以给他打电话这条路基本行不通。

那么只有去新房那里守株待兔。

"可我们也不能一直等在那里吧？怎么才能知道他什么时候在新房那儿呢？"谷妙语有点自言自语地嘀咕着。

邵远摘下眼镜闭眼捏了会鼻梁，过了一会儿，他黑刷子似的长睫毛颤了颤，他缓缓睁开眼，戴回眼镜。

谷妙语觉得他又要被柯南的金光一闪附体了，果然——

邵远撇嘴一笑，说："有办法了。"

邵远按照八很多的号码给唐斌打电话。电话响了好多声后，被接通。

邵远赶紧说："唐先生您好，我是物业，您邻居家从商城订了件大件商品，但是现在家里没人，电话也打不通，请问您在家吗？能不能麻烦您帮忙代收一下？物业这边在做施工不太方便接收。"

唐斌的耐心很好，居然听邵远把电话讲完了，然后说："我还在路上，大概还有二十几分钟会到，你能等吗？"

邵远赶紧对谷妙语打手势。谷妙语立刻领会他的意思，麻利地拿起包和设计图，又拿起自己和邵远的大衣，和邵远两人急急忙忙向公司外小跑，一刻都不耽误。

邵远一边做着这些，一边夹着电话对唐斌说："可以的，那麻烦您了唐先生！"

电话挂断，两个人已经狂奔到公司门口。

邵远腿长，先迈出门去拦了辆车，报了北五环小区的地址，谷妙语二话不说紧随其后。

从电话接通两人在办公区，到电话挂断两人在出租车上，中间过程他们默契地一秒钟时间都没有浪费。

谷妙语的好运气一路持续，他们去往北五环的路上没有堵车。

路上谷妙语压低声和坐在自己旁边的邵远说话。

"这个唐斌人还挺好说话的，居然能帮不怎么认识的邻居收快件。"

邵远说："他是不是一个好说话的人我不知道，但我知道他是一个聪明的人。"

谷妙语有点疑惑："为什么？"

邵远说："我选送快递这个说法试探他，其实不是脑筋一热想的，是我觉得他多半不会拒绝，所以才用的。"

邵远层层启发谷妙语："你想想什么样的人能买起那样的高档复式住宅。"

谷妙语想了下，就有点悟了。

能买得起高档复式住宅的人，身份地位、事业收入、人脉关系都应该相当不差，和这样的人能处好关系，就等于是间接拥有了这个人的人脉。所以对唐斌来说，他的邻居不仅是他的邻居，也是他未来发展的人脉。他会和人脉一点一滴地处好关系，于是代收快递这种举手之劳的小事，他当然不会拒绝。

谷妙语想明白这一层后，忽然觉得这几天她在渐渐认识另一个世界，一个邵远为他推开门窗看到的充满商业的世界。这个世界布满玄机门道，也布满计谋较量。

她侧目看着邵远，邵远问她："怎么，我眼线花了？"

谷妙语没绷住，噗地乐了："没有，你眼线挺好的。"毛茸茸的，搓都搓不花。

谷妙语说："我就是在想，你的肠子是不是比普通人的都长？怎么装得下这么多鸡贼的弯弯绕。"

邵远撇嘴笑了一下："我算计这些商场上的事情是有一点天赋吧，但我有时会显得心肠不太好。"

谷妙语哈哈地笑："我还是第一次听到这么清新脱俗的自我评价。"

邵远这次很认真："真的，因为我以前不太考虑良心这事。"

谷妙语看着邵远认真解释的眉眼，她觉得这个小朋友和初次见面带着优越感认错她时，有什么地方不太一样了。

一路畅通，谷妙语和邵远打车只用了二十几分钟就到达了目的地。

小区门口还是那个保安小哥，他还是拦着装修公司的人不让进，看到谷妙语和邵远，他还是凶凶地说他们是两口子，给他们放了行。

谷妙语对邵远说："我今天没被他吼着捡传单，可他还能放我进来，这一定是单纯因为我长得好看了。"

邵远撇过头去笑。

他们两个赶到高档住宅楼，等电梯的时候有人边打电话边从楼梯口走进来。

那人一身西装，一只手擎着手机讲电话，一只手横在身前，手臂上搭着外套大衣，手指头上挂着车钥匙。看不清是什么牌子的车，因为上面贴着一张卡通贴纸。

电梯到了。

谷妙语和邵远先走进去，站在里面。邵远随手按了要到的楼层。

打电话的人随后进了电梯，边打电话边去按键，看到被按亮的楼层后，手悬在那里一下就收回了，他接着讲电话。

谷妙语和邵远对视一眼，他们从彼此的视线里撞击出一个共识：他就是唐斌！

电梯抵达目标楼层。

唐斌边打电话边出去，走到门口他四下望了望，看到走廊里空无一人，纳闷地皱皱眉，又边打电话边开了自己家的门进了屋。

谷妙语和邵远从电梯出来。

谷妙语问："我们这就去敲门？"

邵远低头先把手机调成无声，防止唐斌给他打电话手机会响，然后他抬头，表情郑重认真："等一等，我先跟你说两句话。"

谷妙语勇敢地敲开了唐斌家的门。

当她说明自己的身份，唐斌委婉地表示他可能会找一家更高端的设计公司和装修公司来装修房子。谷妙语没有退却，她关键时刻冒出来的韧劲连她自己都惊讶。

她对唐斌说："唐先生，能给我五分钟时间吗？不，三分钟！三分钟我要是还没有任何一个点能打动您，我立刻道歉走人！"

她一脸的祈求。邵远在旁边看着她的表情，心想，成了。能拒绝这么一个甜美女孩一脸祈求的三分钟，得是一个多狠心的男人。

唐斌果然同意了，虽然同意得有点勉勉强强。

谷妙语赶紧从包里翻出平板电脑，展示自己提前画好的那些设计图给唐斌看。给唐斌看这些，她是想让唐斌知道，她是一个有能力有创意的设计师。她告诉唐斌，她也是做过高端客户的，包括这个小区，她已经签下五单了。

说完这些已经过了三分钟，唐斌没有赶她走。

邵远松了口气，他看到谷妙语也松了口气。

唐斌对谷妙语说："你想让我选你，得让我知道你有什么特点和优势，值得我选你。"

谷妙语迅速整理思路，说："唐先生，您觉得您想找个什么样的设计师呢？"

唐斌说："当然是有想法的设计师，最好得过奖。"

谷妙语先顺着他的话说："是的，想法对于一名设计师来说太重要了，想法就是他的才华。"赞同过唐斌的话后，她才提出自己的看法，"但我觉得除了想法，设计师更重要也更首要的是，应该懂得客户的需求。"

唐斌抬手看了看表。

谷妙语飞快看向邵远，邵远给她一个鼓励的眼神帮她打气。于是谷妙语聚积好底气，不管唐斌看表的动作，继续说："您说您想选一家高端的设计公司和装修公司来装修，价钱贵一点不是问题，您要的是品质。其实我想跟您说，有时候贵的不是最对的，您其实应该找一个和您沟通起来思路更契合的设计师。"

谷妙语看到唐斌皱了下眉，又松开。

不能让他说话，她得赶紧把话接下去。

"因为有一些高端设计师，他们可能会更相信自己的感觉和判断，于是会出现这样一种情况。您想要的效果是A，也只是A，但他们可能会依靠自己的感觉和主意给您做到A+，他们觉得A+比A好，但其实这个对您来说很可能是华而不实和过犹不及的。"

谷妙语看到唐斌把两只手插进裤子口袋，一副很放松的样子。

她稍稍松了口气，继续说："BBS上有个帖子，是参加过某档电视装修节目的业主发的。他在帖子里愤怒吐槽，说节目里的设计师只追求电视效果，给他们家设计的东西都是华而不实的，根本不是出于他们的实际需求。他们家并不需要什么天幕投影机，他们家需要的只是实实在在的冬天会暖夏天会凉的一堵墙。您看，其实一个得奖无数非常厉害的设计师，也并不一定能让顾客满意，能够懂您真正需求的设计师，才是最适合您的设计师。"

唐斌抬手摸了摸眉毛。

谷妙语看到他这个动作，心里更有底了。她飞快瞄一眼邵远，邵远对她微微点头。

于是她说得更有底气："唐先生，我能做的就是，在有想法的基础上，能够百分百理解和努力去达成您真正的需求，我会做出包括A在内的多种方案，我不会自行判断哪种最适合您，我会让您在诸多选择中自己挑选您最需要的那一种。"

唐斌听到这儿，终于说话了："你讲了半天客户的需求，也说了一堆套话，下面给我展现点你的真本事看吧。你现在就说说看，我的装修需求可能都是什么。"

谷妙语笑了，一种一切都在掌控中的有把握的笑。

"从您的衣着谈吐、气质风度，我猜您应该是从事金融行业的。您有能力购买这么好的房子，差不多应该是高管级别。身为高管，您平时工作压力应该挺大，所以对您来说，房子的装修风格除了雅致有格调，最重要是能够解压。

"您放在窗台的车钥匙上，贴着一张小魔仙的卡通贴纸。我猜您家里应该有个小女儿，她肯定特别可爱，您也特别爱她宠她——她把贴纸贴在您的车钥匙上，只要她高兴，您就随她贴。家里有个这么可爱的小姑娘，装修氛围要温暖，要能让她健康快乐地成长。

"今天是工作日，您来房子这边，您太太却没有跟您一起过来，所以她多半不是全职主妇，她应该是一名职业女性吧？不好意思刚才您手机屏幕亮了一下，我不小心瞄到您的屏保，上面的人应该就是您太太吧？她很漂亮，身材保养得也好，看样子平时应该很喜欢运动健身。综上来说，您房子的整体要求是要有格调品质，得符合您金融高管人士的身份，然后根据家庭成员细分的话，对您来说是解压，对您女儿来说是成长氛围，对您太太来说是运动空间。这就是我发现的可能会符合您和您家人需要的地方，如果有说错的地方还请您纠正。"

唐斌听到最后笑了："你还真都说对了，我现在有点怀疑，你是不是提前调查过我？"

谷妙语连忙竖起三根手指："唐先生我对灯发誓，绝对没有！"

唐斌搓了搓下巴，说："你的口才不错，把你的想法都表达出来了，你有点说动我了。但我还是对你的具体能力持怀疑态度。"顿了顿，他又说，"听你刚才的自我介绍，高端住宅的装修设计，到目前为止你只做过一单，我想知道你到底有没有足够的能力来做我这套房子。"

谷妙语正了神色，说："您想怎么考察我的能力，您尽管出招就好，我都接着。"

唐斌想了想，问："你了解我这房子的格局吗？"

谷妙语从包里掏出纸和笔，毫不迟疑地徒手画起户型图。

"这是您家的房子，大复式。这是楼上，这是楼下。复式房子最大的好处就是能够动静分离、开放和私密分离，比如日常的会客娱乐可以安排在下层，书房卧室等安排到上层……"

谷妙语一边画一边说，唐斌一边听一边渐渐点起头来。

邵远在旁边静静看着，他觉得谷妙语这单是拿得下了。

在谈完整个房子的设计思路之后，唐斌对谷妙语说："你刚才给我讲设计师应该了解客户的真正需求时，好像一直在观察我。"

谷妙语不好意思地笑一下："被您看出来了？看来我观察您的时候，您也在观察我。"

唐斌也笑笑，问："能告诉我，你都观察到我什么了吗？"

谷妙语说："那我要是说得不中听了，会减印象分吗？"

唐斌笑："你要是说得中听了，印象分会翻倍飙升，没准我就找你装修了。"

"那好吧，我搏一搏。我从开始给您讲，您分别做了看表、皱眉、双手插兜、摸眉毛、搓下巴的动作……"

不久前，在唐斌出了电梯进屋后，邵远拦住谷妙语。

"等一等，我先跟你说两句话。"他叮嘱谷妙语，"你能记多少就记多少。"

邵远清晰而快速地告诉谷妙语："唐斌应该是个金融机构的高管，你不用提问我怎么知道，我这就要告诉你。他刚才在电梯里一直在打电话，电话内容大致是他有个项目在找银行配资，他正在告诉他的手下赶紧催进度，最晚下周一要得到银行回复。等下你可以说，你是通过他的衣着谈吐、气质风度，判断出他是金融机构高管的身份。

"他刚才手里拎着车钥匙，车钥匙上有卡通贴纸。他应该有个女儿，那贴纸应该是他女儿贴上去的。今天是工作日，他一个人到房子这边来，说明他妻子多半是职业女性，在上班，过不来。他刚进电梯的时候可能信号不好，把手机从耳朵旁边拿开看了下信号，那一瞬间他屏幕亮了下，屏保应该是他老婆，身材很好很健美，应该是经常运动健身。

"等下和他谈话时，注意他的一些微表情。如果他抬手看表或者皱眉，说明他不耐烦了。这个时候不要给他机会说话，他只要说话，就会对你说抱歉我还有事没时间再听你说下去了。所以他看表或者皱眉，这个时候你就要流畅地说下去，不能停，要让你的谈话占据主动，吸引他，打退他的不耐烦。假如他是很随意很放松的状态，比如手很随意地插进裤子口袋，这说明他把你的话听进去了，你要加把劲再接再厉。假如他抬手摸摸眉毛或是搓搓下巴，恭喜你，你可能要大功告成了，那表示他在思考你的话，他觉得你的话有道理，他可能会认为你是个不错的人选！这时你要抓住机会趁热打铁。"

邵远说完这些，轻轻拍拍谷妙语的肩膀："好了，小姐姐，我妈教我的本事我都尽可能在刚刚那一分钟里教给你了，下面是你开始表演的时间！"

唐斌听谷妙语讲完，彻底笑了："你学过微表情？"

谷妙语转头看看邵远，对他飞快一眨眼，然后转回来，对唐斌说："是有人给我恶补了一下，好方便我跟您交流！"

唐斌也看了看邵远，说："小伙子好像不怎么爱讲话。"

邵远冲他礼貌地笑笑，还是没说话。

唐斌看回谷妙语，他抬手从西装口袋里摸出名片夹，抽出一张来，递给谷妙语。

"这是我公司地址，明天午休时如果你有空，请带着打印好的图纸来找我，我会把我妻子和女儿接过去，让她们也和你聊一聊。"

谷妙语愣了一秒，随后有点受宠若惊地双手接过名片。惊喜来得太突然，她有点蒙，而让她更加蒙的更大的惊喜还在后面。

"对了，我还有两个同事，我们三个一起在这儿买的房子，明天我会把他们两个也叫来。如果聊得好，我们三个可能会一起找你装修。"

这一刻，谷妙语听到全世界都在为她唱诵凯歌。

直到从唐斌的房子里出来，邵远都没有说过一句话。

进了电梯，谷妙语问他怎么了，是不是嗓子不舒服。

邵远笑了，问谷妙语："我的声音好认吗？"

谷妙语狂点头："极有辨识度！"

"所以我一说话，唐斌岂不是得问我，我邻居的快递呢，你把它放哪儿了？"

谷妙语想了想，哈哈大笑起来："真亏你憋得住！"

谷妙语最终磕下了唐斌和他同事的那三单装修。

三单装修的款项，破了公司之最。

签这三单合同那天，公司里引起了一阵不小的轰动，谁都没想到谷妙语能签成这么高端的单子，还一签就是三单。

涂晓蓉嫉妒得眼睛里直喷火。

签约前一天，邵远问谷妙语："明天还用不用想办法防着涂晓蓉捣乱？"

谷妙语说："不用，明天的三位爷都是典型不差钱的主，涂晓蓉那点小把戏拿到他们面前就是丢人现眼。"

果然像她说的，第二天涂晓蓉又热情殷切地帮谷妙语抢着招待唐斌他们三个人，她笑语嫣然地对唐斌说可以帮他们再算一次报价，可能会省掉不少。

唐斌立刻回绝了她："不麻烦你了，与减少预算相比，我们更希望保证品质。"

涂晓蓉就这么吃了个软钉子。

谷妙语对邵远说："这就叫自取其辱。"

把唐斌这三个大单的定金、量房、设计图终稿弄好后，2011年的年终岁尾到来了。

这一天秦经理铁公鸡大出血，把公司的人全拉到五星级酒店，隆重地召开了一次全员年终总结大会。

年会议程首先是秦经理回顾过去展望未来的讲话，然后是各组设计师总结自己组全年的业绩，最后由秦经理宣布业绩第一，授予锦旗和奖金，宣布倒数第一，给予人文关怀和鼓励，然后年后再说再见。

各组总结的时候是最紧张刺激的时刻。

本来今年涂晓蓉是毫无悬念的业绩女王，但谁也没想到在全年的最后一个月，谷妙语会异军突起。

其实谷妙语和涂晓蓉到底哪组是第一，秦经理是早早已经知道了的。只是大家还不知道，于是对于她们两人的业绩总结，大家都打了鸡血似的期待。有人希望涂晓蓉赢，因为谷妙语的作风实在另类不合群。有人希望谷妙语赢，因为看够了三年来涂晓蓉的趾高气昂。

当最后的结果宣布时，大家都有点意外。

涂晓蓉的单子签得多，但每单的金额都普普通通。谷妙语的单子少，但靠近年底时，她签的单金额都很大。于是到了最后，加加减减，两个人的业绩总额居然是持平。

涂晓蓉松了口气，依然把头抬得趾高气昂。

谷妙语叹了口气，有一点失落和失望。并列第一意味着她根本没赢，涂晓蓉也根本没输。

结果宣布后，涂晓蓉笑意盎然，对谷妙语说："妙语啊，祝贺你，这是你第一次获得业绩第一的成绩吧？我还好，我都习惯了，你心里特别激动吧？祝贺你哦！"她招呼其他同事，"来来来，同事们，把香槟打开，我们祝贺一下妙语，虽然和我并列第一，但这毕竟是她人生里的第一个第一，今天我让出C位，让妙语来做主角！"

谷妙语一点都不想回应涂晓蓉夹枪带棒的虚情假意，她刚要开口戳破她的虚情假意，忽然秦经理一声大叫："大家静一下，静一静！刚才小邵发现了点问题，现在我来纠正一下。"

秦经理跳上台，拿起麦克风。他显然有点酒气上头，讲话时不停"呢""啊"地拖沓着一句话的尾音。

"是这样的，小邵呢，他签成了一单，客户年前交了定金，年后再量房装修。但是呢，财务不知道签单的时候小邵已经跟我说他要转回小谷那里了，财务就把他签的那份单记在小涂那组了。"

随着秦经理的话，活动厅里渐渐变得鸦雀无声，人们都感受到了形势即将有个大逆转。

"刚刚小邵跟我说，这单得调回到小谷这一组，那么这样一调呢，业绩第一就不再并列了。"秦经理站在台上，握着麦克风，呼啦一转身，对着台下的谷妙语一指，高亢地吼出来，"恭喜我们小谷，成为新一任的业绩女王！小涂你也别气馁，第二同样很光荣！"

有人起哄欢呼起来。

谷妙语愣在那儿。那一秒，她什么也听不见，她在想这是真的吗？她真的成功了？真的把涂晓蓉从第一的位置上拉下去了？这都是邵远的功劳。邵远人呢？

谷妙语在同事的哄闹声和祝贺声中寻找邵远。

视线越过涂晓蓉时，她看到她脸上的肌肉都在抽搐。原来嫉妒真的会使人面目全非。她飞快越过那副丑陋的样子，继续寻找。那小崽子呢？哪儿去了？

"在找我吗？"一道低音炮似的声音忽然响在她耳边。

那小崽子就站在她身后，俯身在她耳边跟她讲话。

"恭喜了，小姐姐，我们成功逆袭了！"

年会之后，是2012年的元旦假期。

谷妙语和楚千森一起回了老家。她们两家住在同一栋楼里，八九十年代那种砖墙露在外面的古旧老楼。

谷家在顶楼六楼，楚家在五楼。两家都不太大，六十平米左右。两家也都不算太有钱，谷妈妈和楚妈妈原来是同一个厂的员工，后来一起下岗，下岗后又一起在市场干活。谷妈妈租了个摊位卖窗帘，楚妈妈在谷妈妈隔壁租了个摊位卖花卉。

从她们小时候开始，两家的关系就处得特别好，两家像合在一起养了两个孩子。每次谷妙语和楚千森回家两人都不分开，都是今天一起住在谷家，明天再一起去住楚家。

谷爸爸是个特别乐观特别有精神头的中年小老头，以前在小学当体育老师，现在在文化馆教小朋友打乒乓球。他生平最大的爱好就是抓小孩子去运动。

她们两个一到家，谷爸爸就兴奋地说："瞅瞅你们，在北京待的，脸都是雾霾色的，太亚健康了！走，谷老师带你们做运动去！"

于是她们被谷爸爸抓到楼下绕着小区跑八百米。

一边蹬腿跑，楚千淼一边问谷妙语："所以后来你逆袭涂晓蓉那关键的一单，到底是那小崽子什么时候签下来的啊？"

这是她们在回家的高铁上还没来得及聊完的话题。

谷妙语一边跑一边喘，说："别提了，一提我就觉得我都快不认识这个世界了！"

她也好奇邵远那单是怎么变出来的，于是年会那天她找到他以后，把他往犄角旮旯儿兴奋地一扯，当着他的面周扒皮一样贼兴奋地把钱包里的钱全拿出来数了一遍，数完扯出一半塞给邵远，告诉他："姐姐今儿高兴！给，拿去买糖吃！"

事后她分析，自己那时候其实已经有点醉了。高兴的。

她记得当时邵远看着钱笑了，说："那谢谢姐姐了。"

他嘴上说谢谢，可是第二天她翻钱包时发现她的钱一分都没少。

后来她贼开心贼兴奋地问邵远："你那单怎么签的啊？什么时候签的啊？你这小孩也太厉害了！"

她在有点晃晃悠悠之中，听邵远告诉她："还记得之前你让我打营销电话那次吗？打到后面的时候，有个小姑娘说她喜欢我的声音，说会让她妈妈来找我做装修。那个小姑娘后来真的让她妈妈来找我了。"

这是谷妙语清醒之前的最后一段记忆，然后她就哈哈大笑着说"居然是这样"，把自己笑到了醺醺然的境界。等楚千淼接她回家的时候，据说她已经坐在地上高声唱了二十多首歌了。

谷妙语跑得呼哧带喘地对楚千淼说："你说气人不？他就凭声音签成了一单！"

楚千淼也呼哧带喘的："有的人天生命好，这没法比！"

谷妙语问她:"你那天接我回家看见他了吧?"

一提起那天楚千淼就有点激动:"我说你喝多之后爱唱歌的臭毛病能不能改一改?你哪怕改成打人我都愿意!"

楚千淼告诉谷妙语,她那晚直到回家之后还在继续唱歌,最后唱到楚千淼差点儿想拿枕头捂死她灭口。

"你别提我去接你的时候我那小学弟的脸色有多青了。他跟我说他有几个瞬间其实挺想掐死你的,要不是你人缘不好他走了之后没人陪着你等我,他也走了。"楚千淼说到这儿一边喘一边笑,"哎我这个小学弟,耿直得可爱啊哈哈!"

谷妙语这才知道自己当晚有很多机会差点儿死在邵远手里,她也跟着哈哈地笑,两个大姑娘没心没肺地撒了一路笑声在跑圈路上。

谷爸爸忽然冲上来,对她们说:"跑步不许笑!再笑谷老师要罚你们多跑一圈!"

她们垮下脸,谁也不敢当着运动狂魔谷老师的面嬉皮笑脸了。

跑完八百米后,谷老师并没有放过她们。谷老师看着她们互相压腿做仰卧起坐,做完仰卧起坐又开始指挥她们立定跳远,立定跳远完神奇的谷老师不知道从哪里又变出两个铅球……

谷妙语和楚千淼差点跪下给谷老师磕头求放过。

等谷爸爸指导她们完成一溜的体育运动,谷妙语和楚千淼已经快吐血了。

楚千淼一边扶着楼梯的铁栏杆上楼,一边上气不接下气地发誓:"太可怕了!我以为我又要中考了!太可怕了!我以后回老家,再也不先回你家了!"

谷妙语也把着铁栏杆气喘吁吁地跋涉:"你去年也是这么说的!"

楚千淼总算爬完楼梯,她冲进谷妙语的房间,往床上一趴:"现在谁让我起来谁就是我的敌人,我要消灭他!"

谷妙语冲过去趴在她旁边,吼:"你的敌人就是我的敌人,我给你补给枪支弹药!"

这时谷妈妈在厨房喊了声:"淼淼,干妈给你做卤鸡腿了!"

楚千淼一声"来了"吼得中气十足,二话不说从床上蹬腿爬起来,冲去厨房。

还有点儿烈士人格吗？还有她亲妈怎么不叫她！

等楚千淼吃圆了肚皮躺回到床上，直哼哼道："干妈这是想撑死我啊！"她一转头，冲谷妙语恶狠狠地说，"明天该住我家了吧？等我妈也做一锅红烧肉，撑死你！"

谷妙语一听红烧肉，哈喇子都流下来了："走，咱现在就去你家，我不想活到明天了！"

楚千淼躺在床上，瞪眼看着天棚："明天我去陪你买壁纸吧？你那墙角又发霉了。"

谷妙语顺着她的话转头去看墙角。

三十年的老楼，储存了不少八十年代的霉腐气味，还时不时地翻出点新时代的霉斑来。

"唉，我什么时候能赚到多多的money呢，我想给老谷他们换套房子。这个顶层啊，真是冬不暖夏不凉还天天有霉花盛开。"

楚千淼说："要换咱两家一起换，这回不住楼上楼下了，住对门。"

两个人正憧憬着美好未来，楚千淼的手机响起来，她也没看是谁，一把捞过手机接通，"喂"了一声。

话筒那边的声音一起，谷妙语就看到楚千淼的表情变了，好像不小心吃到了包着粪的糖一样，一脸的不想活。

楚千淼的手机有点漏音，谷妙语听到电话那边是个男人的声音，那个声音居然在给楚千淼下达任务，让楚千淼加班。

谷妙语心想别说楚千淼，她都觉得这男的是不是有病？大过年的千里迢迢打电话让人加班，不是禽兽也是牲口。

楚千淼吼出一个名字："任炎！我告诉你我忍你很久了！"

谷妙语被吼得浑身一抖。原来是那个叫任炎的人。要是他的话，那就不奇怪了，他一直在有关他的传说中都活得很变态很烦人。

不过让谷妙语有点摸不清状况的是，在楚千淼吼完之后，手机里居然传出一串愉悦的笑声，以及——

"逗逗你而已，大过年的，不会让你加班的。新年快乐。"

这男的居然没被楚千淼下毒毒死，也算是他命大了。

她看到楚千淼松了口气。

电话里的声音又说："新年快乐归快乐，快乐完还是要回来好好加班的。"

楚千淼带着一脸杀气把电话掐断了。

谷妙语觉得这个手机里的任炎和那天她看到的跩跩的任炎有点不太一样，手机里的这个怎么感觉这么欠打。

楚千淼抬手就把手机扔了，捶着枕头泄愤地叫："任炎你个坏东西，大变态！老娘把你捶碎了红烧！喂狗！"

谷妙语听到"红烧"二字，口水自动泛滥，可听到"喂狗"二字，又把口水自动收回去了。她看着捶枕头捶得很嗨的楚千淼，不知道突然从哪儿迸发出来的灵感，脱口问："大淼淼，他老找你茬，是不是因为喜欢你啊？"

楚千淼吓得把枕头扔了。

谷妙语思路一转，说："其实想想看你也该找对象了，除了上大一那年你暗恋过一个学长，好像之后就再没有过别的男性出现了。"说到这儿，谷妙语脑子里有什么东西忽然一闪。"等等！大一那会你给我打电话，说你暗恋那学长叫什么名来着？好像也是一个火系的名字是不是？哎哟，水水，我说你是不是注定得和带火的人死磕一辈子啊？"

谷妙语注意到楚千淼的脸色越来越黑，好像卤鸡腿的酱油都消化到她脸上去了。

"闭嘴，不许提以前的事！"

谷妙语不敢说了。

那次暗恋未遂是楚千淼心里的一块大暗疮，谁也不许碰。之后她听说谷妙语暗恋陶星宇，便以不得善终的过来人自居，劝谷妙语吃点氟哌啶醇清醒一点。

她这辈子只说过一句鸡汤，无糖有毒的那种："暗恋这东西，看着像糖，其实是洗衣粉。感觉吃起来会甜，其实咽下去得肝肠寸断吐一屋子的白沫。这玩意有毒，别碰。"

但谷妙语没忍住，还是碰了。

不管怎么说，眼下谷妙语其实还是有点羡慕楚千淼的，虽然她现在看起来火冒三丈。

"知足吧我的三千水小姐姐！你好歹还有人给你打电话说声新年快乐！你看我，手机就跟摆设一样，一整天了，一个屁的响声都没闷出来，更别说有人给我打电话祝我新年快乐了。"

她正这么说着，她的手机好像通灵了似的，在桌子上振动起来。

那嗡嗡的声音还真有点像闷出来的屁。

楚千淼和谷妙语面面相觑两秒钟，谷妙语赶紧下地到桌子前捞手机接电话。

来电显示居然是邵远。

电话一接通，邵远对她说："小姐姐，新年快乐。"

小姐姐三个字有一种声音被刻意压低后的戏谑感，但谷妙语不跟他计较这份戏谑感，她只沉浸在居然也有人跟她讲新年快乐的快乐里。

"哈哈哈！乖！新年快乐！"没忍住这种快乐，于是她又笑了一次，"哈哈哈哈哈！"

邵远在电话那边明显是被她笑毛了，问："我讲了什么好笑的话吗？"

谷妙语说："没事没事，你不用懂，哈哈哈哈，新年快乐！"

挂断电话后，她扭头对楚千淼说："淼淼，你看，我今年打破没人缘的魔咒了！"

楚千淼看着她，一脸想把她弄死的表情，好让她重新轮回投胎重塑一下智商。

邵远挂掉电话后，母亲的声音从他身后响起。

"远远，还没睡？"

窗外是曼哈顿还没亮透的天空，父母带着他来异国过年。

邵远回答："时差没倒过来，睡不着。"

母亲端给他一杯热牛奶，问："刚刚在和谁打电话呢？"

邵远说："一个同学。"

母亲问："女同学？"

邵远迟疑了一下，回答："男的。"

"我听到你叫人家小姐姐。"母亲微笑。

邵远说："我这个同学叫周书奇，您见过，有时候说话有点女气，小姐姐是他的外号。"

母亲点点头，又问他："那家公司和家装行业的事你也了解得差不多了吧？新年过完还要去吗？"

邵远又迟疑了一下，说："想去再待一阵子，反正快毕业了学校也没什么事。"

母亲有不同意见："那去投行实习多好。"

邵远回答母亲："投行我已经去实习好多次了，我现在想再多了解一些这个行业，您也说过，只有去到最接近基层客户的公司，才能最了解一个行业最底层最基本的情况。"

母亲没再多说什么，只是叮嘱他："那么就再让你多待一个月，但别耽误正事。你从小就经常跑国外了，可别拿有时差睡不着这事糊弄我。早点睡，熬夜会搞坏身体的。"

邵远听话地点点头。

母亲什么都知道。

过完新年，谷妙语浑身是劲地回到公司。

新的一年开始，新的战斗要打响了。

谷妙语掐指一算，以后再有人问她年纪时，她就要回答人家二十五这个数字了。

她忽然有点伤感。都说二十五是一个分水岭，二十五之前可以做少女，二十五之后就是女人了。

才几天的假期而已，但因为隔着跨年，谷妙语再看到邵远时，总觉得有好长时间没见到他似的。他好像有哪里不太一样了。

谷妙语左瞄右瞄后，终于发现了不一样的地方究竟是哪里。

"你眼镜呢？"谷妙语问。

邵远看着她，很嫌弃地一撇嘴："你忘了？你那天挥胳膊引吭高歌的时候，给我打掉地上，碎了。"

"你说会赔给我。"

"多、多少钱？"

"这副不贵，镜片才四千多。"

谷妙语颤抖了。一开年她就要破财了吗？

邵远忽然对她笑一笑："不过算了，和我弄坏你的手机扯平吧。"

新年后上班第一天，谷妙语和邵远开始忙活年前签的那几单装修工程，一切进展得都还顺利。

不过涂晓蓉那一组就没什么好运气了，之前被她用低价吸引过去的那位大爷一大早就找上了门。

第六章

表面与真实

那位大爷气势汹汹地闯进公司找涂晓蓉的消息，很快就传遍了每一个角落。

谷妙语对邵远说："我国的人工信息网络在传递八卦的时候显得特别发达。"

很快秦经理也知道有位老大爷找上门来了，还一进门就高举着速效救心丸嚷嚷自己有心脏病。

涂晓蓉还没到公司，秦经理一个头八个大，告诉人事赶紧打电话给涂晓蓉，让她能有多快就多快赶紧来善后。然后他就从办公室里跑了出来，跑出来的速度比吃坏肚子抢坑位还神速。他直接跑到办公区找了个空位坐下。

大家都见怪不怪，但邵远有一点纳闷，他走到谷妙语位子旁边，打了个眼色无声地问："经理在玩什么套路？"

谷妙语有点受不了他不戴眼镜打眼色的样子，那么一双毛茸茸的眼睛，一动一转都跟眉目传情似的。

她轻咳一声，压低声音告诉邵远："等会你就知道了。"

果然过了一会儿那位大爷举着速效救心丸冲了过来，一路冲还一路叫："经理呢？你们经理呢？出来评评理，把我老头子的家从几万收钱到十几万还没装完，到底是不是在喝人血？"

大爷挨个吼着问工位的人，问到秦经理那里时，秦经理站起来，对他说："大爷您慢点，先消消气，慢慢说。我们经理他出差了，今天不在公司，您有什么事，等涂设计师来了会帮您解决的！"

邵远和谷妙语对视一眼，用眼神说话——我明白他的套路了。

大爷听完秦经理的话，举着速效救心丸上下打量他，秦经理差点没扛住这两道喷火视线的打量，在他差点心虚招认"好啦好啦我就是经理"之前，大爷出了声——

"我看这整家公司，就你还算是个有点担当的人，能出来跟我说句人话，其他人躲我像躲瘟神，我看你们公司应该由你这样的人当经理才对！"

秦经理态度谦虚，诚惶诚恐："不敢当不敢当，大爷您消消气，消消气！"

邵远看到谷妙语在翻白眼，他差点笑出来。

大爷歇顺了气，又英勇地举起速效救心丸开始大声痛诉："劝我签装修合同的时候，你们一个个把我当亲爷爷似的，现在有问题了怎么都像遭瘟似的谁也不出来应声啊？经理不在，那管事的呢？那个骗我多花钱的涂晓蓉呢？给我出来说明白！"

秦经理快被大爷的战斗力扫跪下了，他冲谷妙语打眼色，希望她能站出来救救场。

谷妙语有点犹豫，她是有点想救场的，但绝不是为了秦经理或者涂晓蓉。她只是担心大爷再这么爆青筋吼下去，真把自己心肌吼出炎症来可怎么办。

她犹豫着，刚要有所动作，却被邵远在一旁探出的长腿拦住了。

她扭头看邵远，邵远也看向她。

他把头靠近她，压低声音对她说："别去。谁摆的烂摊子，让谁自己收拾。"

谷妙语也把头凑近他，小声说："我是担心这大爷会爆血管。"

邵远摇摇头："不会的，我了解心脏病人的状态，这大爷再把嗓门吼大十个分贝都没事。"

谷妙语忽然听到手机响，她的头和邵远的头拉开距离。

她看到手机上有条信息，居然是秦经理发的:长没长心? 我被这老头为难成这样了，你俩还能交头接耳唠嗑玩? 赶紧给我救救场!

邵远探探头，瞄到了手机屏幕上的信息。

"留下烂摊子的不是涂晓蓉吗，经理他怎么老挑你为难? "

留下这么一句话，邵远起了身，向大爷走过去，对大爷说:"大爷，我们不是不理您，您的装修工程是涂设计师接的，有什么事得她来处理才行。我给您倒杯水，您先歇一歇。"他说到这儿眼神向秦经理看了下，"我们经理虽然不在，"又转回来对着大爷继续说，"但我们已经通知涂设计师赶紧过来给您处理问题了，您留着点精神，等涂设计师来了，有什么问题您再跟她沟通。"

谷妙语在心里把邵远这番冠冕堂皇的话往去繁就简的方向上翻译了一下——您先别嚷嚷了，留点劲儿。冤有头债有主，等涂晓蓉来了，您好冲她可劲吼。

随后有那么一个瞬间，她心里有点暖暖的。她觉得这小子刚刚冲出去其实是在替自己出头。

不过大爷并不买邵远的账，他转头冲邵远嚷嚷，嚷嚷的时候眼神一扫看到了谷妙语，他的嚷嚷声停顿一下，"咦"了一声，又"唉"了一声，然后继续嚷嚷。

邵远被嚷嚷得皱着眉退回到谷妙语身边，低声问她:"知道那声'咦'和'唉'是什么意思吗? "

谷妙语:"咦? 这姑娘长得很漂亮啊。唉，但我现在在吵架，不能分心看她。"

邵远慢慢转头斜斜地瞄着谷妙语，整张脸都是大写的一个呵字。

他也提供了一版演绎:"应该是这样的吧——咦? 这不是当初最开始给我算报价的设计师吗? 唉，可惜当初没有听她的话。"

谷妙语有点看呆了，原来平时冷面的小子居然也是个戏精。

大爷悲情难当，凄凄厉厉展开痛诉:"你们今天一定要出来个人给我个说法，涂晓蓉到底怎么回事? 为什么一开始说好的几万块钱就能把我的房子装下来，可现在都十几万了，她还没给我装好? 她把我的钱都花哪儿去了? 是不是都揣她自己腰包了? 见天的不是这里加钱就是那里加钱，不交干脆给我停工! 凭什么给我停工？看我好欺负是不是？你们干的这叫人事吗？当我老头子傻是不是，把我当棒槌敲是不是？我告诉你们这些骗子，我老头子现在回过味儿来了！你们这里面一定有问题，我要到消协告你们，让你们都吃不了兜着走！还给我停工，我真是惯出你们毛病来了！今天你们把我逼急了，老子就直接死在你们这儿，我看你们这些骗子怎么跟社会舆论交代！"

他吼一句，秦经理就跟着抽抽一下。

大爷说到这儿喘口气，忽然头一转手一抬向着谷妙语一指："难怪之前这个设计师说只花几万块钱就把房子装完是不可能的，我现在算明白是什么意思了！"大爷说到这儿，脸一酸，突然开始迁怒谷妙语："你这人也是，明明知道花几万块钱装不完，也不拦住我，我老头子一辈子攒那么点钱，你就明眼看着我被坑，良心不会痛吗？你们都是没安好心！"

谷妙语被骂得目瞪口呆。原来那声"咦"和"唉"应该这么理解：咦，这不是之前给我算过报价的那个设计师吗？唉，她当初怎么就不拦着我点呢？

她正被喷得莫名其妙，邵远突然站起来，横着挪了一步，正好挡在她前面，修长的身姿立在那儿，像座能遮风挡雨的山，把她挡在他的背影里。

他说："大爷，那天是您自己强烈要求选择涂设计师的，谷设计师该跟您说的都和您说了，也极力挽留过您，但最后是您自己坚持选别人的，现在您觉得不满意，我们能理解您的心情，但这事真怨不着谷设计师。"

谷妙语看着邵远的背影，觉得莫名安全，莫名温暖。在这行做了这么久，一直是她一个人冲锋陷阵，没有友军、没有伙伴，只能独自忍受委屈、责难和诟病。想不到今天有个小朋友愿意冲到她面前，为她挡住责难，替她化解委屈。

谷妙语有点感动地想，中午订饭一定要给邵远多加个鸡腿。

涂晓蓉终于赶到公司，大爷看到她像打了鸡血似的又高高举起速效救心丸展开战斗。

涂晓蓉满面赔笑，劝着大爷："大爷，我们去会议室说吧，我给您倒杯热水，您有什么问题咱们慢慢说！您别急，您哪里觉得不满意您就告诉我，我肯定都为您解决！"

涂晓蓉忍着狗血淋头的怒骂，使尽浑身解数把大爷弄进了会议室。

办公区安静下来，大家好像刚刚并没有发生过什么事一样，该干什么干什么，秦经理也悄无声息地回了办公室。

邵远拉着椅子过来，坐在谷妙语身边。

他小声说："我终于真正理解你之前那句话的意思了。"

谷妙语回以一脸问号。

邵远两手作敲键盘打字状："就是你之前跟我说，顾客对你做的设计和你监督的装修项目比较满意。"

谷妙语想了一下，想起来了。

那是邵远刚来那会，看着涂晓蓉接电话接待顾客忙忙碌碌，看她没电话接没客户找冷冷清清，于是对她的工作产生质疑，她便在QQ上回复他："那是因为顾客对我做的设计和我监督的装修项目比较满意。"

她那天没直说出来的潜台词是，你也不看看涂晓蓉为什么那么忙，那是因为顾客对她不满意，他们在扯皮。那时邵远没读出她的潜台词，但现在他读出来了。

"我现在确认事实是像你说的这样，我收回当初的质疑，并为当初对你的不屑，郑重向你道歉。"

谷妙语一笑："原谅你了。"

邵远牵牵嘴角，问："不知道涂晓蓉这次得怎么解决这件事。"

谷妙语端起水杯喝口水，说："如果这大爷是好对付的，涂晓蓉采用的方法无外乎是花言巧语。她会说出花来让人相信，任何一个设计师都会有这些那些的增项，而其他设计师的基础价格会比她给的还高，所以其实大爷是不吃亏的。"顿了下，她开始转折，"不过很不幸，这位大爷特别难对付。这种情况下，就得看这位大爷和涂晓蓉谁更难缠、谁手段更狠。如果是涂晓蓉更狠，她会告诉来人，再闹她就要报警了，她是严格按照合同上的约定项目进行装修的，合同里没写的项目，她就得另行收费，这么做合理合法，总不能让她自己垫钱吧。可如果是大爷够狠，且能够找到证据证明涂晓蓉那些增项的收费远远高于市面价格——当然这有赖于平时谈话多录音多照相什么的——那就得恭喜涂晓蓉的钱包可以减减肥了，她得把之前吃进去的都吐出来。不说别的，那大爷和她吵的时候直接往地上一躺，哼唧两声心脏疼，就够她喝一壶的，她就得立马陪人去看病。"

话音刚落，从会议室那边传来一片乱套的声音，那位大爷在上气不接下气地哼哼：哎哟！哎哟！我的心脏！快给我打120！

邵远看看会议室的方向，扭回头对谷妙语说："没想到你还有未卜先知的天赋。"

谷妙语一龇牙："我又不是手里捏着《周易》出生的，我上哪儿未卜先知去。"顿了顿，她告诉邵远，"你看看这屋里有谁跑过去看热闹了吗？没有吧。因为它一点都不新鲜，大家已经懒得去瞧热闹了。这不是第一次了，我当然熟悉套路。"谷妙语说到这儿，语气里有点莫名的无奈和伤感，她抬起下巴向会议室那边扬了扬，"掀不起太大风浪，最后一定是赔钱了事。"

"大爷不会告吗？"邵远问。

"大爷不会告的。"谷妙语笃定地说，"告多麻烦，审起来一年两年的，还是钱实惠。"

邵远皱皱眉，他明白为什么涂晓蓉做了那么多红线以下的事，却能一直安然无事。因为告麻烦，大不了赔钱了事。这真是一个恶性循环的行业业态。

"接下来就是扯皮了。"谷妙语说，"大爷会要求全额退装修款，而涂晓蓉只会同意退差价，且有的扯呢。"谷妙语说到这儿，转头告诉邵远，"这也是你涂姐姐为什么经常有那么多电话要接的原因之一，她要扯的皮太多。"

邵远又皱皱眉，说："我都和你说过了，我从来没有什么涂姐姐。"顿了顿，他瞄住谷妙语的眼睛，把声音调到一个极其好听的频率上，说，"我从头到尾都只有一个妙语小姐姐。"

谷妙语身心皆愉地"哦哟"一声笑了："原来你嘴巴也是可以这么甜的！"

新年第一天，大爷来公司大闹一场的事，很快就传得整个公司人尽皆知。让邵远感到奇怪的是，似乎没人把这件事当成是一件可耻的事，甚至有很多人对涂晓蓉是抱着同情态度的。

他们安慰涂晓蓉："晓蓉啊，别往心里去，那人就是一个疯子。"

他们也同情她："晓蓉你可真够倒霉的，摊上这么个难缠的客户。"

只有谷妙语一语道破邵远的心情："看，这就是我们行业的普遍现状。设计师坑客户是正常的，被坑的客户讨公道却变成了疯子和难缠。是不是很病态？"

邵远想，是啊，这样的状态确实是病，得治。

当天下午，涂晓蓉从医院赶回公司的时候，一副很心力交瘁的样子。

她一回公司就去找谷妙语。

"我们聊聊吧。"

谷妙语跟着涂晓蓉到了公司隔壁的咖啡厅。咖啡厅里没什么人，幽暗灯光与涂晓蓉阴沉的脸色一脉相承。

她们居然又坐到了上次的那一桌，而她们上次来这里也是和那个大爷有关。在这里她曾经真诚告诫过涂晓蓉，那位大爷不是善茬，要是发现有猫腻，一定会来闹的。可是涂晓蓉根本听不进去她的话。现在她们又来到了当初的座位坐下，像是专门来见证一下之前的话似的——大爷真的来闹了。

谷妙语忽然觉得在冥冥之中生活本身是有一种叫作对照的定数的。从前努力，生活会在此刻对照给你收获。从前投机取巧，生活会在此刻对照给你啪啪的打脸声。

涂晓蓉还是像以往一样笑容满面，但她的笑容背后是一种森然。

"是你对那个老头说什么了吧？"涂晓蓉开门见山，"是你挑拨的吧？不然他一直好好的，怎么会突然来闹我？全年业绩第一还满足不了你的野心？一定整倒我才行？"

谷妙语差点乐了。瞧瞧，恶人永远晓得怎样先告状。

谷妙语真想一杯冰水泼到涂晓蓉脸上，让她清醒一点。

"涂晓蓉，你知道什么是被害妄想症吗？就是你这样。"

涂晓蓉嗤地一声笑了，继续自说自话："邵远是你故意塞进我这组的吧？你们当初故意演戏吵架，你好把他派我这边来卧我的底挖我的把柄。怎么样？现在把挖到的东西拿到客户面前去搬弄是非，看着客户来闹我，你很开心很爽是不是？”

谷妙语皱紧眉心，为什么有的人总能把自己的存在感强加在别人心里？

“你值得我这么费心思吗？”谷妙语直接说。

涂晓蓉好像听不进她在说什么，她固执地认为自己今天在公司出的洋相是谷妙语的没安好心以及多嘴多舌造成的。

她收敛了满面笑容，终于拿出她咬牙切齿的真面目：“谷妙语，我一直念着和你是同事，哪怕你抢走博杰又甩了他，我也是处处对你客气处处照顾你，你别不知好歹恩将仇报。你要是再给我使绊子，可就别怪我真的要对你不客气了！”

听着涂晓蓉阴阳怪气的话，谷妙语没忍住笑了：“我再跟你说最后一遍，我跟博杰一分钱的关系都没有，你别脑补戏码太多。”顿了顿，她问涂晓蓉，“所以你叫我出来，只是为了警告我你要对我不客气了？晓蓉啊，你得搞清楚一件事，你对我从来也没客气过。”

谷妙语很快就感受到了涂晓蓉的“真的不客气”。

新年之前签的那五单团购装修，在开工之后以高大哥为代表，来找谷妙语进行人道主义友好谈判了。

高大哥在砺行的会议室里对谷妙语说：“小谷啊，大哥有点事想问问你，给你先打个情绪上的预防针，等会我可能会问得有点直接。”

谷妙语隐隐约约有些知道会是什么事：“高哥没事，您尽管说。”

她让邵远去给高大哥倒杯水，邵远迟疑着不肯动。谷妙语抬头看他一眼，居然从他眼里看到一抹警惕和担忧，她忽然明白，他是在担心“大爷与涂晓蓉”的戏码会上演在高大哥和她身上。

她踢了他小腿一下：“去啊，愣着干吗？”

邵远看她一眼，出去倒水。

高大哥笑了：“这小子是怕我找你麻烦吗？”

谷妙语也笑了：“高哥别管他，小孩子想得多，咱俩有事说事，能有什么麻烦。”

这么一聊，气氛倒和谐轻松许多。

于是高大哥告诉谷妙语，他们那栋楼隔壁单元有一家邻居，也选了砺行装饰装修，签那单的设计师姓涂。他刚说到这儿，邵远就端着杯水回来了，他脚步一步追着一步地快，只端了一杯水。

高大哥接过那杯水，挑着粗粗的眉毛问："你不给你们谷老师也倒一杯？"

邵远愣了愣。他着急回来，真没顾上其他人。

高大哥把两道粗眉毛抖了一下，说："小伙子，你安心倒水，这两杯水的工夫我怎么了不了你谷老师。"

邵远搓了下耳朵，犹豫在"再去倒杯水给谷妙语"和"留下来继续听谈话"之间。

谷妙语看着他那样有点想笑，她选择拯救他："算了我不渴，你先坐下吧。"她转头看向高大哥，说："高哥，您接着说。"

高大哥清清嗓，继续说："小谷你看啊，他也签的砺行，我们也签的砺行，但他签的合同可比我们价格低不少。都是同一家公司，我们五家你还说走的是团购价，是打过折扣让过利的，那怎么比没打过折扣的市场价还高呢？"

谷妙语在心头了然一叹，她先问高大哥："是这个邻居主动找您的吗？"

高大哥说："是。"

谷妙语："他听到您五家的报价以后，有没有建议您和其他四位大哥干脆和我解除合作，你们一起去找涂设计师装修？"

高大哥又点点头，然后问："你怎么知道的？"

谷妙语笑着叹口气，她还知道更多呢。涂晓蓉一定对那个业主承诺过，假如他能把这五单装修撬过来，她会尽全力把他的家装好，并且那五单的每一单都会给他一些"感谢"。

谷妙语告诉高大哥："高大哥，您现在把手机开个录音，我在这儿给您做个保证，等您五位大哥和那位业主都装修完，您再看最后谁花得更多，要是你们五位花得多，多了多少，我自掏腰包双倍补给你们！"

送走高大哥，邵远有点替谷妙语担心："要是装完真的是咱们贵，怎么办？"

谷妙语笃定地告诉他："不可能的，放心吧。"

她从邵远的表情上读出一个问题："想知道为什么不可能？"

邵远点点头。

谷妙语说："因为涂晓蓉的猫腻太多。子曾经曰过，邪不胜正。虚假手段怎么跟货真价实斗？"顿了顿，她说，"干脆我带你去工地见识见识这些猫腻手段吧。你不是一直想了解行业黑幕吗？我今天就带你在里面黑一下。"

谷妙语把邵远带去公司正在施工的各个工地。她对现场施工的工人出示工牌，告诉他们自己和负责这个工地的设计师同事打过招呼了，带其他业主来实地参观一下，参观好了好签约。

于是邵远就扮演了一天的年轻业主。

邵远逮着个间隙问谷妙语："不怕工人认出我吗？"

谷妙语说："不怕。"她借此告诉了邵远第一个装修中的潜规则，"这些工人看起来都很面生，他们并不是和公司签外包合同的施工单位的工人，他们应该就是在街边找的散工，俗称'马路游击队'，找他们干活更省成本。"

谷妙语带着邵远到某家工地现场的时候，那家业主正好也在。谷妙语和他聊天，从他嘴里聊出了第二个行业潜规则给邵远听。

谷妙语："您家除了水路电路改造，没有再多交其他钱吧？"

业主："有交啊，怎么没有，签合同的时候你们另一个设计师把我墙皮面积算错了，就算了四面墙，没给我算顶棚，顶棚的铲墙皮、找平、墙面漆什么的，都是后补的钱。"

从业主家出来，谷妙语对邵远说："签合同的时候故意少算，等到施工的时候再告诉你，你说你能不补吗？这补了的钱，有时候有一部分会交给公司，有时候全进了设计师的口袋。"

他们来到另外一家施工现场。

工长正在跟业主打电话，告诉他："我们公司最近代理了一款更环保、质量更好的墙面漆，您要不要换？我们不是推销，要不要换您自己决定就好。这款面漆您签合同的时候还没有，现在有了，就想跟您说一声，它更环保，也更能防水防裂。"最后工长以"我们不是推销"的名义，说了十来分钟面漆种种的好，愣是不肯挂电话。

退出工地，谷妙语告诉邵远："第三个潜规则，施工现场工长会向你极力推荐某种材料，比如面漆。当他们极力推销某样材料时，其实背后勾连的是他们自身的利益，并不一定是真的在为业主考虑，但很多业主会为了'这种漆甲醛更少更无害'的说辞选择换。"

谷妙语告诉邵远面漆里面的门道有很多："首先是价格，设计师和工长每推销出一桶漆，都可以从经销商那里收到一笔回扣，所以当他们极力推荐某种漆的时候，就说明漆背后的经销商正在用丰厚的回扣与他们达成合作。而充当回扣的钱，当然是羊毛出在羊身上，由业主来掏了。因为每卖一桶漆就可以得到一笔回扣，所以有的黑心工长甚至会授意工人在施工的时候多用掉几桶漆，这个用掉，其实就是浪费掉。有的工人甚至直接把每桶漆倒掉半桶，然后告诉业主漆不够用了，得赶紧继续补买。"

谷妙语带着邵远挨个工地走，让他看到装修过程中，业主不会轻易发现但内行人一看就了然的各种暗箱操作。

"墙壁处理一共需要七道工序，先进行基层处理、防水处理、防裂防潮处理，然后刮腻子、用砂纸打磨、刷一遍底漆、刷两遍面漆。很多人在施工过程中为了节省成本，偷偷省下其中一道或者几道工序，不省的也会把好产品换成差产品。比如腻子换成差的，应该涂两遍面漆只给你涂一遍，瓷砖从材质好的换成材质差的，又可以省下一堆钱放到自己腰包里了。贴砖前，瓷砖是需要浸泡的，墙面也应该做拉毛处理，但很多时候很多工地为了省人工钱，都不这么做，直接就贴了。这也是有很多业主反映，装修完住了不到一年，瓷砖就噼里啪啦往下掉的原因。还有一个最能得钱的办法，就是以次充好——签合同时承诺我们给你用的都是环保的好材料，一分钱一分货。真到装修的时候，很多业主上班忙，不能时时盯着，有些设计师和工长就会玩偷梁换柱，让业主花的还是那么多钱，但好材料却变成了便宜的差材料，中间的差价被那些玩猫腻的设计师和工长吃掉了，而他们的良心呢就被旺财吃掉了。"

最后，谷妙语带邵远去了主材市场，说："你应该见到过涂晓蓉很贴心热心地提出愿意陪业主逛家居市场，陪他们一起挑选家居和家具吧？当时是不是觉得她人特好特热心？现在我来帮你揭开热心背后的奥秘。"

谷妙语让邵远假装是业主，他们进了一家家具店。

谷妙语给店铺老板递了名片，表明自己是装修公司的设计师。邵远发现老板给谷妙语打了个眼色。

老板向邵远推荐一款标价一万二的大衣柜。邵远按照谷妙语一开始交代的，表演出犹豫不决的神态。谷妙语在一旁为衣柜说好话，建议邵远考虑购买。邵远表示再考虑一下，走出店铺。

谷妙语跟在他后面。

拐过拐角时，谷妙语的手机响了。她对邵远晃晃手机，用表情告诉他，等着看戏吧。

电话接通，对方首先问："是谷设计师吗？现在讲话方不方便？"

谷妙语回答她："方便的，我现在自己一个人，业主去卫生间了，您说。"

于是老板说："您帮我把衣柜卖给那个小伙子，成了的话我愿意给您百分之十五的提成。我跟您公司其他的设计师也有合作，请放心，我说到做到。"

谷妙语说我考虑一下，挂了电话，她抬头看向邵远。

邵远皱着眉："所以假如我买下这个衣柜，其实有一千八百块被店家拿去做回扣给了设计师？"

谷妙语点点头。

邵远长出口气："真当顾客是冤大头了。"默了会，他说，"我了解的一家装修公司，很正规，不会这么干。于是我以为整个行业都是正规的，但其实不是。"

谷妙语说："你说的那是家高端的装修公司吧？曲高和寡，高端的公司做得再好，可惜也就那么一家，远不足以改善整个行业的混乱业态。"

邵远沉默下来。

一天走下来，谷妙语带着邵远亲眼看了这个行业中的种种暗箱操作，然后她给邵远吃定心丸："涂晓蓉会把能玩的猫腻都玩一遍，所以我真不怕跟她叫一下号。"

邵远有点感慨："整个行业的业态真的有点差，挺污糟的。"他问谷妙语，"大家都下水捞钱，你怎么光站在岸上清高呢？你看涂晓蓉已经背得起LV和Gucci了，你就只能用个帆布大包。"

谷妙语嗤地一声笑："我不下水是怕污水淹了我良心呗。"她表情一转，很认真地告诉邵远，"我小时候我妈生重病，有个很灵光的老人跟我说，我得做好事，好事会积德，好德行会造福家人。我从那天开始，发誓努力做好事。后来我妈的病真的好了。但是现在这个社会你也知道，有时候做好事没好报，做完好事还会让你心里憋屈，这时候我就给自己讲点鸡汤，开解开解。我就算为我妈能长命百岁，也不能下水变坏。"她说得特别诚恳特别认真。

邵远看着她，不知道是不是阳光打在她身上的缘故，他觉得她在发光。

他看着会发光的鸡汤小姐姐，问："那我们在这些行业现象面前，能做点什么呢？"

邵远提出请谷妙语喝杯咖啡。他想在咖啡厅里继续和她探讨一下那个问题——面对这些混乱的行业现象，我们能做点什么。

谷妙语两手捂着热热的咖啡杯，笑了。

"你不是已经做过什么了吗？"她看着邵远，笑着说，"你不是想办法让那个大爷知道他被坑了吗？"

有那么一瞬间，邵远的表情是凝住的。那是一种心头秘事被人窥去后不知该给什么反应好的表情。那么一瞬间过后，他的表情又重新活泛起来。

"你知道是我干的？"

谷妙语摇头："不知道。"她喝口咖啡，奶沫粘在上唇，她伸出舌尖舔了下，奶沫被卷走了，嘴唇湿润润的。

"不过这么一诈，就知道了。"谷妙语舔掉奶沫说。

邵远觉得自己刚刚好像看到一只娇憨的猫。这只猫有时憨得发傻，有时又机灵得像只精怪。

谷妙语看到邵远似乎有要发呆的征兆，她抬手握成空拳，手腕向下，叩了叩桌面，唤回他的注意力。她挑眉挑眼地问他："你是怎么告诉那大爷的？路边电话亭买张卡，发匿名短信？"

邵远含糊一点头，不说是也不说不是，只是问："我这么做对吗？"

谷妙语摇摇头："我不知道，我进了这行之后已经快分辨不出什么是对什么是错了。"谷妙语歪头想了想，补充自己的观点，"或者这么说吧，对错根本不由我们说了算，因为我们是少数。少数就是异类啊，异类是该被隔离的，谁还听你讲对错。"

邵远无声轻叹，开口时，声音有点幽幽的："我以为……"

谷妙语接下他的话："你以为你告诉大爷他家的装修有问题，大爷找来公司，涂晓蓉不处理经理也会处理的，涂晓蓉做的那些事被大爷大庭广众地嚷嚷给大家听，她还不得臊死，看她以后还敢不敢那样。你以为，你这么做之后这种坏风气不说根除，起码会一点一点得到改善，对吗？"

邵远有点意外地点点头，他意外谷妙语怎么什么都知道。不仅知道是他私下告诉大爷的，还知道他为什么会私下告诉大爷。

谷妙语把他脸上的疑问看得清清楚楚。

"我为什么知道这些？哈哈，因为现在的你就是当初的我啊。"谷妙语甜软的声音里，出现了一丝无奈和苍凉。"你刚才问我，行业这么混乱我们能做什么。小朋友我现在沉痛地告诉你，我们做不了什么，因为我们力量太小了。潜规则的力量巨大，在它的作用下，我们的力量小得像蚂蚁腿使出的那点儿劲。我们做什么都是垂死挣扎，我们只能暂时一边看着一边忍着良心痛，以及一边忍着良心痛一边坚守住良心。啊！"谷妙语突然抒情，"这天杀的行业现状啊！"

邵远本来是有点悲壮的，忽然就有点悲壮不起来了。

谷妙语晃着咖啡杯，越晃越专心。她低头看着被晃得无规律旋转的褐色液体，觉得那是她混乱晦暗的情绪的凝结。她垂头耷眼，她头上的小丸子也跟着她一起变得蔫答答的。邵远差点想站起来，伸手去安抚一下那颗看上去好不开心的小丸子。

"以前的我像现在的你一样，热血沸腾，意气难挡。"晃够杯子了，谷妙语抬起头，看着邵远说，"遇到眼睛里看不下去的事，十个我发小跪在地上都拉不回我，我就是要去告诉业主他被坑了。结果呢？业主怪我不早说，公司又说我吃里扒外，最后就是皆大不欢喜。业主并不感谢我，公司也请我走人，于是我从一家公司换到另一家公司。"

谷妙语说到这儿，有点伤感。找工作时，从简历上看，她的工作经验极其丰富，但面试的时候人力总是一边翻她的简历一边问："你这么短的时间跳了这么多家公司，是性格原因还是能力原因？"

她帮着人力们把这话翻译得直白了些。他们其实在问她：你一家公司一家公司这么地换，是你人不合群，还是你工作能力不行？

她想说，这些真不赖我，这是大环境的问题。但人家都觉得她真是够狂的，有问题不从自己身上找原因，赖行业，赖社会，赖环境，年纪轻轻的怎么就把自己活成个老赖。

"所以你现在担心又得换公司，才不抗争了吗？"邵远在一旁提问。

这问题有点尖锐，带着点刺，扎得谷妙语疼了一下。

"我不明着抗争，并不是你说的这个原因。"她想了想，措了下辞，"你看大爷来闹，经理管了吗？没有，他先怂为敬。你看涂晓蓉被当众羞辱，她害臊了吗？没有，反而大家对她无比同情。大爷感激之前提醒他的我了吗？完全没有，他甚至怪我。所以你觉得你做的抗争和努力有效果吗？并没有。没有效果的抗争，是无谓的牺牲。你是学金融的，你比我脑子灵光，你自己想想为什么会这样。"谷妙语说。

邵远觉得刚喝下去的一口咖啡像铁块，哽着他的喉咙硌得他嗓子眼疼，他真实体会到了什么叫如鲠在喉。

一言难尽满心无奈的时候，喝口水灌口风，都会如鲠在喉。

他用力滚了两下喉结，回答谷妙语的问题："因为你一个人的力量太小了，面对整个行业的潜规则和暗箱操作，你的力量是蚂蚁腿上的那点儿劲，所以你一家公司一家公司的抗争没用，你只能忍着，摸着你的良心，让自己泡在烂泥潭里也别被污了初心，别做亏心事，你在想这个行业不会一直这样下去，它未来总会进步，你在坚信这一点。"

谷妙语觉得眼睛有点发酸，鼻子有点发酸，心口也有点发酸。很多时候她都在想，她这么渺小的一个人，总去想行业那么大的事，是不是太不自量力了？但现在，她遇到一个懂她的不自量力的人。

"如果我说，我在想，有一天假如我变强大了，也许会从根本上改变现在的行业现状，你会不会觉得我在说很可笑的大话？会不会觉得我是蚍蜉撼树不自量力？"

邵远觉得谷妙语好像又在发光了。

"那如果我说，我想和你一起去实现这些改变，你会不会觉得我也很轻狂？"

谷妙语笑起来，笑得眼睛都快湿了。

邵远看着她，也不由自主跟着笑。他想在隔壁桌客人的眼里，他们两个肯定是精神方面有疾病的人——嘴里谈着改变行业改变社会改变人类之类的大话，笑得却像两个二傻子似的，绝对的脑子有病。

邵远觉得傻一下可以了，不能傻太久，这不符合他高冷的邵爷人设。他先收了笑，问谷妙语："你觉得所谓强大，是什么样的程度？"

谷妙语的表情宁静下来，宁静中还氤氲了点敬仰和羞涩，她眼睛里闪着光，问邵远："你听过陶星宇吗？"她说出这个名字的时候，像在吟诵某个神圣的仪式般，热烈而虔诚。

邵远看着她，摇摇头。

"好吧。"谷妙语眼中的光没有灭，她还是热烈而虔诚地告诉邵远，"他是一个非常有成就的设计师，他设计的作品得过非常多的奖，他设计的项目都非常赞！"谷妙语毫不吝啬地把"非常"这个词用在她心中男神的身上。

邵远刷子一样的长睫毛抖了抖。

"根据他的设计进行施工的工程，别墅、大剧院、高档住宅什么的，都得严格按照他的设计图执行，他的设计谁也不能改，他说用什么材料就用什么材料，定价是多少就得是多少。如果对方非要改，那就您请走，别用我的设计。"谷妙语说到这儿，有点激动地又用手轻叩着桌面，像给自己打鼓点似的，"像他这样的，就是强大！他能靠着自己的能力，主宰整个从设计到装修的流程。"她顿一顿，羞涩的表情有一半被自卑所替换，她有点羞涩有点自卑地说，"而我和他一比，他是只展翅的大雕，我却只是菜鸡，我只要稍微一抗争，就直接失业了。"

邵远看不下她那副样子，本来意气风发的，提到这个男人的名字就变得缩脖耷肩，简直岂有此理。

他学她，用手叩了叩桌面："他也不是一下就长成大雕的，肯定也是从小鸟……"说到这儿邵远觉得小鸟不足以形成鲜明对比，于是改口，"嗯……小小小小鸟，长起来的。所以菜鸡姐姐，你有什么好难过的？以后你也能飞上枝头变凤凰。"

谷妙语听着邵远的话，知道他这是一番激励，可是不知道为什么，这番激励听着怎么那么别扭……她揉揉脸，揉掉莫名其妙的自卑，重新揉出自己的意气风发，端起杯子把剩下的咖啡像干掉杯中酒一样，仰头一口喝掉，然后把杯子往桌面上一放，意气风发壮志凌云地一扬下巴一挺胸："等我以后有本事了，我干脆自己开一家装饰公司！我一定凭自己的良心挣钱，挣有口碑的钱，挣让业主满意的钱，绝不挣那种'先赚他爷爷的一票，谁管以后，以后再说'的钱！"

她头顶的小丸子都跟着她的话雄纠纠气昂昂地动，整个人的气势都很足，眼睛里氤氲着什么，像两朵云在高速撞击着闪电。

"然后，售后一定要跟上！装修说到底也是卖东西，我觉得未来卖东西不是关键，卖出东西之后的售后服务才是关键，以后肯定是售后为王的，我呢，就要做一个售后服务棒棒的女王！"

邵远看着热烈畅想着未来的谷妙语，莫名被她带得有点激动，但他也有点想笑。他想告诉她，小姐姐，你真的适合经商，你有这个天赋和敏锐直觉。

但他最后说出口的是："姐姐，您先把上嘴唇的奶沫擦一下，影响你做演讲的气势了。"

他的面门瞬间成了一个纸团的降落场。

"闭嘴！你个死孩子求你回去看看《蔡康永的说话之道》！"谷妙语气咻咻地舔着上嘴唇说。

邵远撇过头，无声地笑了。

晚上回到宿舍，邵远上网搜寻了一个关键字:陶星宇。

搜索结果总结起来是，三十岁，年轻有为的成功设计师。

从照片上看，这个人身材高健，丰神俊朗，眼神中有文人的雅致，也有杀伐果断的狠劲，是个蛮出众的人物。邵远看到陶星宇在不同院校开过很多场交流分享会，而最近的一场，是去年十一月在他们学校开的。

他心念一闪，往回翻了翻万年历，还真是他错认了谷妙语闹出一场乌龙误会的那天。

怪只怪她那天打扮得漂漂亮亮，一看就是用了心装扮过自己，在等着要见什么人。她打扮得那么好看，清纯得跟个学生一样，于是他就误会了。可她其实是为了去见陶星宇的。

邵远关掉万年历，一瞬间他仿佛窥探到了一件女人心事。那位小姐姐她啊，爱慕陶星宇。

三十岁，比他足足大了八岁。

不老吗?

第二天上班，邵远问谷妙语北五环小区那边，我们要不要做点什么。

他的话说得没头没尾，但谷妙语一听就懂了。他们奇怪的默契也不知道是从什么时候培养出来的。

"我们不能自己直接做。"谷妙语说了上半句。

邵远直接接了下半句:"我们可以通过高哥的嘴去做。"

谷妙语竖起手臂和手掌，邵远击了上去。啪的一声，果断清脆得叫人的心都跟着一跳。

谷妙语和邵远约见了高大哥，建议他和隔壁单元那户邻居对比一下增项、沙子水泥型号、贴砖工艺、乳胶漆兑水比例等，邻居间应该互相多交流切磋嘛。

高大哥能说会道，一去对比完，那户邻居不干了，从涂晓蓉的同盟直接变成了涂晓蓉的敌军。

他找到公司来，直冲到涂晓蓉面前要交代："我不跟我邻居他们聊不知道，一聊我才发现，你就是个骗子黑洞！"

高大哥的邻居来公司找涂晓蓉之前，谷妙语正带着邵远在经理办公室磨牙。他们有一句没一句地磨，说没事硬能磨出两句唠，说有事细细想又提炼不出什么中心思想。

后来高大哥的邻居拽着涂晓蓉嚷嚷着"走，见你们经理去"一起闯进了经理办公室，谷妙语和邵远像两个戏精一样表演着"哎呀吓我一跳"，从经理办公室功成身退。

一出门两人谁也没看谁，并排走着目视前方，但一个伸左臂一个伸右臂，手掌与手掌相击在半空中。他们这回要达成的结果就是让秦经理没地跑，在他上演"我们经理不在"的戏码之前，他们先把他的表演剧本没收了。

他总是逃避做表率，那就得想办法逼他做表率。

谷妙语一边往办公位走，一边小叹一口气，对邵远说："高哥的邻居挺威武雄壮的，不知道秦经理那竹竿身板会不会被他吼散架了。"

邵远忍不住撇嘴一笑："你有时候心好得是不是有点过？"

谷妙语在办公位前坐下，从包里翻出一早从家里带的苹果，凑在鼻子底下，闻着香甜果肉味给自己解压。

"其实秦经理这人不坏，就是小时候学孔子学得用力猛了，老玩中庸，中庸到最后就不想得罪人也不想扛责任。"谷妙语把苹果放回桌上，解放双手后，她愤愤一拍桌，"但气人的是，他就对我不中庸！他就训我有能耐，对其他人都哄着不得罪！哎哟这手怎么还反后劲的疼！"

刚刚拍桌拍狠了，手掌现在有点辣辣的疼，谷妙语忍不住对着掌心吹气轻搓。

邵远站在她桌位前，低头看着她顶着丸子头在那儿呼呵呼呵地吹气搓手，有点想笑。这小姐姐不画图不谈专业问题的时候，总傻乎乎的。

谷妙语搓完手一抬头，看到邵远一副要笑不笑的样子。

"你那是什么表情？"

邵远一绷面部肌肉，收起了想笑的纹理，他打岔："他对别人都中庸，就天天训你，他还不坏？"

谷妙语抬手戳了戳她的小丸子，眉轻皱，渐渐地，她脸上神色变得中肯起来："我又认真地想了想，觉得他还是不能算真的坏。你想啊，虽然他一年去掉节假日训我二百多天，但训归训，到现在他也没把我真的开除。"谷妙语忽然神色一变，紧张起来，"我的妈，这么一想，有点不对劲啊！他对我的态度咋这么特别呢？邵远你说他不是喜欢我吧？"

谷妙语一脸受惊的神色。

邵远一脸受不了的神色，他差点呛着："姐姐，您想多了。秦经理喜欢的是……胸怀广大的女人。"他之前去找秦经理谈想转回谷妙语这里时，看到秦经理正很不中庸地看着大胸美女图册。"而你吗……还是尽量多吃点吧。"

邵远的话音一落，一个纸团向他面门飞过来。

他两手插在裤子口袋里，是一副很放松的站立姿态。看着纸团过来，他反应很快，后退侧身，用前襟一挡，纸团撞击他胸口后下落，快到地面时，他一个抬脚抽射，纸团干净利落地被抽进办公区一角的废纸篓。

整个过程不出三秒钟，这三秒钟里他帅得有点吓人。

谷妙语却有点咬牙切齿："早晚剁了你这只欠欠的脚！"

邵远抿着嘴角一笑，马上又恢复一副高冷的样子，对谷妙语说："我帮你分析一下秦经理的心态吧。"省得你胡思乱想觉得他喜欢你什么的。

"我觉得可能是他对别人太中庸了，有些事该出头不出，该发脾气不发，该得罪人不得罪，最后就变成有什么情绪他都一个人憋着。总憋着也不行，他心里其实是需要找到一个发泄的突破口的，正好这时让他发现你倒是个不错的情绪发泄对象，毕竟你的脑子除了画设计图和讲解专业问题，都像缺根弦似的——傻，热血，不记仇。所以你就变成秦经理一个很好的发泄垃圾情绪的对象，他因此才不舍得开掉你。"

谷妙语听得一愣一愣的，脸上表情从"你可别胡咧咧了"不知怎么就渐渐过渡到了"我的妈你说得好有道理"。最后她主动承认，自己刚刚可能脑子抽了，还经理是不是喜欢她，简直想得多——连爱因斯坦活着的时候恐怕都没她刚刚想得多。

邵远看到谷妙语的思路被自己扳回来了，觉得自己的口才和思辨能力又有了进步，心里有点挺开心的。

有其他组的同事出去打水喝，回来之后一脸八卦："秦经理他们已经转战到会议室去聊了，我打水路过了一下，听到里面——嘿！那个热闹，跟三口相声似的！"

谷妙语和邵远对视一眼。谷妙语拿起桌上的水杯，邵远转回自己位子取了他的水杯，两个人一起起身向外走。

刚回来那同事在后面喊他们："哎，你们干吗去？我还没讲完呢！"

两人头也不回，异口同声："打水。"

会议室的空间是落地玻璃隔断出来的，一片通透，不仅外面能看到里面，里面也能看到外面。饮水机就设在会议室门口不远的地方，是为了方便大家开会的时候出来接水喝。

谷妙语让水柱流得再细，一杯水打完也只听到了两段对话。

一段是高大哥的邻居说的："涂晓蓉，你别再解释了，我现在压根就不信你的话，你就是个骗子我跟你说！"

另一句是涂晓蓉说的："大哥，您冷静一点，我没必要骗您，您别被小人挑拨了！"

听到这里，谷妙语隐隐觉得后面将迎来剧情的一个小高潮。她不想就这么错过小高潮，但再磨蹭下去假装接水，秦经理恐怕能冲出来对她喷水。能有什么办法躲起来继续听墙脚呢？

她一扭头，忽然发现邵远正站在一幅立式海报后面冲她招手。

她差点喷了。他之前也用过这招，把自己隐藏在立式海报后面，听被海报隔出去的另一个世界的人讲话。谷妙语回想了一下，似乎就是从那次起，他和邵远的关系开始得到改善的。

她拎着杯子，趁着会议室里的人不注意，猫着腰溜到立式海报后面。海报尺寸有点尴尬，一个人躲着有富裕，两个人躲着又有点挤，稍不小心就会有一个人的肩膀露到外面去。

谷妙语窸窸窣窣地尽量把自己往一块收，邵远看着她那副样子忍不住想笑，好像她最后能把自己收成一个点，缩进她的小丸子里似的。也不知怎么，他的手就抬出去了，从她身后一绕一搭，手就半握在她的上臂，再一运劲一收，把她搂到他胸前来了，这样谁的肩膀都不会再被挤出去了。

谷妙语侧着一抬头，邵远也正侧脸对她一低头，他竖着手指对她无声地嘘。

谷妙语也跟着做无声"嘘"的口型，静下心来，开始专心听墙脚。

邵远垂眼看着她的丸子头，松松软软的，戳起来不知道是什么感觉。又有茉莉花香拱进鼻子里，他想等晚上或许可以去买点茉莉花茶尝尝，这味道闻起来倒还真不错。

会议室里的三口相声激烈地继续。

高大哥的邻居不买涂晓蓉的账，认为她现在说什么都是假的，他都不听，他对涂晓蓉强调："我不差钱，我不稀罕你的赔偿，我就要你一个说法，是不是当我是傻子，当我是棒槌！不行你这么能狡辩，我一定得去告你欺诈消费者！"然后他又冲着秦经理吼："你知道我告你一下你得赔多少钱吗？知道吗？京东淘宝都得假一赔三，我能告到你们假一赔十你信不信！我告到让你们直接破产你信不信！"

谷妙语差点乐出声。

"这位大哥有丰富的网购经验。"她小声说。

邵远也跟着一抿嘴。

听上去涂晓蓉的那副笑语相迎的面具有点快要挂不住了，她对人说话时声音都变大了起来："您怎么就听不进我说什么呢？您觉得哪里有问题，您指出来，我们有问题解决问题好不好？您就这么一盆盆脏水往我头上扣，您说您要告我欺诈消费者，那我也说我要告您诽谤设计师了！"

秦经理往下压火："晓蓉你少说两句！"

涂晓蓉不服："凭什么我要少说两句？经理，这一看就是谷妙语在搬弄是非搞鬼啊，要管闭嘴你也得先管她吧？"

谷妙语听得直翻白眼。

邵远垂着眼睫看着她，嘴角微微一弯。小姐姐面部表情灵活得像会说话，她现在的白眼就是在说:呸，你才搬弄是非呢。

空气突然被一道骤起的声波震出激流，邵远在心里吓了一跳，谷妙语直接在他胸前抖了一下。

邵远搂着她手臂的那只手轻轻拍了她两下，以示安抚。

那声激流，是秦经理突然崛起了。

他对涂晓蓉平地拔高般地一声吼:"闭嘴！你当我是害你呢？我让你闭嘴是救你！你以为这大哥告你欺诈真告不赢吗？未必吧！现在开始你给我少说话！"

秦经理像换了个人一样，不再中庸。邵远想一定是秦经理被那两人的叽叽喳喳磨没了耐性。

人没了耐性后，往往会激发出一个果决的自己。

他听到秦经理对高大哥的邻居说:"老大哥，您消消气，现在您有什么诉求，都说出来，我们有能力解决一定尽力给您解决，如果超出能力了，我们也会尽力想其他办法。"

高大哥的邻居气势消了些:"这还像句话。"

会议室里有了短暂的安静。

邵远和谷妙语躲在立式海报后，看不到会议室里的情形，但依据听觉脑补画面，他们想，高大哥的邻居应该是正在思考自己的诉求。

过了一会儿，高大哥的邻居开口了:"我会和我的邻居们作对比，凡是材料不一样的地方，都要给我拆了，用相同的材料重新装！"

秦经理答应着:"没问题。"

"电路水路布线图我有照片，和我的邻居们对比过了，我的布线明显绕线了，你们要把绕线让我多花的钱退给我！"

秦经理点头:"应该的。"

"厨房和卫生间的墙壁，要重新给我做拉毛，重新贴砖！"

秦经理："好的。"

"后面的工程我要换掉涂晓蓉，让那位谷设计师帮我弄！"

秦经理迟疑了一下，说："可以。"

高大哥的邻居终于满意了，由前台过来恭敬地把人送走。

秦经理和涂晓蓉还留在会议室。

邵远有点不满意秦经理把烂摊子交给谷妙语。他低头看看谷妙语，发现她也在皱眉，眉心拱得像坏脾气马上就要拦不住了，马上就要从那里冲出身体了。他忽然就没那么意不平了，他的注意力被她生气的样子拐走了。小姐姐生气起来，超凶的。

秦经理的声音又响起，对涂晓蓉说："这单你别跟了，让谷妙语跟。这单的提成我会让财务转给谷妙语。至于业主已经装修但不满意需要拆掉重装的费用，本来我想让你自己出，但算了，公司给你出了吧，只是你后面几个月的提成需要减半。"

秦经理的话音一落，谷妙语的眉头松了，但涂晓蓉炸了。

"经理，凭什么？凭什么我谈的单子提成要给谷妙语？凭什么扣我后面的提成点数？"

秦经理的声音听起来有点累有点不耐烦："晓蓉啊，你要是不服气，可以走人的。"

涂晓蓉的声音里充满不可置信："秦经理你说什么？走人？以前我给你扛起咱们公司的业绩，让我们的店成为业绩最好的门店，让你在总部脸上有光，你恨不得把我供起来！现在谷妙语只不过刚拿了一年的业绩第一，你就翻脸这么对我了，经理您这样不合适吧？"

谷妙语竖着耳朵听，她准备听听秦经理怎么回答。

"晓蓉啊，我不想和你掰扯太多。你就听我一句劝吧，以后你别再跟谷妙语较劲了，你较不过她。以前你不跟她较劲，悄声不语地闷头赚点行业潜规则的钱，我也不说你什么，这行不都这样吗？但我不说你是不说你，你可别以为自己腰板挺直的，整个公司你们谁和她较劲都较不过她，因为她腰板才是真的直。以后消停点，躲着她，别较劲，闷声发财，好不好？要是以后再惹出麻烦来，你就别怪我真会不保你。"

秦经理推门走出会议室。过一会儿涂晓蓉也从会议室里出来，她整个人好像缩了一圈。

等她走后，谷妙语和邵远从海报后面出来。

回办公位的路上两个人都有点若有所思。

谷妙语说："我怎么觉得秦经理其实不是稀里糊涂的，他什么都知道。"

邵远回应她："我现在承认你说的话了，他其实没那么坏，也没那么不堪。"

谷妙语有点纳闷了："你说秦经理到底是个什么样的人？"

邵远带着这个问题回了宿舍。熄灯后他躺在床上思考，秦经理到底是个什么样的人，砺行装饰到底是一家什么样的公司。这家门店是这家公司的一个缩影，这家门店里的人际关系是社会人际关系的浓缩。仔细想想看，虽然秦经理经常把谷妙语训得狗血淋头，但他对她其实真的不算太坏。他那点坏都使在他嘴上了，细想他的实际行为，倒是对谷妙语不失维护的。谷妙语常年业绩差，他也没说过要开掉她。去年马上临近年底考评，谷妙语的销售走了，秦经理还给她重新招了一个，当然这个人就是邵远了。

他当时去找秦经理，说想转到涂晓蓉那一组，秦经理劝了他半天，希望他别转。后来他又去找秦经理，希望转回到谷妙语那里，那次秦经理二话没说，立刻就批准了。

年会的时候，他说应该把他签下的那单算给谷妙语。他说这事的时候觉得秦经理还是清醒的，等秦经理转身一上台宣布这个事情时，他立刻就有了醉态。现在回想一下，秦经理倒真是有一副借酒装疯的好演技。他想向着谷妙语，又怕被看出来，于是干脆就假借着醉醺醺的样子宣布谷妙语才是业绩第一，一副因为只有一个第一可以省下一笔奖金的小气样子，把广大群众怀疑他是不是偏向谷妙语的嫌疑直接洗没了。

邵远发现这家公司里的每个人都不白给，每个人都没有明面上看起来那么一目了然。他想或者入了社会之后的人都会变成这样吧？给人呈现的自己，和真实的自己，总是不一样的。

他琢磨着，秦经理在骨子里或许是欣赏谷妙语的。虽然她格格不入，虽然他知道如果大家都像她那样，这个公司就别想有业绩，可是这并不妨碍他有另一个认知——其实谷妙语的做法，才是对的。所以他得留着谷妙语，必要时不着痕迹地护一下，这样也未尝不是在保持着公司的一种平衡。如果谷妙语不在这个公司，这个公司的作风恐怕整个都要歪掉了吧。

邵远临睡前想，也许秦经理也希望这些行业的潜规则是可以得到改善的，只是目前大环境如此，而人在江湖，只能身不由己。

涂晓蓉应该是听了秦经理的劝，真的消停下去了。

谷妙语带着邵远一起忙年前签的那几单装修工程的诸多事宜，一切进度都在忙而有序中向前推进，公司难得一下平静了许多。

只是这天，一位难缠顾客的到来，又把公司好不容易呈现出来的平静打破了。

谷妙语带着邵远在施工工地连续跑了几天，回到公司后，一个同事告诉她："咱们公司这两天可热闹了！"

谷妙语发现自从她去年逆袭了全年业绩第一，人缘都在变好。以前像这种八卦她是等不来的，想知道发生了什么一定得自己屁颠屁颠去问。现在能有人主动过来跟她说，谷妙语心情愉悦。

就这个现象，她和邵远讨论过。她告诉邵远，自己之前安慰自己的时候，默默吟诵过一句鸡汤："第一不代表什么，只是一个数字。你比第一落后也不代表什么，因为落后只是一种现象。笑对人生后，你会发现第一和落后并没有啥区别，都只是现象，毕竟不管第几，谁还不都得靠吃大米饭活着。"

邵远帮她修正了一下那碗鸡汤的味道："第一是不代表什么，只是一个数字，但它能让第二往后的不服也得憋着。第一和落后虽然都各自只是现象，但第一的那位吃起大米饭来，确实会觉得更香。"

在被修正过的鸡汤基础上，谷妙语又提炼出一碗新的鸡汤。

"所以说人活着，就该永争第一，那些告诉你做不到第一也无所谓的鸡汤，可以当作慰藉，但不能成为不向着第一努力的借口。"

邵远直接在这碗鸡汤里下毒："可有的人能力就那么多，累死也到不了第一，怎么办？"

谷妙语努力给鸡汤解毒："可以做不到，但不能不去做！"

邵远继续下毒："明知做不到，还要去做，不是无用功吗？"

谷妙语被怼得脑子发涨，最后脸红脖子粗地以毒攻毒："这位同学请问你是不是杠精？喝下一碗鸡汤你又死不了！按你这么说，人人都知道自己早晚得死，那到底还要不要好好活着？明知早晚要死，还得好好活着，这是不是在做无用功？"

最后"邵杠精"交出了他的"杠"，表示谷老师说得对。鸟可以笨，但允许笨鸟先飞。虽然先飞也不一定能赶上大雕，但允许每只鸟都有梦想，这是对鸟以及它笨的一点尊重。

谷妙语差点想掐死邵远。

邵远看着谷妙语脸都憋红了也怼不上来一句解气的狠话，忍不住想笑。

他在心里还藏了半句话没讲出来——其实笨鸟也有笨鸟的独到之处。笨鸟认真、执着、孤勇，以及，丸子头是茉莉花味的。他或许不能陪笨鸟飞很久，但他真的希望笨鸟可以这么无所畏惧地一直翱翔下去。

谷妙语笑出一脸勇夺第一后觉得大米饭特别香的愉悦感，聆听同事向她绘声绘色地描述这几天公司里到底发生了什么事。

"撞了邪了你知道吗？前两天中午，突然来了个老头，说要给自己家装修房子。秦经理就安排人招待那老头。结果，这老头满嘴跑火车，房子一会儿大一会儿小，一会儿平层一会儿带二楼三楼，忽忽悠悠就把咱们的人给忽悠蒙了。听不明白他到底讲什么，咱们的人就给不出明确的报价，结果老头先炸了，说我们不尊重他，派个不专业的狗头军师来糊弄他。"

谷妙语想了想，说："怎么听起来像来找茬的？"

同事一拍大腿："你可说对了！这老头可不就是来找茬的！他不满意咱们同

事的接待，秦经理就赶紧给他换了个设计师，结果没谈几句，又谈崩了，说设计师坑他，要继续换，不换就说心脏疼，要往地上躺。可是换哪个都没谈一会儿就崩，这两天咱们公司都快被这老头给屠了！"

邵远理智地问了一句："像这种情况，不可以报警吗？"

同事说："烦就烦在这儿。他一没打砸抢，二没拐骗偷，我们报警说什么？说警察叔叔，有个老头来我们这儿找茬，挨个怼我们的设计师，给我们设计师都怼成哑巴了，您快把他抓走吧，我们太烦他了？"

谷妙语听得有点想乐，她问了一句："那现在是什么情况了？"

同事说："秦经理已经快被老头逼得去雍和宫烧香驱邪了。这不，一大早他把咱王牌涂设计师从施工工地上叫回来了，这会涂晓蓉正在会议室招架那老头呢。"同事还告诉谷妙语，"大伙都去围观教科书一样的找茬了，没什么事一起去看看啊？"

谷妙语问邵远想去看看吗，邵远点头。

谷妙语感叹："原来你就是看起来冷艳高贵，其实骨子里燃烧着一颗八卦的精魂。"

邵远一挑眉梢："我只是好奇涂晓蓉面对教科书般的找茬，能不能想办法做出教科书般的反找茬举措。"

结果让谷妙语和邵远都有点失望。连涂晓蓉的笑语嫣然和能说会道也显然起不到什么反找茬的功效，那疑似来找茬的老爷子句句话能把涂晓蓉生怼到南墙底下。

谷妙语打量一下老爷子，看起来七十来岁的样子，头发有一大半都白了。谷妙语对白头发比黑头发多的老人家有条件反射般的疼惜怜悯，人生还能留给他们多少碗大米饭呢？吃一碗少一碗的，他们凶一点又有什么关系。这么想着，她就觉得老爷子的凶怼倒也没那么凶了。

其实老爷子的长相一点都不凶，甚至看得出他年轻时应该仪表堂堂。

老爷子很快把涂晓蓉也怼跑了，他用的是这么句话："你别跟我在这儿皮笑肉不笑地胡咧咧，我老头子活多久了，还看不出你脸上那笑是真笑假笑？你嘴上叫我大爷，心里正骂我傻缺老登呢！甭跟我扯那些解释的空话，人脸上再会做假表情，眼睛可骗不了人，你眼睛里没有真诚，你走吧。经理呢？叫你们经理来！我要换人！给我换个真诚点的，行不行？"

被点了名的秦经理浑身一激灵，他绝望地想，行吧，全公司最能说会道的都阵亡了，现在也只能他自己上战场了。就这么无奈决定要英勇就义的工夫，眼神一扫忽然在人群中扫到了谷妙语。他一下就开心了，怎么把这位格格不入又偏偏总能另辟蹊径的姑奶奶给忘了？

"来来来，妙语啊，你来给大爷讲讲咱们公司装修方面的一些事情！"秦经理欢天喜地地对谷妙语说。

被点了名的谷妙语临危受命，上阵和老爷子对峙。

谷妙语先问了声好："大爷，您好，请问怎么称呼您？"

她是想问大爷"您贵姓"，结果老爷子用鼻子哼出一声动静，眼珠滚得眼皮这儿鼓一下那儿鼓一下的，上下打量谷妙语。

"你大爷就是你大爷，还能怎么称呼？"

谷妙语深呼吸，在心里默念笑对人生。

身后有一声轻轻嗤笑，跟什么人看到仇人被怼解了恨似的。谷妙语知道那是涂晓蓉。她没能安抚好这大爷，于是她就不相信还有其他人能安抚好他，她等着看笑话呢。

谷妙语没理她，问老爷子："大爷，快一上午了，您渴了吧？要不先给您倒杯水喝？"

谷妙语转头让邵远去倒杯水。

老爷子出了声："使唤人家小男孩干吗？你真有诚意你亲自去给我倒。"

邵远皱了下眉。小男孩？他哪儿小？

谷妙语连忙左右安抚："成，大爷您等着，我亲自给您倒水！"她起身去倒水，经过邵远时拍拍他肩膀："没事。"

邵远眉头皱更紧了。她这不也把他当小男孩了吗？

谷妙语一出会议室，会议室外围观的同事就对她送来关怀与同情。

"加油啊妙语！刚刚涂晓蓉要给老头出来接水，老头都没干，但你要倒水老头就答应了，你这是一个进步一个良好的开端！不要怂继续干！"

谷妙语接了杯水回会议室。

老爷子嘴唇刚碰了碰纸杯，就吱哇一声叫："想烫死我啊？"

身后又是一声涂晓蓉的轻轻嗤笑。她怎么还不从会议室出去呢？谷妙语默默吐槽。

邵远站出来，说："我去换杯凉一点的。"

老爷子酸唧唧地张了嘴："你倒的我不喝。"

谷妙语站起来："成，我去给您换一杯。"

她又出去接了一杯温的回来。

这杯水端回会议室后，老爷子小抿了一下又立刻爆发："大冬天的给我喝凉水啊？"

谷妙语什么也没说，起身再去倒水。这回她尽量倒一杯温度在第一和第二杯之间的。

端进去，老爷子还是嫌弃："这热不热温不温的，难喝！再倒！"

谷妙语深吸一口气，在心里对自己大声朗诵笑对人生四个字。她看到秦经理的反应比她还要崩溃，她用眼色安抚了一下秦经理——没事，看我的。

她在老家时，她老爸作起来，那可是十个铅球都砸不服的，最后还不是她把老谷炸起来的毛给捋顺？

她这回叫邵远一起来帮忙。

他们出了会议室，先前讲话的那个同事改变了观点："我收回我刚刚的看法。老头让你倒水并不是一个更好的开端，看起来他没让涂晓蓉倒水是对涂晓蓉更善意一点。"

谷妙语没顾上搭茬，她问邵远一次能端几杯水。邵远试了试，他手大手指长，可以端四杯。

谷妙语能端三杯，一手一杯再两手一起夹一杯。

他们这回接了温度递次改变的七杯水，加上屋里的三杯，一共十杯，要凉有凉，要热有热，要温有温，要温热有温热。

谷妙语把十杯水摆在大爷面前一字排开，笑着说："大爷您挑一杯，看哪杯喝着顺嘴，后面我就按那杯的温度给您倒水。"

大家都屏息等着大爷的反应，不知道他这回还能找出什么新茬来。

谷妙语能感觉到身后的涂晓蓉有一口气正提在嗓子眼，她八成希望大爷能冲着十杯水狠狠一扫，然后咆哮"十杯水你就想把我打发了，做梦呢"。

结果，老爷子忽然像脾气被抽走了一样，平静地端起其中一杯，喝了下去。

会议室外围观的人们仿佛看到世界杯进了球，不约而同地做起各种yes的动作。

秦经理在会议室里差点激动得哭出来。

涂晓蓉憋在嗓子眼那口气幽幽地吐了出来。那是对老爷子不能把坏脾气贯彻到底的失望。

邵远站在谷妙语身后，无声地抬起一只手，把手掌压在她肩膀上，捏了捏，他的力道在说话——好样的。

老爷子喝完水放下水杯，语气变得好了些，但依然有拿腔拿调的故意："我这几天总算遇到个会办人事的人。你们都觉得我在找茬是吗？那我告诉你们，顾客来可不就是来给你们找茬的，不然来跟你们谈恋爱啊？我来找茬，你们就得想出有效办法来应对我的找茬，这才是你们该干的事！"他点点桌面，问谷妙语："你叫什么名字？来，你给我讲讲你们公司的装修报价。"

大家都以为老爷子这是被谷妙语收服了，然而并没有。

接下来直到下班之前，老爷子快把谷妙语虐成了渣。

谷妙语觉得自己这一天说的笑对人生比她前二十五年加起来说得都多。老爷子上句问我的房子九十多平，铺地板得多少钱。谷妙语按面积算完大致报了个价。老爷子一听就炸了毛，下句紧跟着就开喷："不对！不可能这么点钱，还有二楼三楼呢，你算了吗？你这是想用低价诱拐我先签单，后面再多骗我钱吧！"

谷妙语也不知道老爷子是真糊涂还是装糊涂，只能实事求是地见招拆招，告诉他："大爷，您刚才没跟我说您房子是三层的。您别生气，现在我们把那两层加上。"

但老爷子立马又生气了，说："我什么时候说是三层了？我房子就是个七十平的两居平层。"

谷妙语心说得，这回连面积都变了。

邵远在一旁实在替谷妙语煎熬，这姐姐脾气也太好了点。

他站出来问老爷子："大爷，您带房产证了吗？那上面有确切的面积数，咱们看一下就能清楚您房子到底多大了。"

老爷子抬头就怼他："小男孩，我说你去菜市场买菜还带着全家存款的存折吗？我就来问个装修我还把房产证带来？"他嘴里这么说着，手却去翻了兜，一个特像垃圾袋的黑色布兜，结果还真从里面掏出一个大红本来。

"哟，你们可撞了大运了，我今天上菜市场还真把全家存款的存折都带上了。"

谷妙语差点想跪下，这大爷是她见过的人里绝对的浑不懔最高级别。

她把房产证翻来看，房产证上户主的名字是陶万里，房子的面积是七十二平。所以什么九十多平一二三层的，就是老爷子在嘴里跑火车折腾人呢……

秦经理在一旁颤颤巍巍地出了声："大爷，您看，我们今天又到下班时间了。"

老爷子把房产证一收，一起身，一开嗓："成，我明天再来。"

大爷您这也像上下班似的呢。

老爷子夹着他的小黑布包走了，那包长得真的特别像垃圾袋，但里面却包着北京的一栋房。

谷妙语真的很想了解一下老爷子的心里到底是怎么样的想法。

她问秦经理："这大爷到底什么来路啊？"

秦经理一脸的哭笑不得和"我真倒霉"："我和友司几个老板都沟通了一下，他们都说最近也有个难缠老头去搅和过他们。对比了一下样貌特征言谈举止之后，我们最终确定不同的公司，是同一个老头在搅和！"

邵远问："他是什么目的呢？"他这个学金融的，总想把问题问到最根本上。

秦经理哭丧着脸，说："不知道啊！友司们也不知道这老头到底要干吗，反正就是挨个装修公司搅和，特别难搞，尤其对设计师，极其刁难，似乎对设计师这个工种含着极大的敌意。"说到这儿,秦经理无奈地叹口气,"他岁数大,没砸没抢也没用脏字骂人,谁都不能怎么着他,真是拿他没办法。据说他是要把每一个公司的设计师都刁难个遍才能换新公司的。"他转头看向谷妙语,一脸悲怆:"妙语啊,明天实在不行你就扮演一下受不了的状态,一定要抢在老头前边表演心脏疼躺地上,可赶紧把他吓走吧我的天啊!"

第二天老爷子真跟上班似的又踩点来了。他一来就找谷妙语,让她先给自己上十杯水,然后再继续昨天未完的报价聊天活动。

这回谷妙语发现,老爷子把不同温度的十杯水挨排都喝了。她隐隐觉得老爷子也不是故意刁难人,他在无声地用行动表示,我其实珍惜你的劳动成果,但你首先要让我承认,你的劳动确实是成果。要是你糊弄我,那我折腾死你。

谷妙语忽然觉得老爷子有点轴有点可爱。

到了吃午饭的时间老爷子也像下了午班似的,拎着垃圾袋一样的小黑包走了。临走前他告诉谷妙语:"我吃口饭去,你可别跑,下午我还找你!"

谷妙语莫名觉得有点喜感。

她和邵远一起吃午饭,一边吃她一边把自己的发现讲给邵远:"这老爷子,你发现没有,有时候其实有点可爱?"

邵远听得一皱眉:"我没发现他可爱不可爱,但我发现你确实能从一件不好的事情里硬挤出乐观的观点来。"

比如她说,堵车有什么不好,要堵豪车破车一起堵,这是从某一个角度在体现公平。比如她说,你看这个难缠的老爷子,是不是有点可爱。

下午上班时间一到,老爷子准时出现。

谷妙语看他来了心里都开始有点儿莫名其妙的高兴了。下午她再给老爷子讲装修报价,老爷子随她讲,她说什么老爷子都点头,然后跟她聊些有的没的,问她现在的设计师一天都怎么过的,压力大不大,有没有什么好玩的事难过的事。

他对这个职业似乎充满敌意,又似乎无限关心。

谷妙语一一给他解答。

到晚上下班的时候,谷妙语脑子里灵光一闪,终于有了一个确切发现——

老爷子真不是存心找茬的那种人，到了中午他给她时间吃饭，到了晚上他给她按时下班的空间。

他临走时没什么好气地对她说："今天你该下班了，赶紧回去陪你家人吧，别让家人一直等。我也走了，这一天听你嘟吧的，我都累！对了，明天你别跑，我还得来找你。"

虽然他语气不好，但他其实是顾及着别人的。一个存心找茬的人，怎么会在乎你什么时候下班，下班之后要不要陪家人。虽然他没好气地说"这一天听你嘟吧的，我都累"，可是他说这话的时候眼睛里却满是愉快。就像小时候她调皮，妈妈说再不听话就把你送人。可她妈哪儿舍得把她送人——人对亲近的人才会讲反话。

老爷子似乎把她当亲近的人了。

第二天谷妙语在公司等着老爷子来，结果上午没等到。到了中午她以为人不会来了，老爷子可能转战下一家公司了，结果到了下午，老爷子颤颤巍巍地来了，告诉谷妙语："嘿，你说，我昨天就不该喝那么多水，一回家就跑肚了！"

谷妙语有点想笑，又有点自责，干吗给老爷子倒十杯水。她问老爷子吃药了吗，老爷子说吃了。她说您都跑肚了干吗还跑过来，倒是在家养着啊。

老爷子一翻白眼，说："在家多没劲，就我一个人。我过来找你聊聊天。"

谷妙语莫名就有点儿心酸。原来老爷子一点不难缠，他只是寂寞。

"您孩子呢？不在身边吗？不能照顾您吗？"谷妙语问。

老爷子脸色苍白，笑出一声呵呵："怪我教子无方，我孩子对我六亲不认。"

谷妙语更心酸了。

她叫来邵远，把老爷子架上出租车，先陪他去医院吊了个水，又送他回了家。

七十二平的房子，装修是有点旧，但好在干净整洁。

从那天起，谷妙语连续几天都带着邵远去看老爷子。

老爷子脾气不好嘴巴硬，没好气地说："怎么天天来，是怕我这个空巢老人死在屋里没人发现吗？"

邵远现在一点儿都不怕老爷子的嘴毒，他老嘴毒，他小嘴毒得也不遑多让。

他告诉老爷子："大爷，我们是来看看您什么时候能好，公司里每天都有十个水杯在等着您呢。"

谷妙语拿脚踢他小腿："死孩子闭嘴。"

老爷子却笑了："你说话有点儿像我儿子小时候，他不怼我不能跟我讲话的。行啊，等我好了跟着去你那儿喝水！再喝跑肚了起不来床我就赖上你小子给我养老了！"

邵远跐跐地说："行啊没问题。反正我家里水杯也多。"

谷妙语简直要被这两个毒嘴毒晕倒了。老毒嘴和小毒嘴却其乐融融地相视一笑。

谷妙语晕眩地扶着门站稳，心里想，天啊，这世界，没法看了。

老爷子病彻底好后，又带着他垃圾袋一样的黑包登门砺行了。这回他的包有点鼓，他直接告诉前台"让你们谷设计师和那个什么什么经理过来"，然后熟门熟路自己走进会议室。

秦经理以为老爷子这几天没来，应该是转战其他公司了，大松了口气，结果老爷子时隔几天又出现，他心里简直又悲又惊，差点吓尿。

公司其他同事也都本着"看完上集好戏那就接着看下集吧"的心情赶到会议室外蹲守下集好戏上演。涂晓蓉也跟着来了，她双臂抱在胸前，等着看谷妙语怎么被老头子用这几天酝酿出来的新招刁难。

没一会儿谷妙语带着邵远赶过来，他们在万众瞩目中进了会议室。

邵远先说了句话，大家虽然有点听不太懂但都觉得很解气。

"老爷子，又来喝水招病了啊？"

大家都等着老爷子脸充血拍桌暴吼，结果老爷子突然就笑眯眯了："那你还不赶紧给我倒水去？"

邵远抿嘴一笑作势要去，谷妙语一把扯住他："别玩了！"

大家听到这种说法，差点惊倒。

大爷对惊讶地张着大嘴巴的秦经理招手："小抽巴，你过来！"

秦经理听到这个称呼几乎悲从中来，抽巴……干吃不胖并不是他的错啊！

他走过去。大爷站起来，开始抖搂他的黑口袋，一大沓一大沓的钱被黑口袋吐出来，嚣张地落在桌面上。老爷子指着一堆钱，对秦经理说："我要找小谷装修房子，你告诉我，这些钱交定金够不够？"

秦经理愣了愣，鸡啄米似的狂点头。

谷妙语走过来，扶着老爷子坐回椅子上，说："大爷，您赶紧把钱收一下，您那房子才七十二平，交定金用不了这么多。"

大爷冲她挤眼一笑："咱不装那套七十平的，咱换个三层的装！房子大点，你也能多挣点！"

谷妙语在大家惊讶羡慕的眼神里，颤颤巍巍地问老爷子："大、大爷，怎么，您还有栋别墅啊？"

大爷美滋滋地告诉谷妙语："对啊，大爷有套别墅！"

谷妙语颤颤巍巍地告诉大爷："大爷您千万想好了，我之前可没装过别墅，要是哪儿设计得不合适，我可怕您之后天天来堵我！"

大爷更美滋滋了，说："那你就瞎胡乱设计吧，我正好有理由可以天天来你这儿抬杠。"

谷妙语真的要跪了。

大爷一锤定音，把一桌面的钱推到秦经理面前，敲定自己的别墅装修就交给小谷来做了。

秦经理喜极而泣，热烈表示："您只要不是又来找茬，怎么着都行！"

谷妙语有点晕眩地瞄瞄那个垃圾袋一样的黑布口袋，看看大爷白发比黑发多的脑袋和他笑眯眯的脸，此时此刻心里只有一个念头——真搞不懂你们有钱人，就不能把钱好好装一下吗？

"钱也有自尊啊！"第二天一早，在如约赶去大爷别墅的路上，谷妙语坐在出租车里对邵远咕哝着吐槽，"他就那么拿黑口袋随便一兜，你说那些钱能高兴吗？"

邵远努力拉直自己嘴唇的线条，不让它两边往上弯。这小姐姐好像能赋予一切客观物质以生命和感受。

"有钱人可不在乎钱高不高兴，有钱人只看钱能不能让自己高兴。"邵远对谷妙语说。

谷妙语被噎得接不下去话了，憋了半天，费劲地说："少年，其实这个时候你只要跟我一起吐槽有钱人对钱不好就可以了，不需要这么理智的分析有钱人和钱的关系，这样就有点扫兴了，就好像……就好像……"

邵远认认真真聆听以及请教："就好像什么？"

谷妙语使劲一想，终于想到一个类比："就好像大家在一起吐槽一件事的时候，大家是想结成同仇敌忾的联盟，一起发泄情绪。这时候你就跟着吐槽好了，千万不要跳出来讲道理，因为道理大家谁都懂，不用你来教，不要显得你比大家都理智客观似的，招人烦，晓得吗？"

邵远认真想了一下，忽然觉得后背有一道微微的凉风从脖颈往下跑，他好像终于知道为什么自己在宿舍被周书奇他们叫聊天终结者了。

他们在热火朝天扯淡的时候，他是挺愿意插话进去，告诉他们这个假设不成立或者那种荒诞的情况依据牛顿第三定律以及爱因斯坦方程是不可能会出现的。

每当这时，他的室友们都打个哈哈一笑，结束扯淡，开始各忙各的事。

他记得周书奇事后问过他："你一个学金融的，把牛顿第三定律和爱因斯坦方程记那么牢干吗？打算以后在宇宙空间站建中国人民银行宇宙分行啊？你也不嫌累！"

他当时只是单纯地觉得周书奇在从一个戏谑的角度肯定他的学识广度和记忆力的深度。但现在看来，似乎并不是。周书奇怕是真的在发牢骚，埋怨他在大家扯淡的时候他非得扯科学。

从前父母教会他怎么在商场上有谋有略，怎么在你来我往的交锋中让利益达到最大化，却没有教过他在人与人的日常交往中，应该怎样将心比心去体会那些人性化的小细节。或许谷妙语之前说他的"优越感"，就是被他这么无意识养成的。

后背又蹿起一道凉风，邵远差点都要打个激灵。他这番幡然醒悟的认知，还真是够警醒他的，一道一道的凉风打在他的后脖颈，他想人只有在后知后觉以及后怕的时候才会有这样的感受吧。

耳边忽然听到谷妙语对出租车司机说话："师傅，您是不是把空调开成冷风了啊？怎么越坐越冷？"她一边说一边抬手往邵远后脖子那里探，"哎哟，这出风口吹的还真是冷风！"

她让司机把空调调回热风，转头对邵远说："孩子我说你是不是傻？凉风对着你后脖颈吹了一路你都没知觉的？"

邵远还以为那是意识上的冷风，并没有想到那真是冷冷的风……

到了目的地，谷妙语叮嘱邵远问司机要发票。

"咱拿发票回去拔秦经理的毛。"

邵远一听，直接转头问师傅："您还有多余的发票吗？"

师傅找了找，又拿了两张给他："都给你吧，这是之前客人不要的。"

邵远带着三张发票下了车，交给谷妙语。

谷妙语愣了愣，问："打票机坏了？"打一张票出三张吗？

邵远一副天经地义的样子："回去就跟秦经理说，地方难找，打了三回车才找到，这样你就能多拔他两根毛。"

谷妙语一下笑了，笑得眉眼弯弯，笑容里好像有热量似的，连挂在头顶的鸡蛋黄太阳都没有她的笑容暖。

谷妙语笑眯眯地拍邵远的肩："小伙子，越来越有社会气息了！好，回去咱们多拔秦经理几根毛买麻辣烫吃！"

谷妙语转身在前面带路，邵远在她背后忍不住也弯了下眉眼。他和大家一起不太着调，这感觉真的比大家不着调就他一个人讲爱因斯坦方程美妙多了。他忽然有一点异样的感觉，他怎么没早点遇上这位妙语姐姐。遇见得这么晚，不久后就得说再见，想想还真是有一点不舍和惆怅。

谷妙语按照大爷留的地址找到了他的别墅。

独门独栋，带个小院，在熙熙攘攘的都市内像个另辟幽境的小桃源。

大爷昨天跟她说过，别墅其实是他儿子买的，但他儿子太忙，没什么时间陪他，只知道给钱。

谷妙语就说："那您儿子可有点不对，再忙也应该多陪陪您。"

大爷立刻激活"我孩子只有我能抱怨别人抱怨就不行"的模式，反驳说："倒也不怨他。他小时候我陪他少，现在他大了我老了，他陪我少其实也没什么不对。"

谷妙语觉得这个世界上孩子们的臭毛病都是惯出来的。像她和楚千淼，她们小时候但凡淘气惹个祸，两家大人就拖家里赏两顿揍——你家揍完了？好嘞，那让这两个孩子来我家，我再揍一顿。现在瞧瞧，她和楚千淼多根正苗红，过马路扶老人捡钱包交给警察叔叔这些事做起来从不犹豫。

昨天大爷走后，谷妙语顺势和邵远聊起了小时候的事情。

她向邵远展现了她和楚千淼童年的多姿多彩。她和楚千淼怎么死追一只邻居家养的鸡，最后把那只鸡追到崩溃，吓得第二天连蛋都不下了。邻居的小孙子断了鸡蛋，邻居很生气，告状到两家父母那里，于是四个爹妈把她和楚千淼伺候了两顿好揍。

讲到挨揍的环节，谷妙语发现邵远把眼珠的直径瞪大了。看到他的反应，谷妙语也把眼珠的直径瞪大了："怎么？听到什么了这么吃惊？"

邵远有点惊讶地问："你小时候挨过揍？"

谷妙语比他还惊讶："你小时候没挨过揍？"

邵远："现在还有打孩子的父母吗？"

谷妙语："小孩小时候不都得挨揍才是真正的童年吗？"

他们生活在同一个地球，却没有什么太相同的人生。

邵远摇头："我父母只跟我讲道理，从来没有打过我。"

谷妙语一脸害怕："你父母太可怕了！讲道理什么的是心理压迫，还不如直接挨揍来得爽快一点。"

邵远想了想，好像是的。他有很多时候想到父母要讲道理教育他了，都会觉得心情开始无底地下沉。那时候他确实想过，还不如给他一刀让他疼个痛快。

现在他看谷妙语讲挨揍讲得眉飞色舞，忽然对挨揍有了那么点向往的感觉。

"挨父母揍是什么感觉？会上瘾吗？"

这孩子是贱骨头吗……

"疼。"她简单明了地说了一个字。

邵远"哦"了一声。

谷妙语想了想，补充："不过也就疼个五秒钟。"

邵远想，那还是挨揍幸福一点，五秒钟就可以结束了。父母给他的语言教化，那种让他意识到自己做错事的沉重和压抑，可以持续五天都不散的。

谷妙语敲了敲别墅的门，大爷马上过来开门把他们迎进了屋。

谷妙语一进屋就呆住了，别墅里面根本不是毛坯的。不仅不是毛坯，其实整栋别墅都已经精装修过了。不仅精装修了，这装修风格，空间设计，颜色搭配，物品摆设，家具功用……组在一起，无懈可击。这种无懈可击的风格给谷妙语带来无尽的熟悉感，刺激着她每一个神经末梢。

谷妙语久久地震慑在原地。

邵远进了屋看到别墅已经装修过，心情也是吃惊的，但不至于吃惊到嘴巴都合不上、话都讲不出、脸都涨红了甚至眼白都在渐渐充血。邵远看着出现这些反应的谷妙语，渐渐觉得，让谷妙语震惊到如此地步的原因一定没那么简单。

他拍拍谷妙语的肩膀，谷妙语终于回了神。

她转头问老爷子："大爷，您这不是已经装修完了吗？"

大爷一声冷哼："砸了，重装！现在这装修没人味，我不要，我要换成有人味有家的气息的。"

谷妙语肝都颤了。如果她的感觉没有错，如果她的判断是对的——

"大爷，我斗胆问您一句，您别墅现在这装修设计，是陶星宇给您做的吗？"

大爷眼睛睁圆了："是他啊。你怎么知道的？你认识他？"

她的感觉没错，她的判断是对的。她闭着眼睛都能在眼前呈现出陶星宇那些设计的风格特征，他的用色喜好，他的空间处理方法。她当然不会判断错。

"我不认识他。"谷妙语告诉大爷,"但他特别有名,干我们室内设计这行的很多人都知道他。"

大爷一声呵呵,说了句话:"哦,他是我儿子。"

谷妙语腿一软差点跪下。

邵远手一松手机差点掉地上。

谷妙语跟大爷要了杯凉水,一口气喝下去让自己冷静下来。

对啊,大爷姓陶。

大爷的长相绝对是老年人里的吴彦祖,把他的长相抛抛光,皱纹磨磨平,那仪表堂堂的样子可不就是陶星宇的模子吗!她居然遇到了一直暗恋着的男神的父亲……这得是什么样的概率呢!上辈子她得需要过亿次的回眸把眼珠都闪瞎了才能换来这辈子这么一次间接相遇吧!

这是她人生里,和陶星宇交集最深的一次。一想到这里谷妙语就没办法冷静。

邵远站在她旁边,斜眼看着她一阵一阵的面红耳赤。每一次脸色的变化下,都是她从波谷到波峰起伏的心情。内心戏那么足,说出口的话却冠冕堂皇自欺欺人。

"大爷,不瞒您说,陶老师他其实是我进入这个行业坚持干到现在的精神导师!"

陶大爷一脸复杂的表情:"那你赶紧换个导师吧,我怕他把你精神搞出病。"

谷妙语:"……"

她问陶大爷:"您真要砸了重装吗?为什么啊?"

陶大爷又呵呵一声:"他忙,忙上天了,不陪我,就买这么套房子装修一下让我住糊弄我。行啊,他陶大设计师的装修我不稀罕,我要砸掉换我自己稀罕的装修。"

谷妙语默默吞口唾沫。她措着辞,试图让老爷子明白她儿子的设计多么贵,多么好,外人多么有钱难求,所以——

"大爷您说要砸了重装,应该是……开玩笑的吧?"

陶大爷立刻不高兴了,拍着胸口吼:"我像是开玩笑吗?小谷我告诉你,现有的装修我砸定了，你要么现在就量尺寸回去给我出份新的设计图，要么你不想给我做没关系，老头子我再去找其他设计师来做！"

谷妙语灰头土脸地从陶大爷的别墅里出来了。邵远还在里面，他让她先出来，别刺激大爷，他在里面安抚好老人的情绪后再出来。

谷妙语站在别墅外面低头踢石子。她心里有点乱，急需一个人给她做指路明灯指引方向。

她掏出手机给"明灯"打电话。

电话一通她就嗷嗷叫："啊啊啊！森森，我遇到陶星宇他爸了！"

楚千森也立刻嗷嗷叫："啊啊啊！所以什么情况？你这么激动不是你移情别恋陶星宇他爸了吧？"

谷妙语："滚！"

谷妙语给楚千森讲了一下事情的经过和目前的事态情况。

她问楚千森："你说我是不是有必要和陶星宇联系一下，有必要说明他父亲想把装修砸掉的这个状态？你说我联系陶星宇的这个理由正当充分而且必要必要非常必要对吗？这不算是我假借工作给自己制造私人相处的不正当机会吧？"

楚千森喷她："你早饭吃多了？废话这么多！春天都快来了，你当然要联系他啊！"

受到鼓舞的谷妙语勇敢地决定："好！我这就联系陶星宇！"她对楚千森吼了一声挂断电话。

她开始翻手机通讯录，翻着翻着动作停在那儿，内心翻涌起悲怆情绪。她翻什么通讯录，她根本就没有陶星宇的联系方式……

一串数字带着呵气的温度，热烘烘地往她耳朵里钻。

谷妙语怔了一下，一侧头。邵远的脑袋就停在她肩膀上方，他的脸和她近到可怕，他浓密的长睫毛简直像要刷到她脸上来了。他不知道什么时候站在她身后了，正弓着腰。他嘴巴本来是凑近她耳朵的，她现在这么一转头，他嘴巴就差点划过她的脸。

谷妙语条件反射般向后一缩头一退步，拉开自己和邵远的距离。

"我的天！"谷妙语拍着胸口喘气，"你这倒霉孩子想吓死我？"

邵远也摸了摸胸口。他可能也被她吓到了，里面跳得扑通扑通的。

他嘴角起了一点恶作剧后的愉悦弧度。

"刚才那个号码记住了吗？"他问谷妙语。

谷妙语："啊？"

她只顾着被肩膀上又长出颗脑袋吓了一跳，根本没来得及听他刚刚在念叨什么。

邵远又重复了一遍那串数字。

"这回记住了吧？这是陶星宇的手机号码。"

谷妙语差点双膝一软，给他跪下叫恩人。

"你怎么弄到的？"她无比迫切地问。

"我刚刚斗智斗勇从陶大爷那里绕来的。"邵远一脸淡然地答，然后他带着这脸淡然，对傻愣愣的谷妙语强调，"我，帮你要到了陶星宇的手机号。"

然后呢，你想干吗？

邵远脸上的淡然开始龟裂。他瞪着毛茸茸的眼睛，抖着刷子一样的长睫毛，不怎么乐意地问："都不称赞我一下的吗？"

谷妙语看着邵远，目瞪口呆之后，噗地一声乐了。

有的人晚熟，一直往大了长。有的人之前长得急，早熟，长着长着就停下来往回长了。谷妙语看着往回长像个孩子一样求表扬的邵远，觉得他现在的样子可真可爱。

她踮起脚，伸长胳膊，摸摸邵远的头。

"乖，真聪明，做得好，姐姐感谢你！"

邵远一脸恶心地垂眸看她，却并没有阻止她。

回到公司后，谷妙语把陶星宇的手机号输进手机，酝酿了好几次想按下绿色的通话键，都没成功。

邵远在一旁被她的怂惊呆了。

"通话键会咬人吗？"

谷妙语不计较他的刻薄，他没暗恋过他懂个屁，要给自己暗恋的人打电话那得需要多大的勇气。

"我不是怕通话键咬人，我是不知道电话通了以后我应该怎么说才不让他讨厌。"

她忽然转头瞪着邵远，那眼神里有森森的光，射得邵远不自觉地向后撤了撤身。

"你这么看我干吗？"

谷妙语嘿嘿一声笑："你教教我，怎么样能像你之前打电话那样，把声音调到一个自然温柔的频率上？"

邵远无语。

谷妙语终于鼓起勇气按下了那枚咬人的通话键。嘟嘟的声音有点长，每一声嘟嘟后，谷妙语的心跳都要快一倍。她又紧张又担心，陶星宇马上接起电话怎么办？陶星宇看到是陌生号码不接电话又怎么办？终于在她快要纠结得心脏衰竭的前一秒，电话通了。

话筒里传来低低沉沉的声音："喂？请问哪位？"

谷妙语骨头都酥了。

她竭尽所能让自己的声音听上去是松软香甜的，说："陶老师您好，我是砺行装饰的设计师谷妙语，您父亲……"

话说到这里，她松软香甜的声音被陶星宇陡然截断："砺行装饰，砺行两个字是怎么写的？"

谷妙语立刻悉心回答："砥砺前行的砺行！"

话筒里传来陶星宇低沉好听的声音："好的，我知道了。我会让律师尽快把准备起诉你们的律师函邮寄过去，麻烦及时查收。"

这是什么情况？

听到男神一张嘴就要自己等着收律师函，谷妙语不只心，连肝都碎了。她严重怀疑自己刚刚幻听了，于是抖着心和肝问："陶老师，您、您说您要干吗？"

陶星宇的声音低低沉沉有磁性有礼貌："我说麻烦你及时查收一下律师函。"

这么动听的声音语气，它传递的居然是个噩耗。谷妙语肝胆俱裂地发现自己耳朵没毛病，她没幻听。

陶星宇要挂断电话，谷妙语哀切恳求再等一下。

"陶老师，稍等！请、请问这里面是不是有什么误、误会？"

谷妙语一激动有点结巴起来，邵远在一旁听得直头疼。这小姐姐在爱慕的人面前可真不是一般的怂和慌，一句很简单的话居然能折腾成单字单字地往外蹦。她在自己面前多有能耐啊，怼他跟吃大米饭一样日常轻松。邵远斜眼撇嘴地看谷妙语使着吃奶的劲不让陶星宇挂电话，想从他那里解除一下双方可能存在的误会。

陶星宇的声音还是那么磁性礼貌地从话筒里传来，问谷妙语："你有一个叫陶万里的客户，对吗？"

谷妙语顺着问话狂点头，好像对方能通过通话的电磁波把眼睛传送过来看到她在点头一样。

邵远越来越觉得有点脑袋疼。周书奇说过，女生只要和谈恋爱一沾边，准保什么花样傻事都能做出来。所以检验真爱的唯一标准是，看这个女孩和你在一起之后变傻了没有。

邵远斜眼撇嘴地看着谷妙语想，她对陶星宇还真够真爱的。蠢死了。

谷妙语点了好几下头，终于意识到对方看不到她的动作，连忙开嗓，中气十足地回答一声："对！"

陶星宇："哦，那就没有什么误会了。"

声音还是那么磁性礼貌，说话的内容还是那么充满噩耗。

谷妙语接近绝望地追问："那我能知道一下，您想起诉我们的名目是什么吗？"

陶星宇短暂地笑了一声，声音是好听的，但笑容的成分应该是揶揄和嘲讽。

"你们哄骗一个老人把装过的房子再重新装一遍，洗脑的功力很不错，做装修埋没你们了，你们可以去干传销。"陶星宇把这句话讲完，完成了"你想死我就让你死个明白"的义务工作后，再不肯和谷妙语多说什么，直接挂断了电话。

谷妙语握着传出嘟嘟声的手机，心里有一片六月的天空在下雪。

"我是不是应该改名叫谷窦娥？"谷妙语扭过头，一脸哭唧唧地问邵远。

邵远回给她一片面无表情："这就是你爱慕的男神？"这么专断，刻薄。

谷妙语立刻条件反射般地展开维护："他平时不这样！他是个随和温暖的男人！他不会动不动张嘴就说发律师函的！"

激烈地辩解过后，谷妙语的脸唰地就红透了："你、你别胡咧咧，谁、谁说我爱慕男神了？"

邵远冷眼看着她用血气把自己的脸煮红煮透煮熟。

他很想告诉她：姐姐，你整张脸都在替你说呢。

谷妙语没敢去提醒秦经理，最近他可能会收到一封来自业界大牛的律师函，她怕抽抽巴巴的秦经理厥过去。

她揉搓着自己的头顶，小丸子给她揉得东倒一下西歪一下，无辜极了。把够了头发，她一抬头，问邵远："你说是不是陶大爷和陶星宇之间的沟通出现了什么误差？"

在邵远的敦促鼓舞下，谷妙语给陶大爷打了通电话，以确定这个误差的大小和范围。

陶大爷在电话那边中气十足地吼："小谷你到底什么时候来开工拆家？"

谷妙语想这么急切想拆掉自己家的人，全北京恐怕也就陶大爷这么独一份了。

她问陶大爷："大爷，我想和您问一声，您儿子知道您打算把家里装修砸掉重新弄的事吗？"

大爷呵呵一声冷笑："我和他说了，他不信，非说我是受了你们蛊惑，要告你们。真有意思，我不信他能告！"

谷妙语差点失禁，你不信我们信啊我的大爷！

谷妙语赶紧说："大爷，我刚跟您儿子通电话了，他是真的打算要告我们！"

大爷的声音陡然变得欢天喜地起来："哎哟，真的啊？他真的要告你们？哎哟这个好这个好！这小子一直对我不冷不热的，现在这么看，他还是在乎我这个老爸的。"

谷妙语都快饱含热泪了，百感交集喊了声"我的大爷啊"。

陶大爷听完这一声呼唤就打断了她："得嘞，孩子，你打住，你叫得我起鸡皮疙瘩！你这几天就赶紧和小邵带人来开工，陶星宇要是真敢告你们，别怕，大爷我给你打擂台！你就放心跟他干，干到底，打官司的钱大爷给你出！"

谷妙语的手一个颤抖，手机都差点摔地上。这真是父子吗？

大爷还在信心百倍地说："到时候我去法庭上给你作证，告诉法官你才没骗我。法官一看我这精神百倍的样就能知道，我是清醒自愿的，我比谁心里都门清，精神毛病一点都没有，绝对不是被你们骗的。然后我们再当庭反告陶星宇诬陷诽谤，绝对能赢！放心孩子，大爷为你站台！对了你记得赶紧带人过来砸墙，要不然大爷告你违约。"

又要告？她招谁惹谁了啊……

谷妙语听完陶大爷里里外外这一席话，怎么品怎么觉得他精神百倍是有的，但清醒以及精神毛病一点都没有……再议吧。

谷妙语夹在陶氏父子中间受了一天的夹板气。

她给陶大爷打完电话说明自己要被他儿子告的具体情况后，不多久陶星宇工作室的电话打过来了。陶星宇的助理用平板无波的声音告诫谷妙语："陶老师让我通知您，请不要再去骚扰他父亲。您也是做设计的，设计师要有风骨，才能设计出好作品。"

谷妙语放下电话问邵远："陶星宇为什么让他助理打电话，他自己怎么不打呢？"

邵远说："他可能不想跟你说话。"

谷妙语觉得自己的心都要碎了。一边是老子催开工，不开工要告违约。一边是儿子催解约，不解约就告欺诈老人。谷妙语越来越觉得自己小名叫窦娥，无缘无故就夹在这父子俩中间受上了夹板气。

邵远的毒嘴也不放过她："这还没过门呢，就夹在中间难做人了。原来公公不比婆婆好应付啊。"

说这话时，邵远的长睫毛忽闪忽闪的，谷妙语特别想冲上去一根一根给他拔秃了。

临下班前，她苦恼地想，该怎么办呢？

"还能怎么办？直接去找陶星宇啊，和陶大爷你是说不明白了，老头犯浑不懔。你只能去找陶星宇，和他把一切前因后果都解释明白。"顿了顿，他有点怪声怪气地补充，"这是多好的机会我的谷老师，还犹豫什么呢？楼台和水都给你端面前来了，赶紧踩着楼台去摘月吧。"

谷妙语抬头看邵远。他可真像个小恶魔，一只能听到人心里在想什么的小恶魔。

第二天一早，邵远陪着谷妙语一起向星宇设计工作室进发。

路上谷妙语一阵激动一阵怂地进行着情绪的交错转换。

邵远最后受不了了，问她："你到底在纠结什么呢？"

谷妙语说："倒霉孩子你不明白，陶星宇是我藏在心尖上的人，我幻想过无数次我将怎样和他展开人生的正式相遇，千想万想都没想到有一天会是因为他爹和他掐架，唉！"

自从心事被邵远戳破，谷妙语索性不再扭捏遮掩。很神奇的是，那些和大人不好说出口的心底秘事，和小朋友说起来却是没什么负担。

邵远听了她的话，"喊"了一声。那声喊里满满都是鄙夷和嘲讽。

谷妙语听了很生气，踢他小腿："你喊什么喊！"

邵远站定："我喊你怂。暗恋是所有恋爱形态中最不值得同情的惨剧。喜欢一个人就该让他知道，暗搓搓地自己藏着掖着能有什么劲？对方又不知道，你只不过是在做自己感动自己的无用功。"

朝阳正像个流油的鸭蛋黄，一点点往更高的天上爬。邵远站在朝阳下，修长笔直，他的面庞朝向谷妙语，那张脸也渲染上了朝阳的金光，光在他刷子一样的睫毛下打下阴影。多有朝气的年轻人，朝阳的光像是个引子，笼在他身上，催动他身体里青春旺盛的生命力快快喷薄而出。

邵远站在朝阳下，字字清晰地对谷妙语强调："喜欢一个人，就得让他知道。假如有天我喜欢上一个人，我一定不像你这样，畏畏缩缩，藏藏掖掖。我会告诉她让她知道的。"

谷妙语看着沐浴着一脸晨光的少年，无限感慨。年轻真是无敌，敢爱敢恨的心思张口就说得出，感情的烦恼在他们眼里简单极了，不过是说与不说、做与不做，没什么可顾虑，也没什么可纠结。该怎么形容他们这种状态呢？似乎可以叫青春无惧，但用少年不识爱滋味好像更加贴切。他还年轻，连校园都还没走出，他尚且不懂暗恋的重量与身不由己，所以才能这样云淡风轻。假如有天他也暗恋一个人，他一定会懂，暗恋的确是惨剧，但绝不是自己感动自己，而是一种不由己只由心的对感情的坚守。

谷妙语看着邵远，她忽然发现他不知道从什么时候开始不再戴眼镜了。

她口随心动，立刻发问："你怎么不戴眼镜了？"

折射在邵远脸上的晨光出现了一点扭曲的角度，邵远嘴角抽了抽，说："你忘了？"

谷妙语："啊？"

邵远："年会那天，你喝多了，拍掉了我的眼镜。你开始说会赔给我，后来又说算了，我还是不戴眼镜的好。"

谷妙语那晚被酒精埋掉的记忆渐渐苏醒了一角，好像是有这么回事。

她把邵远的眼镜扫到地上之后，是嚷嚷着要赔他镜片。后来他说，他的这副镜片四千多块，她立刻又喝了杯鸡尾酒让自己尽快醉倒，忘掉价钱这码事。

醉倒前她似乎把邵远的脑袋扯到眼前放特写，毫不掩饰对他的长睫毛的赞赏，很郑重地告诉他："这么毛嘟嘟的眼睛干吗戴眼镜？暴殄天物啊！以后别戴了吧。"

回忆结束，谷妙语抬手拍邵远的肩膀："没想到你这个小朋友还挺听姐姐话的！"

邵远嫌弃地躲开她的手。这跟小朋友听不听话有什么关系？谁还不想让自己变得更帅点。

谷妙语和邵远一起到了星宇设计工作室大门口。雅致又不失气派的门面设计，彰显着工作室主人的品味与能力。

谷妙语站在门口深呼吸。

邵远问她站在门口运气干吗，赶紧进去。

谷妙语又深呼吸了两下，低吼一声："GO！"然后用力去推大门，没推开。

邵远指着贴在玻璃门上的字："亲爱的谷老师，让我们来看下这里。"

那上面写着"上午九点以前，请按门铃"，字旁边还画了一只手，手的指向提示着来访者门铃在哪里。

谷妙语隐隐感觉，这一天开始得似乎不怎么顺利。

按下门铃，很快有人来开门。

见到开门者的长相后，谷妙语无比确定以及肯定，这一天开始得的确不怎么顺利。还隔着玻璃门，谷妙语就一眼认出了走过来给她开门的人是谁。

那居然是她的大学班花贺嫣然。就是她没有错，这姑娘就算化成大米粥谷妙语都能认出她来。

"走过来这人是我大学同班同学！"她极快地和邵远说了这句话，似乎这样可以让他帮自己分担一部分惊讶。

大学毕业前，大家都在交流自己毕业后会去哪里工作。同学们都知道谷妙语要背起行囊闯北京，他们都对她寄予敬佩与同情。他们说妙语你真勇敢，敢拿着我们十八线城市十八流院校的毕业证去北京和清北的学生抢饭吃，我们敬你是条汉子。他们还说妙语你勇敢归勇敢，要学会知难而退晓得吧？实在混不下去就赶紧撤，别在天桥底下用你的尸体登上《北京晚报》的版面。

大家就这样有毒地互相鼓励互相告别着，可他们谁也不知道贺嫣然毕业之后要去哪里。贺嫣然对自己的去处和打算只字不提，毕业之后的三年，贺嫣然也没有和同学们联系过。以为此生再相见得全凭缘，谷妙语没想到这个缘在毕业三年后让自己撞上了。

可是怎么办，她其实不太想撞到这个破缘。

贺嫣然应着铃声过来开门，看到谷妙语后，她漂亮的脸蛋上也布满了意外和吃惊。

"妙语？是你吗妙语？"

声音还是焦糖一般的甜。

谷妙语指挥面部肌肉挤出笑容："是啊。"她不知道该寒暄什么，索性复读了一遍贺嫣然的话，"嫣然？是你吗嫣然？"语气语调基本一致，集惊喜与意外于一声中。

邵远要被这两个女人尬死了。

贺嫣然把谷妙语让进屋。

在这个过程中，贺嫣然告诉谷妙语："是我呀是我。"

谷妙语说："在这里见到你真意外。"

贺嫣然说："是呀是呀，能在北京这么大的城市意外相遇的几率，得千万分之一吧！"

这么没有营养地扯了几句后，谷妙语终于没忍住问："你在这儿是……做设计师？"

贺嫣然有点娇羞地回答："没有呢，我现在还是前台兼设计师助理。他们觉得我的长相可以担得起工作室的门面，所以让我兼做前台。"

谷妙语哈哈一笑。

邵远从她的笑容里看到了其他东西。比如她认为贺嫣然是多么会美化自己。她不说因为我能力还不够所以暂时只能做设计师助理。她只说因为我长得好看，所以他们让我兼做前台。

他从谷妙语谈话时表情转换的僵硬中看出来点问题。谷妙语和贺嫣然两人中间一定有点什么渊源。

在她们一来一回的交谈中，邵远隐隐担忧起他这位小姐姐。他觉得谷妙语不太是贺嫣然的对手。贺嫣然的娇羞含笑把她的真实表情包装得实在太好了。他的小姐姐不一样，是真笑假笑一眼就能让人看出来。回头他得教教她，出来谈事应该做到喜怒不形于色才行，这是他很小的时候父母就在教他的事情。他们说，只有让别人摸不清你的真实喜怒，你才是强大到可以让他们自己吓自己的可怕对手。

贺嫣然用焦糖一样的声音问谷妙语："对了妙语，你怎么来了？来找陶老师？"

谷妙语点点头："嗯。"

贺嫣然的声音微微提起了一些："那有预约吗？"

谷妙语摇摇头："没有。"

贺嫣然微微提起一些的声音又平稳地收了回去："这可有点难办了，陶老师现在都不接待没有预约的客人的。"

邵远站在两个女人身后，听着她们没有硝烟的对话交锋。

谷妙语："哦，这样呀。那要不嫣然你帮我跟陶老师传个话，就说我来找他，是想和他谈一下关于他父亲的事。"

贺嫣然笑得特别亲切香甜："呀，妙语，你认识陶老师的父亲？"

谷妙语点点头："嗯，见过，说起来还挺熟的。"

贺嫣然的笑容甜得都要发腻了："妙语，老同学，我不是不想给你传这个话，主要是陶老师现在不在工作室。要不你先回去，留张名片给我，等陶老师来了，我把你的名片给他，告诉他你想和他谈谈关于他父亲的事情。"

谷妙语点点头，说："好的，那麻烦你了嫣然。"

她从自己包里掏了张名片递给贺嫣然。

贺嫣然一边说："你看看，我们好久都没见了，也没来得及坐下喝杯茶好好聊会天，你就要走了"，一边很积极地向门外送客。

邵远冷眼看着谷妙语一副忍着翻白眼的冲动。

他们出了工作室，谷妙语在贺嫣然甜甜的笑容里说再见，一转过身就开始狂翻白眼。

"我的天，我忍得快要崩溃了！"

邵远抿着嘴笑。虽然父母教导他，人在商场，应当喜怒不形于色。但和刚刚那位贺小姐比起来，他还是更喜欢他小姐姐这样真实不做作的女人多一点。

他问谷妙语："那我们现在怎么办，回公司吗？"

谷妙语扯出一脸的奸佞笑容。她那么白皙甜美的一张小圆脸，非要做出这样的表情，违和感让她看起来有着充满喜感的一种可爱。

谷妙语挂着这样的一副表情说："不回！我告诉你我这位大学同学的尿性我贼了解，你看陶大爷看起来是满嘴跑火车但其实说的全是实话。我这同学正好相反，看起来说的全是实话，其实满嘴都在跑火车。"

她低头翻出钱包瞧了瞧："哎呀真开心，还有张毛爷爷。走，姐姐请你到对面喝咖啡！一边喝一边让你看看什么叫打脸'陶老师不在'。"

谷妙语带着邵远到了马路对面的咖啡厅。

邵远在抵达咖啡厅后，有了一个后知后觉的发现，谷妙语今天精心打扮过。不止如此，她的衣着打扮，和他们第一次那场乌龙相遇时一模一样。精心梳起的丸子头，粉嫩亮眼的羊绒大衣，细致不张扬的淡妆。这一切让她变得与他初遇时一模一样的精神漂亮。

邵远一下就明白了，她是为了见陶星宇才做了这么隆重用心的准备。

谷妙语要了杯拿铁，打算给邵远叫杯牛奶逗逗他，理由是你还是学生，还在长身体，需要多喝牛奶补钙补脑。邵远差点用他毛刷子一样的长睫大眼瞪死谷妙语。

最后谷妙语默默地给他叫了一杯和自己一样的咖啡，叫完还不甘心地自己小声嘀咕："没事没事，瞪就瞪吧，原谅他。小孩子嘛，都爱强调自己已经长大了。"

声音不大不小，正好够让"小孩子"听到。

邵远歪头看谷妙语，嘴角都给气得翘起来了："你到底从哪里看觉得我小？"

谷妙语上下扫射他的脸蛋和身躯——哪里看都是青春少年的鲜嫩多汁，像颗马上就要成熟的桃子，一口咬下去，好像能溅出阳光似的那么鲜活。

服务生在柜台里召唤："姐姐的咖啡好了，弟弟的再等一下。"

谷妙语噗嗤一声笑了："群众的眼睛是雪亮的。"

邵远皱了皱眉，走过去帮谷妙语端咖啡，谷妙语跟在他后面。谷妙语听到邵远较劲地问服务生："你怎么觉得她是姐姐我是弟弟的？"

服务生被问得一脸蒙："不是吗？那女孩刚才不是说'想喝什么，姐姐请你'吗……而且你俩长得不是很像吗？白皮肤圆眼睛高鼻子都很漂亮，就很像啊！"

邵远很郑重地说："我们不是姐弟。"

服务生立刻一副了然的样子："明白了，那你们这个叫夫妻相。"

邵远还来不及反应，谷妙语已经在他身后爆出一声"噗嗤"，她走上前对服务生说："他还是学生呢，我们大人不能这么逗他玩。"说完没憋住，自己又嘎嘎地先笑起来。

另一杯咖啡也做好了，谷妙语一手端一杯转身去找地方。邵远在她身后，没有立刻跟上去。

刚才有口气一直吊在嗓子眼，现在他把它慢慢地呼出去，随后他要抬脚跟上谷妙语，服务生却热心地探探身，笑着对他说："小伙子，你现在的脸特别红，过去准给你小姐姐瞧见。你们皮肤白的人，脸一红特别明显。"

邵远想他八成刚才出气出猛了，给憋的吧。

谷妙语找了靠落地玻璃窗的两个位置，把咖啡放下后，转身要去服务台。正好邵远走过来，拦住她的去路。

"找糖？给你拿过来了。"他很自然地甩给她两袋白砂糖。

谷妙语一边接糖一边说谢谢，说完谢谢她动作顿了下，问邵远："你怎么知道我要找糖？还是两袋？"

邵远说："之前去北五环那次跟你一起喝咖啡，记得你是这么喝的。"

谷妙语放下糖包给邵远鼓掌："小伙子，日常观察细微至极，一看你将来就必成大器！弟弟，苟富贵，勿相忘啊！"

邵远被那声弟弟叫得手一抖，差点把咖啡洒出来。

"我要是有你这么个傻姐姐，我可能得操碎了心。"

谷妙语表示不服，她先瞄了眼窗外街对面，没什么动静，放心地回过头来，和邵远较真："我哪里傻？我设计图里满满的创意有时候我自己看了都忍不住服气！"

邵远撇撇嘴角，要笑不笑的，撇完把嘴角收回来，拉开一副准备认真谈话的架势："你智商没问题，但你在商场上和人打交道的情商有点问题。"

谷妙语不服："哪儿有问题？我可从来没跟同事揪过头发干过架。"

邵远的长睫毛抖了一下，抖得好像眉眼要笑似的："不是说你不和同事打架就是你情商没问题。应该这么说，哪怕你和某位同事打了架，但其他同事都认为那不是你的错，并且同情你，而且这场架打完你能从中为自己获得一些利益，这才是情商。"

谷妙语一脸惊诧："你们学金融的真可怕，连打架都不能白打，得打出利益来。"

邵远不理她，继续说："就好像你刚才和你那个同学聊天，我能看出来你们都恨不得对方下一秒赶紧消失，可是你的同学表现得就比你好，在她的同事们看来，她对你热情又周到，而你对她就冷冷淡淡说话着三不着两的。"

着三不着两这词他居然都会。

邵远继续道："我父母教过我，在商场谈事情，应该做到喜怒不形于色。送给你在职场共勉。"

谷妙语："喜怒不形于色？不就是皮笑肉不笑吗？"

邵远："以及皮不笑肉笑。"

谷妙语听蒙了："别光整理论的，你搞点实际教学。"

邵远想了想对她说："比如刚才，你的同学对你说'你看看，我们好久都没见了，也没来得及坐下喝杯茶好好聊会天，你就要走了'，你当时对她的虚情假意快受不了了，满脸都写着'我的天呢'四个字。"

谷妙语端着咖啡愣在那儿。她当时心里可不就是"我的天呢"四个字，她真的受不了贺嫣然心口不一、脸上笑嘻嘻心里却在骂人的虚情假意。

"那你说我当时应该怎么呛她？"谷妙语端着咖啡，顾不上喝也顾不上放，很求知地问。

邵远说："不能呛。她越笑得美，你就笑得比她更美。她既然说'我们好久都没见了，也没来得及坐下喝杯茶好好聊会天'，那你干脆就转身告诉她，你正好有时间，那不如就一起喝茶聊会天吧。"

谷妙语撇撇嘴说："其实我知道，我这么做的话她肯定很闹心，但我克服不了我自己会犯恶心这关。"

邵远说："我母亲告诉我，有时候对方能拿住你的底线，就是因为你把自己的底线亮给别人看了。你要把喜怒藏起来，这样别人摸不清你的底线。深一点探你没有生气，浅一点探你也没有高兴，你的底线到底在哪里呢？这样对方心里就开始先打鼓慌起来了。"

邵远看谷妙语听进去了，于是继续对她说："像刚才，你克服好自己的情绪，告诉你同学那么我们就一起喝杯茶吧，你同学就该慌了。你进去工作室里面的时候，注意到了吗？屋子里有几个设计师正在赶图，蓬头垢面和黑眼圈表明他们是赶了一整个通宵。你的同学却容光焕发，前台上还摆着一杯热豆浆，她应该是刚提着豆浆上班不久。所以你如果告诉她，你没事，不如喝杯茶，她当时如果说'可惜啊，我现在很忙'这种假话，工作室里那些熬了通宵挂着两只黑眼圈画了一宿图的设计师们会对她嗤之以鼻，所以这话她没底气说，也说不出口。那她只能硬着头皮说'好啊，我去泡茶'，那你现在就不用坐在这里花掉你的毛爷爷自费喝咖啡蹲守对面的情况了，你可以堂而皇之地坐在对面一边饮茶一边正面打伏击。"

谷妙语听得都快愣了，她放下咖啡杯，很认真地给邵远抱拳，然后鼓掌："受教了受教了！"

邵远被谷妙语的掌声搞得面皮又要开始发烫，他从前一点都不知道自己这么禁不住夸。

他找借口去卫生间，大步流星地走开。走到卫生间外面，他照着镜子，看着自己清蒸过的面皮一点点从红退回到白。过程中他忽然意识到，这段日子他过得很不一样，很有收获。比如就这两天，她教了他一些情感沟通的技巧，他也教了她一些理智处理问题的方法。她教他生活层面人与人之间应该怎样真诚沟通才不招人烦，大家扯淡的时候他最好别讲爱因斯坦方程。他也教给她商场层面上人和人用语言交锋时，该怎么喜怒不形于色隐藏住自己的底线和真实意图。两种交流方式乍一看像是彼此相悖的——一个需要真诚，一个需要隐藏情绪，二者看起来只应有其一，但其实两种交流技能是需要同时兼备的——当掌握好中间的平衡，明白该对什么人真诚，该在什么场合隐藏情绪，这就是一个趋于完美的人了。

他们也许都是不太完美的人，都有着某方面能力的缺失。可幸运的是，恰好一个人缺失的，另一个人能够填补。他们能够在北京几千万的人口中相遇，互相影响，互相补充，一起向完美进化。这是一种多么小概率的事件？他忽然觉得自己很幸运，能在出国前遇到这样一位可以帮他把空缺填补圆满的小姐姐。

邵远从卫生间回到座位的时候，看到谷妙语正瞪着眼珠死盯着街对面。

他问她："你确定对面会上演'打脸陶老师不在'？"

谷妙语非常肯定地点头。

邵远："依据呢？"

谷妙语这回没翻白眼，她已经习惯了凡事讲依据的理智派金融高材生。

她隔着玻璃，指指对面停车位："看见那辆路虎了吗？那是陶星宇的车。他的车就停在门口，他人肯定也在。所以什么陶老师不在，根本是屁话。"

邵远忽然想起刚刚谷妙语在工作室门口前停了好一会儿不进去，原来她是在看那辆车。

"可你怎么知道那是陶星宇的车？"

谷妙语冲他挤眉弄眼骄傲一笑："我不仅知道他开什么车，我还知道他的品位喜好、他喜欢的颜色、他找人生伴侣的标准、他的人生目标等。不瞒你说，姐姐我来北京其实就是因为他。他所有采访我都有简报，他所有作品我都有收集，他所有交流会我都会去听。"

邵远表情复杂，想咂舌，忍住了，想撇嘴，也忍住了，心里有点莫名其妙的感觉，不知道怎么形容，最后出口时变成与本意相去甚远的一句话："你应该就是我室友说的那种'私生饭'吧。我现在觉得，得亏给我发短信那女孩不是你，你其实比她还要变态一点。"

话音一落，一个纸巾团成的纸团向他面门砸过来，邵远没躲。这时候就挨一下轻轻的打吧，让她有点得逞的高兴。

谷妙语看自己打中了，果然高兴。她龇着牙问邵远："我变态什么了？我又没窥探谁隐私，我以前听交流分享会看到陶星宇开什么车记下了，这有毛病吗？没毛病吧。我干的一切事情都是自己默默的，谁也没去打扰，谁也没去伤害，怎么就变态了？要说伤害其实也就是我自己有伤，单相思的内伤。"

她的一席话堵得邵远半天不知道说点什么，最后他费了点力才开口："我很奇怪你为什么会这么喜欢他，有什么契机吗？你是就像喜欢明星那样镜花水月的喜欢，还是现实生活里见过他，他为你做过什么，所以你喜欢他？"

谷妙语问："这两种有什么区别吗？"

邵远说："多少有点。"

谷妙语："要是前面那种呢？"

邵远："你是疯子。"

谷妙语："那后面的呢？"

邵远："你可能是傻子。"

谷妙语："那我可能是傻子吧。"

邵远还想问那你到底是怎么变傻子的，话还没来得及出口，谷妙语突然呼啦一下站起来，向门口跑过去。刚到门口她像猛然想到什么千万得拿的东西似的又杀回来，一把拎起挂在椅背上的包，再扭头向外冲。整个过程争分夺秒，刻不容缓。

邵远扭头向落地玻璃外看了看。他在网上看过的照片上的那个男人，从平面变成立体，正从对面工作室门口向他的车子走过去。真人看起来，似乎比图片更俊朗更才俊，也更高。

他能有多高？邵远目测了一下，觉得似乎跟自己差不多。

他从椅子上站起来，无意识地把自己的腰身比往常都用力地向上挺了挺，转身走出门。

红绿灯很帮谷妙语的忙，一路闪绿地送她飞毛腿一样穿过人行道。谷妙语此时此刻很感谢亲爹对她进行的那些体能训练，让她能够赶在陶星宇上车前抵达他的车门前。

谷妙语拦在陶星宇和他的车之间。

跑这么点路她不至于喘的，可是现在她却一口跟着一口地喘，喘息的频率完全和加快的心跳一致。天啊，这个男人，她这么近地和他接触在一起。岁月对别人都是杀猪刀，可对他怎么那么温柔？他和几年前去她学校做讲座的时候相比，一点变化都没有，还是那么挺拔，那么修长，那么沉稳，那么英俊，那么绅士，那么文质彬彬。谷妙语恨不得把全世界最美好的排比句都堆砌在陶星宇身上。

她一下子不知道怎么开口，耐心的陶星宇却没有因为她突然冒出来的唐突而给她展现坏脸色。

他半低下头，半垂着眼，好脾气地问了句："请问你找我有事？"

陶星宇一开口，谷妙语微仰着头，几乎感到幸福的晕眩。

邵远走过马路，走到工作室门口的时候，看到的就是这样一副景象。

冬末的太阳挂在天上，把黄白日光洒在谷妙语脸上。她脸上那些起皮的痕迹都没有了，白皙细腻的皮肤经受着日光分毫毕现的考验，而考验的结果一定是，连日光也挑不出她的毛病，她的白皮肤细腻得好像连毛孔都看不到。她在日光下，像个搪瓷般精致的人，而她抬着那张搪瓷般精致的圆脸蛋，花痴一样看着陶星宇。

陶星宇低头瞧着她，好像有点要笑。

要是他遇到一个这么甜又对自己毫不掩饰犯花痴的女人，他也会有点开心有点想笑吧。这多满足大男人的虚荣心。他想再走近一点，但腿有点不听使唤，他停在离他们三米远的地方，忽然不想那么近那么仔细地看她抬起一张脸花痴别的男人。蠢死了。

谷妙语整理一下情绪，想着邵远刚刚教过她，要喜怒不形于色，她努力克制着自己想要抬手去摸真人的冲动，回话给陶星宇。

"陶老师，您还记得我吗？"她满心期待地问。

为了方便陶星宇的答案能够偏向记得那一方，她把脸又扬了扬，保证整个面庞无死角地呈现在陶星宇的视线里。

不远处的邵远抬手拍了拍额。怎么办，真的蠢死了。

陶星宇仔细端详谷妙语后，有点抱歉有点迟疑地说："不好意思，我一时不太能想起来在哪里见过你。"

谷妙语气馁了一下，但马上又鼓舞起来。他不记得，她可以努力引导他走向记得！

"陶老师，您记得几年前，您曾经到我们学校做过讲座吗？我当时就坐在第一排，讲座结束之后，您还给我写过一句话鼓励我，我就是受了您的鼓励，才勇敢地来了北京！"

谷妙语一边说一边翻包找她的本子，那本子她从来了北京就一直带在身边，她翻开本子的封皮，扉页上是一行龙飞凤舞的字：你笑对人生，人生也会笑对你。

谷妙语把本子翻了一百八十度，把字正着端给陶星宇看。

"陶老师，您知道吗？就是你这句笑对人生的鼓励让我挺过无数难关！"

陶星宇凑近本子看了下，微笑起来："还真是我写的。"他又抬起头重新端详谷妙语，看着她的丸子头，看着她水粉的大衣和她细致的眉眼，渐渐地他眼底终于有了一抹似乎快要想起她的神色。"你是不是不久前去了五道口大学，听了我的交流分享会？"

谷妙语开心得整颗脑袋都在充血："是的！我当时还冲上台想让您帮我在本子上再写一句话激励我的，北京的日子太不好混了，光靠您之前这句话，我都快扛不住了！"

陶星宇被她逗笑了。

邵远在不远处看着化身迷妹的谷妙语忍不住揶揄地嗤笑了一声。这小姐姐，都工作三年了，这会居然变得比他那些同龄的同学还少女还羞涩。

陶星宇带着微笑，说："那么今天，你是遇到什么难事，扛不下去了，所以跑到我这儿来想让我再帮你写一句话？"

谷妙语看着陶星宇的笑容，人和心都要醉了。

她呆呆地点头，呆呆地递出本子。

陶星宇接过本子，笑了一下，从衣服口袋里掏出随身带着的笔，他在"你笑对人生，人生也会笑对你"下面又写了一排字——"你无惧困难，困难就会畏惧你。"

写好后他要收起笔，谷妙语连忙搓着手祈求："陶老师陶老师！能不能帮我在这里……"她用手指着新写的那句话的上方，像讨食的猫似的，小心祈求地说，"写上To妙语……"

陶星宇笑一笑，没拒绝，把简短的中英文结合一挥而就，随后把本子交还给谷妙语。

谷妙语捧宝贝一样把本子捧回来，欢天喜地地对着陶星宇的字迹看。

陶星宇把笔收进衣服口袋的时候，脸上开始有了点不一样的神色，他微微皱了下眉，重复了一下刚刚写下的名字："妙语……"

谷妙语应声抬头，大眼睛亮晶晶水汪汪，忽闪忽闪的。

"陶老师，什么事？"

陶星宇笑一下："没事。就是不知道为什么，觉得你的名字有点耳熟，可能是朗朗上口的关系吧。"

谷妙语心虚地缩缩脖子。好了，花痴完了，该办正事了。

她宝贝地收好本子，掏出一张名片，心里默念着崭新的鸡汤座右铭"别怕，你无惧困难，困难就会畏惧你，勇敢把名片递出去！"

她把名片递向陶星宇，开始做一番崭新的自我介绍。

"陶老师是这样的，其实我是昨天给您打过电话的砺行装饰的设计师谷妙语……"

她看到随着她一个字一个字说出来，陶星宇的微笑一点一点地消失，他的脸色一分一分地冷了下来。

第八章

我不喜欢她

谷妙语小心翼翼介绍完自己的身份，屏息观察陶星宇的脸色。

他脸上的肌肉以肉眼可见的速度拉直绷紧，随后他却忽然笑了，带着嘲讽。不像是在嘲讽别人，只是在嘲讽自己。

他笑着摇摇头："我还真以为我有个铁杆粉丝来着。"

谷妙语心里一揪，她现在恨不得把心扒出来给陶星宇看，让他看看他的名字是不是在她心尖上刻得到处都是。

经历过笑容渐渐消失，到再次微笑，谷妙语觉得陶星宇和刚刚看起来像变了一个人。笑起来的样子还是一样，但笑容里的真诚和煦消失了，换上了礼貌疏离的防御。

"谷小姐，你挡着我的车门了，麻烦移动一下，好吗？"陶星宇微笑着，礼貌而轻声地对谷妙语说。

就连拒绝和厌恶都表达得这么绅士周到。

谷妙语鼻子一冲差点打算哭给他看。想到刚刚邵远告诉过她，在商场和职场上都应该喜怒不形于色，她赶紧整理情绪。她在整理自己情绪的一刹那发现邵远是正确的，似乎人人都有这种技能，只有她，着手掌握得有点晚了，连陶星宇刚刚都是从喜形于色迅速转变到喜怒不形于色的状态。

谷妙语努力用最简洁的语言，快速说明来意与诉求："陶老师，您就给我两分钟时间听我说一下，拜托您！"

陶星宇微笑地看着她，他的微笑中像有一只手要把她从车门前拉开别挡路一样。

谷妙语把心一横。不管了，反正只是意识上的手，又不是他真的伸出手，凭意识他是拉不动她的，她在意识里对他的执念坚定得很，那是她足足积累了三年的心意。

她争分夺秒地阐述事实："陶老师，砺行装饰不是骗子公司，我也没有骗您父亲砸了现有的装修重新再装，我肉眼可辨那是您的设计。我这么崇拜您怎么可能舍得砸掉它？这要求真是您父亲我陶大爷他单方面提出来的，我知道他的打算后我也是极度蒙圈的。今天我来就是想和您说，您父亲我陶大爷他老人家也正要告我们呢，因为我们还不赶紧开工去砸掉他别墅里的装修。您说我要是骗子，我得是个多能忽悠的骗子啊，不仅能忽悠得让陶大爷砸了装修重装，还能忽悠得哪怕我要反悔他都不干，不给他砸了现有的装修他都要去告我……"说完一番话，她小心端详着陶星宇脸上的神情变化，可陶星宇像带了张微笑面具似的，没什么变化。

谷妙语有点难受，他刚才还真真实实地对她笑，现在就把喜怒不形于色贯彻始终了。

陶星宇出了声："行，你先走吧。你们公司到底是不是骗子，你到底有没有忽悠我父亲，我会搞清楚的。"顿了顿，他话锋一转，说，"不过就你刚才用的那套招数来看，我相信你是有能力把我父亲忽悠住的。"

谷妙语一下就着急了："我刚才不是忽悠您！我对您是真情实感的喜……崇拜！"

谷妙语差点咬到舌头。

不远处的邵远因为她的突然改口，一脸的怒其不争。

陶星宇微笑地看着她，问："说完了吗？"

"啊？"谷妙语愣了下，"说、说完了吧……也、也可以没说完……那我再说点什么吧！"

陶星宇嘴角隐隐有抽动的迹象，但他倒是没撵人。

谷妙语赶紧抓住这个机会，继续说："陶老师，陶大爷他这么做，真不是我忽悠他让他这么干，他是太寂寞了，想和你对着干，吸引你的注意……"

谷妙语说完这句话，发现陶星宇脸上的微笑更疏离更像面具了。

"想吸引谁的注意就和谁对着干，这不是年轻人常玩的招数吗？"他目视前方，像是在思考什么，随后又把目光调回来，落在谷妙语脸上，笑着说，"这主意，你帮他出的？"

谷妙语毫不犹豫地蒙了："当然不是的！"

该怎么自证清白？该怎么洗清这份莫须有的嫌疑？谷妙语心里急得有点找不到解题思路。

她身后突然传来环绕立体声的低音炮："陶老师您好，我是谷设计师的同事。我们谷设计师不是您说的那种人，她是有原则有风骨的设计师。她对您很崇拜，不，应该说是非常崇拜。也是因为崇拜您，她才想过来和您说清事情的前因后果。她没您想得那么诡计多端，先用崇拜麻痹您，再说您父亲的事。她只是看到您之后有点情不自禁。"

陶星宇打量着走到自己面前来的年轻小伙子，他对邵远也微笑以待："我父亲是什么人，我最清楚。他剥完鸡蛋连蛋壳都要仔细刮一遍，以保证所有蛋清都被自己吃进肚子，一丝一毫都不浪费。他这样的人，居然铁了心地往外送钱，"说到这儿，他转头瞥了眼谷妙语，笑着问，"你说你没忽悠他，我怎么相信？"

邵远从陶星宇的微笑里看到了一点被隐忍得很好的愤怒，一种不堪的、意想不到的，甚至是有点屈辱和被背叛的愤怒。他觉得男人眼中的这种愤怒眼神他有点熟悉，他在哪里见过这样的眼神。努力回想后，他找到了类似眼神的主人。

那是他一个富二代朋友，某天带着个漂亮姑娘回家。他对那姑娘有意思，希望把她带回家加深一下彼此的关系。但不巧那天他父亲在家，后来那姑娘变成了他的后妈。他在他父亲和那姑娘的婚宴上，就是放射着这种眼神——不堪的、意想不到的，甚至是有点屈辱和被背叛的愤怒。

邵远明白了。陶星宇和他父亲的沟通一定出现了问题。他觉得他父亲是看上了哪个设计师小妖精，被迷惑了，所以昏头昏脑地要给小妖精拱手送钱。他今天遇到一个甜美清纯，崇拜自己、把自己的话奉为人生座右铭的小姑娘，其实是很高兴的，男人的虚荣心得到了很大的满足。可是她忽然告诉他，她除了是他的崇拜者，还是他父亲的装修设计师。她来表达崇拜是附带的事情，主要还是要和他谈谈他的父亲。邵远想，按照这个思路捋下来，陶星宇到现在还能保持礼貌的微笑，他也真是个不简单的人。

他一眨不眨地回视陶星宇的质疑，斩钉截铁地告诉他："我们谷老师不是你想象的那种人。我和我们谷老师，都把陶大爷当成自己的亲爷爷一般。"

你当然就是叔叔辈的了。你都三十了，做我叔叔，当得起。邵远忍不住在心里损了一下。

陶星宇看着邵远，仔仔细细地端详着邵远的表情，渐渐地他眼中的那种愤怒有点平息下去了。

他们两个人一般高，一个成熟稳重，事业有成，一个正值青春，前途无量。出色的男人和出色的男孩面对面地矗立，对峙在一起。

谷妙语忽然有点心酸。她一米六五点五的个头不算矮了，可是夹在两个一米八的人中间，却像个小矮人。她感觉他们两个正站在麦当劳M的两个尖上，自己一个人落在M的那个低拐点里。于是他们变成同一个世界同一个高度，她变得低了他们一等。她不知道自己一瞬间怎么会有这样的感觉，但她感觉到邵远正从她身后握着她的肩膀，把她往旁边挪……

陶星宇用车钥匙打开车门。上车后，他落下车窗玻璃。

"我父亲是不是寂寞，这是我的家事。对于我的家事，你们未免管得太宽。"说完这句话，陶星宇一脚油踩到底绝尘而去。

谷妙语闻着车尾气，垮下肩膀，萎靡不振地说："为什么一提到陶大爷，他就对我有那么大的敌意？"

邵远斟酌了一下，决定告诉他的傻姐姐实情："他怀疑你骗他爸钱，想当他后妈。"

谷妙语惊诧得差点吐了。

三十岁的人，思想都这么复杂吗？她不想当他后妈，她想当他爸的儿媳妇啊！

回公司的路上，谷妙语奋力地对邵远表示感谢："刚才谢谢你站出来帮我说话，你突然在我身后冒出来的那一瞬间，我心里有种'哇得救了'的感觉。讲道理，小朋友你刚刚有点神勇！"

邵远转了脸去看路牌："我们坐公交还是地铁？"他对着路牌的脸红得像水煮虾。

谷妙语看不到他的表情，不知道他被自己夸得进了蒸锅，想想说："坐地铁吧，不堵车。"

进了地铁，谷妙语问邵远："你说陶星宇还会不会告我们？"

邵远不想盲目乐观地安慰她说"不会的"，他实事求是地说："那要看他和陶大爷会不会再沟通，沟通的质量怎么样。"

谷妙语问："假如他们这会正在沟通呢？"

邵远说："我想陶大爷这么作，其实就是想让他儿子服软，有空多陪陪他。但你也看到了，你的陶老师根本不像是个能服软的人。他们爷俩要是一个作天作地，一个嘴硬不服软，我们可以设想一下后面的剧情。"邵远开始给谷妙语精分陶氏父子。"假如陶星宇对陶大爷说，你这么蹦高地糟蹋钱，就是被那个设计师迷惑了，你这么想送钱给她，不怕别人说你老不正经吗？陶大爷那么作，一定会说，我是你老子，你这样跟我说话？是啊是啊，我就是愿意送钱给她，不行吗？老子我乐意。不服你憋着，憋不住随便你告，你告她我就告你。"

邵远精分完毕，告诉谷妙语："那这场对话就正式谈崩了，我想陶星宇被老爷子这么一激，也许真的会起诉我们。"

谷妙语听得瞠目结舌："不会吧？"

话音刚落，她手机响起来。看清来电显示后，谷妙语一阵心惊肉跳，是她作天作地的陶大爷。

电话接通，陶大爷的声音嗷嗷地响起来："小谷啊，我儿子那个小牲口，不认我这个爹了，我也不知道他才三十岁思想怎么那么不年轻不健康！他非说我是被设计师迷惑了，居然还敢说我老不正经，真是气死我了！我告诉他，我就是爱给设计师送钱，我是他老子我愿意送钱给谁我乐意！我就是打电话跟你说一声，我儿子可能真的要起诉你们，但你别怕，大爷帮你反诉他！"

谷妙语接了电话后就站不直了，蹲在地铁里几乎是哀求陶大爷："大爷，您就是我亲大爷！求您能带着您儿子找一天来我们公司咱们一起坐下好好谈一谈吗？有误会解误会，没误会也能沟通感情，好不好？"

陶大爷说："成啊！你公司我愿意去，我爱跟你和小邵聊天。我明天就去。"

谷妙语觉得大爷没抓住重点："大爷，你别光自己来，您把陶老师也想办法带来，行不？"

陶大爷："我管不了他啊！"

谷妙语："大爷我给您跪下了！您一定想办法把他带过来，咱们三方面对面把事情说清楚，行不？"

陶大爷想想，说："那行吧，我就跟他说我得癌了，他要不答应跟我一起过去，我就立刻病发死给他看。"

谷妙语心想，我怎么会认识这么无所畏惧的作老头？

挂了电话，谷妙语蹲在地铁里惨兮兮地仰头，对帮自己扛着包的邵远说："麻烦把我包里的本子拿给我。"

邵远把她的本子翻出来给她，问："你要干什么？"

谷妙语翻开本子，摸着陶星宇给她新签的那排字，一边摸一边读给自己听："你无惧困难，困难就会畏惧你。你无惧困难，困难就会畏惧你……"

邵远忽然有点头重脚轻想要栽倒的感觉。这傻姐姐，在用陶星宇留给她的无惧困难鸡汤，对抗着陶星宇留给她的困难。

这一波操作，他服气的。

一整天谷妙语都有点怏怏的。快下班前，她给楚千森打电话，想让她下班之后陪自己出去喝点小酒浇点小愁。

结果楚千森比她还愁："别说喝酒了，我现在想直接喝敌敌畏！任炎那个阴阳怪气大魔头又在逼我们加班！晚上我陪不了你，我可怜的小稻谷。"

谷妙语闷闷地挂了电话。

邵远抬头看了看谷妙语，她腮帮子鼓着气，看起来像颗愤怒的苹果，于是问了声："你怎么了？"

谷妙语说："有个变态拖着我酒友加班，让我不能喝点小酒浇点小愁，我很不高兴。"

邵远想了想，说："我没什么事，要不我陪你喝点小酒浇点小愁去吧。"

谷妙语眼睛一亮："这样吗？"随后她陷入浅浅的一点纠结，"可你还是学生，陪我去喝酒，我有罪恶感啊。"

邵远嗤地一声："姐姐，我是大学生，不是小学生，我谢谢您了。"

谷妙语一拍巴掌："走，大学生，喝酒去！"

谷妙语把邵远带到了一个烧烤店。

"这是我和我发小兼闺密兼酒友的浇愁定点单位。"她对邵远说，"这里的羊肉据说都是呼伦贝尔草原上的小羊羔肉，肉质吃起来叫你有负罪感的嫩。"

肉串上来，谷妙语双手合十对着串串拜："对不住了小羊羔，我又要吃你了！"

邵远坐在她对面，看着她一边忍着口水一边对做了盘中餐的小羊羔真心道歉，觉得她的样子又蠢又好笑，跟个小姑娘似的。他垂下眼，用刷子一样的长睫毛挡住视线。奇怪，她今天有温度的，他看她久了就跟着升温。

他听到谷妙语问他："你能喝白酒吗？"

他有点诧异地抬起头："你要喝白的？"

"对啊。"谷妙语点头，"啤酒涨肚。"

顿一顿他忍不住说："我母亲说女孩子最好别喝酒，尤其白酒，因为……"

谷妙语把话接下去："因为不像好人是吗？可我爸爸说，女孩子喝点酒，知道自己的醉点在哪里，每次喝到醉点附近，别过量，是可以的。他说会喝酒的女孩子带着豪气，不那么小心眼。"

邵远弯着嘴角一笑，说："行，那就来点白的吧。"

谷妙语对服务员说："麻烦来个小二。"

服务员马上给他们送来一瓶牛栏山二锅头。

谷妙语拧瓶盖的时候，邵远看着她，觉得一个甜系女人拧着白酒瓶盖的画面，既违和又有点美感。他喉咙有点发痒，想快点用酒润润嗓子眼。

他们边撸串边喝酒，喝着喝着聊起了天。酒精似乎能融洽每一种半生不熟的关系，也能把已经熟悉的关系推向推心置腹。谷妙语和邵远的对话渐渐步入推心置腹。

"你快毕业了吧？"谷妙语问。酒精把她的眼睛洗得亮亮的，把她的脸渲染得粉红，她像盛开在四月的樱花一样，有点憨有点美也有点甜。

邵远垂了垂眼，回答："夏天就毕业了。"

谷妙语："唔，那没多久了。"顿了顿，她问，"毕业之后去哪里啊？"问完她忽然意识到这是一个有点伤感的问题。转换一下它的内容，它其实在说你在砺行干不了多久了吧？

邵远端着小酒盅，使劲一送，液体好像跨越了他的口腔，直接滚向他的喉咙，顺着食道滚下去，滚出火辣辣的一条轨迹。酒热热地落进胃里，把有些话烫得不愿送出口。

邵远抿嘴压下那溜火辣辣的感觉。他觉得真是奇怪，酒精似乎能放大任何一种感受。之前想到离开砺行时，他是会有一点不舍的感觉。但现在，酒精好像把这种感觉放大了。他觉得酒可真不是好东西，让人的情感变得夸张和不真实。比如喝了酒的他，再看小姐姐，她平时的那些蠢，现在都好像转化成了有点可爱……

他回答谷妙语："毕业之后打算出国留学，去年年底申请了几所学校，现在在等offer。"

他想他能留在砺行的时间极限，就是拿到offer那一天，那一天之后母亲一定不会再让他待在这里。

谷妙语"哦"了一声，说："那也没多久了，有什么愁我们得抓紧时间浇。"她抿了点酒，抿了抿嘴唇，问邵远，"你有过喜欢的女孩吗？"

邵远想了想，回答她："高中有过。"

谷妙语眼里亮起八卦的光："小弟弟你这么早熟啊！后来呢？"

邵远皱皱眉："没有后来，高中没读完，她们全家就移民了。"

谷妙语立刻问："那她走的时候，你有没有撕心裂肺的感觉？"

邵远本着认真负责的态度，又仔细想了想，才回答："没有撕心裂肺，就是稍微有点难受。"

谷妙语看着他，一脸被什么东西憋到的表情。

邵远问她："怎么了？"

谷妙语长出了口气，说："你这么答让我怎么往下接话？我想听你说的是'是的，我撕心裂肺极了'，这样我才好告诉你我刚刚被我男神撅就是这个感觉！"

邵远低下头，抿着嘴角悄悄地笑。

谷妙语的声音响在他头顶："我知道你在偷笑我呢！你给我把头抬起来！"

邵远抿平嘴角，抬起头。

"你笑什么呢？"谷妙语气鼓鼓地问，"人间有真情这事是该被尊重的，为什么要笑话它？"

邵远说："我没笑话什么，我只是单纯地笑。"酒精把他的胃烘得热乎乎的还不够，那热量还直往他的心和肝里冲。顿了顿，他说："我笑你这个小姐姐挺有意思的。"

谷妙语一听就嘻嘻哈哈地笑开了："小混蛋，你现在的开心是建立在我的痛苦之上，请你给我憋回去。"

邵远憋起笑意，开始打岔："你是怎么认识陶星宇的？"

谷妙语脸上的神情一下缥缈起来："这说起来可就很安徒生童话了。"

谷妙语不知道她回忆起自己那段少女往事的时候，脸上笼罩了多厚一层的缥缈梦幻。那一段经历在别人看来或许平常无奇，却是她珍藏在心里的属于自己的美好童话。

她上学的时候偏科严重，成绩不太好，高三全靠楚千淼给她辅导才能熬过高考。高考结束，成绩出来，她的分数和楚千淼的一对比，简直惨得不能看。但要是不看别人只和她平时的成绩对比，那就绝对是超常发挥了。她带着这样一份成绩，和不知道跟自己比应该骄傲，还是跟别人比应该自卑的心情，坐了二十几个小时的火车，到了一个十八线城市的十八流院校开启了大学生涯。

大三那年，他们系的导员老师说请到了著名室内设计师陶星宇来给他们做一场讲座，为他们开启以后的职业道路规划。导员说本来以陶星宇今时今日的名气地位，他们学校是请不来他的。但好在陶星宇这个人好，虽然在学校的时候是学霸天才，但是对学渣同窗也从来不会看低。哪怕班上学习最不好、能够被预见将来混得最差的同学求他办点什么事，他都不会推辞。

导员笑嘻嘻地说："巧不巧，我就是那个全班学习最不好的同学，我求陶星宇来给你们做场讲座，他二话没说就挤出行程答应了。"

导员说着这话时，一脸的骄傲。也不知道他是在骄傲自己有面子，还是骄傲陶星宇这个人的人品好，有成就了也不忘给没成就的同窗面子。

他那脸骄傲勾起了谷妙语无限的好奇心，晚上回到宿舍后，她上网以陶星宇三个字做关键字百度了一下。那时她的导员虽然还不到三十岁但是发际线已经向后脑勺疯狂地奔跑。她以导员的形象先入为主地判断，作为导员的同窗，陶星宇这个人的发际线也一定不会太靠前。结果网页把陶星宇的图片刷开的一刹那，谷妙语口水都要留下来了。多俊朗的男人啊，头发浓密得简直不该和她导员是同班同学，再看他的个人简历，他获过的那些奖，谷妙语倾倒了。

讲座当天，谷妙语排除千难万险，给导员批发了一箱霸王洗发水，换来了第一排正中间的位置。她真庆幸自己平时跟导员关系处得好。

她全程仰着头目不转睛地看着陶星宇。她觉得他实在是太好看、太迷人了。在他的好看和迷人前，一定得用极致的形容词，换成其他任何字眼都有损她情绪的激烈程度。她想她和陶星宇怎么没一起往回生个几十年？她愿意一断奶就去给他做童养媳。

后来讲座结束，谷妙语发现自己抢位失策了。她不应该把位子选在正中间，这个位置极度不利于她往台上冲。她应该像系里其他女生那样，把位子选在前几排的两边。这样当导员上台一宣布"讲座结束，大家愿意提问的可以过来对陶老师提问"，她就可以箭一样地踩着两边的台阶冲上台去，挡在所有人前面和陶星宇亲密接触。但现在，箭一样冲上去的都是别人，她们密密实实地挡着她和陶星宇亲密接触。平时看学校里的女生们，觉得大家还都挺清高淡定的。到了现在她才明白，她们之所以清高淡定那是因为没有遇到一个优质男人。现在这个男人出现了，用他迷人的荷尔蒙顷刻间把大姑娘们的清高淡定都扫荡没了。

谷妙语挤在一个个肩膀中，往前冲。她退而求其次地想，就算问不到陶星宇问题，和他说句话，借着说句话的名义和他握个手，借着和他握手的名义摸摸他的手掌，也是好的。

她在人群里遇到一个强劲的对手，贺嫣然比她挤得还冲动卖力。她们短兵相接地互相对视一眼，贺嫣然对她嫣然一笑，然后她脚下被人一绊，重心一飘，整个人向人群外栽出去。

她向着地面做加速运动的时候，在心里对贺嫣然狠狠骂了声脏话，王八犊子！

等她栽到地上后，眼前整个都白了。这一下摔得惊天动地的狠，"通"的一声，她浑身哪儿都疼，整个人都摔蒙了。大家都向她看过来，她真想掐死贺嫣然，让她这么丢脸。随后人群分开一条缝，陶星宇从那条分开的缝隙里走出来，走向她。

走到她面前，他蹲下，对她伸出一只手，问："没摔坏吧？能站起来吗？"

那么近的距离看他，他真是英俊得一塌糊涂，他脸上有着关心，声音和煦又动人。那一刻她觉得有天神降临在自己面前。

她把手搭进陶星宇递过来的掌心的一瞬间，心跳猛然加快，简直要从点到点的节拍快成一条线。她想给贺嫣然送一面锦旗，谢谢她，没有她的使绊子，自己怎么摸得到男神的手呢。

她被陶星宇扶着站起来，下意识地说没事没事，说完她就后悔了。她为什么要说没事呢？她应该直接晕倒在他怀里才对，然后被他公主抱到随便哪儿去都行，医生要是来得慢，她希望他能直接给自己上人工呼吸。她在心里抽了自己一嘴巴，叫你嘴快。

已经失去一个机会，她不能再失去下一个。她赶在陶星宇站回人群之前，赶紧提出一个问题。

那是她一直都缺少底气去面对的问题。她问陶星宇："陶老师，您说全国好大学那么多，像我们十八流院校毕业的学生，假如到北京、上海这样的一线大城市去，能立住脚吗，能混出名堂吗？"

楚千淼一直怂恿她毕业之后到北京去，她俩好继续合体作天作地。但她没勇气，她怕渺小的自己一到北京就被淹死在人才的大海洋里。现在她想问问北京来的陶星宇，他怎么看这个问题。

她到现在都记得当时陶星宇每一丝每一毫的表情变化，他那天的样子好像已经刻在她脑子里了。他很认真地思考了一下，他不敷衍别人向他提出的每一个问题。然后他微笑起来，是很真诚很和煦的笑容。他告诉她："为什么不能呢？可能现在社会上很多人很多企业对院校是有一二三等之分，但对人才的能力他们却是一视同仁的。只要你有能力，走到哪里你都能立住脚，混出名堂。"

谷妙语听得很认真，她认同陶星宇的话，但她不确定自己是否有能力。她脸上所展现的疑惑应该是抵达了陶星宇的眼睛。于是陶星宇极有耐心地又换了种说法鼓励她。

他笑着告诉她："这么说吧，如果你们学校毕业的学生都找不着工作混不好，那为什么你们学校到现在还没有倒闭，还在招生？还在向社会上输送毕业生？所以关键不在学校，在你个人。加油啊，同学。"

她晕眩在他的笑容和鼓励里。她想他这个人怎么那么好、那么暖、那么有耐心。

她递出她随身带的本子想请陶星宇给自己签句话。

贺嫣然在人群里带着节奏领着同学们叫："陶老师我们也有问题没问完，您快回来啊！"

谷妙语有点面红耳赤，不知道还要不要让陶星宇给自己签字。

导员赶过去维持秩序，让大家都别慌，说："陶老师今天雨露均沾见者有份，不回答完你们的问题我不带他去食堂，大家放心，挨个来不着急。"

贺嫣然娇气地嘟囔着不满，说导员你就偏心，向着谷妙语。谷妙语真想过去踹她两脚。

后来陶星宇笑着接过本子，从自己的衣服口袋里拿出一支笔，给她写了一句话——"你笑对人生，人生也会笑对你。"

他还本子的时候对她说："这是我的座右铭，送给你共勉。"

她捧着本子像捧了万两黄金，压得心重重地跳，把血都压到脑袋上去了。

她夹在本子里的一张设计图掉在地上，陶星宇居然没架子地弯腰帮她捡了起来，她简直有点受宠若惊。

陶星宇没急着把图还给她，他端着图看了看，然后抬头问她："你自己画的？"

她点头说是的，心里有点惴惴的，怕自己乱画的东西在行家面前露了拙，丢人现眼。

可是陶星宇看完居然有点赞赏的样子，他对她点点头，说："你的设计图画得很有灵气，对细节把控得非常不错，整体风格也很温暖人性化。"他把她那张设计图摊开在他手里的本子上，指着图中某个位置，说，"但是这里，有点太强调细节，反而变得繁琐。有时候设计讲的是化繁为简，越简单越显功力。"最后他把图还给她，对她说，"你有吃设计这口饭的天赋，欢迎毕业之后来北京闯一闯。"

谷妙语一边滋溜着小酒，一边给邵远讲着属于她和陶星宇的青春童话。不知道是酒的原因，还是荷尔蒙的原因，她的脸越来越红，眼睛却越来越亮。

她举着酒盅，偏着头，视线微扬，看着不知道哪里的一片虚空，一脸梦幻美好地告诉邵远："他说我有灵气，说我对细节把控不错，说我风格温暖人性化，说我有吃设计这口饭的天赋！"

邵远揉着额角，一脸有点头疼的神情："知道了知道了，这段话你已经讲三遍了。"

谷妙语正过头来，有点疑惑："我讲三遍了吗？"她拍拍脸，笑了，"哎呀美好的事情，谁不愿意多说几遍呀你说是不是？"

邵远冷眼看着她那副傻样子，很想和她开场辩论会，论题就是"你自认为美好的事情应不应该一连对别人讲三遍荼毒别人的听力神经"。

谷妙语滋溜一口小酒，说："他最后还让我坚持下去，说到一线城市发展，路或许会难走，但只要坚持下去总有一天能从小路辅路走上大路主路！"

她放下酒杯，几乎有点邀功似的，问邵远："这句是新内容吧？我没又说三遍吧？"

邵远看着她那脸求认同的表情，撇嘴笑一笑，不太捧场地捧个场："这位大叔也真够能讲鸡汤的，这点和你倒是挺配。"

谷妙语兴奋地"咦"了一声，邵远问怎么了。

谷妙语美滋滋地说："你叫他大叔，那我以后不就是你大婶了？"

邵远很想对谷妙语说一句你给我出去，我没有你这么缺心眼的婶子。

谷妙语美滋滋的表情很快被唏嘘感慨替换。

邵远觉得别人脸上的表情都是依附脸的主人存在的，表情本身都是死的，但谷妙语的表情却是活的，好像脱离了她也独自有生命一样的鲜活。他看着她的一嗔一喜、一叹一惊，觉得自己的情绪也在随着它们受影响受蛊动。母亲说过，能够轻易感染别人情绪的人，最适合做领导者。他想象着这位小姐姐如果有一天做了领导者，那会是一副什么样子。

他问有点唏嘘感慨的谷妙语："你又叹什么气呢？"

谷妙语说："我感叹我受了陶星宇的鼓励，大学毕业直接杀来北京。可是我来了这里才发现，人生不是光有鸡汤就能支撑你活下去的，它还得炖炖你的骨头熬熬你的肉才行。"她告诉邵远，"我到了北京，学校不好，把名字讲出去，很多人连听都没听过，因此工作找得很辛苦。等好不容易找到了，我还老因为眼睛里容不下沙子被辞退。眼下这家砺行装饰，算是我干得时间最长的一家公司了。我知道，虽然秦经理又怂又面，但有时候他对我还是挺好的。我知道的，我都知道。"

邵远听着谷妙语后面的喃喃自语，跟着她一起感慨。原来不仅秦经理什么都知道，她也是什么都知道。知道不用说破，各自做各自该做且能做的事，坚守各自想要坚守的阵营和平衡，让这家看上去充满行业黑洞的公司，也有了那么一点可取之处。

他最后给谷妙语的故事做了总结："你这算不上安徒生童话，安徒生童话其实在童话故事背后都有教育意义。你和陶星宇的相遇，我实在提炼不出什么教育意义，充其量就是两句站不住脚的鸡汤。"

不知道为什么，他特别想反驳谷妙语这段自定义为童话的经历。她给她和陶星宇的那场相遇全程使劲加滤镜，加得画面都朦胧模糊了，可不就显出童话意境了吗？可其实不就那么回事。

对他的结论，谷妙语非常不服气："哪两句鸡汤？怎么就站不住脚了！你说我可以，说我鸡汤谷的鸡汤不鸡汤就不行！"

邵远来了杠劲，憋着一股劲要打破谷妙语的童话："首先，你笑对人生，人生就会笑对你，这就是一句屁话。人生凭什么要笑对你？你对我笑我都不一定回给你一个笑，你要求人生回给你一个笑？不好意思人生太忙，而你想太多了。"

谷妙语被噎在那儿，表情像有只苍蝇堵在嗓子眼似的。

邵远把心一横，继续杠，不杠到童话滤镜消失不过瘾："其次，路难走，你坚持也不一定有用，也不一定能从小路辅路走上大路主路。比如说，有的人不适合唱歌，却非要当歌星，这种情况下，坚持对他而言那就意味着悲剧。"

谷妙语又被噎了一下，两只苍蝇堵在她嗓子眼了。

她的包一直是邵远帮她背的，此刻包就挂在邵远座位旁边。

"借你的本子用一下。"打过招呼后，邵远从她包里拿出她的本子，翻到背面，打开封底，从自己口袋里摸出笔，在本子最后一页挥笔写字，写得简直势不可挡。

"小姐姐，人生有毒，你陶老师送给你的鸡汤解不了毒，想要过得好还得以毒攻毒。我现在也送你一句鸡汤，带毒的，可以帮你更好地抵抗有毒的人生。"

谷妙语迷茫地看着邵远做着一切，然后她接过本子翻到最后一页，发现邵远的字很好看，运笔之间全是大气和力道，但字的内容让她有点哭笑不得。

他写的是：别总对人生笑，总笑没用。要学会哭，会哭的孩子有糖吃。

好吧，这很以毒攻毒。

她翻个包容的白眼收好本子。现在的小弟弟啊，真爱和大人较劲。

她抬手端起酒盅，用酒盅底在桌面上磕了磕，磕来了邵远的注意力。

"到你了。"她说。

邵远："到我什么？"

谷妙语："到你讲你的高中恋爱史了啊！"

邵远面部表情扭曲了一下："我并没有说我要讲，你这是强制交换。"

谷妙语眼睛一瞪，圆溜溜地喷火："不讲自己的你好意思问我的？"顿了顿，她换了戏本子，变喷火为威胁，酒精激发了她各种情绪的转换自如以及表演力。"唉，现在的小孩啊，一个个都是白眼狼。行啊，你不说就不说呗，我明天上班去找秦经理聊天。我告诉他，我们公司可真是卧虎藏龙，连五道口大学金融系高材生都窝在这儿做销售呢。唉，说起来也不知道他这是要干吗，是打算暴露行业内幕写毕业报告？算了不管了，反正秦经理会自己去问这小白眼狼的。"

邵远看着谷妙语一个人自言自语唱念俱佳地叨叨，实在忍不住撇过头笑了。小姐姐也是个戏精呢。

他收起笑，转回头，说："好了好了，我讲。"他没发现自己的语气像在哄一个闹脾气的小姑娘。

谷妙语笑眯眯放下酒盅洗耳恭听。

邵远说："其实也算不上是恋爱，很朦胧的。我喜欢的那个女孩是我高中同学，我喜欢她是因为她学习很好，是我们学校唯一能考败我的人。后来她移民了，我们学校再也没有人能考败我，我变得很寂寞。"

谷妙语后悔问这小崽子的恋爱史了，还不如不问，学霸的感情世界，让她这个学渣又受一次伤。她正默默无语的时候，看到邵远抬手去眼睛边扶了一下。她反应了一下，他好像是要扶眼镜。他之前有问题要问或者有话想说的时候，就会扶一下眼镜。

她想真奇怪啊，她怎么无意间把他的习惯都发现并且记住了。只是现在他不戴眼镜了，于是他那只手顺着眼角旁边往上捋，捋了一把头顶的黑发。

动作有点帅。谷妙语暗暗想。

他捋完头发抬眼看着她，睫毛长长密密，眼神诡诡异异。

"那么，又轮到我问问题了吧？"他朝她诡异地一笑，"我想听你和涂晓蓉以及一个叫博杰的男人之间的故事。"

谷妙语愣了愣。

博杰是谁她都快忘了，这名字最近一次出现在她耳朵里，还是之前涂晓蓉在咖啡厅的时候说出来的。可这小子怎么会知道博杰，以及确定她和涂晓蓉、博杰能形成一个三角形呢？

"你是怎么知道博杰的？"谷妙语瞪圆了眼睛问邵远。

邵远表情很淡定，说："听公司里的同事们聊到的。"

谷妙语目不转睛地看了他三秒钟，眼神仿佛别有深意，而后她"哦"了一声。

"我讲完是不是换你接着讲？"她问邵远。

邵远撇嘴一笑，有点邪气。喝点小酒以后的他，情绪比平时外露了许多。

"可我没有什么恋爱史能向你披露的了。"

谷妙语说："没关系，我不问你恋爱史，我问什么你答什么就可以了。"顿了顿，她补充，"不是那种让你突然站起来对着人群大喊'全世界我最帅'之类的难题。"

邵远一耸肩，算是答应了。

谷妙语说："我和涂晓蓉、博杰之间的关系其实很简单，但描述起来有点复杂。我和涂晓蓉是前后脚进的公司，刚来那会，其实她对我的善意还是挺浓厚的，也愿意跟我培养一下友谊，起码我是这么感觉的。但后来……"

后来涂晓蓉打游戏认识了一个网友，奔现了。网友就是博杰。她对博杰不放心，让谷妙语加博杰的微信试探他，看他到底会不会和小姑娘搭讪。谷妙语拒绝了这个要求。她觉得男女之间如果需要采用这种钓鱼执法的方式试探对方的忠诚，首先就说明双方是缺乏信任的。既然缺乏信任，不必试探，一试一个坑。

但涂晓蓉不死心，她偷偷拿谷妙语的手机加了博杰，和博杰聊天，问博杰："我们能交个朋友吗？"

博杰的表现还可以，没有很轻佻，只回了句："可我为什么和你交朋友？"

涂晓蓉很满意，把博杰的好友删了，手机还给谷妙语。这一切谷妙语当时都是不知情的。

后来涂晓蓉带着博杰和谷妙语一起吃饭，博杰看到谷妙语之后就目不转睛地看着她，还笑着说："你是宅男们最喜欢的那种女生。"

涂晓蓉有点不高兴了。谷妙语也拉下脸，不搭茬。但涂晓蓉是越不高兴越会把让她不高兴的话题继续下去的那种人，虐人虐己的先锋典范。

她笑眯眯地问博杰："宅男们到底喜欢什么样的女生啊？"

博杰也是缺心眼，或者说他其实根本不在乎涂晓蓉的感受，所以才能肆无忌惮。

他说："宅男们喜欢甜系可爱的女生，比如像妙语这种皮肤白圆脸瘦瘦的女生。"

谷妙语默默把脸拉得更长。她认为这个男生未免太自来熟了一点，没什么铺垫就这么开始叫她小名了。她觉得这个男生内心的世界和嘴上的把门都太open，涂晓蓉不应该和他谈恋爱。

吃饭的过程中楚千淼给她发微信，她点开看内容时，博杰自来熟地凑过来瞄了一眼。

他"咦"了一声，说："你是这个头像啊。"然后意味深长地看了她一眼。

当时谷妙语不知道这一眼背后的含义，后来饭局结束，她收到一个好友请求。她并不知道对方是谁，以为是客户，于是通过了。结果是博杰。

博杰上来就说："早知道跟我对话的人是你，我一定答应和你交朋友。"

谷妙语一头雾水，回复一个问号。博杰给她发了一张之前的聊天截图，里面有一句话是"小哥哥你好，可以交个朋友吗"。

谷妙语惊了。她看《圣斗士星矢》长大的，嘴里说的都是天马流星拳，她可说不出小哥哥这种恶心的话。她告诉博杰："不管你信不信，但发那条消息的人不是我。"还特别说明自己和涂晓蓉是朋友，请博杰自重，然后她删了博杰的好友。但博杰认为她真是有趣，面貌千变万化地跟他捉迷藏，于是他对她更感兴趣了。

她找了个机会跟涂晓蓉说了博杰加自己微信的事，也顺便从涂晓蓉那里确定了她用自己的手机试探过博杰。她不知道说什么好，只能委婉地告诉涂晓蓉，博杰可能不太适合她。

涂晓蓉当时就冷了脸，说："哦，不适合我，那适合你对吗？"

她们的关系从那时开始疏远。直到有一天，博杰和涂晓蓉摊开说分手，涂晓蓉和她之间脆弱的友谊彻底崩盘。

此后博杰找过谷妙语，说自己已经是自由身，她不用再有什么心理负担，他们可以大大方方地"交朋友"。谷妙语很想一板砖拍在他脑袋上，告诉他能死开多远就死开多远。

她声色俱厉地拒绝了博杰，告诉他好自为之。博杰却好像对人类语言有属于自己的误会方式，他偏执地认为自己被拒绝不是谷妙语出于真心，而是因为他现在没车没房没钱。

于是他很壮烈地放下豪言壮语，说："你等着，我去韩国发展，那里的电竞事业很发达。我去训练，然后参加比赛，你等我拿到世界冠军拿了奖金我就回来找你。"

谷妙语真希望他被韩国海关扣下得了，别回来了。

博杰走后，涂晓蓉炸了。她不知道博杰是怎么跟涂晓蓉说他要去韩国的事的，反正他的一番告别让涂晓蓉偏执地认为，是谷妙语得到博杰又不珍惜，让他伤心得远走他乡。所以涂晓蓉认为谷妙语没安好心，目的就是为了拆散她和博杰，以显示宅男女神的过人魅力。

以后的时间里，博杰的事情，加上两人在工作过程中坚守的理念不同，她们的嫌隙越来越大，大到现在涂晓蓉只要见到谷妙语，就会脸上笑嘻嘻心里骂脏话，能下绊子的时候绝对能把腿伸多长就伸多长，抻着筋都不带收腿的。

谷妙语看着邵远，说："要让你失望了，我和涂晓蓉、博杰之间，其实够不上三角关系，我只是个莫名其妙的受害群众。"她脸上忽然起了点别样的笑意，"所以呢，博杰这个人，你推测错了，他根本不是原来在砺行工作的员工，公司里除了我和涂晓蓉，也没有人知道他这个人。"她敲敲桌面，"老实交代吧，小伙子。是不是那天我被涂晓蓉叫到咖啡厅谈话，你跟去偷听了？"

邵远看着谷妙语樱花一样的面容，有一个飞快的瞬间他觉得那个什么博杰说得还真对，她确实应该是宅男最爱的那款女人。这一瞬后，他又在谷妙语脸上咂摸出点狡猾的味道来。她这会又不傻了，知道他猜错了也不点明，还能把前因后果串起来。有点厉害的小姐姐。

他对谷妙语笑了，说："我怕涂晓蓉和你动手，你打不过她。"

他那天确实悄悄跟着她们一起进了公司隔壁的咖啡厅。那家咖啡厅桌与桌之间是背靠背的沙发长椅，她们谈话时，他就坐在和谷妙语背靠背的位子上。

谷妙语心里有点暖，但她还是绷紧脸对邵远说："我觉得你老偷听大人讲话这毛病，就是因为你小时候没挨过揍，打你两顿你就长记性了。"

邵远低头一笑，他倒有点想知道挨打到底是什么滋味。

他听到谷妙语对他说："该我提问题了！"

他抬起头，看到的居然是谷妙语一脸八卦和讨教的神色。

"你虽然不怎么谈恋爱，但是有很多姑娘对你主动表示过什么，对吧？"谷妙语说到这儿上半身往前凑了凑，"你教教我，她们都是怎么和你说的？"

邵远明白了。她想学一学，然后用到陶星宇身上。

他龇着嘴角，龇出一个要笑不笑的表情："她们的招数我就是告诉你，你有勇气照着做吗？法律系的女生过来跟我告白的时候说，愿意保我后半生打官司无忧。广告系的女生对我说我是她的缪斯，请求我能给她一生一世的灵感。中文系的说愿意每天为我写一首情诗，直到写满一生一世。最直接的是美术系的，我觉得你可以效仿一下，说不定出奇招可以意外致胜呢。"邵远瞥着谷妙语，说，"她对我说，愿不愿意有一个枕边人能在你每天早晨未醒时，都为你画一幅浪漫的充满爱意的晨间熟睡图。"

谷妙语刚滋溜进嘴的一口酒差点喷出来，她放下酒盅，抱拳："社会社会！"放下拳，她好奇地问，"你怎么回答的？"

邵远垂下眼帘，长密的睫毛像扇门，挡住他流转的眼波。

"我告诉她，每天早上有个人盯着我睡觉，这一点都不浪漫，这很恐怖，还是算了吧。"

谷妙语笑喷了，随后她想了想，又不乐意了："你不愿意干的事，你推荐我效仿，你这是安的好心？"

邵远抬眼笑了："别那么在意啊小姐姐，反正不管讲给你什么招数，你那么怂，也不会真的有胆照着去做。"

谷妙语憋了口气，想拍桌问你说谁怂，可是想想他同学对他的那些方法……太奔放了，她还是认怂吧。她泄了那口气，挺直的脊梁骨软塌下来，人也开始奔着沮丧的情绪滑入。

"唉，小同学，你也别笑话我，我告诉你检验真爱的唯一标准就是看你在那个人面前怂不怂。你要是怂了，那就是真爱。"

邵远轻轻摇头笑了笑："该我问你问题了。"他放下筷子和酒盅，两只手交握，一副资深记者做访谈的专业架势，"你是怎么知道氟哌啶醇那药的？"

这是他一直想知道的问题。

谷妙语哈哈笑起来："是不是觉得我很博学，什么都知道？还是怀疑我是不是得过精神方面的病在吃药治疗？"她笑了笑后不再逗邵远，给他解惑，"其实是我和我发小，我俩为了互怼，彼此都会查阅很多资料，以求在骂对方的用词新颖方面能够更胜一筹。"

喝了酒的邵远把想法投射在脸上，他一脸的意想不到。谷妙语觉

得喜怒形于色的邵远是不是快醉了？她得提前摸清他醉酒后是什么状态，她能不能应付得了他。

"哎，你喝醉之后爱干吗？"谷妙语问邵远。

邵远冲她不以为然地一笑："你觉得我要醉了吗？还差得远呢。"顿了顿，他告诉谷妙语，"我父母告诫我，饮酒失态是很丢人的事情，所以我自制力很强，没有让自己醉过。"

谷妙语咂舌："你家里大人管你管得未免太严了，无趣。饮酒失态也分在谁面前失态，在外人面前是丢人没错，但在自己人面前有什么好丢人的？我说你天天背着那些教养的包袱过日子，累不累呀？"

邵远笑一笑。他没想过累不累的问题，因为他一直以来都觉得日子似乎就

该这么过。

谷妙语却对他说："我告诉你，人生的美妙就在于能把大喜大悲、大醉大醒、大痛大悟都尝过，这才是大圆满呢！"

邵远听着她的谷氏鸡汤，有点若有所思起来。

"挺有道理的。"最后他笑了。

谷妙语让邵远用一个问题结束这场小酒浇愁的战斗。

邵远想了想，很不客气地提了关乎另一个三角形的问题。

"你说你很了解你那个叫贺嫣然的同学的……尿性？"他还不太熟练操作这些民间用语，说完咳嗽了一下，才继续，"你为什么那么了解她？她和你和陶星宇，是不是另外一个三角形关系？"

谷妙语一脸的烦躁："呵呵，一提她我心情就不好。算了，算我欠你一个答案，以后等我心情好点再把答案还给你吧。"

谷妙语说完话坐在那里低头沉默，几秒钟后她忽然爆发。

"啊啊啊！"她抬手祸害自己的头发，两只手在小丸子旁边抓来抓去，抓得丸子委委屈屈地要散。邵远叫她，她不听。他赶紧起身坐到对面，一把捂住谷妙语的嘴，一手拉下她的手。

"别叫唤了。"他凑近她耳朵说，"别人以为我欺负你呢！"

谷妙语定下来。她抬头看着邵远，下半张脸都陷在他的手掌里。她开始说话，说话时嘴唇抵着邵远的掌心擦动。

邵远像被烫到了一样，立刻放手。

"我跟你说件事。"谷妙语看着邵远，眼睛像被水洗过，带着点湿气，湿润得亮晶晶的，"我可能离醉点不远了，你赶紧用我手机给我发小打电话，手机密码四个八，电话簿第五个就是我发小。你告诉她我在我们浇愁的定点单位，让她过来把我整回家去。"

说完这番话她眼神一飘。

邵远心说坏了，她要唱歌。

他赶紧一抬手绕过她的脖子，从后面又捂住她的嘴，把她的嘴唇蠕动和歌声都捂进掌心。他像在揽着她似的，掌心被她嘴唇擦动的感觉又麻又痒，他咬牙忍着。

他捂着她的嘴，喊来服务员，在服务员不断上翻的打量眼神中迅速完成买单，随后他拎上她的包也拎上她，把她带到烧烤店外。

掌心已经麻痒得难以忍受，像有一万只蚂蚁在钻心。他一出烧烤店就赶紧把她松开，反正不是封闭的空间，她想唱就唱，唱得响亮去吧。

谷妙语晃晃悠悠走到一棵树前，双手照着树干一捧，开始唱起歌来。

邵远哭笑不得。说她捣乱，她明明很乖，就捧着树唱歌不乱跑不乱窜。说她很乖，她却又在捣乱，拽都拽不走，捧着"树听众"死活不放手。邵远服了。他从她包里找到她的手机，按下代表无数人心愿的密码。通讯录里，前四位分别是爸、妈、森爸、森妈，三千水是第五个。而第六个，就一个字，陶。

邵远想她是羞涩得连全名都舍不得写吗？他真忍不住想要啧啧两声了。

他点进三千水的号码，拨通电话，和对方讲明自己的身份和打电话的意图。

对面的女人干脆爽利得很，马上表示好的我知道了，待在那儿别动，帮我看住她谢谢，我这就过去。

在等三千水过来的时间里，他看着捧着树唱歌的谷妙语，过程中他有点好奇谷妙语会把自己存成什么，会是"邵"吗？他解开屏幕，点进通话界面，输入自己的手机号，没等输全，一个通讯名单就跳显在屏幕上——小犊子。

邵远沉默地锁屏手机，面无表情地抬头看向谷妙语。她正抱着树唱得开心，她那个《种太阳》的旋律真是魔音灌耳，带得他都在脑子里跟着一起唱了起来，连生一下"小犊子"的气都忘了。

楚千森很快赶到烧烤店——她坐任炎的车来的。

任炎笃定地说回家顺路，可以捎她一段。她本着报仇的心理毫不犹豫上了他的车耗他的油。

等她赶到烧烤店外面的时候，看到的是一副非常诡异的场景。

她的小稻谷正抱着树唱《种太阳》，她那个同校小学弟站在旁边看着她的小稻谷。这没什么，有什么的是——他居然在跟着她唱歌的节拍一下一下轻点着头，好像在心里跟着默默一起唱似的。

楚千淼下车的时候心说完了完了，又一个正常人被小稻谷洗脑了。

她走到邵远面前，打招呼："小学弟，辛苦了。"

邵远停止节拍性的点头，说："学姐好，不辛苦。"

楚千淼奇怪他今天气质怎么这么可亲，看看他脸上泛起的微红，懂了。喝酒了。

她发现喝了酒之后的小学弟又把眼神调回到小稻谷身上。

她握着谷妙语的肩膀往外一扳，谷妙语和树干就此再见。

谷妙语转头看到是楚千淼，开心得眉开眼笑："淼淼，走，唱歌去！"

楚千淼强势地把她的头一按，让她的脸扣在自己肩膀上，一边按着谷妙语的后脑勺，一边对邵远说："上回见你也是为了接她，那次她太醉了，不如这次好处理，我光顾着她也没好好和你聊两句。"

邵远站好了，一副等着被好好聊两句的样子。

楚千淼觉得喝了酒的大学生怎么可以这么乖？太反人类了。

她决定趁热打铁让他再乖点："学弟啊，听说之前你和我们家谷子还挺不愉快的。你看，现在这年头找不着像你谷姐姐这么会讲鸡汤还好玩的傻子了，以后对她尽量好点啊！"

楚千淼一下一下摸着谷妙语的后脑勺，给邵远上眼药。

邵远很乖地答了声："嗯。"

任炎坐在车里短促地按了声喇叭："走不走？贴条的可来了！"

楚千淼赶紧拖着谷妙语往车前走。

邵远还站在原地。

谷妙语到达车旁边时，意识短暂苏醒了一下，她猛回头，冲邵远摆手："来，来来！"

楚千淼翻白眼："你倒惦记他，还挺长心的。"

谷妙语笑眯眯。

邵远恍了一下，快步走过去。

谷妙语："我的包！"

她笑眯眯地从邵远手里扒过自己的包，转头钻进车里，进去后跟任炎打招呼："师傅您好，麻烦打表要发票！"

邵远："……"

楚千淼："……"

好吧是他们误会了，她没长心。

场面一度陷入尴尬，可任炎坐在驾驶位上却呵呵地笑起来："真有意思。"他回身探头，冲着拉开的车门对邵远说："上车吧小学弟，师兄顺道先送你回学校。"

邵远坐上副驾，打量着任炎："您也是五道口大学金融系毕业的？"

任炎冲他践践地一撇嘴角："你如假包换的嫡系师兄。"

谷妙语忽然又意识清醒了一下，拍了下腿，说："哎呀，那你不也是我们淼淼的师兄？那……"

话还没说完，楚千淼就把她嘴堵上了："闭嘴，再瞎嘚吧把你卖了听到没？"

邵远从后视镜里看到谷妙语委屈巴巴地点点头。

那样可真傻，真像个小姑娘。

楚千淼捂着谷妙语的嘴，凶凶地告诫："松开你之后不许说话，只准唱歌，明白吗？"

谷妙语满脸写着听话地点头，但楚千淼一说完就后悔了："最好歌也别唱，消停待着。"

谷妙语又乖乖点头。

楚千淼把手放下，她松手的一瞬间，一个雄壮的高音凭空响起在车内横冲直撞——

"我！站在！凛、冽、风、中！恨不能……"

谷妙语一秒都不耽误地开始引吭高歌屠洪刚的《霸王别姬》。

楚千淼在她的高歌里找空隙扯嗓子发牢骚："小稻谷我说话是放屁是不是？"

谷妙语唱嗨了，不理她，意气风发地把调门再往上抬一个，压住她的声音。

楚千淼挨着谷妙语坐，太近，她震得直接捂耳朵。

任炎居然又破了他一贯跩跩的面具脸，笑起来："真有意思，没一个字在调上，又没一个字跑调跑得太远！得怎么练才能把歌唱出这么似是而非的意境？"

邵远在谷妙语的高歌中皱着眉笑了。他从后视镜里看她，她坐在后座挺直着背，两手一上一下互相扣握着端在丹田位置，起了一副歌唱家的范。

他连眉都皱不起来了，只剩下笑。

唱到副歌，调太高了，谷妙语嗓子一劈，唱不上去。

楚千淼松口气，盼望谷妙语知难而退偃旗息鼓，但她松的那口气刚从嗓子眼囫囵到嘴边，没等吐出去，就倒吸一口又给吊回到嗓子眼去了。

任炎个大魔头，不知道安的什么心，似乎不想让她痛快，在这个音劈歌断的时刻，他突然破嗓把那句歌词往上一挑，居然带着谷妙语把那个破音带过去了。

楚千淼简直要傻掉了。一向情绪不外露的任炎、一向喜好不给人琢磨的任炎、一向把自己弄得跩兮兮又高深莫测的任炎，居然在跟小稻谷唱《霸王别姬》！

被顺利带过这个坎的谷妙语兴奋又开心地接着唱，把自己唱得像个在掐架的大白鹅，扯着脖子引吭高歌，把后半部分活生生唱出了千军万马的气势。

邵远先是被任炎的横空破嗓激得一个激灵，又被谷妙语的雄浑震撼得双目圆瞪，他有一瞬间快要不清楚自己上的到底是辆什么车……太荒诞了，太有趣了。

楚千淼简直要崩溃了，在后面拍任炎的座椅靠背："任总我说您能不吓人吗，您那投行领导的高冷风范呢？怎么说变脸就变脸还跟着她一起疯？"你让我以后用什么精神面貌面对你啊！

任炎从后视镜里回视她，眼神中极富一种"不服你打我啊！不敢吧？那就憋着吧"的贱精气质。他突然又破了嗓，把霸王离别他的虞姬的气氛瞬间又提升一个新高度。

谷妙语在后座被这个陡来的高音鼓舞了士气，她也开始跟着抻脖子往上扯音，扯得连伪劣海豚音都挤出来了。

楚千淼透过后视镜怒瞪任炎，任炎也通过后视镜回应她，跟故意气她似的，跩跩地轻笑，声音倒是降下来了，嘴里歌却没停，歌词正进行到"我心中，你最重，悲欢共，生死同……"

楚千森别开眼，她用力拍拍邵远的座椅靠背。

邵远回头。

楚千森很认真地问他："你身上有刀吗？我打算宰了他俩。"

邵远愣了愣。

其实他也快被这魔音灌耳的歌声磨疯了，不过听完楚千森的话，看看这一车被谷妙语和任炎的歌声弄得乌烟瘴气的气氛，他又忍不住笑了。有那么一瞬间，他想学校要是再远点就好了，他想在这辆车里多坐一会儿，再多听一阵谷妙语让人崩溃的歌声，再笑一会儿。

任炎把邵远在五道口放下，邵远下车前跟所有人告别。

临关车门前，他听到谷妙语对楚千森说："森森，我嗓子眼干，想吃苹果！"

楚千森吼她："闭嘴，再出声喂你吃大粑粑！"

他憋着一点笑意关了车门。

回学校的路上，他鬼使神差地买了一兜苹果。买苹果的时候他站在摊位前选妃一样挨个精挑细选，选得老板差点不卖给他了。

拎着苹果晃荡回宿舍的路上，有个同班女生看到他，飞快向他跑过来，很开心地和他打招呼，又一脸怯怯地问他："邵远，你最近在哪里实习呀？学校里都不怎么能看到你。你毕业论文弄得怎么样了呀？"低头看到他手里拎着的苹果，她有点讨巧兮兮地说，"呀，这苹果真大！"说完她站在那儿，并不动，也顺便挡着邵远的路让他也没法动。

女生很漂亮。他想起来，她应该是他们班的班花。

明月高悬的冬末夜晚，无风，天不冷。风不动，树不动，他的心也不动。

于是他说："你要是喜欢的话……"他说完上半句，女生一脸期待地等着，似乎在等着他说"喏，给你两个"，那她回宿舍就可以大声嚷嚷"邵远给了我两个苹果哟"。

结果邵远的后半句是："可以去五道口那儿的水果摊买，不过得赶紧，再晚要收摊了。"说完他道了声再见，往旁边绕了两步，绕过被女生挡住的路，继续向前走，进了宿舍楼。

回到寝室的时候，他一推门，就看到周书奇靠在窗台上拍着肚皮叽叽嘎嘎地笑。

"我刚才趴窗户上都看见了，我的邵爷啊，你也太不解风情了！"

他刚刚正好无聊趴床上看风景，就看到邵远站在下边，面前是他们班的班花。夜色一笼罩，这小子真是帅得一塌糊涂，班花也美得娇滴滴，两人站在一起真是一副美好惬意的图画，连夜色都给他们朦胧得起了毛边。只是邵远一张嘴就把小姑娘的美好憧憬撕碎了，他觉得他们邵爷简直是不张嘴还好、一张嘴就注孤生的直男典范。

周书奇笑得直喘气："你撅小姑娘递给你的玫瑰枝撅得怎么那么嘎嘣脆哟？"他一边说一边奔着邵远手里提的一兜苹果扑过来，"你说说你，就算为了给我带苹果吃，也不用拒绝你们班班花啊！"

邵远一个侧身，稳准狠地躲开周书奇对苹果的虎扑："不是给你的。"

这几个苹果是他绣花似的精挑出来的，每一个都形状好看色泽均匀体型饱满。别说给周书奇和班花，他都没打算给自己。

"你要是想吃我再下楼给你买。"

周书奇看着他，一副心凉的表情："你是不是背着我在外面养了别的兄弟情？"

邵远笑了一下，没理他。

周书奇却"咦"了一声："你喝酒了？我们找你喝酒你从来都不喝，说不胜酒力，现在怎么喝了？"紧跟着他又"咦"了一声，"你好像最近都不怎么戴眼镜了？说起来你是从什么时候开始不戴眼睛的？"

周书奇瓜子仁大小的脑容量一次存储不了一个以上的问题，前一个问题的不满马上被后一个问题的疑惑挤出脑袋。

邵远忽闪着长睫毛，跩跩地问："怎么，这样不帅吗？"

周书奇"哼"了一声："你既然不戴眼镜，从此以后我不会和你一起走在校园里了，你做你的秋香，我可不当你的陪衬夏春冬香！"

邵远把苹果放在桌子上，而后从袋子里拿出一个。她之前怎么做来着？好像总拿着苹果放在鼻子底下闻。生气的时候闻，开心的时候也闻，闻完情绪就会平静下来。

他也拿着苹果放在鼻子底下闻。有点甜甜淡淡的香，闻着闻着似乎真的能让人的精神入定。

耳边周书奇又放出了一个新的疑惑："不对啊！以前我们也告诉过你，你不戴眼镜很帅，怎么没见你听我们的话摘掉眼镜呢？"他绕到邵远面前，虎视眈眈地瞪着人问，"这是为什么呢？"表情是李逵的，口音却是小沈阳的。

邵远憋着一点笑意，说："夸我不戴眼镜帅，也要看是谁夸。要是你夸完我就摘了眼镜，我怕你误会我对你有意思。"

周书奇一脸的恶心："呕！你讨不讨厌哦，老子钢铁直男我谢谢你！"

邵远的手机突然响起来，来电显示跳动着陶大爷三个字。

他转过身接通电话，陶大爷铿锵有力的声音穿透过来："小邵你好，我是你大爷。"

邵远："……"

知道啊。

"哎，你说，我打小谷的手机怎么打不通呢？"陶大爷纳闷地问。

邵远措辞："她可能今天有点头晕，睡得早吧。"

陶大爷："这样啊。"随后他说不上是犀利还是糊涂，张嘴就问，"你怎么知道她睡觉的事？"

邵远想了想，硬着头皮说："我猜的。"

陶大爷语重心长："你们这个年纪的小男孩啊，就是精力旺盛。但是旺盛归旺盛，要正确疏导，不能胡想乱猜，要不然走极端了容易给社会造成危害。"

邵远很想问一声老头你什么意思。

"大爷您有什么事吗？"邵远觉得再不代入正题，陶大爷可能得跟他扯一宿闲篇。

陶大爷想了一下，把正事续上了："哦对，我说我打小谷电话打不通。算了不打了，我要睡觉了，你帮我给她转个话吧，跟她说明天一早，我会带着陶星宇去你们公司，你让她今晚早点睡，你也早点睡。我们大家一起以饱满的精神状态迎接明天的战斗。你切记明确告诉小谷我的态度，我和你们是一伙的，我们明天一起来个三打一，一定能干赢陶星宇！"

陶大爷讲完一番话挂了电话。邵远握着手机有点哭笑不得，他想这爹和儿子两个人，其中有一个一定是老陶家捡来的，一定是这样没错。

他正要放下手机，忽然铃声再一次响起。这次的来电显示是母亲。

邵远想今晚他的手机可真有点忙。

电话接通，母亲的声音是一如既往的慈蔼又不失威严。

他拿起苹果放在鼻子下边，一边闻一边听母亲讲话。

"远远，我今天在东三环房子这里，看到那部手机你又拿回来了？"

邵远想了一下，反应过来母亲说的是那部他拿去赔给谷妙语但她没有收的威图。

"嗯，我赔给人家，人家没要，我就又拿回去了。"

母亲先是传递些笑意过来，然后试探地问："你赔手机的这'人家'，是个女孩子吧？"

邵远回答一声："嗯。"

母亲继续带着笑意试探："她怎么不要呢？是嫌贵？还是嫌不贵？"

邵远说："嫌贵。"

母亲："不是在欲擒故纵吧？"

邵远闻着苹果深吸口气，说道："妈，她不是我喜欢的女孩，您不用紧张，也不用打听她父母是哪儿人工作是干什么的。"

母亲收起试探，声音里只余下笑意："远远，你要理解爸妈，爸妈就你这么一个儿子，想一辈子护你周全让你万无一失，也什么都想给你最好的。我和你爸爸现在的产业越做越大，给你挑未来伴侣这件事尤其不能马虎，你体谅一下爸妈的紧张心情。"

邵远说:"嗯,晚安了,妈。"

母亲有点意犹未尽,但还是说:"好好休息,周末记得回家陪爸爸妈妈吃饭。"

邵远挂掉电话后捧着苹果闻了好一会儿。

好吧,好吧。

第二天,谷妙语一路捧着脑袋挤地铁又捧着脑袋进了公司。

昨晚她脑子里存下的清晰度较高的画面,到她和邵远说她醉点到了戛然而止,而后还有几个零星记忆:她好像跟邵远要过包,好像在一辆车里跟一个男的一起飙高音唱过歌,唱到最后楚千淼说要掐死她,但没舍得。楚千淼好像还说要掐死那个和她一起唱歌的男的,她断断续续的理智让她在某一个瞬间看到,楚千淼从后座站起来忍无可忍去掐驾驶座上那人的脖子了。

但那男的有点贱,他说来你掐死我吧,加班的时候有四天中午饭是你给大伙订的,钱我可还没给你呢。来来来,掐死我掐死我。

她记得楚千淼一下就手软了,坐回座位的时候眼睛里全是舍不得,是比舍不得掐死她时还多的舍不得。

谷妙语捧着脑袋使劲地估算,能让楚千淼舍不得的四顿饭钱到底会有多少。三千水同志可从来没在乎过钱,所以她到底在那儿舍不得啥呢?

谷妙语捧着晕涨涨的脑袋坐到自己的位子上。

一个饱满红润,堪称果中绝色的苹果正端坐在她桌面上,很有存在感地出现在她的视野里。她眼睛一下就亮了。昨天喝多了,没顾得上买苹果,导致她今天苹果都断顿了。真没想到她缺什么老天爷就从天上给她掉什么,她可真是老天爷的宠儿。

谷妙语美滋滋地捧起苹果抬头看,看看是哪个老天爷在把她当宠儿。

邵远呼应了她的巡视。

"你给我放这儿的?"谷妙语问。

邵远让自己呈现一副淡漠无表情的样子,好像昨天那顿能够拉近彼此关系的酒喝到了狗肚子里去了一样。

"嗯。"本来只想冷淡地答一声，但忍不住又加了句话，"路上顺手买的，给你解酒用吧。"淡漠一次失败。

谷妙语开心地把眼睛弯成两个月牙。邵远发现她看见爱吃的东西时眼睛就会变成月牙。

"这苹果资质也太好了点，你在哪儿顺的路？赶紧告诉我，我下班就过去也顺一下。"

邵远一脸淡漠。他不想搭话，但还是搭话了："你顺不了，太远了。我可以每天帮你顺一个。"

淡漠二次失败。

谷妙语笑弯了眉眼说谢谢："那我给你钱。"

邵远一脸淡漠："不用了，没几个钱。"

谷妙语说："那攒够了我请你喝酒。"

邵远一脸淡漠："你一醉就唱歌，太折腾人，还是不喝了吧。"

谷妙语的弯月牙变成了圆月亮，"咦"了一声，夸张地表演出一副心灵受伤的样子："邵远同志，我们昨天喝酒时已经彼此交换过秘密了，我们已经是战友了对吗？你今天怎么能对你的战友这么冷淡呢！"

邵远维持着脸上淡漠的神色。他对女孩子一贯是这副样子，他得坚持这副样子才行。顺利的话，八月底他就要出国了。出国之后是另一番世界和人际圈，留学回来之后也将是一个全新的世界和人际圈。他和她的交集还能有多久呢？她还比他大三岁。等他留学回来，她都快三十了，如果如愿以偿的话，她应该是一个或两个三个姓陶的孩子的妈妈了吧。

但有必要一直这样冷漠以对吗？

好吧，好吧。就像对待姐姐那样，和她好好过完这一点时光吧。

淡漠终于彻底失败。

邵远柔和了面部表情，对谷妙语说："对了，我想告诉你件事。"

谷妙语向上抛着苹果再接住，问："什么事啊？"

邵远："陶星宇来了。"

扑通一声，谷妙语为了接住苹果自己从椅子上栽了下来。

她龇牙咧嘴地爬起来，拍着桌放送三连问："你说啥？谁来了？怎么回事？"

邵远："我说，陶星宇来了，陶大爷也在。爷俩现在正在会议室，秦经理在接待他们。"顿了顿，邵远有点故意地说，"哦对，秦经理说让你一来就赶紧去会议室。"

谷妙语飞快理着她的丸子头，正了正衣领，拽了拽上衣下摆，抹平下身的裙子。飞快整理一遍自己，仿佛这些无用功能让她的美貌瞬间再上一个档次，然后她一边转身向会议室迈进，一边埋怨邵远："这么大的事你咋才说？"

邵远看着桌面上似乎已被遗忘的苹果。

对啊他就是不想立刻说，犯法吗？

耳边传来谷妙语的喳喳声："你像点样，别盯着我的苹果看，给了我就是我的了！"顿了顿，又是一声，"愣那儿干吗？过来啊，一起去会议室！"

邵远站起来，帅帅地一把头发："来了。"

谷妙语抵达会议室外的时候，看到秦经理正在里面满脸堆着笑容解释着什么。

他面向会议室玻璃墙，对面坐着两个人，两个背影中一个有点佝偻一个非常挺拔。

谷妙语看着那个挺拔的背影，忽然心跳开始加快。这一瞬她理解了紫霞对至尊宝的痴迷，怎么连背影都那么帅。

秦经理一抬眼看到玻璃墙外的她，立刻变脸，横眉立目地冲她摆下巴，让她赶紧进来。

谷妙语轻轻敲敲门，推门进屋。邵远跟在她后面。

她沉住气，不让自己为男色迷晕，拿出设计师专业的态度，走到秦经理旁边，和两位陶先生打招呼："大爷好。陶、陶老师好。"

她一对上陶星宇的眼神，舌头就开始打结。他穿着西装坐在那儿，又英俊又气派。看向他的时候，他也正抬眼看过来。被他的眼神一撞，她浑身都在过电。

可是真奇怪，他看她的眼神似乎没有之前那么抵触了。

谷妙语不知道中间这段时间发生了什么，让陶星宇看她的眼神发生了变化。但不管怎么说，这是一个好信号，她得把握住这个好信号。

"陶、陶老师。"舌头又打结了，唉。

她一边叫人一边眼神瞟了一下，余光看到邵远对她一脸的怒其不争，被他的眼神一刺激，神奇地把舌头上的结解开了。怎么也不能让一个毛头小子一而再再而三地看轻。

"陶老师，万分荣幸也万分感激您能拨冗亲自来我们公司！谢谢您！"

陶星宇的眉梢微微挑了挑，一副我听到你说话了，但我不是那么想回应你的样子。

谷妙语有点尴尬，脸上一热。

秦经理在一旁给吃了软钉子的薄皮红脸女下属打圆场："陶设计师，老爷子今天也在这儿，我刚才说了一堆话您要是都不信，您就直接当面问问老爷子，是我们忽悠他吗？是不是老爷子自己微服私访了差不多大半个北京城的装饰公司之后，优中选优才选了我们？真的，真不是我们拐老爷子装修，真是老爷子自己愿意的！"

陶星宇斜瞥了一眼陶大爷，收了眼神，说："但把现有的昂贵装修砸掉再重新装，而且是不计价钱上限的大装，这确实不是我父亲的作风，所以我有理由相信，他不是自己脑子本身出了问题，就是被洗脑了。"

陶大爷在一旁不乐意了，一直安静的他顿时拍案而起："你等会！你说明白了，我什么作风？"

大爷你能抓住问题的重点吗？你应该质问你儿子为什么说你脑子可能有问题才对吧？

陶星宇略微转头，冷冷淡淡面无表情地看着他，说："你不是铁公鸡作风吗？一辈子一毛不拔。如果不是脑子本身有问题或者被人洗脑了，你能舍得这么折腾？"

谷妙语怎么觉得陶星宇真正要战斗的对象其实不是她，他只是在借着找她的茬在斗争他爸?

陶大爷猛地一拍桌,拍得秦经理都心疼桌子了。

"我还就舍得折腾了,怎么的!"他一转头,对着谷妙语说:"闺女,来!大爷今天还就受定你的洗脑了!我今天把话撂这儿,谁要挡着你给我装修房子,就让他从我尸体上踏过去!"

谷妙语差点哭出来。

大爷你好好说话!

第九章

有事我来顶

谷妙语让自己冷静下来，千万别受陶大爷浑不懔的影响，带歪整个谈判节奏。

她正确引导陶大爷："大爷，接下来咱俩来个问答环节怎么样？我提问题，您除了回答'是'和'不是'，不能说别的话，您要是说了别的话，说一句您那别墅我们就少给您装修一个屋。"为了激发陶大爷的参与欲，她还故意说，"一般人都招架不住我的问题，但我觉得大爷您是有可能的，您可不是一般人！"

通过最近一段时间的接触，谷妙语发现陶大爷是典型得不能再典型的"熊"，就跟熊小孩一样，他是个熊大爷。你越说往东他越往西，你越说他这样有错他越故意这样去做故意犯错。你越说他被谁洗脑了，他就越说对啊对啊我就是被她洗脑了你能怎么的。面对这样的熊大爷，对着杠绝对行不通。你就得夸他、陪他玩、让他觉得开心有意思，在顺着他的基础上再去反对他，才能对抗得了他的那份"熊"。

陶大爷平时很寂寞，他希望能有人陪他，帮他消灭寂寞，而这个人最好是他儿子。但他熊，他想要什么他不说，他就作，他希望能把想要的东西靠作给作来。他看起来难缠，简直令人头秃，但其实他是个顶好哄的老头，只要能陪他逗乐子就行。所以她想了这个逗乐子的方法，希望能激发陶大爷的"熊"心壮志。

陶大爷一听谷妙语这新鲜招数果然就来了劲："好啊，好，这个有意思，来，小谷，请提问！"

陶星宇转开头到另一边，发出一声轻嗤，像是有点儿无法面对这样的老头是自己的父亲。

邵远和秦经理对视一眼，下面到了幼儿园谷阿姨控场时间——两个人在心里不约而同都有了这个感觉。

谷妙语说："大爷，那么现在开始？再提醒您一次，记住规则，只能答是或者不是。第一个问题，您除了我们公司，也去过好多其他公司，是吗？"

陶大爷把他有点佝偻的腰板拔直，真像幼儿园小朋友回答老师提问那样，朗声说："是！"

谷妙语："大爷，非常好！"

陶大爷一脸骄傲。

陶星宇抬手扶了扶额头。

邵远和秦经理又对视一眼，越来越像幼儿园了。

谷妙语："大爷，第二个问题来了。您每到一家公司，会挨个约谈他们的设计师，看起来是考察他们能不能胜任他们的本职工作，其实您是想了解一下设计师这个工作到底忙不忙，忙的话到底能有多忙，真忙起来是不是确实能到六亲不认的程度，是吗？"

她故意把问题问得答题人如果不解释就会很闹心。提完这个问题，她瞄了陶星宇一眼，希望这个问题的深层涵意能引发他的注意——陶大爷为什么这么爱刁难设计师这个工种。他其实是"愤"屋及乌，这个"屋"，当然就是他陶大设计师了。

陶大爷嘴很硬地大声回答："不是！"顿了顿他一脸的憋不住，又说，"小谷，大爷必须说明一下，我真不是去考察他们认不认六亲，我考察这个有啥意思？我又不在乎！大爷我真是纯粹去考察他们有没有职业素养的，看他们到底有没有能力装好房子。"

谷妙语在心里说了声大爷我谢谢您多嘴多舌了，但她说出口的是："好的大爷，您是人民的义务公仆，人民感谢您。但您说了多余的话，咱先扣掉一个主卧的装修啊。"

陶大爷向后一缩，抬手捂嘴。

谷妙语继续提问："大爷，来，我们进行下一个问题。您到我们公司来的时候，一开始也没指望能遇到个合适的设计师，我们公司的设计师您挨个面谈了一遍，把他们全弄趴下了，最后我们公司就剩下我一个设计师了，您当时反正也是折腾累了，于是就坡下驴选了我，我是这样理解的，您说是吗？"

她又故意设了个陶大爷不张嘴解释清楚就会浑身难受的套，她自己解释的话陶星宇未必肯听，那就听他爹亲自说吧。

大爷把头摇得起风："不是！"他忍了一下，实在没忍住，继续说道，"我选你可真不是就坡下驴，是因为你想办法解决了我给你出的难题，我觉得你是个遇到问题不逃避不敷衍不蒙人，能想办法解决问题的好孩子，这才是我选你的原因。"

谷妙语眉眼一弯："谢谢大爷对我的肯定！"她差点想给大爷比心，"不过咱还是得按约定再减掉个屋子的装修。考虑到您刚才犯规也是在为我说好话，那也别太狠，这回就减掉个次卧吧。"

大爷一脸的不服："孩子我说你有没有良心，我夸你也要减？"

谷妙语："大爷您看，您又多说话了。念您不小心，这回减个卫生间吧。"

大爷瞪着眼，想说话，但死死憋住。

陶星宇不知不觉比刚刚坐得侧了侧身，向着大爷的方向，方便听大爷说什么，同时也是向着谷妙语方向，方便听她问些什么。他不知道从哪个问题开始，变得注意听了。

秦经理彻底放松下来，由着幼儿园谷阿姨控场子，他自己滋溜起纸杯里的茶水。

邵远看着进门前还在捧着脑袋对抗宿醉的谷妙语，现在她镇定自若，像换了一个人，她已经不着痕迹地掌控了全场的节奏。而她掌控一切的锋芒，却一点也不外露。她又一次叫他惊讶了，她还藏着多少让人意外的潜力呢？

谷妙语继续对大爷提问："大爷咱们继续啊。您来我们公司那天，是用一个垃圾袋装着房本来的，那个房本的面积是七十平，不是别墅，大别墅是您自己后来突然改的想法，是吧？"

她间接告诉陶星宇，他们可没骗陶大爷的大别墅，最开始谈的可是那套七十平的小房子。在间接传递信息的同时，她故意加强重音在"垃圾袋"几个字上。

陶大爷答："是！"刚答完"是"，他就顺口反驳，"你这孩子怎么说话呢，什么垃圾袋？我那可不是垃圾袋！那是用我一条黑裤子亲手改的布口袋！"

谷妙语竖大拇指："大爷您可真心灵手巧！"然后放下大拇指，说，"但您又多说话了，再扣掉一个主卧。"

大爷吸了口气想说话，但谷妙语一句"咱们得讲信用守规则"把他堵回去了。

陶星宇已经把胳膊挂在会议桌上，手撑着一侧脸颊，一副听得很起兴的样子。他抬眼看了看谷妙语，很少有人能让这老头这么吃瘪。

谷妙语眼神向陶星宇飘的空当，正好发现陶星宇也在向她看过来。她心里一慌脚底板的血就要往头上冲，关键时刻她听到邵远一声咳嗽。这声咳嗽太是时候了，把她的血又镇回到脚底板了。

她定了定神，再接再厉地提问题："大爷咱们继续。后来您坏肚子，一个人在家起不来床，把我和小邵叫去，让我们陪您去医院打吊针，之后又连着几天叫我们过去，非让我们陪您，是吧？"

大爷摇头："不是吧！"他认真想了想，确定不是，说，"小谷你才多大，怎么记事比我老头子还糊涂？不是我叫的你和小邵送我去医院，是你俩主动带我去的医院。认识我的人都知道，我最讨厌去医院，我那天是被你俩绑架去的。还有后面几天不也是你们主动来看我的？我什么时候逼着你们来了！"

谷妙语飞快瞄了一眼陶星宇，他坐直了身体，眉头皱着。她就是要让陶大爷亲口告诉他，她和邵远到底是什么样的人，他们到底做过什么样的事，他们究竟是雷锋还是骗子。

陶星宇突然开了口，是冲着陶大爷："这是什么时候的事？怎么没跟我说？"

陶大爷哼了一声："哟，您多忙啊。"又啧啧两声，"你还关心是什么时候的事呢？我以为我死在屋里头你都得是全世界最后一个知道的。"

陶星宇眉头皱得更紧了。

谷妙语适时出声："大爷您这回可说太多了，前后总共三句话，按您说话的长度，就分别减掉剩下的一个主卧和两个客卧的装修吧。"

陶大爷："不是，你这孩子……"

没等他说完，谷妙语说："这又是一句，再扣一个卫生间。"她看着陶大爷，像幼儿园里最知心知意的那个老师，"大爷，您看，咱们事先说好的，您是天底下最守信用的大爷是不是？"

大爷忍回了要发的脾气，点头："是！"

"好，大爷，那咱们继续！"

谷妙语就这样用一个又一个让陶大爷不解释难受的问题，套出他亲口一句一句说出整件事的真实经过，同时减掉他别墅里一个又一个屋子的装修。问题提完，整件事水落石出真相大白，陶大爷的别墅装修也被减得成了负数。谷妙语已经一个屋子都不用给他装修了。

谷妙语拍拍手，说："大爷您看，因为您违反问答规则，您别墅已经没法让我们装修了。"

大爷愣在那儿，一脸蒙，好像不知道自己是怎么一步一步变成现在这样的，然而每一步环节又都是他亲身参与的。

他想干脆拍桌反悔，但谷妙语又适时地给熊老人扣了顶高帽子："大爷您是最守信用的大爷了，对不？"

陶大爷把反悔的话吞回去了。

陶星宇已经从打量陶大爷的角度，彻底转成打量谷妙语的角度。

他打量着谷妙语，看着这个外表娇憨的姑娘到底能有多狡黠，他等着听她还有什么后招。

秦经理已经软塌塌地靠在椅背上，以一个很松弛的姿势进入看戏的状态。他不按常理出牌的那张牌，别人总告诉过他，那是张该弃掉的牌，他不信。现在一次又一次的事实证明，他是有眼光的，他留下的其实是一张经常会出其不意的王牌。

邵远环视着会议室里的众人众相。人不多，事情很简单，但越简单的事有时候要证明它反而越棘手。谷妙语却把这棘手的问题稳准快地解决了。她平时有时看着憨憨的，可是遇到专业领域的问题，她就像换了个人。她了解她的对手，知道针对对手的特点出牌，一针见血地敲掉问题。她未来一定会很出色吧。

谷妙语看着陶大爷。虽然他把想要拍桌反悔的话憋回去了，但他满脸都是不服气不甘心。那些不服气不甘心酝酿着，仿佛汇聚到一定浓度，会顶破人坚守承诺的底线。

谷妙语赶在陶大爷"不反悔"的底线被顶破之前，继续发招，对陶大爷说："大爷，虽然您的别墅我们没法装修了，但您别不得劲，说实话，您那别墅，那设计，那装修，真叫一个大家手笔，倍儿棒！"

邵远知道她是实打实地在说心里话，但他看得清楚，陶星宇脸上隐隐有种受用。

"按您之前说的，您想重装房子的理由是觉得房子里冷冰冰。其实您认为的冷冰冰，在别人看来可真是有钱难求，这正是陶老师设计的精髓，陶老师的设计一向化繁为简，看似简单又不失雍容贵气，他这份功力在行业里那可真是独一份！"

谷妙语既肯定了陶大爷的问题，也没得罪陶星宇，甚至又恭维了他一次。

邵远看到陶星宇脸上的肌肉更放松了，他想他的这位小姐姐可真是个人精而她自己还不自知。

"其实这个问题特别好解决。"谷妙语对陶大爷说，"您要是嫌家里那种简约华丽的设计冷冰冰，我可以帮您设计软装，咱们通过软装平衡一下空间，您立刻就会感受到家里的氛围是热乎乎的了！您看这样行不行？"

她专注地看着陶大爷，等待他的反应，一时间没顾上看陶星宇的神情。但邵远看到了，陶星宇最后含着一点紧绷情绪的眉眼，终于都放松了。他对谷妙语的解决方案是感到满意的。

陶大爷还在思索，他的决断挣扎在行与不行之间。

谷妙语把心一横，使出撒手锏："大爷，您是不是不放心我软装的实力？"她知道陶大爷其实不会有这个担心，她这么说就是要引个话头，"那这样，让陶老师监督我，我给您做软装期间，让陶老师经常过来监工，我不怕被监工。"她抬起头，眼睛亮亮地看向陶星宇，"这样陶老师也能看看我到底有几分实力，我会不会借着软装把别墅拆了，我究竟是不是个骗子，您说是吧陶老师？"说完话，她屏息等待着陶星宇的回答。

陶星宇忽然发现，眼前的姑娘是真的狡黠。他如果说不是，会显得他这个人对后辈很没有风度。而他如果说是，那就是在宣布他会经常去监工，这样他家那位老头可就开心了，因为终于可以抓住他的人影了。他要怎么回答呢？

邵远在一旁无声地看着眼前这一幕。

陶星宇和谷妙语的眼神对峙着。她的反应看上去从容淡定，可是仔细望进眼底，就能看到一丝被隐藏得很好的慌乱和期盼。陶星宇如果看到了那丝慌乱和期盼，他就会发现谷妙语说的崇拜他的话，绝对不是假的。

邵远发现陶星宇的睫毛抖了一下，他应该是发现了那丝慌乱和期盼吧。

而后他开了口，对谷妙语宣布决定："不怕被我监工，是吗？那好，我就看看你能怎么软装，当心别被我挑出毛病。"

邵远看到听到回答的谷妙语，整张脸都亮了起来，他还看到陶星宇嘴角微微一翘。他垂下眼看向自己面前的空水杯，里面只有一片虚无。

听到陶星宇的回答，谷妙语差点忍不住要跳起来。她奇怪今天陶星宇怎么这么好说话。

她扭头寻找邵远的眼睛想和他飞快地分享一瞬的喜悦，但邵远没有捧场，他低头对着他面前的空水杯发愣。

她收回视线，改看陶大爷，有点兴奋地说："大爷您看，陶老师会经常去别墅监工呢，所以这个方案，您觉得行不？"

陶大爷一听到陶星宇会经常去别墅监工，这就意味着他能经常在别墅见到他儿子了，那一刻他其实已经妥协了，但他嘴硬，非说："喊！谁稀罕他监工？"

说完又怕陶星宇跟上一句"既然不稀罕，那我就不去了"，于是一点缝隙都不留，马上又发声，"小谷，谁让我是个守信用的人，只能愿赌服输。那就按你说的这个方法办吧。"

谷妙语内心高兴得再一次差点跳起来。

圆满解决问题后，秦经理和陶氏父子告别，先离开了会议室。

陶星宇说了声抱歉，起身去卫生间。

谷妙语趁机问陶大爷："大爷，您用什么妙法把陶老师一起叫来的？"

陶大爷一脸"孩子你是健忘吗"的表情："我之前跟你说过啊，我告诉他我得绝症了，他今天不跟我一起过来我就当场病发死给他看。"

好吧，您真是个言出必行的大爷。

陶星宇回来之后，又换陶大爷去卫生间。

谷妙语面对陶星宇有点局促。邵远不知道从空水杯里发现了什么异空间，从刚才开始就一直垂着眼皮研究。她寻找不到能让她保持理智的支撑，眼神开始乱飘，不太敢看陶星宇的脸，刚刚敢和陶星宇对视的那番神勇好像全拿去喂狗了。

还是陶星宇先开了口。

"谢谢你陪我父亲去医院。"

谷妙语应声把视线调回到陶星宇脸上："您、您客气了，不、不用谢！"

她真想抽自己大嘴巴，怎么又结巴了？

陶星宇听到她结巴，居然对她一笑，谷妙语简直要受宠若惊了。

"之前我和我父亲的沟通有很多偏差，导致对你有很多误会，跟你说声抱歉。"

谷妙语开心极了地摆手："不、不用道歉，没、没事的！"

她又想抽自己了……

陶星宇和陶大爷离开后，邵远终于肯把眼皮抬起来了，他一眨不眨地看着谷妙语。

谷妙语被他看得发毛，问："怎么，多看我两眼能发财吗？"

邵远冲她慢慢抬起手对她竖了个大拇指："你今天解决问题的方式聪明极了。

提出软装方案，既不用真的砸掉现有装修，还能以监工之名套住你的男神经常出现在别墅，这样既能让陶大爷多见见儿子，也能让你多见见男神，真一举三得。今天的你，超有智慧。"

谷妙语眉眼一弯，笑咧了嘴："哈哈哈我这辈子的智慧都被我集合在刚才那一刻拿出来用了！"

邵远看着她傻笑的样子，无语道："看出来了。"那一刻把智慧用光了，现在人又是个傻子了。

一起回办公区的路上，谷妙语问邵远："你觉不觉得陶老师今天变得蛮好说话的？"

邵远："可能因为你对他笑得特别欢吧。"

谷妙语刚想和邵远较劲，让他说明白笑得特别欢是一个什么表情状态，他要是敢举例讨好主人的哈巴狗什么的，她就一拳打死他。

就在她运劲的工夫，手机突然响了。

来电显示是个陌生号码。接通后，她说了声"您好"，然后问对方"请问是哪位"。

话筒里传来让她熟悉又陌生的男人声音。

"别请问哪位了，是我啊，妙语，我是你导员！"对方透过话筒传来的声音语调里充满戏谑。

谷妙语毕业三年多的时间一下被这个声音无缝衔接回了校园。

她有点雀跃："老师，您怎么换号码了？"

导员立刻喷她："小兔崽子，是你换手机了没存我吧？我一直这个号啊！"

谷妙语脸上一挫，随后她想起自己换手机导致丢失了一部分联系方式的锅应该由身边的小崽子来背。她毫不客气地抬脚就拐了邵远小腿一下泄愤。邵远居然没有躲，任她拐，似乎只要她拐完能高兴，那就随她拐。不过他嘴里是损的："再踢我可躺地上了，120不到我不起来。"

他在谷妙语讲电话的空当里说。

谷妙语怒瞪他一眼。这小子在砺行别的东西学得怎么样还有待考证，但那些大爷们作闹的方式他可真是学精学透了。

瞪完邵远，谷妙语在电话里给导员诚恳认错，热烈寒暄："老师，我错了！你最近怎么样呀？"

导员说："不怎么样，带过的学生都成了白眼狼，连恩师手机号都不存。"

谷妙语："老师你给我打电话是不是有什么事？"被定位为白眼狼的谷妙语决定开启下一个话题，掀过不记师恩这一项，"你要是有什么事需要我办尽管吩咐我！上刀山下火海赴汤蹈火这些虽然我都做不到，但给您以厂家进价批发几箱霸王洗发水的能力学生还是有的。"

导员没客气，告诉谷妙语："滚。"他长叹口气，"我说你这姑娘是不是不开窍？毕业这么长时间都不联系你恩师，你上学时候恩师我待你多厚啊！"

谷妙语快捧着手机跪下了："老师我错了！"

"当年连贺嫣然都看出来，你恩师有心等你毕业之后让你给你下一届的学弟学妹做师娘，结果就你自己看不出来。"

谷妙语脚下一软真的差点跪倒。亵渎导员这么欺师灭祖的事情，她真的从来都没敢想过。

"老师贺嫣然她就是个大嘴巴，她说什么你千万别信，她嘴里没一句实话，包括标点符号都是假的！"

导员说："瞧给你吓的，别怕，我已经给你找着师娘了，下个月就结婚。"

谷妙语松口气，语调变得轻松起来："老师那你今天给我打电话，是通知我你要结婚？你放心，只要你不是打算跟我借钱，咱俩之间就师恩永存！"

"白眼狼！你不怕我把你现在这副欺师灭祖的嘴脸告诉陶星宇吗？"

谷妙语耳朵一震，人一下就怂了："老师你想借多少钱？我这就去卖血。"

邵远站在旁边听她和导员打电话贫嘴，一边听一边嘴角微扬。她怎么这么皮。

他想她在学校上学时的生活想必很丰富多彩吧，能和老师相处得这么融洽，就像朋友一样。反观他自己，从小身边就规矩多，他做什么都中规中矩，以前他没觉得这样不好，可现在和谷妙语一对比，他发现自己过去的生活似乎有点无趣。

导员和谷妙语扯了快裹脚布那么长的寒暄后，终于步入正题："妙语啊，你听到陶星宇这个名字似乎挺激动啊。你还记得吧，这人是我的大学室友，你们上大学的时候我还把他找来给你们做过一期讲座。"

谷妙语精神一凛，一谈到陶星宇相关的话题她的精神面貌立刻变得抖擞振作起来："记得！但你突然提到他，这是怎么了，恩师？"

导员说："他昨天忽然给我打电话打听你，问你是个什么样的人，还说这个对他来说很重要。我很好奇你们俩怎么的，有交集了？"

谷妙语顾不上告诉导员她和陶星宇是怎么扯上渊源的，她现在更关心的是另外一个问题："老师，那您跟他说我是个什么样的人？"

导员："我告诉他你是个骗子。"

谷妙语："……"

导员："专骗男人的心。"

谷妙语："……"

她现在要大刀欺师灭祖还来得及吗？

导员听到她的呼吸逐渐沉重，很开心："哎呀，逗你呢。我说你是个傻货，别人能把假话说得跟真的似的，你却能把真话整得跟假的似的。不过好在你这傻货心思纯粹，乐于助人，所以总的来说，是个虽然傻但暖暖的小姑娘。"

谷妙语笑咧了嘴："老师你别停，你再夸我两小时，回头我给你充电话费！"

"傻货。"

电话挂断了。

谷妙语收起手机，心里终于明白为什么今天陶星宇看起来对自己友善了许多，导员一定没少给她讲好话。

一扭头，她发现邵远正站在她旁边斜眼看她。

"再斜眼看我，我可要抠你眼珠了。"她放话。

邵远不畏威胁，继续斜眼瞥着她，开了口："你们导员真有正事，没毕业就盯上你了。"

满嘴的戏谑。

谷妙语哈哈哈地笑："别逗了，贺嫣然说的话能信？我们导员一向没正行，他就瞎逗呢。"顿了顿，她学邵远的样子斜睨着他，也是满嘴戏谑，"一个学生思想怎么那么复杂，啧。"啧完她还送他一个教科书般的翻白眼，随后她忽然意识到什么，脸一凶，"你怎么老听我顺风电话？"

邵远最爱看她凶。她越凶其实越不凶，跟网络上超凶的猫咪图似的，一副自以为超凶的样子，其实看在人类眼里满满都是萌和可爱。

"我根本站着没动，是你自己手机漏音漏进我耳朵里的，怪我了？"

邵远学她的样子翻个白眼，他的睫毛又长又密，一个白眼翻得像行为艺术似的充满美感。

谷妙语看着他真是哭不得笑不得气不得。

"你个倒霉孩子！"

邵远抬手比量着谷妙语的个头，他从她头顶平切到自己下巴，嗤地一声笑："咱俩谁孩子？"

谷妙语："比个头算什么本事，有本事咱俩比年龄！"

邵远扭身就走。他最不愿意和她比的就是这个。没劲。

临下班前，谷妙语告诉邵远，她明天会去陶大爷别墅那里，修改一下合同，顺便看看怎么帮他软装。

她问邵远："一起去吗？"

邵远摇摇头："我明天要去老师那里改毕业论文。"

谷妙语说："这是正事，那你忙你的。"说完两人告别。

邵远打了车回学校。路上有点堵，堵得他心里也跟着攒气，血都被那团气堵心里了似的，浑身哪儿哪儿都感觉瘀滞不通。

他其实明天不用去找老师改论文。可他既不想去她不在的公司，又不想去她在的陶氏别墅。但他不去想自己怎么变得这么别扭，因为那终归是件无意义的事情。

回到宿舍，周书奇也在，他正在哗啦哗啦地翻法律条款整理资料。

邵远从桌面拿起一个苹果，放在鼻下闻，心里那种瘀滞堵塞的感觉渐渐被苹果的香气疏通。

他看着翻材料翻到头大的周书奇，随口问："在律所实习很忙？"

周书奇点头："可不，我都顾不上骚扰我美丽的楚学姐了。我今天下午好不容易抽空给她打通电话，刚聊没两句，和她合作的那个券商代保就开始吼她，吼得我都心疼！啊我的学姐，我的白月光！"

邵远挑一挑眉，问他："你是真喜欢你学姐，还是闲聊？"

周书奇把笔往资料上一摔："怎么说话呢？我当然是真喜欢我学姐！要不我能削尖了脑袋非拱进她工作的律所实习吗？但是可惜，我以为我到了她的律所，就能制造出很多和她花前月下的机会，结果可真失策，学姐她到IPO项目上去了。"

邵远随口问了句："什么公司啊？"

周书奇说："嘉乐远装饰公司，一个准备上市的公司。"

邵远笑一笑。

"那你学姐对你什么态度？"他问周书奇。

周书奇唉声连天："唉！她嫌我小，说我俩不合适，唉！我恨我生迟啊！"

邵远讥讽他："你为什么就喜欢比自己大的女人呢？缺母爱？"

周书奇非常不乐意，拍着桌子和邵远叫板："你笑话我是吧？行，我歃血诅咒你这辈子一定栽在姐弟恋上！"

下班前谷妙语问邵远明天和她一起去陶大爷家的别墅吗，邵远说不去了，他要去找老师改毕业论文。谷妙语觉得这是正事，邵远去办正事比安抚作大爷要紧。

直到挤上地铁，谷妙语才反后劲地通过邵远改毕业论文的事回味出那么一丢丢的伤感。

他改论文，答辩，毕业，出国。这条时间线无声向前推进，推到顶点时他就离开了。

或者其实推不到顶点时，他就得离开了。

她和他认识得那么乌龙，后来的相处也不甚愉快，可是到了今天，她居然在预演他将离别时有了不舍的情绪。之前和他有多不愉快，分别后她就会反转出十倍相反的情绪不舍。反差感是一种有魔力的东西，似乎由始至终欣赏一个人，比不上从讨厌到欣赏一个人的感情来得刺激强烈。

谷妙语挤在地铁里，给两个陌生人当夹心一路夹回了家。

回到家时她想和楚千森分享一下圆满解决陶氏父子问题的喜悦，可一到家她就看到客厅里一地的纸巾团，沙发上楚千森一边捧着电脑打字一边抽搭着。

她惊呆了。

楚千森一年能哭一次都很了不得了，哭的那一次，出水量也低得可怜，能把面巾纸洇湿一个角都费劲。所以眼前满地擦鼻涕眼泪的面巾纸，在谷妙语看来简直是旷世难见的奇景。

她赶紧把包一摘随便一撒，人冲向沙发，挤在楚千森身边，气势汹汹地说："告诉我，谁欺负你了？我找他拼命！"

楚千森使劲一抽鼻子，谷妙语真担心她把鼻涕抽回去吃了……

楚千森抽完鼻子，带着浓浓的鼻音，说："算了，是我自己学艺不精，被他骂活该，反正你这身板也打不过他，别去送命了。"

谷妙语不服："你告诉我，是不是那个叫任炎的大魔头欺负你？他又不是你上司，凭什么骂你？不行，你把他手机号告诉我，我非和他说道说道不可！"

楚千森又使劲一抽鼻子，谷妙语又跟着一担心。

"算了，怪我自己。开中介协调会之前，周书奇给我打电话，我跟他扯了两句，就那会任炎冲过来问我材料都准备齐全了吗，确认过了吗。我说确认过了，没问题。结果我尽调的时候漏掉了拟上市公司的两个商标，这两个商标存在一些法律瑕疵，开会的时候任炎提出来，我没反应过来，被拟上市公司的董事长当场质疑我们中介机构的工作能力。"

开完会任炎就冷脸厉声地训她，上班时间别只顾着和男人打电话插科打诨，上班时间是用来上班的。谁训她都不怕，她都抵挡得住。但任炎不行，她扛不住。

谷妙语咂舌："当场？这董事长有点可怕啊……都不给面子的。森森我好同情你，摊上这么难相处的人。森森不哭了哦，我帮你骂任炎出气！"

"谷子你搞清楚，我哭是因为我觉得连累了其他人，我觉得内疚。"楚千森又使劲一抽鼻子，"跟任炎骂我没关系！"

谷妙语看着楚千森的脸，艰难地让自己尽量挤出相信的表情，但失败了："你可拉倒吧，瞎说也分个对象，我从小跟你用一个尿壶长大，你因为什么哭我会不知道？你内疚的时候只会揪头发，哪会哭啊，你只有伤心的时候会哭。我想想你上回这么哭是什么时候？啊，你上大学时暗恋的那个学长出国，你打电话跟我哭过，还哭得上气不接下气的！"说到这儿谷妙语忽然一脸兴奋，"森森，说起来这是你第二次为男人哭吧？所以这是不是意味着学长在你心里翻篇了？"

楚千森转头用她哭红的樱桃眼瞪着谷妙语，两秒钟后她狠狠一抽鼻子："你再多说一句我就去厨房拿菜刀。"说完又一抽鼻子。

谷妙语忍了又忍，实在是忍不住，说："你就是把我剁成饺子馅这句话我也要说！三千水我求你了，把鼻涕擤出来，别老往回抽了行不行？一不小心抽过了吃进去，你不恶心还不怕我恶心！"

谷妙语第二天一早就赶去了陶大爷的别墅。

陶大爷问谷妙语："小邵呢？"

谷妙语说："他有事，今天不过来了。"

陶大爷点点头："唉，得剩下了。"

谷妙语问："大爷，什么剩下了？"

陶大爷没理她，自顾自又开始发问："吃早饭了吗？"

谷妙语说："路上买了两根油条，还没来得及吃。"

陶大爷一脸高兴："巧了，我最爱吃油条！"然后他就把谷妙语路上买的两根油条抢了。

陶大爷一边用牙拽着油条往两边抻，一边把谷妙语往一楼餐厅带："咱爷俩换着吃，我吃你早饭，你吃我早餐！"

谷妙语一进餐厅就惊呆了。陶大爷差不多搞了个满汉全席阵容的早餐。

她忽然明白刚刚他说"得剩下了"是什么意思，她一个人撑死也吃不完这一桌子早餐。

谷妙语心里有点发热，问陶大爷："这么多东西您做了多久啊？"

陶大爷香滋滋地咬着油条，邀功似的说："早上四点半我就起来开始弄了！"

谷妙语看着一桌子的大碗小碗大盏小盏，忽然有点难受。这老爷子平时得寂寞成什么样，对着她和邵远两个外人，他都愿意费这么大工夫做早饭。陶星宇为什么不多陪陪他呢？

谷妙语吸吸微微发酸的鼻子，吸走那点莫名感伤的情绪，说："大爷，那我可就不客气，坐下吃了？"

陶大爷美滋滋地啃着干油条，说："别客气别客气，吃完你刷碗。"

谷妙语看着一桌子的碗盏碟，恳求陶大爷："大爷，我明天路上买四根油条，咱爷俩一起啃油条吧，求您别做饭了！"她一点都不想刷碗！

吃过早饭，谷妙语拍着吃圆的肚子展开地毯式测量。她挨个屋子地看，研究，思考，应该用什么样的软装去中和现有的硬装，既能让空间和谐，不破坏原有的美感，又能增添实用性和温暖氛围。

走到二楼书房的时候，她在桌上看到一张设计图。那应该是一整套设计图中的一个局部，谷妙语一看就知道，那是陶星宇的设计。

她简直爱不释手，端着设计图一个细节一个细节地看。陶星宇的设计看似简约，其实是把许多繁复细节深藏在简约里，他这份化繁为简的功力，没有天赋光靠努力是做不到的。

谷妙语看着陶星宇的设计图，一边研究一边思考。她觉得陶星宇的风格除了化繁为简，还倾向于高端建筑，风格整体呈现雍容华丽的走向。不像她搞居民家装，亲民实惠、温暖实用是主打风格。

谷妙语正看着设计图，听到陶大爷在楼下喊自己："小谷，大爷给你洗草莓了，下楼吃！"

谷妙语喉咙一热，吃进胃里那些根本还没消化的早餐差点热涨涨地从嗓子眼拱出来。

她把设计图放回桌上，转身下楼。

"大爷，求您了，再吃我就死了！咱还是研究软装吧！"她对陶大爷哀求。

陶大爷拿塑料袋把洗好的草莓一兜："那行，等你走的时候，打包带走！这都是你大爷我一早去早市一个一个仔细挑的，差点给卖草莓的小贩挑急眼！你吃吧，准保甜。"

谷妙语感动得热泪盈眶："大爷你为什么对我这么好？"

陶大爷忽然有点沧桑："想诱拐你没事多来陪陪我呗。"

谷妙语第二天买了四根油条赶往陶大爷的别墅。

一到门口她就觉得今天和平时有点不太一样，陶星宇的车停在门口！

别墅的大门没关，谷妙语按了门铃也没人过来理她，于是她推门探头探脑地往屋里走。

走进屋里，她听到了人声。顺着人声她往二楼爬，越爬那股人声越大越清晰。那是陶氏父子在吵架的声音。

陶星宇问陶大爷，他桌上应该有一张旧的设计图，现在那张设计图呢？

陶大爷说："你都说是旧的了，旧的就是废的，我当然叫保洁打扫卫生收拾了。"

陶星宇说："我是不是跟你说过，不要打扫我的房间？"

陶大爷说："凭什么我不能打扫，房本是我的名字！"

陶星宇说："钱是我出的！"

陶大爷说："有本事你告我去，告赢了房子还你！"

陶星宇说："你简直不可理喻！你知不知道那张设计图我有用的？现在你把它弄没了，我重新画需要很多工夫你明白吗？"

陶大爷说："你自己画的图，再画一次有那么难？你记不住你自己画过什么？"

陶星宇说："你自己昨天说过的话，你今天都记得吗？一张设计图那么多细节，谁能每个细节都记得住？"

听到这儿，谷妙语心中一动，她走到书房门口，敲了敲敞着的门。

陶大爷和陶星宇被敲门声中止争吵，他们一起向门口望过来。

谷妙语迎视着陶星宇的目光，像回答老师提问那样举起右手，举得又乖又小心，对陶星宇说："陶、陶老师，我昨天不小心看过那张设计图，要、要不，我试着给您还原一下？"

陶星宇注视着她，眼神里充满审视和打量。

"所有细节，你都能记住？"半晌后，他发出质疑。

谷妙语："差、差不多……"

陶星宇又盯着她看了半晌，而后他的声音温润地响起："那你试试吧。"

陶大爷虽然对陶星宇没个好声气，但对谷妙语有求必应。谷妙语说想要纸笔尺子，不等陶星宇张罗，陶大爷已经像个陀螺一样转起来，转出一卷卷炫酷的老年风。每次他风一样地刮走，再风一样地刮回来，手里就会多一样东西。

开始是一卷纸，纸面有点发黄，正面有字背面空白，正面的字是道几何图形题的解题过程。

"这是陶老师中学时的作业本？"谷妙语辨认过几何题所属的年级后，不可思议地发出疑问，"陶大爷，陶老师上学时的作业本您到现在还留着啊？"

她一边说一边瞟向陶星宇。陶星宇一张英俊的脸上，神情像被定海神针定住了，绷得滴水不漏，让人窥探不到他听到父亲至今留着他以前的作业本，心里到底是什么样的感受。

但谷妙语觉得，从另一个角度讲，陶星宇把表情绷得越紧，越说明他心里其实是有着某种强烈的情绪的，而且这情绪多半就是在乎和动容。但他不想被人知道他其实是在乎、动容的，于是把自己绷得滴水不漏。谷妙语觉得陶大爷和陶星宇父子之间，一定有着外人所不知道的什么事，这件事正阻挡着他们两人正常的情感交流。

陶大爷又陆续给谷妙语找来一个铅笔头，一根表面充满磨痕的塑料格尺。这些东西上的磨痕旧迹里点点滴滴都珍藏着陶星宇的中学时代。

谷妙语面对着这些旧东西，内心真是有点感慨。这个陶老头，简直像个捡破烂的，不过他只捡他儿子的破烂。他积极找东西的态度其实已经是一种服软。

虽然他嘴上说陶星宇那张旧设计图不见了是陶星宇自己活该，但他心里其实是惶恐着急的。家长总是死要面子，就算在孩子面前做错什么，也要嘴硬地不承认，并且还要尽量把这个错误转嫁到孩子身上。可心里终究是愧疚的，于是在其他能够满足孩子的地方，会比平时积极十倍地满足纵容。

谷妙语觉得陶大爷和陶星宇之间是有感情的，可是一个把真实诉求反着表达，另一个干脆把真实情感藏起来，于是两人变成今天这样，一点小误会而已，却谁也不奔着说开的方向聊，偏奔着说死的方向吵架。这父子俩也是够可以的。

她备齐工具，在桌子前坐下，运气回想昨天记下的整幅图，然后是每一个细节。回想得差不多了，她拿起尺子，平铺地刮了下纸面，把纸刮得平平板板，准备动笔。

陶星宇忽然说了话："我可以坐在这儿看着你画吗？"

谷妙语抬头看他。他正站在桌子前，低垂着视线看向她。真是长身长腿，俊逸非凡，简直像个模特。

谷妙语点点头："可以的。"

陶星宇挑挑眉，扯过旁边的椅子坐下来。他发现谷妙语这次跟他说话没有结巴。

谷妙语低头。陶星宇身上有很清爽的古龙水味道，一丝一缕徐徐地往她鼻子里钻。他的存在感太强了。

谷妙语深呼吸。干正事的时候不能花痴。她告诫自己，然后动起笔来。

谷妙语埋头默图。陶星宇时不时和她探讨，他的声音温润好听。

陶大爷时不时地端来一盘水果，要么是草莓，要么是切了块的苹果西瓜哈密瓜，力争上游地博属于他的那份存在感。

"这里是这样画的吗？这个角落我应甲方的要求改过好多次，改到最后自己都有点记不清到底是什么尺寸了。"陶星宇抬手指了指谷妙语刚画好的一个部分，温和发问。

陶大爷端着一盘草莓冲过来："小谷，来，吃点草莓，补补维生素，画图画得快！"

"谢谢大爷！"谷妙语百忙中给陶大爷道谢，然后很肯定地回答陶星宇："陶老师，这里确实是33.5公分，我敢肯定。因为我昨天也看到纸面上有很多修改过的痕迹，所以特别辨认了一下尺寸到底是多少。"

"那这里呢？"陶星宇倾身向前，指了指纸面一角，"这里的高度，你确定我当时画的是2.125米，不是2.1米？"

清爽的古龙水味随着他的倾身向前，往谷妙语的鼻子里钻了一大波。好闻的男人味。谷妙语精神一凛，神清气爽。

她思路更清晰了："是的，这里是2.125米。您这里也有很多次修改的痕迹，最后2.125米旁边还打了个小小浅浅的问号。"

"可我怎么觉得应该是2.1米？"陶星宇说。

陶大爷又端来一盘切块哈密瓜："小谷，来来，吃哈密瓜！"

谷妙语抬头道谢："谢谢大爷！"而后很笃定地回答陶星宇："我能确定昨天图上画的是2.125米。"她转头看向陶星宇，这么一转头，她才发现这会他们两个人离得多么近，可是干正事的时候她来不及让自己心跳加快。

"陶老师，我斗胆猜测一下，您当时可能觉得2.1米更合适，但可能甲方要求2.125米，所以您打了个问号，也许是想再论证一下，但记忆里却自动存下了你认为对的那个数据。"她口齿伶俐地替陶星宇分析。

陶星宇很慢地点了点头，嘴角翘了一翘："听起来有点道理。你继续画。"

陶大爷一手背在身后，又端着一杯牛奶上来。

"小谷，太阳上来了，来来，赶紧喝杯牛奶，窗口的阳光一晒进来，正好补钙！"

谷妙语抬头说谢谢大爷。

陶星宇忍无可忍地也抬起了头："老陶，你消停一会儿。"

陶大爷眼睛一瞪："嫉妒了吧？小谷有你没有，不得劲了吧？"他把背在身后的手往前一绕，那只手里还有一杯牛奶。"给你吧给你吧。"他把牛奶不耐烦地往陶星宇面前一放，下楼去了，之后再也没上来捣乱。

谷妙语再一回头的时候，发现陶星宇的牛奶杯已经空了，草莓和哈密瓜也被吃掉大半。

谷妙语惊了。他吃东西生吞的吗……她怎么都没有听到咀嚼的声音？

她忽然发现，自己其实就是个幌子。陶大爷端上来的吃的喝的，其实都是陶星宇可口的爱吃的。她隐隐觉得，自己似乎成了这对父子传递心口不一父子情的中介。

谷妙语把图默完，交给陶星宇。

陶星宇看了一会儿图，点点头。

"你记忆力怎么这么好？"他抬头问谷妙语。

正事一办完，谷妙语再和陶星宇说话的时候又开始结巴："我、我小时候吃掉了一座山那么高的核桃。"

陶星宇笑起来。这是他面对谷妙语时，第一次毫无芥蒂地展露笑容，整个面容因为他的笑而生动俊朗。

"你不仅记忆力好，思路也很清晰，还能动脑子分析揣摩我当时画图的思路是怎样的，挺好的。好好干吧，我觉得你有做设计的天赋。之后如果有什么不懂的地方，可以随时来问我。"

谷妙语整张面孔都亮了起来："谢谢陶老师！"

"今天应该是我谢谢你。"陶星宇笑着说。

陶星宇带着那张图去上班了。

等他走后，谷妙语跟陶大爷打听："大爷，早上你们爷俩唱的是哪一出啊？我怎么不信是您把陶老师的设计图弄没的呢？"

陶大爷硬做出一副满不在乎的样子："可不就是我弄没的。我想气气他。"

谷妙语真想晃晃这杠精老爷子的肩膀，晃散他的心口不一。

"跟我您都不说实话，那我明天可不来了啊。"

陶大爷立刻变了说话模式："其实是这样的。昨天晚上我突然中邪了，就是那种人不知道自己在干吗的状态，你懂吧？等我回过神的时候我才发现，我怎么做了一桌子的菜。可我自己又吃不了，陶星宇他也没过来，我还特烦刷碗，我就干脆打电话把新找的保洁叫过来了，这保洁是个刚来北京的小姑娘，和你差不多大，怪不容易的。我请她帮忙把菜什么的吃一吃，吃不了的就打包带走。打完包帮我把碗刷了就行，然后我就遛弯去了。"

谷妙语觉得陶大爷绝对不是中邪。他是心里明镜似的盼着陶星宇下班后能抽空回来吃顿饭，他带着这种期盼做了一桌子菜，但陶星宇没回来，于是他觉得自己中邪了。

陶大爷说到这儿一摇头："谁知道这小保洁，这孩子人忒勤劳了，光刷碗根本满足不了她，她一顺手就帮我把整个屋子都保洁了。她是新来的，还没给我彻底做过全屋保洁，我就忘跟她叮嘱了，陶星宇那小王八蛋的屋子是养仙气用的，不能打扫。结果她也打扫了。"

谷妙语听得一愣一愣的。

陶大爷忽然表情一变，从有点自责变成奋起辩解："可是小谷你说，这事能怨我吗？他那张破图，摆那儿可有段日子了，光灰就落了好几层，他那是还打算要的样子吗？我觉得他就是跟我较劲跟我找茬干架！"

谷妙语告诉陶大爷："大爷，陶老师没和您故意较劲，是您真的想多了！"

谷妙语刚刚默完图的时候问过陶星宇，他为什么突然要找这张看起来已经是被遗弃了的图纸。

陶星宇说，这是他两个多月前为一个甲方画的很多套方案中的第一套。他说你知道的，第一套方案永远别想得到甲方的认同，因为这样甲方会不甘心的。

他说着这话时，声音里有一点既温润又戏谑的笑意，这样的笑专属于有阅历的成熟男人，稳健而迷人。

他说，所以必然的，这套方案被甲方要求改来改去好多遍，最后终于被甲方毙掉了。

因为是被毙掉的设计稿，又被改得乱七八糟，陶星宇心里有点不舒服，就把图纸搁在那儿，一直也没收起来。后来甲方折腾了一大通又对比过很多方案后，自己重新提出很多想法。陶星宇一听这些想法，差点骂脏话。这些想法合在一起，其实就是他第一套设计方案的变种而已，他只要在第一个方案的基础上修改就行了。于是他回头来找旧图。结果好巧不巧，在他回来找图之前的每一天，那张图都在，可就在他回来找的那天，图偏偏不在了。

"不过好在有你在。"

这是陶星宇临走前对谷妙语说的倒数第三句话，怎么听怎么动听的一句话。谷妙语差点晕过去。

她努力保持自己别晕，对陶星宇说："陶、陶老师，设计图一定不是陶大爷弄没的，他连您上学时候的作业本铅笔格尺都留着呢，怎么会丢掉你的图……"

陶星宇说了他临走前的倒数第二句话："其实我知道。"

谷妙语："啊？"所以杠精不只陶大爷一个人，您陶大设计师也是个隐藏的找茬精？

面对她的一脸惊诧，陶星宇终于说了他临走前的最后一句话："算了，我们爷俩之间的事，外人不懂的。"

谷妙语语重心长地对陶大爷说："大爷，您看过《大话西游》吗？那里边唐僧有句话说得特好，'你想要什么你得说，你不说我怎么知道你想要呢？你说了你想要我不会不给你的。'您要像他学习，您晚上如果想让陶老师回来吃饭，就直接告诉他，光靠自己中邪是不行的。"

陶大爷生龙活虎的战斗状态忽然就有点萎靡。

"那我试试吧。"

晚上完成测量工作后，谷妙语打算回家加班赶出软装方案。

临走前，陶大爷拉住她，眼巴巴地说："你明天一早还过来吧，大爷给你做好吃的，路上你就别买油条了，忒硬，我吃了两天牙疼。老规矩啊，早点过来，吃完你刷碗。"陶大爷说完笑得特开心地把谷妙语送出了门。

谷妙语拍着大门热泪盈眶地吼："大爷我给您买个洗碗机吧！大爷您放过我吧！"

陶大爷的声音在屋里嗡嗡地响："洗碗机哪有人手刷得干净啊！"

谷妙语差点绝望地厥过去。

去地铁的路上，她忽然心狠手辣地生出一计。她也不想刷碗，那不如再找个人来刷碗吧！

她掏出手机，调出"小犊子"的电话号码。

电话一通，她笑得像个知人知面不知心的不知心姐姐似的。

"喂？哈哈哈，邵远啊……"

邵远从早起开始，一整天状态都不对。

他不知道自己怎么了，从掀开眼皮发现自己今天不用去上班开始，就进入了一种空虚而烦躁的状态。他觉得干什么都很烦。

他烦烦地去食堂打了份早餐回来，早餐里有个鸡蛋。他每天早上都会剥一个鸡蛋吃，可哪天他也不会像今天这样，觉得剥鸡蛋真是一件烦心事。今天的鸡蛋壳好像个赖皮缠，粘在鸡蛋上死活不给剥，一用力就无赖地把蛋清也沾下来。邵远剥着剥着就烦了，看着一身麻子坑一样的鸡蛋，不知道为什么，就很想找个人打一架。

烦烦地吃过早餐，他打开电脑开始改论文。

论文呈现在他眼前，一排一排的字清晰可见，可他就是看不进去那些字。对着电脑看了一上午,word文档只翻过去两页半。这篇被老师预言过可以评优的毕业论文，现在让他觉得好烦啊。

两页半论文熬过了一上午的时间。到了中午，他情绪是烦的，但肚子终归是饿的。可是他一想到学校食堂的拥挤人潮，就很烦。他决定出去校外吃顿馆子好了。可是找馆子的过程他也烦得不行，以前觉得味道不错的馆子，今天看在他眼里都是可以导致厌食症的原罪。

他干脆买了个麦当劳的汉堡回了宿舍。

嚼蜡一样的嚼完汉堡，他忽然觉得就这个味道来讲，他其实撕点纸嚼一嚼吞下去也是可以的，反正都是一个味道。

下午他更烦了。明明打算去见老师的，可说什么都提不起劲头。又靠着两页半的论文，烦烦地熬过一下午。到了晚饭时间，他想干脆嚼点纸算了。

纸都找好了，周书奇回来了。

周书奇踹开门的时候傻兮兮地高吼："surprise！"然后递上两个煎饼果子。

"我昨天听你说今天要在学校改论文，回来的路上买煎饼果子就自动给你带了一个，怎样，感动不？"

他把煎饼果子接过来看了看，加蛋加肠加里脊肉。

有点感动，但还是烦。

他烦烦地吃掉煎饼果子，被周书奇拉出去踢球。

他告诉周书奇自己提不起劲。周书奇说："提不起也得提，我们需要你这个黄金右脚！"

他只好跟着去踢。结果今天他的黄金右脚被下了降头，他居然连踢了两个进了自己门框的乌龙球。

对手们激动极了，跪地抱头，还扯球衫，高吼谢谢邵爷垂爱。

他更烦了。

周书奇冲过来揪着他问："你怎么回事？是不是抑郁症了？有没有那种活不起想去自杀的想法？要是没有，我来引导你一下，你就去死吧！你怎么能给对方送两个球！"

被周书奇吼一吼，他的烦劲好像好了一点。

不过那个烦，很快又再变本加厉地压上头来。好烦啊，好烦啊。连周书奇都被他弄烦了。

"我说你今天怎么了？身体变异来大姨妈了？怎么状态这么焦躁！"

他也想知道他怎么了，怎么那么烦。

他看着桌上那几个姿容绝色的苹果，忽然替它们感到悲伤。今天它们到不了那位能欣赏它们绝色的人嘴边了，或许明天也到不了，后天也……他好像更烦了。

放在桌上的手机突然响起来。

看着来电显示，那团拥挤在嗓子眼就要破壳而出的烦躁，忽然都吞回到胃里去消化了。

他接通电话，话筒里传来那位小姐姐脆生生又有点坏坏的笑："喂？哈哈哈，邵远啊，明天还改论文吗？要不别改了，再把对的都改错了！明天跟姐姐一起去陶大爷家吃早餐吧？陶大爷说给咱们做满汉全席！"

他看看全天改了总共五页的毕业论文，抬手把电脑屏幕往下一扣。

啪的一声，干脆又果断。

"好啊。"

挂掉电话以后他忽然发现，自己好像不烦了。

周书奇在一边啧啧感叹："你的气场怎么好像突然变了？刚才像个怨妇，现在怎么回归跩跩的邵爷了？这一阵一阵的，怕不是真来大姨妈了吧？"

第二天谷妙语和邵远分别赶往陶大爷的别墅。

从住地到陶大爷家的地铁沿线，早上能把人挤成鬼，把鬼挤成一缕青烟。为了捡回一条命，谷妙语特地早出门了一小时。

于是她到陶大爷家的时候，时间刚刚六点半。

陶大爷迎着门铃来开门，他先给谷妙语的早起精神予以极大的肯定，然后说："想不到你对吃这么上心，到这么早。可惜了，大爷还没把饭做好呢。"

谷妙语琢磨着要不要解释一下，自己早起早到真不是为了一口吃的，但看到陶大爷那脸"这馋姑娘可真够惦记我做的早饭"的得意劲，她决定还是不解释了。要是能让这个伪孤寡老人高兴高兴，她就做一个他眼中的馋货吧。

她一边给陶大爷打下手一边告诉他："大爷，等会邵远也来。"

陶大爷正煎着蛋，油花滋啦滋啦地蹿在蛋清旁边。他在油花炸开的滋啦声里特别开心地说："那敢情好！等吃完早饭你俩打一架，谁输谁洗碗，洗完咱仨正好能斗会地主。"

谷妙语石化在煎蛋的滋啦声里："大爷，我们是出来工作的，斗地主属于玩耍项目，这个怕不太好！"

陶大爷用铲子把煎蛋翻了个面，锅里的油又开始攻击蛋的另一面。

"跟我谈工作是吧？行，你们要是不陪我斗地主，我就给你们公司客服打电话投诉你们不好好服务老大爷。"

这老头真是她认识的所有老头里，堪称浑不懔之王了。

谷妙语找了个合适的空当，问了陶大爷一个疑惑了好久的问题："陶老师不住在这儿吗？"

陶大爷用鼻子拱出一声"哼"："这里只是他理论上的家，他实际的家是他那破工作室。"

陶大爷告诉谷妙语，陶星宇的破工作室里藏着个两居室的格局，陶星宇经常就住在那里。

"破工作室！"陶大爷解恨似的又说一遍，把煎蛋盛出锅。

陶大爷的一大桌早饭是在一个小时以后全部做好的。他前脚刚把十几个碟碟碗碗盘盘摆好，门铃后脚就响起了。

邵远到了。

陶大爷"嘿"一声："这孩子真是长了一张及时的好嘴，饭一好他人就到！"

谷妙语跑过去开门。

大门打开，一门宽的天光涌进屋子里。邵远就站在那一门宽的天光里，旭日光辉洒在他头发上，脸上，身上。那一瞬间他像是从天上下凡来的一样，真是个帅得不行的年轻小伙。

其实只有一天没见面，但谷妙语隐隐觉得邵远好像哪里变得不太一样了。

她一边把邵远往门里让，一边思索着他到底是哪里看起来不太一样，就这么有点恍着神。

邵远也真配合她，她恍神他居然也跟着恍，他就站在那一门宽的天光里，不进也不出，微低着头看她。

最后是陶大爷等得不耐烦，走过来直嚷嚷："不是，怎的孩子们，一天没见你俩结仇了？互相瞪什么眼呢，赶紧进屋来吃饭啊我的祖宗！"

邵远抬腿进了屋。谷妙语在他身后关门。

陶大爷正面打量了一下邵远，忽然问："小子，你往头上抹那东西，叫发胶还是发蜡还是啫喱水啊？别说，这么一捯饬还真帅，跟我年轻的时候能PK一下。"

谷妙语在陶大爷的话里终于恍然大悟。邵远今天的不一样是他看起来格外帅，他美了发，还武装了一身模特走秀般的穿搭，在亮眼但不夸张的细节中把自己捯饬出了点成熟范。

在餐桌前落座后，谷妙语问邵远："今天怎么捯饬成这样？吃完早饭赶着去跑相亲场？"

邵远白她一眼，没理她。

谷妙语也不尴尬，继续宣布："等会吃完饭你刷碗！"

邵远瞪了瞪眼："我刷碗？"

谷妙语笑弯了眼："对啊，来了总不能光吃白食吧？也得付出点劳动呀。"

邵远："那你呢？"

谷妙语："我在旁边给你加油。"

邵远有点明白谷妙语昨天给他打电话的时候为什么笑得坏坏的了。她是找他来刷碗的。

他忍不住撇头笑了一下，看着一桌子的早餐，问陶大爷："老陶，你做了这么多，我们要是吃不了怎么办？"

陶大爷一脸的理所当然："塑料袋打包带走啊！"

邵远有点迟疑："粥也打？"

陶大爷："对，粥也打包！我这儿不缺塑料袋，你要是怕粥漏，那我大出血一下，让你在粥上套两个袋子。"

谷妙语噗地一声笑出来。

陶大爷问她笑什么呢。

她说："您让我们用塑料袋打包大米粥，这让我想起来我和我发小楚千淼上高中时候的事了，那会我俩特皮。有一天我俩特别想知道啤酒到底是啥味，我们就去小卖店买了两瓶。但玻璃瓶太扎眼，我们就要了两个塑料袋套在一起，把酒倒里头了。"

谷妙语发现邵远和陶大爷都停下了喝粥的动作，很投入地听她讲话。

她憋着笑，继续说："然后我们拎着一塑料袋啤酒进了教室。有个平时总欠欠的同学跑过来问我们拎的啥，我发小怕他知道是啤酒会跟着要，就特镇定地说是流浪猫的猫尿，刚在路上强迫两只猫劈叉硬接的，准备回家种花用，这是偏方，种啥活啥。她说得特别真，我那同学就信了。后来我俩趁自习的时候躲在教室后头把头埋进塑料袋里喝啤酒，我那欠欠的同学又看到了，他立刻拍着桌子冲全班同学喊天啊不好啦！同学们快看，谷妙语和楚千淼疯了，她们在偷喝塑料袋里的猫尿！"

她一讲完，陶大爷含在嘴里那口没来得及咽的粥直接喷了出来。他一边咳嗽一边前仰后合地大笑："哈哈哈咳咳咳！你这倒霉孩子是要笑死我老头子吗？"

邵远前一秒还绷着脸装镇定，后一秒他实在没忍住破了功，噗嗤一声笑了出来。他赶紧把头撇到一边，手握成一个空空的拳挡在嘴巴前，一边忍笑一边忍不住笑，肩膀都微微颤抖了。

大门处有钥匙插进锁眼扭动的声音。陶星宇进屋后走向餐厅时，看到的就是这么一屋子欢声笑语的热闹景象。

餐厅里除了谷妙语，还有上次在砺行装饰会议室看到的那个小伙子。他今天看起来和那天有点不一样，看得出他今天是经过打理的，发型很帅，皮肤很白，穿着黑色的高领毛衣，称得小伙子青春又亮眼。

餐厅里的人终于在笑声里发现突然出现的他了。

谷妙语最先看到的他，她立刻叫出来："陶、陶老师？"

她怎么又结巴了。

谷妙语的一声"陶老师"，把另外两个人的注意力从塑料袋装粥或者塑料袋装酒一起调动到了陶大爷的后脑勺上方。

邵远看到突然出现的陶星宇后，弯着的嘴角渐渐抹平。

陶星宇穿着藏青色外套，外套里面是合体的西装。他的派头相貌实在无懈可击，身上有着文化人的一点雅致，也有着艺术家的一点浪漫，还有着经营者的一点果断。集合这三种气质于一身，加上俊朗的外貌，也难怪他那位小姐姐一看见他就要舌头打结。确实是出众的。

和陶星宇眼神交汇的一瞬里，邵远心中闪过许许多多对他的评定。这一瞬后，邵远端出一副成熟男人的腔调，四平八稳地和陶星宇打了声招呼。

不能让他把自己看小了。邵远想。

陶大爷猛地扭头，看到陶星宇后，因为意想不到惊圆了眼珠。

虽然他做每一顿丰盛的饭菜背后都有着陶星宇能够出现在饭桌前的期盼，但因为每次期盼都落空，所以当陶星宇真的出现时，他脱口而出的居然是："你怎么来了？"

谷妙语已经看出来陶大爷说完这句话就很想抽自己嘴巴了。

陶星宇也是个不让他爹的主，顺着陶大爷的话往上杠着说："我来得有点多余是吗？那我走了。"

陶大爷明明很着急，但嘴巴还是硬杠："还有点自知之明！"

陶星宇作势转身要走。

谷妙语简直服了这爷俩。她心里有点着急，她能看出来陶大爷其实比她更着急。

邵远环视屋子里其余三个人，他把谷妙语的着急看在眼里。他觉得这一刻的陶星宇一点都不像个三十岁的人，他在很幼稚地和他父亲较劲，连累得旁人都跟着难受。可不知道为什么，他忽然就有点羡慕能和自己父亲较劲的陶星宇。

陶大爷看到陶星宇真的转身要走，坐不住了，大吼一声："你给我站住！这是你家，不是旅馆，回来一趟不用管受不受人欢迎吧？"

陶星宇定住脚，把身体转回来。明明身体已经不打算走了，可说的话却还是不肯服一丝软："要是没带我那份早餐，我就去外面吃了。"

陶大爷又跟着往上杠："那你去呗，外面饭多好吃啊，鸡蛋都是人造的，多新鲜啊！"

谷妙语觉得自己必须得出头打圆场了，不然再杠几个回合，他们父子活得好好的，她得先死于突发心脏病。

"大爷！"谷妙语嗖地一嗓子喊，"您刚才打算给我俩用塑料袋打包带走的粥呢？正好盛出来给陶老师呀！多好，这样还能省个塑料袋！"

邵远在喝水，呛了一下。

陶大爷哼哼唧唧地起身去厨房盛粥，盛回来放在陶星宇面前的时候，他很那么回事地强调："我是为了省一个塑料袋！"

陶星宇坐在餐椅上，瞥了一眼谷妙语，瞥的时候还挑了挑眉梢。

谷妙语默默低下头，心里有一种教坏老人家的罪恶感。

邵远觉得粥很美味，但他一下子就饱了，好像再也不能多吃下一口。

在陶星宇一勺一勺挖着粥吃的时候，其余三个人都在偷瞄他。谷妙语想看又不太敢多看，瞄一眼垂下眼，再瞄一眼再垂下眼。陶大爷一副不想看的样子却一直找着机会瞄着儿子看。

只有邵远，大大方方目不转睛地盯着陶星宇看。他觉得陶星宇喝粥的样子，真是斯文得有点叫人莫名心烦。

他发现自己最近总是容易心烦，不知道是不是生了什么病。

好在谷妙语的手机突然响起来，铃声中断了他的这种心烦。

谷妙语看了来电显示后，笑眯眯地告诉他："是高哥！"

等她接通电话，听到北五环小区的高大哥说了几句话后，她笑眯眯的样子渐渐消失了。

他知道一定是发生了什么事，这件事应该还挺棘手，不然谷妙语不会生动上演笑容渐渐消失。

那一瞬他突然有点期待这件棘手的事，他想它最好足够棘手，这样谷妙语为了处理它，就应该会马上带着他一起离开这个餐桌，那么碗就要由陶星宇来洗了。

谷妙语收线后告诉陶大爷："大爷，我签的一个装修项目，工地现场出了点问题，我得带着邵远过去处理一下！"

邵远刚听她说完这句话，就转身从椅背上捞起自己的外套大衣，稳稳套上。

陶大爷脸上露出失望的样子："唉，斗不成地主了。"他眉毛抖了抖，问谷妙语，"工地现场远不远啊？"

谷妙语回他："在北五环。"

陶大爷眼珠滴溜溜一转："哟，那可挺远的呢。着急吗？"

谷妙语："挺急的。"

　　陶大爷眼珠又是滴溜溜一转："事挺急的，离这儿有点远，哎哟，可我这边不太好打车啊！"

　　谷妙语："没事大爷，我俩坐地铁过去可以的。"

　　陶大爷冲她挤眉弄眼，示意她别说话，然后他把音量抬高，把头调拨到冲着陶星宇的方向，又重复了一遍："事挺急的，离这儿有点远，这里不太好打车啊！"

　　陶星宇叹了口气，放下勺子，从桌上拿起餐巾纸压了压嘴角。

　　他把用过的纸巾叠好，放回桌面上，抬头，看着谷妙语说："我开车带你们一段吧。"

　　邵远听到陶星宇说开车带他们一段，一句已经顶到嗓子眼的话慢慢落回肚子里。他就晚了一秒钟。

　　他转头看向谷妙语，她一脸求之不得的欣喜。

　　邵远想，好了，他落回肚子那句话应该是派不上用武之地了。他等着她在下一秒开口答应陶星宇的友情帮助。他会在她上了陶星宇的车以后说自己还有事，让他们先去北五环的小区，他随后就到。君子有成人之美，他会帮小姐姐制造她想要的和陶星宇之间的二人世界。

　　下一秒他听到谷妙语开口了。

　　"谢谢陶老师！"她的声音是受宠若惊的。但顿了顿后，她又说，"不过没关系的陶老师，我们坐地铁过去很便利，您公司和我们要去的地方完全是两个方向，就不折腾您了。"

　　他怎么也没想到她能给出一个这么大转折的回答，而且她居然没有结巴。

　　他发现凡是和工作有关的事情，她面对陶星宇的时候，讲话都不会结巴。还是蛮有职业素养的小姐姐。

　　因为这转折实在叫他意外，他转头看向她，细腻的肌肤简直白皙得发光，那副毛孔都看不见的脸上，所有情绪一览无遗。并没有欲擒故纵，也没有虚实试探。她是真心地在感谢以及拒绝着陶星宇的帮助。

　　他又转头看向陶星宇。

　　陶大设计师应该没怎么被人拒绝过，他眼底眉梢有藏不住的意外。

从陶大爷家里出来，谷妙语掏出手机准备叫车。

邵远问她："不是坐地铁吗？"

谷妙语低着头在手机上一边找车一边说："那么说是权宜之计，万一我说我俩打车，陶大爷一定会说，打什么车啊，都是吃汽油的四个轮子，叫陶星宇送你们多好啊！"

她学陶大爷的语气学得惟妙惟肖，邵远忍不住弯嘴角。

他想了想，还是忍不住问谷妙语："你怎么没答应陶星宇呢？我以为他送我们你会求之不得。"

谷妙语抬了抬头，看向邵远，一脸认真："太容易得到了，以后会不好好珍惜的。"

邵远怔了怔，开始快速分析这句没主语的话到底是什么内涵。

"你是觉得陶星宇刚刚对你的示好，你如果轻易答应了，会让他觉得你很容易得到，以后会不珍惜你？"

谷妙语左右一摆头："不，应该反过来理解。他对我示好来得太快，我怕得到他太容易，将来我会不珍惜他。"

所以说，女人心，海底针，这句话真是亘古真理。

谷妙语又埋头去找车。事实再一次证明，满嘴跑火车的陶老头，其实说的每一句听起来像假话的话都是真话。这里的确难叫车。

她有点发愁，对邵远说："要不咱俩走个一千五百米，去坐地铁吧。"说完拔脚先带路。

邵远没有动脚，甚至在谷妙语和他擦肩而过的时候，他一把拉住她的胳膊。

那场景忽然就特别像韩剧里面的唯美画面——一个姑娘要走，她的欧巴很霸道总裁地拉住她的胳膊说卡几马。

但谷妙语一张嘴就破坏了那种唯美："你拉我干啥？"

邵远松开谷妙语，说："我刚才在屋里就想跟你说一句话了，没来得及。"

谷妙语："什么？"

邵远："我今天开车来的。"

谷妙语："哦。"顿了顿,她吼,"那你还跟我在这儿磨叽半天?"随后她又发出一个疑问,"哎,你不是还在上学吗,就有车了?"

邵远告诉她:"借的。"

昨晚知道今早要来陶大爷家吃早餐,他特意回家一趟跟母亲借了辆车。

母亲问他要干什么,他当着母亲的面第一次撒了谎。

他说给他们老师帮个忙,去机场取个加急快件。

母亲信了他。

"你怎么想起借车来了?"谷妙语问他。

"走路,累。"他简洁到极致地说。

谷妙语翻个白眼:"你还真是个少爷哟。"

邵远笑一笑。

上次从陶大爷家离开,他和谷妙语一起挤地铁,谷妙语吊在地铁的拉环上,半睡半醒地晃悠来晃悠去,一脸的疲惫样,两只脚倒来倒去地抬起放下,缓解累到的后脚跟。

其实刚刚那句简洁到极致的话完整地说出来,应该是这样的:走路的话,你会累。

谷妙语上了邵远开来的车。

车标是大众的。

上了车,谷妙语觉得座椅感觉非常不错。

邵远不知道从哪里掏出个苹果,递给她。

谷妙语一边接一边问:"又顺路买的?"

邵远"嗯"了一声。

谷妙语笑:"你每次一个一个的买啊?卖苹果的得多烦你!"

邵远趁着转头看车外撇嘴笑了下。

"你这台大众车还真不错,坐着舒服。"谷妙语一边吃苹果一边说,"车型和高尔夫好像差不多,就是更宽了一点,还比高尔夫多了一个三厢的车屁股。"

邵远嘴角动了动,想说点什么,但忍住了。他把车子打着火,开了出去。

谷妙语："很稳呀。这车是什么型号的？"

邵远回答她："辉腾。"

谷妙语"哦"了一声，认真点评："感觉有点耳熟，不过辉腾这名字朴素了一点，没有高尔夫这个外国气质的名字洋气。"

邵远扭头看了她一眼，又把视线摆正看路。

"你是不是对车没什么研究？"邵远斟酌着，问了谷妙语一句。

"我知道奔驰宝马宾利，算有研究吗？"

邵远别过脸悄悄笑了一下。

"算。"他别回脸，看着前面的路说。

谷妙语察觉到什么，问："不对，你刚才偷笑了，我是不是又闹了什么笑话？"

邵远飞快笑了一下又抿平嘴角，他转头看了谷妙语一眼，似乎是想要让她明白，他接下来尽管不会看着她，但他看向前方的路时讲的话也是对她说的。

"小姐姐，给你个建议，如果你打算做大自己的事业，你应该学会看车，学会看各种车的牌子、型号、中低高配等。这样你就可以通过车子初步判断你的客户是属于哪个收入群体的，你面对他时应该和他谈多少钱的合作。"

谷妙语觉得邵远说得非常有道理。

"我其实之前就是按照你说得这个做的，我看见客户开大奔来，就给他推荐中高档的装修，看见开奥拓来，就尽量帮他压缩装修成本。"

邵远说："可你只认识大奔宝马宾利不太够，遇到一辆你错误估计的车，你可能就会错误定位一个客户。"

谷妙语觉得邵远这话很有道理，随后她反应过来什么，不着痕迹地低头用手机搜索关键字辉腾。一搜她吓了一跳，再次意识到贫穷又限制了她的想象力——她没想到长这么不起眼，就比高尔夫宽点多了个三厢车屁股的一台车，价格居然要一二百万。

她看到网上有人说，辉腾的很多器件材料和宾利都是相同的，只不过组装好出厂的时候一个挂上了上下W的牌子，一个让B长上了两只翅膀。

她咂舌："好吧，我给辉腾道歉，是我狗眼看车低了，原来这车跟宾利是同一条生产线同一个母亲大人！"她转了个念，问邵远，"这么贵的车，虽然它看起来不太起眼，但它真是打我脸得贵，这台贵贵的车，车主很大方啊，就这么轻易借给你开了，所以你跟车主关系很铁吧？"

邵远想了下，说："还好。"

谷妙语又低下头鼓捣手机，这回她在搜索"什么样的人开辉腾"。

她好奇同等价位，为什么车主不买让人一眼就判断得出他身价的奔驰宝马宾利，而要买一辆这么低调不起眼的车。

网上有一条回答是这样的：一般选择开辉腾的人，性格往往是低调和孤傲的，也是很有点个性的。这样的人有时是个不太容易取悦相处的人。

"借你车的朋友，他是个什么样的人，好相处吗？"谷妙语有点好奇，网上的评价有没有一点准头。

邵远想了想，说："她从不与人吵架，也从不严厉地训斥谁，但她身边人人都敬畏她怕她。她是个不怒自威的人。"

谷妙语想，前半句听起来好像挺好相处的，但后半句听起来又有点像她上学时的教导主任。

这回轮到邵远问她问题。

"北五环那边怎么了？"

谷妙语说："高哥楼下的邻居装修的时候起幺蛾子，影响到了高哥家，两家吵起来了，据说场面一度很难控制。现在高哥家不得不停工，具体情况还得等我们到了现场才能清楚。"

邵远稳稳打着方向盘，说："等下如果场面很难控制，你别往前冲。"他踩了脚油门，"你站到我后面，有事的话我来顶。"

第十章

更多的不舍

　　停好车，谷妙语和邵远直奔高大哥家。

　　和高大哥一照面，谷妙语就意识到了问题的棘手程度。高大哥下巴上全是胡子，眼睛里全是血丝，脸上全是恨不得冲出去干脆剁了谁的愤怒。

　　他一看到谷妙语，说了句"你们可来了"就带着她和邵远往厨房走。

　　整套房子已经做完基础层的施工，走往厨房的路上，谷妙语把工人们干的活看进眼里，她觉得非常满意。这一届的工人活干得很漂亮。

　　等她被高大哥领进厨房，她的好心情顿时消失殆尽。

　　厨房里一片狼藉。下水道堵住了，厨房的场面恶心得叫人喉头抽搐。不知道谁家的剩饭剩菜、哪个邻居头上的头发团和着泥、烂菜叶烂果皮……全从下水道反水流到高大哥家来了。工人们正在帮忙扫水。

　　谷妙语问高大哥："这是怎么回事啊？"

　　高大哥叹气连连地把事情经过告诉谷妙语："这已经是这周堵的第三次了。第一次堵的时候施工师傅跟我说完，我就过来了，我们都没检查出来是哪儿有问题，以为就是偶发情况，花钱找人来通开就完了。可没过两天又堵了！"

高大哥说，第二次堵就堵得很恶心了，什么生活垃圾都反水反到他家里来。水管是从一楼到顶楼通用的一整根，家家都有份，他决定不再自己承担这份堵塞。他楼上楼下地开始找邻居，想协调大家共同出钱共同疏通下水道，顺便再叮嘱一下邻居们，不要什么垃圾都往下水道里扔。

他先找的楼上邻居，想跟他们平摊通下水道的费用，但楼上的业主只有两家肯出这个钱，剩下都表示堵的是你家，我们家又没有堵，我们家为什么要出这个钱？他们并不认为从上到下的下水管是一个整体，他们只认领一整根水管留在自己家里那两米多长的一部分，其他部分是其他家的，跟自己没关系。

找楼上的邻居没什么结果，他又去找楼下的邻居。结果这么一找，让他发现了问题。

原来水管之所以会堵，是因为他楼下的邻居在水电改造的时候，私自把厨房那根从上通到下的水管管道改了。

水管原来是露在墙外笔直的一根，楼下业主觉得水管露在外面不好看，又占地方，就私自把它加了两个弯道回路，改到了墙里面。于是水管从笔直的竖管，变成了一截横管一截竖管一截横管，这样横管与竖管的连接处就形成了一个堵塞点，只要楼上有人往下水道里扔垃圾，垃圾淤积在那个点，水管就堵住。这时楼上的邻居们只要继续用水，那些排放下来的水，就会从高大哥家的厨房下水口稀里哗啦地反水冒出来，而楼下却什么事都没有。

楼上的邻居们多，扯皮浪费时间，高大哥索性先自己出了钱。他没时间跟那些人扯皮，当务之急是从根本上解决问题——他得让楼下把水管改回去才行，不然的话这房子没法住了，以后三天两头都得堵。

"我和物业一起去楼下找那家人协商，我跟他们说水管是共用财产，他们不能这么私自改，会影响到其他邻居正常使用的，我希望他们赶紧把水管改回来。但他们直接拒绝了我，还说水管在别人家里的他们管不着，可在自己家里的那一截他们想怎么处置他们自己说了算，我也管不着！还说水管堵是因为楼上扔垃圾，想让水管别堵，找楼上说去，让他们别扔垃圾啊！"

　　高大哥说到这里，忍不住讲了脏话。

　　谷妙语能从他的话里体会到他当时有理说不清、被楼上楼下不通情理的邻居们夹击在中间的懊恼和愤怒。别说高大哥，她听了也觉得很愤怒。

　　"楼下那家人还跟我说，他们家都已经快装修完了，现在再砸墙把水管刨出来恢复原样，就算我肯出返工费，他们还舍不得破坏装修呢。"

　　谷妙语听到这里，觉得楼下业主奇葩得不可理喻。

　　"多大脸，还让您给他出返工费？"

　　高大哥也骂："他就是个神经病！"

　　谷妙语不由把感叹发散："能在北京买得起这里的房子，素质居然是这样的，唉。"看来人的素质和他拥有的物质财富真没什么关系。有人哪怕搂着满床黄金睡觉，金子也美化不了他的人格，他骨子里依然是个道德匮乏的恶棍。

　　高大哥苦笑一声："我觉得我平时也是挺横的一个人，可现在被楼上楼下的这几家人生生磨成了熊包！"

　　高大哥说，商量没行得通，他后来又去找楼下业主一次，告诉他，如果依然不肯把水管改回来，他就要到法院起诉他了。

　　楼下业主也很横，不仅横，还很无赖，告诉高大哥："告，赶紧告，爱去哪儿告去哪儿告，吓唬谁呢？水管堵不是扔垃圾的搞堵的吗？你不告扔垃圾的告我干吗？我家又没堵，就说明跟我没关系啊。我把话摆这儿，水管我是不会改回去的，你有本事就赶紧去告！告得赢算我输！"

　　高大哥被楼下的业主气得差点要动手，是他那几个老哥们儿拦住了他，场面一度变得非常紧张难控制。

　　楼下不把水管改回去，楼上不分摊水管被堵的责任，还肆意扔生活垃圾，高大哥为此愁得几宿都睡不着觉。

　　"现在水管三天两头的堵，家里根本没办法开工。我让物业硬气点，去跟楼下说，不把水管改回来就给他家断水断电。物业不干，说他们不是没管，是管不了！气死我了，这个窝囊废物业！后来还说我要是气不过，就让我连着业主和物业一起告，告赢了他们该承担的责任他们肯定不逃避。你们说这是什么物业？我花了大半辈子的积蓄买了这套房，这不是给自己买罪受吗？不瞒你们说，我昨晚几乎起了把这房子干脆卖掉算了的念头！"

谷妙语听得心有戚戚焉。

邵远在一旁默默听着观察着，也分析着，他忽然开了口："这一个单元已经开始住人了吗？怎么这么多生活垃圾？不是元旦前不久才交的房，他们怎么装修得这么快？"

高大哥哀声一叹，说："别提了，楼上有两家根本就没怎么装修，其中一家就打了几个隔断，又重刷了遍墙，批发了几张床，就直接把房子租出去了。还有一家把房子租给了几个人办公用。这些租房子的人哪知道什么叫爱惜房子？房子又不是他们自己的。他们什么都往水管里扔，等你上去找，人家又不承认，你说能怎么办？"

邵远说："住宅楼开公司办公商用，私自打隔断改成群租房，这些都可以报警的吧？"

高大哥呵呵一声苦笑加冷笑："报警了，怎么没报警，没用，根本不能解决问题。开公司的人家说就是普通房客，没有把房子商用办公。遇上这么会打游击战的臭无赖，别说警察，玉皇大帝也没办法。群租房当时承诺把隔断砸了，可是来调解情况的人一走，人家不仅不砸，还变本加厉报复性地什么都往下水道扔。我这房子刚买的时候，我心里是真开心，天天睡觉都能笑醒，可现在我就剩下上火了，我怎么那么倒霉呢？楼上楼下的，摊上这样的邻居！"

谷妙语尽力安抚他。

高大哥问她："小谷，我这房子根本没办法接着往下装了，我把你们叫来，是想问问你们，咱有没有什么办法能治治楼下那种人？"

谷妙语想了想，说："高哥稍等，我咨询一下法律人士，遇到这种情况应该怎么办。"

她走去一边给楚千淼打电话，把大致情况说了一遍，她问楚千淼："像现在这样的状况，告楼下的业主能告赢吗？要不要连物业一起告？"

楚千淼让她稍等，随后把电话回过来，谷妙语把电话调成外放模式。

"我查了一下相关法规，依据《物业服务收费管理办法》，公共排水管道属于物业共用部分，是共用设施，是在物业维修管理范围内的。但你客户家这种情况，因为楼下业主是私自改的管道导致的管道堵塞，改之前没有告知物业，他改那一截管道又在他家的私人空间内，物业没办法排查。所以如果告物业的话，不太好告，不如直接告楼下业主。"

楚千淼说到这儿歇了口气。谷妙语看到高大哥听说告物业不太好告，脸上阴云密布。谷妙语真担心他会被房子逼出急性抑郁症。

她的视线和邵远一撞，她给他使了个眼神。邵远默契地领会到她眼神里想要传达的意念，他抬手拍拍高大哥的肩膀宽他的心，小声说："高哥，没事，咱们往下听。"

谷妙语有点惊讶。她如果没有举着电话，她想对高大哥说的恰恰也是"高哥，没事，咱们往下听听看。"

她觉得邵远真是能吃人心思的小蛔虫。

楚千淼在电话那边的声音又响了起来："我刚才又看了一下，《中华人民共和国物权法》第九十二条有规定，如果不动产权利人因用水、排水、通行、铺设管线等利用相邻不动产的，应当尽量避免对相邻的不动产权利人造成损害；造成损害的，应当给予赔偿。楼下业主私改水管已经给你客户造成明确损失，他必须承担相应责任。"楚千淼顿了顿，露出火爆本色，"告他！告死他！臭不要脸！"

谷妙语赶紧把电话从扬声器调回到听筒模式。楚千淼这神来一吼倒叫满脸愁容的高大哥笑了一下。

挂掉电话，谷妙语想了想，给高大哥分析了一下当下可以做的事情："我等下先带邵远再去楼下找业主谈一谈。如果他坚持不把水管改回来，那我们就起诉他。但这可能需要一点时间。"

"那这段时间里，我这房子就得一直停工是吗？"否则铺上地板后又反水，污水秽物还不得把地板吃透了。

谷妙语眼珠机灵地一转，说："可以不停工，您把您家厨房的下水道堵死。需要排水的话就到卫生间排，这样您家下水道出口封住了，水就要往您家楼上邻居那儿反。您楼上邻居不是认为堵不到自己家就和他没关系吗？现在堵到他们那儿了，看他们还坐不坐得住。等都坐不住了，你们就联合起来去对付楼下邻居。这期间您就找律师准备材料，起诉楼下。"

高大哥阴暗的脸上终于见了点亮："小谷啊，还好有你帮我出主意，要不然我这几天真是心里快堵死了！我感觉我嗓子眼也快跟着反水了！"

谷妙语宽慰高大哥："没事没事，哥这都不叫事，别上火啊！"

一直在旁边没出声的邵远突然说了话："我觉得这套方案是行得通，也是有效的，但是起效慢，效力也太温和。要等到楼上一家家封住自己的下水口，所有家都被堵个遍，大家才会齐心协力，这就是一个很慢的过程了。还有起诉的话，从开庭到判决又是一个很长的过程，从判决到执行也另外需要一段时间。高大哥家的厨房下水口总不能这么一直封着，这样也会影响他自己的正常起居生活。"

谷妙语觉得邵远分析得特别有道理，问："那你有没有什么起效快又有力的办法？你一定有！"

她知道邵远一定有。这个金融高材生但凡提出他的想法，他的想法后面就一定会有稳准狠能够把对手怼到窒息的后招。

谷妙语看到邵远的嘴角好像挑了一挑。只挑了那么一瞬，只挑了那么一下，他帅而青春的白面皮上立刻有了邪魅的夺目。谷妙语想这小子再过个七八年肯定不得了，绝对得成为教科书般的霸道总裁典范。

邵远一挑嘴角后，说："等下谷老师和我还是下楼去和业主谈一下，但我觉得不会谈出我们想要的结果。所以我们去谈，只是做一下先礼后兵中的礼，礼完成了，我们就可以动兵了。"

高大哥问："那我们具体怎么兵？"

邵远说："等我和谷老师先下去礼一下，看看对方态度能横到什么程度，我们再决定出多毒的兵。"

谷妙语和邵远第一次到楼下，没有遇到楼下业主。他们家的装修已经差不多进入后半段，装修雏形已经初步显露。

"嚯，装得跟皇宫似的。"谷妙语看到楼下的装修后就知道，他们这趟礼绝对是铩羽而归，楼下业主绝对舍不得砸掉他皇宫一般的装修，把管子从墙里挖出来，重新竖在他宫殿一般的厨房里。

邵远问施工工人，业主今天会来吗。工人淳朴，看着邵远白白净净不像坏人，没藏心眼，告诉邵远业主会来的，一般午休的时候他都会赶过来盯一下，看他们干活偷没偷懒。

谷妙语和邵远上了楼。

到了中午，两个人又下楼敲门。这回来开门的是个三十岁左右的男人，手上带着胶皮手套，手里正捏着一块浸泡过的瓷砖，应该是在检查瓷砖浸泡得是否合他心里的那道标准。

他开了门看到谷妙语和邵远，冲冲地问："你们有事吗？"

谷妙语本着伸手不打笑脸人的选择，面带微笑表明身份和来意，可惜对方是个面对笑脸很愿意伸手的人。

他一听谷妙语和邵远是来和他讨论厨房下水管的事，立刻横了脸："我很忙，不想一次次跟你们掰扯这件事，你们想告就去告，告得赢你们再来找我。警告你们以后别再来骚扰我，否则别怪我不客气！"

他一边说一边抬手关门。

门是外开的，谷妙语正站在关门路径的四分之一个圆圈内。

楼下业主嫌谷妙语站得碍事，又不耐烦和她多说，干脆动手照着谷妙语肩膀一推。

这一下来得猝不及防，谷妙语脚下趔趄着向后倒，以急速不可逆转之势眼看就要坐倒在地。

邵远一只胳膊阻挡了这股不可逆转之势。他像手臂上长了能观八方的眼睛，横着一挥，牢牢揽住谷妙语的腰。手臂一收，她向后倒的状态被终止，她被他带到胸膛前，靠着他的胸口，站得稳稳的。

一切都发生在短暂的一瞬间。

她抬头，他低头，他们的视线交汇。她惊魂甫定，他眼底怒火中烧。

他握住她的肩膀，把她扶稳后，往自己身后一藏，站到她前面，后背像座山，替她屏障掉风霜雨雪和一切凶险。

谷妙语发现，这是他第二次像山一样挡在她面前。他这个时候一点都不像是小崽子，他man死了。

谷妙语看到邵远脚一抬，抵在门上。

他出了声："你再动手推她试试？"

谷妙语从来没听过邵远用这么阴冷的语调说话，阴冷得嗓音里都带起了一丝暗哑。

楼下业主关不了门，发起横："我就推她了，怎么了吧？好狗不挡……"道字话音还没落全，楼下业主就发出一声闷哼。

邵远对着他一脚踢了过去，用的是他那只抽射时百发百中的黄金右脚。

"推她就不行。"

他一个字一个字地说。

谷妙语把邵远往楼上拖。

楼下业主从地上爬起来冲着邵远嚷嚷要报警。邵远站定，冲他冷笑："我等着你，谁不报警谁孙子。"

楼下业主脸都青了，骂了句小兔崽子。

邵远挣开谷妙语，往楼下业主家门口走。谷妙语怕他少年轻狂，掌握不好出脚力度，万一真把楼下业主踢坏了，还得掏钱给他看病，这就是很恶心的一件事了。她赶紧快跑两步绕到邵远前面，背对着他，面向着楼下业主。

她用后背抵住邵远的胸膛，两腿叉开，使劲挡着邵远不让他继续往前走，然后冲着楼下业主喊："你适可而止吧，还骂没完了？真当你能打过我身后这小子呢？"

楼下业主嘴上还是不干净，但显然已经认同谷妙语的话。硬来的话，他真的打不过那小兔崽子。于是他在邵远绕开谷妙语走到他门口之前，很及时地关上了门。

邵远踹了他的门一脚。砰的一声，惊心动魄。

而后邵远扭头对谷妙语说："咱们上去吧。"

他说话的样子非常平静，和他踹在门上那听起来极致暴力的一脚，气质非常不吻合。

谷妙语有点疑惑。他的举止看上去是很冲动的，可他的表情又在告诉她，他其实把自己的情绪控制得很好。

他们没有坐电梯，踩着楼梯上楼的时候，谷妙语对邵远真诚道谢："刚刚谢谢你维护我。"

邵远扭头冲她一笑，那笑容又纯粹又带点孩子气。

"我愿意维护你。"

这么一句话，表达得直直白白不遮掩，由别人讲谷妙语会觉得很肉麻，由邵远来讲她心里却有点感动。

她由衷地说："谢谢。"然后进入转折，"但你刚刚还是有点冲动了吧？我觉得你不应该踢他，他推我是他没理，你一踢他就变得好像是我们没理了。万一他真报警，我们应该会比他麻烦。"

"不会的。"邵远惜字如金地说了三个字。

谷妙语："你是说警察来了我们不会比他更麻烦？"

邵远说："我是说，他不会报警的。"

谷妙语纳闷了："你学过算命吗？为什么你这么肯定他不会报警？"

邵远那种未来金融大佬的笃定智慧的样子又显露出来了："我刚才踹门那一脚，是吓唬他的，就是想让他明白我是个很暴戾的无赖，我天不怕地不怕。他们家的装修工人说，他每天中午赶过来检查一下装修进度，这说明他有一份很规律的朝九晚五的工作，他是趁着午休过来看看的。这样的工作很安稳，但也因为安稳，员工如果涉及打架斗殴闹到局子里，会在单位造成很不好的影响，也会很丢人。我让他认为我是个好战的无赖，假如他敢报警，我就会和他缠到底，缠到局子里去，甚至缠到他们单位。我赌他为了维系在单位的形象，不敢和我闹到局子。所以我认为他不敢报警。"

谷妙语听完这一席话，面孔上有收不住的满满的惊讶："你小子的心眼是蚂蜂窝吧？多得有点吓人啊！"

邵远挑挑眉："所以你别和我作对，不然你会变得很惨。"

谷妙语愣了愣，差点就吃下他这个威胁了。

"我呸！"她及时清醒过来，反击他，"你当我是省油的灯？瞧不起谁呢，作妖谁还不会啊！"

邵远翘一翘嘴角，笑了。

谷妙语在上完最后一级台阶的时候，想明白了一件事情。

"这么说，你踢楼下奇葩那一脚，其实不是冲动吧？你是故意踢他的？"

邵远挑挑眉梢，有点意外谷妙语的发现。

"你怎么得出的这个结论？"在宣布答案之前，他想从谷妙语那里先要到一个答案。

"你刚才的话给我的启发啊。我猜你踢他那一脚，是想让他知道，你不是好惹的，让他以后对我们、对高大哥也有点忌惮。"

邵远一眨不眨地看着她，想不到她真的猜到了。随后他笑了。

"你猜对了一半。我确实想通过一些手段让他对我们忌惮一点，这个手段也多半定位在找机会动用一下暴力。我的确是故意踢他的。"

他本来想制造个无理取闹的事件，通俗来说就是找茬。找好茬之后他就适当动个手或者动个脚，这样就会显得他格外暴戾格外无赖，也能让楼下业主对他忌惮起来——他可是个不讲理的人，一言不合就打人。但当他看到楼下业主伸手推谷妙语的时候，那一瞬间他放弃了所有谋划，决定就在那一刻暴力那个对女人动手的渣滓。

所以有一半谷妙语猜错了。她说他踢人不是冲动而为，她错了，他确实是冲动了。

"那我猜错那一半是什么？"谷妙语一边哑舌邵远是个心机男，一边想知道自己是哪半部分内容没能达到标准答案。

邵远冲她一笑，说："他不应该叫奇葩，葩是花朵的意思，他不配得到这个称谓。他是人渣。"

这道考题太偏了，她累死也不会知道自己错的一半是在这儿。

回到高大哥家，邵远对谷妙语和高大哥说："好了，事实证明，楼下那种人和他讲情理法理是讲不通的，所以我们只能使出最毒的兵来治他，治服他。"

谷妙语和高大哥不约而同贡献出一副洗耳恭听和跃跃欲试的表情给他。他们都很好奇他打算用什么样的毒兵招数。

"你打算怎么做？"谷妙语问邵远。

邵远没回答这个问题，他先反问谷妙语和高大哥："你们信得过我吗？"

谷妙语点头。他们玩金融的人，连钱都能玩，人还玩不明白吗？当然选择相信他啊。

高大哥对邵远的鸡贼还没有那么深入透彻的了解，但本着死马当活马医的原则，他也点了头选择相信。

"那好。"邵远说，"接下来你们要让工人师傅按我说的做。"

邵远告诉谷妙语和高大哥："接下来可以让工人师傅继续开工装修除了厨房以外的其他房间。厨房暂时停工。"

他问高大哥："厨房做过防水吗？"

高大哥说："做过了。"说到这儿他叹了一口为自己感到不值的气，"我问过我那几个老哥们儿，他们只在卫生间刷了防水，我合计着不差这几个钱，把厨房也刷一下吧，别哪天万一漏水漏到楼下去，那不是给别人添堵吗？谁知道我这么为楼下着想，楼下却把良心都拿去喂狗了！"

邵远拍拍高大哥的肩膀，谷妙语以为他要安慰高大哥，结果他说："高哥，让工人们把防水层铲掉。"

这是什么有毒的操作？她和高大哥都一脸疑惑。

邵远说："你们刚才说信得过我，那就按我说的做。"

谷妙语征求高大哥的意见。高大哥说："反正都这样了，还能坏到哪里去？就听小邵的吧。"

谷妙语叫来工人，让他们把厨房的防水层铲掉。工人虽然不明所以，但还是听从了设计师的指挥照办了。

厨房的防水层铲掉以后，邵远说："好了，现在高哥麻烦您，再到楼上去找群租那家和在住宅里办公那家，跟他们要之前通下水道的费用。语气坏一点，别奔着能要来钱的方式要，尽量奔着吵架和要不来钱的方式要。"

高大哥连做好的防水层都铲了，现在去上楼找个茬而已，对他来说这根本都不叫事，正好他可以发泄一下心里的坏情绪。

他上了楼。

过了大概十几分钟，他又回来了，带着一脸的爽。

"我和他们吵起来了，我听你的，奔着要不来的方式跟他们呛了一大通，真解气。"高大哥对邵远说。

邵远笑了："好了，现在就等那两家报复性地往下水道里扔垃圾了。"

听完他这句话，谷妙语隐隐觉得她好像有点懂了。

楼上那两家没有辜负邵远对他们的期望，很快就报复性地在下水道里投掷垃圾。高大哥家的下水道又堵了，开始稀里哗啦地往上反脏水和秽物。

高大哥一慌，要叫工人来帮忙扫水。邵远制止了他。

"高大哥，这回咱们别控制，就让水使劲反，反正防水层已经被我们铲掉了，我们不扫水这些脏水也会有去处的，我们就坐在这里看它流好了。"

谷妙语和高大哥双双恍然大悟，这些脏水怕是要流到楼下家里去串门了。

高大哥家的房门很快震天般地响了起来。来访者从敲门的狂躁频率上表达着自己内心的暴躁和怨气。

邵远听着那暴躁的敲门声，嘴角带上一点坏意的笑。

"我猜是楼下那一位。"他看着谷妙语说。

谷妙语被他的坏笑感染，也跟着笑得有点坏坏的："我猜是他装得跟御膳房一样的厨房出事了，那富丽堂皇的吊顶，怎么居然开始往下漏脏水了。"

高大哥看着他俩眉来眼去，听着他俩你一言我一语，到这时他也懂了。

"原来小邵兄弟来的是这招，真漂亮！"

门口的敲门声又升了级，已经从刚刚的敲变成了咣咣的砸。

邵远在高大哥起身前先起身："我去应付他。"

邵远走到门口，打开门。

门开的那一瞬，谷妙语觉得邵远身上的气质骤变。

他从一个翩翩冷感美少年，一下变成了有点痞气的小无赖。

楼下那人是上来理论的，他说高大哥家漏水漏到他们家了，现在整个吊顶都被染污了，要高大哥赔偿他吊顶钱。

谷妙语有时觉得厚颜无耻不讲理的人的幸福指数一定很高。讲理的人时刻都要担心自己做一件事会不会影响别人，如果影响了要怎么办。不讲理的就完全没这个烦恼，他们的字典里没有影响别人要怎么办，只有别人影响我是绝对不可以的。

邵远用楼下业主之前回馈高大哥的无赖态度，原封不动地回馈楼下："我帮你捋一捋吧。为什么有水流到你家呢？因为我们这里厨房下水道堵住了。我们这儿为什么会堵呢？因为你把水管私自改了。当然了你不认为你改水管有什么问题，主要问题出在楼上邻居扔杂物。那要不你去楼上挨家通知一下，让他们别扔？这样水管就不会堵了，不堵也就没水流到你家了，你说对吗？"

谷妙语发现邵远想故意气谁的时候真是能把人气死，她看到楼下那位业主气得脸都开始发黑了。

他对着邵远强词夺理："水管堵在你们家，就是你们家的问题！脏水从你们家流到我们家，破坏了我的吊顶，你们就是应该赔偿我，别扯那些没用的推卸责任！"

邵远故意气他："不，我们不赔。"

楼下业主咬着后槽牙放狠话："你不赔我就去告你们！"

终于把他这句话逼出来了。

邵远笑了，笑得邪佞极了："告，赶紧告，爱去哪儿告去哪儿告，吓唬谁呢？你告赢了算我们输！"

邵远把楼下业主之前对高大哥说的话，原封不动地拿来以其人之道还治其人之身。

楼下业主气到要疯，两手握成拳头，看样子想动手，可拳头又松开了。他心里有数，他打不过面前这个生命力旺盛脚力也旺盛的年轻小伙，于是只能忍气吞声。

楼下业主放了两句"你给我等着，看我不告死你们"的狠话后，转身下楼去了。

目睹了邵远怼楼下业主全过程的高大哥，爽得直跺脚拍巴掌："爽！太爽了！王八蛋，就得拿他说过的话臭他！"

邵远笑，告诉高大哥："从现在开始，厨房要是不堵，你也时不时自己往地上浇两桶水，让水一直往楼下渗，别停。楼下那人只要上来找，你就说是下水道堵了，往上反水，这些水可不由你控制。他要告就随他告，但在准备告的这段期间，不停漏水的厨房棚顶会把他直接逼疯。他早晚会先向我们妥协。"

高大哥像得到高僧点化从此看透人生一样，开心地答了句："得嘞！"

谷妙语在一旁有点若有所思。

邵远留意到她的微妙神情。他自己都奇怪，他为什么能把她的表情捕捉得那么灵敏透彻。他刚刚从她的脸上捕捉到了一丝犹疑，问："你是不是不赞同我告诉高大哥的办法？"

谷妙语点点头："我们这样故意往地上倒水，让水流到楼下，算不算是做坏事啊？那我们算不算是和楼下一样的人啊？"

邵远听懂了谷妙语的纠结点，她怕用和恶人一样的恶招治恶人，自己有一天也会变成和恶人一样的人。

邵远想了想，告诉谷妙语："你不会变成和他一样的人的，因为你讲道理，你是好人。但楼下是不讲道理的败类，对待败类不用讲人道，你讲了他们也不领情，反而会纵容他们滋生出更多臭毛病，让他们更加得寸进尺，这样以后在其他方面他们就会继续变本加厉地作恶。从这一点上来看，你不想办法遏制他们，反而是在纵容他们作恶。所以我们不是在做坏事，我们只是在教那些败类怎么做人。"

谷妙语思索着这些话。她还没有完全信服，她依然不确定这样以损害坏人利益的办法惩治坏人，本身是不是一件坏事，但她还是决定让高大哥听邵远的，时不时就浇两桶水在厨房地上。

既然事前她选择了相信邵远，那就相信他的办法吧。

高大哥听听邵远的，时不时就浇两桶水在厨房地上，一桶一桶的水最后都顺着楼下业主家的吊顶淌走了。

几天后，楼下那位终于再一次忍不住了。他找上楼来的时候整个人都有点歇斯底里，仿佛谁说不好一句话，都能叫他彻底崩溃。

他扯劈了嗓子问邵远："你们到底想怎么样？"

邵远很邪气地告诉他："我们想你赶紧把水管改回来。"

以前谈到这个问题，楼下业主都会强硬地说不改，爱去哪告去哪儿告，反正我不改。他强势得很。可现在，楼下业主居然松了口，没一口咬定说不改回来。

有戏。

这是邵远和谷妙语各自发在心里的声音。

邵远乘胜追击："还有，你得对她道歉。"邵远一边说一边抬手朝谷妙语一指，"你动手推了她。"

楼下业主脸上又起了横："我凭什么给她道歉？你还踢了我呢，那你向不向我道歉？"

邵远笑得邪佞："朋友，我踢你是因为你活该，谁让你推她？但你推她就是你手贱，你必须向她道歉。"

楼下业主已经是强弩之末，但他依然保持耍横状态："如果我不呢？"这话他说得充满挑衅意味。

邵远看着比自己矮了大半个头的楼下业主，笑了。

谷妙语看到这次他是带着一种志在必得的笑容，他带着这种笑容和人讲话时，会让每个和他对话的人都笃定地认为，他所说的每一句话都是真话。

"你叫张德天。"邵远看着楼下业主，笑得仿佛早已洞悉一切，"是××医院的大夫。如果你们医院知道你离开工作环境之后是这么一个自私自利的人，为了一己之私，随意改动共用水管，导致邻居蒙受损失却坐视不理，还对女人动手动脚，你说这样对你的影响是不是不太好？我愿意把上述这些事情写成实名举报信投递到你们医院，放心，我会在尊重事实的基础上写得尽量精彩，叫人过目难忘。"

他的话音一落，张德天的脸色发生了巨变，他大惊失色："你人肉我？我告你侵犯公民隐私！"

邵远盯着他脑充血一般的脸色，一鼓作气棒打落水狗："好，你去告。"他牢牢盯住张德天的眼睛，说，"你要是去告，那你连收红包的隐私也要一并暴露了。"

张德天一脸的充血色瞬间褪去，变成了惨白色。被窥探到秘密的他再也硬气不起来，转头灰溜溜地下楼去了。

张德天走后，谷妙语蹿到邵远旁边，她身后跟着高大哥。

她迫不及待地问："你怎么知道他叫张德天？还是医院的医生？"

高大哥附和："对，你怎么知道的？"这也是他心里的疑问。

谷妙语："你是通过你福尔摩斯般的观察和分析知道的？"

邵远刚刚面对张德天时那一脸的邪佞和无赖不见了，他又变成了一个充满青春活力的小伙子。

"其实很简单，去物业问一下就知道他叫什么了。再拿他的名字去网上搜一下，会出来很多个叫张德天的人。其中有一个是大夫，网上有他在××医院的出诊日期。"

"可你怎么知道那么多张德天里，那个当医生的张德天是高大哥楼下那个？"

邵远问她："你还记得我们第二次去楼下敲门，张德天来给我们开门的时候，手上戴着一副胶皮手套吗？"

谷妙语回想了一下，他的确带着胶皮手套，手里拿着块瓷砖。

那手套，是那种医院专用的很薄的胶皮手套。

"那红包呢？"谷妙语又问，"红包的事你又是怎么知道的？"

邵远狡黠一笑，像个坏事得逞的孩子："我乱诈的，没想到真的诈到点子上了。"

谷妙语愣了半晌，突然哈哈地笑起来："你怎么这么鸡贼？好吧你说得对，我以后还是不要和你作对了，就算我这盏灯不怎么省油，但肯定烧不过你。"

第二天一大早，谷妙语和邵远刚到公司，高大哥的电话就打了过来。他声音里的那些阴霾不见了，剩下的是难掩的快意和兴奋。

他告诉谷妙语，楼下的张德天妥协了，他答应把水管改回去。

"张德天还说，自己怎么说也是个中年人，不太好意思当着你的面给你道歉，就拜托我替他对你郑重说一声对不起。"

高大哥家又恢复了施工状态，谷妙语很开心。

邵远又给她上了一课。道理是跟讲理的人讲的，跟不讲理的人，再指望讲理来解决问题就是给自己添麻烦和纵容对方继续危害社会。要治服不讲理的无赖，就要找到能克制他要害的招数，必要时比他更无赖一点，以其人之道还治其人之身，这会比和他讲道理有成效得多。

收好手机，谷妙语忽然听到邵远在一旁很不满意地咕哝了一声："当面道歉他知道不好意思，当面推你他倒好意思了。"

谷妙语心往上微微一提。她怕邵远年轻气盛，为了置气非要张德天给她当面道歉才行。

"不过算了，落水狗我们已经痛打过了，可以见好就收，毕竟高大哥以后还得和他做邻居。我们放过张德天这一马，他以后也能对高大哥凡事都客气一点。"

谷妙语微微提起的心踏实地放下了。这小子不是一味的耍狠，他懂得得饶人处且饶人，也懂得恩威并施。

她看着他晃荡着出去接热水，看着他修长的背影，那副后背挡在她面前的时候像是一座山。那座山撑在她面前时，她心里真是踏实得不得了。她想假如以后这座山移动到国外去了，她的屏障就没有了，她又得自己直面风霜雨雪了。这么一想，之前对他将要离开的不舍，好像又更多了一点。

解决了高大哥家施工停工的问题，谷妙语来不及歇，就被陶大爷在电话里声嘶力竭的呼喊叫回了别墅。

"我说小谷，你赶紧来给我软装啊，不来我投诉你啊我跟你说！陶星宇那小王八蛋前两天天天回来吃早饭，后来看你们不来给我软装还是怎么的，这两天又不来了！你赶紧的，来给我软一软，我好有理由让他监你的工、找你的茬，好让他再过来嘛！"

这老爷子，也不想想他骂自己儿子是王八蛋，那他自己是什么呢……

谷妙语想要不是已经特别了解陶大爷扭曲的语言体系，她非得被陶大爷的话一天气死八遍不可。她特别佩服陶大爷，什么好话到他嘴里，都能很轻易地聊成值得打一架的嗑。他就不能说"我好有理由让陶星宇以监工的名义常回家看看"吗？非要说得这么替他们彼此拉仇恨。

正好这几天软装材料已经到货一部分，第二天一早谷妙语就带着材料去了陶大爷的别墅。

她提前问过邵远要不要一起去，邵远说不了，他要改毕业论文。

"你这理由很重样啊！"她当时是这么点评的。

"这回是真改。"邵远回答了一句让她有点莫名其妙的话。

那之前那次是假改？为什么假改？谷妙语联想之前她叫邵远到陶大爷家来，邵远还特意借了一辆车。由此她推导出结论——他嫌路远，不愿意过来，改论文就成了他真真假假的挡箭牌。

"年轻的小伙子啊，腿那么长不爱走路，浪费海拔啊啧啧。"她挂断电话的时候忍不住吐槽了一句。

第二天一早她先陪陶大爷吃了早饭，吃完饭她很自觉地准备去刷碗。陶大爷却一变往常套路，严词拒绝："你赶紧开工，不用你刷碗，不用不用！"

谷妙语在新时代喜怒无常的陶老头催促里，撸起袖子开工。

她先在客厅的电视墙后面贴墙纸。

"黄绿色系能让房间看起来温馨温暖，您平常除了做饭掐架，估计最多的时间就是靠在沙发上看电视。我用黄绿色系的墙纸把电视墙给您弄得温暖点，让您越看电视心里越暖和，暖到最后不出汗算我输。"

陶大爷先是一瞪眼："你这孩子怎么说话呢？谁掐架了？不都是架先掐的我吗！"

对对对，是架先动的手。

随后陶大爷突然话锋一转，瞬间从瞪眼变得眉开眼笑："不过你选的这个墙纸颜色和花纹我喜欢！"紧跟着他从老头衫的衣服口袋里摸出手机，伸到离自己恨不得八丈远的距离，眯起老花眼扒拉通讯录。"我要让陶星宇那小王八蛋过来监工你了！"他开心雀跃地说。

等拨给陶星宇的电话一通，剑拔弩张模式自动在他舌尖上线："喂？小谷可来给我软装了，我明白清楚透彻地告诉你，她软装的就是比你硬装的强一百倍，不服你就过来看看！"

谷妙语差点从梯凳上栽下来。这老爷子嘴里一定是装了通天杠，为了把他儿子杠过来，不惜牺牲她当人肉盾！

谷妙语心里苦："大爷，您这么说不是在给我拉仇恨吗？"

陶大爷特别有他自己的见解："孩子，有句话叫爱的反面是恨，我儿子要是因此能恨你，就说明他也能爱你。"

谷妙语这回真的从梯凳上摔下来了，这老爷子是不是看出来什么了！

陶星宇还真在午饭时间回来了。

当时谷妙语正在帮陶大爷摆碗筷，两人正准备开展一顿大眼瞪小眼的午餐。看到陶星宇出现，谷妙语和陶大爷都吓了一跳。

谷妙语端着两个饭碗，走在从厨房到餐桌的路上，陶大爷跟在她后面，正把手绕到身后打算解围裙。看到陶星宇，他们全停了下来，像身边时间被突然定住那样。

谷妙语看着陶星宇。他穿着浅灰色呢外套，脖子上挂着一条围巾，长身而立地站在那儿，又斯文又俊朗，真是一道成熟男人的好风景。

下一瞬，谷妙语和陶大爷双双一转身。

谷妙语："我再去加个饭碗。"

陶大爷："我再去扒拉个菜。"

陶星宇看着他们一老一小两个人的背影，无声一笑。

吃过午饭，陶星宇去看了谷妙语在电视墙上贴的墙纸。

他先是点点头，随后又微微皱了皱眉。

谷妙语诚惶诚恐地向他请教："陶老师是不是哪里有问题？"

陶星宇扭头看她，一笑："陶老师哪里都没有问题。"

谷妙语一冷，这是冷笑话吗⋯⋯

陶星宇微笑，说："你选的墙纸颜色花纹都很好，很温馨，贴墙纸的位置也选得不错，老陶除去吃饭睡觉和找人掐架，最多的时间就是坐在这里看电视。所以把电视背景墙首先软装得温馨起来，很好很恰当。"

谷妙语认认真真地听着，根据刚刚陶星宇的表情转化，她知道后面应该会有个转折。

"但是，你这个墙纸的颜色打破了周围其他硬装的风格，软装是平民化的温馨，而硬装是华丽派的简约，两者混搭在一起，就像你到五星酒店去，房间里摆了张快捷酒店的床，整体格调是有点违和的。"

谷妙语认真听着。她知道陶星宇说得有道理，其实她也是这么觉得的，这就像一个穿名牌西装的人脚上穿了双布鞋。

"陶老师，我能说说我的想法吗？"谷妙语对陶星宇恭敬询问。

陶星宇："你说。"

"其实您说的这个问题，我也有想过。我觉得关于后续统一风格，可以有两种方案，一种是把整栋别墅每个空间都贴上同色系风格的壁纸，这样整体风格就统一了。但这样工作量很大，还舍弃了原来所有的高档硬装，相当于把五星级酒店降档为快捷酒店了，有点不值当。"谷妙语顿了顿，接着说，"还有一个办法，是界定空间。"她挥手比划眼前空阔的空间，说，"现在客厅、门厅和餐厅之间，您没有做明显的界定，三个空间是连通的，这样显得空间开阔。我在想是不是可以把客厅和其他空间界定开，这样客厅的温馨风格和其他空间的原有风格就不会互相扰了。至于这个界定，用几株高一点的绿植就可以完成，把绿植摆在客厅与门厅中间，既美化环境，又是一道界定空间的天然屏障。"

陶星宇看着她，点点头，一笑："巧了，我也是这么想的。"

谷妙语脸一红。她刚刚算是得到陶星宇的认同了吧？想想还有点小激动。

"你想法和实力是可以的，放心大胆地弄吧。"陶星宇又说。

得到进一步肯定的谷妙语，心里那点小激动立刻膨胀为大开心了。

下午陶星宇没有立刻去工作室，他被陶大爷夹枪带棒地杠着，帮谷妙语贴完了客厅的墙纸。

"哎哟现在的年轻男人，真是一点风度都没有，让小姑娘爬上爬下，半夜睡觉心里也安稳？"

"嘿这年头，大设计师架子可忒大，搭把手好像能折了他身价！"

陶大爷就这么嘚吧着。

谷妙语虽然因此得到了陶星宇的帮助，但她不太想领陶大爷的情……怎么看都像是她在伙同老头道德绑架著名设计师。她战战兢兢地接受着陶星宇的帮忙，内心煎熬得像一锅粥已经被煮糊了还要继续被煎成锅贴。

总算把客厅搞定，陶星宇去了卫生间。谷妙语不用再硬绷着形象，她立刻脚下一软，怂成一团，祈求陶大爷别再杠她亲爱的陶老师了。

"放陶老师一条生路，您就让他上班去吧！"谷妙语双手合十替男神跟他的杠精爹求解脱。

陶大爷眼一瞪："不识好歹的小白眼狼，我这不是帮你吗？叫大爷两个字，哪有叫爸一个字省力气啊，我这不是帮你奔着省力气走吗？"

谷妙语一听老爷子这么胡说八道地说穿了她的心思，吓得差点跪下。

我的大爷您可闭嘴吧，陶老师要从卫生间里出来了！

"大爷您知道我前两天突然被什么事叫走了吗？哎呀一提起来可真是老奇葩了！"她强行转换话题。

大爷一听"老奇葩了"顿时来了劲："赶紧给我说说，我就不信还有能比我奇葩的？"

谷妙语把高大哥家遇到楼上楼下糟心邻居被他们上下夹攻的事给陶大爷说了一遍。

听完她的描述，陶大爷义愤填膺："你这高大哥就是吃亏在不是老头上了！要是我，我去他们的吧，我往地上直接一躺，不给我把水管改回来我就不起来，我就嚷嚷这儿疼那儿疼，我讹死他！"

一道嗤笑声轻轻响在空气中。

"你也就这点作天作地的本事了。"陶星宇在卫生间里听到了谷妙语描述的事件经过，他一出来就对陶大爷的观点进行了点评。

"来来，你有本事，你不用靠躺地上就能征服流氓，来戏台子给你，你来表演，好吧？"陶大爷杠杠地说。

陶星宇没理他，他走过来，坐在谷妙语对面的沙发上，问："现在事情解决了吗？"

他居然一点要走的意思都没有，好像和去上班比起来，眼下他对高大哥和上下楼邻居间的纠纷更感兴趣。

谷妙语赶紧告诉陶星宇："私改水管的问题解决了，楼下邻居已经承诺会马上把水管恢复原样。"

陶星宇"哦"了一声，这个挑了声调的疑惑在他清朗眉目间绽开得别致生动。

"这结果其实挺难办到的。我听说过两例这样的事情，都还在打官司扯皮中。你那位客户是怎么做到的？"

谷妙语把邵远是怎么攻心、怎么谋划、怎么逼迫楼下就范的过程讲了一遍。

陶大爷在一旁听得"哇塞"不断。谷妙语也不知道这老头是从哪儿学的这么年轻人的感叹词，还运用得如此娴熟频繁。

陶星宇听完事情的处理经过，微微沉吟了一下，随后他开了口："这小伙子真不简单，将来一定会非常有成就。"

谷妙语不知道为什么，听到有人夸邵远的时候，她心里跟着贼高兴，高兴得她都在脸上情不自禁露出了姨母般的微笑。

"是啊是啊！"附和完毕，她又跟着重重叹口气。

陶大爷这个时候是个称职的捧场王，他赶紧问谷妙语："这事情解决得不是挺完美的吗，孩子我说你还叹什么气？"

听到陶大爷这么一问，谷妙语忍不住又叹口气："其实不完美，虽然楼下邻居私改水管的问题解决了，可是楼上那两家，一家群租、一家住宅楼办公商用，这两家的问题还没解决。我一想到这两家还没得到应有的惩罚，我就气得吃不下饭。"

陶大爷"咦"了一声："你刚才吃了两碗啊！"

谷妙语:"……"

陶大爷接着说:"我当什么事让你闹心呢,这不是你那高大哥该操心的事吗?你都帮他把装修停工的问题解决了,你可以了孩子。"

谷妙语摇头:"但我总觉得做错事的人还没受到惩罚,这对其他守法生活的好公民不公平。"

陶大爷说:"你就是还年轻气盛。等你活到我这岁数你就看开了,什么公平不公平?遇到有理说不清的事你就直接往地上倚老卖老一躺,让他们给你看病,这就是公平!"

谷妙语快热泪盈眶了,她陶大爷靠着躺地上这一招快打遍天下了。

陶星宇突然说了话:"针对楼上那两家邻居的情况,你们报警了吗?"

谷妙语赶紧回答:"报警了,但没用,群租那家,警察同志就把业主叫来劝了下,告诉他打隔断住这么多人是违反规定的,赶紧把隔断拆了,就走人了,也没处罚什么。所以这家在警察走了之后也没怕,隔断依然在,人依然还是住了那么多。"谷妙语喘口气,接着向她心爱的陶老师汇报,"还有把房子租出去开公司那家,警察上去调查,屋里的人就说他们是业主的血亲,不承认他们是一家公司。没有实质性证据,警察例行问话之后,就走了。所以那家现在也还在楼上继续开公司开得风生水起。"解说完楼上两家目前的情况,谷妙语有点沮丧叹气。"唉,都说首都是皇城根,比哪里治安都好。可这一看,警察的办事效率还是挺低的,这不等于没作为吗?"

陶星宇又沉吟了一下,告诉谷妙语:"未必是警察不作为。那家群租房,根据你说的情况,警察的做法其实没有任何问题。根据政策法规,如果接到群众举报说有群租现象,他们首先要做的确实是上门了解调查,而后进行警告规劝。假如业主在之后能够拆掉隔断,解散群租房客,是可以不用处罚的。但假如业主在接受执法人员规劝之后,依然坚持群租,这个时候警察就可以按照执法流程对业主走相应程序进行处罚了。"陶星宇看着谷妙语的眼睛,是讲述也是点化,微笑着对她说,"所以这个时候,你们不能怪警察不作为,你们应该再次报警,这次执法人员就会对楼上群租房有所行动了。"

谷妙语恍然大悟，原来这样才是正确操作！她有点想要感叹姜还是老的辣。

"那把住宅楼租出去商用开公司的那家呢，有什么办法整治一下他们吗？"谷妙语两眼发亮地看着陶星宇。

她直觉认为，陶星宇一定有办法。

陶大爷在旁边使劲插话博存在感："我原来以为我就够较劲的了，小谷我发现你其实比我还较劲！"

谷妙语转头看着陶大爷，认真地说："是的，在有些事上，我觉得不公平了，我就会特别较劲！"

阳光透过客厅玻璃洒进来，落在谷妙语身上，她认真得像在发光。陶星宇品着她那份认真，有一些久违的感慨。曾经他也是像她这样，年轻热血，守望公平。

他唤回了谷妙语的注意力："这家的问题也是可以解决的。"谷妙语脑袋扑棱棱地转了过来，小丸子都被她转得一晃荡，一副期待和洗耳恭听的样子。

"其实第一次你报警，警察没法作为的原因，是没有证据。那么你让你的客户想办法提供出证据就可以了。对了，你客户楼上是家什么公司？"

谷妙语说："好像是家代办公司，中介性质的那种，代别人跑注册公司的手续和代理记账什么的。"

陶星宇说："你让你客户弄清那家公司叫什么名字，办公电话是多少，然后给那个公司打电话，就说自己想开家公司，想找他们代办，问他们怎么收费，再问能不能到公司去当面谈，问对方要办公地址。通话过程记得录音，等对方把地址说出来，确实是在你客户家楼上，你客户就可以再次报警了。这回有了证据，相信我，执法人员会有所作为的，他们并不会只走过场什么都不管。"

谷妙语一听双眼锃亮："这是不是钓鱼执法？"

陶星宇微笑："算是吧。"

谷妙语看他笑得明月清风一样，无限感慨："陶老师您太睿智了！"

陶星宇知道她夸得由衷，所以被她夸得十分受用，笑容痕迹渐深："其实也算不上是我睿智，只是我在这行经历得多了，就攒出来了一些可供你参考的经验。"

谷妙语看着他笑得风采朗朗的样子，听着他谦虚熨帖的话语，有点心折。

陶星宇忽然面容一肃："不过我也想问你一下刚才老陶问过你的问题，又不是你的房子，就算不公平也是对你的客户不公平，对你并不能造成什么实际上的损失，你为什么对这件事这么上心呢？"

谷妙语也肃起表情，认真回答："我就是看不过去做得不对的人还能继续做不对的事去影响别人。虽然他没有影响到我，但我还是看不下去。我觉得在这一件事上我们放弃了维持公平公正的权利和机会，那以后会有更多的事我们依然会放弃，放弃到最后，公平公正就变得不重要了，就没有人再去坚守了。"她顿了顿，问陶星宇，"陶老师，您说我这样是不是有点多余？我是不是太多管闲事了？"

陶星宇凝视她半晌。他的眼神中有很多内容，有点复杂，有点感慨，也有点欣慰。

"不，一点都不多余。"他凝视着谷妙语的眼睛说，"难得你这么热血，骨子里还充满了正义感，这样很好。"

他忽然有点感慨。其实他刚入行那会，骨子里何尝没有正义感？他也是热血的，也是眼里不容沙子的。可是这么多年过去，碰了那么多社会的壁，吃过那么多较真的苦头，他的正义感已经被磨得有点麻木了，他学会了太多无奈之下的睁一只眼闭一只眼。

"你就继续保持住这份正义感吧，它很珍贵。"陶星宇微笑着对谷妙语说。

这次他的笑容有点沉，也有点暖。

谷妙语当晚就把怎么处理楼上那两户邻居的方法告诉了高大哥。

高大哥在电话里开心得不得了，说明天天一亮他就把这两个问题邻居挨个解决掉。

隔了两天，高大哥打电话给谷妙语汇报战果。他透过话筒传过来的声音欣喜得像过年。

"小谷啊，高哥给你打电话就是跟你说一声，用了你说的方法之后，昨天楼上那两家都被执法人员解决了！高哥得好好谢谢你和小邵啊！等高哥家装修完，我一定得给你们送面锦旗，再请你们好好吃顿大餐！哎呀，高哥心里真是痛快啊！"

听到这里，谷妙语鬼使神差地问了句央视最佳金句："那现在，高哥你幸福吗？"

高大哥哈哈哈地笑："你高哥就快要幸福死了！"

挂断电话后，谷妙语被高大哥的幸福感感染，这一刻她开心得有点醉，想唱歌，能让客户这样有幸福感，她也觉得很幸福。她忽然有点明白了她坚守在这个行业里，坚持自己的原则，是为了什么。

就是为了能像现在这样，看到自己通过工作，通过自己的能力和努力，带给客户幸福感。这说明她是有价值的人，比什么都让她感到快乐。

谷妙语第二次去陶大爷家进行软装的时候，邵远主动提出了跟随请求。

他说他的论文改完了。

谷妙语质疑："两天时间就能把论文全部改完？"

邵远当然不会告诉她，当他把改论文和陪她一起去陶大爷那里同时放上天平，他发现自己在向后者倾斜。于是他白天晚上连轴转改了两天，极度高效地完成了老师要求他修改的所有部分。

当晚周书奇问他这么拼干什么，两天把论文修改一遍老师也不会因此给他发好吃的。

邵远没理他，出门去校外买了一兜姿容绝色的红苹果。拎着苹果回宿舍的路上，他踩着冬末硬邦邦的柏油路，心里却是一片软和。

他这么拼干什么？因为他想听小姐姐的鸡汤了。平时听她叨叨那些鸡汤觉得有点烦有点好笑，可是听不到的时候他才发现，原来没有了那些鸡汤做滋养，他还真是干什么都提不起劲。说起来真是奇怪，以前他那么看不上她，觉得她满脑子空想一肚子鸡汤，可不知道从什么时候起，他变得很欣赏她了，欣赏到不知道什么样的男人才能配得上她。她其实不是满脑子空想，她是有坚守有热血有宏愿的。她虽然有一肚子鸡汤，但那些鸡汤确实在激励她奋斗，不是说说而已听听就罢的空话，她真的把它们提炼出了正能量，补充进身体里。

他拎着一袋苹果回宿舍之后，周书奇又变身成一只大馋虫跟他讨苹果吃。他没扛住周书奇的死磨硬泡，最后挑出最小的一个给了。

周书奇对此很不满，问他："你现在对苹果怎么这么有执念？怎么，供了一尊爱吃苹果的菩萨啊？"

邵远想了想，把谷妙语的脸套上菩萨的造型，还真是不违和。于是他笑着点点头。

周书奇惊得苹果都掉了："你早说啊，早说我就不跟你要了，你说我从菩萨嘴里抢吃的，菩萨会不会怪我啊？"

邵远拍拍他的头，告诉他："你只要以后别再跟她抢了，她就不会怪你的。"

周书奇恭恭敬敬地郑重点头："好的！"

直到睡觉前，周书奇才回过味来，嗷地一嗓子叫醒刚要睡着的邵远，愤怒质问："菩萨什么的是你瞎编的吧？你就是为了让我别吃苹果，对吧？邵远我说你这些苹果是给小姐姐或者小妹妹准备的吧？你在两性方面有问题需要交代啊！"

邵远在半睡半醒间回了他一句："没骗你，她真的是菩萨。"

她有一副又正直又柔软的心肠，不是菩萨是什么。

第二天一早，邵远在地铁站出口等谷妙语。

一个恍神间，一颗小丸子已经晃荡在眼皮底下。还真是个新鲜有活力的小菩萨姐姐。

谷妙语夹在进出站的人群中，不着痕不留迹地就移动到了他面前。

"几天没见到姐姐，有没有思念姐姐啊？"谷妙语笑眯眯地逗着问。

邵远忽然就有点开心，可他也说不上为什么开心。

他从谷妙语手里接过装着各种材料的工具箱，递给她一个苹果。

谷妙语接过苹果时眼睛整个大了一圈，她好像要用眼睛把苹果吃掉似的。

"我现在严重怀疑你在我家里装了监视器，没道理我每次忘记买苹果，第二天你就恰好能给我带一个！"

邵远抿着嘴笑了一下。他可不是只在她忘记买苹果的第二天碰巧给她带一个，他是只要见到她，就会给她带。可惜她还没发现这才是他带苹果的真正规律。

谷妙语把苹果塞进随身带的帆布包里，和邵远一起步行了一段路，走到陶大爷的别墅。

路上邵远忽然想起陶大爷还有一套七十平的小房子，想着那时候陶大爷信誓旦旦地说别墅里没人味，死活不肯住进去，就窝在他那有些年头的无电梯老楼里，每天丢个垃圾都要气喘吁吁地爬下六层楼再气喘吁吁地爬回去。

他问谷妙语："陶大爷从那栋七十平米的六楼搬进别墅住了？"

谷妙语点头说是。

邵远："陶大爷不是说过，想让他搬进别墅是不可能的，除非他变成尸体？"

谷妙语对着空气翻了个白眼，好像空气在此刻具有介质传递的功效，能把她的白眼一五一十地传递到陶大爷面前。

"陶大爷说过的话可多了去了，你但凡能找出一句不是口是心非、不在嘴里跑火车的，算我输！"

邵远无声笑起来。

到了陶大爷家，谷妙语和邵远一起动作起来，帮陶大爷布置屋子。

"我们今天就争取大致弄完。"谷妙语对邵远说。

陶大爷一听有点伤感："别着急啊，多干两天！大爷给你们做饭吃，换着花样做，好不好？"

谷妙语一脸认真："那用刷碗吗？不刷碗这个事可以考虑。"

邵远撇开头笑。

门口有人按门铃。有人送来了一板车绿植。

谷妙语扭头对邵远有点惊讶地说："我就昨天在电话里跟你说了一嘴，这两天搞点绿植过来，你怎么行动这么快？这就送到了！"

谷妙语和邵远一起把绿植布置在客厅和门厅之间，半人高的窄尖叶绿植形成了一道天然屏障，既隔开了空间，又清新了环境。

陶大爷看起来有点满意，掏出手机就给陶星宇打电话："喂？你中午敢不敢过来看看小谷小邵给我搬来的小植物？叶子比你养的那些可好看多了，苗条着呢！"

谷妙语对这样表面拉仇恨其实在询问"你中午过来吃饭呗"的话已经麻木了。

邵远还是第一次听，他直摇头："这老陶，什么好话正话都能让他说坏说反了。"

到了中午的时候，陶星宇来了。见到邵远也在，他大大方方先打了招呼。

"你们客户楼下邻居私改水管那件事，小谷跟我说了你是怎么处理的，解决得很漂亮。"

邵远说了声谢谢，简单地结束了话题。

他不想听陶星宇继续表扬他太多，那样好像一个师长在表扬小学生似的。他只愿意承认陶星宇比他老，不愿意觉得自己比他小。

陶大爷在准备午饭，这期间他从厨房跑出来一趟，特意给陶星宇上眼药。

"看看，瞧瞧，小谷小邵给我选的绿植，这苗条的细长叶子，多俏！再看看你选的那些，叶子全肥头大耳的，一点都不精致！"

给陶星宇上完眼药，嘴皮子爽过了，陶大爷拎着炒菜的铲子就回了厨房。

陶星宇走到客厅中间去看这些绿植。

谷妙语发现他脸上的神情有点高深莫测——并不是完全的欣赏，有很大一部分是评判。

谷妙语走过去，谦恭讨教："陶老师，是不是绿植我们选的不对？"

陶星宇沉吟了一下，转头，冲她温和一笑："我想先问你一个问题。你对自己的职业规划是怎样的？或者这么说，未来你想成为一个什么样的设计师？"

谷妙语认真想了下，郑重地回答："未来我想成为一个顶级的设计师，就像您这样。"说完她有点不好意思，补充问，"我是不是有点痴心妄想了？"

陶星宇笑得温和真诚："没有，不管做个职业，希望成为那个职业中的顶尖者，这都是很基础的未来目标。"说完他话锋一转，"那你觉得想要成为一名顶尖的室内设计师，你应该具备哪些该有的素养？"

谷妙语挺直了脊梁骨，回答："应该是职业技能和责任心兼具！"

　　陶星宇点头："这两样是必需的，但只有这两样，还不够。"他笑了笑，俊朗的脸上是一片温润柔和，"你想成为顶级设计师，除了专业能力要过硬，你还需要坚持，还需要有高的情商、懂得高效沟通的技巧，还要保持珍贵的好奇心，这是你灵感的源泉。要有耐心、良心。以上这些是教科书般你应该知道和掌握的东西。除此之外，根据中国的地域和文化特点，你还应该掌握一项教科书外的技能。"陶星宇顿了顿，关子没卖太久，他告诉谷妙语，"这就是风水。"

　　陶星宇告诉谷妙语，老陶其实是一个讲究风水和避讳的人。他对谷妙语说我们不提倡这些，但我们也不回避这些，而不提倡也应该懂，这样当遇到在意风水避讳的客户时，就不用再去现学。

　　"老陶嘴硬，但他其实很信这些。遇到他这样的客户，你要提前了解他信的和他忌讳的。老陶忌讳这些窄叶尖叶的植物，认为它们会破坏他和我母亲之间的阴阳相连，未来等他百年之后会无法跟我母亲相聚。所以我以前给他选的那些植物都是肥头大耳的，那些在他看来，能够铺开一座通往我母亲的桥。"

　　谷妙语一边听一边思考。是的，她确实从没有考虑过风水这个因素，而她也确实应该把它考虑进去才对。她在刹那间恍然大悟。

　　原来这次陶大爷让陶星宇回来看苗条的叶子，说比你买的肥头大耳的叶子强多了，其实真实意思是，她买了犯他忌讳的叶子，但他才不要得罪人，他要让他儿子回来得罪人。谷妙语再次感到陶大爷真是一个真真假假真中有假假中藏真的高深莫测的小老头。

　　转瞬她又有了另外一个领悟。陶星宇不是不关心老陶，他不只关心，而且了解，可他们的关系却又那么剑拔弩张。真是一对谜一样的父子。

　　邵远站在一旁听着陶星宇和谷妙语聊天。

　　他发现陶星宇在看完他订购的那些绿植之后，有了点欲言又止的状态。接着他发现，按下那点欲言又止，陶星宇对谷妙语问了别的问题。

　　起先他以为陶星宇是在装职业大佬指点江山，心里还暗自哂笑了他一下。可后来他发现，陶星宇是真的在用他的职业经验，有技巧地点拨谷妙语，通过这种点拨，指出她布置的那片绿植到底哪里有些不太合适。

他以为那些绿植是谷妙语选的。

而他在顾忌直说出绿植选得有一点小问题，会伤害到谷妙语的成就感和自尊心，于是迂回地用他的职场经验，以让人受用的方式，循循善诱地告诉谷妙语，哪里有一些小问题。

邵远忽然意识到，自己刚刚在心里那声哂笑，笑得草率和幼稚了。陶星宇真的要比他成熟，不只在年龄上，还在处事的技巧上。他们处事时各自有各自的谋略和方法，但陶星宇比他更懂得顾及别人的感受。

他看到谷妙语在戳她的丸子头，自省地说："我爸妈都是坚定的无神论者，我也跟着他们认为牛鬼蛇神并不是鬼，只是面目心灵都可憎的人。所以我好像真的从来都没有考虑过风水忌讳这个因素。"

陶星宇安慰她："没考虑到不是你的错，只是能考虑到就更好。"

多么如沐春风的一个男人。

他想这个男人能成功应该不是意外，不是偶然。他的斯文俊朗是给他成功的加分，但他绝不是花架子，他有真本事。

谷妙语看男人还是有眼光的。他昨天还在想，什么样的男人才配得上他的小姐姐，现在这个男人出现了。陶星宇，他是可以的。

有点闷。他不想再在客厅待下去了，他愿意把气氛这样好的二人独处空间让出来，留给谷妙语享受。

他拐进厨房，帮陶大爷打下手。

陶大爷问他怎么不待在屋里。

他问陶大爷："您其实很信那些东西？"

陶大爷居然一反平时真真假假满嘴跑火车的样子，他的脸上浮起落寞。

"当你做了亏心事，又没什么机会忏悔，你就会变得信神信佛。小邵啊，大爷告诉你，一辈子什么都可以做，就是别做亏心事，你得背着它在心上一辈子。"

陶星宇被陶大爷抓去摆碗筷，邵远坐在沙发上用水果刀练习给苹果削皮切块。

谷妙语站在梯子上给吸顶灯贴花纹。

刚才邵远、陶星宇都提出帮她贴，但被她果断拒绝了。

"花纹方面，你们都是直男审美，不行不行，我不能让你们贴，你们根本看不出来有啥区别。"

邵远不太服气："未必吧。"

谷妙语指指自己的嘴唇："我今天唇膏什么色？"

邵远看着她润润的嘴唇，眼神一荡，随后问出了和陶星宇共有的疑惑："你涂唇膏了？"

谷妙语一脸的呵呵："当然。现在还要上梯子吗？"

就这样她获得了登梯权。

邵远环视屋子。四个人各干各的事，和谐得简直像一家人。

这份和谐被谷妙语的一声尖细短促的叫声打破，她踩偏了梯子，人正在做自由落体运动。

一刹那间邵远脑子里是空白的。他不知道自己是怎么扔了水果刀和苹果，怎么冲到谷妙语身边的。但他看到陶星宇和他的速度一样快反应一样敏捷，他也飞快地从餐桌旁赶到了梯子下面。

他们几乎同时去接谷妙语。

谷妙语最终歪在了他的怀里。他紧紧一收臂，稳稳抱住她。那一瞬他有一种很奇妙的感觉，被幸运眷顾了的感觉。好像大家都在抢一件宝贝，而那件宝贝最终落在了他的怀里。

他把谷妙语抱稳后，把她的双脚落在地上，让她顺势站稳。

有重量的怀抱一下轻了。他只用了两秒钟就习惯了那个重量，现在重量消失，只沉淀了那么两秒钟的重量，倒叫他觉得有点空落落的。

谷妙语拍着胸口，有点惊魂未定，对邵远说："得亏你了，我刚才下落姿势没调整好，要是你没接住我，我就得脸先着地了！天啊太凶险了太凶险了！"

他本来还在担心她，一下子就担心不下去了。

他看到陶星宇也松了本来跟着担惊受怕的眉头，还微微笑了一下。

陶大爷在厨房嚷嚷菜好了，快来个人往桌上端。陶星宇让谷妙语去了，自己转身上了二楼。

邵远去找那个被他削了一半的苹果。苹果正躺在地上，离他削它的地方相距甚远。他都不知道自己是用了多大力气甩掉了手里的东西去救谷妙语的。

他把苹果捡起来，奇怪，被削掉果皮的裸露果肉上，怎么会有一抹红，一抹奇异的红。

陶星宇从楼上下来，走到他面前，递给他一样东西。

他接过来看，居然是创可贴。他疑惑地抬起头。

陶星宇冲他的手抬抬下巴："你的手流血了。"

他恍了一下，收到了提醒的伤口终于复苏了痛感。他抬手看了看，手掌下是一道血口子，心里有点五味杂陈的感受。陶星宇连他手上受了伤都能察觉到，关怀到。他真的是个很好的男人。他又不得不服气，又为这种服气有一点莫名的不甘心。

他抬头对陶星宇说了声谢谢。

四个人坐下一起吃午饭的时候，门铃响起来。

陶大爷冲着餐桌上的三个人一声吼："都别动！吃，你们吃，我去看看是谁。"

他颠颠地跑到门口。

谷妙语听到陶大爷不怎么客气的声音响在门口那里。

"你这孩子谁啊？怎么一上来就认亲戚？我不是你叔叔！"

"嫣然？你姓嫣啊？有这姓吗？哦你姓贺不姓嫣，叫贺嫣然。那你就直说你叫贺嫣然不就完了，咱俩又没多熟，你自我介绍得说全名。"

谷妙语听到贺嫣然三个字，有点吃不下去饭。她扭头悄悄看了一眼陶星宇，陶星宇没什么特别反应。她鼓了鼓腮帮子，默默运气。

邵远也悄悄瞧了她一眼，又顺着她瞧了陶星宇一眼，而后放下了筷子。他有点奇怪自己怎么还没开始吃就已经饱了。

陶星宇嚼完一口菜也放下了筷子。他抬起头对着门口喊了一句："她是我工作室的人，老陶你让她进来吧。"

贺嫣然捧着个文件袋进到屋里来。

换掉鞋子之后她一抬眼，和正坐在餐桌前的谷妙语一下对上了眼。

两个人一个怔在那儿，一个瞪在那儿。

随后怔在那儿的那个立马回了神，应了她的名字，笑语嫣然起来："呀，妙语，你过来了呀？"

这句话谷妙语怎么听怎么觉得别扭。好像一个在外面上班的女主人刚下班回到家里，看到自己丈夫正在招待客人，于是热情地问候。

谷妙语在心里措着辞，合计着怎样简短有力地把贺嫣然撅回去。

她还没想到具体怎么回答，陶大爷已经在旁边开了口。

"嘿，你这孩子怎么抢我们小妙语台词呢？"陶大爷转头看向谷妙语，一脸的无邪天真："妙语啊，这是你应该对客人说的话，赶紧的，别怠慢了客人。"

谷妙语憋着笑，冲着贺嫣然说："嫣然，过来了啊？"

贺嫣然脸上的笑语嫣然有点发抖。

谷妙语在心里对陶大爷跪地道谢，我的大爷啊你真是我亲大爷！

邵远看着陶大爷那脸诚挚不已的天真表情，真不知道该夸他戏精，还是告诉他戏有点过了。

不过有一点他是能确定的。这个看起来真真假假糊里糊涂的作老头，什么事心里都门清着呢。

贺嫣然在其他人那里碰了个联合壁，有点委屈有点无措地看向陶星宇，叫了他一声："陶老师，我来给您送份文件……"

声音那么酥，又无辜又楚楚可怜。谷妙语都听哆嗦了。

第十一章

不想离开她

　　贺嫣然那一声"陶老师"成功把陶星宇的注意力叫了过去。

　　陶星宇用餐巾纸印了印嘴角，起了身，走向贺嫣然。

　　步伐在他脚下带出轻风，不疾不徐，谷妙语把自己幻想成贺嫣然。她想这一刻贺嫣然一定是觉得陶星宇的每一步都走在她心坎上，越走离她的心尖越近。那些步伐在她心上摩擦出热量，让她被孤立的心温暖熨帖起来。

　　谷妙语腮帮子鼓鼓的。

　　邵远给她倒了杯水，低声说："喝下去灭灭心火吧，快烧出来了。"

　　谷妙语鼓着腮帮子斜瞥他一眼："很明显吗？"

　　邵远看着她的腮帮子："不瞎的都能看出来。"

　　谷妙语泄了气："哦。"

　　陶星宇走到贺嫣然面前，接过档案袋，打开来，抽出里面的文件看了看。

　　"我上午没有签字吗？"他问贺嫣然。

　　"您上午着急走，签是签了，但是签在一份旧版合同上了，上面有改动痕迹……因为下午一上班就要把这份合同送走，所以我就直接带过来给您签了。"贺嫣然得体地做着解说。

陶星宇从口袋里拿出随身携带的签字笔，在合同的最后一页签了名，一边签一边问："吃午饭了吗？"

陶大爷跟他的声音形成无缝衔接："这份合同很着急吗？"

贺嫣然先回答陶星宇："还没……"声音有点楚楚可怜委屈巴巴的，配着她娇美的长相，实在我见犹怜。

谷妙语又鼓起腮帮子，对邵远小声说道："我怎么就学不会这一套呢？我要是能学会，我得多妖孽啊，唉！"

邵远抿着嘴唇笑："也不是所有男人都喜欢那一套的，你现在这样也很妖孽了。"

谷妙语被他吹捧得心花怒放："姐姐下午给你买好吃的！"

贺嫣然回答完陶星宇，转过去回答陶大爷："大爷……陶老先生，这份合同是挺急的。"

陶星宇签完字，把笔收起来，春风般温暖地对贺嫣然说："不然就在这里吃完午饭再走吧。"

贺嫣然娇美的面孔放射出光芒。

但她还来不及说话，陶大爷比她先开了口："哟！这可怎么办？我就做了四个人的饭。"陶大爷一惊之后一悟，"不过没事姑娘，大爷那口饭让给你，你吃我那碗，我老头子一顿不吃饿不死的！"

谷妙语和邵远默默对视一眼。

陶大爷可能成精了，话让他说得滴水不漏，谁能有那么大脸，在他老头子嘴里抢饭？

贺嫣然果然连连说："那不行那不行，怎么能让大爷……陶老先生您因为我挨饿？"

陶星宇适时开了口："我那碗饭给你吃吧。"

贺嫣然脸红红的，敛着下巴，眼神从下向上挑着，看着陶星宇目光楚楚地说：

"陶老师，这怎么行？"

谷妙语学着贺嫣然看人的方式，转头也敛着下巴，目光从下向上挑看向邵远，挤着娇滴滴的声音说："你不知道，这女的她虽然现在看起来弱弱的，她上学时候跟我吵起架来，山里的母老虎都吼不过她。"

邵远被她搞鬼的样子逗得直呛，呛过以后再回想一下她刚刚的目光，心头扑通一跳。她搞出一副楚楚可怜的样子还真的是挺妖孽的。

他无声端起水杯喝水。

陶大爷又开了腔："陶星宇你那碗饭我看见你都动筷子了，你怎么给人吃？"他转头对贺嫣然说："这样吧，我再去焖一锅饭，你等会，等个一锅饭的时间就行。"

贺嫣然乖巧地"哦"一声，挑着目光看向陶星宇，等着他把她领向餐桌前坐下。

陶大爷却一惊一乍地又出了声："哎呀不行，你刚才说了文件很急你得赶时间，我怎么把这茬忘了！我得洗锅、淘米、焖饭，这一水的流程下来，姑娘，等饭好了你也来不及吃啊！"

贺嫣然委屈可怜地看向陶星宇。

陶星宇看看陶大爷，目光充满审视，和他打眼神官司。

真的没饭了？

真的啊。

陶大爷一副我不是死猪我不怕开水烫的模样。

陶星宇无声地叹口气，转回头，看看贺嫣然，随后把手伸进衣服口袋，掏出钱包，从里面抽出几张票子递给她："那你去外面找个好点的馆子，自己叫点东西吃吧。不用开发票了，直接用这个钱。辛苦了！"

贺嫣然收了钱，看看陶星宇，看看陶大爷，再看看坐在餐桌前稳如山的谷妙语。她咬咬下嘴唇，牙齿把血液从嘴唇上挤走，留下清白的印痕。

邵远把头凑近谷妙语，向她认真讨教："她刚刚咬嘴唇的时候，口红会不会刮在牙齿内壁上？"

谷妙语小声质疑："你们男生不是看不出女生到底涂没涂口红吗？"

邵远:"涂得自然点是看不出来,但涂得像吃了死孩子一样,只要不瞎都看得出来。"

谷妙语没忍住噗地一声轻笑出来,这小子的嘴还是那么又毒又损。

贺嫣然声音软软的和陶星宇道别,走得恋恋不舍。

陶大爷和陶星宇坐回餐桌前,陶大爷一脸认真地对陶星宇说:"你招的员工好像挺馋的,眼巴巴看着我做的饭,都不太舍得走。"

陶星宇没回他的话,拿起碗筷吃饭。

谷妙语和邵远对视一眼,又一起看向陶大爷。大爷您真是个很能打的大爷!

陶大爷美滋滋地一晃头,端碗吃饭。

吃完午饭,谷妙语和邵远一起收拾碗筷。

邵远一抬手,谷妙语看到他手掌下贴着两条创可贴。

"你手怎么了?破了?行了行了,你放下吧,不用你弄了,我来刷碗!"谷妙语一边拦下邵远一边碎碎念,"怎么这么不小心?这细皮嫩肉的小白手要是落了疤,得心疼死你们学校多少小姑娘。"

邵远抬头看向陶星宇,陶星宇呼应了他的目光。邵远对他摇摇头——别对她说我手是怎么伤的。陶星宇滑开眼神,把摞好的碗端去厨房。

他一进厨房就看到敞开盖子的电饭煲里还有大半锅的饭。他看向陶大爷,质疑地问:"只做了四个人的饭?"

陶大爷看看饭锅,心说坏了,忘记盖盖子让半锅饭的真相大白于天下了。但他转瞬就扯松了老皮老脸,开始装糊涂:"哎哟瞧我这记性,原来还有半锅饭呢。那要不你把那姑娘叫回来?我把半锅饭打包,让她带走。这大中午的,人特意堵着饭点来一趟,能别叫人空手又空肚子地走就尽量别呗。"

陶星宇淡漠地瞥了他一眼,什么也没说,转身出了厨房。

邵远正拿着一把筷子往厨房送,他把陶大爷和陶星宇的对话听了个完全。

陶星宇走后,他进了厨房,对着陶大爷一比大拇指。那竖起的指头在说:老陶,论嘴毒,我还比您差上一百倍。

陶大爷骄傲地一扬脖子。

邵远压低声音问："您好像不怎么喜欢刚才那姑娘？"

陶大爷哼一声，说："这姑娘以前不知道我是陶星宇他爹的时候，对我那叫一个耷拉眼皮说话，我去找陶星宇，她句句敷衍我。知道我是他爹之后，立刻装失忆，想把之前那一篇就此翻过。对不起，老头子我离帕金森还得几年，她能强行忘，我可还记着呢！我这人活到一把年纪，要说还有什么优点，可能就是记事比较清楚。"

邵远觉得确切地说，应该是记仇比较清楚。

陶星宇没着急去上班，他找出茶具，煮了壶茶，叫来谷妙语和邵远一起喝。

他还特意对谷妙语说："也叫老陶一起来喝吧。"

他说得轻描淡写，但谷妙语立刻明白，这壶茶陶星宇实际上是为陶大爷煮的。真是别扭的父子俩，非得通过中介来转达那份骨血间的牵绊牵挂。

谷妙语把陶大爷招呼过来。

陶大爷直呼稀奇："嘿，够难得的，我老头子活着的时候还能再喝一口你煮的茶。行，死也瞑目了。"

谷妙语一口茶水哽在嗓子眼。

她看到陶星宇手腕一抖。

"别乱讲话。"

她斜睨着陶大爷。她觉得老陶的格局真是大，一口茶都能引申出生死。

四个人一起喝着茶，气氛有种诡异的和谐。

谷妙语适时地找到机会，问陶星宇："陶老师，刚才那个妹子是怎么进到您工作室工作的啊？"

陶星宇抬眼看看她，眉宇间一片温雅。他提着茶壶一上一下，茶水高高低低地落进茶盏，动作优雅得像是一幅写意的水墨画。

邵远看看他，再看看谷妙语。有那么一瞬间，他想告诉她，茶道其实他也会。

陶星宇把倒好的茶送到谷妙语面前，同时回答她的话："说起来她也是你们学校的学生。那年我到你们学校做讲座，因为水土不服闹了肠胃病，什么都吃不下，你们导员让她给我送粥过来，粥还是她自己煮的，很养胃，我靠着她那一保温桶的粥才好了起来。后来她跟我说毕业之后想来我的工作室工作，我看小姑娘人不错，善良也勤奋，虽然设计能力差一点，但待人接物都不错，也愿意先从前台做起，就让她进来工作了。"

谷妙语越听脸越沉，听到最后嘴角像灌了铅，想抬都抬不动。

陶星宇看她的表情有点变化，问了句："你们之前应该认识吧？"

谷妙语说："嗯，认识。"

她何止认识贺嫣然的人，她更认识她手里那一保温桶的粥。

从陶大爷家里出来，谷妙语有点闷闷不乐。

一起往地铁走的路上，邵远问她："是不是因为你那个同学在悄悄不高兴呢？"

谷妙语停住脚步，冲他一瞪眼："你是蛔虫吗？"

看出她不高兴就可以了，为什么连她因为谁不高兴也看出来了，这是一个男大学生该操的八卦心吗？

邵远不在意她的瞪眼鼓腮，一派淡然，甚至有点理直气壮。

他停在她面前："那次我陪你喝点小酒浇点小愁还记得吗？当时谈到你和你那位同学有什么渊源的时候，你说答案先欠着，以后还我。"邵远微微弯腰把自己上半身往前一送，面孔一下送到谷妙语眼前，"现在请你把欠我的答案还给我吧。"

谷妙语随着他的向前探身，下意识地把脊背向后仰。他的面孔真是经得住任何突然靠近的特写放大。谷妙语在一瞬间闪过一个奇异的念头。七八年之后，当邵远到了陶星宇现在这样的年纪，他得是一个多迷人的男人。到那时年轻人的青涩已经全然褪去，剩下的全是成熟男人的韵味和优雅。那时他得是怎样一个极品男人，身边得有多少妙龄女孩为他疯狂着迷。而那时她应该已经是个很标准的黄脸婆了吧？

谷妙语抬手推在邵远肩膀上，把他倏然靠近的上半身推开一臂距离。

"说话就好好说话，别年纪轻轻就学霸道总裁那一套。"整理好两人之间的距离,谷妙语咳了一声,"姐姐我就不是个能欠债的人,不就是一个问题的答案吗?我现在就还给你!"

谷妙语在走往地铁站的路上,把自己和贺嫣然的渊源讲给邵远听。

思绪被接回喝小酒浇小愁那一晚,接上了陶星宇到她学校来做讲座的那一天。

那一天讲座结束后,陶星宇按原定计划是要赶飞机回北京,可偏偏在临行前因为水土不服闹了肠胃病,不得不改签了晚一点的航班。导员带他到医院吊了水,然后把他安排在学校接待专家的招待所高档套房里休息。随后导员给谷妙语打电话,让她去校外饭店买点粥给陶星宇送去。

谷妙语想了想,外面饭店的粥都是用当地的水直接煮的,陶星宇既然是因为水土不服闹的肠胃病,那用本地水煮的粥肯定不行。她决定干脆自己亲自动手给陶星宇煮点粥。

她跑到超市买了一桶纯净水,又买了最贵最好的米,回到宿舍从床底下翻出违规电器小电锅,冒着被扣德育分的危险,亲手为陶星宇煮粥。

每一粒米都倾注着她的敬仰与爱心,每一粒米都在她的虔诚和专注中熬得软烂,入口即化。她把这锅粥熬得简直像个仪式,一个对偶像献祭爱心的仪式。

当这锅粥终于煮好,她把它盛在保温桶里,打算给陶星宇送过去。

刚要走,住在隔壁寝室的同学就过来找她,告诉她赶紧去一下任课老师的办公室,老师找她有事。那是个挺老实的同学。她不疑有他,纠结了一下就去了。提着保温桶不太好看,她就把保温桶放在了寝室。

等她到了老师那里,老师的第一句话是"来找我有事吗",她意识到有点不对劲,赶紧回了宿舍。进了屋她发现,粥不见了。

室友说,贺嫣然把粥拿走了,还说是她让提的。

她冲去隔壁寝室,问传话给她的同学,是谁说老师在找她。那同学说贺嫣然啊。

她气炸了,一边往招待所赶一边哆哆嗦嗦给楚千淼打电话,让她赶紧教自己几句骂人话。

楚千森在电话里告诉她："骂人这门学问博大精深，鉴于时间紧迫，只能教你一句直中要害的。等下不管她怎么狡辩，你就反复问她一句话，你多大脸？"

她挂了电话冲进校招待所。她来晚了一步，陶星宇已经赶去机场了，带着贺嫣然和一保温桶粥一起坐车走的。

据招待所的门卫大爷说，是那漂亮姑娘主动提出要送专家去机场的，说得照看着专家上飞机才行。大爷还说，那姑娘熬的粥真香，打开盖子一闻他都想喝。那专家也是赞不绝口，还谢谢那姑娘能把粥熬得那么香那么软，让他的肠胃终于不再排斥食物。

她听完门卫大爷的话差点气爆炸。

晚上贺嫣然从机场回来居然还有脸来还她保温桶。

谷妙语问她："粥是你煮的吗？你拿别人煮的粥去套近乎，你多大脸？"

贺嫣然居然有脸跟她像没事人一样地笑："谷妙语你说你小气不小气，不就一碗粥，改天我亲自煮一锅还你！"

她简直气到发笑："你多大脸？用别人熬的粥去耍心机卖弄风骚，居然还能说出这么厚颜无耻的话？"

贺嫣然还是笑嘻嘻的："谷妙语，你也别委屈了，其实就算是你自己送这桶粥，你看看你这不修边幅的样子，陶老师他也记不住你，但陶老师他记下我了。"最后她还说了句特别离谱的话，"导员那么偏心你，多半是看上你了，你别因为一个摸不到的陶星宇辜负了导员。"

谷妙语在那一天才真正认识了贺嫣然到底是个什么样的人。

长着一张天使的脸，却有魔鬼一样的心肠。她为了达到她的目的，可以不惜一切手段。她才不在乎别人问她有多大脸，这跟实现她的目标比起来，算什么要紧事？脸大脸小无所谓，只要能够达成目标，她可以干脆把脸舍掉。

谷妙语问邵远："你那么懂谋略那套东西，你评价一下贺嫣然是个什么样的人。"

邵远想了下，问谷妙语："你看过《厚黑学》吗？"

谷妙语摇头。

邵远说："简单来说，是一种观点，它宣称脸皮厚心也黑的人会比较容易获得成功。我觉得你这位同学深得厚黑学的精髓，未来说不定真能干成点什么。"

谷妙语觉得这个观点真有点道理，现在不要脸的人就是比要脸的人过得更舒心更潇洒。

她问邵远："那得怎么对付这样的人啊？和她比不要脸吗？那我肯定输。"

邵远笑一笑："看到陶大爷今天是怎么做的了吗？那老爷子真是可以堪称对付厚黑术的楷模典范了。他不戳破他看到的贺嫣然的假，他甚至顺着贺嫣然帮她假下去，假到她想表达真的时候，会突然发现已经没可能没机会了。"

谷妙语回想着中午陶大爷和贺嫣然交锋的一幕幕——

陶大爷问贺嫣然文件挺着急的吧，听起来像在替她解释她为什么要亲自登门跑这一趟。后来又说他再焖一锅饭，大家就都够吃了。哎哟不对，姑娘你挺急的，你等不及吃这锅饭的。

他让贺嫣然亲口承认的急，成为她没办法留下来等饭的理由。

谷妙语细品着陶大爷中午时的做法——看起来稀里糊涂装疯卖傻，没想到那其实是大拙藏智的妙章法。

"学会了吗？"她听到邵远问她。

"不得不说，陶大爷可真是个妙人。"邵远含笑着说。

她想那可爱的陶老头装疯卖傻的妙章法，他儿子都没能看透，倒叫这个小伙子冷眼看得透透的了。

"学会了！"她回答这个小伙子。

她觉得他才是个妙人呢。

晚上谷妙语一回家就开始发呆，楚千森洗了苹果递给她她也不接。

"这苹果长得不好看，不想吃。"她对苹果的审美被邵远拔高了。

楚千森对她翻个白眼，自己吃起来："最近很膨胀啊，吃个苹果还挑三拣四！"

以往她这么奚落谷妙语，谷妙语一定会用一锅一锅的鸡汤回泼她，但今天谷妙语却只是发呆。

楚千淼把眼神调整到探测人心的X射线模式："有心事？"

谷妙语转头看她，问："你还记得陶星宇来我们学校做讲座那次，我摔倒了，他过来扶我，我后来跟你打电话是怎么描述我的心情状态的吗？"

楚千淼嚼着苹果说："记得啊，那是你对陶星宇陷入爱慕的开端，具有里程碑一般的意义，所以我记得特清。"楚千淼进入调取回忆模式，"你说陶星宇伸手扶你起来那一瞬间，你谁的声音也听不见，但耳朵里又轰隆轰隆响，听了半天才知道那是你心跳的声音。哦对，你后来还补充了一句很恶心人的话，你说不，那不只是心跳声，还是心动声！"楚千淼声情并茂地学着，肉麻得谷妙语想打她。

楚千淼凑过来挤挤谷妙语的肩膀，问："怎么想起问这个了？"

谷妙语冲她笑一笑，说："闲着也是闲着，借你的嘴再回味一下。"

陶大爷那边弄得差不多了，谷妙语带着邵远继续忙别的装修项目。

邵远新年前签下的那一单，业主当时只交了定金，说年后再过设计图和合同，然后再装修。这两天业主一家来找谷妙语谈过，他们对谷妙语的专业能力表示满意，委托谷妙语帮他们先出一份完整的设计图。

谷妙语早上上班不久，正对着电脑修改设计图改得六亲不认的时候，感觉有什么东西在一直扯自己的裤子。

她把腿挪了挪，扯裤子的感觉依旧在。

画完厨房橱柜的最后一笔，她扭过来低头看一眼，到底是什么鬼东西在扯自己裤子。

一扭头一看，她的心化了。这个小鬼东西是个软软嫩嫩的小女孩，两岁多的样子，眼睛大大的，水汪汪的，脸蛋白白胖胖，像个小面团。

谷妙语立刻对小面团的可爱投降。她弯下腰，让视线和小面团齐平，不知怎么的，声音自动切换到了和小朋友说话时哆哆的儿童音上。

"小朋友，你扯阿姨裤子干什么呀？"

谷妙语听到空气中有一声"嘶"，响起的方位应该是邵远那里。那小子八成在嘶她声音肉麻？

谷妙语觉得这世上的雄性生物多半都是棍子不打在自己身上不知道疼。他们就是没当爹呢，等他们当了爹看他们还有没有脸笑话女人哆——他们对待女儿的样子不要太讨好太谄媚！她爹和楚爸爸就是活生生的例子。

谷妙语没搭理邵远的怪声气。她会等着看他未来当了爹什么样，他最好能有点骨气，别贱兮兮地冲他儿子或者女儿伸出两只手腻歪歪地扁着声腔说来，爸爸抱。

摸摸小面团的脑袋，谷妙语用了靠近童音而捏扁了的声音继续问小面团："小宝贝，你爸爸妈妈呢？"

小面团一手扯着她的裤子，一手挠着小脑袋，眼睛忽闪忽闪的，摇摇头，忽然她一笑，冲谷妙语奶声奶气地叫了声："妈妈！"

谷妙语的心立刻化成了汤汤水水。她眉开眼笑地一把抱起小面团，说："宝宝，我是阿姨，不是妈妈。"

小面团冲她咯咯地笑："妈妈！"

谷妙语心花怒放地转头冲邵远显摆："看到我的亲和力了吗？哈哈哈！"

小面团也跟着转头看向邵远。她看着他，眼神直愣愣的。看够了，忽然对他绽放一个更灿烂的笑容，小身子还在谷妙语怀里，两手却向邵远招展开，求抱抱，奶音里带着显而易见的喜欢。她朝邵远使劲够着，叫了声："爸爸！"

谷妙语："……"

邵远："……"

谷妙语试图缓解被小面团乱叫出来的几丝淡淡尴尬："小孩子什么都不懂，逮着男的就叫爸，逮着女的就叫妈。"

为了验证这个说法，她特意抱着小面团转向另外一个女同事，指着她问小面团："宝宝，她是谁呀？"

小面团甜甜地叫人："姨姨！"

谷妙语愣了愣，又指了指另外一个男同事，问："宝宝，叫他什么呀？"

小面团嘻嘻地吮着手指："叔叔！"

谷妙语又愣了愣，再指指自己："我呢？"

小面团毫不犹豫:"妈妈!"

她又去指邵远:"他呢?"

小面团开心得手蹬脚刨:"爸爸!爸爸!爸爸!"

其他同事笑成一团:"妙语,别装了,这其实就是你和邵远的小孩吧!"

谷妙语看着怀里的小面团,小家伙开心得口水都流出来了,叫她妈妈又叫一声邵远爸爸……她脑袋有点大,这孩子是要毁她清白呀……

她抱着小面团一下站起来,向外走:"走,阿姨带你找妈妈去!"

门厅那里有对年轻夫妻正急慌慌地转来转去,找着什么。看到谷妙语和小面团,小夫妻愣一愣后,直奔着她跑过来。

年轻的妻子一把抱过孩子搂进怀里,眼圈都红了。

丈夫在一旁对谷妙语解释:"我们带着孩子来看看装修,结果去个卫生间的工夫,孩子就不见了,差点急死我们!"

年轻妈妈找到孩子,冷静下来,对谷妙语道谢:"谢谢你帮我照顾她,说起来也是奇怪,我女儿特别娇气,一般人抱她都不愿意的,就愿意让好看的哥哥姐姐叔叔阿姨抱,还逮着人家就叫爸爸妈妈!"

小面团躲在亲妈怀里冲谷妙语笑,笑得眉眼弯弯,黑眼睛亮晶晶的。那一个瞬间谷妙语看着可爱的小面团,特别想偷小孩。

被小面团一牵线,年轻夫妻直接找谷妙语来了解装修情况。

谷妙语把邵远叫了过来,让他给这对夫妻讲解公司的装修产品、装修工期、装修报价等事宜。

小面团一见到邵远就乐颠颠地叫爸爸。

小面团的爸爸把她的脸蛋扳回去对着自己,说:"月月,我才是爸爸!"

邵远清清嗓子,清下去那股莫名想要脸红的冲动。他问月月爸妈,房子多大,比较喜欢什么风格的装修。

月月妈妈眉目间有了点轻愁,说:"我们的情况是这样的,我们都是外地人,在北京打拼了很多年,终于攒够首付买了套房子,九十平米。我们几乎把钱都拿去交首付了,此外还要每月还一万的贷款,所以我们用来装修的钱其实真没剩下多少，但我们又不想把房子装得太简单。所以我们想问问看，有没有哪种风格是性价比较高的？就是既能省钱，但装修又比较有档次？"

这样的诉求谷妙语从入行就开始听了，很多人都想花低档位的钱做出高档位的装修。条件好的人的烦恼是，我今天是吃鱼还是熊掌呢？而条件没那么好的人的烦恼却是，我能不能既吃鱼，又吃熊掌？往往条件越差一些，人越容易贪心一些。

谷妙语告诉月月妈妈："您先把您想怎么装房子的基本要求告诉我们，我来给您算下标准报价，算完再尽量给您打出一个最低折扣。"

月月妈妈告诉谷妙语，地板瓷砖墙漆等，她都想用最好等级的，毕竟家里有孩子，好东西更环保一点。说到这里谷妙语是同意的，但月月妈妈又说，你看我家宝宝和你这么投缘，谷设计师，这些材料你能不能按照中档价位给我算？

谷妙语的确和小面团很投缘，但那些材料的价位却是没人性的，它们不会和谁讲究投缘。

谷妙语为难道："我可以给您尽量申请折扣，但把高档材料的价格降一个档次，按照中档价格去算，不止是我们，其实连厂家也是要亏的。所以这个价格真的给不来。"

月月妈妈一脸难过。谷妙语看着她难过差点自己也跟着难过。

邵远捏了捏她的肩膀，让她别冲动，别因为月月妈妈的难过就冲动开口答应了什么。同情可以泛滥，但账目是没有七情六欲的，出现差价可就得谷妙语自己填补了。

谷妙语稳住自己。

月月妈妈看自己的难过没有在议价过程中奏效，改为抱起月月，让她面冲着谷妙语。

她对月月说："月月，跟阿姨说，咱们家没有钱，让阿姨给咱们便宜一点吧！"她一边说一边摆动着月月的两只小胳膊，像在操纵一个傀儡小人一样。

谷妙语在那一瞬间心里非常不舒服，她实在不想看小面团被她妈妈拿来当讲价的道具。

邵远体会到了她的心情，他替她对小面团父母说："月月的爸爸妈妈，假如现在这个价格你们接受不了，那就只有两种方案，一种是砍掉一些项目，比如橱柜浴室柜这些；再有就是从高档材料换成中档的。"

月月妈妈马上愁眉苦脸起来："那怎么行呢？你们不包橱柜浴室柜，我们自己另外配的话，还是要花钱花工夫的。材料也不可以降档的，家里有孩子呢，我们得给孩子用最好的！"她说着又冲谷妙语举举月月的两只小手，"你说是吧，月月？"

邵远替谷妙语做了决断："月月妈妈，按您说的档位和价格，我们真的协调不来，很抱歉。按照您的实际条件，其实选用中档材料也是可以的，装修完多放几个月味道多散一阵子，也就没什么问题了。"

月月妈妈一副快哭了的样子，好像有人欺负她一样："这不行的呀，中档材料要放好久味道才能散，我们租的房子要到期了，我们着急住进自己家的呀！我们哪里还有那么多钱一边养孩子一边还房贷还要一边交房租，这样生活压力实在太大了……"

看着月月妈妈泫然欲泣的样子，谷妙语差点就要跪下认错了，虽然她并不知道自己该认什么错。

邵远按住她的肩膀，他的手掌稳住了她。

月月爸妈带着月月起身走了，临走前月月还龇着小牙冲她和邵远笑嘻嘻地摆手再见。

等那一家三口走远，谷妙语叹口气："我不怕跟厉害的人打交道，我就怕跟弱不经风的人打交道，说点什么都像我在欺负人似的。其实是他们在为难我啊！"

邵远纠正她："月月妈妈一点都不弱，她只是比较擅长用我弱我有理做道德绑架。"

说不上为什么，谷妙语想着月月冲自己叫妈妈的可爱小模样，就有一点难过。孩子那么可爱，可惜那份可爱有时会被她妈妈拿去做攻心的筹码。

下午的时候，谷妙语独自一个人去几个客户家的施工现场查看装修进度。检查完最后一家时，她接到邵远的电话。

邵远在电话里告诉她："你要不要回公司一下？月月家的装修被涂晓蓉签下了。"

谷妙语赶紧打车回公司。

涂晓蓉自从元旦以后好像走了背运，签单业绩一直不太好。公司很多同事都说这是运势的此消彼长，谷妙语崛起了，涂晓蓉便没落了。

谷妙语认为这番结论没有任何道理，说得好像是她把涂晓蓉的业绩都抢过来了，涂晓蓉才变得不景气似的。她的崛起是靠自己的努力，跟涂晓蓉可一毛钱关系都没有。但有些人总是愿意把自己的失败归因在别人身上，这样就不用承认自己不如人，也不用承认别人的确比自己强。

谷妙语赶回公司的时候，月月爸妈已经带着月月走了，他们和涂晓蓉签完了合同也交过了定金。

邵远告诉谷妙语，他从前台那里套来了事情的大致经过——上午他们在和月月爸妈谈报价的时候，施苒苒从他们身后经过，只是他们都没怎么注意。后来他们没谈拢，月月爸妈带着月月离开，施苒苒就追了上去，把人又带回来，和涂晓蓉谈了半天。后来他们就谈成了。

邵远有点担忧地对谷妙语说："按照涂晓蓉的一贯作风，我有点担心她会不会继续用那些猫腻手段对付月月家。其他手段倒还好些，万一他们偷换材料以次充好，大人倒好说，但月月还小，没什么抵抗力。"

"所以你把我叫回来，是想让我去敲打敲打涂晓蓉？"谷妙语问。

邵远说："这个公司她只忌惮你。你去敲打她，效果最好，说不准她为了和你置一口气，真的就不换材料了。"

谷妙语说："好，我去敲打敲打她，不为别的，就算为了月月那个小家伙吧，怎么说她还给我们做了一回女儿呢！"

谷妙语戏谑地开了个小玩笑，去找涂晓蓉了。她没看到邵远在她背后，倏地就红透了脸。

谷妙语在会议室里找到涂晓蓉，说想请她喝咖啡。

涂晓蓉现在对她连笑容面具都不戴了，直接以真情绪相对。

她拉着脸，说："我们之间还有可以坐下来喝咖啡的情谊吗？"

谷妙语想想也是，还真不太有，那索性有话直说好了。

"听说你刚签了从我这儿走掉的一家三口的单？"谷妙语说。

涂晓蓉冷哂一声："怎么，你自己没本事签下来，还不许别人签了？"

谷妙语说："你要是真的凭本事签下来的，我敬佩你。但你要是还藏着什么想法，晓蓉，我就说一句话，他们家有小孩，小孩子抵抗力弱，如果材料不好，会生病的。"

涂晓蓉一甩手，把一叠材料啪地一声摔在谷妙语面前的桌面上。

那是一沓材料报价单。

"别以为天底下就你是好人，就你是高风亮节的设计师！睁大眼睛看清楚，这上面的材料型号，可都是高档环保的好材料！我等下就拿去财务让他们从厂家下单！"

谷妙语翻了翻报价单，倒都是甲醛含量少的好材料，总报价也给了很低的折扣，基本和自己给的报价是持平的。涂晓蓉在最后一页还有个备注，说是会送月月爸妈一台空气净化机。

谷妙语看着这份报价单，它意味着涂晓蓉做完这一单基本赚不到什么钱，这看起来真不是她的作风。但她想涂晓蓉最近业绩不好，着急签个单子冲下业绩也确实是有可能的。尤其这单子谷妙语谈过没谈拢，却被涂晓蓉签下了，这种对比可能会比提成更叫涂晓蓉舒心。

几天后，月月的爸妈又来了公司。

他们遇到谷妙语，月月妈妈对谷妙语主动打招呼，告诉她："我们签了谷设计师您的同事，她人真好，答应送我们一台空气机呢，还说有款乳胶漆的甲醛含量有点高，会帮我们换成更好的牌子。她怕我们对装修过程不放心，还帮我们请了第三方监理呢！"

谷妙语对月月妈妈笑着说："月月妈妈，也别光靠着第三方监理帮你们监督，你和月月爸爸有空也去施工现场多瞧瞧！"

月月妈妈说："这个是当然的呀，这个我们当然知道了。"

月月妈妈走后，邵远问谷妙语："第三方监理，真的是第三方吗？你之前告诉过我很多监理看似中立，起监督作用，可其实私下和设计师是一伙的，会联合起来蒙业主。"

谷妙语笑一笑："你觉得我为什么让月月爸妈多去施工现场走走？能防患于未然就尽量防吧。不过还好，月月妈妈只是看起来弱，她其实真不是啥省油的灯，不会让自己吃亏的。"

此后的一段日子，公司里经常听得到一个稚嫩的小奶音追在邵远身后叫"爸爸、爸爸"。

邵远起先还不好意思，后来干脆被叫皮实了，月月一叫他爸爸，他就弯腰把她捞起来，看着她黑葡萄似的大眼睛问："那邵爸爸和你谁好看？"

月月用小胖手指指自己："月月好看！"

邵远反驳她："不对，是邵远爸爸好看。"

月月瘪嘴要哭："月月好看！"

邵远一脸认真地逗她："邵远爸爸好看。"

每当这时，谷妙语就能在一旁无语到吐血。一个名校大学生，和一个连幼儿园都没上的小娃娃较劲，多有出息。

月月的妈妈经常带着月月到公司和涂晓蓉讨论房子装修的事情。月月实在可爱，她像个小外交大臣一样，融洽着每个人和她妈妈之间的关系。

涂晓蓉也经常笑眯眯地逗月月，一副很喜欢小孩子的样子。

她笑着逗月月："姨姨拿月月换糖吃行不行啊？"

月月又委屈又怕怕地把小脑袋摇得像个拨浪鼓："月月可爱，月月不换糖！"带着手窝的小手再朝涂晓蓉一指，"姨姨换糖给月月吃！"

每当这时涂晓蓉就笑得像个狼外婆似的，好像要把可口的小孩子一口吃掉一样。

在月月妈妈三五不时出现在公司的勤奋监督下，涂晓蓉给月月家的工期赶得很快，差不多一个月就完工了。这是她经手的装修项目里，完工用时最短的一个。

竣工当天，月月妈妈和月月爸爸给涂晓蓉送来一面锦旗，为了热闹月月妈妈居然还搞了两个鼓乐手，敲锣打鼓的声音引来同事们的围观看热闹。

谷妙语和邵远也跟着大家一起到了公司大厅做捧场群众。

月月妈妈拉着涂晓蓉的手感谢不已，对她说："晓蓉，真的谢谢你呀，时间对我们来说就是金钱，你帮我们节省了时间就是帮我们多赚了一个月四千多的房租钱！"

她告诉涂晓蓉，现在是二月份，三月份她们租的房子就到期了。到期前这一个月，新房装修完了正好可以散味道，等租的房子一到期她们一家就可以搬进去住了。因为房子装修竣工得及时，她们不用再租一个月房子，真是一点冤枉钱都没花。

月月妈妈拉着涂晓蓉的手感激不已的时候，月月这个小家伙正在扯谷妙语的裤子玩。

谷妙语低头看看小面团一样的月月，心里软得一塌糊涂。因为这个可爱的小家伙，她实在没忍住，选择做了一个多嘴多舌的人。

"月月妈妈，月月在这里。"她把孩子还给月月妈妈，切进谈话，"还有那个，月月妈妈，房子装完还是应该多放放味，一个月时间有点短，起码放上三个月再住，比较好一点。"

月月妈妈接过月月把她抱在怀里，转头看向谷妙语，对她柔柔一笑："放一个月应该也没问题的吧？装修材料其实都是按照谷设计师您一开始给的清单弄的，按您说的，那些都是环保等级最高、甲醛含量最低的材料。涂设计师只是在您给的材料清单基础上，给我打了比您更低一点的折扣而已。况且涂设计师人好，答应等我入住之后会送我一台空气净化机的。"

月月妈妈用弱弱的无害的语气说着话，但话的内容谷妙语怎么听怎么觉得有一种绵里藏针的讽刺味道。月月妈妈在讽刺她给的折扣不实惠。

"甲醛含量低不意味着没有甲醛，还是多放一放味比较好。"谷妙语看在可爱的月月份上，不跟她妈妈计较她的话中话，"毕竟月月还小，为了孩子也应该再多放两个月的味。"

月月妈妈冲她无奈一笑："我们的钱全拿来买房子和装修了，哪里还有能力一边承担昂贵的房租一边还房贷还要一边养两个孩子啊？"

站在谷妙语旁边的邵远用二娃一般的好耳力捕捉到了一个细节："两个孩子？"

月月妈妈温柔一笑："是的呀，月月还有个哥哥，在寄宿学校读小学。这又是一笔大花销呢。唉，北京对外地户口的人真是不友好，我儿子没有北京户口，在公立学校只能旁听，为了不让孩子被歧视，我和孩子爸爸只能苦一苦自己，送他进私立读书了。"

听完这番话，谷妙语不知道心里到底是种什么感觉。她也是外地人，她也没户口，但她不觉得北京不友好。不友好的只是月月妈心里的那份自我委屈。其实这个城市对每一个外地人都是公平的，有能力就留下，没能力就离开。这里不相信委屈只相信奋斗。就这么简单。

谷妙语通过月月妈妈这类人得到了自省。有时间觉得委屈觉得这个城市对自己不公平，不如检视一下自己：我付出了足够的努力没有？我的努力是否足以让我从我的生活环境获取公平。

周五快下班的时候，陶大爷给谷妙语打电话，骂她和邵远没良心。

"都一个月了，也不来看看我？你们跟我做的还真是一锤子买卖啊！"

谷妙语赶紧解释自己最近比较忙，又接了几单装修项目，之前签的单也总有这样那样的事情发生需要解决，这不才怠慢了他陶大爷老先生了吗？

陶大爷在电话里哼哼唧唧地说："我不管，明天我包饺子，你们俩要是不来吃，我周一就去你们公司躺地上不起来了！"

谷妙语赶紧告饶。

第二天她和邵远一起到陶大爷家的别墅去吃饺子。邵远专门借了车，从半路会合点捎上谷妙语一起去了陶大爷那里。

一个月不见，谷妙语和邵远觉得陶大爷好像瘦了。

邵远打趣他："老陶，怎么瘦了？想我们想的？"

陶大爷横他一眼："什么想你们想的，是烦你们烦的！"

邵远被他横得一笑。

陶大爷一个人包了好几种馅的饺子，一看就是三个人吃不完的量。

谷妙语问陶大爷："陶老师呢？不回来一起吃吗？"

陶大爷哼一声，说："他忙，要加班，不回来吃了。"

邵远想了想，问陶大爷："后来我们帮您软装完，陶老师中午回家吃饭的次数还多吗？"

陶大爷摇头："越来越少了。"他的表情有点落寞。

邵远心里了然了什么，他装作一副若无其事的样子："要不您再给陶老师打个电话，就说我俩来了，问陶老师中午要不要回来一起吃饺子。"

听到谷妙语来了，他或许会回来的吧。邵远这样想着。

陶大爷说好的，那我再试试。他刚拿起手机，还没等拨号，就毫无征兆地嘴巴一张，"呜啊"一声，呕吐起来。

谷妙语和邵远都吓呆了。这一幕来得实在太突然，而让他们更吓呆的是，伴着秽物，陶大爷居然在大口大口地呕血。

谷妙语冲过去扶住陶大爷，声音抖得直发哑："大爷您怎么了啊？"

陶大爷冲她虚弱地嘿嘿一笑："没事孩子，别怕，大爷之前不是跟你说大爷得了绝症吗？大爷没骗你，大爷真得了胃癌。大爷得跟你坦白，那回我坏肚子不是喝你那十杯水喝的，那是大爷本来就有病。"

谷妙语被陶大爷一笑，笑得心都碎了。

好在邵远今天开了车，谷妙语和他一起把呕血不止的陶大爷送到了医院。

大夫一看见陶大爷就说："哎我说您这大爷，您怎么还挺着不治疗？再不治可要晚期了！家属呢？"他看着邵远说："你是他儿子吧？"

邵远摇头表示不是。

大夫没忍住，指责道："这家属，心够大的！赶紧打电话叫人过来！"

谷妙语立刻给陶星宇打电话。陶星宇听到谷妙语告诉他，陶大爷得了胃癌的时候，他还不大相信。

"老陶自己跟你说的吧？别信他，他满嘴跑火车，他用这话都吓了我好几遍了。"

谷妙语急得都快哭了："陶老师，是真的，我们现在就在医院，陶大爷一直在呕血，您赶紧过来吧！"

听到这儿陶星宇慌了，谷妙语听到他把手机摔到地上又捡起来的声音。

"在哪个医院？快把地址发给我！"

谷妙语挂断电话把地址发给陶星宇。等待的过程中她不由自主一次次回想陶大爷说过的话——好，明天我准把陶星宇带你们公司去，他要是不去，我就告诉他我得绝症了，他今天要不跟我一起过来就当场病发死给他看。

谷妙语坐在病房外，眼圈发热。那老爷子可真是够可以的，总是在满嘴跑火车地讲实话。他是想用一种戏谑的方式给身边人提前打预防针，让大家多听几次他得绝症的假设，好在真相正式被揭露那一刻，不至于太伤心吗？

可是她现在好像更伤心了。

不多久陶星宇赶到了。他一点都不像平时那么淡定从容，头发都跑乱了。可以想象他跑起来脚步该有多急，急到空气擦过他时都变成风。

和他一起赶来的还有贺嫣然，以一副当陶星宇慌乱时，她得看顾着他的必要的陪伴者姿态而出现。

她看到谷妙语时，神情戒备："妙语，你怎么在这儿？"

谷妙语懒得理她，起身对陶星宇讲述陶大爷目前的状态，并带他去见医生。

贺嫣然要一起跟着去。邵远长腿一跨，站在她面前，拦住了她。

贺嫣然双眼一瞪，压低声音问："你干什么？"

邵远撇嘴一笑："不干什么。"他陡然提高声音，对陶星宇说："陶老师，让您工作室的这位同事跟我一起去缴费？"

陶星宇有点心慌意乱，对贺嫣然吩咐："你和小邵一起去吧。"

他转身和谷妙语一起去见大夫。

贺嫣然拉了脸，瞪着邵远，冷声说："在哪儿缴费？你带路吧。"

邵远带着贺嫣然在医院里兜圈子。医院人多，贺嫣然一开始还没觉得，后来当她发现自己看到同一个等待叫号的病人两次，她发现了自己被带着兜圈子的事实。

她一把拉住邵远的胳膊，迫使邵远停住脚步。

"我说你够了吧，带我逛花园呢？一圈一圈地绕！你是当我傻吗？"

邵远不动声色："我为什么要带你逛花园？"他用他揣着明白装糊涂的样子把贺嫣然气笑了。

"行啊小子，跟我来这套？我装糊涂的时候你还不知道上小学中学呢！"她顿了顿，干脆打开天窗说亮话，"我不知道你是不是喜欢谷妙语，说你不喜欢她吧，你倒是愿意掏心掏肺地帮她，甚至拖住我，给她和陶星宇制造待在一起的机会；但要说你喜欢她呢，你这做法未免太有点往自己脑门上贴绿。不过你到底喜不喜欢她，这对我来说并不重要，反正我可以明确地告诉你，我，贺嫣然，就是喜欢陶星宇，你知道我为了他花了多少心思？喜欢他是我的权利，我警告你，别给我使绊子，为了捍卫我喜欢陶星宇的权利，我可以不择手段！"

邵远看着她，很没有笑意地一笑，说："你对其他人伪装得都挺好的，怎么在我面前就露出真本色了？"

贺嫣然也干脆："我的伪装反正对你没什么用，我何必那么累呢。"

邵远点点头。

贺嫣然可真不是个空有脸蛋的花瓶，她是会看人的，知道自己在什么人面前已经无所遁形，于是索性不再伪装。

"你喜欢谁的确是你的权利，但你没权利为了达成你的喜欢就伤害和窃取别人的利益。"邵远说。

贺嫣然呵呵一笑："我伤害谁了？窃取什么了？"

邵远说："你应该不会记得，你接近陶星宇第一步获得成功所依靠的那桶粥，到底是谁煮的？"

贺嫣然愣了愣，随即一笑："一桶粥记这么多年，还到处讲，谷妙语也是够可以的！不就一桶粥吗？别说的我好像伤害了她似的，她身边那么多护花使者，谁能伤着她呀？"贺嫣然忽然变了音色，拐着腔调说，"小弟弟，你现在充其量也只是她众多的护花使者之一！这么拼，值得吗？"她把"之一"两个字咬得又重又轻蔑，似乎想让邵远知道，做那么多男人中的一个，是一件多低贱的事。

邵远冲她笑，忽然抬手晃晃手机："你猜我刚刚有没有把你真实的刻薄的样子录音？"他敛了笑，冷冷看着贺嫣然，"你要是对谷妙语不择手段，那不如我们比比看，我对你是不是能更不择手段。"

贺嫣然脸色骤变，像被苍蝇突然堵住喉咙口那样，怔在那儿。她刚刚居然被一个小她很多的男生震慑到了。

陶星宇和大夫了解过陶大爷的情况后，一时有点难以接受现实。他颓丧地坐在病房外的塑料椅上，两手捂着脸。

谷妙语陪坐在一旁。

陶星宇的声音突然从指缝间漏出来，有点懊丧，有点自责，有点无法置信和内心揪痛。

"我一直以为他说他得绝症，是作，是逼我回家陪他。他越作我越冷淡，谁知道他说的是真的。"

谷妙语一时不知道该怎么安慰他，想想后，她试探地问："陶老师，您和陶大爷之间……是不是有什么心结？"

陶星宇像定在那里一样，好半天没有动。半响后他放下手，露出他的脸。平日那么俊朗有神的脸，现在布满了憔悴。

"你看得出吧？老陶年轻时候应该很帅。"他以这样一句话，开始对谷妙语打开心扉。"我记得我小时候，他真的很帅，帅到经常有漂亮阿姨来家里找他。我母亲是很传统很温柔的女性，温柔到逆来顺受。她很爱自己的丈夫，不管丈夫和漂亮阿姨在她面前开的玩笑有多离谱，她都不发脾气。但我是她的软肋。有一天一个漂亮阿姨对我说我来给你当妈妈怎么样，这句话成为压倒我母亲的一根稻草。从不对我父亲发脾气的她，那一次歇斯底里地对老陶提出了离婚。老陶犹豫了两晚，居然答应了。他想知道是不是外面的美丽风景更适合他。美丽风景很快就没有了美丽，当两个人计较起柴米油盐，哪个女人都别想再做漂亮风景。几年后老陶后悔了，他回来找我母亲，想和她复婚。我母亲太爱他了，没怎么犹豫就和他复婚了。可是她一个人的日子难过得太久，复婚后没多久就生病去世了。"

听到这儿，谷妙语已经大致理清后面的事情了。

陶大爷的老伴去世，陶星宇对他曾经的出轨耿耿于怀，不愿意回家陪他。可他毕竟是父亲，血浓于水的父亲，他气父亲当年的糊涂作为，但他终究是挂念他。于是他用甚少回家陪伴作为惩罚父亲从前荒唐的手段，用衣食无忧不停给钱来尽到他为人子的义务和责任。

谷妙语一下就明白陶氏父子的相处模式了。明明互相有着牵绊，一个靠作来讨儿子关注——曾经做过糊涂事的爹，拉下脸认错求儿子回家，被一次次拒绝后，终于决定还是作吧；一个做着冷淡样子，只是不停给钱——然而冷淡的儿子，却那么了解他爹的喜好和忌讳。他知道他爹在默默向母亲忏悔，知道老头子忌讳那些会隔断他和妻子阴阳相连的事物。他们彼此是挂念的，只是中间隔着一道心结。

"现在他躺在里面，我甚至不敢进去见他。"陶星宇又开了口，嗓子都哑了，"我现在才知道我是害怕的，我怕他离开。"

谷妙语的眼睛一下就热了。

陶星宇转头看她，凝视着她说："你不是挺能讲鸡汤的？给我讲两句吧，告诉我应该怎么做。"

谷妙语吸吸鼻子，说："陶老师，记得你跟我说过一句话，你说陶大爷寂不寂寞，你陪不陪他，这些都是你的家事，我们外人要是掺就是管太宽了。但你想，你母亲和陶大爷两口子之间的事，你也是外人，你母亲已经原谅了陶大爷，你还要替你母亲惩罚他多久呢……或许你母亲并不愿意看到你和陶大爷是现在这个样子，如果不是奔着一家人和和美美，她干吗还要和陶大爷复婚？还有你再想想，你母亲走之后，陶大爷有找过其他老伴吗？陶大爷是不是一门心思奔着百年之后和你母亲会合去的？"

谷妙语又吸吸鼻子，咕哝着："怎么办，我不知道继续说什么了，其实我特别讨厌渣男，可是陶大爷除了年轻时候那荒唐事，他这个老头确实是个好大爷，反正就我所知道的，他从来也没和娇俏老太太眉来眼去什么的，他应该很忏悔以前的事了。我觉得他也是个好父亲，他很记挂你！我讲不出鸡汤了，就想说，不是人人生来能做父子，能尽孝是福，别等子欲养而亲不在了。"

陶星宇把她的话都听进去了。他红着眼圈，抬起头，不让眼泪流出来。

邵远和贺嫣然缴费回来时看到的是一副哀伤而温馨的画面。画面里的两个人红着眼，交着心，

气氛竟是那么的静谧亲昵。

贺嫣然转头看着邵远，眼神愤愤。而后她踩着高跟鞋，鞋跟一下一下击打地面，一声一声打破两人之间让她感到危险的和好气氛。

"陶老师，费缴完了，我们进去看看陶大爷吧？"

陶星宇深吸口气，站起身。

进病房前，他低头对坐在椅子上的谷妙语说谢谢你。

谷妙语仰头看向他，说不客气。

邵远站在他们旁边，感觉自己在看一部偶像剧的画面。可他并不喜欢偶像剧。

两天后，陶星宇给谷妙语打电话，说他打算把陶大爷带去国外做手术，毕竟那里的医疗器械和靶向药物都要新一些。

他对谷妙语说谢谢，是她让他放下了那份对老陶的耿耿于怀。

他说："等我带着老陶做完手术从国外回来，我们请你吃饭！"

谷妙语很认真地回答："陶老师，这句话我不当应酬话听，我等着这顿饭！"

挂断电话后，谷妙语忽然发现不知道从什么时候开始，她和陶星宇说话时已经不结巴了。

陶大爷出国前，谷妙语和邵远亲自赶去机场送机，谁也没有做出一副生离死别的样子。邵远和陶大爷依然生命不息斗嘴不止，谷妙语依然被陶大爷治得一次次确认您就是我亲大爷。

邵远说："老陶，看你瘦的，都不是老头里最帅的了。"

陶大爷立刻大惊失色，说："等我回来，我让你看到一个风华再现的你大爷！"

谷妙语说："大爷，您那好几个馅的饺子，我还没吃着呢。"

陶大爷眉开眼笑，说："等大爷回来就给你重新包，想吃啥馅包啥馅，想吃钱馅的大爷把自己存折都给你包里头！"

谷妙语哈哈地笑，说："好啊好啊，那我就吃钱馅的！"

和陶大爷挥手告别，看陶大爷过了安检，谷妙语笑不动了。她眼圈有点发红，问邵远："咱大爷，可别回不来啊。"说完她就打自己嘴，呸呸呸，童言无忌！

邵远犹豫了一下，还是抬手揽住她的肩膀，抱了抱她："一定回得来，他欠咱们一顿饺子呢。"

她在他的臂膀里，与其说是他在安慰她，不如说是他在悄悄凭借着她的温暖安慰着自己。

晚上回到学校，邵远的情绪一直都很低落。

当母亲打来电话时，他的情绪到达了一个最低点。

母亲问他："远远，差不多应该从砺行离职了吧？你从去年十二月入职，到现在二月，已经三个月了，该了解的都已经了解，该排除的也已经排除，我和你爸爸都觉得，你可以离开了。"

邵远的心咯噔咯噔地跳。

母亲这样说，听起来是建议，其实就是决断。母亲从来都是用建议的方式对他宣告决断，让他接受起来不至于觉得那么被迫。可这次，他想稍稍反抗一下母亲的决断。

他想了想，回答母亲："我想待到下个月再走，我有一笔提成，下个月发，我想领到后再离开。"

母亲轻声笑了："别在乎那一点钱了。"

邵远很认真地强调："妈，那钱虽然少，但是意义是不一样的，那是我在这个行业的第一笔提成。"

母亲沉吟了一下，说："好吧，那就等你下个月领完提成吧。"停了下，母亲语重心长，"远远，后面你得忙毕业的事，还有秋天出国留学的事，最好不要再分心了。"

邵远回答着:"嗯。"

挂断电话,他的情绪低落得让他觉得自己就快要呼吸不动空气,胸口闷闷的。他白天经历了一场分别,晚上又预定了一场分别。人要有多强大的心脏,才能在一天内承受两场分别。

他从桌面拿起一只苹果放在鼻下,闻一闻。淡淡香甜的味道,那个小姐姐最喜欢的味道。他的心绪渐渐平静下来。他不想这么早离开,他想再陪陪那个小姐姐。和她待在一起,他感到进步和快乐。他闻着苹果清香,忽然转念想,其实他不想这么早离开,与其说是想多陪陪小姐姐,不如说是希望那个小姐姐,再多陪陪自己吧。

一场雨把北京从二月直接带进三月。

天气渐渐暖和起来，树枝开始抽出闷骚的绿芽，偏爱早春的花也在悄然花枝招展起来。

冬衣脱下，好看的单衣穿上身，谷妙语觉得自己好像又变成一个回春少女，邵远也被春天的衣装衬托得越发劲帅朝气。

一年里，谷妙语最爱这个时节。这是一个什么都在复苏的月份，不论是生命，还是念头，亦或某种情绪。

只是进入这个月份后，邵远不太像其他人那样在春意中盎然。

谷妙语总觉得他变得有点不一样了。他笑的时候，笑容里似乎多了一点谁都看不懂的东西。尽管和以前一样，他也斗嘴，也戏谑，也跟她寻开心。但斗过戏谑过寻过开心以后，他总会露出那么一抹奇怪的神色，像在回味着什么有今天没明天的东西似的，偶尔还会表现得有点焦虑。

谷妙语想着能让他焦虑的因素，想来想去，问他：“是在担心陶大爷吗？别担心，陶老师昨天跟我通了电话，他说陶大爷手术效果非常好，过几天复查之后如果没问题就可以回来了。"

邵远点点头，松口气一样地说："那我就放心了。"但他眼底的复杂情绪一样没少，焦虑也并没有被平息下去。

谷妙语觉得只有她不愿意做某件事而别人非逼着她去做的时候她才会这么焦虑。

三月上旬的时候，月月一家搬进了新房子。

搬进新家后，月月妈妈带着月月来公司找过涂晓蓉两次。第一次是要求涂晓蓉兑现那台早就说好要赠送的空气机。第二次是一个星期后，月月妈妈带着月月，来跟涂晓蓉讨价还价。

月月妈妈翻着京东的页面给涂晓蓉看，弱弱地说："晓蓉你看这里，这台就是你送我的空气机，你说是按照四千块的标准算的，但官网显示这台空气机只要两千九百块……那我在想，这中间的一千一百块差价，你能不能跟你们领导说一下，用现金补给我啊？"

涂晓蓉对她解释，空气机拿货渠道不一样，价格就会不一样，他们不是从网销渠道拿货的，所以拿货的价格本身就要贵一点，而这个差价是不能补的。

月月妈妈就很温柔很讲道理地据理力争："那我把空气机退还给你，你退给厂家，不用退原价四千块那么多，折旧也可以的，然后把退掉的钱给我吧。这台空气机我只用了一个星期，折旧的话三千五百块可以了。拿到这三千五百块，我再自己去京东买空气机就好，怎么也还能剩下六百块。晓蓉哦，你别笑话我精打细算，我们家负担重，还有房贷还要养两个孩子，不是我这么精打细算，日子早就过不下去了。"说到这儿，她挥舞着月月的两只小手，对涂晓蓉说，"月月，快跟晓蓉干妈说，谢谢干妈！"

最后月月的奶音并没能打动涂晓蓉，涂晓蓉拒绝了月月妈妈的种种折现要求，尽管月月妈妈软磨硬泡了差不多一天。

月月妈妈带着月月走后，施苒苒实在憋得慌，逮个人就吐槽，逮着谷妙语都不控制了，说："我真是服了这个女的，一副弱弱的样子，其实骨子里比吸血鬼还吸血鬼，不把我们组吸干榨干不带死心的！上回那个锦旗，那其实是跟我'借'的钱弄的，我跟她要过两次钱，她每次都说忘记带钱了，手机没绑银行卡，下次见面一定记得给你现金。我呸，她给个屁！谷妙语我跟你说，你当初没签她就对了，你说我怎么鬼迷心窍了，帮晓蓉揽这么个客户回来！真是跪了！"

谷妙语只能客套两句，告诉她林子大了，什么鸟都有，客户多了，什么奇葩不得受着。既然是自己选的客户，选的时候只奔着挖墙脚，那后面做项目的时候，可不就得跪着承受了。

就在这个月里，邵远告诉谷妙语，他拿到了offer。他说如果一切顺利的话，八月底他就会出国留学。

谷妙语在第一时间给了一个很直觉的感慨："这就拿到offer了啊，太早了吧……"

邵远说，不早了，他在同学之中算是拿到很晚的了。

谷妙语讪讪地笑了笑。其实她都不知道自己怎么会发出"太早了"这么无稽的结论。她想或许她的潜意识里觉得，拿到offer的邵远，就该要离开砺行了，而她似乎有点希望，邵远能再多待一阵子。毕竟再重新招个销售过来，又要重新磨合，而不管怎么磨合，新来的未必能像邵远那样，和自己如此合拍。合拍到只要一个眼神交汇，就已经明白该怎么样配合对方唱双簧了。

太阳不可阻挡地一天天东升西落，日历随着朝夕更替一页页不可逆转地向后翻。谷妙语觉得拿到offer后的邵远，他眼底那种复杂奇怪的情绪似乎越来越浓。

渐渐的，他的这种谁也读不懂的情绪，谷妙语却在某一天忽然有点读懂了，有点领悟了。

那是在某天早上，她吃着邵远每天给她带的苹果时，突然领悟到的。

她咬着苹果，对邵远说："我在想全北京含糖量最高的苹果是不是只有你能买到？自从吃了你买的苹果，我觉得我和我发小买的那是什么啊？那是苹果吗，那就是长着苹果外形的黄瓜，只管脆，但一点都不甜。"

听了她的话邵远笑了，笑过之后他又露出了那种有点复杂难懂的情绪。

谷妙语看着他眼底那些极富层次的情绪，忽然就看懂了。他好像在说，这苹果，你爱吃就好，我就没白买。可是以后我不能给你买了，你就得天天啃苹果外形的黄瓜了，这可怎么办呢？那情绪的表面是笑意，笑意下掩藏着即将分别的离愁别绪，离愁别绪下是惆怅，惆怅再往下的东西，她看不清了。那东西似乎他自己也还理不清，混混沌沌地焦虑着。

于是谷妙语明白了，他是想到去日无多，分别在即，所以心情有点上不下下吧？现在相聚的时候越开心，分别时就会越不舍。趁着还相聚，提前感受一下那份不舍，就会在现下的每一次笑容过后都涌起一摊复杂的情绪。

谷妙语想起之前邵远问过她，公司什么时候给他发那笔提成。

她说："你要是着急，我就去找秦经理，让他跟财务说一声，给你的提前算一下。"

邵远立刻说："不用找经理，我巴不得晚一点发。"

她后来回想一下，隐约觉得那笔提成发到手的时刻，应该就是邵远准备离开的时间了吧。原来离别就埋伏在财务这个月的报表里。

谷妙语不知不觉被邵远的情绪感染，她觉得自己似乎也在变得惆怅。她工作三年了，已经在职场历练了这么久的时间，家装这个行业流动性又大，她以为自己早就习惯了身边的同事来来走走，面孔换了又换。从初入职时，每换一个同事她都会伤感不已，到后来听说搭伙干活的同事离职时，只会冷静地"哦"一声，她不过也就用了半年时间。

半年时间已经可以抹平一颗心多愁善感的棱角。可是现在，和一个相处仅仅三个月的小男生，她居然被他的情绪感染，又变得有点不舍和惆怅。不知不觉的，他靠着每天一个苹果，已经把他的存在感渗透在她身边了。

谷妙语告诉自己，没关系的，等邵远离开后，这回不必再用半年时间，可能只需要一两个星期或者一两天，她就会适应这一场人事离别。

三月底的时候，陶星宇带着陶大爷回来了。

手术很成功，陶大爷虽然坐在轮椅里，但他的精神面貌很活蹦乱跳。陶氏父子的关系和之前变得很不一样，一切都很好。只是谷妙语和邵远去机场接机的时候，看到了贺嫣然是从到达口里面出来的。

她不是来接机，她是和陶氏父子一起从国外飞回来的。他们一行三人迎面走来。

陶大爷坐在轮椅上，陶星宇推着他，贺嫣然一脸娇柔委屈但坚强地推着堆满箱子的行李车。

陶星宇看着她吃力的样子，有点不忍心，跟她说："要不我们换一下吧。"

贺嫣然摇头，笑得善解人意："不用的陶老师，我推不好陶老先生的轮椅，我还是推行李吧。"

谷妙语问邵远："你猜是陶大爷不好推，还是陶大爷不让她推？"

邵远低笑："陶大爷的轮椅，八成只有他看得上的人来推，他才让它变得好推。"

陶大爷看到谷妙语和邵远来接机，激动得从轮椅上站了起来，说什么都要给他俩走两步，让他们看看尽管少了大半个胃，但他依然当仁不让，是北京第一英俊健硕的小老头。

谷妙语一把搂住陶大爷，笑得直哭："我的大爷，您什么时候给我包钱馅的饺子啊？"

陶大爷隔着谷妙语冲邵远直摆手："来来，把这'大膏药'给我扯走，糊得我上不来气！"

陶星宇看着他们笑。

邵远在一旁悄悄观察着陶星宇。他觉得陶星宇看向谷妙语的眼神发生了变化，比从前主动了许多，也热烈了许多。他知道陶星宇在国外这段期间，一直和谷妙语保持电话联络，陶大爷在那边有什么动向，他都会第一时间告诉她。他想，通过这次陶大爷生病，继谷妙语成为沟通陶氏父子感情的桥梁之后，她或许要得偿所愿，能做陶大爷的儿媳妇了。

想到这儿他脑子里忽然白了一下。他在一瞬间仿佛穿越到几年后，看到自己和一个更成熟知性的谷妙语擦肩而过。她认不出他了，就那么擦着他的肩膀走过去，走向一个男人。而他回头，转身，望着她的背影，欲言又止。

陶星宇的声音突然响起，扯回了他漫无边际的神游，心口莫名空落落的。回神后他听到陶星宇在对陶大爷说话。

"小心一点，别太激动。老陶你克制一下，手术伤口还没好，撕开了又得给你花钱缝。"

陶大爷眼一瞪："我是你爹，你给我花点钱缝缝伤口也心疼？"

陶星宇冲着他一副冷淡的样子，回杠他："我是心疼钱吗？"

陶大爷眉开眼笑："那我知道了，你是心疼大夫。"

陶星宇摇头无奈地笑。既然他爹皮这一下很开心，那就让他爹皮一下吧。

谷妙语看着他们，觉得现在这样真好。不仅陶大爷死里逃生，他和陶星宇的父子关系也一并死里逃生。

四个人在这边亲情融融，贺嫣然一个人推着行李车咬着下嘴唇泫然欲泣。她喊了声陶老师，陶星宇转头去看她。

他眼底有了点歉意，一种刚刚把她忘到脑后的歉意。

"嫣然，你先回去吧，赶紧好好休息一下，这几天帮我跑前跑后辛苦你了。回头这几天我给你按出差班算。"

贺嫣然咬着下嘴唇，下巴敛着，目光从下往上挑着，楚楚可怜地看向陶星宇。

"陶老师，不用按加班算，这么算您就把我看低了。能帮忙照顾陶老先生，我很愿意的。"

陶大爷在一旁飞快插嘴："那就不按加班算，按正常上班算。姑娘大爷得谢谢你啊，在国外要不是你看着护工，护工照顾我，大爷好不了这么快。"

谷妙语和邵远对视一眼，微微一笑。陶大爷这个老妖精，在间接告诉他儿子，照顾他的到底是谁呢。

陶星宇蹙了蹙眉心。

贺嫣然怕再待下去陶大爷会继续说些乱七八糟的，赶紧告辞："那陶老师，我先走了，您好好休息，陶老先生，您也好好休息。"她转头冲谷妙语和邵远嫣然一笑："你们和陶老师、陶老先生慢慢聊，我先走了，再见！"

谷妙语笑得美美的，回了声再见。

邵远悄悄送她一根大拇指。有进步，能和虚伪的人虚与委蛇了。

他未来可以放心离开，不必怕小姐姐会被厚黑的人套路了。

三月底，财务生病请假，做不了报表，邵远的那笔提成没有按时发下来。

母亲给邵远打电话，问他离职了没有。

邵远还是说，等拿到那笔提成就离职。

母亲在电话里已经有了点质疑："远远，砺行怎么有那么大魔力，让你待在那里不想走？如果你是因为喜欢这个行业，你大可以到嘉乐远实习。"

邵远对母亲保证，等提成一拿到，会立刻从砺行辞职。

这笔提成一直到四月份才被邵远拿到手。

拿到钱，邵远想，好吧，好吧，这就去辞职吧。但辞职信捏在他手里，一天拖过又一天，拖到第三天，实在不能再拖了，他去找秦经理。

在秦经理办公室外，他听到了月月妈妈歇斯底里的哭声。

他本来已转身走开，想等下再来，不打算听墙脚，但听到月月生病几个字之后，他停下脚步，走回来，走到秦经理办公室门口。

办公室里，涂晓蓉也在，以一种很狼狈的姿态。

月月妈妈正一手揪着涂晓蓉的衣领，勒得涂晓蓉下巴垫在她手上都变了形。月月爸爸也在，正拦着秦经理，不让他有机会解救涂晓蓉，手里还捏着个手机。

月月妈妈用一只手揪扯着涂晓蓉的衣领，另一只手捶着胸口，声泪俱下地向秦经理讨公道："你们今天一定要给我个说法！我用了你们家的装修，结果孩子住进去才一个月就被确诊了白血病，你们太丧尽天良了！你们的心太黑了，我家里有小孩子的呀，为什么要骗我，为什么要给我用不好的材料！"

这边的响动吸引了其他人过来。谷妙语也跟过来了，站在邵远旁边，小声问："这是怎么了？"

邵远把手里印着辞职申请的那张纸快速团了团塞进衣服口袋，哑着声告诉谷妙语："小月月被确诊得了白血病。"

谷妙语"呀"了一声，再也说不出其他话了。

那么可爱的小面团，见到她就甜甜地叫妈妈……她心里又惊又痛又气，恨不得冲过去帮月月妈妈一起揪住涂晓蓉让她说清楚是怎么回事。

涂晓蓉挣不脱歇斯底里的月月妈妈，只好被她揪着解释："月月妈妈，你听我说，我们给你用的确实都是好材料！材料清单都给你看得一清二楚，我们都是严格按照清单上的材料给您装修的啊！您要是对材料有质疑，您去问谷妙语啊，那份清单是她给您开的对不对……"

谷妙语听到这儿差点气吐血。涂晓蓉够可以的，这简直是碰瓷一样的操作，这是隔着十万八千里也硬要把屎盆子往她头上扣。

月月妈妈哭得梨花带雨，带着一脸泪扭头看向涂晓蓉，眼神中充满失望和伤心："你闭嘴！谷妙语她也跑不了！涂晓蓉，亏我把你当好朋友，当知心姐妹，你却骗我！你的良心呢？我告诉你月月确诊住院之后我就打听过，你之前就有在装修过程中把好材料偷换成差材料的前科！我真傻，我怎么那么相信你啊？"月月妈妈脸上淌河一样淌下两道泪水，她伤心至极地痛诉着涂晓蓉。

她那句"谷妙语她也跑不了"让邵远上了心，他按按谷妙语肩膀，谷妙语抬起头看他。

"要不你先回避一下吧？"邵远小声对她说。

谷妙语不解："啊？可我想看看到底是怎么回事，月月的情况到底是什么样。"

邵远想了想，觉得谷妙语并没有做错什么事，况且就算她走开，屎盆子想扣也照样扣得过来，于是就没再劝谷妙语离开。

他们又把注意力挪到办公室里。

涂晓蓉在为自己辩解："我换什么，我怎么换啊，不是有第三方监理吗？"

月月妈妈又一个用力扯涂晓蓉的衣领，扯得涂晓蓉都呛咳起来，她力气大得和她平时弱弱的样子一点都不一样。

"你别再骗我了！说是第三方监理，他哪里第三方了？他是你介绍给我的，明明和你就是一伙的，你们联合起来换材料吞黑钱，你们还有良心吗！"

涂晓蓉被揪扯得脾气也上来了，豁出去地一使力，撸开了月月妈妈揪扯着她衣领的手。

"你能把手放开好好说话吗，我们怎么就联合起来换材料吞黑钱了？你有证据吗你！"

月月妈妈失去重心向后踉跄着坐在地上。

月月爸爸一边跑过去扶她一边冲涂晓蓉举着手机："你了不起，你偷换材料，让我小孩生白血病，你还动手打人，你们了不起，你们黑店真了不起！"

涂晓蓉指着月月爸爸喊："谁让你录像的？你侵犯我隐私你知不知道！赶紧删掉听到没？"

月月妈妈靠在月月爸爸怀里无助而羸弱地哭泣，月月爸爸录着她哭的样子，又录着涂晓蓉凶狠的样子。

秦经理赶紧走上来，让月月爸爸收起手机。

"咱们有什么事坐下来慢慢谈，你们这样激动，我们什么也谈不了，对不对？你们起码告诉我，你们的诉求到底是什么吧？"

秦经理这回发了力，他安抚住了月月爸妈。

月月爸妈说，孩子生病了，白血病，就是砺行用不好的材料装修造成的，砺行得负责给孩子治病。

涂晓蓉告诉秦经理："我可是按照谷妙语给的那份材料清单弄的，要是有问题，也是谷妙语那里出的问题好吧？"

秦经理让她闭嘴，让她往后说材料到底换没换，用不着往前说材料清单是照着谁做的，别有事的地方不解释，没事的地方却故意捣乱。

涂晓蓉一听秦经理这么说，更报复性地捣乱了："我负责装修期间，材料没问题。我确实是按照谷妙语给他们的清单弄的。经理，你管着咱们公司，要一碗水端平吧？可不能舍了我护着谷妙语吧。"

谷妙语站在门口简直要被她气笑了，她这一枪躺得简直可以追封为现代窦娥。

邵远默默拉起她手腕，想把她悄无声息地从混乱中拖走。

涂晓蓉却站在屋里朝门口一指："喏，谷妙语就在那儿呢，你们别盯着我一个人难为，也让她说说清楚呗！"

经理看到谷妙语时，满眼睛都是痛惜——你怎么就那么欠，非得跑过来看是非？被是非搅进来了吧！

月月妈妈扭头看到谷妙语，跌跌撞撞向她跑过来，也要像揪扯涂晓蓉那样，揪扯住她的衣领锁她的喉。

邵远一个向前上步挡在谷妙语面前："月月妈妈，你冷静一点。谷设计师给您的清单没有任何问题，您可以把材料清单送到任何监管部门去查证。另外，您也可以一并把家里装修使用的材料一起送到监管部门查证化验，看到底是清单有问题，还是材料和清单上有出入，材料有问题。"他说着后面的话，抬眼看着涂晓蓉。他把从涂晓蓉眼中流露出来的对谷妙语的恶意，通通挡了回去。

涂晓蓉冲他冷笑："谷妙语，你有护花使者真是了不起啊，出事情都不用扛责任的！"

谷妙语从邵远背后站出来："涂晓蓉，月月到底因为什么生病，你应该心里最有数，你这么卖力拖我下水，不过就是想推卸责任。我行得正走得直，不怕查，你敢吗？"

月月妈妈指着她俩，哭得荏弱心碎："你们闭嘴，你们谁也跑不了，你们都得给我的月月偿命！"

月月爸爸录着谷妙语和涂晓蓉仿似互相推卸责任的样子，录着月月妈妈伤心到心碎的样子。

邵远从斜侧里伸手，一把挡住月月爸爸的手机镜头，手机没来得及拍到他的脸。

"别录了！"秦经理抢在他前边出了声，"你是真关心你女儿吗？你真关心你女儿病情你还有心情录个没完？坐下来就事论事行不行？讲清楚你们的诉求行不行？"

一直奉行中庸的秦经理，在乱成一团的局面中，终于选择不再中庸。

月月爸妈最终提出了诉求：

一，让涂晓蓉坐牢，还有谷妙语。

二，砺行得负责给月月治病的钱。

三，房子的现有装修得砸掉，必须用最好的材料重新装。

四，假如万一月月治不好，去世了，砺行要赔偿两百万。

秦经理听着这几条诉求，越听脸色越沉。

"关于二到四条，我只是分店的经理，我需要向总部请示才能给你们具体答复。至于第一条，我们没权利让谁坐牢，你们如果想让她们坐牢可以自己去法院告，假如她们真有足以坐牢的过失存在，砺行不会包庇她们。"秦经理这样告诉月月爸妈。

一听这话，月月妈妈又哭闹起来，不肯走也不肯答应，认为秦经理是有意拖延敷衍他们。

秦经理被闹到最后，带着一脸的厌世，告诉谷妙语："报警，让警察来协调吧。"

月月爸爸又开始用手机录视频了，他配着月月妈妈心碎的哭声，做着无奈和愤怒地解说："问题不解决，还要用警察来暴力镇压我们，行，你们行！你们就这么欺负平民老百姓！"

谷妙语简直不相信自己看到的，月月那么可爱，她怎么会有这样一对父母呢？

警察来了，调解结果是，秦经理的安排没毛病，他的确得请示总部之后再做决定。他们告诫秦经理尽快给回复，也让月月爸妈先回去等消息。

月月爸妈不甘心地走了。走前扬言，如果事情不得到合理的解决，他们就要把今天录的视频发到网上，让砺行一臭到底，再也不能有机会继续祸害其他人。

秦经理一下像老了十岁，他指着涂晓蓉，低着声音，但声色俱厉："成事不足，败事有余！她家里有小孩，你也下得去手换材料？"

涂晓蓉一脸发狠："我说了跟我没关系，你怎么不问问是不是谷妙语出了问题？"

秦经理脸都气得发青："你最后附在合同后面提交的那份材料清单，你说是照着谷妙语写的，就想往她身上赖是吗？你别忘了，那份清单是我亲自审验没问题后签的字！那份清单品目清清楚楚，规格明明白白！到这时候你还在胡搅蛮缠企图往谷妙语身上推卸责任，拉她做垫背，涂晓蓉你给我出去！滚出去！"

涂晓蓉出去了。

谷妙语一时不知道该和秦经理说点什么，她嗫嚅着犹豫着，最后走过去拍拍秦经理的肩膀："经理，消消气。经理，谢谢你！"

结果这句"谢谢你"，竟是谷妙语在砺行装饰对秦经理说的最后一句谢谢。

秦经理当晚就去了总部。

第二天月月爸妈那几个诉求一一得到了回复。

关于第一点，砺行官方的态度和秦经理保持一致，想让涂晓蓉受到法律制裁，麻烦您二位得亲自告一下，有证据的话我们愿意配合。关于二到四点，公司要先请相关部门对装修材料的清单和材料本身进行检验，看到底是哪里出现了问题。假如真的是砺行使用的材料有问题，那么砺行愿意承担月月的医药费，也愿意为月月父母用好材料重新装修。至于赔偿两百万，等月月真的治不好，到时再议。

砺行总部对月月父母给出决议的同时，也给谷妙语和涂晓蓉下达了一份决议。公司官方怕后续越来越麻烦，决定辞退谷妙语和涂晓蓉。

于是第二天，谷妙语就被人事通知，她和涂晓蓉都被开除了。人事对她们说，如果她们不闹，公司会把该结的提成结给她们，也会补发她们三个月工资。但如果她们闹的话，以上都没有，还要开一份她们的过失解雇说明，分发到整个砺行的系统邮箱里，也会挂在公司官网上。这样影响很不好了，会影响她们找下家的。

谷妙语听到这个决定后，整个人蒙了一分钟。她怎么也想不明白这场无妄之灾会浇到自己头上？凭什么涂晓蓉的锅要她来背！

谷妙语提出找秦经理，人事说秦经理昨天去了总部就被扣下了没出来。

人事还说："妙语，秦经理真的替你在总部那里说尽了好话，不想让总部解雇你，但总部领导怕麻烦，坚持要开了你。你体谅一下秦经理，别闹了。"

谷妙语是愿意体谅秦经理的，可是谁来体谅她？她招谁惹谁了？

谷妙语的东西当天就被人事强行整理好，封在纸箱里。人事请求谷妙语先带着纸箱回家，有什么事等避过风头再说。谷妙语抱着纸箱站在公司门口半天都走不动一步路，她想不明白这到底是怎么回事。怎么堂堂一家公司可以这样没有担当？出了事怕背锅就把员工直接开掉，还开得宁可错杀一千，也不放过一个，根本不经过任何调查，就把她连坐了。凭什么？凭什么一家企业这么不负责任还有脸开下去，还把买卖做得风生水起？多么丑陋，多么恶心。

邵远陪谷妙语站着，从她手里接过纸箱。

他没想到明明是自己要辞职，结果先离开的居然是谷妙语，还是以这样一种莫名其妙、莫名屈辱的方式。他以为谷妙语会哭。因为委屈，因为愤怒，因为无妄之灾，因为被不公对待。

但谷妙语没有。她转过头，看着他，两只眼睛放出坚韧的光。

"我明天就去劳动仲裁委员会申请仲裁，我没做错什么，公司凭什么开除我？"

邵远重重点头："我陪你去！"

涂晓蓉也抱着纸箱从公司门口出来了。看到谷妙语和她一样都是丧家犬，她解恨地笑起来。

谷妙语看到她，气得恨不能撕了她："你别笑得太早，我和你不一样，我不怕查，我什么事都没有，查完还能清清白白，早晚还能回来。你不行，你的事不经查，等结果出来了，你也该换地方吃饭了！"她对涂晓蓉一字一字地说。

涂晓蓉冲谷妙语笑得阴森森的："我呢，死猪不怕开水烫，完全不觉得有什么好愁的。其实谷妙语，该愁的不应该是你吗？一直觉得自己冰清玉洁，还引以为傲，结果怎么样？一下子就被泼脏了呢！"她看着谷妙语，笑嘻嘻地说，但她眼神里带着的报复快意渐渐变成了痛苦和委屈。"谷妙语，你觉得你特清高，就你是好人，就你出淤泥而不染，对吗？告诉你，谁不想做好人？公司其他人都想，我也想！可大环境就这样，大家都这么挣钱，大家也只能这样才能挣着钱！我不这么挣，你告诉我怎么在北京活下去？我们这个层面的设计师，经常签装修免费送设计，你觉得靠人格高尚我们活得到买起房子那一天吗？你觉得你现在这样故作清高活得好吗？每个月除了交房租水电你还有钱干别的吗？你觉得你就像现在这样能活出头吗？别做梦了你！"

涂晓蓉抱着箱子，挺直脊背，一脸的冷笑和决然："我没做错什么，我只是倒霉。"说完抱着箱子走了,理直气壮的样子让谷妙语想照着她后背一脚踢过去。

"涂晓蓉,人活着良心死了,那就是行尸走肉,咱活着就做个人吧!"

当晚回到家,楚千森班都不加了,专心给谷妙语出各种主意,安慰她:"对砺行总部这个人事决定,我们一定要讨个公道!但是这种遇到事情调查都不调查就把无辜群众推出去的垃圾公司,我们不稀罕回去!没事小稻谷,我们律所现在不是在和券商那边一起给嘉乐远做上市吗?我和嘉乐远的证券事务代表关系不错,到时候我帮你给他递份简历,咱换份工作!"

谷妙语抓乱了头发,说现在想不到那么远,她现在只想给自己讨个公道,顺便问清楚砺行把她辞了之后,她签的那些还没完工的装修工程怎么办,希望公司不要疏于管理把人家的工程进度耽误了,毕竟业主客户都是无辜的。

楚千森对谷妙语竖起大拇指:"我服你了!鸡汤谷,你整个人就是一锅行走的火鸡汤,都这时候了,还惦记别人呢,思想觉悟太积极极向上,是在下输了!"

两个人商量着等第二天就准备材料证据去仲裁委员会伸冤,结果没等到第二天,当天半夜,谷妙语就接到了邵远的电话。

邵远的声音带着和平时不一样的沉重,那份沉重让深夜都受到感染,变得压抑迫人起来。

邵远说:"等下不管我告诉你什么,你要保持冷静,不要激动。"

邵远告诉谷妙语,月月爸妈发大招了。他们在接到砺行给出的决议后,把一篇长长的文章发到了网上。从时间点看,他们应该是一早就准备好的,只要砺行不答应他们的条件,他们就把文章发到网上。文章和月月妈妈的某些气质很像,非常煽情,非常弱势,饱含伤心绝望。

长文章里一个伤心欲绝的母亲字字泣血地描述着自己怎样挑选砺行装饰装修,怎样被涂晓蓉、谷妙语这两个设计师欺骗,把好的材料替换成不好的材料,让家里的宝宝住进去之后生了白血病,现在躺在医院里奄奄一息,每天医药费把他们压迫得快要活不下去。而出了事情以后,他们去砺行装饰讨说法,结果涂晓蓉和谷妙语两个人互相推诿责任不说,涂晓蓉甚至还对孩子妈妈动手粗,不仅把孩子妈妈推倒在地，还大声叫骂威胁。砺行的经理给不出说法，也不主持公道，只是赶他们走。他们不肯走，经理就让谷妙语叫来警察，用暴力轰他们走。

然后第二天，砺行装饰给出的决定是，开除两位当事设计师，仅此而已，这样他们就可以免责了。然后他们采用拖延政策，说要等检验过装修材料到底有没有问题后才能决定是否负担孩子看病的钱。可这不就是敷衍拖延吗？他们检验的结果显而易见会是所有材料都合格的呀，这个结果大家都可以提前懂的呀！

文章一字一血地问着，人间的公平在哪里？人间的道义在哪里？砺行装饰，涂晓蓉、谷妙语，你们的良心在哪里？文章最后是一段动情呼吁：亲爱的大家，请帮帮我们吧，帮帮我们的孩子，帮帮我们这对弱势而绝望的父亲母亲！后面还附了月月爸爸拍下的视频。月月妈妈悲伤欲绝的哭泣让闻者流泪听者伤心，涂晓蓉推倒月月妈妈的动作果断而暴力，秦经理护短且不作为，谷妙语和涂晓蓉互相推诿责任，秦经理让谷妙语报警请走月月爸妈……

所有视频呈现的内容都很完美契合地佐证了长文章的每一句话。

文章已经被转发了几万条，留言比转发还要多一点。大家在打赏、捐款的同时，开始愤怒谴责砺行装饰、秦经理、涂晓蓉，以及谷妙语。谴责的语言越来越恶毒，越来越激烈。

谷妙语看着那些咒自己人渣赶紧去死的话，脑子里轰隆轰隆的，悲愤和委屈鼓动着她的血液在脑腔里打着雷。这文章，这视频，看起来多么真实。假如她不是当事人，她看了这些也会相信，月月爸妈说的一切都是真的，他们实在太可怜了，装修公司和设计师实在太可恨了。可是她知道，事情的真相并不是这样的！

当人的同情心被看似真实的表象所操纵，同情将激发出正义感，富有同情心的正义感让人不必克制自己的情绪，只管发出愤怒的、谴责的舆论，去讨伐他们认为的恶毒者。是的，不必克制，谁的同情心和正义感还有错呢？于是人们都义愤填膺，把舆论演化为可以杀人伤人的生化武器，去讨伐陈述事件中的恶毒之人。没有几个人选择去想一想，这陈述事件到底有几分保真？事件中恶毒的人是真的恶毒还是被呈现得恶毒？没有几个人去想。

大家都在用生化武器攻击着砺行，攻击着秦经理，攻击着涂晓蓉，攻击着谷妙语。有人甚至开始人肉，说要给姓涂的和姓谷的两个败类送花圈。很多人说会把涂晓蓉和谷妙语的名字举报到行业协会，让她们从此以后在这个行业混不下去。

谷妙语通过网络，看到了一个让自己濒临崩溃的世界。

到了第二天，事情经过一天一夜的发酵已经变得越来越大。

谷妙语已经没办法准备材料去仲裁委员会帮自己讨公道了，因为她和涂晓蓉都要去配合相关部门的调查。

谷妙语觉得异常屈辱。尽管明知自己没做错任何事，大可以理直气壮告诉别人我行得正坐得端。可是在愿意相信她有罪的人眼里，她就是有罪，她说什么都是狡辩，这盆脏水泼在头上她就得一直沾着，永远也别想洗净。

配合调查后回到家里，意外地又不太意外地，谷妙语看到楚千森在藏那些被人寄到家门口的花圈。太多了，楚千森根本藏不过来。邻居们出门一边瞧热闹一边有了抱怨。

一个邻居说："你们这是干了什么伤天害理的事啊这么遭恨？花圈都挡到我们门口来了，太晦气了，这叫什么事！"

另一个邻居指了指谷妙语对之前的邻居说："就她，给人家里有小孩的家庭做装修，用烂材料替换好材料，小孩现在白血病躺医院里了。"

邻居们都嫌弃地唏嘘："这不是丧良心吗？"

谷妙语心里难过得要命。她知道了什么叫百口莫辩。

楚千森对那些邻居们大声说："可以了，你们都回家去吧！事情不是你们想象的那样，不要以讹传讹了，不然我可以做她的代理律师告你们诽谤！"

邻居们一翻白眼，嫌弃和鄙夷从白眼里流出来，淌了一地。

"做错了事还能这么凶，够可以的！你跟她做朋友，看出来了，你也好不到哪儿去吧！"

谷妙语更难过了，连楚千森都被她连累了。

楚千森要爆发，谷妙语拦着她。她对那些或租房或业主的邻居说："请你们记住你们今天说的话，假如日后事情有翻盘，请你们记得给我和她道歉！"说完她把楚千森拉进屋里。

没等坐下喝口水压压惊也压压气，房东的电话打来了。

房东说，网上的人太厉害了，都人肉到是她把房子租给谷妙语的了。她实在受不了网络的道德袭击，希望楚千森和谷妙语能尽快搬家，不然网友会说她助纣为虐。她愿意把多收的两个月房租退回来，再补一个月房租，只求她们赶紧搬走。

房东最后说："有人说了，如果明天发现谷妙语还住在我的房子里，就要往我自己住的地方也送花圈和垃圾了！"

楚千森忍不住在电话里对房东吼："他们这么做是犯法的，你可以报警告他们威胁骚扰，你这样向违法的势力屈服，这才是助纣为虐吧！"

房东说："知道你学法律的，但法律到底能办成多少事，效率是什么样的，你自己还不知道吗？要是法律处处严苛有效，小谷和她同能钻成法律的空子吗？还会有今天的局面吗？我们平头老百姓只求过安稳日子，求你们赶紧搬走吧。"

听到房东认定谷妙语有罪，楚千森放弃争辩了。一个没见过冬天、认准人间只有春夏秋三季的人，你跟她讲人间还有第四季，叫冬天，她是听不进的。可怜可悲的三季人。

谷妙语和楚千森连夜收拾了行李，但收拾好行李，她们也不知道该搬去哪里。

谷妙语对楚千森道歉："对不起啊森森，拖累了你。"

楚千森恶声恶气地对她吼："你给我闭嘴！你在那儿对不起谁呢？你有错吗？你没有错，为什么要道歉？挺起腰板来，堂堂正正的！"

谷妙语被她骂醒，挺直了腰板。

楚千森的电话响起来。她低头看了看来电显示，表情一度变得极其复杂。那表情就像一位公主困在冰山雪地濒临死亡时，她的王子从天而降来救她了。

挂断电话后，楚千森对谷妙语说："任炎从网上看到了这件事，问我怎么样。他说他马上开车过来接我们，我们暂时先住在他的一个空房子里。"

任炎很快把楚千森和谷妙语接到他名下的一间空闲公寓里。

谷妙语对任炎道谢，任炎踞而不羁地淡淡一笑："不用谢，谁叫我房子多，没眼看你和你那个好姐妹流落街头。"

谷妙语笑出来。虽然他一直以"大魔头"三个字出现在她和楚千森的聊天中，虽然他看起来有一点踞有一点淡漠，但其实他是那个真正想帮她们的人。不管他脸上多么云淡风轻，但这是一个真正对楚千森挂心的人。

事情还在网上继续发酵。

谷妙语除了配合必要的调查，就待在任炎的公寓里。她之前企图做点解释说明，澄清一下事实真相。可她这么做之后，舆论反而变得更加铺天盖地，说她狡辩，没有担当，事到如今还在推卸责任。

事情发酵太大，很多相关机构部门包括室内装饰工程质量监督检验机构、住建委、工商局、建筑装饰协会都引起了高度重视，要求对事情进行彻查。

有关人员给谷妙语和涂晓蓉发话，少说话，不要干扰调查。

谷妙语只好闭嘴，除了耐心等待调查结果，别无他事可做。她不再上网，怕承受不了那些语言暴力的攻击，楚千森会告诉她每天的情况大致怎样了。

楚千森说："涂晓蓉比你还要再惨一点，她房子是自己的，没地方搬，天天被网友送花圈泼油漆还倒垃圾。"

谷妙语到了这会儿已经体会不到什么解恨的心情了。她只觉得她和涂晓蓉都挺可怜，不过涂晓蓉除了可怜还很可恨。

邵远这几天居然没什么消息。

对此楚千森表示很义愤："这小子不讲究，你出事当天半夜给你打个骚扰电话告诉你，哈哈哈你在网上出事了，除此以外他就没再联系过你。臭小子，白眼狼！连你偶像和你亲大爷都给你打电话送关怀了，那小子居然一点声都没有，啧啧！"

前几天刚搬到任炎的公寓时，谷妙语接到了陶星宇和陶大爷的电话。陶大爷很着急，说愿意真人站出来证明谷妙语的为人。谷妙语跟他说不用了，放心吧大爷，公道自在人心。安抚住了陶大爷，但她心里其实对公道自在人心这句话已经没了底气。公道在一边倒的舆论大潮里，没什么自在人心，只有众口铄金。

陶星宇也出于人道主义精神，释放了关怀，还邀请谷妙语和楚千淼到别墅去避难。

谷妙语谢过陶星宇之后婉拒了他的邀请。

无所不能的网友万一人肉到她的行踪，她会连累陶星宇这位行业里最霁月清风的名流设计师的。

针对楚千淼对邵远的描述"哈哈哈你在网上出事了"，谷妙语不知道为什么，很想为邵远辩解一句："他没有哈哈哈，他是很沉重地告诉我网上出事了。"

楚千淼伸脚踢她："你懂不懂什么叫艺术加工？"

任炎也在，他每天下班都会过来看一眼。他自己从小吧台倒了杯气泡水，一边喝一边挑着嘴角笑了："你们可真冤枉我这位嫡系小师弟了。你们当我怎么知道小谷出事的？"

楚千淼翻一个白眼，也是服，他能把那副邪酷的霸道总裁气质说拎出来就拎出来挂在笑容里。

"你说你从网上知道的啊。"楚千淼说。

"那也得有人告诉我'快去网上看看，你合作伙伴的闺密出事了'，我才会去看一看，对不对？"任炎晃着装气泡水的杯子，浪得像在晃一杯82年的拉菲。

楚千淼："所以是邵远那孩子告诉你的？"

任炎打了个响指。

"别着急，邵远一直在行动。"他放下水杯翻着手腕看看表，"嗯，再等等吧，快来了。"

他没说明谁快来了，但谷妙语隐隐好像知道他在说谁。

谷妙语猜对了一部分。

一个小时后，任炎公寓的门被敲响。

门打开，一声"师兄"后，邵远进来了。

谷妙语猜对了一部分——邵远来了，谷妙语猜错了另一部分——邵远不是一个人来的，他带来了三个同学。他们每个人都带着一台笔记本。

进了屋，邵远说："这是我三个室友。"

周书奇屁颠屁颠往楚千淼跟前凑，任炎冷眼瞧着，挑着嘴角笑一笑，突然说："楚千淼，这里等下没你事，你去书房把法律意见书改好，明天我们几方中介开会讨论。"

楚千淼愣了愣："中介会不是在明天下午吗？"

任炎："挪到上午了。"

"什么时候的事？"

"刚刚。"

楚千淼带着要杀人的气场去了书房。

周书奇怏怏的，也愤愤地看了任炎一眼。任炎冷淡地一瞪他，他立刻默默往邵远身旁游移……这男的眼神好可怕哦。

楚千淼走了，周书奇看到谷妙语，眼睛一亮，又往她跟前凑，叨叨着，小姐姐小姐姐，你还记得我吗？咱俩通过电话，交接土特产，还记得不？你说这也太巧了，你居然就是我们邵爷的同事小姐姐！

邵远揪着他一把头发把他薅到一边。

邵远看着谷妙语，对她笑一笑，用笑容宽她的心。他们好几天没见了，他的笑容此刻像她的强心针。

而后邵远敛了笑容，说："我悄悄去看了月月几次，情况不太好。"

谷妙语神色暗淡下来。那么可爱的月月，现在那么可怜。

邵远继续对她说："这段时间，网上给月月爸妈的捐款，我们粗略地统计了一下，大概已经有几十万了。你猜月月爸妈用这几十万干了什么？"

谷妙语一个惊连着又一个惊："几十万？他们拿这个钱除了给月月看病还干了别的？"

邵远说："他们悄悄给大儿了换了国际私立学校，一年学费六位数。"

谷妙语惊得眼睛变得大了又大："这……这太过分了！那是大家捐给月月看病的钱，不是拿去给大儿子换学校用的啊！不过你是怎么知道的？"

邵远说："捐款的数额是我室友之一，就是在那儿喝水那个，他统计了各个平台的打赏和捐款算出来的。至于月月哥哥转校的事，是我另一个室友，喏就是那边正在开机那个，他家里亲戚在那所学校当老师，我们因此知道的。至于月月父母还在呼吁网友继续捐款，那是因为他们在网上又晒了月月可怜巴巴的病照卖惨博同情博打赏。"

谷妙语简直不知道说什么好。她怀疑月月真是那两口子的孩子吗？还是他们借病卖惨赚钱的工具？

邵远招呼室友们："我们开工吧。"

周书奇和另外两个室友与他一起，端坐在餐桌两边，二对二阵容，面前各自摆着笔记本电脑，四个人开始展开商讨。

谷妙语像看到了未来一场商业和法律界的精英会议在提前上演。她有点震撼，忍不住问："你们这是要干什么啊？"

邵远在百忙中转头对她一笑："我们打算当着你的面，把你失去的公正，一点一点帮你找回来。"

任炎去了书房，看着楚千淼写法律意见书。

谷妙语坐在和餐厅连通的客厅沙发上，看着橘黄灯光下，餐桌前的四位五道口学霸精英一边商量一边书写战斗檄文。

邵远在联合他室友的力量，为她撰写长文。

原来这几天他不是什么都没干，原来他请求室友们帮他一起干了很多事，很多关键且足以让舆论翻盘的事。他和室友们一起措着辞，有理有据、理智冷静地写出一篇针对月月父母煽情长文的反煽情长文。他们在文中客观陈述了整件事的完整过程，而后犀利地提出三点疑问：

一，月月母亲的诉求究竟是什么？是给孩子治病，还是卖惨敛财？如果是给孩子治病，为什么把网友们的捐款拿去悄悄给大儿子交了私立学校的学费（附确实证据），而后继续呼吁大家捐款？月月母亲在网上说捐款不足以支付月月的治疗费，月月母亲敢不敢把月月的治疗缴费单据晒一下，让大家看看到底够不够？

二，如果月月父母不是为了敛财，大家也都知道他们认为这场事故的起源在哪里——装修房子。这就说明他们家还有一套房子。为了给女儿治病，他们为什么不卖掉这套房子，而要呼吁大家给他们捐款呢？善良的群众们，你们是以为月月父母为了给月月治病已经把房子卖了吗？并没有。他们不仅没有卖房子，还在和砺行谈判的时候提出砺行必须用最好的材料免费把房子重新装一遍（附谈判录音视频，当天在场的砺行员工所录）。

三，笔者和三个朋友曾经悄悄去医院看望过月月几次。最开始那次去看月月，是事情发生的时候，月月父母刚把文章发到网上的第二天，事情正在发酵，那时捐款数额还没有体现出来。笔者和朋友去医院时，遇到月月父母也在，于是我们没有进去病房，只在病房外看了看月月。我们在病房外录到一段录音，是月月父母关于要不要卖房子给月月治病的。月月爸爸提出要卖房子给女儿看病，月月妈妈哭得很伤心，可以看出是真的心疼月月。可她也是真的坚持不肯卖房子，因为这样儿子以后会没有着落。后来捐款上来了，这些捐款在帮月月妈妈保住了房子、帮月月哥哥转了学校之余，也终于够月月治疗用了。

最后，那天月月父母录到的视频有断章取义的情况。现有砺行公司当时在场同事录到的完整视频，附在文章后面，请大家看完再做判断，是否是月月父母通过视频剪辑在故意引导舆论。

文章发上去后，邵远的室友之一去找朋友要了推广。

邵远对谷妙语说："这是带他来这里的功用之一，他有朋友在旧波网工作，可以帮忙给推广。"

文章的阅读量、转发量和评论量很快上来了，舆论的风向马上变了。

有人神通广大，真的搞到了月月治疗缴费的单据，算来算去，大家都觉得自己的爱心被欺骗了。一部分人做起分析帝，开始有条有理地分析，说会不会有这样一种可能，月月本来就得了白血病，月月爸妈想找人替他们出钱看病，然后来这么一出，不然干吗那么着急往新家搬？这种分析立刻得到很多人的拥护和赞同，月月妈妈当初有多可怜，现在在大家眼里她就有多阴谋诡计、心狠手辣，连自己女儿生病都能谋划出这一场谋财大戏。

谷妙语看着网上风向转得这么快，有点五味杂陈。人们的同情心来得太快，太轻易，不搭配理智，有时真是一场灾难。等理智到了，同情心来得有多快去得就更快，同情心撤走之后还留下一把剑，给错付的同情报仇雪恨之用。

她被网上的分析带得有了疑惑，问邵远这从前到后真的是月月父母谋划的一场谋财大戏吗？

邵远摇摇头："我不这么认为，都是巧合吧。他们再怎么心术不正，对月月生病的伤心不像是假的。"

几天后对于砺行和秦经理、涂晓蓉、谷妙语的调查结果出来了。

去听结果的时候，谷妙语遇到了涂晓蓉。

涂晓蓉很憔悴，但她居然对谷妙语说了谢谢。

谷妙语不明所以。

涂晓蓉说："是你或者你朋友做的吧？后来那篇长文。谢谢你们把舆论风向转变了，我今天才能出门，不然门口还得被花圈和垃圾堵死。"

谷妙语想无所谓地笑一下，却发现自己居然笑不出来。她想说你别谢得太早，假如你真的和监理沆瀣一气偷换材料，后面就不是门口堆花圈和垃圾的问题，你可能得换个地方去尝尝窝头了。

但结果宣布出来时，谷妙语有一点吃惊。

房屋的装修材料没有任何问题，所有材料都是按照材料清单上的型号使用的，完全符合国家规定的环保标准。

听到这个结果，谷妙语有一点惊，但更多的是长出口气，涂晓蓉居然没有换材料。

她转头看向涂晓蓉。

涂晓蓉自嘲地一笑："想问我为什么没换材料吗？呵呵，因为月月可爱啊。"

谷妙语回想着之前每次月月妈妈带着月月来公司时，涂晓蓉都笑眯眯地逗月月，一副很喜欢小孩子的样子。原来她是真的喜欢。

"那你之前怎么不说清楚你没换材料？"谷妙语问。

涂晓蓉又是一声自嘲的冷笑："我说了啊，可是有人信吗？没有人信的。我已经被你们在心里判了刑，公司里有你衬托着，那我就是偷换了材料的人，不是吗？"

谷妙语有点明白了，为什么涂晓蓉要拖着她一起下水。

涂晓蓉这次真的没换材料，可是没有人信她，因为她平时和谷妙语相比，真的是猫腻做尽。所以这回出了事，她不可能是干净的，问题一定出在她那里。涂晓蓉为这种成为惯性的评判感到气愤，也感到委屈，于是干脆拖着那个把自己对照成坏人的人一起下水泄愤。

谷妙语回想那天她们一起抱着纸箱离开砺行时，涂晓蓉说的话——你以为只有你谷妙语想做清高的好人？我涂晓蓉也想。可是大环境这样，我能怎么办呢？

这句话重重地敲在她心上。

几家机构和部门联合调查过的结果宣布出来后，网上的舆论渐渐停止了对砺行一方人的谴责。

假如月月父母之前不撒谎，大家也许还会相信他们说机构官官相护，没有公信力。但现在大家听到他们这么说，只觉得可笑。

捐过款的一部分人让他们把接受的捐款吐出来，不然要联合起来告月月父母诈骗。巨大的舆论压力下，月月父母把捐款退了回去。至于月月为什么生病，病因谁也解释不清。或者遗传，或者突变，或者怎样，只是没有明确的证据指向是砺行方面的原因造成的。砺行脱险了。

但月月的病情一直在恶化，大家都在关注着月月父母到底会不会卖房子给女儿治病。他们的关心渐渐到了道德绑架的程度——不卖房救孩子，就是禽兽不如，这样的爹妈不配生孩子，去死吧。最终，月月父母还没来得及决定卖不卖房子，月月就走了。

可爱的月月，从此变成了天使，飞上了天。

月月火化那天，谷妙语和邵远去送月月走完这人间的最后一程。

他们看到了月月妈妈，她伤心得肝肠寸断，哭倒在地上起不来。那份伤心不是假的，可那么爱女儿，却终究没有卖掉房子给女儿治病。这是为什么呢？

　　谷妙语实在太想知道月月妈妈心里到底藏着怎样一份答案，可她对一个刚失去女儿的妈妈到底问不出口这样的问题。

　　有人帮她问了。

　　有网友闻讯月月走了，自发来送月月最后一程。他们质问月月妈妈，何必哭得假惺惺，毕竟是连房子都不肯卖掉救女儿的人。

　　月月妈妈再也不是她一贯弱弱的样子，她的情绪被最后一根稻草压垮，她爆发了，悲哀地向着那个人号叫："月月已经被大夫判了死刑，她救不活的，只能尽量维持啊！她保不住的！只是早一天走晚一天走的事，我卖掉房子也是尽量拖上几天，到时候拖不动了她还是会走，然后我们一家变成没钱没房一屁股债的穷光蛋，我还有另一个孩子啊，他要怎么办！"

　　有人被她的说法打动，有人不服她的说法。

　　"说到底，你就是重男轻女，要是生病的是你儿子，看你卖不卖房子救！"

　　月月妈妈狠狠抹一把泪："这跟生病的是男孩女孩有什么关系？今天，假如是月月的哥哥生病，月月是健康的那个，我也会做同样的决定！"月月妈妈又哭了，哭得很伤心。"一个孩子注定活不久了，我身为母亲，你们谁能有我更难受？快要失去一个孩子，于是我想让另外一个活着的孩子过得更好一点，这种心情这么难以理解吗？快失去的那个会令留下的这个更珍贵，很难理解吗？你们都有你们的圣母心，但你们的圣母心只是让你们指手画脚，真正要挨过一切的，是我们，是孩子的父母！你们有什么权利指手画脚？都是我的孩子，我有我自己做母亲的方式，有错吗？"

　　谷妙语在月月妈妈的哭诉中拷问着自己的人性，月月妈妈的选择有错吗？假如明知道一个亲人就要死了，救不好的，那到底还要不要卖房子倾家荡产去救？卖掉以后呢？等亲人走了，卖了房子一无所有的活着的人们，又该怎么活呢？可是不卖，自己的良心会不会受到自己的谴责？会不会受到舆论的谴责？

　　谷妙语有点迷茫。她想不管怎么说，如果是她，她是会卖掉房子的，但她现在也不敢说月月妈妈不肯卖房子就是大错特错……人心和人性太复杂，从来也没有一道标尺去衡量一件事到底是对是错，一个人到底是好是坏。她在今天之前觉得月月妈妈太可恨，可现在看她，她好像有点可怜。她的伤心是实打实的，但她的决定和打算也都是很实际的。她有她的道理和出发点，她是对是错？

还有涂晓蓉。大家都在用惯性的眼光评判她，没人相信她没有换材料，于是她沦陷在深深的网络暴力中。但其实她这次真的是做了一个好人，因为她喜欢月月。后来施苒苒说，涂晓蓉甚至是自己出钱给月月父母送的空气机。

或许这世上，没有绝对的好人，也没有绝对的坏人。人人都在生活中洗练着好与坏共存的自己，洗练出最终的人性和良心。

砺行装饰在月月事件中有惊无险地挺过去了。涂晓蓉又回到砺行工作，秦经理也向谷妙语发出复职邀请。

谷妙语拒绝了。一个在事情发生时对员工落井下石、在事情解决后当什么都没发生继续邀请员工回去卖命的公司，她觉得心灰意冷，不想再回去了。

她决定开始投简历，到新的公司，重新出发。

她和楚千淼后来没有再找房子，任炎按头般把公寓强租给了她们。谷妙语都不知道他那打定了主意顾客不买他也非要强卖的劲头到底是要干什么。

邵远在事情平息后告诉谷妙语："小姐姐，我也从砺行辞职了。"

谷妙语一听，立刻说："那不如我们两个失业的人一起喝点小酒浇点小愁？"

邵远笑着说："好啊。"

谷妙语也笑着说："邵远啊，这次真的，真的谢谢你了。"

第十三章

心中的变化

谷妙语又带着邵远去了喝点小酒浇点小愁的定点单位——那家烧烤小店。

"这回我们不为浇愁！"谷妙语说，"我们要庆功，为你庆功！这次要不是有你和你的室友帮忙翻转舆论，没准我就被逼得想不开去买耗子药下饭了！"

谷妙语一边说一边倒了两杯牛栏山小二，把其中一杯递给邵远，递之前还和自己的杯子撞了一下，以示干杯。

邵远接过酒杯，端着不动："不是我自己碰的杯不算。"

谷妙语指自己放在桌上的杯子："我这杯倒太满了，不好端，直接喝吧。"

邵远还是端着酒杯不动。

谷妙语像拿一个犯了倔的小孩子没办法似的，叹口气："好好好，给你碰给你碰！"她一俯身，头往下一趴，嘴唇就着倒得满满的就快溢出来的杯沿，小小喝了一口。快要漫出来的酒安全地下落了薄薄一层，不再要从杯口流淌私奔。

邵远不知道怎么，看着谷妙语顺着杯沿嘟嘴一喝，心里跟着一麻。换个男人做这个动作，一定粗鲁极了，可是她做怎么……有点可爱。

谷妙语把杯中酒处理到安全水平线以下，端起酒杯，举到半空，等待邵远迎杯上来相碰。

"来吧，干杯！"

邵远把酒杯递上去，清脆的一声"砰"。

"兄弟，姐姐谢谢你这回的大义相助！日后但凡有用得着姐姐的地方，尽管说话！只要不是借钱，什么都好说！"谷妙语用她甜甜纯纯的模样，扁出个粗嗓门，说着像梁山好汉那样的豪话。

好玩的违和感逗笑了邵远，他一仰脖子把酒干了，问谷妙语："怎么，借钱的事你就不肯帮了？"

谷妙语放下酒杯吐吐舌头，边吐边用手扇了扇风，让被酒精杀疼的味蕾在这短暂的瞬间得到空气的治愈。

邵远看着她，觉得她那样子真像网上那些卖萌讨宠的娇憨小猫。

谷妙语说："也不是，主要我现在没钱，跟我借钱我只能去卖肾。"

邵远："那等你以后有钱了呢？"

谷妙语眉眼一弯："我谢您吉言了，麻烦多说几遍我以后会有钱。"

邵远忍不住笑了。他好像从来也没有对一个人笑过这么多次。她说什么，他都想笑，发自内心的笑。他抖着长睫毛，笑得像被春风滋养得最青葱苍劲的那尾草，朝气又夺目。

"你以后会有钱。"他今天真是格外配合她，居然做了这么幼稚的事。

"那等你有钱之后，我问你借钱，你借不借？"邵远不依不饶地继续问。

谷妙语眼珠滴溜溜一转："不借。"看着邵远有点受伤失望的样子，她绷不住了，笑出声，"将来我这样的都能有钱，你肯定比我更有钱啊，还用得着跟我借？"

邵远松口气。他松口气的时候才发现自己刚刚是在提着气等答案，似乎潜意识里他想知道，自己在她心里到底到了一个什么位置，到没到她舍得借钱给他的分量。仔细想想，邵远突然发现最近他似乎真的有点越来越幼稚了，居然在反复计较"未来你到底借不借钱给我"这么没边的事。但怎么办，他就是想计较一下，想知道结果。

"那假如我未来没有钱了，找你借钱呢？"

谷妙语给自己续满一杯酒，抬眼，看向邵远时眼神变得疑惑："哎你这小朋友今天怎么了？怎么看着答案非常显而易见的问题问个没完？当然借啊，还用问吗？别说我有钱得借，我就是没钱，卖房子卖地卖腰子也得给你凑啊，也不看看咱俩啥关系，通过这次的事，四舍五入咱们这都是过命的交情了——毕竟我是真的有想过去买耗子药下饭。"

谷妙语一说完，邵远有种想喝三大杯的冲动。

他也续满自己的酒杯，和谷妙语一碰："那……敬过命的交情！"说完一饮而尽。

这是他第一次和谷妙语喝口小酒时，主动提喝酒词。

谷妙语笑弯了眉眼喝下酒。他都会主动提酒了，她感觉自己快把邵远培养成酒文化全能的小酒鬼了。

几杯酒下肚，谷妙语的白皮肤被酒精染了浅浅一层粉，她又像一朵樱花瓣了。

谷妙语旧话重提："我还是想再谢你一次！"

邵远听谢这个字听得都开始烦了。他放下酒杯，问谷妙语："我问你，如果这次出事的是我，你帮不帮我？"

谷妙语眼睛张得一大："当然！"她表情的每一个细节都在表达着"这还用说"。

邵远："你看，我不过是做了你也会做的事，所以你不要再谢我了。"

谷妙语用力一点头："对，鸡汤有云，谢谢和我爱你这两句话，都是说多了就会变得不值钱。"

烧烤店里每一桌的人都在讲话，有点吵。谷妙语刚刚说话的时候，隔壁桌的客人正好在大声提酒，邵远没听清谷妙语在谢谢之后说了什么。

"你刚说谢谢和什么，怎么不值钱了？"邵远和隔壁桌提酒人的说话声并行在空气中，互相较劲，互相打扰。

谷妙语大着声："我说——谢谢和我爱你说多了——就不值钱了——"隔壁桌的其他客人在给提酒的人欢呼，闹哄哄一片，邵远还是没听清。

"谢谢什么？"

隔壁桌已经欢呼完，一起举杯喝酒，安静来得猝不及防。

谷妙语却在两次被噪声干扰后，有点不耐烦，声音变得更大地喊："我说，谢谢和我——爱——你——"

全屋都安静下来，所有人都看过来。

谷妙语愣了两秒钟，而后反应过来大家误会了什么，血液翻江倒海往脑子上涌。她整颗头都红了，转着圈地向旁边客人摆手："不是不是不是的！"

其他人带着"我们知道其实就是"的了然一笑转回去继续吃自己的。

谷妙语转正了头看向邵远，看到他嘴角用力抿着，克制着想要上翘的弧度。

"臭小子，你害我闹笑话，不内疚还跟着笑！"她随手从桌面捡起一张面巾纸，团成团，朝邵远脸上丢。

邵远撇脸一躲，脸撇到一边的时候他终于肆无忌惮地笑出来。

酒过三巡，两个人聊着聊着，终究没绕开他们最不忍心去谈的那个小人。

"月月真可怜，那么可爱。"谷妙语说不下去了，一仰脖喝掉杯里的酒。

酒精烧得人多愁善感，只提到一个名字都害得人想哭。谷妙语抬抬头，把眼睛里的水吸收回去。

邵远觉得谷妙语有个地方和别的女生不太一样。他每次觉得她该哭一哭的时候，她从来不哭。

"你为什么不哭出来？"酒精也让他变得多问，且有问必问，不再故作高深地憋着。

谷妙语把头摆正回来，吸吸鼻子，说："我和楚千森互相打赌，大学毕业开始工作后，谁先哭满十次，谁给对方打一辈子洗脚水，当一辈子洗脚丫头。"

邵远听得征了下："所以你不肯哭……是把这个赌约当真了？"

谷妙语被他脸上认真的疑惑逗得噗嗤笑了一下："怎么可能，以后我们互相有各自的家庭了，难道还要每晚专门去趟对方家里倒洗脚水啊？我们只是想互相激励一下对方，眼泪不能解决任何事情，它只会让自己变得脆弱，所以能不哭的时候，就尽量别哭。"谷妙语说完，还自己对自己点点头，"是的，是这样的。所以，我送你一句鸡汤吧。"

邵远挑挑眉："别低头，王冠会掉，别流泪，坏人会笑？"

谷妙语摇头。

邵远："不会是笑对人生吧？"

谷妙语怔了下，她好像好久没给自己叨咕过这一句了。她还是摇头。

邵远抬手，做了"您请说吧我不想猜了"的手势。

谷妙语："把眼泪给我憋回去，我们谷家的女人不认输！"

"这鸡汤谁炖的？"邵远问。

"我爸。"谷妙语说。

邵远想笑。

谷妙语克制了刚刚因为月月涌上来的悲伤情绪，开始理智地和邵远反思整件事。

整件事到最后，让她最意难平的，还是行业的现状和出了事后砺行把员工推出去，不维护不作为的丑陋行径。

"想想真无奈，有人想做好人，但大环境差，于是她选择顺应环境变成她不想成为的那种人。唉，我还是太弱了，我要是强大一点就好了，要是能改变这样的烂环境就好了。"谷妙语有点沮丧地说。

邵远给她打气："你只是现在弱，以后一定会变强的，一定会有能力改善现状的，就算不能改变整个行业大现状，能够成为改革先锋也不错。"他顿了顿，握了握拳，又松开，反复三次，像在做什么重要决定或者宣誓前的情绪释放。

"我也会变得强起来，我会帮你的。"邵远最后握紧了拳头，宣誓一般地说。

谷妙语轻轻一拍桌："好！那就这么定了！以后我变得强强的，你也变得强强的，我开家装饰公司，我把它变成行业领头羊，你变成金融巨鳄，手一翻就是几十个亿，到时你来投资我，怎么样？"说完她觉得自己好像把白日梦做得太好了一点，不好意思地哈哈笑起来。"我又开始做白日梦了哈哈哈。"

邵远却无比认真："好，一言为定。"

谷妙语的笑声本来是为自己的大言不惭做的缓解尴尬措施，她没想到邵远如此认真，认真到她都要抛开哈哈大笑的伪装，重新审视自己刚刚的话了。

她其实也是认真的。自从砺行把她开掉，她就在心里憋着一股气，她想怎么会有这样没担当不作为的公司？出了事就把员工往枪口上送，把自己摘干净了安全躲在大后方。这样的做法太不要脸了，这么不要脸的公司凭什么不倒闭？她觉得这样的公司迟早要倒闭的。假如她开一家公司，她一定要做一个有担当有责任心的老板，她一定要让她的公司成为员工的避风港。有事情，员工请退后，公司会站出来，而不是出了事情就把员工送出去挡子弹。

这念头最近在她脑子里转得越来越多，转得她都以为自己快要做白日梦了。

今天她不小心借着酒话把真话说了出来。她怕别人觉得她不自量力讲大话，于是干脆自己先用哈哈大笑自我解嘲把真话掩饰起来。可现在，似乎不用了。邵远和她一样，都是肯把她的大话当真的人。

她伸出手掌："Give me five。"

邵远把手掌送上去，带着速度，带着态度。

"啪"的一声。声音不大，响在充满噪音的烧烤店里，不足以吸引任何人的注意。可这一声却清脆响亮地响在谷妙语和邵远的耳朵里，心尖上，响成了他们未来人生道路上的一座里程碑。

2012年，晚春，北京一家以草原羔羊肉闻名的烧烤小店。

谷妙语说："将来我开家装饰公司，我把它变成行业领头羊，你变成金融巨鳄，手一翻就是几十个亿，到时你来投资我，怎么样？"

邵远说："好，一言为定。"

谷妙语来的时候，是在地铁站外和邵远会合的。一会合邵远就自动又不着痕迹地接过了谷妙语的帆布大包，替她扛着。

进了烧烤店，落了座，包也自然而然地放在了邵远这一边。

谷妙语和邵远击掌击得热血沸腾，正要连续举杯痛饮三酒杯时，她的手机铃声不甘寂寞地响起在她的包包里。

邵远放下酒杯，要把包拎给谷妙语。谷妙语正一手握酒杯一手捏肉串，一手湿乎乎一手油腻腻。

在铃声里考量了一秒钟，谷妙语对邵远说："我手脏，你帮我把手机掏出来给我吧！"

邵远把递出去的包缩回来，架在膝盖上拉开拉链顺着铃声找手机。在找到手机之前他看到包里有本很厚的书，怪不得他觉得谷妙语今天的包被她武装得特别沉，原来里面有本大部头。在大部头后面，他找到持续响不停的手机，掏出来递给谷妙语。

谷妙语一只手已经放下酒盅，手掌拍在餐巾纸上，一捏，捏住一张餐巾纸在掌心里，单手挤压着，擦着漏到指缝间的酒水，另一只手还在举着肉串舍不得放。

邵远看着她贪肉的样子有点想笑。只怪前阵子发生的事情太压抑，把她搞得食不下咽，看来那几天她真是给素着了。

两个人的两只手交汇在半空中传递着手机，指尖碰到了指尖，手与手下面是冒着热气的炭火，热力向上传递，烘烤得指尖与指尖仿佛都带着烫。两只手都那么白，都那么手指纤长。区别不过是一个更细腻柔婉，一个更骨节线条分明，糅着英气。

有服务生来上菜，看到他们两只好看的手正悬在炭火上方做手机接力，忍不住逗贫："二位赶紧把手收一收，这么好看的手烧烤了可有点白瞎。"

谷妙语一边笑一边接过手机接通，她"喂"了一声。

邵远把手收回来，听她接着喊了声"大爷"。

他用另一只手无意识地搓着刚才递东西那只手的指尖，知道了打电话过来的是陶大爷。

谷妙语举着肉串和陶大爷一句一声好一句一点头地打着电话。

挂断电话后，谷妙语把手机往桌面一丢，又举起酒杯。另一只手里举了快有一个世纪那么长的肉串被她往嘴边一横，上下牙往肉串底部一咬，肉串签子和那两排整齐白牙相反一运动，谷妙语利落地完成了一个撸串的标准动作。

邵远觉得那种奇妙的感觉又来了——这种动作要是换成别人做，尤其女孩做，一定显得很粗鲁，很不好看。可是真奇怪，谷妙语做怎么就不粗鲁呢？还豪爽得有点可爱。

谷妙语飞快吞没了撸到嘴里的那几块肉，举着酒杯冲邵远说："来来来，继续完成刚才击掌后的第三杯！"

邵远和她举杯相碰，干下第三杯。

放下酒杯后他问谷妙语："陶大爷找你有事？"

谷妙语点头："嗯，他说要找我吃饭。"

邵远眉毛一拧，拧出了个挑理的样子来，酒精又让他不再兜着自己喜怒哀乐的情绪了。

"他怎么光找你不找我？"

一副没分到糖，满心不乐意的小男孩样，看得谷妙语直眨眼。

谷妙语眨着眼挠着头说："陶大爷没找你啊？"顿了顿，"这样啊……"又顿了顿，"这样啊……我觉得吧……"半天她也没"这样"出来一个既能替陶大爷解释、又能给邵远挽尊的说辞。

邵远看她为难得直抓头的样子，忍不住笑了。怎么会有这么认真实在的小姐姐。

"算了，不逗你了。其实陶大爷昨晚就给我打过电话了，我告诉他我最近要准备论文答辩的事，就不去吃饭了，等答辩过了再说。"

谷妙语松口气，而后吹胡子瞪眼地教训邵远："你这孩子现在很放肆啊！这么逗你谷老师？"

邵远看她鼓着腮帮子冲自己叫唤，觉得她和她头上那颗小丸子有点像。圆溜溜，软绵绵的。

他忽然想知道，她不梳丸子头是什么样的。

"你头发散下来会有多长？"他也不知道自己怎么就问出了这句话。

她头发散开来会披到哪里呢，肩膀还是背？从丸子的大小厚度看，应该不会到腰那么长。那等她长发及腰时，会是谁替她挽起长发呢？而他那时应该正在国外吧。

谷妙语戳着丸子头，笑嘻嘻地回答他："下回咱俩再见面的时候我散着，让你看看我头发到底有多长！"

邵远一笑，好像有点期待呢。

垂眼瞄到她的包，想起包里那本书。他初看到那本书时的意外还绕在心里没散，于是他抬头问谷妙语："你包里的书，是你自己在看吗？"

喝了酒的谷妙语有点在状况之外："唔？"

邵远："就是你包里那本《2012年中国互联网发展报告》。"

谷妙语反应了一下，拍拍头："哦这本书啊。这本书是任炎的，你三千水姐姐借回来看的。我看它长得那么厚，有点好奇里面到底写了点什么，就拿着看了看，结果发现还挺好玩的，于是打算尽快看完后再还给你三千水姐姐。"

邵远有点意外，挑挑眉问："这可不是你专业相关的东西，看起来不觉得枯燥吗？"

他有点想不到她对自己专业以外的新兴事物还挺感兴趣。

谷妙语眼睛亮得像水洗过的珠子："不枯燥啊，很新鲜，很有趣的！"她用食指敲敲桌面，边敲边措辞，"怎么形容呢，嗯……你要说互联网这东西和我的专业不相关吧，看起来好像是不相关的。可是你如果看完我包里那本书就会发现，那书里把互联网说的已经和生活中万事万物都息息相关了。这么看的话，它和我的专业就变得很有关联了，这关联或许不体现在现在，但未来一定会呈现出来的。那书里的意思呢，未来的互联网嘛，换成毛爷爷说过的一句话来形容，就是广阔天地，大有作为！"

邵远在心里默默赞同着谷妙语的说法。她说得对，未来万事万物都会和互联网息息相关，包括他将从事的金融。

他看着谷妙语，一笑，声音像低音炮似的，说："你还知道毛爷爷语录呢。"

谷妙语挺着胸脯义正词严："你每天花着毛爷爷过日子，还不得记住点毛爷爷说过的句子？"

邵远嘴角的笑容渐渐扩大："真难得，你对新事物还保有着主动吸纳学习的心。"他对谷妙语说。

谷妙语偏偏头，一脸认真，一朵粉粉的樱花瓣正在释放她不经意的、内敛的艳色。

"我是这么想的，我上学时候偏科，数理化学得不好，最后上的大学也没有太多人听过。那我底子和你们这些名校骄子比，肯定是差了很多的，所以我只能趁着现在还有学习的能力尽量多去学习。"

谷妙语偏着脑袋，轻轻点了点，是陈述也是在用谷氏鸡汤给自己打气："嗯！多学习。只要我每天都吸纳一点新知识，就是每天都在积累着一点进步。当然，我每天这点小小的吸纳量不足以改变什么，可是把这些小小的吸纳积累起来，我想总有一天它会累加到一个爆发点的，到时候它也许会让我周围的人都对我爆发出'哇'的一声惊叹也说不定。对，我现在的积累，就是为了以后有那么一刻，让所有人看我的时候，都觉得惊艳！哈哈哈。"谷妙语说完一番话后，觉得自己又有点借酒做白日梦了，于是又在话尾哈哈哈地笑起来自我解嘲。

酒精是真话的催化剂，几杯酒下肚，平时能憋住的话，现在都变得憋不住，都要争先恐后地从嘴巴里冲出来图个痛快。

邵远却不被她自我解嘲的笑声打扰。他穿透在她的笑声之外，静静地重新审视她。他觉得这个会讲鸡汤、会说毛爷爷语录的小姐姐又在发光了。她真棒。他现在就觉得她很惊艳。

聊过了东西南北，聊过了天上地下，终于聊到了切实生计的问题。

邵远的脸也被酒精蒸熨着，俊俏的白面皮上泛着点浅浅的粉，人面桃花一样，又青春又风流。

谷妙语扶着头想，以后这小子得落到一个什么样的女人手里呢？得是什么样的女人才能制伏这么个人中拔尖的小妖孽。

她听到那妖孽在问她："砺行你不打算回去了，那接下来想好怎么办了吗？"

她松开扶着的头，让头能上下自由点动："嗯，想好了，我要重新找工作！"

邵远看着谷妙语大张旗鼓地点头回答问题，有点好笑。

"那想去哪儿工作，已经有明确意向了吗？"他很不在意般地问着，好像这问题是从前面的问题自然而然顺下来的，一点都不叫人觉得前面的问题只是铺垫，其实他想知道的问题答案，只有这一个。有明确的意向了吗，是陶星宇的工作室吗？

谷妙语粉粉的樱花瓣脸上，泛起了一大团的红晕。

"嗯，有明确意向了，是家行业里特别棒特别有口碑的公司。可能按照我现在的学历和工作履历来看，我说想去那里工作会显得有点自不量力，但我想试一试。反正试试又不要钱，对不对？"

邵远看着她不好意思红掉的脸，不打算继续问下去了。她应该就是想去陶星宇那里工作吧。

和邵远的这顿饭，最终及时终止在谷妙语的醉点前。

她这回终于没有唱歌。

打车回到家，楚千森留了备忘条，说和券商方面一起加班，晚饭吃加班餐，不一定几点能回来，让谷妙语别等了，要她自己先吃先睡。

谷妙语听话地洗了洗就先睡了。

一觉醒来，已经是第二天早上六点钟。她被楚千森开门进屋的声音吵醒。

和她一起进屋的似乎还有别人。别人一说话，谷妙语就听出来不是别人，是这屋子真正的主人，任炎。

她听到任炎对楚千森说："我送你回来，你水都不给我倒一杯就撵人走？"

她听到楚千森对任炎喷："没有你死拖着，我用加班到现在？熬得我提前二十年变黄脸婆我还给你倒水喝？"

任炎说："你别忘了你住的是谁的房子。"

楚千森说："你别忘了是谁死皮赖脸非要把房子租给我，想挣钱想疯了吧？"

谷妙语打算再睡个回笼觉，不出去打扰那对冤家掐架互喷了。

再醒来已经是八点多，想起和陶大爷约了午饭，谷妙语从床上爬起来。楚千森正在另一间卧室补觉，她摸去厨房打算做两份早餐。

出门前看了眼手机，上面有楚千森给她发的一条信息："小稻谷，出房间的时候把衣服穿全了，任炎那家伙在我倒杯水的工夫就躺沙发上睡着了，这是他的房子我也不好意思撵他走。你多穿点再出屋，别走光啊。么么。"

谷妙语放下手机，默默换下吊带睡裙，穿得整整齐齐。

出了卧室她蹑手蹑脚往厨房走，途经客厅时沙发上发出一阵响动。

任炎坐了起来，有点迷茫地低头看着他身上搭着的小熊花纹的薄毯子，随后他抬头，和谷妙语大眼瞪小眼。

任炎："几点了？楚千淼呢？水给我倒哪儿去了？"

发出三连问后，他看到了沙发前的茶几上摆着杯白水。

他搓一下下巴，笑了，端起水杯一饮而尽后，把小熊毯子叠得板板整整放好在沙发上，站起身准备走。

"您上大学的时候认识我们三千水吗？"谷妙语在任炎换完鞋，手搭在门把上就要开门离开前，突然没忍住开口问。

任炎开门的动作停了停，而后他回头，有点意味不明地一笑。他什么也没说，只那么一笑后，就开门走了。

谷妙语歪着脑袋想半天，他那笑是什么意思呢，到底认识还是不认识？

中午谷妙语去赴陶大爷的饭约。

直到她离家前楚千淼还没起来，她给楚千淼做好了饭菜，温在锅里，出了门。

陶大爷还在养身体，没什么体力操办一桌饭菜，于是这次陶大爷请的不是家宴，他约谷妙语到饭店吃烤鸭。

谷妙语赶到烤鸭店的时候，陶大爷和陶星宇都已经在了。

陶大爷看到她就是一阵唏嘘心疼："瞧网上那些碎嘴把我这孩子折磨的，都瘦了！哎哟可心疼死你大爷我了！"

谷妙语由着陶大爷心疼。等落了座，她才有工夫正眼正脸地和陶星宇打招呼。

陶星宇还是那么月朗风清的一个明净人。他人坐在那儿坐得住，他的气韵才华学识却一点也关不住，它们从他身体每个角落源源不断地向外洒向外冒。

谷妙语叫了声"陶老师"，陶星宇冲她温润一笑，回了声："好久不见了，妙语。"

谷妙语被这声"妙语"叫得眉尖一跳。

服务员开始走菜，三个人边吃边聊。

陶大爷的胃都快被切没了，能吃的东西不多，可着自己可以吃的吃了吃，就开始致力于往谷妙语的碗里夹菜夹肉。

谷妙语的碗里很快起了座山，她对大爷爱泛滥的陶大爷求饶："大爷大爷，您是我亲大爷，可以了可以了！"

"真可以了？那你碗里的可得都吃光啊，吃不光你可对不起全北京这么帅的大爷给你亲手夹菜！"陶大爷放下筷子，捅了捅陶星宇："该你了，赶紧的吧，再不登场饭都吃完了。"

谷妙语抬头，看看陶大爷，看看陶星宇，不知道爷俩在搭什么戏台子。

被陶大爷捅了好几下的陶星宇，放下筷子，拿起餐巾纸印嘴角。

谷妙语看他起了一副准备说话的范儿，赶紧也把筷子放下来，坐得端端正正的准备听。

陶星宇看她乖得不行的样子，忍不住在开口前先发出一声笑："妙语，你不用这么绷着，放松点。"陶星宇笑着说，"之前网上闹风波，我也没能帮上你什么忙，很过意不去。不过之后的忙我是可以帮上的。"他看着谷妙语的眼睛，声音朗润地说。

这副声音和谷妙语已经听惯的那副低音炮一样的嗓子大有不同，朗润的声音让人越听越想安静下去，听琴，品茶，画图。而那副低音炮的嗓子却让人一听就想……谷妙语仔细想了想那感觉，最后她想到了四个字：喝酒唱歌。她现在一听邵远说话就想拉着他喝酒唱歌。

陶星宇声音朗润地告诉她："妙语，到我的工作室来工作吧。"

谷妙语听着陶星宇宣布这个决定时，觉得时间好像被从线上打散成了点，每个点都对应着陶星宇的一个字。她一个字一个字地把陶星宇那句话过滤到耳朵里，心情不知道是雀跃还是雀跃到极致后反而安宁了下来。

"妙语，到我的工作室来工作吧。"

这句话，她应该已经梦寐以求了三年。

今天是陶大爷请谷妙语吃饭的日子。邵远想，陶星宇一定会在的，他们一定是要和谷妙语谈她工作的事情。因为预计到这顿饭的主题将会是讨论让谷妙语到陶星宇那里工作的问题，所以当陶大爷给他打电话邀请他也一起共进午餐时，他以忙着弄答辩论文为由拒绝了。

陶星宇和谷妙语，一个打算招对方到他的工作室里，一个很明显非常愿意去。周瑜和黄盖在一起吃饭，有陶大爷这个出谋献策的诸葛亮在就可以了，他这个曹操如果也去看戏，未免显得有点没必要。

留在学校改论文的邵远，这一天又陷入了莫名的周期性心烦状态。

他又开始像之前某天那样，从早起剥鸡蛋就开始烦，一直烦到晚上觉得吃饭和吃纸在味道上其实也没什么不同。吃完了一餐肉没肉味、菜没菜香的晚饭，邵远终于没忍住对谷妙语未来工作的好奇心，还是一把捞起了手机。

他拨号给谷妙语，打算尽量谈天一样地问问她，工作的事情处理得怎么样了，已经决定去哪家公司上班了吗？

电话一通，谷妙语的声音一响，他好像回味起了晚饭吃的牛肉其实也不是让人食不知味，咖喱的浓度蛮好，白灼过的青菜其实也挺爽口，肉和菜倒都并不难吃。

他问谷妙语："小姐姐，工作的事怎么样了？"

谷妙语透过话筒传来的声音听上去有一点沮丧："唉，被拒了。"

邵远着实有点意外："被拒了？陶星宇居然不收你吗？"

"嗯？"这回意外的是谷妙语，"我们是不是谈到岔道上去了？我压根没想着去陶老师的工作室呀，我之前和你说的我想去的公司，其实是嘉乐远。"

听到那三个字，邵远心里一动："你是说，嘉乐远？不是陶老师的工作室？"

"对啊，嘉乐远，业界大牛，效益贼好，正准备上市呢。"说到这儿谷妙语嗷呜悲号一声，"可惜人家门槛高，把我婉拒了。唉，我是不是应该到他们公司人事那里去哭一哭？你说的，会哭的孩子才有糖吃！"

邵远憋着笑，她这回居然没说笑对人生或者无惧困难。

"嘉乐远，有那么好吗？"他轻声问。

谷妙语很肯定地回答他："当然！砺行和它比真不是一个量级的，你要是不信，等你哪天有空我带你亲自去他们门店参观参观！"

邵远似乎想都没想，脱口而出："我明天就有空，不如你明天就带我去看看？"

谷妙语想了想，说："OK，择日不如撞日，那就明天吧！"

谷妙语和邵远约好第二天上午去逛嘉乐远在东三环新开的家居体验馆门店。

他们约在离体验馆最近的地铁站见面。

谷妙语早上起床后看了眼日历，5月5日，立夏。

真巧，一个壁垒性的节气，隔开又一个春天，展开新的盛夏。

温度已经高达三十度，空气流动起来像暖风机里吹出来的热风。谷妙语犹豫了一下，是假装忘了那天喝小酒时说的话，继续把头发扎成丸子散热，还是应了那天喝酒时许的诺，让头发散下来，在她后背摩擦生热。

纠结了一早上，时间终于来不及了——来不及让她扎头发，于是只好散着。

出门的时候，谷妙语想这算不算是一种天意？老天想让她践行诺言，于是令她磨磨蹭蹭，终于因为时间不够，让她放弃了扎头发的选择。

谷妙语今天为了配合散开来的披肩长发，穿了一条箍腰连衣裙。楚千淼说这是她最有少女感的一条裙子。

说起少女感，她不由有点叹气。以前她觉得自己始终是个少女，哪怕穿块破抹布，那块抹布也会沾染上她的少女感和活力。可是不知道从什么时候开始，甚至她还没来得及谈一场恋爱，就已经从少女悄悄变成了大人。以前遇到牙还没长齐的小毛头，都是叫她姐姐。可现在连初中生一张嘴都要叫她阿姨，她简直要呕死。

那天和邵远一起乘公交，她和邵远站在门口，后面有个初中生模样的小女生要下车，对邵远甜甜叫了声"哥哥"，说："下一站我要下车了，哥哥能让一下吗？"

邵远侧身和小女生换了位置。

小女生隔开了她和邵远，站在他们中间。邵远隔着小女生拍她肩膀，意思是要她和小女生换位置，他俩好会合。

没等她动，小女生冲她开了口："阿姨，下吗？不下能换下位置吗？"声音硬邦邦的，一点都不甜，好像糖分刚刚都给那位哥哥用光了。

她当时真是让这一声阿姨砸得脑袋都震荡了，晚上回家一口气买了十根黄瓜切片敷脸。她和邵远不过只差了三岁，所以当真三岁一个代沟吗？

尽管那天晚上楚千淼安慰她，说小女生可能是故意的——谁叫邵远手那么欠拍你肩膀显得你俩贼热乎似的，可她还是对阿姨与哥哥的辈分跨度耿耿于怀。

谷妙语出门前看了看身上充满少女感的战袍连衣裙，觉得今天应该不会再被小女生张嘴叫阿姨了。

谷妙语从地铁里出来时，看到邵远正等在十米外的地铁口。

他穿着半袖衬衫和牛仔裤，往那里一站，又帅又青春。衬衫真是适合各个年龄段男人的大杀器，只要往男人身上一套，立刻能把他的气质提升好几个等级。邵远的气质已经被提升到最极致，假如现在他旁边架了台摄像机，任谁都会毫不怀疑，这是哪个未来的流量小生正在这里拍摄偶像剧，小伙子姿色太出众。

他站在那儿，眼睛一刻不离地看着从地铁口里走出来的人群。

谷妙语夹在人群里一起向外走，边走边等着邵远把视线投在自己脸上，她已经做好对他一边笑一边say hi的准备了，可是他的视线居然从她脸上，滑过去了……

谷妙语怔了怔。

她看到视线从她脸上滑过去的邵远也怔了怔，随后他马上调回视线，又看向她。这回他停在她脸上的眼神中，多了点惊奇和不确定。

他抬脚向她走，起初他的步伐和他的眼神一样，都有点不确定。她忍不住噗嗤笑了一下。这回他的脚步和眼神都变得确定了，确定得脸都有点不好意思地红了。

他迎面走近到她面前，她忍不住笑着打趣他："我以前听说直男如果直大劲了，不仅女生涂没涂口红看不出来，连女生换个发型他都会变得认不出来，噗！现在看到你这样，这话我信了！"

邵远看着谷妙语的披肩长发，发梢黑柔柔垂在后背中段，悬在她被连衣裙腰带箍得不盈一握的腰身上方，随着她一笑一语，黑发瀑布一样地流淌在她背上。她今天真是又纯又好看，像个小姑娘一样。他不知道自己看她看得其实已经有点不眨眼了，直到那长发披肩的小姑娘横起手掌在他面前晃。

"我今天太好看，把你美呆了吗？"

好吧，虽然她在开玩笑，可是事实上，是这样的。

他体贴地接过她的包，今天她为了配裙子，难得背的不再是那个帆布包。也怪它不是那个帆布包，让他缺少了辨认出她的有力凭证，才在第一时间看到她，又错过她。

他接过她的包，递给她一个美貌的苹果。

她接过苹果的时候满脸都在放光："你是怎么做到的，这么绝色的苹果你怎么能从冬天到夏天一直都买得到？"

他笑了。因为他路走得多，挑的苹果摊子多啊。

"我运气好吧，总能遇上长得这么好看的。"

谷妙语和邵远一起从地铁站往嘉乐远体验馆走。

路上邵远随口般问："陶星宇有邀请你去他的工作室工作，对吧？"

谷妙语转头冲他一翻眼睛："鸡贼！什么都让你猜得到！"

长发在她肩背上随着她转头荡出一条短短浅浅的弧线。赏心悦目的弧线。

"他还真邀请我了，不过我没去。"

邵远斜转头看她，问："为什么没去？那不是你一直以来梦寐以求的地方吗？"

谷妙语笑了起来："曾经的确是我梦寐以求的地方。"

昨天吃饭时，当陶星宇说"妙语，到我的工作室来工作吧"，听到这句话，谷妙语的心情不知道是雀跃还是雀跃到极致后反而安宁了下来。这句话，她应该梦寐以求了三年，她曾经试想过有一天当她听到这句话时，内心该如何激动，血液该如何往头上涌。

可是从梦寐以求到听到这句话之间，她经历了好几件大事。高大哥家与楼上楼下的装修纠纷，陶大爷独处豪华别墅的寂寞，月月父母炮制的装修舆论事件……这些事让她把她的梦寐以求重新打造了。

她以前想，室内设计师做到顶级，应该就是像陶星宇那样，接大项目，做大工程，签大单子，得大奖，扬大名，挣大钱。大志向才是志向。

可是当她帮着高大哥一步一步解决掉楼上楼下的装修问题，当她听到高大哥对她说谢谢，说小谷我现在真是觉得太幸福了；当她帮着寂寞的陶大爷把高档豪华冷冰冰的别墅一点点软装成温馨的有人味儿的真正的家，陶大爷说感觉心里热烘烘的；当她因为月月爸妈炮制出的装修事件舆论风波而被公司无缘无故辞退，满肚子冤无处申诉的时候；当想到这些事，她决定还是不要去陶星宇那里工作了吧。那里的项目确实高大上，别墅、五星酒店、歌剧院、大会堂、大礼堂……可比起那些大项目，她似乎更想要通过装修给像高大哥那样的普通人带去幸福感，给像陶大爷那样寂寞的老人家努力营造出家的温馨感，她更想在将来某天假如再遇到像月月家装修舆论事件时，能让无辜的员工可以受到公司的保护，而不是被当成弃子推出去挡子弹。

因为有了这些"想要"，于是当她真的听见陶星宇对她说"到我这里工作吧"，那时那刻，她反而平静了。

昨天的饭桌前，面对陶星宇的邀约，她想了又想，决定遵从自己内心。

她先问陶星宇："陶老师，您觉得以我现在的水平，能驾驭得了您工作室在做的那些项目吗？"

陶星宇对她笑："实话实说，还差一些。"说完实话，他又笑一笑，声音温润得沁人心田，"不过我可以带你。"

谷妙语差点被那副沁人心田的嗓子拐跑了，她喝口水镇一镇自己，思路重新变得清晰而冷静。

"陶老师，"谷妙语放下水杯对陶星宇说，"您接的项目都很大，礼堂、剧院、五星酒店、度假村、大别墅等，能接到这些项目，应该是很多设计师的奋斗目标，可我好像有点……怎么讲呢？"谷妙语皱着眉，认真想着该怎么形容自己的感受。"我好像有点不思进取吧。现在和那些大项目比起来，我好像更喜欢家居家装这一块。和您那些大项目相比，我好像觉得看到我能帮普普通通的一家三口或者一家四口五口，我帮他们把家装修好布置好，让他们开开心心地住进去，让他们因为装修好的家而有了幸福感，那我也会跟着觉得很幸福。"终于完整准确地表达出自己心里的想法，谷妙语把皱紧的眉头松开。"我想我还是更愿意留在家装领域，再磨练两年。况且以我现在的水平，还真不太够格到您那儿去做设计师。我知道您这回一定也是拗不过陶大爷，一定是我亲大爷看我没工作太惨了，蹦高地威胁您收留我。"

陶星宇听到这里笑了起来，他的笑容在表达她说对了。

"可作为您的资深迷妹，我特别了解您。"谷妙语看着陶星宇，认真地说，"您喜欢靠实力说话，不喜欢拉关系走后门。说起来这一回您能为我破一次例，陶老师，真的非常感谢您！"

对陶星宇致完谢，谷妙语又对陶大爷致谢："还有谢谢我大爷，谢谢您，我的亲大爷！"

陶大爷被谢得直着急："哎哟小妙语，你别跟你大爷客气啊，我不是你亲大爷吗，我让我儿子给你敞开一次他的后门怎么了？敞开了你就往里进，客气什么呢，哎哟你可急死我了！"

谷妙语认认真真地告诉陶大爷，她不是客气，她确实还想留在家装领域，陶老师也确实是要求手下人靠实力说话，他的后门很宝贵，不是说敞就敞的。

陶大爷来了杠劲："他靠什么实力说话啊，就他工作室那个小贺，除了长得好看点，她有什么实力，不也照样进去了？"

陶星宇开了口，不知道是对陶大爷解释，还是对谷妙语，他回着陶大爷的话，看的却是谷妙语："老陶，小贺不是设计师，她只是前台。"

陶大爷不服："哦，前台，那不也是靠脸进去的吗？"

陶星宇这回转头朝向了陶大爷："老陶，其实她还真不是光靠脸进来的，她有她绵里藏刀的本事。有时候甲方难缠，还真得她那样的姑娘上去周旋。"

陶大爷一咂舌："啧啧，这是以色侍人解决问题啊？陶星宇你是不是有点'漏'？"

谷妙语一边听热闹一边热心纠正陶大爷的发音："大爷，是'low'！"

陶大爷说："对对，是low。"

陶星宇瞥谷妙语一眼，有点意味深长的一眼。谷妙语缩了缩脖子。

陶星宇说："老陶你好好说话。我的脾气你知道，我是不肯给甲方赔笑脸的，甲方提出改这儿改那儿的时候，我冷着脸，可不就得需要一个能热着脸笑的人在里面察言观色周旋吗？况且这人周旋的时候还能保有我方利益，向甲方悄无声息地砍出一刀。"

谷妙语听着这番描述，还真是贺嫣然性格的真实写照。她的小聪明放在人与人交往间看着挺烦人，没想到这一套放在商场上倒还有点无往不利的意思。

陶大爷在一旁已经间接举起白旗："行行行，你有理，行了吧？"而后他转头关怀谷妙语："那小妙语啊，你想好之后到哪儿工作了吗？"

谷妙语笑一笑，说："想好了，虽然有点难度，但还是要努力试一试。"

谷妙语给邵远大致讲完昨天那顿饭的情形。

邵远听完沉吟了一下，问她："你这算是为了事业，放弃爱情吗？"

谷妙语一转头："难道不是为了先让自己变得更好，再去收获平等的爱情？"

邵远似乎被她这句话震撼了一下。

女孩子哪一刻最美？要到多年后邵远才回味得出这个问题。

就是谷妙语讲出这句话的这一刻。当女人有了事业心，对男人的仰慕就不再是全部。主宰她未来努力方向的，不再是她对谁的暗恋，而是她的理想。从此她为了自己的理想而变得更优秀，而不再是为了谁、为了哪个男人才要变得优秀——我不再因为仰慕你而觉得低于你，我要站到能和你比肩的位置去。

邵远看着谷妙语，一时间有点讲不出话。

谷妙语迎着他的视线对他笑一笑，告诉他："其实我之前就给嘉乐远投过简历，但是一直没回音。然后昨天吃完饭我就想干脆打电话问一下吧，就给嘉乐远的招聘部打了个电话。结果，唉……"

邵远问："结果怎么样？"

谷妙语说："结果接电话的人问了我的名字，查了我的简历之后，居然说设计部现在不招人了。"

谷妙语来不及和邵远继续聊嘉乐远设计部是否还招人的话题，他们已经到了体验馆门店。

体验馆门口有笑容洋溢的工作人员，看到他们向体验馆走过来，于是热情却又不那么过于热情地走过来，询问："二位要了解一下家装家居吗？"

谷妙语点点头。工作人员看看邵远又看看她，目光在她脸上停留得要略久了那么一点点。

邵远在一旁把这一幕不动声色地看在眼里，心里在一瞬间什么都明白了。他在一刹那间想，真幸运谷妙语今天换了发型，真幸运现在的她和被月月父母发到网上的视频里梳着丸子头的她相比，变得不太一样。一件事发酵的程度，在同行业内一定比行业外更深更广也更具影响，同行的人也一定比外行的人触觉更敏感。

谷妙语走在外面，别人不会主动联想到她和视频里那个女设计师怎么那么像，可同行里的人就不一样了，他们在看视频的时候，对谷妙语、涂晓蓉的关注会比对月月父母的关注还要多，因为大家同为装饰行业从业者。所以当他们见到谷妙语本人，会有那么一刻非常怀疑，这女孩怎么看起来这么眼熟？她好像视频里那个犯了事的设计师啊。想必他们在看那段视频的时候，思维一定会发散，会想这两人到底有没有做过月月父母指控的那些事？一些同样操作过猫腻手段的同行会想，这些事其实我都做过，她们怎么可能没有？于是他们一边同情她们，一边庆幸自己的事没有事发就不算可耻，一边帮舆论一起把她们钉在耻辱柱上，认定她们有罪。就算后来相关部门的调查结果公布，证明月月父母对谷妙语和涂晓蓉的指控是莫须有的，可之前留下的不好印象太深刻了，洗脱罪名的声明又来得太晚，加上大众对有关部门公信力的惯性怀疑会导致他们对宣布两个女设计师无罪决定的怀疑……

这些因素综合在一起，就会让人们觉得她们真的一点事都没有吗？好像不太可能吧。相关部门这个声明其实是在粉饰天平吧？毕竟这一件事如果被摊开在天光下晒太阳，那整个行业指不定有多少大项目里见不得人的猫腻都得被牵扯出来一起晒太阳，到时候得进去多少人？所以她们未必是没问题的，只是为了别让她们引发出后续更大的问题，相关部门才说她们没问题。

钉子照着木头钉下去再拔出来，木头再也不会恢复平整无痕，它会永远留下去不掉的钉子印痕。谷妙语何其无辜，被人误钉了钉子，哪怕钉子被拔掉了，她的好名声也留下了被人从潜意识主观认定有罪的印子。

“女士和先生怎么称呼？”虽然提到的是女士和先生，但工作人员只看着谷妙语，笑着问。

谷妙语还没来得及开口，邵远先出声：“她姓楚我姓任，您随便称呼就好。”

谷妙语转头瞥邵远一眼，他镇定得雷打不动，对工作人员瞎诌。

听到女士姓楚，工作人员打量谷妙语时那一抹怪异的眼神恢复正常了。她的笑容变成百分百的热情，一丝杂质都不再有，把谷妙语和邵远迎进体验馆。

工作人员告诉前台：“叫个销售过来，带客人了解一下我们公司的情况。”

很快过来一个微胖的短发小姑娘，她说自己叫小张。

小张先问谷妙语和邵远：“二位是打算要装修房子吗？”

谷妙语说是的，房子差不多九十平，期房，还没交房，提前了解一下。

小张用计算器算了一下报价，显示给谷妙语看：“姐您看，您家的房子按您的要求，装下来大概需要这个数。”

谷妙语看了一眼，小吃了一惊，比砺行的装修报价高出一大截。

“这个预算有点贵吧？”她问小张。

小张笑：“姐，那是因为我们嘉乐远的材料好，工艺也好，我们一分钱一分货。之前网上有个特火的事件，不知道您听过吗？我们行内有家公司叫砺行装饰，您要是去那样的公司问，报价肯定会便宜很多，但他们公司用的材料质量就真的很难说了。您看他们家给客户装完房子，客户家小孩没多久就得白血病去世了。”

邵远看到谷妙语听完这段话脸色黯了。

“网上后来不是都辟谣了，说砺行的材料没问题，小孩生病并不是装修导致的。”

小张又笑："嗨，说就那么说了，官方那么一说，我们也就得那么一听，谁知道到底怎么回事呢？说不准的。反正能说准的是，我们嘉乐远的材料都是一分钱一分货，贵是贵点，但绝对都是一等一的环保，我们很多材料已经达到了国际环保水平，连意大利、西班牙的一些公司都从我们家进口木门呢！"

谷妙语听着小张的介绍，心情有点五味杂陈。她真想告诉她，官方不是那么一说，你不要只那么一听，你好好听，给月月家装修的材料确实没问题啊朋友。

可她能和一个人这样解释，她能和每个这样认为的人挨个去解释吗？谷妙语最终没做声。

小张提出带谷妙语和邵远去参观一下主材、辅材和样板间。一圈转下来，谷妙语心里感慨无限。怪不得小张提起砺行的时候，脸上是带着碾压的优越感的。

"嘉乐远的材料工艺确实好。"转完了一圈，婉拒了小张的继续陪伴，谷妙语对邵远说。

"砺行的包线管和嘉乐远的一比，真的有点差。你看嘉乐远的线管，地线火线零线包进去，管子里的空隙还能剩余60%多，这才是标准规格。以后业主家哪根线坏了，不用砸墙挖管子，管子剩余的空间就足够抽出坏线替换进好线了。嘉乐远的辅材居然也都展示出来了，我还没见哪家公司把辅材，什么沙子水泥的也都展示出来呢。他们用的水泥和沙子确实都是质量很好那一档的。

"他们的工艺真好，拉毛做得好，瓷砖贴上去不会掉也不容易开裂。用的面漆居然是特供的，还有墙体网格布跟别家公司的也不太一样，用了这样的网格布，再漆过的墙面就不容易开裂。

"我真喜欢他们家的木门、门套，一点味道都没有，结实漂亮，难怪会出口到国外。"

从体验馆里出来，邵远能感受到谷妙语对嘉乐远的赞叹和向往。

"你是不是打从心里特别想来这里工作？"邵远问谷妙语。

谷妙语低头"嗯"了一声，过了两秒，她抬起头笑："可惜被拒了。"

"三千水之前一直跟我说她们所和券商在给嘉乐远做上市辅导。我跟她说我们公司什么样，她跟我说嘉乐远什么样。她越说我越觉得嘉乐远才是我想工作的地方。但你也知道，我三流学校毕业，没有什么拿得出手的业绩和作品，也就最近三个月，算是我事业的一个小高峰，所以之前一直也没什么底气迈出跳槽这一步。等现在有点业绩也有点勇气迈出这一步来了，人家又不招人了。唉，我这命啊，苦。"

谷妙语甩了下脑袋，好像这么一甩，她就把脑子里那些烦恼都甩掉了。于是她好像很开心很没烦恼地问邵远，等下他去哪里，顺路的话就一起走，不顺路就各自拜拜。

邵远赶紧说："我饿了，你请我吃午饭吧，我吃完午饭之后回学校。"

谷妙语二话不说答应下来："离这里不太远，大概公交车五站地，有家鱼头泡饼，鱼头巨大，球那么大，饼巨劲道，口香糖那样扛嚼。走，我带你去吃！"

他们两个上了公交车。

车尾部有两个位置，谷妙语走过去坐在里面，邵远挨着她，坐在外面。

谷妙语隔着车窗看外面风景，她的侧脸线条娴静得叫人心疼。

邵远赶紧转回头，低头看手机。找到嘉乐远的公司网页，点开招聘栏，上面招聘设计师的信息赫然还在。

他收起手机，想了下，对谷妙语说："小姐姐，把你的简历传给我一份吧。"

谷妙语从窗边转过头，带着一脸疑问："你要我的简历干吗？"

夏日骄阳透过车窗玻璃把光投在谷妙语脸上。多么细腻的皮肤，在纤毫毕现的强光辐射下，依然白瓷一样。谢谢时光，对他的小姐姐格外恩宠，让少女的肌肤绷在她的面颊、眼角，不赐予她见证成熟的细纹。

"我很多同学还在找工作，需要做简历，刚刚有人发信息问我有没有简历模板。我想直接把你的简历给他当模板用好了。"

谷妙语展现了一个很生动的"你不是吧"的表情给邵远："你们这些名校的天之骄子，居然要用我的简历做模板？你们是不是有点太堕落了，不怕拉低自己水平吗？"

邵远眉心皱紧："你别这样妄自菲薄，你怎么了？你很棒的。快把简历给我一份，我们就用你的简历做模板。"

谷妙语连声说着"好好好",把简历发了过去:"记得把我的个人信息删掉啊!"

公交车到站,两个人下车。

路面上有个空易拉罐,谷妙语还来不及做什么反应,邵远已经一脚抽射把它踢进不远处的垃圾箱里。动作又快又准,也很帅气。

这一脚让谷妙语想起他们第一次见面的情形,他也是这么一脚抽射一个易拉罐,把她手机都吓掉了。

"你是不是很爱踢球?"一边往鱼头泡饼店走,谷妙语一边问。

邵远点点头:"嗯,我小时候踢过一段时间,踢得很好,差点进了国家少年队。不过后来就没再踢了。"

谷妙语"哇"的一声:"老天爷造人造到你这儿的时候昏头了吧?给别人都记得安了优缺点,到你这儿就只给你安优点了。那你后来怎么没继续踢?"

邵远说:"有一次受了点伤,我父母都很担心难过。等伤好之后我母亲就不让我踢了。况且我母亲认为,就目前国足的形势看,踢球和学业相比,学业才是正道。"

谷妙语捋捋头发,问:"你不能踢球,很不过瘾吧?"

邵远有点惊奇她头发看起来怎么那么顺滑,问:"怎么知道的?"

谷妙语:"我又不瞎,你见到个纸团、易拉罐就忍不住玩抽射,这不就是踢不到球过干瘾吗?"

邵远笑一笑,算是默认。那一笑让他有了少年人的率性和天真。

那笑容莫名让谷妙语有点心疼:"你妈管你管得够严格的,不让踢球就不能踢。"

"还好。"邵远笑笑说。

其实母亲对他,的确比较严格。尤其发生了月月父母炮制出来的装修舆论事件后,母亲立刻打电话给他,让他马上辞职,一点都不许耽搁。母亲还说,还好月月父母的视频里没有录到他,不然视频发到网上,被人认出他来,事情会变得更麻烦。

母亲说："你即刻从砺行辞职，砺行这家公司到此为止，彻底算了，我不会再对它做任何考虑。"

母亲以前让他辞职，是用商量的口吻做决断。但这一次，她已经直接用决断的口吻宣布决定，她决断地让邵远赶紧离开砺行。

哪怕邵远说，砺行其实是无辜的，那两名员工中有一名怎么样他不知道，但另外一名绝对是无辜的。母亲却说，苍蝇不叮无缝的蛋。既然能闹出事情，那么那人在里面就一定有问题。这话放在以前他是信的，他也会这样想。他受父母的影响，以前看问题只会理智地去看，谋略算计地去看，不会带着情感去看。所以他缺乏那么一点温情。

但现在他不再信这种听起来很有道理其实很冷冰冰的推断了。和谷妙语相处的这段时间里，她教会他情理，什么事不只讲理，还要有情。

从道理上来讲，似乎母亲说得有道理——是的，苍蝇不叮无缝的蛋。但从情分上讲，他知道谷妙语是个什么样的人，知道这个行业里哪怕其他人都会去玩猫腻，谷妙语也不会。道理让他觉得所有人都有值得怀疑的一面，情分却让他愿意无条件相信一个人。

一定有很多人和母亲有一样的想法，那些不了解谷妙语的人，她未来的路，恐怕不好走。不止嘉乐远，也许其他公司面对她的简历也会委婉地说一声"我们公司不招人了"。

所以他得想办法帮帮她，毕竟她是那样好的小姐姐。

午饭吃完，谷妙语问邵远："这顿饭吃得怎么样？"

邵远不吝称赞："鱼头果然大，泡饼果然劲道，吃得太撑，我都有点犯困了。"

谷妙语哈哈嘲笑邵远的饭量："吃这点东西就犯困，对得起你两米八的身高吗？"

结果上了公交车，谷妙语先困得神志不清摇头晃脑起来。这回是邵远坐在里面，他紧张地看着坐在靠外的谷妙语，时刻准备出手拉她一把，防止她从座位上晃到过道栽下去。

最后她的头晃到了他肩膀上，晃动就此终止下来。

她枕着他的肩膀睡着了。睫毛长长，皮肤白白，鼻梁挺挺，嘴唇红红。她的长发垂过来，搭在他肩上背上。那些发丝像带了火，燎得他半边身体都在发烫。

他一动都不敢动，让肩膀雕塑般静止在时间和空气里，给她靠，给她枕，心跳得那么厉害。

他不敢再看她，扭头去看窗外。窗外风景怎么那么好？风和日丽，花红柳绿。

就让她这样枕下去吧，他愿意把肩膀给她枕，枕多久都好。

谷妙语没睡多久就被电话铃声吵醒了。

她蒙蒙怔怔从邵远肩膀抬起头，一边下意识抬手抹了下嘴角擦擦看有没有口水，一边接电话。

她没来得及看到邵远脸上一闪而过的怅然若失。

电话是陶星宇打来的，漏音的听筒把陶星宇的话送进谷妙语耳朵的同时，也一字不漏地送进了邵远的耳朵。

陶星宇说："工作找得还顺利吗？"

谷妙语说："还好还好。"

邵远想，陶星宇一定也是预见到了谷妙语未来在行业内的寸步难行。

陶星宇说："妙语，别太硬撑，假如工作找得不顺畅，我的工作室大门是向你随时打开的。"

谷妙语说："谢谢陶老师，有您这句话，我就撑得下去。"

邵远看到谷妙语一脸感动。他看着她感动的样子，扭头看看她刚刚枕过的肩膀，心里第一次有了一种很不是滋味的感受。

把谷妙语送回家，他没再坐公交，打了车回了学校。

回到宿舍，他坐在椅子上发呆，一动不动，专注地发呆，从天亮到傍晚天黑。

周书奇回来了，开了房间的灯，看见他，吓了一跳。

"嚯！你在屋里怎么不开灯？想吓死我好换室友啊？想得美！"

邵远转头看看他，欲言又止。

周书奇看他表情不对，连忙放下煎饼果子和两根配料大葱，颠颠地凑过来问："怎么了啊，我的邵爷？怎么一脸墙脚被人挖了的表情？"

邵远看着他，动动嘴唇，开了口。声音幽幽的，像低音炮开了环绕立体声。

"我可能要中你的诅咒了。"

周书奇把全世界的问号都挂在了头上："没头没脑说什么呢？什么中我的诅咒？我的什么诅咒？我诅咒过什么了啊？"

邵远扭回头没再理他。

这只猪显然已经忘了他说过——邵远，我歃血诅咒你这辈子一定栽在姐弟恋上。

第十四章

他的脸红了

在参观嘉乐远体验馆的几天后，谷妙语给邵远打了电话。

接到这通电话之前，邵远一直处于姨妈期前兆状态。这通电话一接起来，每个月总有那么几天心烦的状态，瞬间从他胸腔里被清空。

他听到谷妙语很开心地和他分享好消息。

"我刚刚接到嘉乐远让我明天去面试的通知了！你说这事它来得棒不棒？"

邵远听着她开心，也跟着开心："特别棒！"

他听到谷妙语的开心里泛起一点不好意思的小涟漪："说起来有点惭愧，我走了点非常规的捷径，是三千水帮我把简历直接投给了嘉乐远的证券事务代表，这才为我争取到一个面试的机会。"

邵远握着手机，沉吟了足有几秒钟，听到谷妙语怀疑手机信号是否断掉的"喂喂喂"之后，他才出声："是这样啊。"

他想咽口唾沫润润嗓子，可是口腔里很干，只有喉结做了回上下翻滚的无用功，嗓子更干了。

"这样也挺好的，不算走捷径，毕竟帮你投简历，给你争取到面试的机会，只是块敲门砖，面试之后能不能留下还得看你的能力能不能征服人力主管。"顿了下，邵远说，"加油，小姐姐，你可以的。"

邵远挂掉电话后就联系周书奇。

"能把你楚学姐的手机号告诉我吗？"他开门见山提要求。

周书奇惊叫："你想干吗？我情敌够多的了，你别再往里掺和了啊！"

邵远回击他："你想多了，想我做你情敌，那你得换个小姐姐喜欢。"不知不觉透露得有点多，邵远心里一惊。情感上的某种觉醒和变化，果然会令人的智商倒退吗？

他赶紧说："我有要紧事找楚学姐，和工作有关，你先把号码给我，我稍后再给你解释。"

邵远挂断电话就收到了周书奇的短信，他按照短信里的号码直接把电话拨打过去。

楚千淼说了声："喂你好，请问哪位？"

邵远痛快地自报家门："学姐你好，我是邵远……"

谷妙语为第二天的面试准备了整整一晚上。

直到临睡前她都不放心，拖着已经躺下的楚千淼说："水水，你先别睡，你再听我吹一遍我自己做过的那些设计和装修案例，看看我的描述够不够装、够不够高大上，我的设计足不足以打动面试官拉着我的手求我留下来！"

楚千淼困得哼哼唧唧："你一晚上已经演示八遍了！我说真的谷子，你做的那些案例，你的那些设计，就算没找人走后门，你也妥妥进去了！"

谷妙语认真询问："真的吗？你真的这么觉得吗？我其实希望我是凭能力进去的，不是通过走后门。可是不走后门我连面试的机会都拿不到，好纠结啊！"

楚千淼冷眼看着谷妙语把头发把得稀巴烂："祖宗，睡吧！谁要是怀疑你的能力你就当场给他默画一个《清明上河图》的建筑框架图！看谁还敢有意见。"

第二天，谷妙语在面试的时候真的给人力主管默画了许多图。不过不是《清明上河图》，而是那天她和邵远参观的嘉乐远体验馆内部各个样板间的结构图。

起初她给人力主管看她之前做过的那些设计样品时，人力主管只是客气地点头，说不错。但那种客气的肯定让谷妙语觉得怪怪的，那感觉就像她现在哪怕随便画个田字格，人力主管也会点头说"嗯这个框架不错不错，够四平八稳"。

后来人力主管问："你还有没有什么其他想要展示的设计技能？"她开始徒手画起嘉乐远体验馆内部各个样板间的结构图，并且一边画一边给出自己的意见："这个样板间是两居的，从大小和风格都是针对小夫妻居住而打造的。既然是小夫妻，那年轻人更喜欢新鲜时尚一些的事物，所以我觉得客厅里这个餐桌可以试试看换成小吧台进行展示。这个样板间是三居室，适合家里有老人和小孩的家庭居住。考虑到老人，可以在房间动线的墙壁底部安装夜灯进行展示，方便老人晚上起夜。考虑到小孩，环保就尤其重要了，我觉得可以把一间房展示成儿童房，然后把儿童房的墙壁换成可以吸附甲醛的呼吸墙进行展示。"

谷妙语一边画一边提着自己的想法。人力主管一边听一边点头，脸上那种客气得如同面具的笑容渐渐消失。

等谷妙语画完，人力主管宣布："你明天就来上班吧，你这个能力可以的！不过嘉乐远的机制是这样的，劳动合同我们是每年一签，新人的试用期是一个月，这一个月里假如你没有业绩，就自动被辞退。这条件能接受吧？"

谷妙语连忙点头："能！"

人力主管站起来和她握手，恭喜她加入嘉乐远，欢迎她明天过来上班。

这一套官方流程走完，人力主管对谷妙语画的那些图指了指："那些可以给我吗？我拿去工程部，和工程部主管商量一下，让他们对照着图上那些想法，把体验馆的样板间升级优化一下。"

谷妙语闻声怔了怔，下一秒她连忙双手奉上那些草图。这算是人力主管对她的能力给予了一种身体力行的肯定吧？谷妙语很开心。总算她还有那么一点本事，对得起这趟靠捷径得到的面试。

从嘉乐远总部出来，谷妙语看了看方位，倒是离邵远的学校不算很远。她想了想，干脆上了去五道口的公交车。在车上她打电话叫邵远出来一起吃午饭，以示祝贺自己明天能到嘉乐远总店的设计部上班。

他们找了间黄焖鸡米饭的小店碰头。

当看着谷妙语小小地一"噗",朝着骨碟里吐鸡骨头的时候,邵远面目神情有点恍惚起来。

他问:"我们是不是曾经一起吃过黄焖鸡米饭?"

她吐鸡骨头的样子,好熟悉。

谷妙语又夹块肉塞进嘴里,把腮帮子撑得鼓鼓的,喜感得让邵远挪不开眼。

"是啊,那次是小朋友你主动向姐姐我示好,请求我把你调回我这一组,表示你愿意成为我的兵,以后我指挥什么你干什么。"谷妙语含着肉块咕咕哝哝地说。

邵远想起来了,那是一次改变了两人之间关系的午餐。

今天也一样。今天,有些什么在他心里也已经变化了。他的某些心情变化——从讨厌到不讨厌,从不讨厌到……那两个他不怎么敢直言出来的字——这些心情变化,居然都是一堆黄焖鸡骨头在见证。

"不恭喜我吗?我不再是无业游民了!"

邵远听到谷妙语用开心到有点荡漾起来的声音在问自己。

"祝贺你!"他也跟着开心起来。

谷妙语笑得眉眼一弯,那两弯浸水般的月牙忽然又圆了起来。

谷妙语收了笑容叹口气:"可惜以后咱俩不能打配合了,你要忙着毕业和留学,我要忙着展开新的工作,或许我们以后连像现在这样一起吃饭的时间都会越来越少了吧。所以珍惜这份友谊吧小伙子,吃一顿少一顿了。"

邵远放下筷子,认真看着谷妙语,问:"你是不是挺希望我能继续跟你打配合?"

谷妙语吐掉嘴里的鸡骨头,点点头:"当然,我们多默契。"

邵远也点点头:"好的我知道了。"

然后呢?

然后就没有然后了,邵远没再往下说什么。

谷妙语平放在桌面上的手机屏幕一下亮起来。邵远看到上面只显示着一个字:陶。

他的心情坐上了过山车,从平地俯冲到谷底。

谷妙语放下筷子接通电话,和陶星宇交谈她明天就能到嘉乐远工作的事情。

小店里人声嘈杂,冲掉了从谷妙语手机里漏出的音。邵远听不清陶星宇说了什么,只看到谷妙语又把眼睛笑成了两弯好看的月牙。

他垂下头开始喝水,一口一整杯进了肚。

谷妙语开心地挂断电话,告诉他:"陶老师说,我能找到工作他也就放心了。"

邵远以前听到这话会说,陶星宇他挺惦记你的,你一直长在他身上的心思总算没白费,瞧,有回响了。加油啊小姐姐。现在这样的话他说不出口了。

他生硬地转了个话锋,问谷妙语:"他现在还是你的偶像吗?"

谷妙语眼睛瞪得很大:"当然!这行业里,难得有陶老师这么有才华有坚持的设计师了。"她顿了顿,补充,"而且还很帅。"

邵远:"你还是以他做你的职业目标吗?"

他记得她曾经说过,她想成为一个强大的人。那时他问她,她说的"强大"具体是一个什么概念。她举出了陶星宇。她说,想成为陶星宇那样的人。那是他第一次听到陶星宇的名字,他当晚就上网搜索了这个人。

谷妙语点点头:"是的!我先在嘉乐远修炼一下,没准两三年后我也可以自立门户呢,然后我努力努力再努力,尽快成为和陶老师同一高度的人,成为能和他比肩站在一起的人!"谷妙语憧憬着未来的美好蓝图,笑得很开心,"美好未来指日可待,想想我就浑身都是劲!"

邵远听完她的话,内心很勉强地在脸皮上拱出一个捧场的笑。

"你可以的。"

说出这四个字时,他感觉自己舌头上像被绑了铅块,字字艰难。

结束午餐后,邵远回到学校,有点浑浑噩噩也有点闷闷不乐地过了一个下午和晚上。

熄灯后他躺在床上翻来覆去睡不着。

周书奇听到他一下一下地翻身，终于受不了，问他："你别告诉我你是因为明天的毕业球赛紧张得睡不着哦。"

邵远"嗯"了一声："紧张，睡不着。"

周书奇的惊讶吸气声在黑夜里清晰得像有人在他嗓子眼加了抽气泵："嘶——你说这话比我听到有人吃屎还让我吃惊！你居然也会紧张？"

邵远没再回应他。谁也不懂他的心情，他就是紧张。紧张，失落，也难过。

一想到谷妙语白天说，她要在未来和陶星宇比肩站在一起，他就不由自主地联想到《神雕侠侣》里小龙女和杨过伉俪情深比肩而立的画面。想着那些画面，他也想起了自己曾经对谷妙语说过的话。

他说谷妙语怂，他说暗恋是惨剧，他说喜欢一个人就得叫他知道，否则就只是在做自己感动自己的无用功。他还说假如有一天他喜欢上了谁，他一定说出来让她知道。

现在他听到了神把巴掌落在他脸上，敲打出啪啪的打脸声。当初话说得有多堂皇，现在打脸声就有多响亮。

当看着她那么专一地爱慕着陶星宇，那些喜欢她的话，他一个字也不敢说出口。说出来也是无望，可能以后连姐弟般的朋友都做不成。所以忍吧。或许他也只是被她一时吸引，毕竟从前他没有接触过她这么会煮鸡汤的女人。或许等到了秋天，他离开这里，这种心情说不定也就慢慢平息下去了。

邵远在夏天焦躁的夜晚，安慰着自己，等到了秋天一切就好了。那是一个分手的季节，最适合说再见然后转身潇洒而去。

谷妙语到嘉乐远设计部上班已经有一个星期。这一个星期，她没能在嘉乐远打开局面，这一个星期她过得无比压抑。

从前在砺行，她知道自己因为和其他人显得格格不入的做法，有时会受到一些排挤。她那会就觉得那些排挤挺叫人难受的。可现在，把那些"砺行式"排挤放到嘉乐远面前来，杀伤力根本就是微不足道。"砺行式"的排挤是摆在明面上的，摆在明面的东西，起码让人知道该怎么招架。可是嘉乐远设计部的人对谷妙语的排挤和抵触，是掩饰在笑容和客气之下的。这样的排挤和抵触，让谷妙语对抗无门。

想问一声，你们是不是不喜欢我？我是不是哪里做得不好？你们告诉我，我愿意改。可是人家会微笑而客气地说，你说的哪里话，没有的事。你看我们都对你笑，怎么会不喜欢你呢？

有时候微笑和客气，真是最有毒的生化武器，它能光明正大地拒人于千里之外。

谷妙语很确定，同事们都不太想和她讲话，尽管他们会对她微笑。她也确定，同事们在集体不着痕迹地孤立她。他们有时候还会趁着她不在讲一些关于她的话。她从外面回到设计部赶上过两次，本来屋子里在热闹地讨论着什么，等她一进来，每个人瞬间都闭嘴变安静。

她想只有他们讨论的事情一定是和她有关，才会出现这样的局面。可他们到底在讨论她什么呢？

一个星期后，一直出差的一位设计师回了公司。据说是设计部的大拿，嫌麻烦，不愿意做设计部主管。但他说句话，号召力却比主管还好用。这人叫骆峰。

谷妙语第一次见到骆峰就知道他是个顶有个性的人。他三十岁出头的样子，全身从上到下都是朋克艺术家的打扮。人很瘦，皮肤苍白，五官周正，个子蛮高，梳着短马尾，穿着带铆钉的牛仔裤。

他不像别人排斥谷妙语排斥得那么内敛，他一回到嘉乐远的设计部就开门见山地质问谷妙语："你就是那个托关系进来的设计师？那个在网上有负面新闻的设计师？那个改了我在家装体验馆设计的设计师？"

三连问，让谷妙语有点蒙，也让她在有点蒙之后瞬间明白了点什么——她到底为什么不受欢迎。

谷妙语承接着骆峰的三连问。她有想过自己要解释一下吗，但她迅速心算了一下，三个问题中，有两个都是没法解释的。

她确实是托关系进来的，她确实提出了修改体验馆局部设置的一些想法。

至于另外一个问题"你就是那个在网上有负面新闻的设计师",她该怎么说呢?说我是无辜的,我是被连累的,是莫名其妙被牵扯进去的。谁信呢?据说监狱里每一个罪犯都认定自己是无辜的,是无罪的。

"你叫什么名字?"骆峰又说了话。

旁边有同事回答他:"谷妙语。"

骆峰看着谷妙语,眼神里含着凉凉的嘲讽。

"谷妙语是吧?我不管你是怎么进来的,在我们这个部门,得靠实力和能力说话,你要是没能力,管你后台多硬,我们都会让你滚蛋。"

骆峰说完,越过谷妙语,坐到他的位子上去了。一个四面拥有独立空间的位子,比部门主管还要霸气的位子。

谷妙语深呼吸,告诉自己,别退缩,她老子曰过,谷家的女人不认输!

谷妙语尽量淡定从容、不显得刚刚是受到打击羞辱地坐回到位子上。身后有窃窃私语声,透过空气传来只字片语。

她听到了几个字:她心理素质可够好的。

谷妙语对自己笑笑。她心理素质不好又能怎么样?哭一场?会有人哄她吗?

不会的。职场上她不是公主,没有人会同情她的眼泪。她想骆峰说得对,与其向人用嘴去辩解自己是个什么样的人,不如用能力说话,用实力证明。

不过有一个问题,谷妙语有一点纳闷,骆峰是怎么知道她是通过走关系进到设计部来的。

晚上她一边做饭一边问楚千淼:"你们证券事务代表嘴巴大不大?"

楚千淼说:"不太大,标准男人嘴,一口吃一个李子没问题,一口吃一个油桃费劲。"

谷妙语:"我是问他嘴碎不碎?"

楚千淼立刻给她送来鄙视:"你动动脑子好吧?嘉乐远董事长那么精明厉害的一个人,能用一个嘴碎的人当证券事务代表吗?这个职务是要和券商、律师、会计师、评估师对接工作的,说话时嘴上要是没个分寸把门,嘉乐远的董事长能灭了他。"楚千淼说完问,"你打听这个干吗?"

谷妙语把自己的疑惑讲了。

楚千森神色变得微妙，有点欲言又止。

"反正你们部门大拿知道你是托关系进来的，这事吧，肯定不是证券事务代表的锅。"

"我怎么觉得你说这锅不是证券事务代表的，并不是因为他嘴巴严呢？"谷妙语的第六感在夜晚强势盛开，"你是不是有其他把握，认定这事不可能是证券事务代表传出去的？"

楚千森踢她一脚："做你的饭吧，怎么变得这么八婆？"

谷妙语的第六感一下被楚千森踹飞了。

吃完晚饭，和楚千森对着啃餐后苹果的谷妙语脑子里灵光一闪，忽然想明白了："水水，我懂了！设计部招聘新人，当然得是设计部主管和人力主管一起面试才对，可我面试的时候，只有人力主管。他把我面完了，就把我直接塞进了几个设计部门中的一个，就是设计一部。这个部门的主管虽然在，但她说了其实不算，说了算的大拿骆峰出差去了。等于说，其他设计部的主管不想要我，人力主管就趁着设计一部说了算的人不在这个空当，把我塞进去了。所以骆峰出差一回来，一看到空降的我，就很烦，当然也知道我是走后门才进去的！"谷妙语对楚千森点点头，"你说得对，这不是证券事务代表的锅！"

原来她结论的落点，居然是在证券事务代表身上，而不是将来她在骆峰面前的日子会很难过……

吃完苹果，谷妙语翻着那本互联网的书补充知识的时候，接到了邵远打来的电话。

看到来电显示，她意外地有点开心，一种自己都预料不到的开心。他们的友情没有因为彼此都离开了砺行而渐渐中断。这真好。

"在嘉乐远过得怎么样？"邵远问她。

他一副低音炮般的嗓子响在临睡前的午夜，真是赐予听觉和神经一种安宁怡然的享受。

谷妙语的电话听筒漏音，坐在她旁边的楚千森也听到了这副低音炮。

"谁啊?"楚千淼问,"我那小学弟吗?大半夜的把嗓子武装得这么骚讲话,真的好吗?"

谷妙语冲楚千淼快速一点头,表示"对,他是你的小学弟",又冲她竖手指飞快比了个"嘘",示意她别捣乱,而后她回复邵远,用轻快开心的语调:"挺好的!"

"那怎么个好法,说来听听?"邵远不落痕迹地把问题推进。

"啊……那个,"谷妙语连忙措辞,"我和同事们相处得都非常和谐,大家对我都很友善,干什么都叫着我一起,特别温暖。还有我们部门有个隐形老大,他对我也很照顾。"

她这番话说得楚千淼在一旁把白眼翻得都快上了天。

话筒里传来邵远低低沉沉的一声叹气:"你知道吗?我发现你这种爱讲鸡汤的人,有个特质,就是会美化残酷的事实,给自己打气。这句话有点拗口对不对?其实简单来说就是,你把话说得越美好,我想你的现实恰恰是一切都正好相反的越残酷。"顿了顿,邵远说,"所以我知道了,你在嘉乐远正处于一个很不好的状态,你受同事们的排挤,你们设计部真正说了算的那个人,他看不上你。小姐姐。"邵远的语调像在叹息,"难过不要硬撑,难过还要对人装开心,这是比双倍难过还要多的难过。"

楚千淼停止翻白眼,一脸震惊地转头看向谷妙语:这小子怎么看得这么透?

谷妙语也有点不知所措地和她对视:我也很蒙啊,是我刚刚台词功底不好吗?

谷妙语收回和楚千淼对视的视线,眼睛有点发热,她忽然有一点感动。

"喂你这小子!你把实话都讲出来干吗?我不要面子的啊!"她对邵远吼着。

虽然嘴上这么吼,她心里却是暖的。她想这小子怎么可以这样?这样的懂她。

邵远在电话里把语气调整到轻松的频段,给她打气:"小姐姐,加油!以前我也烦你烦得不行,可是你看,我还不是被你的人格魅力征服了。你连我都能征服,他们那些人,肯定更不在话下。"

谷妙语长吸了下鼻子,逼回了眼里的热。

她回味了一下邵远的话:"你等等,我听你刚才那话的意思,怎么着,好像你比他们都厉害似的?"

邵远一点不回避,迎头反问:"难道我不比他们都好吗?"

楚千森又开始翻白眼,还小声咕哝:"妈呀,不愧是任变态的学弟,自恋得一模一样!"

谷妙语笑了:"好吧好吧,你长得好看你说得都对!"

挂断电话后,谷妙语觉得郁郁了整天的心情,真是豁然开朗了不少。

第二天中午,大家都去吃饭了,谷妙语没有饭搭子,就自己点了份外卖在办公位上吃。

吃完饭谷妙语没事干,在电脑上随便涂鸦着设计图。有个人踱进了设计一部的隔断办公区。

他对谷妙语讲话:"就你一个人啊?"

谷妙语回头,看到来人是隔壁设计二部的主管邢克兔,一个年纪和骆峰相仿、身材要比骆峰稍微胖一些的和气男人。

她起身叫了声:"邢老师。"

"坐坐,快坐。"邢克兔对她手掌向下压,示意她坐,"都是同事,干吗这么客气?他们都去吃饭了,你一个人在加班啊?"

谷妙语连忙摆手:"没有没有,我就随便画画。"

邢克兔说了声"辛苦了",退出了设计一部的办公区,回了二部。

谷妙语坐下的时候叹了口气,二部的主管比她本部的人对她要和善客气一点。

一道冷冷的声音在她背后响起——

"觉得二部好,就到二部去,别坐在这儿唉声叹气,像有人给你气受。"

这声音一听就是骆峰的,又傲又冷又嘲讽,一点人情味都没有。

同事们吃完午饭也都回来了。

他们回来得这样整齐,谷妙语不用想也知道他们是一起出去聚餐了,独独没叫她。

她想如果她现在站起来问一句"你们刚刚聚餐怎么没叫上我啊",大家应该会把她当成神经病吧。

他们明着会微笑,告诉她:"我们各吃各的去了,没有聚餐呀。"

他们暗着会翻白眼,吐槽她:"这人有病吧,没叫她就是不想叫,还问?"

所以哪怕明知道自己被排斥孤立,还是假装不知道要好一点,也算是在给自己挽尊了。

晚上回家,谷妙语硬撑无事的面具垮了,她哀愁地问楚千淼:"我是不是特别烦人?"

楚千淼捧着她的脸,左亲一下,右亲一下:"你可爱死了!可爱得有时候我想把你吃掉!"

谷妙语垮着肩膀叹气:"你骗我,我要是真这么可爱,为什么会被大家排斥。"

楚千淼握着她肩膀,把她往上一提,让她挺起胸膛:"小稻谷,你听我说,他们现在排斥你,那是因为他们不了解你到底是个什么样的人,等他们了解了,他们就会爱上你的。"

楚千淼说得很认真,很发自肺腑。

"可我得怎么让他们愿意了解我呢?他们现在根本拒绝了解我。"谷妙语鼓着腮帮子叹气。

"了解一个人,这是日久见人心的功夫活,得在事上见,急不来的。"楚千淼说。

"不行啊水水。"谷妙语摇头,"我没时间了,到月底如果做不成一单,我就再也不用他们排斥,自己就滚蛋了!"

楚千淼把她肩膀一松:"那你赶紧忙自己的事吧,签单要紧,可别管排斥不排斥的了。"她想了想后,又问谷妙语,"对了,你不是跟我说今天见到设计二部的主管了吗?你还说他对你挺和气的。要不然,你试试看转到他那个部门去吧?"

谷妙语犹豫了一下,最后摇头。

"还是算了,不到万不得已,这步不能走,刚到一个公司没几天就从一部转到二部,这说出去,一方面是我没能力,一方面也有点下骆峰的面子,以后在同一个公司抬头不见低头见的，不太好。水水，你说我说得对吗？"

楚千森非常赞同地点点头，随后她眼睛一瞪，突然吼向谷妙语："我说你这辈子到底想给我起多少外号？三千水、森森、楚大壮这些就不说了，告诉你，水水是最后一个，再有新的我也排斥你！"

第二天午休快结束的时候，二部的设计主管邢克兔又溜达过来了。

这回不只谷妙语，大家都在，骆峰也在。

邢克兔先对谷妙语友善地点点头，算是打招呼，而后直奔骆峰。

"老骆，我昨天看你们部门的人一起出去聚餐了，就小谷还留在办公室自己加班画图。"

骆峰从电脑前抬起头，又冷又嘲讽地一哼："你有什么想说的就直接说，别拐弯抹角。咱俩不是能日常聊天的人，这全公司的人都知道，你也犯不上在新来的人面前做戏。"

邢克兔还是笑着说："我就是觉得你昨天的事做得不对，你这样不是带着你们部门的人一起排挤新人吗？"

骆峰没说话，冷冷地看着邢克兔，看着他继续做戏。

邢克兔转头看向谷妙语，表情亲和友善，语调循循善诱："小谷啊，被排挤这种事，有一就有二，不能忍的，忍起来没头。"

听到这里，谷妙语还觉得邢克兔的话有点道理，但是——

"小谷你别怕，老骆这坏蛋欺负你，你也有招对付他，咱们公司有举报机制，要是他继续排挤你，我可以带你去领导那里投诉。咱们嘉乐远可是家民主的公司，爱护每一个基层员工，这可是董事长提出来的公司文化。"邢克兔笑滋滋地说，他那样子就像在讲着什么不伤和气的玩笑话，一点都不像是认真的。配着这样的语调，这番话听上去还是没什么毛病。

可是谷妙语越品越觉得不太对劲。剔除掉友善的关心和开玩笑的外衣，邢克兔他这是……来挑事来了？

谷妙语转转眼珠，看看骆峰。

他正好也在看她。眼神冷冷的，含着嘲讽，但毫无惧怕，仿佛在说你愿意投诉就去投诉，这点事还威胁不了我。

谷妙语转开眼神。

她也许会去投诉，但一定是因为真的受到不公正待遇忍无可忍时才去，她绝不会因为被谁挑拨着做了枪杆才去。

她对邢克免说："谢谢邢老师了，但我挺好的。"

邢克免还要说话，旁边有其他同事沉不住气了，开了口："邢老师，您既然这么看重小谷，怕我们欺负她，那您把她直接领走带您二部去呗？"

邢克免冲那同事转头一笑："行啊！"

那同事还要回嘴，被骆峰制止了。

"小亚，闭嘴。"

骆峰对邢克免说："我们要开会讨论设计图了，不方便你在场，你赶紧走。"

他嘴里说着客气的"走"，语气却等同不客气的"滚"。

邢克免大摇大摆地走了。

骆峰让小亚去关门。

"以后门里的事情关上门谈，别让门外人看笑话，明白了吗？"

小亚耷拉着脑袋点点头。

谷妙语暗暗想，这个常年开着嘲讽腔调的冷面怪人，倒是一个注重内部团结的人，再暗暗想想昨天和今天见到的邢克免，谷妙语心中泛起感慨。果然职场上没有能叫人一直印象不变的人。昨天一眼看过去，她还以为邢克免是友善亲和的好人，可其实不是的，她肉眼可辨地看出他和骆峰不对付，他想把她当枪使，挑拨出一部内斗大剧来。可惜她没上当，可惜骆峰说门里的事关起门解决。昨天今天，只有两天，就可以反转一个人的形象，可怕的职场，可怕的现实。

她突然听到自己被骆峰点名："谷妙语，我不得不提醒你，我们嘉乐远的业绩是按自然月算的，虽然你是月中来的，这个月对你来说比别人少了很多天，但少了就是少了，没人会给你补上这几天。如果你在月底前签不下单子，还是那句话，请你回家。"

谷妙语点点头，说知道了。

谷妙语很努力地谈客户，可就是谈不下来。她体会到了月月父母炮制的舆论事件对她造成的延续性伤害有多深远。本来谈得好好的顾客，设计、材料、报价都初步谈好了，就差签协议交定金了，顾客一问谷妙语全名，立刻打了退堂鼓。

他们委婉地要求更换设计师。

设计一部的主管出来帮忙劝说顾客："既然都已经和谷妙语谈好了，那不如就用她吧。"

顾客请谷妙语先回避，谷妙语尊重顾客意愿退到小会议室门口。

小会议室不隔音，她听到顾客在跟主管倒苦水："这是我们家在北京的首套房，按北京这个房价，这应该也是我们这辈子在北京唯一的一套房了，所以我们才下定决心选你们嘉乐远这么贵的装修公司，就是希望干脆一步到位，装就装好点，不在乎多花钱。你说我要是本着这样的心情找你们嘉乐远来装修，你们却给我安排一个有过那么大负面新闻的设计师给我做装修，我能甘心吗？我能放心吗？那个月月多可爱啊，说没就没了，那个设计师身上间接背着一条人命啊！"顾客喘了口气，继续和主管推心置腹，"你也别劝我了，我估摸着你也是为难，我昨天已经找你们公司其他设计师打听过了，说是这姓谷的设计师，她是因为那件事在原来的公司待不下去，原来公司不要她，她托关系走后门才进的你们这儿，我估摸着你也是碍着这一层，才劝我继续用她。但我不同意，我要求必须更换设计师！"

谷妙语靠在门口听着，听着听着她笑了。多神奇的口口相传。现在关于她的传说都有这样的版本了——是砺行不要她，是她在原公司走投无路了。谁关心事实是恰恰相反的，是她不要砺行了，不想再在那里待下去了？

没人关心。

口口相传，和保留事实相比，人们更愿意向着自己喜欢的味道去添油加醋。

于是她在走了味儿的口口相传里，举步维艰。

周末，邵远约谷妙语一起吃饭。

邵远问谷妙语："这几天怎么样？"

谷妙语说："很好。"

邵远问："有多好？"

谷妙语说："和同事相处融洽，签了一单又一单，在嘉乐远前途无量。"

邵远笑了，没说别的，就说了句小姐姐，加油。

他什么都知道了。她还是融不进那些排斥她的人，她一单都没有签下来，再这样到月底她就得走人了。她不是没能力，可时间太短，舆论伤害力太强，没给她留下太多余地让她展现能力。他得帮帮她。她其实只需要一个契机，一个让大家愿意了解她、认识她、接受她的契机。

他想帮她制造这个契机。

当晚他没有回学校，回去了父母住的家。

父亲气色不错，只要不生气不激动，心脏就很造福父亲。

父亲和他谈了会商场之道就休息去了。

他和母亲又在书房聊了一会儿，在交谈的尾声，他试探地问母亲要户口本。

母亲有点惊奇，问他要这个干什么。

他说："我想在出国前给自己买套房子。按北京这个房价，没什么比买房子更适合投资了，等我在国外上完学回来，这套房子就是我的第一桶金。"

他说他算了下从小到大的压岁钱，和平时玩票炒股赚的钱。

"差不多够我买一套房子了。"

母亲听完有点开心："你能这么有想法，这挺好的。"母亲找户口本给他后，忽然问，"要不要我和你爸爸支援你一点？干脆你就买个大一点的房子，别墅也行。"

邵远连忙说不用："您和我爸别拿钱，你们一拿钱，这房子的意义就不一样了。我只想用我自己的钱，买下我人生中的第一套房子。"

邵远希望自己这样说，藏在这番话下的隐秘私心可以不要被火眼金睛的母亲看破。

母亲对他欣慰地点点头："你开始自立了，远远，这很好，妈妈很高兴。"

邵远无声地松口气。他的私心，是安全的。

邵远一早就选好了房子。房源是通过周书奇知道的。他在律所实习，遇到一个客户去咨询移民的事情。

客户姓肖，和周书奇聊着聊着，聊到自己名下有套房子，买的时候是期房，现在交房了，因为房子在整栋楼的位置不好，户型有点奇怪，谈了几家设计师都没中意他们的设计方案，也就一直没装修。最近他打算全家移民新西兰，于是干脆想转手把房子卖掉算了。

周书奇嘴碎，回到宿舍愿意把白天遇到的所有事情都告诉邵远，甚至连他一天上了几趟厕所这种琐碎到欠打的事都愿意分享。

他自然而然把肖先生想卖房的事情告诉了邵远，邵远立刻联系肖先生看了房。

户型是蛮奇怪，有点像轰炸机。他一眼就相中了。越奇怪的户型，越容易让设计师发挥才能。

他和肖先生谈妥房子价格、签好购房合同后，恳切地对肖先生提出了一个请求。

"肖先生——我叫您一声肖大哥吧。肖大哥，能拜托您再帮我做一件事吗？"

肖先生问邵远，想让自己怎么帮忙。

邵远说："我想我们先不办理过户，然后拜托您去趟嘉乐远，那是一家家装公司，找一个叫谷妙语的设计师签下装修房子的单子，等以您的名义把装修合同都签完、装修款项都缴完，我们再去办理房屋过户。至于装修的钱，肯定是由我来出，除此之外，为了感谢您帮忙，我会再多付给您一部分钱，您看可以吗？"

肖先生重复了一下谷妙语的名字："谷妙语……奇怪，这名字我怎么觉得有点耳熟？"

邵远并不遮掩，坦诚地告诉他："她就是之前月月事件被牵连进去的两个设计师之一。"

肖先生恍然大悟："对对对，就是这个名字！"

弄清了对名字熟悉感的来由后，他打量着邵远，试探着问："小伙子，我能知道你这么做的目的是什么吗？"

邵远目光坦荡，声音磊落："我想帮帮谷妙语，她其实是那次事件的无辜受害者。而我其实在砺行实习过，曾经是她的同事，也是那次事件的亲历者之一，我知道整件事的每一个细节，也知道谷妙语从头到尾没有任何差错。"邵远看着肖先生，字字真诚。"可以说，谷妙语她是砺行公司里，甚至可以直接说是整个装饰行业里，最有良心最有操守的设计师。但她被月月母亲无端牵连进来，声誉受到影响，现在接不到什么装修单子。要是再这样下去，她不仅在嘉乐远做不下去，连整个行业都会让她无处容身。所以我想给她提供一个能让她重新赢回声誉的契机，既然我有这样的能力。"

邵远很真诚地把月月母亲找到砺行想装修房子的事情从头到尾讲了一遍，包括月月家房子装修完以后，谷妙语怎样劝说月月母亲等几个月再搬，这样对月月好，但被月月母亲以没钱同时供房贷和交房租为由，果断否决了。

邵远讲得很平铺直叙，只陈述事实，不加任何带有主观情绪的叙述。他这样讲，肖先生反而听得很有耐心。

听完以后，肖先生有点动容："原来是这样！要是这样的话，那姑娘是挺无辜的。"动容之后，他又有点疑惑，"可是小伙子，你看你为了帮她，连买房子的壮举都做出来了，为什么不让她知道呢？还要以我的名义打掩护，做了好事不告诉别人，你心里倒真憋的住。"

邵远的长睫毛抖了抖，抖得有点快。那是他在那一瞬心跳频率的同步。

他笑一笑："她如果知道这其实是我现买的房子，这单装修她不会签的。她特别要强。"

一旦她知道房子是他买的，是他为了帮她保住工作现买的，她会觉得他对她有恩，而她欠了他。他不想她有亏欠的感觉。如果有天她对他有了像他对她一样的情愫，他希望那些情愫是她发自内心、不掺杂其他的，它们与亏欠和恩情无关，与感动和报答亦无关，只是纯纯粹粹的喜欢。

肖先生从他的表情看懂了他的想法。

肖先生笑着说了一句话："年轻真好啊，为了自己喜欢的人，什么疯狂的事都甘愿去做。"

肖先生又说:"小伙子,那我具体得怎么帮你呢?"

邵远怔了下,明白肖先生这是答应了。

他连忙说:"那就委屈您给周书奇当回表哥了!"

隔天,邵远和周书奇、肖先生一起到嘉乐远找谷妙语。

谷妙语为了向梳着马尾辫的骆峰大拿尽量靠拢,努力博取他一丁点的好感,最近也把头发扎成了马尾辫。

她甩着马尾辫来到接待厅的时候,周书奇眼睛亮了,从圆沙发上腾地就要往起站。

邵远一巴掌按到他肩膀上,把他死死钉在沙发里。

"哇,每次见这个小姐姐,都觉得她比上一次更甜更可爱了呢!"周书奇扭头,两眼放光地对邵远说。

邵远也觉得扎着马尾穿着连衣裙的谷妙语又甜又好看,像个女学生一样,有朝气又很飒爽。

"你要是打这个小姐姐主意,你明天就是尸体。"邵远低声撂下一句狠话。

周书奇来劲了:"明天变尸体那也是明天的事,我今天还有一天时间和小姐姐做朋友!"

肖先生在一旁看着他们,反复感叹:"年轻真好啊。"

谷妙语走到他们跟前,有点意外也有点高兴,看着邵远和周书奇说:"你们怎么来了?"再看看肖先生,"这位是?"

邵远在下面踢了周书奇的脚。

周书奇像被踩了哪个开关的机器人一样弹跳起来:"妙语小姐姐,你还记得我对吧?我是楚学姐最爱的学弟,也是邵远的室友。"说到这儿他顾不上尸体的威胁,不吐不痛快地谄媚了一句,"你说巧不巧,咱俩是不是有双倍的缘分?"

谷妙语笑:"记得记得,双倍双倍。"

邵远又在下面踢了周书奇一脚。

周书奇嘴都疼咧了，怕再挨踢，赶紧对谷妙语说明来意："小姐姐，是这样的，这位是我姨妈家的亲表哥，姓肖。我表哥家有套房子，毛坯，一直想装修，但户型有点怪，找了好几家设计师出的设计稿他都不太满意，那天表哥来学校看我，我和邵远就提到了你，说你是个特有灵气特有想法的设计师，我表哥就让我们带他过来见见你，万一我们能碰出什么火花来呢！小姐姐你说是不是？"

说到最后一句"万一我们能碰出什么火花来"，周书奇比画的是他和谷妙语。

邵远忍无可忍，出了声："周书奇，你的发言可以结束了。"

谷妙语忍着笑，和从沙发上站起身的肖先生握手打招呼。

"那能不能麻烦肖先生先给我看下您家里大致的户型图？"

当肖先生把户型图拿给谷妙语看时，邵远看得清清楚楚，她的眼睛一亮。她对这种奇怪的户型果然感兴趣，就像武林高手对难学难练的武功特别有征服欲。

但她的表情马上又变得顾虑起来。

"肖先生，"谷妙语抬起头，看着肖先生，说，"请问您装修费和设计费的上限预算是多少？"

肖先生飞快看一眼邵远，而后很有底气地说："钱无所谓，只要能设计好、装好，多少钱我都能接受。"

谷妙语如释重负地笑了："这样就好办多了。看您谈过那么多家设计师都不满意，想必您对您房子的期待和要求都比较高，我很担心自己驾驭不了您这套户型，万一给您装得不称心，那就不好了。所以……"谷妙语顿了顿后，郑重给出一个提议，"我想把您的这套房子推荐给业内一个顶有实力的设计师，虽然他之前做的都是比较大的项目，但我觉得您这套户型很稀奇，这位设计师会对你这套房子的设计很感兴趣的，也一定会设计得让您满意。不过他的设计费，收得可能会相对高一些。"

邵远听到谷妙语这么说，心里隐隐有种不好的感觉。

"这位名设计师就是陶星宇。"

听谷妙语说完，邵远心里咯噔一下，早知道刚才不说设计费预算无上限了。

"小姐姐啊，我这么费心费力，是为了帮你保业绩，不是帮野汉子挑战高难度的啊！"

这是周书奇在听完谷妙语给的意见后，趴在邵远耳边戏精一样小声嘀咕的。

邵远又踢他一脚。

周书奇在疼痛中心领神会，赶紧对谷妙语抢答表态："妙语小姐姐，你误会了，我表哥的要求其实没有那么高，不用非得陶星宇出马他才满意。而且我表哥说的预算不设上限，是在家装领域内的设计师里设计费不设上限，毕竟家装公司的设计师嘛，设计费再贵能贵到哪儿去对不对？但要是拿到陶星宇那样的大手子级别那里，别说上限，下限我们都打哆嗦！"

他叽里呱啦地说完这番话，得到邵远一个眼神肯定，周书奇露出了极其得意的嘴脸。

谷妙语思考纠结了一下："这样啊……"

邵远给肖先生递眼神，肖先生也发声表态："谷设计师，除了设计费的因素，我工作也挺忙的，跟陶星宇那样的大设计师打交道，应该挺耗费时间精力的，他出一份设计图，我要是不亲自到场，可能对他挺不尊重，但我又确实没有条件一直亲自到场。北京这么大，我们能通过这样拐了两道弯的关系见到，这就是缘分，干脆您也别推辞了，您就帮我出份设计图吧，要是您的设计合我眼缘的话，我就过来和你把装修合同签了。"

谷妙语迟疑了一下，迟疑中有种跃跃欲试。她想接下这份设计试试看，虽然会很难，但在接下之前，她也想提前剔除掉半途中断项目的可能性。

"肖先生，问您一句题外话，您知道前段时间月月事件那个热门新闻吧？"

经历过几次谈着谈着，谈到她是月月事件当事人之后，项目就中断的经历，这回她索性先把它摆到台面上来，然后再接着谈，省得做浪费感情和时间精力的无用功。

肖先生一笑，应对自如，一点都看不出邵远给他提前培训过的痕迹。

"知道，我表弟书奇跟我说了，我还知道后来网上那道指出月月母亲扭曲事实、刻意引导舆论走向的声明，就是书奇和小邵他们几个室友一起发的。"他笑着对谷妙语说，"谷设计师，新闻事件对我没什么影响，您放心，我了解其中的曲折原委。那接下来就麻烦您帮我出份设计图吧。我也先提前说明，您出了，我也不一定用，还是要看我满意不满意，对不对？"

听他这样说，谷妙语放松了。

"您要是这么说，我就没压力了，不然我真怕您是看在熟人关系上，故意照顾我生意！"

肖先生笑着说哪里哪里不会的。

周书奇也跟着笑，强调那怎么可能呀，我表哥是顾客又不是散财的慈善家。

邵远眼皮一跳又一跳，他想把周书奇的破嘴缝上让他闭嘴。

合作意向初步达成，周书奇和肖先生先走了，邵远留下来，要求谷妙语请自己吃午饭。

谷妙语坐在会客桌前，脸上有点迟疑："你说我真的能设计好这个户型吗？"

邵远毫不犹豫地给她打气："当然！"他可不想她再把他的房子往陶星宇那里送。

想了想，他给她画了饼，进一步诱惑她的设计欲："这个户型奇怪得有点难得，你好好设计，等把设计图拿去参个赛，没准就能得奖，等你有了奖，你在家装界就可以抬头挺胸雄风再起了！"

谷妙语让他说得有点蒙："我感觉按你说的，等我画完这个设计图我不只能得奖还能去当美国总统！不是，我怎么可能得奖呢？你怎么忽悠得跟真事似的！"

邵远笑了："别蒙圈了，我饿死了，请我去吃午饭吧！"

谷妙语"哦"一声，起身带他向外走。

忽然她意识到了什么，站住，转身，瞪向邵远，连衣裙的下摆随着她的动作旋开一朵花，花纹炫得邵远脑门一麻。真好看。

他抬头看谷妙语瞪着自己的样子，脑门又麻了一下。她人更好看。

"你连蒙圈都会，你东北话起码五级水平哦？"谷妙语看着邵远说。

邵远脑门麻了两下，麻掉了大部分的敏锐和洞察力。

他顺着她的话回答："嗯，可能比五级还要再高一点。我身边来自东北的同学很多。"

谷妙语眼一瞪，眼睛一下变得更大，亮晶晶的，像两颗被水洗过的黑葡萄："那你之前在砺行的时候还问我小犊子是什么？你其实根本就知道小犊子的吧！"

邵远笑了。

原来她在这儿等着他呢。

那会他俩还很不对付，他烦她，她也烦他。她在砺行的会议室打电话给楚千淼，提到了他。她当时是这么说的"小犊子如果坏，要用爱心感化他"，她还说，人要是在钱面前迷失自己，那他可就再不是一个人了，他就是个犊子了。

她挂断电话之后在立式海报后面发现了他，他当场问了她两个问题。

第一个：你说我们价值体系不同，我是商人体系，你是老百姓体系，那你觉得商人的价值体系，是错的吗？

她给他的回答，让他的价值观第一次受到撞击和震撼。

她说："商人的价值体系和带着三分毒的药一样。它能让利益最大化，利益驱动经济进步，这是它的好药性。但商人如果只顾着利益最大化，忽略人性和良心，它的三分毒就要显现了，这种去良心化的利益，推动的就不再是经济的进步，是经济的暂时进步和未来的长久混乱。"

他想应该就是从那时开始，他心里的天平渐渐向她倾斜起来，然后一直倾斜、倾斜……倾斜到现在，已经一发不可收拾。

那会他又问了她第二个问题，什么是小犊子？

想到这儿，邵远笑了。原来他和她最初相遇的那段记忆，现在回想起来这么有趣，这么有嚼头。

"嗯，知道。"邵远回答谷妙语，"我那时就是想看看，这个小姐姐她能怎么跟我瞎掰。"

当时谷妙语给他的回答是"小犊子啊，那是东北的一种神兽"，他听了真是想笑。

他和她之间能形成记忆的东西并不久远，几个月而已。可几个月前的那些事拎出来回忆一番，真是件件都叫他回味无穷。

或许这就是喜欢一个人吧。他想。

带着邵远从会客厅出来时，谷妙语居然遇到了当天招聘她的人力主管。

人力主管本来是和她点点头就要笔直走出去吃午饭的，结果在又看了她一眼后，突然调整脚步向她走过来。

谷妙语连忙停住脚步，邵远停在她身后。

她没看到邵远在她身后和人力主管打眼神官司。

人力主管很爱护地关怀了她一番："还习惯吧？和同事相处都还好吧？有什么困难吗？有困难要提出来啊。"

谷妙语被爱护得简直战战兢兢，人力主管离开后，她拍着胸口说："天啊，特殊待遇太压抑太可怕了！无功受禄的感觉你懂是什么滋味吗？心虚！特别心虚！不行，我一定得做出点成绩来，不能总这么心虚！"

邵远垂眼看看她，笑而不语。确定过了，是他那个磊落阳光的小姐姐。

吃过午饭，邵远带着谷妙语去实地看了看房子。

为了逼真，他还特意打电话问周书奇："你有没有你表哥家的门钥匙？我想带小姐姐过去看看实地情况。"

周书奇是个蠢货，哆哆嗦嗦地在电话那边问："那我是有，还是没有啊？"

邵远庆幸自己手机漏音情况没有谷妙语的那么严重，这句有还是没有，没被谷妙语听到。

他咳嗽了一个单音节。单音节，有。咳嗽两声的双音节，才是没有。他希望周书奇能够领悟。

周书奇居然立刻心领神会了，大声说："有！你打车过来拿吧！"

这句话的音量刚好大到漏出的一部分可以被谷妙语听到。

邵远像模像样地带着谷妙语打车去了周书奇实习的律所，像模像样地从周书奇那里拿了钥匙，像模像样地带谷妙语去实地测量他室友的表哥的房子。

谷妙语一进屋就变得非常兴奋。

"这种奇葩户型真是可遇不可求啊！周书奇的表哥真有魄力，这样的房子也买了。"

她开始挨屋测量尺寸，测完嘴里叨咕一遍，也不往本子上记。邵远用手机帮她记着。

等全屋测完，谷妙语开始在本子上默绘整间屋子。每一部分的墙体尺寸，她画的和邵远在手机里记下的分毫不差。

"你这种记忆力，可以去参加脑王比赛了。"邵远感慨地说。

谷妙语百忙中抬起头："我也不是记什么都这么厉害，我就是记尺寸记设计图特别容易，像开了挂似的。"

"所以你是天生的设计师。"邵远由衷地说。

默完整体框架，谷妙语在房子里转圈。

"来，小伙子，给我点灵感，说说看，如果这是你的房子，你打算怎么设计？每一部分空间，你都想用来干什么？"

邵远的心扑通一跳。

"如果是我的房子，"他看着谷妙语，开启了自己嗓子的低音炮模式，动听又有点说不出的闷骚，"我想把它设计成两口——不，三口之家。恩爱的小夫妻，和他们的小孩一起住。"他走到门口，一比画，"这里一进门，最好有个小吧台，可以招待朋友。"

邵远大步往里面走，谷妙语不自觉地跟在他身后。阳光从窗口洒进来，被他挡出人的阴影。他的背影瘦瘦高高，标致得像模特。不知道从哪一天开始，这个背影好像是一个大人的了。

他指着里面向阳的小屋，有点兴奋："这间屋子，阳光好，利于小孩子成长，给小孩做儿童房。"他又往旁边屋走，脚步大大的，"这间屋子就留给我们夫妻两人居住。"他说这话时，脸上有点憧憬也有点腼腆，好像他心里已经假想出了某个对象。

他又带她到最后一个房间："这里可以做书房。"想了想，他摇头，"不，还是做客房吧，等我妻子的父母来了，可以住在这里。"

谷妙语笑着问他："那你的父母来了住哪里？"

邵远怔了怔，说："他们不会住这里的。"顿了顿，补充，"他们有自己的房子。"

谷妙语又笑:"找对象就得找你这样的男生,心里能想着老丈人老丈母娘!"

邵远"嗯"了一声,转过头。不能叫她看见,自己的脸红了。

第十五章

喵喵与妙妙

谷妙语觉得男人的思路有时候统一到了没有道理的地步。她后来打电话又仔细认真地征询了一遍肖先生的想法，问他大致想把每个房间怎样利用起来。肖先生给她的答案居然和邵远如出一辙——门口最好有个小吧台，向阳的小屋做儿童房，隔壁是夫妻房，剩下的房间做成客房。

这种高度统一让谷妙语隐隐觉得微妙。恰好当晚任炎到家里来了，以收房租之名，来和楚千淼掐架三百回合。

谷妙语很不识时务地打破了他们酣畅淋漓的掐架，问了任炎一个问题。

"假如这栋房子是你的，你想在装修的时候怎样利用各个空间？"

任炎看了眼房子的户型图，轻笑了下："这是房子吗？这是轰炸机吧！这房子要是我的，我想我买的时候可能是受了什么刺激。"

谷妙语就没见过任炎这么践，践得欠掐架的人。

"水水，继续掐他！"谷妙语一脸恶狠狠地转头对楚千淼说。

楚千淼却来了兴趣，一脸恶狠狠地对任炎说："你先说，假如这房子就是你脑抽买下的，你打算怎么装修，不说我今天晚上就把你这房子拆了！"

任炎坐到沙发上，跷起二郎腿，跩兮兮地拿起户型图看："实话实说，这户型看得我脑仁疼！"他轻皱着眉，说，"门口的位置还能更奇怪一点吗？"

"大哥让你说规划，没让你挑毛病！这房子毛病那么出众，谁都看得到，用不着你挑！"楚千淼在一旁喷他。

任炎抬眼看了看她，轻声问了句："你这个态度，是想加班了吗？"而后又垂眼看户型图，说，"那就门口这里，先搞个小吧台，没事可以喝个小酒浇个小愁什么的。"说到这儿他又抬眼看了下楚千淼，在任何人都来不及品他这一个眼神里到底有着什么内容时，他再次垂了眸。

"向阳的房子给孩子留着，我和孩子他妈住隔壁。至于另外一间房——反正我家里长辈本地有房，就当客房吧，可以给孩子外公外婆留着。"

居然又高度统一！

谷妙语问任炎："是不是每个男人都会这样设想这套房子？"

任炎用0.001秒那么快，扫了一眼楚千淼。实在太快了，快到谷妙语和楚千淼都来不及捕捉到他这一眼。

"应该说，每一个有老婆有孩子的男人，或者是心里已经有了既定老婆人选，想娶了她和她一起生孩子的男人，都会有这样的设想。"

他话音一落，谷妙语和楚千淼各有所思。

任炎不给她们思太久的时间，他转头对楚千淼放送戏谑的笑："不过肯定也有想得不一样的，比如你那个周学弟，心里住着小公主的那个，你们去问问他，他肯定不这么设计。"

谷妙语干脆真打电话给周书奇试了试，结果还真让任炎说对了。

周书奇说："一个屋我住，一个屋留给我爸妈来了住，一个屋我准备养只狗狗给狗狗住。"

电话挂断，任炎笑得毫不掩饰："这个设计的寓意很好，单身和狗，呵，祝他得偿所愿。"

楚千淼把笑得邪气又坏蛋的任炎撵出了屋，关门前散花般撒了一把粉红票票给他:"给你房租,捡完赶紧走!有脸笑话别人也不先看看自己,好像你不是单身狗似的!"楚千淼说完把门一关。

任炎在门外叫嚣:"楚千淼有你这么对待友司领导的吗?"

楚千淼没再理他,直接回了房间。此后一晚上她都把自己关在房间里,没有出来过。

谷妙语觉得她好像突然变得有点不快乐。她的不快乐究竟是从哪个时间点开始的呢?是从任炎说"心里已经有了既定老婆人选,想娶了她和她一起生孩子的男人,都会那样设计这套房子"开始的吗?

谷妙语忽然想,如果任炎的说法成立,那不知道陶星宇看到这套户型图的时候,会不会也做差不多的规划设计?他会把谁放在心里做假想对象?

她忽而又想到,还有邵远。按照任炎的说法,邵远白天在讲房子空间规划的时候,心里应该也是装着一个假想对象的。所以说,依照任炎的理论判断,邵远兴许是有心上人了。

谷妙语躺在床上入睡前,想了那么一瞬。能让邵远那么拔尖的男生放在心上惦记的,那得是个什么样的女孩呢?

第二天,谷妙语开始正式画设计图。

她一连画了几稿,都觉得不太满意。房子的格局实在不规整,不规则的墙体把空间切割得凌乱琐碎。或许潜意识里真的藏了想要搏一搏,借着这个设计去得个奖的念头,于是本来信马由缰、随便乱画、毫无压力的思路,开始遭受潜意识里希望得奖的念头的压迫。

不能再那么儿戏的想到什么画什么,一定要有更好的创意,一定要是值得推敲的创意!

谷妙语用从潜意识里提炼出来的标准严格要求着自己。可她越是这样要求自己,反而越画不出有灵气的东西。她被自己压迫进了瓶颈状态中钻不出来。

正好憋闷的时候,陶大爷打电话过来找她。陶大爷说好久没见她,快想死她了,非要叫她出来一起吃饭。

陶大爷还在吃饭邀约后面重点强调："陶星宇也来哦！"

谷妙语二话不说就赴约了。

这顿饭是在陶大爷家里吃的，陶大爷这回请的家政包含了给雇主做饭洗碗的服务。

吃完饭，谷妙语拿出户型图，试探地问陶星宇那个她早就想问问看的问题："陶老师，假如这套房子是您买的，您打算把每个房间都怎么利用起来？"

陶星宇看了眼户型图，眼睛一亮："真是少见的户型。"随后他抬起眼，冲谷妙语温润一笑，"如果是我的房子，我可能会把它当作未来三口之家居住的地方。所以我会征求未来妻子的意见，看她想把房子装成什么样，那我就帮她装成什么样。"顿了顿，他忽然笑着问谷妙语，"那你想把它装成什么样？"

谷妙语一下脸红了。他怎么能这样问呢？真叫人头大，她会连着上下句一起听的。

她努力镇定自己，想到自己这两天陷入瓶颈不能自拔的状态，思路赶紧跑回正轨。

这是个向行家大拿讨教的好时机，不容错过！

"陶老师。"谷妙语抓住难得的时机向陶星宇讨教，"您帮我把把关吧！您看这是我之前设计的几稿，其实拿它们给客户交差，我觉得也没什么大问题，客户多半会满意的。但给我自己交差，我就觉得不太满意。我觉得它们都太中规中矩，没有什么特别的地方能叫人一眼就记住的。可该怎么挖亮点，那种叫人看一眼就能记住的亮点，我这几天又实在想不出来，我的灵感好像突然被塞子塞住了似的。"谷妙语懊恼地敲着脑袋。

陶星宇看看她的几版设计图，点点头，又摇摇头："你说得对，给客户交差足够了。但对于你自己来说，这几版设计确实没有让你的水平拔出什么新高度。"他抬头看向谷妙语，眼神明亮犀利。"妙语，你是不是给自己的压力太大了？干我们这行，压力是把双刃剑，有时候它能逼出人的才能，可有时候它也能把人的才能全都逼退。你不要给自己这么大压力。"

谷妙语被陶星宇一语说中心事，心里又熨帖又服气。

"其实没有了压力，你是能把这套房子设计好的。"陶星宇一边说，一边从沙发上轻轻起身，平移了些距离后，又悄悄坐下。他挪近到了谷妙语身边，清爽好闻的古龙水味悠悠地溜达进谷妙语的鼻子。谷妙语一个恍神，但没像以前那样直接走神，她马上恢复了清醒聆听的状态。

陶星宇用手指尖轻轻点着几稿设计图，说："你现在的问题是还没有把空间利用到最大化。这套房子的特点，是所有空间都不规则，而不规则的空间会给人带来压迫感和逼仄感。在这种情况下，你最先要做的事，是规划好空间布局，打破这两种感觉。"

陶星宇抬头，看着谷妙语的眼睛，声音朗润，笑意宴宴，问她："我说到这里，你开窍了吗？"

谷妙语看着他的笑，听着他的话，身体里堵住灵感的那个塞子砰地一声被拔掉弹飞了。压力被疏通后，她开了窍。

"我好像有点明白了！这套房子空间格局很奇葩，造成了很多空间的浪费。而我要做的，是想办法化奇葩为奇迹。绝世高手讲究不破不立，所以我不如先把所有非承重墙都敲掉，把空间化繁为简。其实这一点我已经做到了，而我往后要做的是，怎样重新规划空间，让每个空间都比它看起来更大更通透，然后尽量去开发每一个空间的复合功能，让哪怕一个小小的角落都不被浪费。"

陶星宇笑着点点头："妙语，你是有天赋的。"

得到肯定的谷妙语浑身血液都在发热沸腾，她当晚就重新出了版新的设计稿。

这一稿中，她把原有的非承重墙体都拆掉了，在最不规则的卧房和客厅之间，启用了玻璃墙分割空间。玻璃墙的好处是可以让空间有视觉开阔的效果，并且易装易拆，低碳环保。这样客厅通过光的穿透，就连通了卧房，不会再显得那么局促逼仄不规则。

晚上睡觉的时候拉上玻璃墙内的帘子，私密的休息空间就被隔出来了。因为是玻璃墙，白天透过透明玻璃看到屋里有张床，不大美观，所以床可以选择榻榻米式——榻榻米连通墙壁衣柜和书桌书柜。白天把被褥收纳进榻榻米储物格，卧房变成书房。升起榻榻米中间的升降桌，摆一副棋盘、几盏茶，书房又变成了富有禅意的茶室棋室。

而被当作夫妻卧房的那间屋子，有一整面墙都是带着弧度的。谷妙语随弧就弧，设计了墙体嵌入式衣柜。这样既遮挡了空间缺陷，又开拓了储物功能。在儿童房的一角，墙壁是三角形尖角式的，这里的空间如果处理不好就会直接造成空间的浪费。打柜子堵住那个三角空间似乎并不是最好的选择，谷妙语最后在尖角处设计了三角形榻榻米和升降桌，升起升降桌，榻榻米变成可以一边喝茶一边陪小朋友读书写作业的地方，收起升降桌，榻榻米变成可以让小朋友脱鞋玩耍、玩累了直接躺下休憩的地方。在尖角的两侧墙壁上，谷妙语设计了镂空壁柜，可以放几本书、养几盆花、展几味茶。看书、闻香、品茶、陪孩子，原本一无是处的尖角变成了房间里最有气质最温情的角落。

客厅是所有空间的不规则之最，它是多角多边形的。对客厅，除了和卧房做了连通后的通透感设计，谷妙语还在客厅顶棚设计了各种灯带——她决定用不同的灯光来柔化缓和空间的边界。门口的小吧台那里，是红色灯带，红光可以营造出好友聚会时那种很嗨的气氛。电视背景墙附近是蓝色灯带，一家人坐在沙发上看大片时，打开蓝色灯带最合适，它会把狭小的客厅衬出影院的效果。沙发上方的墙壁吊顶里，藏着一圈青色灯带。主人下班回家后，打开青色灯带，坐在沙发上，听点悠扬的音乐，最是解压舒畅，瞬间就会忘掉自己是坐在一个不规则的客厅里，他会觉得自己正在高山流水间听着蝉鸣鸟叫，放松又惬意。还有阳台、厨房、卫生间……

谷妙语让自己的灵感燃烧在房子的每一个角落。

当她把这一版设计图的初稿发给陶星宇看，陶星宇毫不吝啬地给予她极大的赞美。

除了对几个小小细节提出一点参考意见，陶星宇说："妙语，你的设计能力已经再进一阶了。"

谷妙语很开心，专业能力能得到标准严苛的陶星宇的肯定，这让她觉得自己可能离走上人生巅峰不远了。

白天她很早就到了公司，默默做完一番事后，就开始埋头精化修改设计稿。赶着在今天把设计稿修完，肖先生看了觉得满意的话，那她这一单就可以签下来，就不用收拾东西滚蛋了。

这么想着，谷妙语心里喜滋滋的。

同事们陆陆续续地到了。他们互相打招呼，彼此问候着一句"来啦"。他们的招呼像张网，谷妙语想像别人那样往里面钻进去一句"来啦"，但网孔太小，密密实实，她钻不进去。同事们对她的态度还是一样，看着微笑客气，其实排斥疏离。众人的首领骆峰对她也还是一样，看着冷冷冰冰，其实也冷冷冰冰。

谷妙语告诉自己没关系。泰戈尔说过，世界以痛吻我，我要报之以歌。三千水也说过，日久见人心。她想她只要默默观察，做好自己能做的事、可以做的事，等时间长了，他们就会知道她到底是个什么样的人。

在同事来之前，谷妙语喝了杯咖啡。这时在大家的互相打招呼声里，她的肠子被咖啡伺候得欲仙欲死地蠕动，她安静起身去卫生间。

她在时，同事们仿佛她不存在一样地忽略她。她一走，大家反而开始争分夺秒地补齐她刚刚的存在感。

"她这一天天来得够早的啊！"一名同事发出感慨。

设计一部最有人缘的设计师小亚站起来，抻着脖子看了看外面，没有看到谷妙语的身影，她的声音变得放心大胆起来。

"我跟你们说，我看她天天趴在那儿画图，有点好奇，就偷偷趁她不在看了看她画的图，嘿，别说！还挺让我意外的，她把一个户型奇葩的房子设计得倍儿好，想法很大胆呢！"

小亚又抻着脖子看了看外面，依然没有谷妙语的身影，关于谷妙语的背后讨论依然处于安全状态。

"想不到她还真有那么一点本事，不是那种小公司里头随便搞一搞图拿去糊弄客户的设计师。"

骆峰的声音冷冰冰硬邦邦地响起来："王小亚，以后不经别人允许不要私下看别人的设计图。"

小亚立刻被这句话镇住，心虚地缩了缩脖子。她怎么忘了，骆峰虽然外形又酷又前卫，但骨子里其实是个对种种职业操守、道德操守严格遵守的人。

气氛瞬间冷凝下来，空调的制冷效果仿佛一下显著了十倍。

有其他同事出声打圆场："哎对了小亚，我得谢谢你，你真是我们一部的小太阳小天使！谢谢你帮我准备好眼药水放在我桌上，我昨天就嚷嚷了一下眼睛难受你就默默记在心里了，爱你爱你！"

小亚瞪着眼嗫嚅："等等，什么眼药水？不是我……"

同事奇怪："啊？不是你？我们一部你最热心了，不是你那还会是谁啊？"

"真不是我……"小亚打着哈哈干笑。

另一个同事也发了声："哎，说起来我也想问，小亚啊，昨天和今天是不是你帮我准备的蛋黄派？是不是你听到我天天念叨因为来不及吃早饭胃不舒服，就默默给我准备了爱的蛋黄派呀？"

小亚连连摆手："不是我不是我……"

没做过的好事她不能冒领，骆峰在她背后盯着呢，那个有各种操守的骆老邪。

想什么来什么。刚想到骆峰，骆峰就在她身后举举杯子："王小亚，这么说，每天早上这杯无糖咖啡，也不是你帮我准备的？"

小亚立刻转身摇头看向他，表情看起来快跪了："老大你们别这样！你们说的我都怀疑自己是不是灵魂出窍了，趁着出窍的时候我学雷锋给你们默默做了这些好事！"说完她灰溜溜地缩回到自己的电脑前。

骆峰端着咖啡杯，靠坐在椅子里，冷冷环视屋里所有人。所有人都是一脸茫然，只有谷妙语不在。好，他知道是谁干的这些事了。

为了博取大家的好感，她不急于一时，慢慢潜伏，处处留心，默默做着各种体恤人的好事。她如果是个心地好的人，这是大胸怀大智慧，将来一定有大成就。可她如果是个心术不正的人，这就是大心机了，将来说不定她念头一转、心思一歪，就会有人遭殃倒大霉，或许就像月月那家人那样。所以她到底是什么样的人呢？

骆峰端着咖啡杯，靠在椅背上，看着谷妙语从外面走进来，到她的位子上坐下，按亮电脑屏幕继续改图。

骆峰冷冷地看着她，端着咖啡杯送到嘴边抿了一口。入口微苦，回味却提神，再品，已经有了一点瘾。

咖啡和人，都需要慢慢品。

谷妙语当晚改好图，约了肖先生第二天到公司来讨论。

肖先生是第二天下午来的，这次又是邵远和周书奇一起陪他过来。

肖先生看了设计图，表示非常满意。他满意得有点过于由衷，说漏了一句话："房子一早设计成这样，谁能舍得往外卖。"

在邵远和周书奇悄悄变化的脸色中，还好他够急智，又把说漏的话找补回来了。

"不瞒你说，谷设计师，在遇到你之前，因为被那些乱七八糟的设计图打击得没信心，我一度兴起过干脆卖掉房子的念头呢！"

邵远的脸恢复了血色，周书奇的脸皮又恢复了嬉皮笑脸的功能。

"太好了太好了，皆大欢喜！表哥，你不是带着房本来的吗，那就干脆签了装修合同吧？"周书奇叽叽喳喳地问。

肖先生笑着说好的好的，当场就和谷妙语签了装修合同缴了款。

一系列事情办完，每个人都松了口长气。肖先生终于可以从这出"给不再是自己的房子假扮房主"的戏码中抽身，周书奇终于不用再一口一口叫着他的客户"表哥"了，谷妙语终于不用再担心实习期业绩是鸭蛋而被辞退回家了。而邵远，终于能不动声色又滴水不漏地护住他小姐姐的周全了。

合同签完钱款缴完，已经是快要下午下班的时间。谷妙语提出请大家吃饭，肖先生笑着婉拒："我出来一下午，公司还有事情得忙，就不一起吃饭了。后续开工我也会很忙，有什么事就麻烦谷设计师和我表弟书奇沟通就好。"

肖先生走了，谷妙语扣住邵远和周书奇："不行，你俩不能走，我强烈要求请你俩吃饭！"

谷妙语把他们带到了公司附近的一家铁板烧店。

喝着清酒，吃着烤肉，周书奇只一会儿就嗨了。他一嗨，嘴碎功力比平时还要高出十倍。邵远怕他嘴上没个把门，不小心叨叨点什么不能说的出来，在桌下狂踢他的脚。

周书奇开始还扛着，后来实在脚疼，只能一脸委屈巴巴地对谷妙语说："妙语小姐姐，我、我饭量小，吃饱了，我先走了！"他带着那一脸鬼才吃饱了的委屈，硬说自己吃饱了，不顾谷妙语的挽留，瘸着脚先走了。

谷妙语看着周书奇的背影，摇头感叹："我真是摸不清你这室友的套路，他明明满脸都写着他没吃饱，干吗死活非要先走？"

邵远优雅地夹块肉送进嘴里，吃得像个王室贵公子一样："哦。"他睁着眼睛瞎胡编，"他减肥呢，所以明明想吃又要说吃饱了。"

谷妙语白他一眼："那你就劝劝他今天别减了呗，也不差这一天！"

邵远被她白得借着酒劲脸又烘起了热、泛起了红。他觉得她那一眼，真是有一点风情万种。

他想借着酒劲勇敢地告诉她，她真的是个顶好看的小姐姐，是个顶招人喜欢的小姐姐。他酝酿着还没来得及开口，谷妙语的手机却突然响起来。

谷妙语听到手机铃响，看到屏幕上显示一个"陶"字，连忙放下筷子。她接起电话的样子有点毕恭毕敬的。

"陶老师！"她对着电话那边叫人时的声音是开心雀跃的，"您有什么吩咐？"

一块牛舌正被摊在铁板上翻烤，铁板烧师傅一按又一按地用铲子挤压那块肉，铁板上发出一道又一道几乎有点惨烈的油水混合的滋啦声。那声音一下又一下冲碎了从谷妙语手机里漏出的通话声。

邵远只听到陶星宇似乎对谷妙语说了一句"想你了"，听到这三个字时，他的心被鼓着的一口闷气压扁了，他感觉铁板烧师傅正在他被压扁的心脏上翻烤着那块肉，一下一下，滋啦滋啦，煎烤出血腥气，直往他嗓子眼冲。

谷妙语很大声地说了声"谢谢陶老师"，而后挂断了电话。

邵远把一杯清酒倒进嘴里，品都不品直接吞进肚。壮胆的时候，酒是不需要有味道的，有度数就好。他转头问谷妙语："是陶星宇吗？"

谷妙语眉眼一弯，点头："嗯。"

"这么晚他一个大男人打电话给你，是有什么事啊？"

谷妙语看看手机，才晚上七点多。这夏日傍晚，天都还没有黑透。

"新闻联播才播了三分之一，哪里晚了？"谷妙语说。

邵远又吞掉一杯清酒。好像等下要问出口的句子，被清酒这么一蒸，莫名就变得多了三分理直气壮。

"小姐姐，您抓个重点好吗？我问题的落点在他找你有什么事。"

喝到酒吃到肉接到陶星宇电话的谷妙语，格外好脾气，她笑眯眯地告诉邵远："陶老师说，让我把肖先生家房子的设计图定稿发给他一份，他说要帮我做推荐人拿去参评一个设计新人奖。他自己这次也有作品参赛，是要去角逐年度最佳设计呢。"她神情里有点神秘有点开心，也有点害羞地对邵远说，"我跟你悄悄说，陶老师告诉我，我的设计很可能得奖，就算得不到正式奖项，最少也能拿到提名呢！"

他还告诉她，假如她能获奖——或者退一步说获得个提名也行，那么她在行业内也算是有了一点成绩，之后她在嘉乐远人才济济的设计部，也是有点资本可以站稳脚跟的了。所以她的作品能被送去参加这次比赛，对她在嘉乐远的未来来说，意义非凡。她很感激陶星宇能在自己参赛时，也想到她，帮她也博得一个参赛资格。因而在挂断电话前，她很感恩地重重道谢。

她其实很怕承别人的恩，欠别人的情。恩情会让她觉得自己矮人一等。她把陶星宇这次的帮忙刻在脑子里最容易被记忆翻到的备忘区，告诉自己，一旦有机会，一定要把这份恩情赶紧还上。

她和邵远碰杯喝了盅酒。

邵远说："提前预祝你能够抱得大奖归！"说完这句话，邵远又随口般问她，"我刚才好像听到一句什么'想你了'？是陶老师在对你表白吗？"他费了好大劲才把这句话说得像纯粹在闲聊八卦。

谷妙语怔了一下，脸红了，红得比平时的脸红要更红一点。酒精给她的害羞增添了一份助力。

"什么啊？是陶老师告诉我，没事多去看看陶大爷，他说陶大爷天天在家待得很无聊，无聊得直嚷嚷想我了！"

邵远心头的快快纾解了不少，而后他突兀地开口，问了谷妙语一句话。他不知道开口的前一秒，自己到底在想什么，怎么就把那句话问出来了。

"你还那么喜欢他吗？"

还好谷妙语没有回避他的问题。她本来就是个脾气好的小姐姐，喝点酒之后，简直有问必答，乖到无敌。

谷妙语歪头认真想了想邵远的问题。她觉得自己的心情的确发生了某些变化。她还是仰慕陶星宇，仰慕他的才华人品，仰慕他的职业操守，仰慕他对后辈不藏私的指教提携。他是她的心灵导师，是把她引到北京来的动力。可对他的感觉也的确发生了一些变化，或者说她对男女之情的态度发生了变化。

"嗯。"认真地想了一下后，谷妙语一点头，"还是喜欢。"邵远的心一沉，心又成了铁板烧师傅烤肉的案板。

谷妙语忽然一笑，说："不过，我现在已经把事业排到他前面去了。原来在我十万八千平方米的心田上，大面积地种着陶老师的名字。不过现在，我先把陶老师移植到一角，大面积种植我的工作，等我的工作丰收了，我再把自己种到他旁边去。"

邵远看着她眉眼弯弯粉面桃花的样子，嗓子眼又干又涩。他很想问一句"那我呢？我在你的心田上，有没有一席之地？"他没敢问出口。他怕她察觉到他的心思已经歪了，从此对他退避。原来暗恋并不是自己感动自己。暗恋是因为太喜欢一个人，所以变得身不由己。

这一刻他甚至有点坏心眼地想，在她工作丰收以前，让贺嫣然把陶星宇采摘掉吧。

邵远不想让这顿饭结束得那么早，他慢吃慢喝，细嚼慢咽，硬是把这顿饭从晚上七点多抻长到九点多。

直到谷妙语说："咦，清酒这点度数也可以醉人的吗？好想唱歌哦。"

邵远赶紧选择在谷妙语的醉点到达之前，结束这顿饭。

走出铁板烧店，谷妙语说要坐地铁回家，邵远陪她一起走向地铁站。他们沿街走在夏日夜晚，偶尔有风徐徐吹来，不算凉快，但也舒适。

邵远希望地铁站能远一点、再远一点，他愿意这样哪怕走上半个北京城。

尽量把脚步放得再慢，地铁站还是到了。谷妙语粉面桃腮地和他挥手说再见，他回再见时，心里蓦然涌起一万个不舍得。要是有什么东西能再留她一下就好了。哪怕一下，让他和她再待一会儿。

老天爷好像听到了他心里的愿望。

谷妙语刚转身要进地铁站，忽然停住了脚步。她改往另一个方向走，那个地方有一堆草丛。

邵远跟在她身后走过去。走近那丛草时，他听到怯怯弱弱的喵喵声。

谷妙语蹲下又站起，再转身时，她怀里多了一只黄融融的小奶猫。

小奶猫喵喵叫着，叫得谷妙语像抱着个可怜小宝宝似的，满脸的怜惜和疼宠。

"小家伙，你妈妈呢？哎哟小可怜，不叫了不叫了，姐姐给你买羊奶喝！"

邵远并不怎么喜欢长了毛的小动物。可是这一刻，他决定喜欢这只小猫崽子了。谢谢它让他愿望成真，可以和小姐姐又能再多待一会儿。

谷妙语和邵远坐在地铁站旁护城河前的长椅上。在这之前他们去超市买了羊奶和幼猫猫粮。

小家伙吃得唏哩呼噜的，吃得小小的身体都在打颤。

谷妙语对它怜惜得不得了："这小东西是饿了多久啊？"

邵远只希望这小东西能使劲吃，再多吃一会儿。

他忽然说："你给它取个名字吧。"取了名字，就有了一份不忍割舍，就放不下这小东西了，由此它就会变成他们两个人的连接纽带。

谷妙语偏着头看着吃得呼噜呼噜的小猫咪："叫你什么好呢？"

小猫抬起头，冲她喵喵叫了两声，奶声奶气的，像是在说你叫宝宝什么都好，宝宝都高兴。

邵远听了那两声叫，心里灵光一闪："不如叫它喵喵吧。"

谷妙语重复了一下："喵喵……"

小东西抬起头，又奶声奶气地喵喵叫回应她。

"哈哈，我一叫喵喵，你就有反应，好，那你就叫喵喵了！"她抬头对邵远说，"你起这名字还挺萌！"

邵远笑了。他贡献这个名字出来，有他自己的私心。

他想了想，问谷妙语："你打算怎么处理这小东西？"

谷妙语陷入纠结："我其实很早就想养一只猫，可是三千水不让我养，她说长毛的玩意和她之间，我只能选一样。"

邵远故意说："那喂饱之后再把它放回那堆草里吧，说不定它心大的妈妈能发现它不见了，回来找它。"

"不行不行。"谷妙语赶紧说，"我听说好多缺德的人专门到处抓流浪猫，用它们的肉冒充羊肉串！我们把它放回去，万一它运气不好，明天变成别人竹签子上的肉怎么办？"她这句话说完，小猫咪像听明白了什么似的，饭也不吃了，抬起头来惨兮兮地喵喵叫，水汪汪的大眼睛骨碌骨碌的，全是可怜与无助。

谷妙语瞬间被这眼神秒了，当即举白旗："天啊你太可爱了！好！我输了，我养你！"谷妙语举起小猫咪说。

小家伙冲她嗷地一叫，整个身体发出呼噜呼噜的声音。

邵远藏着笑意，说："恭喜你有猫了。"

谷妙语眼珠一转，冲他嘿嘿一笑："小兄弟，看你这么英俊潇洒，骨骼清奇，一看就是个养猫奇才！所以能不能请你帮个忙啊？你先帮我养这小东西两天，我先回家跟三千水铺垫一下我在外面有猫了这个事实，等她接受这个现实后，我再把喵喵接回来。所以这两天，你先帮我养养呗？"

邵远看着那一人一猫，人比桃花还美，猫比宝宝还娇，他还能说什么？当然是答应她。

邵远偷偷把喵喵带回了寝室。

周书奇还没睡，正坐在桌子前幽怨地啃辣条。看到邵远回来，他横眉竖眼地叫唤："坏人！混蛋！法西斯！人家帮你办事，你饭都不让人家吃饱！说，有没有给我带好吃的回来补偿我？"

邵远把兜在怀里布包中的喵喵放出来，让它在地上跑。

周书奇一看到喵喵，眼睛立刻亮了："哎呀你带回这么个小东西，是打算给我吃烤乳猫吗？"

喵喵回头，冲着周书奇无辜地喵喵叫。

周书奇立刻跪在它面前："你怎么这么可爱！好好好，哥哥不吃你，你是哥哥的祖宗，哥哥请你吃辣条！"

周书奇把手里的辣条往喵喵嘴里送。

邵远一把捞起喵喵："你现在喂它吃辣条相当于我往你嘴里硬塞仙人掌。"

他把喵喵放在桌子上，看它跑过来跑过去。

周书奇要过来摸猫，被邵远一拦，隔开爪子。

"为什么不让我摸？"周书奇叫出了窦娥的腔调。

邵远不理他。

周书奇很快知道邵远为什么不让他摸猫了。

他看着邵远无限怜爱地从头到背撸着小猫，撸一下，叫一声妙妙，再撸一下，又叫一声妙妙。

听了七八声，周书奇实在受不了了："我的邵爷啊，求你住口吧，你再这么叫，我都担心明天早上起来它被你的诚意打动，幻化成妙语小姐姐的人形啊！"

谷妙语回到家时，意外发现任炎又来找楚千淼掐架了。

已经晚上十点多，她觉得这位投行精英真是在掐架的事业上越走越远了……

看样子任炎不再掐个十几二十分钟是不肯走的，谷妙语索性不等了，直接当着他的面问楚千淼："我在外面有猫了，我能抱回来养吗？"

楚千淼一脚踏在茶几上，吼："你敢！你要是把带毛的小畜生带回来，我当场把它掐死给你看！"她踏脚的动作太奔放，碰倒了茶几上的一杯水，赶紧跑去卫生间取拖布。

趁着这个空当，任炎对蔫头耷脑的谷妙语说："你和她从小一起长大，还怕她这种外强中干的威胁？你信我的，明天你就把猫接回来，她要是真能把猫掐死，我再进这门的时候把这房子房本带来白送你们。"

楚千淼正在卫生间涮拖布。谷妙语赶紧争分夺秒地问任炎："可就算她不把猫掐死，要是她坚持不肯让我养，那可怎么办？"

任炎说："大不了明天我再过来，她要是不肯养，我把猫抱走，我养。"

就是说您老明天还要过来和三千水女王掐架吗……

她听到任炎很有把握地说："你应该了解她，她就是嘴上狠，其实她狠不下心的。"顿了顿，他又喃喃了一句，"她总是狠不下心的。"

谷妙语觉得任炎这两句狠不下心很有内容，想再问，楚千淼已经拖着拖把回来了。

她把拖布往地上一放，又叉着腰，一脸凶狠："我再说一次，你敢把小畜生带回来，我就掐死它！"

谷妙语第二天早起就给邵远打了电话，问他方不方便今天见一面，做一下交接小猫咪的活动。

邵远求之不得再见面，还猫倒是有点恋恋不舍。

"不用我再养几天吗？"

谷妙语笑："哟，养一天就舍不得了，那我得赶紧把喵喵要回来，再养几天你该不还我了！"

邵远酝酿了一下，问："我要是想妙……喵喵了，可以去看它吗？"

谷妙语豪气地允诺："当然可以啊，还用问？来，尽管来。昨天喵喵那袋羊奶还是你给它买的，做猫不能忘了喂它第一口奶的人！"

得到这句话，邵远心满意足了。

周书奇在一旁呵呵冷笑："我就说你昨天撸猫撸得那么缠绵，今天怎么肯这么痛快就把猫还回去？原来是想把猫当挡箭牌，好能经常借口看喵喵去看妙妙啊！"

邵远一脚踢过去，周书奇从笑嘻嘻变成了哭唧唧。

上午到了公司，谷妙语又认真改了一遍设计图。确认一切无误后，她把图发到了陶星宇邮箱。

陶星宇很快给她回复邮件:请静待我们的佳音。

谷妙语看着这行回复,心一跳,说得好像她和他好事将近似的。但她知道,他其实说的是请静待我们都获奖的佳音。

修稿发邮件,耗掉了一上午。到了午休时间,谷妙语去趟卫生间的工夫,再回来时办公室里已经空了。她有点奇怪今天大家出去吃饭的阵容怎么如此整齐,都没有人留下叫外卖。

谷妙语拿起手机准备给自己叫份麻辣烫,刚解锁屏幕,一条短信跳进来。

是个陌生号码,上面写着四个字:来烤鱼店。

乍一看有点不明所以,想一想后,她有点明白了,应该是大家都去烤鱼店聚餐了。有人好心给她发了条短信。是谁呢? 谷妙语莫名有点兴奋。她想这是不是意味着,那张早上其他人互相寒暄打招呼的网,快对她打开网眼了?

她赶紧赶去烤鱼店。

到了那里她发现,来聚餐的原来不只他们设计一部,其他设计部门也都在。

二部主管邢克免眼睛格外毒,她一进来,就对她招手:"小谷,怎么才来,你们部门的人没等你一块啊? "

听着这句话,谷妙语抬眼去看自己部门的同事。他们正围坐在拼起来的几张长桌两侧,一起抬眼看向她。眼神都是意外的。

她在那些眼神中,撞上了骆峰的。一副冷冰冰等着看戏的眼神。

她忽然有了一个意识,那条短信,是邢克免发的吧。他发短信叫她过来,让她看到同事们聚餐居然不叫她,她好暴跳如雷为自己讨公道,这样他就能坐在一旁吃着肉喝着酒看一场内斗大戏了。

她掏出手机,对着发短信的号码拨回去。拨不通,她被这号码拉进黑名单了。还真是滴水不漏的心机。

她收起手机,走到自己部门的聚餐区,笑容满面。她的笑容不是做给一部的人看的,而是做给其他部门等着看热闹的人。

她笑容满面地对小亚说:"麻烦让一个位子给我。"

小亚给她挪出一个位置，她背对着其他部门的人坐下。

坐下后，她压低声音对大家说："我知道我坐过来大家可能都不太得劲。说实话我也不太得劲，但既然已经这样了，大家就都笑一笑吧，别让隔壁部门看笑话。"

没人回应，安静而尴尬。

"笑。"骆峰低低沉沉地说了一个字。

大家像被点了笑穴一样会笑了。

"吃饭。"骆峰又开口。

大家开始热热闹闹地吃起饭。

不一会儿邢克免端着啤酒杯过来。他要跟骆峰喝酒，骆峰懒得搭理他，小亚出声打圆场："我们骆老师下午还要跟客户讨论设计方案，中午不方便喝酒。"

邢克免快快的，把矛头又转向谷妙语："哎，你们怎么光自己吃自己聊天啊，都不搭理人家小谷！"他绕到谷妙语旁边，开玩笑似的说，"小谷啊，受得了你们部门的气吗？受得了骆峰那个臭脾气吗？受不了的话吱声啊，到我这儿来！"

谷妙语闻声抬头，很认真地对邢克免说："好啊，那吃完这顿饭，麻烦邢老师叫人过来帮我搬东西吧。"

邢克免怔了怔，其他人也都停下筷子，骆峰冷冰冰地看向他们这边。

没料到谷妙语会这么回复，邢克免一时词有点跟不上，随后他马上开玩笑般地打圆场："那你得先问问你们骆老师，我怕他不愿意放人。"

谷妙语看着他，比刚才更认真，说："骆老师愿意放人。"

邢克免面对她这副认真的样子，怂了。

"小谷，不是……你是真打算来我们部门吗？"

谷妙语略略提高音量，让其他人也能听到她说话。她也笑了，笑得像邢克免那样，用开玩笑的样子讲心里真话。这副样子最能硌硬别人，笑嘻嘻地说点刺激对方的话，别人要是生气回击，就继续笑嘻嘻地告诉他"别那么小气啊，我跟你开玩笑的，你看你怎么还当真了。"可其实玩笑的外衣下，字字都是没安好心的刀枪棍棒。

"对啊。"谷妙语笑模笑样地说,"难道邢老师你不是真的要我过去?只是故意说说来硌硬我们骆老师的?要是这样我可有点伤心了,邢老师把我当枪呢,想不到你是这样的邢老师!"她玩笑一样把邢克免那些藏在话里的没安好心,全盘弹了回去。

一部的人都在憋笑。

邢克免硬着头皮回了一句:"哪能呢,那我下午找人给你搬东西去啊!"说完他赶紧走了,任谁都能看得出,他是真怕谷妙语在后面再追一句"那一言为定啊"。

邢克免走后,大家继续就餐。谷妙语一抬头,发现两道冷冰冰的目光在盯视自己。

"门里门外的事,能分得清,很好。"骆峰冷冷说完就转了眼神。

小亚在旁边碰碰她胳膊,叫回了她的注意力,说:"你能治住邢克免那老小子,好样的!"

谷妙语笑了,笑得眼睛弯弯的。

这是她到这个公司以来,第一次收到来自同事的主动交流和肯定。

吃过午饭,大家回到办公室各忙各的。谷妙语没有问中午的聚餐是什么名头,她想也许是某位设计总监领到了一笔大提成,于是请大家吃顿饭,散点财,换个大家都乐呵。

谷妙语想应该没有哪个国家的人比中国人更好吃了,于是在这个以食为天的国度,请人吃东西似乎永远是收拢人缘最有效果的方法之一。这方法她也在默默实施,是不是有个好结果,还要静观后效。

下午她到公司各个部门跑流程,以便让肖先生那套房子能尽快进入开工状态。

嘉乐远和砺行一样,公司本身不养施工队,所有签下的建筑装饰业务的工程,都采用外包劳务的方式——嘉乐远和具备施工资质的劳务公司签订《施工劳务分包合同》,把施工工程外包给劳务分包公司,由劳务分包公司派出工长和施工队。嘉乐远有挑选分派以及更换工长的权利。

下午小亚出去溜达了一趟，回到办公室之后有点八卦也有点唏嘘，对大家说："谷妙语不是签下一单装修工程吗，你们猜工程部给她派了哪个工长？"

她丢出这个问题，立刻有好奇心旺盛的同事捧眼："哪个哪个？"

小亚眉毛一挑再回落："是史晋！"

捧眼的同事来嘉乐远的时间不算长，不太了解具体情况，疑惑地问："这人怎么了？"

不等小亚开口，骆峰的声音冷冰冰响起："闭嘴，干活。"

话题就此被封冻住，谁也不往下八卦了。

晚上一下班，谷妙语就直奔公司转角的路口，邵远正带着喵喵等在那里。

一见面，喵喵就冲谷妙语奶声奶气地叫，叫得又嗲又讨好。

邵远抱着喵喵，晃晃它："小坏蛋，一看你就是小公猫，看到漂亮姐姐就忘了昨天谁给你奶喝谁照顾你睡觉。"

谷妙语怀揣着被融化的心，把喵喵接过来。

她看到邵远脸上有点恋恋不舍，忍不住想笑："怎么搞得跟生离死别似的？要实在舍不得你就跟我一起回去，在我睡觉之前你还能陪猫主子玩上几小时解解馋。"

邵远狠狠心，一摇头："不去了。我就快答辩了，不能玩物丧志。"

谷妙语抱着喵喵挑眉毛："你之前不是说闭着眼睛乱答都能过的吗？还有你昨天可不是'玩物丧志'这么说的，你是苦苦哀求以后我能让你多来看看喵喵的。"

邵远笑一笑，笑容里有一丝只有他自己品得出味道的涩："昨天喝酒了，男人喝过酒说的话大部分都不能算数。"

其实他也想跟去她家里，解解思念的馋。可是今天去了能解今天的馋，那以后呢？总不能天天去她那里，解一种叫"思念妙妙"的馋。思念这种情绪，他之前以为放纵它，让它发泄个过瘾，以后就不会再犯了。可其实它越放纵越难断。就好像，越去解相思就会越相思。

他昨晚躺在床上睁着眼睛看天花板几乎看了整晚。他改变不了她喜欢陶星宇的事实，改变不了自己秋天将要出国的计划，可以预见未来他也改变不了父母的门第观念。他什么也改变不了，于是那种情绪他没资格放纵，只能克制。所以他昨天想靠着喵喵做纽带，可以常常去看看"妙妙"。但今天他的主意又变了，他想自己应该克制一点。

或许到了明天，他又会受不了那种情绪的煎熬。那也等到真的受不了的时候，再说吧。

谷妙语把喵喵带回家时，楚千森和任炎都在。

楚千森怒发冲冠，张牙舞爪地吼："来啊，把小畜生交出来，看我掐不掐死它！"

谷妙语被她的淫威所迫，不敢放猫下地。

"森森啊，你听我说。"谷妙语一脸谄媚，"你叫森森我叫妙妙它叫喵喵，你说巧不巧，我们仨一套小名！这一听我们就是亲姐仨啊你怎么能六亲不认想掐死它呢对不对……"

楚千森暴戾一声吼："闭嘴！老娘就是不喜欢带毛的小畜生！"

谷妙语怕怕的，更不敢放猫了。

任炎却对她说："没事，你把猫放开，她要是真能把猫掐死，我把房子免费过户给你们，从此不收你们一分钱房租！"

谷妙语颤抖了："大哥您能换个威胁吗，不那么诱人的那种，你这是和我统一战线吗？你这是在督促三千水不堪诱惑把猫掐死吧！"

她和任炎说话的工夫，喵喵淘气地一跳，从她怀里跳到沙发上。楚千森立刻凶神恶煞地冲过去，两只手做着要掐死一管细脖子的残暴造型。喵喵被吓了一跳，都忘了转身跑，水汪汪的眼睛里全是无辜和害怕，冲着楚千森"喵"地一叫，又嗲又奶又可怜。

楚千森掐猫脖子的动作一抖，变成了摸猫……

"小祖宗你萌得有点犯规啊！"她说完就开始各种撸猫。"可是姐姐讨厌猫毛啊，所以姐姐还是得掐死你！"

"喵!"

"好吧好吧,别叫了小祖宗,姐姐心脏麻了,不掐了不掐了!"楚千森一边说一边把猫抱进了自己房间。

谷妙语除了翻白眼不知道还能干什么。

任炎在沙发上笑得毫不掩饰:"我说什么来着,她就外强中干。你看着吧,现在小猫从小畜生变成了小祖宗,用不了两天就得变成她的命。"

谷妙语问任炎:"你怎么那么了解我们森森?"

任炎笑得有点高深莫测起来:"想了解一个人有什么难的?行了,小猫性命无忧,我走了。"

他起身要走,不给谷妙语太多试探究竟的机会。

小猫咪像听懂了有人说要离开,从楚千森的房间一溜小跑出来,黄融融的小身子一直跑到任炎脚边才停下。它抬头看着任炎,喵喵地叫。

任炎没忍住这波萌力攻击,蹲下身,抬手摸着小猫咪的脑袋。

喵喵哆哆地用头蹭任炎的手掌心,蹭得任炎讲话时声音都不跩了:"小家伙,你叫喵喵是吗,你这么喜欢我吗?"他摸着小猫咪软软的小脑袋,低沉地笑,"小森森,乖一点,帅哥哥明天再过来看你。"

任炎开门走了,喵喵冲着他奶兮兮地喵喵叫,像在说帅哥哥再见似的。

谷妙语在它的喵喵叫声里,判断分析着自己刚刚到底有没有听力错乱,到底任炎说的是小喵喵,还是小森森?

楚千森手里拿着件毛衣冲出来,把喵喵一捞,抱起抢走。

"小祖宗,来姐姐给你用姐姐最喜欢的毛衣做床,包你舒服!"

原来在猫面前,人可以把自己说过的狠话通通当成屁放掉,可以忘掉尊严到这个无耻的程度。

第二天,肖先生房子的装修工程正式开工。

这单装修对谷妙语而言意义非凡,她跟得很上心,每天都要到施工现场看一看。

　　工长史晋脾气很好，也很善言谈，他笑着对谷妙语说："谷设计师真是认真负责，业主都不来现场瞧一眼，倒是您，不辞辛苦没事就过来看看，他选您来给他装修房子，可真是够幸运的！"

　　谷妙语连忙说："没有没有，还是工长您和工人师傅们更辛苦！"

　　她觉得自己这单还是蛮幸运，能和史晋这样一位勤快好沟通的工长搭档。

　　工人里面有个年轻小伙，看样子比谷妙语大不了多少，谷妙语觉得他干活特别有章法，人也有礼貌，每次她去和走，他都跟自己打招呼。工人们也都眼里有活，除了吃顿午饭，其余时间手脚都不闲着。有时工人干活也会出现一些问题。谷妙语在现场遇到这些问题，就会指出来她觉得工人哪里活干得不到位，或者工艺和流程不对了，都会出声。

　　被指出问题后，史晋也不恼火，会很好脾气地告诉工人按谷设计师说的做，这活你返个工重新弄一下。只不过有时她发现工人似乎有点不把史晋的话听在耳里，史晋告诉工人要返工的活，工人总是拖着，并不返工。她这时候会亲自出马较这个劲，亲自监督工人当场返工。

　　事后她还对史晋说："工人师傅有时候干活敷衍，可能他们不是故意的，但毕竟会间接造成偷工减料的事实，您对他们态度得强硬一点，该返工就得及时返工。"

　　史晋笑着说好的好的，说他也是觉得大家都是卖力气挣钱的，不容易，不忍心深说。

　　谷妙语说："我也知道他们不容易，但既然挣了这份钱，就得把这份活扎扎实实干好不是？"

　　史晋笑着说是的是的。

　　谷妙语一直觉得除了工人的执行力差一些，其他也都还好。

　　直到有天从施工现场准备离开时，她被那个干活很有章法的年轻师傅叫住。

　　她记得这个年轻的工人师傅姓潘，叫潘俊年，所有工人里活干得最漂亮利索。她盯着好几个人返过工，但潘俊年从没有。她问潘俊年找自己有什么事。

　　潘俊年说："您能等晚上六点，大家收工以后，再过来一趟吗？等那会我才能告诉您，找您到底是什么事。"

谷妙语回复他说，好的。

谷妙语先回了公司，她打算下班后再去施工现场。

大中午的跑了一路，她口很渴，一到办公室就拿了水杯出去接水。出了一身汗，她顺便拿了条毛巾打算去洗把脸擦擦身。

她一出去，小亚就抬头看了看骆峰的位子。一个巨大的电脑屏幕挡着她的视线，她叫了声："骆老师？"没什么回音。

她旁边座位来了没多长时间，最爱给她捧哏的那位同事说："骆老师不在吧，好像出去吃饭还没回来呢。"

小亚回头看看，谷妙语也还没回来，于是放了心地开始八卦。

"感觉谷妙语和史晋相处得还挺融洽，希望这回史晋别连累她。"

爱捧哏的同事一听这话立刻来了精神："对了那天你提到工程部安排史晋给谷妙语做工长，后头的话让骆老师打断了，我早就想问安排史晋怎么了，是好还是不好啊？"

小亚说："按照经验来说，不太好。这个史工长，常被业主投诉，导致跟他搭档干活的设计师也因此受到投诉牵连。"

捧哏同事说："那是够影响设计师业绩口碑的。"顿了顿，她又问，"史晋为什么被业主投诉啊？"

小亚尽心地为她解惑："业主说他在施工过程中额外收钱。史晋为自己辩护说那些都是必要增项，但业主说那些增项明明可增可不增。不过这几单投诉到最后都是不了了之了。"

捧哏同事刨根问底："怎么不了了之的？"

小亚说："好像是最后史晋和业主私了，业主就撤销了投诉。所以到最后，谁也不能确定到底是业主矫情，还是史晋真做过什么。反正可以肯定的是，和史晋一起干活的设计师，容易被连坐投诉。"

捧哏同事听到这里跟着小亚一起唏嘘。

小亚往自己的椅背上一靠，总结道："所以万一这史晋邪性犯了，又被投诉，谷妙语要是被连累得投诉成立——新人刚一来就背着投诉，就算她实习期结束前签到了单，她一样不太好留下来。"她顿了顿，说，"我现在觉得其实她人倒也还好，并不烦人。"又顿一顿，她发出纳闷一问，"你说那么多工长，工程部怎么偏偏给谷妙语派史晋呢？"

一道冷冰冰的声音从骆峰巨大的电脑屏幕后面响起："是我让工程部这么派的，还有什么问题吗？"

小亚一哆嗦，在心里骂了声该死的电脑屏幕怎么那么挡视线。她闭嘴噤声，其他人也不再说话。

晚上下班后，谷妙语又赶去了施工现场。史晋已经带着工人们收了工，屋子里是空的，没有人。

她等了一会儿，潘俊年的脚步声把他从电梯口一路送进了屋。

谷妙语想他应该是为了不引起别人注意，先和大家一起撤了，然后又独自一个人折回来见她。

谷妙语问他找自己来究竟是有什么事想说。潘俊年招呼她到临时存放辅料的地方，打开一袋沙子给她看。

谷妙语问："沙子怎么了？"

潘俊年说："材料单子上的沙子，都是最优等的。但这些沙子不是。"

谷妙语连忙蹲下仔细看，确实不是最优等的。她翻着装沙子的袋子看外包装。

潘俊年在旁边告诉她："包装没问题，最优等，是真包装，但沙子也是真的有问题，它和包装对不上，以次充好。"

谷妙语站起来，沉吟着，没说话。

潘俊年拿不准她的想法，于是有点周旋地说："其实用了这样的沙子也没什么，顶多以后墙面地面开裂，墙面开裂可以补，地面铺上地板以后裂不裂也看不见，无所谓的。"

谷妙语表了态："话不是这么说，客户花的是优等的钱，但给人家用次等的材料，这中间的差价去哪儿了？这事太不像话。"

她问潘俊年："你觉得这事是谁干的？"

潘俊年说："我要是说，这事是史工长干的，您信吗？"

谷妙语的心一沉。史晋是个好沟通好脾气的人，这是她一直以来对史晋的印象。现在说这个好好先生是把材料以次充好的主谋，她的认知有点受到冲击。可是冲击过后，再仔细想想之前的种种现象，一切原本有点奇怪的细节却瞬间有了合理的解释。

她认为工人偷工减料，让工人返工，她以为那是工人的锅，但其实——

"谷设计师，之前有工人干活时偷工减料，其实那是史工长授意的。这样就会省下材料，可以拿去卖给马路游击队那样的装修公司，赚外快。"

所以她让工人返工时，史晋告诉工人按谷设计师说的做，赶紧重新弄，而工人却敷衍不动作，原来那并不是工人真的敷衍，其实是——

"还有，您让有的工人返工，史工长虽然嘴上让工人照你的话做，但实际上他让工人拖着，等把你拖走了就好了。"所以她才是差点被史晋敷衍成功的那一个，如果她不坚持在现场看着工人返工的话。

她不由再一次深深感叹，出了校园以后，所有人都是人不可貌相的。人人都有第二副面孔，没有人是如他表面所展现的那样表里如一。

谷妙语问潘俊年："你应该很早就发现了史晋的问题吧？为什么不跟你们公司的领导说呢？"

潘俊年笑一笑，笑得有点无奈："我说也没人信我的，其实论施工技术，我是我们工程队最好的，但论做人的技术，我比不过史工长。"

潘俊年告诉谷妙语，史晋非常"会做人"——他在工程里赚着无伤大雅的外快，赚到之后不会独享，会变着花样地和他的领导一起分享。比如他赚到一百块外快，他可以做到自己留五十块，拿另外的五十块去买领导喜欢的各种礼物。因为他会做人，所以领导们护着他。之前他也被业主投诉过，可是他能说会道，总能把业主安抚好，事情最后都私了了。他隶属于工程劳务公司，工程劳务公司的领导会把他的投诉记录消掉，但他经常会连累到装饰公司的设计师，投诉记录撤不掉。

潘俊年说："我想了好几天要不要和你说这件事，说起来我可能还大你一点，我觉得你虽然年轻，但是你是我见过的设计师里最负责、最用心设计、最有职业道德的，我不想你后面被连累，所以今天把你叫到这儿来。"

谷妙语点点头，说："好的，我知道了，谢谢你告诉我这件事。我明天会和史晋谈一谈。"

潘俊年说："你小心一点。"

谷妙语乐观地笑："他总不会当着你们的面气急败坏打我吧。"

第二天，谷妙语先去沙子厂找人扛了一袋货真价实的优质沙子回来，她带着这袋沙子到了肖先生家的施工现场。

她把真正的优等沙子和史晋动过手脚的沙子摆在一起，对史晋说："史工长，您现在用的这批沙子质量不对，我们给厂家下的订单是优等沙子，估计是厂家发货的时候发错了吧。您和厂家联系一下，沟通一下情况，换一换吧。"

邵远教过她，先礼后兵。别一棒子先把人打死结仇，所以她给他个台阶下，把锅推给了厂家。

史晋一脸糊涂："哦是这样吗？那行，我明天就叫他们去换。"

谷妙语在心里叹气，又是敷衍拖延的战术。

"别，明天换就耽误进度了，您现在就联系厂家换。"

史晋那脸糊涂不见了。他蹲下身，像模像样地从两袋沙子里各捏一把揉搓着："这是一样的啊，没差别啊。"他这就换了说法了。

谷妙语叹气。她搭好了台阶，可惜对方不肯下。礼是不成了，所以只好动兵了。

她叫了两个工人过来，当场同时筛那两袋沙子。筛过的结果明晃晃摆在那儿，就是优等和次等的差距。

谷妙语让工人们都去别的房间，屋子里只剩下她和史晋两个人，她还是想给史晋再留一分面子。

"史工长，沙子到你这儿确实从优等变成了次等，你把优等沙子换回来，我就不追究优等次等中间的差价问题了。"

史晋忽然一笑，一副好脾气的样子，说："其实我在网上看过关于你的新闻。"

谷妙语敛了神色："什么意思？"

史晋笑得打开天窗说亮话："这样吧，谷设计师，我把沙子差价以及后面如果还有其他来钱的机会，我都愿意和你一半一半，怎么样？"

谷妙语沉着脸色："我还不缺这份钱。"她顿了顿，问，"这话你有种再说一次。"

史晋看看她手里的手机，笑得无赖："怎么，你还要录下来吗？"

谷妙语嘲讽一笑："不值得录吗？你的话这么精彩。"

史晋脸色一变，从前的好脾气样子全不见了踪影，好脾气掩盖下的真面目让他看起来格外丑陋。

"别当了婊子立牌坊，这不是你默认让我干的吗？你之前不就是这么干的吗，要不然能上新闻？"

谷妙语气得冷笑："所以你现在是装都不装了，开始要赖了是吧？"她扭身走出屋子，放大音量，对工人们说："停工吧，今天停工。"

午休后，在外面和其他人八卦了一中午的小亚回了办公室。

她一进屋就说："完了，谷妙语这回惨了！"

捧哏同事照旧捧哏："怎么了怎么了？"

小亚说："她和史晋互相投诉，不过史晋好像比她快了半小时。谷妙语到工程部大领导那里投诉史晋换材料，以次充好，昧下了差价。史晋投诉说，是谷妙语授意他这么干的，让他以好充次。他说他没办法，得听设计师的，就听话换了，结果谷妙语因为分赃不均，和他闹掰，现在反咬一口要换掉他。"

捧哏同事说："这家伙，各说各有理，倒成了罗生门了。"她问小亚，"现在情况对谁有利些？"

小亚说："对谷妙语更不利，毕竟她之前在网上有那样的新闻，那是她的前科。那事和这次的事一对照，倒好像是在佐证她到底是个什么样的人。"

捧哏同事叹气："这姑娘都有前科了，还不收手，还闹出这么大动静来，也真是让人服气。"

小亚忽然想起什么，小声问捧哏同事："骆老师在吗？"

他的电脑屏幕太大，她看不到讨厌听八卦的冰块人在不在。

巨大的电脑屏幕后蓦地响起冰块人的声音："在。"

小亚和捧哏同事双双一哆嗦。

骆峰又开了口："小亚，过去工程部盯一下事情进展。"

小亚怔了怔后，一声"得令"跑了出去。

下班前，小亚颠颠地跑回来，兴奋地大声说："神反转啊我的妈！工程部老大收到一份加急快递，是个优盘，里面有视频，现场有某个人把谷妙语和工长对峙时的过程录下来了，证明以次充好换材料确实是工长干的，谷妙语是清白的，而且她态度坚决，拒绝和工长同流合污！"

撩表心意

下

红九 著

北京燕山出版社
BEIJING YANSHAN PRESS

图书在版编目（CIP）数据

撩表心意 / 红九著. –– 北京 : 北京燕山出版社，
2019.12

　　ISBN 978-7-5402-5504-6

　　Ⅰ. ①撩… Ⅱ. ①红… Ⅲ. ①言情小说－中国－当代
Ⅳ. ①I247.5

中国版本图书馆CIP数据核字(2019)第295638号

撩表心意

著　　者：	红　九
责任编辑：	王　迪
特邀策划：	号　号　李姣姣
排版设计：	46　西　少
封面插图：	视觉中国
出版发行：	北京燕山出版社有限公司
地　　址：	北京市丰台区东铁营苇子坑路138号
邮政编码：	100078
发行电话：	（010）65240430
印　　刷：	嘉业印刷（天津）有限公司　（022）59656080
开　　本：	880mm×1230mm　1/32
印　　张：	26.5
字　　数：	810千字
版　　次：	2020年4月第1版
印　　次：	2020年4月第1次印刷
书　　号：	ISBN 978-7-5402-5504-6
定　　价：	69.9元（全2册）

目录

contents

第十六章

心机与世故

　　小亚宣布完反转消息，捧哏同事这回用上扬的音调把哏捧出了一个小高潮："哇塞！波澜起伏，职场大剧啊！我爱嘉乐远，这里的舞台比我原来的公司精彩多了，我原来的公司吃回扣就是吃回扣，有猫腻就是有猫腻，没有反转！"

　　那台巨大的电脑屏幕后又飘来了零度以下的声音："小亚，视频谁寄来的？"

　　骆峰的问句，永远问得像陈述句，带着两吨冰块的重量，仿佛你不答，两吨冰块就要飞过来，不冻死你也砸死你。

　　小亚赶紧说："匿名！"

　　骆峰："视频现在在谁那里？"

　　下班时间到了，同事们都在噼里啪啦地收拾东西准备回家。小亚也拎起了包，打算回答完骆峰的提问立刻逃跑，可千万别给他留空隙，让他有机会支使自己去要视频。

　　"工程部老大那里有一份。"她回答完问题，作势要跑路。

　　"站住！"骆峰偏偏叫住她，"我又没让你现在去跟工程部老大要视频，你跑什么跑。"

小亚松口气："老大，那你还有什么其他吩咐？"

骆峰："明天上班之后去把视频要来一份。就跟工程部老大说我让你要的，他会给的。"

小亚："哦。"

我又没让你"现在"去要……小亚哭丧了脸。好吧，她被文字游戏绕进去了。

谷妙语到嘉乐远总部投诉史晋，提出更换工长的抗争过程，可谓一波三折。

她没想到她宣布停工以后，史晋会比她先赶回嘉乐远，他居然跑到前面投诉她了，而且这出恶人先告状的戏码被他演绎得淋漓尽致栩栩如生。她更没想到史晋居然干得出反咬一口的事情，说是受她指使，才干了以次充好的事。他还利用之前的舆论事件，趁着人们对她有先入为主的负面评断，把"是受她指使才会那么干"瞎掰得跟真的似的。

是她低估了人心的险恶和丑陋的程度。

好在她录了音，但当她打算拿出手机播放录音的时候，神奇的事情发生了。她的手机不见了。

手机丢失得实在太巧，巧到她抬头看向史晋时，看到史晋对她展露出一个奇怪的笑容。那是有点得意、有点龌龊、也有点等着看好戏的一笑。

史晋笑完说："谷设计师，您要是有录音就麻烦您赶紧拿出来，放出来让领导听听，评断一下事情的真实情况。要是您压根没有什么录音，就别虚张声势了，事情白就是白，黑就是黑，不是你嚷嚷你有一段录音就能把黑洗成白的。"

谷妙语真想给史晋鼓掌。做工长委屈他了，他应该做辩论家。

她用桌面座机拨打自己的手机号，关机。

她仔细回想了一下，手机在什么时候有机会脱离自己的掌控。她想起来了。在进来工程部老大的办公室之前，有个二部不太熟的同事抱着一堆打印出来的图纸，急急忙忙和她迎面一撞，她的包、手机都掉地上了。

那同事一副要急哭的样子，说邢克兔赶着要图纸，现在图纸都乱了，邢克免会杀了她的。

她赶紧蹲下帮那同事整理图纸顺序，整理好她才起身进了工程部老大的办公室，而那时，史晋已经坐在里面恶人先告状了。

在史晋一身正气的奚落声里，谷妙语和工程部负责人说了一声，她的手机可能掉在外面了，她想出去找一圈。

工程部负责人说，去吧去吧。他嘴上很好说话，但谷妙语在他脸上看到了另一种表情，就好像没写作业的小学生对老师说，我的作业忘在家里了，我不是没写，而老师对他的谎言一目了然。结合之前的舆论事件、史晋的说辞、她说有录音却拿不出手机的情况，工程部负责人在心里已经提前相信史晋的话了。他让谷妙语出去找手机，不过是不撕开脸皮，为在心里已经判定有罪的谷妙语，仁慈地留着一分脸面。

谷妙语觉得这份仁慈很无稽，可她又破不了这份无稽。她出去找了一圈，理所当然，找不到她的手机。她去二部找那个同事，问她刚刚有没有看到自己的手机。毫无意外，那个同事说没有。即使是这样，她也不能凭空说那同事有问题。或许她的手机就是那么巧，不知道丢在她从肖先生家回到公司再到工程部负责人办公室这个过程中的哪个环节里。

她心里苦涩而无力，硬着头皮回到工程部负责人的办公室。工程部主管看着她，一副了然的样子，一副她去找也根本不会有手机录音的样子——既然是两人之间分赃不均的内讧，何必拿到台面上来撕？还要这么演戏证明自己清白。他这个局外主事人都要跟着觉得寒碜了。

在这一刻谷妙语感到了一种最无奈的难过。明明她是无辜的，却无从解释。很多人的心理很奇怪，相对于看到一个人的清白，他们其实更想看到这个人的不清白。于是他们在知觉和判断里加了倾向性，他们倾向于认为证明清白的证据都是有问题的，证明不清白的证据都是强而有力的。活了这么多年，谷妙语终于发现，最难的不是生活，是生活里沸腾的那些不容你分说的人心。

工程部主管最后宣布决定，史晋的事情由劳务公司处理。至于谷妙语，对她的发落等到明天和人力、设计部的领导讨论过再发布。

谷妙语看到史晋露出了很得意的一抹笑，那笑容好像在说我可不会失业，我没了你们公司这一单，我们领导还会给我其他公司的工程做。但你肯定要被辞了，旧丑加新丑，你以后再也别想在这个行业有机会出头。跟我斗，这就是你的下场！

谷妙语看着那抹丑陋的笑，脑子飞快地转。还有没有什么是能证明这件事的？

有的，还有潘俊年。可是不知道他愿不愿意出面给她作证。她想她应该讲道义，不能不经过询问就把他扯出来。所以还是忍下这一时的屈辱，晚上问过小潘的想法之后再做决定吧。

她带着屈辱和不服输，在工程部主管预示她将被辞退的提前诀别的眼神中、在史晋得意而龌龊的笑意中，起身准备离开。就在这个时候，工程部负责人的助理敲门进来，送进一份加急快递。

主管拆快递，她和史晋撤出来。

史晋一出工程负责人的办公室，马上对她笑出一副好脾气的样子："谷设计师，要是失业没饭吃的话，来找我，我可以收你当抹灰工。别客气，虽然你害我，但我这人不记仇，不会跟你计较的！"

所谓恶毒，所谓下作，所谓话里藏刀，不过如此。

谷妙语问史晋："史工长，你觉得你能一直笑下去吗？"

史晋的笑容更大更得意了："当然，我会笑到最后！"

谷妙语呵地一笑："劝您悠着点，谁笑到最后，谁脸上褶多，显老。"

史晋来不及回怼她，工程部负责人的助理在身后突然叫住他们。

"领导让你们回来一下！"

事情就是这样峰回路转的。那个加急快递，是一个优盘。优盘里有一段视频内容，正好是谷妙语和史晋对峙的全过程。谷妙语怎样有心有谋、先礼后兵，怎样态度果断拒绝同流合污，视频里一帧一帧的画面显示得清清楚楚。

工程部主管脸上有了浅浅一层挂不住的神色，他为自己的提前误判谷妙语有罪而暗暗惭愧。自己公司的人没有任何问题，这让他能够直起腰板和劳务公司叫板。

"你们那边关于这件事，一定要给我个交代，对史晋的处理结果，一定得有个说法！"工程部主管当场给劳务公司领导打了电话，当着史晋的面这样说。

谷妙语看到史晋的脸色灰了下去。从得意的叫嚣到凄惨的落水狗，前后不过一瞬间。

人生的反转，人心的反转，总发生在猝不及防的一瞬间。谷妙语有点心惊也有点感慨地想，在这猝不及防的反转里想做到全身而退，只能记住一句话，别做亏心事。

史晋灰溜溜地走了，再也没脸提给谁找工作的事情。谷妙语留下来，对工程部主管提出更换工长人选的要求。

主管说："这个是自然的，不用你说工长也一定得换。"他顿了下，问谷妙语，"你是不是有什么合适的人选？"

谷妙语说："是的，施工队里有个人叫潘俊年，活干得好，人也本分，不偷懒不偷奸耍滑，我想让他代替史晋做工长，不知道行不行？"

谷妙语知道一定行。工程部主管刚刚错怪了她，心里正隐藏着一份难以启齿的抱歉，她现在提什么要求都一定行。

"没问题。"主管果然一口应下来，"我去跟劳务公司那边沟通，把这个潘什么的，升为工长！"

谷妙语从工程部主管办公室里出来之后，前台跑过来告诉她："打扫卫生的阿姨捡到一部手机，你刚刚不是在问有没有人捡到手机吗？看看是不是你的。"

谷妙语一眼就认出那的确是自己的手机。

她找到打扫卫生的阿姨，问她从哪里捡到手机的。阿姨说是茶水间。谷妙语心下明了了一些事，她今天没去过茶水间。

她用手机给小亚拨了个电话，问小亚知不知道二部有没有谁和史晋合作过项目。

小亚说了个名字，袁伊。真是巧，就是刚刚那个抱着材料撒一地的设计师。

小亚问谷妙语问这个干什么。

谷妙语说："没什么，确定一些事情，谢谢你小亚。"

她到二部门口晃荡了一圈。那设计师还没走，看到她就对她笑，说谢谢她下午的帮忙。

谷妙语记着邵远教过她的话。别人笑，她也要笑。别人脸皮厚心黑，她要四两拨千斤去治她的脸厚心黑。于是她也笑："别客气，大家都是同事。不过我今天好险，差点被诬陷得和你做不成同事了。"

那设计师笑得热情善良："不会的，你人这么好，你看现在不是真相大白了。"

谷妙语笑："是啊，真相大白了，挺好的。就是不知道是谁把我手机屏幕搞碎了。"她低头看手机屏幕。

那同事凑上来说："没有吧，你手机屏幕没碎吧？"

谷妙语抬头，眼神犀利："你怎么知道我手机屏幕没碎？"

那同事愣住。

谷妙语笑着告诉她："其实我从后勤那里查过茶水间的摄像头监控，是你把我手机放那儿的。"

她没查，但她知道，自己现在去查，一查一个准。

"袁伊。"她叫那同事的名字，"这次算了，你没彻底把我手机砸了，事后又想办法让它回到我手里，说明你可能是受了谁的胁迫，不得不这么做。以后别再干这样的事，做个不亏心的设计师不用提心吊胆。你看你提心吊胆的，我用手机屏幕碎了一诈，你就露馅了。今天的事我不会和别人说，你也不用放在心上，我们都忘掉吧。"她说完笑一笑，转身走了，转身之前看到袁伊快哭出来的样子。

她想也许袁伊和史晋一起做装修的时候，没抵住诱惑，赚了点外快，这点外快成了今天史晋胁迫她的把柄，他让她"想办法拦住谷妙语，想办法搞掉她的手机，砸了扔了都行"。袁伊今天做的事，差点让她没办法翻身，她说不气不怨是不可能的，但之前做高大哥他们五单团购的时候，邵远教过她，能施恩的时候就对人施恩，以后他会对你感恩戴德肝脑涂地的。

所以她今天选择不追究，选择施恩。

回到办公室，屋子里已经一个人都没有了。窗外，天色从灰黑向着纯黑过渡。

她坐在办公椅里，人静静的，思绪却如激流，冲撞在她脑子里。似乎不知不觉间，她从邵远那里学会了好多东西，那个比她还小三岁的男孩子，居然是他让她在职场上得到了质变。

坐了一下，想了一会儿，她打电话给潘俊年。

电话一通，她开门见山："那个优盘，是你寄的吧？视频也是你录的？谢谢你。"

她的手机还是漏音，潘俊年的回答钻出她的听筒，响在静谧的办公室里："你别这么说，我其实觉得我有点担不起这声谢。"

谷妙语无声笑了，她知道他为什么说有点当不起这声谢。

"为什么做好事不留名？我们这里实名举报有嘉奖的。"她笑着问。

潘俊年说："我说我预感到你会提出升我做工长，你会不会觉得我有点狂妄？但我确实预感你会提出升我做工长，如果我不匿名，表示视频是我录的我寄的，这样就会搞得好像我提前和你联合起来要搞掉史晋一样，反而不好了。"

谷妙语听到这儿点点头。她刚刚在脑子里把整件事从头又过了一遍，潘俊年说的和她想到的一样。

"小潘。"尽管潘俊年比自己要大一点，但谷妙语还是这样叫了他，"虽然我们不是联合起来的，但你从一开始，从我第一次叫工人返工，你确认我不会赚外快，那时你其实就已经想好了，在后面某个时间点，你会把史晋做的事抖出来，然后由我去解决他，而你的最后结果，是升任工长，对吗？"

所以他从开工第一天，就对她释放友善，不管她去了还是走了，他都会和她打招呼，博一份好感和存在感。所以当她去找史晋摊开谈的时候，他能有心地躲在一旁暗暗录下这个过程。

他是有野心的，他想出头。她打听过，知道他虽然家里穷，高中毕业就出来干活了，但人聪明、上进，白天干活晚上去读电大。他活干得好、干得认真、干得有良心，却要受史晋那样的人压制。他不甘心的。

"谷设计师，你会怪我心机深吗？"电话那边沉默了好一会儿，潘俊年才出声问。他声音里没有被戳破真相的窘迫，他对他的野心是磊落面对的，但他的音色有些发沉发哑——他还是很在乎谷妙语对他的评价。

谷妙语笑了："心机是挺深的。"这句话让潘俊年提起一口气。

"但好在你心眼不歪。有心机，心眼不歪，挺好的。将来也不要歪掉啊。"顿一顿，谷妙语说，"我觉得你将来应该能干大事吧。"

潘俊年挂断电话前，说话声里好像都带了鼻音，他感激谷妙语没怪他。

谷妙语放下手机，又坐在位子上陷入冥思。她真是变了呢。以前如果遇到这样的事，依照她黑是黑白是白黑白不可以混合谈的性格，她肯定生气自己被潘俊年算进了他的前途计划中，但现在她居然并不生气。是谁让她有了这样的变化？

手机铃声突兀地响起，屏幕上显示的名字回答了她脑子里的那个问题——"小犊子"。

是的，就是这个亲爱的小犊子，他让她在职场上的为人处世日趋成熟起来。

她有点开心地接通电话，喂一声。那副低音炮似的嗓子真是怎么听怎么命里带骚。

"我扛不住了，我想喵喵。"

他说话时尾音有点发飘，喵喵让他说得都像带起了声调。

"哈哈，受不了了吧？行了，我这就往家走，一会儿在我家里见吧！"

谷妙语收了线，拎了包撤退。

办公室里那台巨大的电脑屏幕后面伸出两只胳膊伸懒腰。

邵远白天在学校的烦闷程度，超过了之前每一次。他用全副理智对抗着对miao miao的馋，越对抗越煎熬。他不知道应该给miao miao安上几声的声调，他只知道他早餐剥完鸡蛋已经开始扔鸡蛋吃蛋壳了。终于到了晚饭后，他实在对抗不下去。他向小姐姐的可爱宣布投降，他想见到小姐姐——以想见喵喵这个冠冕堂皇的名义。他告诉自己，就放纵一晚，明天再开始自律收心也来得及。

这样说服自己后，他连跑带颠地跑出去打车，直奔谷妙语住的公寓。

他觉得自己今晚放弃对抗思念的情绪多么正确，因为公寓里只有谷妙语一个人。楚千森不在，任炎也没来。这美好的夜晚，居然可以独享给他和小姐姐还有喵喵，他们像一家三口似的。

喵喵见到他就黏人得不行，跑到他脚边撒娇地蹭，蹭完小脑袋，蹭小身子，蹭完小身子抬起头喵喵地哼叫着求抱抱。

邵远把喵喵抱起来，趁着谷妙语不注意，冲着它耳朵低低叫了声"妙妙"，叫完还亲了亲那个可爱的小脑门。喵喵在邵远怀里娇气得不得了，对着他的手舔来舔去。

邵远被舔得心里发麻。如果真是妙妙……他打住不敢往下妄想了。

谷妙语倒杯冰水过来给他喝，看见喵喵对着邵远舔来舔去的样子直叹气："喵喵这孩子是不是缺盐了，怎么对着你的手舔起来没完！"

邵远忍着笑。他小姐姐总是这么有意思。

他问谷妙语："楚学姐接受喵喵了吗？"

谷妙语夸张地直叹气："我的妈，何止接受！任炎简直一语成谶。任炎说喵喵用不了两天就得变成三千水的命，一点没说错！"

其实都没用两天那么久，第二天早上喵喵就变成楚千淼的命了。头一晚楚千淼把喵喵粗暴地扣下给自己陪睡，不肯还给谷妙语。结果第二天一早，谷妙语就听到楚千淼在房间放出惨叫。

"我的喵喵呢？我的命呢？"

谷妙语赶紧过去看看怎么回事，楚千淼正上天入地地找喵喵。最后她们从床底下找到了淘气包喵喵，它正躲在床底下，睁着圆溜溜水乎乎的眼睛，冲着找到它的两个人喵喵叫。

等把喵喵用小鱼干引诱出来，楚千淼一把抱住喵喵不放。

"吓死我了，我以为我的命没了！"

谷妙语给邵远讲完早上的情形，忍不住哈哈笑："我现在谁也不服，就服任炎，他把三千水命门摸得透透的！"

邵远也笑，笑过以后他问出刚刚就一直想问的问题。

"你今天在公司待得很晚，是不是公司里出什么事了？"

谷妙语怔了怔，有点惊叹也有点感动。她在电话里说了一句"行了，我这就往家走，一会儿家里见"，他就留意到她今天回家晚了，他就想到她是不是在公司遇到事情了。怎么会有这么细心又暖心的小伙子。

她给邵远讲这一天堪比戏台般精彩的人生，把每一个细节都讲述得很生动，邵远听得有点惊心动魄。

听完整个过程，邵远静默了好一会儿，而后他笑了："按照我以前认识的那个小姐姐，我觉得你会对潘俊年心有芥蒂，但现在你似乎有点欣赏他。"

谷妙语认真地问："那你是喜欢你小姐姐像以前那样，还是像现在这样？"

邵远有一秒钟差点冲动地脱口而出我喜欢小姐姐的每一个样子，我喜欢小姐姐。

理智让他艰难而及时地刹住了闸，他说："更喜欢小姐姐现在的样子，赤诚还在，但也有谋略了，真棒。"现在的小姐姐才能让他放心地出国留学。

谷妙语眉眼一弯笑起来："这要谢谢你啊。以前我太感性，把对错看得界限分明，但你教会我，人是得有必要的谋略的。我在想，把谋略运用得有感情，这可能就是世故吧。而世故得太过，就是圆滑。我不愿意做圆滑的人，但可以尝试着世故一些，那种不丢掉初心的世故。毕竟现在这个社会、这个环境，懂一点世故，其实是方便他人也方便自己。"

邵远真想放下喵喵给谷妙语鼓鼓掌："所以这次，你并不怪潘俊年对吗？"

谷妙语抬手，一边眯眼一边做了一个"捏"的动作："诚实讲，还是有那么一点点怪的。不过就一点点。"放下手，她认真措了下辞，说，"我觉得人为自己有所谋划不是错，能用点手段出来也是他聪明，关键是他能想到帮我，在我和史晋对峙的时候他能帮我录下视频，这就很好了。况且退一步讲，就算没有他，我后面发现史晋原来是那样子干活的，我能不管吗？其实可以这么想，我投诉举报史晋，是在做我分内的事，只是这件事同时助力了潘俊年往上爬。"说到这儿，谷妙语对邵远眨眼一笑，"换个角度想，他还欠我一份人情呢。我觉得他以后会愿意还给我的。"

邵远也笑了："你现在已经开始欣赏善用心机的人了吗？"

谷妙语点了下头："我原来觉得心机是贬义词，但现在觉得心机是中性的，善用心机利己但不损人是本事，乱用心机为了利己不惜损人，这份心机才是贬义的。"她又点了下头，"我有点欣赏潘俊年，我觉得他有点像《大染坊》里的陈寿亭，虽然圆滑但不失真诚，虽然世故但很讲义气。他将来会有出息的。"

喵喵在邵远怀里腻歪够了，跳出来，又钻进谷妙语怀里蹭来蹭去，蹭得谷妙语心肝脾肺全化成了水。

邵远看着那一人一猫，心里的危机感越来越浓越来越盛。糟了，他的小姐姐又在发光了，她好像变得更好了，他好像明天也戒不掉那种害人心烦的情绪了。

谷妙语撸了会儿喵喵，一抬头，发现邵远正盯着自己看。睫毛那么长，眼睛那么亮，盯得她有一瞬心跳都快了一下，怀疑自己是不是什么妖，再给他看两眼就要现出原形。

"你瞅啥？"她脱口而出。

邵远垂垂眸，笑了。

他没回标准答案"瞅你咋的"，再抬起眼时，他说："我明天还想来，行吗？"

谷妙语第二天先去了一趟施工现场，回到公司的时候是上午九点多。她进屋时大家都在各忙各的，那个巨大的电脑屏幕后面不知道挡没挡着骆峰。

很快她就知道，屏幕后面没挡着人。

她刚坐下没一会儿，骆峰就从门口进来。他走到自己的位子前，往椅子里一坐，见声不见人地对谷妙语发出指令。

"谷妙语，去楼下帮我买杯咖啡，太平洋的美式，不加糖。"顿一顿，他强调，"我只要太平洋的。"

谷妙语起身，说声好的。

小亚举手："给我也带一杯！"语气是蛮有点理所应当的。

她的话音被骆峰打断："王小亚，告诉我，我是什么级别的设计师？"

王小亚有点不明所以，但乖乖回答："老大你是仅次于首席设计师的主任设计师……"

"我下边的设计师都是什么级别的？"骆峰继续问。

谷妙语站在工位与门口之间，听得一头雾水，走也不是不走也不是，只能停在那儿继续听。

"你下边还有副主任设计师、高级设计师、中级设计师、正式设计师和助理设计师……"

"你是哪个级别？"

"正式设计师……"

"谷妙语呢？"

"她是助理设计师……"

"她今天可以转正式了。"骆峰顿了顿，从屏幕后面直了直身，他的头露在电脑屏幕的上边。

"我是主任设计师，你和她都是正式设计师，我能使唤她也能使唤你。但你觉得你能使唤她吗？要喝咖啡和她一起去买。"

小亚"哦"了一声，随后她想起什么似的，说："哎，不对，太平洋不是……"

骆峰瞪她一眼："你可以闭嘴了。"他又抬头轰谷妙语："鞋底有胶水？被粘住了？赶紧动起来吧。"

谷妙语赶紧出门，她一边往外走一边觉得，骆峰这人这辈子八成是不会把话往好讲了。她想以后万一有一天，他要是突然抽风对她和颜悦色地讲话了，她八成得因为不习惯直接被吓抽过去。

谷妙语前脚刚走，骆峰就问小亚："从工程部要到优盘了吗？"

小亚赶紧将优盘奉上。

交接完优盘她没走，两只手挂着骆峰的桌面，半俯着身，前后晃，说："老大，我有句话，当讲不当讲我都想讲，你刚才让我闭嘴，我快憋死了，现在谷妙语不在你就让我讲完吧！"

骆峰抬手把优盘插在电脑上："说。"

小亚立刻开了问腔："头儿，你是忘了吗？楼下那个太平洋咖啡上周不是搬走了吗？咱们这方圆三条街内都没有太平洋了啊！"

骆峰抬头瞥她一眼，声调冷冰冰的："就你话多。"

小亚把自己静置了两秒钟，有点懂了："老大你是故意的？所以你冠冕堂皇说了一堆设计师等级，其实是想支走她，把我留下？"

骆峰眼皮都没抬，从电脑上打开优盘，继续打开视频。

"前一句话对，后一句话，你想多了。不是冠冕堂皇，确实是在用等级观念教育你，在哪个级别，做哪个级别能做的事。"

小亚"哦"一声。

视频开始播放，她索性跟着一起看。捧哏同事看她看得津津有味，也跟着凑了过来。

陆陆续续，其他几个人也凑过来，围在骆峰的电脑屏幕前，像在看家庭影院似的，集体观看着谷妙语和史晋对峙的视频录像。

"先礼后兵，谷妙语可以啊，手段可圈可点。"小亚一边看一边说，"平时我们集体疏远她，她也没说什么，就闷在那儿忍着，我还以为她是个性子挺软的人，现在看来可不是呢。她应该就是不想和我们计较，真要计较起来，就这手段架势，应该够让我们喝一壶的。"

她话音一落，一个同事弱弱地说："其实我觉得她人也不错……我发现我的早餐蛋黄派，都是她给我的。"

另一个同事也说："我的眼药水也是……"

"还有我，我有天中午差点中暑，在桌子上趴了一会儿再起来，桌上就多了两管藿香正气水，那时候就我和谷妙语两个人在屋里……"

小亚总结同事们的发言："这么一对比，我怎么感觉我们好坏啊……"

"能不能安静看视频？"骆峰突然发话。

话音刚落，他的手机铃声响了起来。

他暂停视频，直接用扬声器接通电话。

谷妙语的声音透过话筒响起："骆老师，楼下的太平洋搬走了，我给您换Costa的美式，行吗？"

骆峰冷冷淡淡地说："不行。"

话筒里的回复迟疑了一秒后又响起："那我再往远走看看。"

骆峰没说话直接按掉了通话。

小亚忍不住咂舌："头儿，你好冷酷无情还有一点无理取闹哦……"

骆峰眼皮上翻瞥着她："我是不是最近让你觉得我很平易近人？"

小亚赶紧抿嘴噤声。

骆峰又点了视频播放。

原来除了和史晋对峙的视频片段，还有一些谷妙语平时去施工现场的其他片段。她检查工人的活干得不好，要求他们返工，工人不愿意，她就较真地在一旁亲自监督返工过程。大家最终看到了一个颠覆了他们固有印象的谷妙语——她和舆论传闻中不一样，她不玩猫腻，不同流合污，她负责、较真，对品质的把控分毫不让，对额外的收入点滴不取。

视频看完，多话的小亚忍不住又发问："这视频是谁拍的呢？"

爱好给她捧哏的同事继续给她捧哏："我猜是现场的哪个工人，他八成是谷妙语的迷弟，喜欢偷拍她，结果没想到最后这些偷拍派上了大用场。你看视频里把谷妙语拍得多好看，别人都逆光黑乎乎，就她又白又嫩到发光。"

小亚残忍地告诉她实话："谷妙语本来就白到发光，你客观一点。"

捧哏同事受伤了，不再捧她的哏，回了座位。

小亚不走，她内心的疑问让她抬不动脚步："头儿，你让我再问一个问题吧，就一个，你就再给我平易近人一个问题的时间就行！问完这个问题，请你随便对我冷酷到底，行吗？"

骆峰冷冷一声："快问。"

小亚赶紧说："头儿，你故意让工程部安排史晋，是想赶谷妙语走，还是想试探她人品到底怎么样啊？"

骆峰抬眼，极尽简洁地告诉她："都有。"

小亚不愿意接受这么笼统的答案，这样的回答比压根没回答还叫人抓心挠肝："这话得怎么说呢？"她不抛弃不放弃地追问。

骆峰冷冷瞪着她，小亚被看得差点哆嗦，但最后居然是骆峰在她屁滚尿流说"好吧好吧我不问了"之前先收回了眼神。

"你小时候吃问号长大的，这么多问题？"骆峰嘴上虽然这么冷冷地牢骚着，却居然把答案细化给她了。"史晋是我找工程部故意安排的。我知道史晋是个什么样的工长，假如谷妙语和他一起做完这一单工程，他们彼此相安无事，说明她有问题，她和史晋同流合污了。我会踢掉她。但假如做完这一单，她宁可背上投诉记录也要和史晋对抗到底，说明她人品作风都没问题，我会出面保下她。"顿了顿，骆峰居然嘶地笑了一下，这一笑差点把小亚吓尿了。

骆峰也会笑？

"但居然不用等到最后那一步，就证明了她的操守和人品。"骆峰一笑后接着说。

小亚尽快从被骆峰那一声笑的惊吓中抽离出来，想了想，问："老大，既然证明了谷妙语的人品和操守其实都没问题，那我们以后要不要对她好一点？"

骆峰恢复了冰疙瘩模样："表面不用。"他简短地说。

表面不用是几个意思？小亚带着纳闷回到自己的座位上。

骆峰隐在他的大屏幕后面，不让人看到他和他的真实想法。

关于谷妙语，现在只是证明了她的人品没问题，但这不代表她的能力也没问题。毕竟她是托关系进来的。他最讨厌有人靠走后门被塞进来。假如未来她的能力不足以胜任工作，她人再好有什么用？他还是要开掉她。所以不用提早对她那么好。好来好去的，最后狠不下心开掉，就很麻烦了。

谷妙语最后跑到三条街外买到了太平洋的美式。

途中她接到楚千淼的电话，楚千淼选择困难症犯了，她纠结两种猫粮究竟选哪一种给喵喵吃会更有助于喵喵奔着萌神的方向苗壮成长，她让谷妙语给她拿主意。结果她从话筒里听到谷妙语正站在大马路上，大汽车呜呜地一辆接一辆乘风破浪似的响。

于是她问："你干吗呢？"

谷妙语说："给我顶头管事的家伙买咖啡。"

楚千淼来气了，问："用不用我帮你告他？他凭什么使唤你！"

谷妙语说："别，我觉得他让我出来这一趟，是故意的，他应该明知道太平洋咖啡搬走了，却还故意叫我买太平洋。我估计他是想看我忍耐力能到哪里吧。其实我也想看看我的忍耐力能到哪里，我去下一条街看看！"

楚千淼最后为谷妙语的盲目乐观精神点了个麻木的赞。

谷妙语回到办公室时，走出了一身的汗。她把咖啡交给骆峰，骆峰抬起眼皮瞥她一眼，冷冷地说："太慢了。"

谷妙语先后压下了辩解和回怼的冲动，最后说："下不为例。"

骆峰收回眼神，抬手端起咖啡，喝起来。

谷妙语回到座位上，口渴得要命，找杯子准备出去接水的工夫，桌面上蓦地多了一听北冰洋易拉罐。

"喏，我不想喝了，给你了。"小亚一副"我可不是有心想给你，就是我不想喝了"的样子，看上去还蛮疏离的。

谷妙语端起北冰洋，笑了。不知道为什么，虽然最近大家表面看还是和以前一样，但她隐隐感觉大家对她好像有点不一样了。

盛夏的北京，温度一天比一天高。

邵远一连几天都没有去看喵喵，他在忙着答辩和毕业的事情。和相处了四年的同学即将分别，无疑是件伤感的事，但和这份伤感相比，另一份感觉更叫他抓心挠肝。他想念miao miao。

终于答辩完，学校方面的事情圆满结束，与学习有关的事情，暂时可以叫停三个月。他从学校搬到了东三环的房子住。父母本想让他搬回家和他们一起住一阵子，被他找理由拒绝了。

在父母眼前太危险，他那些小心思很快就会暴露。还是自己住，灵魂和身体才都自在些。

答辩前，他急于见到miao miao。答辩后，他突然又在急中变得不急了。他决定以另外一种方式，一种或许带着意外和惊喜的方式，重新见到她。

早上吃早餐的时候，谷妙语和楚千淼边吃边聊天。

楚千淼吃一口，就对喵喵挤一下眼睛，做鬼脸逗它。

谷妙语看着楚千淼白痴的样子觉得自己要晕倒："开始还要掐死它，现在瞧瞧，跟个人形奴才似的，啧啧啧。"

楚千淼抬头看她，不以过去和现在的反差为耻，反而一脸后怕地对谷妙语说："你不知道昨天有多凶险！昨晚你没回来的时候，我一个人在家躺沙发上睡着了，睡着睡着听见喵喵在叫，我就睁眼一看，结果我的妈，吓死我了！任炎的大脸就挂在我脑袋上面，死死瞪着我，他手里还抱着喵喵！结合他当时的状态，我很有把握地认为他正在观察我睡没睡着，然后打算趁我睡着把喵喵抱走！多不要脸，那么大的人了，到别人家里偷猫！"

谷妙语喷了。她总觉得如果现场重演的话，任炎不一定是要偷猫……

不过她更关心另一个问题："你睡着了，那他怎么进来的？自己开锁就进来了？"

楚千淼嘿嘿一挠头："没，是我收完快递忘锁门了，他看门能推开就进来了。"

谷妙语觉得自己要变成谷无语了："水水水，你可长点心吧！"

楚千淼嘿嘿一笑，想起什么似的赶紧对谷妙语说："对了，我们律所和券商那边可能从今天下午开始要到你们公司继续做现场调查。小稻谷，我们晚上可以一起蹭任大偷猫贼的车回家哟！"

谷妙语一听开心死了："那早上呢？早上能让他也来接我们一起上班吗？"

大夏天蹭有空调的大轿子，不用挤地铁，还有比这更幸福的事吗？

楚千淼翻白眼："没有！你别得寸进尺啊，他是我友司领导，又不是我男朋友，还早上也来接？做梦呢你。"

谷妙语随口说："那你就把他变成男朋友呗，不就行了？"

楚千淼静了下去，过一会儿她说："没这种可能的。"

谷妙语没见过楚千淼这副样子，她不敢再讲话了。

谷妙语又去肖先生的房子转了一圈。潘俊年想向她证明很多东西，所以做事特别卖力气，他带着大家勤快地干活，尽量往前赶工期。他很有头脑和凝聚力，工人们都听他的。在他的带领下，房子的装修进展很快，再用不了多久就可以竣工了。谷妙语视察一圈后，放心地回了公司。

回到办公室不一会儿，小亚也从外面回来了。她带着一脸兴奋对几个女同事和谷妙语说："我刚才从外面回来，进玻璃转门的时候见到一个巨帅的小伙子！真的巨帅，又高又白，睫毛巨长，看起来要么是大学生要么是刚毕业，真的，我差点不要我这张老脸冲上去跟小奶狗弟弟要微信了！"

爱捧她哏的同事千年不变地捧她的哏，问："真那么帅吗？是客户吗？是的话我强烈要求接待他！"

小亚说："看起来不像客户。"

捧哏同事问："那他来干吗？"

谷妙语心中一动，脱口就说："他是不是来找我的啊？"她说得很认真。这描述，哪一点都极度符合邵远的相关人设，所以是不是邵远来找她了啊……

小亚听了她的话哈哈地笑起来："谷妙语你真直接，看你平时文文静静的，没想到骨子里吃相比我还狼。"她笑完告诉捧哏同事："不知道他到底来干吗的，反正看着好像奔证券部去了，不晓得是不是证券部为了公司上市新招的大学生。"

谷妙语想，那可能不是邵远吧。邵远准备出国留学，应该不会到嘉乐远来工作。

到了下午，证券部证券事务代表的助理到设计部来发放了一条通知："券商和律师方面要对公司各个部门的负责人和员工进行访谈，已经提前和各个部门的负责人打过招呼了，今天下午轮到你们设计部。等下麻烦骆老师带着两名普通设计师老师一起上楼去证券部接受访谈。对了，券商和律师说，普通设计师最好老人新人各一名。"

骆峰从他的大屏幕后面起了身，点了小亚和谷妙语的人头，陪他一起上楼。

一进证券部，谷妙语就有点傻眼。在办公桌后面拉开访谈架势的几位大拿，前几天还坐在她家里，大家一起各种嗨皮地撸猫……

坐在那里的，有任炎和他的下属，楚千淼和她的上司，嘉乐远的证券事务代表以及——上午小亚说的那个睫毛精。原来他真的是邵远啊。

证券事务代表先起了身，给待访谈的骆峰代表团诸位介绍了一下屋子里的各位重量级人物。

券商、律师两拨人马介绍完毕，证券事务代表指着邵远说："这位帅气的小伙子，是券商方面任总带过来的精英，叫邵远，大家认识一下。"

谷妙语盯着邵远使劲看了两眼，很听证券事务代表的话认识他一下。邵远不动声色地看看她就挪开了眼神，像不认识她一样。她再悄悄去看楚千淼，三千水端坐得简直像个女王大人，和早上那个一边吃饭一边挤眼逗猫的傻缺判若两人，也一副不认识她的样子。再瞄瞄任炎。更不用说了，他就差拿马克笔在脸上写两个大字"陌生"了。

之前大家还热气腾腾挤在一起聚众撸猫，今天却有一个算一个，演起素不相识来真叫谷妙语佩服演技。她也跟着入戏，眼观鼻鼻观心，一秒钟抖出演技，把"我其实也不认识你们"的状态完美挂到脸上。

她听到任炎开了口："邵远是我们券商这边新招的实习生，接下来由他代表我们对大家进行访谈。"

访谈由此正式开始。

邵远先访谈了小亚，问了一些诸如"你觉得公司领导层怎么样""和其他同行业公司相比，嘉乐远的设计部有什么特别的竞争优势吗""未来的发展目标是什么"之类一听就很"IPO"很"上市"的问题。

谷妙语坐在后排等待区，悄悄观察着对小亚提问题的邵远。她觉得问这些问题的邵远，变得很不一样。他坐在那里，存在感惊人。额前刘海向后梳着，定出一个很帅气的型，光洁的额头露出来，他显得成熟了。他穿着衬衫，打着领带，很有进入投行的人该有的气派风范。他的声音稳重而有质感，操纵着他那副低音炮似的好嗓子，有条不紊地问着一个一个的问题。

谷妙语忽然有点恍惚。这还是之前跑到砺行去做小销售的那个人吗？他怎么摇身一变就从她的小跟班变成即将对她访谈问题的金融人士了？

不过她觉得，今天的邵远才是真正的邵远，他这只锦鲤就应该腾跃在金融的海洋里，这才是他的归属，才是能让他一举手一投足都恨不得闪出光的地方。

小亚吭吭哧哧地回答了邵远的提问，不功不过地完成了被访谈的这关。

接下来轮到谷妙语。

当她起身走到邵远对面的椅子前，她看到邵远对她很快地眨了下眼，他的长睫毛飞快地抖了一下。谷妙语说不上为什么，心里一下变得特别踏实。

她在椅子上坐下，看邵远滚动喉结，听他对自己提问。

回答了两个问题之后，谷妙语隐隐觉得邵远问自己的问题，和问小亚的风格有点不一样。

"您认为设计部目前的管理机制怎么样？团结吗？有需要改善的地方吗？"问题问完，邵远顿一顿，强调道，"您可以实话实说，谈谈真实感受，存在问题的话我们可以反映给公司管理层进行整改。"

谷妙语瞄到一旁的骆峰听到问题后，眉毛挑了挑。她调回眼神，对邵远笑一笑，说："设计部的管理挺好的，要说彼此好得跟一个人似的一点矛盾都没有，那也不大可能，哪家公司也做不到这样，毕竟亲兄弟还有拌嘴打架的时候。"她又用余光瞄到骆峰挑眉毛了。"但有问题也都是小问题，大家从内部就自我消化解决了，对外的话都是很团结一致的。"

她瞄到骆峰在眉毛上制造的小波动平息下去了。

她转正眼神，蓦地对上邵远的视线。他正看着她，这一眼看得有点长。而后他又问了两个问题，就结束了对她的访谈。

她起身坐到原来等待时的位子，看骆峰坐到邵远对面去。

邵远开始对骆峰进行访谈提问："骆老师您好。是这样的，在访谈你们之前，我们刚刚访谈了管理层的几位高管，听他们说嘉乐远会定期请外籍设计师来给大家做培训，但能够参加培训的设计师人选需要经过主任级别的设计师来推荐。请问骆老师，您觉得目前公司设计部的培训机制怎么样？由主任设计师推荐参加培训的人选，会不会不够客观？新人有得到参加培训的机会吗？"

谷妙语在一旁听得一阵一阵的惊。这是她特别想知道的问题，她非常渴望自己也有机会能够参加外籍首席设计师的培训会。关于这个渴望，她记得之前某晚邵远来撸猫的时候，她跟他闲聊时说过一嘴。只是很云淡风轻的一嘴，他却记下了……

骆峰回答问题的语调清清冷冷的："只要是优秀的设计师，不管是新人老人，都有得到参加培训的机会。身为主任设计师，我推荐人选的标准很公平，谁优秀就选谁去，就这么简单。"

邵远问了他第二个问题："骆老师，请问嘉乐远设计部的签单具体流程是怎样的，您能简单介绍一下吗？"

骆峰说："一般先由客户经理和客户接触，初步了解客户的装修偏好、喜欢的风格等，客户经理再根据客户的意向要求，从该客户经理所对应的设计团队中选择合适的设计师，之后由该设计师与客户直接沟通，由设计师更深入透彻地了解客户的装修要求，并根据客户要求给出设计方案，客户满意没问题，就签单了。"

"会有设计师得不到签单机会的情况吗？"邵远又问。

骆峰抬眼瞥了下邵远，回答："一般不会有，除非个别设计师本身能力有问题，比如客户经理推荐他给客户了，但客户觉得不满意，要求更换设计师。"

邵远继续问："请问会有客户经理刻意不向客户推荐某位设计师的情况吗？"

谷妙语听到这里心头一跳。她之前接不到单子，邵远就给她分析说，也许是下边的客户经理联合起来不想给她单子。她说没关系，客户经理不给她拉单子，她可以自己找单子做。

骆峰摊摊手："如果某个设计师有本事把该设计团队对应的所有客户经理都得罪了，嗯，会的。"

谷妙语听着骆峰半嘲讽的语气，猜测他是被访得有点不耐烦了。

邵远接着骆峰的话说："出现这种情况，要么是设计师本身有问题，但也不排除是客户经理联合起来在做排挤。"他问骆峰，"如果是后面的情况，有没有什么措施是能够防止这种冷暴力现象的？"

骆峰往椅背上一靠，有点不耐烦也有点不羁地说："我还是那句话，靠能力讲话。有能力的人受到再多排挤也能想办法出头。"顿一顿，骆峰挑眉，"其实我想问一下，这些问题和公司上市有直接关系吗？你们对设计部的问题，是不是问得有点过于细致琐碎了？"

邵远回以礼貌微笑:"骆老师,我们今天对您访谈的问题是有点多,您别介意,主要是我们对设计部想多了解一些情况,毕竟对于一家装饰公司来说,设计部门是比较核心的部门,公司在行业内的竞争力有多强,和设计部的整体水平很有关系。而设计部存在的问题,哪怕是很琐碎的问题,如果不及时整改处理的话,也很有可能会影响到整个部门乃至整个公司的发展运作。另外,今天访谈之前董事长特意和我们任总说过,可以把访谈做得尽量细致一点,趁这个机会公司管理层也可以对公司的基层情况多做了解。辛苦您配合。"

谷妙语简直想起立给邵远鼓掌。他这番回答,不卑不亢滴水不漏,还把董事长顺手扛出来敲山震虎一下——今天访谈的内容,回头董事长都会了解的,你身为设计一部级别最高的设计师,说设计一部是个公平的地方,这可要说到做到。

谷妙语有点明白为什么邵远对她一副陌生到地老天荒的样子了。别让人觉得他和她认识,他是因为她才这么问的。

一出证券部办公室,小亚就捧脸鬼号:"这小奶狗实在太帅了!他问我问题的时候我看着他的脸就会忘了自己到底在说什么!"

谷妙语这么一听,有点明白她刚才为什么把问题回答得吭吭哧哧的了……花痴啊。

骆峰瞥了小亚一眼,冷冷地说:"这是一头狼,不是什么奶狗。"他又转头瞥一眼谷妙语,没头没尾地说:"记住我在里面说的话,我只认才能,不认人。"说完抬脚就先走了。小亚连跑带颠地跟上去。

谷妙语抓抓头,对着那句只认才能不认人,自己"哦"了一声。

下楼后,她没直接回办公室。她停在走廊里,犹豫着要不要给邵远发条信息,纾解一下以这种意外方式相见的惊讶,但发信息说什么好呢?

正想着,手机叮的一声叫。邵远倒先给她发了一条信息过来。

"小姐姐,为了庆祝我们又有机会共事,晚上你请我吃饭庆祝吧。"

谷妙语对着手机笑起来,回复:"好的。要是顺便也叫上三千水和她的任车夫,你介意不介意?"

邵远很快回复:"不介意。"跟着又一条,"都听你的。"

谷妙语又笑起来。这小子有人格分裂吧？他在手机里的乖巧和刚才提问时的霸总气质真是判若两人。

谷妙语用信息和邵远约好下班之后大家在离公司两个红绿灯的路口见面，至此聊天告一段落。但谷妙语实在好奇，于是忍不住又发了条信息问："你什么时候和任炎搭上线，让他答应带着你实习的啊？"

邵远很快回她好多字："去看喵喵的时候。大家有了疼喵喵这个共同爱好之后，就变得很好讲话了。我跟任师兄说想在出国前到他那里实习三个月，他看在喵喵的面子上很快就答应我了。"

谷妙语发出最后一条信息时，带着一脸慈祥的姨母笑："哎呀我们喵喵可真是一只好宝宝，还没长大就已经能制造机会报答你的一奶之恩了！"

邵远看着谷妙语发的信息，低着头悄悄地乐。往上回顾信息，她问他怎么得到实习机会的，他说是从任炎那里求到的。事实其实并非如此。

真正的情形是，他在毕业答辩结束后的早上，和母亲共进早餐时，听到母亲说券商要到嘉乐远继续做现场尽调，他立即顺势提了一个要求。

"妈，反正我八月底才出国，现在六月，还有三个月时间，不如您让我到嘉乐远去跟着券商实习吧，我想多跟任炎学点东西。"

他把私心藏得好好的，把话说得冠冕堂皇，说得母亲非常爱听。

"你想多学东西，这当然好，我等下就打电话安排这个事情。"母亲打电话之前问他，"对了，为什么一定要跟着任炎实习？你直接到证券部实习就可以了，何必多拐个弯多此一举。"

他赶紧说："妈，我这样是不想让人知道我是嘉乐远董事长的儿子，别人如果知道我是您儿子，就不会对我用真态度了。"

母亲点点头："这倒是真的。说你是任炎带过来的，也就没人怀疑你和我有什么关系了。远远，你考虑问题越来越周全了，这很好。我这就给任炎打电话。"

谷妙语不再发信息过来，邵远收起手机，一抬头，看见任炎正看向自己。

他对任炎笑一笑，诚恳地说："我是嘉乐远董事长儿子这件事，还麻烦师兄帮我兜底保密。"

任炎耷下眼皮，半睁半闭着眼，看他两秒，点头："放心，本来我们出来做项目也需要尽保密义务。"

邵远看着他，微笑里带了一点祈求的味道："这件事能不能请师兄暂时也对小姐姐保密？"

任炎玩味地挑眉："小姐姐？哪个小姐姐？"

邵远语气肯定："我就一个小姐姐。"

任炎笑了："OK，我可以帮你对你那唯一的妙妙小姐姐保密。不过你楚学姐会不会告诉她发小，我可不保准，你想彻底保住这个秘密得自己去找她说。"

邵远道谢："谢谢师兄。"顿了顿后，他说，"其实楚学姐早就知道我的身份了。"

第十七章

不同的建议

　　谷妙语的面试机会，其实是邵远找了人力部的刘主管直接要到的，并非楚千森帮忙投简历给证券事务代表得到的。

　　他知道谷妙语想进嘉乐远却不得其门而入，知道她明明是有能力有才华有天赋的，只是被莫须有的负面舆论所累才会被各个公司拒之门外，于是决定在暗地里帮帮她。

　　他直接找了嘉乐远的人力主管刘叔叔。刘叔叔是公司的元老级人物，他读中学时就认识他了。

　　他直接给刘叔叔打电话求帮忙。为了避嫌，他说谷妙语是铁哥们儿的姐姐，因为被负面新闻连累，嘉乐远没收她的简历。其实她人很好，能力也好，那个事件里她是无辜的。他求刘叔叔帮个忙，把谷妙语先收进公司试试，就试试，哪怕后面真的不合适再开掉。他还请求刘叔叔帮忙保密这件事，不仅对谷妙语，对母亲也要保密。

　　以前刘叔叔办错过一次事情，是可以让饭碗直接碎掉不保的事情。是他赶在母亲察觉之前给刘叔叔通风报信让他赶紧处理好残局，才让刘叔叔得以在铁腕的母亲手下保住饭碗。刘叔叔一直念着他的这份好，所以这回没怎么犹豫就答应了让谷妙语来面试的事情。刘叔叔还对他说邵远你放心，这姑娘来了我亲自面，一定一点痕迹都不留，不叫这姑娘知道，也不叫董事长知道。

第二天谷妙语就如愿收到了面试电话。她兴奋地和他在电话里分享喜讯，她以为这是楚千森找证券事务代表帮忙的结果。和谷妙语通完电话，他赶紧问周书奇要了楚千森的联系方式。

电话一通，他就痛快地自报家门："学姐你好，我是邵远……"

楚千森"哦"了一声，问他："是邵远啊，找我有什么事吗？"

他告诉楚千森："楚学姐，是这样的，我其实是嘉乐远董事长董兰的儿子。我已经找了嘉乐远的人力主管，通知小姐姐去面试了。给你打电话是想跟你提前打个招呼，让你别去找证券事务代表递简历了，省得咱俩从两个渠道推荐同一个人，还是一个身上沾着舆论风波的人，这太张扬了，要是被我母亲知道没准会弄巧成拙。"

楚千森消化了两秒钟，回答他："好的，我知道了。说起来也巧，你要是不来这个电话，我正要联系证券事务代表呢。"顿了顿，她问，"那谷子那边呢？我告诉她是你帮的忙？"

他立刻说："别！楚学姐，就让她以为是你找证券事务代表帮的忙吧。"

楚千森不解，问他："为什么？"

他说："暂时先别让她知道我是谁，好吗？知道了她会拒绝我的。"

楚千森想了想，答应了，随后她有点好奇地问他："你不想让谷子知道你的身份，怎么还敢对我泄露身份？这么相信我吗？"

他选择实话实说："我不得不选择相信你，毕竟后面你们核查嘉乐远董监高关联关系的时候，要调查董监高配偶子女的情况。所以就算我现在不说，你们后面早晚也要知道的。"

楚千森在电话另一端笑了，她说："小子，你想得够多的。不过只要你是为我们小稻谷好，不坑她，我答应你了。"

听了邵远的话，任炎笑了："她倒沉得住气。"随口似的这么一叹，他话锋一转，问邵远："既然你那么喜欢你的小姐姐，为什么要对她保密你的身家来历呢？"

小心地藏起来默默呵护着的那番心意，就这么光天化日地被任炎挑明点破，邵远有了一瞬间的羞和慌，但他马上镇定下来。仔细斟酌好了，他认真回答任炎："她比我大三岁，我们彼此的家世背景完全不同，我起码要先说服我家人，才能对她挑明心意。还有我即将留学，她继续工作，我们未来要走的道路也不同，况且她还有……喜欢的人。"

这样细数下来，有太多不确定的因素横在他们中间。假如现在，在没有消灭那些不确定因素之前，他就贸贸然地告诉她他是谁，他为了让她有业绩甚至买了套房子，而他这么做是因为他喜欢她——就算他把这些都告诉她，又能怎么样呢？她甚至是有意中人的。她是一个不愿意亏欠别人的人。他想她会想尽办法还了他的人情，然后就此和他划清界限，躲得远远的吧。

任炎听他讲得皱起眉心。他是个尽职的听众，在别人的故事里很快代入了自己的情绪，他在替讲话者纠结。

"那你打算怎么办？"任炎皱着眉心问。

邵远沉默了下，才把难言的话语滚出喉咙口："其实我也不知道。还有三个月。"邵远忽然笑一笑，笑得有点淡淡的惨，"这三个月是我从我母亲眼皮底下偷来的。如果在我出国前的这三个月里，我有能力摆平那些不确定因素，又能够打动她，让她喜欢我，排除万难地喜欢我，那等读完书以后，我就回来娶她。"

第一次说到"娶"这样宏大的人生大事，这个字一说出来，邵远自己先红了脸。

任炎却笑了，并不是笑话他，只是单纯的笑："今天你说这话，换成别人来说我可能要开嘲讽，恋爱都没真正谈过，张嘴就说娶，把男人女人的关系未免想得太简单草率了。不过这话从你嘴里说出来，不太一样，我知道你是个说到做到的人，知道你是认真的。"说到这儿他发起感慨，"年轻真好啊，喜欢一个人就有勇气有决心要娶她。加油吧小学弟，遇到真心喜欢的，就狠狠心伸出手抓住了，别错过。省得你现在用三个月错过，后面得用三十年又三十年来追悔。"任炎说到这儿，又笑了笑，这回他的笑容里满满都是自嘲，"就像我现在这样。"

晚上下了班，谷妙语和邵远先在公司两条街外的路口会合。不一会儿任炎的大轿子开过来，滋啦一声停在路边，楚千森落下副驾窗户冲谷妙语和邵远狂摆手，那样子像后面有敌人正在赶过来破坏他们接头。

"快上车！我看见董事长的辉腾在后面！"

她话音一落，邵远一个箭步上前开了车门。谷妙语以为他会像往常一样，让自己先进，结果邵远呲溜一下先钻进了车。

谷妙语发愣的工夫，胳膊上一下多了邵远的手。邵远握着她的手臂把她往车里一拉，她整个人瞬间失去重心，侧坐着栽进车后座，撞到邵远身上。

邵远另一只手越过她，去拉车把手关车门。他的姿势动作让他的胸膛变成一个打开的怀抱，正好把栽进后座的谷妙语拢在怀里。车里明明开着冷气，可那一瞬邵远却觉得身体的每一个毛孔都燃烧出一小簇火苗。可惜关车门只是一下子，不能关得天长地久，于是这个怀抱的包拢，很快就消失了。邵远心头升起一股怅然。

车门一关，车子马上发动，谷妙语找回自己的重心，爬起来坐稳后回头向后看。

"我看看董事长的辉腾长什么样！"

楚千森坐在副驾冲她说："嗨，你那二百五眼神肯定看不出来，那车明明一两百万，可长得就像高尔夫加了个三厢车尾巴似的，特低调。"

谷妙语说："我知道，邵远教过我！"

"哦？"楚千森一边说一边回头，"是吗？"一回头她就看到邵远脸色变了。

她看着他含着祈求的眼神，瞬间明了什么，一抬胳膊搭在谷妙语肩膀上，把正回头往后看，想从傍晚车海中寻找出董事长座驾的谷妙语一把揪得转回了身。

谷妙语被揪得有点蒙，和楚千森大眼瞪小眼："干吗？"

楚千森反应奇快，立刻有了说法："我们都出来了，喵喵怎么办？"

车子外面，一辆辉腾正从谷妙语那边超车过去。

谷妙语对楚千森翻白眼："健忘啊你，我们早上出门的时候不是提前给喵喵准备好它的粮草了吗？”

楚千淼松开她：“啊，我想起来了。行了，去吧去吧，接着去找你们董事长的车吧。”

谷妙语又回了头，趴在座椅后背上往后面扯脖子看。

那辆超到前面去的辉腾已经和任炎的车拉开距离，渐渐开远。邵远无声松了口气，脸色从灰白恢复了肉白。他用眼神对楚千淼道谢，楚千淼看了他一眼，有点意味深长。

任炎把车开去了谷妙语和楚千淼定点喝小酒浇小愁的烧烤店。

四个人进了店，落座时谷妙语先在里面一个位置坐下，她等着楚千淼坐到自己身边来。结果任炎一推邵远，把他推到了谷妙语旁边坐下。楚千淼不得不和任炎坐在一起，落座在对面。

坐下后楚千淼喷任炎：“你干吗拆散我和小稻谷？”

任炎把眉梢挑得高冷不羁：“你让两个直男排排坐，是不是太凶残了一点？”

谷妙语不理他们的互掐，拿着菜单，和邵远脑袋凑近脑袋，和谐友爱地点餐。

邵远闻着谷妙语头发上飘来的茉莉花香，心跳得扑通扑通的，一声比一声大，大到满世界都只剩下扑通，他连楚千淼和任炎的掐架声都听不到了。他就这么有点陶醉地点了菜点了酒，吃吃喝喝造起来。

不知不觉四个人都带了点微醺的样子。

谷妙语先借酒壮胆，冲任炎拍了下桌子，拍得有势没声的，说：“任总！我今天跟你说件事，以后你让着点我们家三千水，别老欺负她让她生气，我谢谢您一万年！您只要对我们淼淼好，我随时欢迎你来家里撸喵喵！”

任炎学她的样子也一拍桌，笑得眼角眉梢除了一层薄薄的酒意，还有一种叫人看不清的情绪。他回答的是谷妙语，但眼神看着的却是楚千淼。

“我什么时候欺负她了？不都是她蹦高地吼我吗，你看她吼我的时候我回过嘴吗？”

楚千淼狠狠一声“呸”：“你不招我，我会吼你？”

任炎忽然笑眯眯的，他笑眯眯的样子也是转分分的：“对友司领导要用‘您’。”

"呸！"楚千森干脆果断地回给他一个单音节语气词。两个人就此又掐了起来。

谷妙语一左一右地晃头看楚任二位你一句我一句的新一轮互掐，心很累。她放弃和对面的两个掐精交流了，一扭身对邵远说："咱俩喝咱俩的，不管他们。"

她和邵远碰杯，碰完笑得眉弯眼弯地说："你今天做访谈的时候巨帅巨有派，我们设计部的小亚姐姐被你访谈完直到下班还在花痴你的美颜！"

邵远脱口就问："那另一个小姐姐呢？"另一个小姐姐你，有没有花痴那个给你做访谈的我呢？

谷妙语拍他肩膀："另一个小姐姐认为你假以时日必定更加国色天香祸国殃民！"

邵远笑了，笑完有点失落。她总是能这么大大方方地化解掉他鼓足勇气抖搂出去的那一点暧昧。

谷妙语放下酒杯对邵远说："让我出去一下，我去个洗手间。"她回头邀请还在和任炎掐架的楚千森："森森，走啊，一起去！"

楚千森和任炎斗得晕头转向，张嘴就说："我不去！任炎你陪小稻谷去！"

谷妙语一脸蒙，邵远呛得咳嗽起来。

任炎也是不可思议地一眯眼："楚千森，你疯了吧？不是说得防火防盗防闺密吗？"

楚千森"呵呵"一声："小稻谷要我的命我都给她，别说区区一个男人，况且你又不是我男人。"

谷妙语快跪下了："三千水你可闭嘴吧！"她逃荒似的自己奔着卫生间去了。

楚千森冲她背后喊："上完厕所顺便去隔壁奶茶店给我买杯网红奶茶再回来呀，我想喝！"

谷妙语头都没回："你真烦人！"

楚千森转回头，正好迎上任炎对她竖起大拇指："你真行，真的行！"他起身对邵远说："我出去抽根烟，一起吗？"

邵远摇头。其实他记得任炎是不抽烟的。他目视任炎心里憋着暗气晃荡到柜台买了包烟出去了。餐桌前只剩下邵远和楚千淼两个人。

楚千淼不知道从哪一秒开始,好像变了个样子。她不再是和任炎掐架时一点就着的冲动火爆的模样,她此刻是个真正的律师,理智、冷静、细心而又犀利。

楚千淼打量邵远两眼,出了声:"自从你来家里看喵喵那天开始,我觉着你看你妙妙姐姐的眼神就变了。"

邵远心下一动。这个看似大咧咧的学姐,其实有一双比谁都细致入微的眼睛。她顶着一副脾气不好的外衣,站在一旁把什么都悄悄地看透了。她看似火爆脾气不好,看似控制不住情绪总发火,但其实她把发火的度拿捏得刚刚好,刚刚好可以真真假假地掩饰住真实情绪。她把洞悉一切的睿智全藏在她火爆脾气的外衣下。她看似口不择言,其实是故意把任炎气出去抽烟的。

仔细想任炎也未必真的生气,就坡下驴而已,出去转一转,顺势就把空间留给他们,好方便楚千淼对他说点不想被别人听到的话。

邵远发现他同校的学哥学姐们,真是没有一个是白给的。

他知道楚千淼有话对自己说,于是端端正正地坐好:"学姐想对我说什么就说吧。"

楚千淼对他笑。这一笑和她平时吵吵闹闹的样子完全不一样,倒像是她白天在公司时的模样,很职业、很正式、客观而理智。

"那我就有什么说什么了,说得要是有点过,你别怪我。算了你怪我也没关系,反正和你怪我比起来,还是小稻谷的幸福快乐更重要。"楚千淼看着邵远,客观而理智地说,"那我就开门见山了。说实话,我觉得你们不太合适。首先谷子比你大,她和我都已经是在职场上漂泊了好几年的社会人。但你刚刚迈出校园,你马上还要再迈进校园。你和我们,像隔代人。"

楚千淼顿了顿,给邵远一个缓冲时间,而后继续说下去:"还有很关键的一点,你应该了解你的母亲,她是个很严苛、很难取悦、很难搞定的人,在她的观念里,门第等级特别重要。比如我们在工作的时候,能和她直接对接问题的,律所这边永远得是我们的合伙人,券商那边永远得是任炎以上级别的人。有时哪怕问题再怎么急,只要合伙人或者任炎不在,她也不会接见下边的人听听问题情况的。她只跟她觉得够级别够档次的人交流。而且我听说……"说到这儿，楚千淼停了下，笑了笑，"我听说你父亲比你母亲管理的产业更多，门第等级观念比你母亲……更难取悦和搞定。"楚千淼端起杯子喝了口水，这口水让她变得比刚刚还要理智冷静。"所以邵远，假如你没有十足把握扭转你父母的观念，你就安安心心给小稻谷做弟弟吧。小稻谷她有意中人的，你就……别招惹她了。而且你八月底就要出国了吧？还剩三个月，就这么平平静静安安稳稳地过吧，我不想看到她被你扰乱心绪以后，又没办法和你修成正果，最后一个人难过。"

她看着邵远，最后强调道："我比她自己更了解她。她对陶星宇没有她想象得那么誓死不渝。而你和她，就这样保持现状吧，你别再撩拨她了。你再撩，她真的会动摇的。"

邵远听完楚千淼的话，给自己倒了杯酒。任炎告诉他，喜欢她就争取一下，别错过она。可楚千淼告诉他，真喜欢她，就别招惹她了。两个人，两种不同的意见，决定得他自己做。

他把酒倒进嘴里吞下去。任炎是为了他考虑，而楚千淼是为了谷妙语。

所以他选择——

"好的，楚学姐，我听你的。"他喉咙口腥涩涩地说。

邵远和楚千淼的谈话结束了有一会儿，谷妙语的厕所还没上完，任炎的烟也还没抽完。他们两个没一个人回来。

楚千淼又换回了平时的样子，火火爆爆地一拍桌："这两人想干什么，打算回家睡一觉再回来接着吃吗？"她拿起手机挨个打电话，结果谷妙语不接，任炎占线。

楚千淼要喷火了。

邵远赶紧说："要不我出去看下吧。"

他刚要起身，谷妙语就像表演杂技一样，一个人两只手武装了四杯奶茶颠颠地回来了。

邵远赶紧起身去接。幸亏他接得及时，再晚一秒谷妙语就要把奶茶敬奉给大地妈妈了。

谷妙语手一得空就开始掏手机："我看看是哪个王八蛋一个劲给我打电话，害得我差点把奶茶都扔了！"

邵远无声看向楚千淼。

谷妙语看到未接来电是谁打来的之后，更没好气了："你打我电话干吗？"她问楚千淼。

楚千淼翻着眼皮说："你半天不回来，我得确认你是不是被水冲走了吧？"

谷妙语凶凶地说："你还好意思说，真没见过你这样的，吃烧烤吃到一半还得嘴刁喝网红奶茶，你知道外面排多少人吗？快排死我了！"

邵远有点心疼，他的小姐姐怎么这么实诚。

但楚千淼比她还凶："你傻啊，我让你去你就去，你可以拒绝我啊！"

谷妙语超级凶："放屁，我什么时候拒绝过你？我长这个功能了吗？"

邵远看她们越来越凶地斗嘴，越看却越觉得心里温暖。他甚至有点羡慕她们之间的感情，嘴上凶巴巴的，可她们把对方和对方说过的哪怕一句很不起眼的话，都非常珍重地放在了心里。

谷妙语凶完，给楚千淼递了杯奶茶，一边递一边说："我进来的时候看到任炎在打电话，表情一惊一乍的，感觉还有点慌似的。我还真没见过转分分的任总有那么丰富的表情。"

楚千淼顺着吸管长吸了几口奶茶，腾地站起来："我也去趟卫生间。"

谷妙语不乐意了："三千水你好过分啊，不陪我，自己放独水！"

邵远一口酒喷出来。

楚千淼头都没回，霸气地去了。

谷妙语侧身和邵远聊天。她上下打量着他，打量着打量着，脸上就露出了姨妈般的微笑。

邵远让她看得面热心躁，抬手摸摸脸，问："我脸脏了吗？"

谷妙语笑着左右摇头："没有没有，我就是在想你爸妈得长什么样啊，才能把你生得这么美貌无双。"

邵远看着谷妙语粉面含笑的样子，真想告诉她，美貌无双的，是你呀。但想起刚刚和楚千淼说的那番话，他定了定心神，把话题跳跃到其他地方。

"你们设计部那个骆峰，人是不是很难相处？"他问谷妙语。

谷妙语偏头想了想，该怎么形容骆峰才贴切。

"骆峰这个人，有点怪，有点冷，但其实我不觉得他是坏人。我觉得在他眼里没有好人坏人之分，只有能力好的人和能力坏的人之分。"说到这里，谷妙语叹了口气，"不过不管他人坏不坏，他都有点看不上我就对了，因为他知道我是托关系进的嘉乐远。他认为走后门是最没有能力的体现，所以我能感觉到，他对我有点鄙夷。"

谷妙语垂头叹气。被人鄙夷的滋味，最叫人不好受。

邵远安慰她："小姐姐，别气馁。其实听你这么讲完，我倒觉得放心了。现在像骆峰这样性格纯粹的人倒还真不太多见了。"邵远顿了顿，告诉谷妙语，"像他这样的人，看重能力，做人有傲骨，其实最好搞定，你只要给他看到你的能力，他就会惜才爱才珍视你。假如有一天你能在作品上压倒他，他甚至还会对你服气，从俯视你变成甘心听你的。"

谷妙语听得直乐："真的假的，听上去好夸张啊。"

邵远也笑，但笑得认真："真的，你看那些烈性的马开始都是桀骜不驯不让人骑的，但一旦有人能骑上去驯服它，它就把那人视作至死不渝的主人。这其实是一个道理。"

谷妙语哈哈笑起来："我觉得你金庸小说看多了。"笑着笑着她说，"算了，我的才华要么是被我用尽了，要么是在我体内永远沉睡不醒，想用才华征服骆峰这匹烈马是不太可能了，我还是用我的鸡汤继续抵抗他的冷酷寒流吧。"

邵远侧了侧身，让自己面对谷妙语的角度尽量逼近正面。他一眨不眨地看着谷妙语，说："你的才华没用尽，也没沉睡，只是你自己还没有发觉它。"他忍不住又往前凑了下，微微矮了矮身，他的视线变成和她平齐，他更近地看进她眼睛里，"小姐姐，有句话叫美而不自知。你就是这样的，你的才华也是。"

谷妙语上半身微微向后仰，回视着邵远。酒精似乎开始发挥效力，热浪从血液里蒸腾出来，轰地一下拱上头，晕乎乎的。

不等她说什么，她看到邵远肩膀上忽然搭了一只手。她顺着那只手往后看，是楚千森站在桌子旁边，很哥俩好地拍着邵远的肩。

"小学弟，小嗑唠起来溜得很啊，一套一套的。"

邵远僵了一下，又怔了一下，退回到原来的姿势位置。他转身面向楚千森，无声说了句对不起。他不是故意撩拨她，他刚刚真的是……情之所至，身不由己。

楚千森坐回到对面，对谷妙语和邵远说："等下吃差不多了，我们三个就打车走吧。"

谷妙语"咦"了一声："那任炎呢，不等他了？对了，他怎么还没回来？"

楚千森翻个白眼，说："等他回来？呵呵，那我们得等到身上挂满蜘蛛网。"她告诉谷妙语和邵远，"任炎他刚刚叫了代驾，打车去机场接人了。"

"啊？啊……"谷妙语看着楚千森故作一脸不在意的样子，心里很不是滋味。

她很想弄清一个问题。能劳烦任总吃饭吃到一半，找代驾也要亲自去机场接的人，得是谁啊……是男的还是女的啊？

吃完饭邵远先打车送了两个女生回家，而后他再自己打车走。

临走前楚千森对他说："打车票留着，到时候贴报销单上让任炎给你签字报了。"

邵远推辞说："没多少钱，不用了。"

谷妙语凑过来："能买好几斤苹果呢！"

邵远立刻改口："好的，我贴票报销。"

楚千森吸了口出租车的尾气，生气地问谷妙语："他听你说话是话，听我说话是屁是不是？"

谷妙语连忙安慰她："这孩子只是爱吃苹果而已，消气消气！"

但楚千森一直气咻咻的，回了房间就再也没出来。谷妙语知道她不是真的冲邵远生气，她只是在借题发挥而已。真正让她胸闷气短不开心的，谷妙语懂，是任炎的半途离开。

她看着楚千森紧闭的房门，犹豫来犹豫去，想着自己要不要打电话跟任炎问点什么，但问了的话，会不会显得有点多管闲事？

喵喵在她脚边一边叫一边蹭来蹭去，一副娇萌萌的样子。她想起有一天喵喵也是这么蹭任炎的脚的，那是任炎出差了一星期，隔了好几天才过来，喵喵一见到他就黏得像个求抱抱的小宝贝似的。任炎一把抱起它，声音宠溺极了，对它说小森森，怎么了？想你帅哥哥了？嗯，你帅哥哥也想你了。

她当时正跪在沙发后面找东西，所以任炎没看到她。她敢肯定，任炎当时说的是"小森森"，绝不是"小喵喵"。

想到这儿，谷妙语心里有了决定。这个电话她一定得打。

她回到房间拨通任炎的号码。任炎那边听起来有点吵，像是在一个聚会上，电话里是另一个世界，男男女女正在聊天。

她旁敲侧击地问任炎，晚上怎么先走了。

任炎说，他去机场接人。

谷妙语深吸口气后，一鼓作气问出了想问的问题："任总啊，你对我们家三千水到底是什么想法啊？你别老吊着她……"

任炎陷入短暂的沉默。

在这个沉默的空当中，话筒里传来其他人笑着问话的声音："谁啊？女朋友？"

谷妙语听到任炎的声音变得远了，他应该是拿远了手机在回答别人的话："不是。"

又有人笑着打趣："任炎的女朋友不是就在这儿嘛！"

谷妙语心一沉。她听到任炎说："别闹，我接电话呢。"随后话筒里传来的声音又真切起来，任炎对谷妙语说了一声"我知道了，对不起"，而后就这样结束了通话。

谷妙语握着手机发呆了五秒钟。这叫什么事，这叫什么回答？对不起，凭什么只说个对不起就完事了……这世界上最没用的语言，就是在需要得到安慰的时候，对方却送来了对不起三个字。她决定以后要铁面无私，再也不让任炎来撸喵喵了。

肖先生家的房子竣工了。潘俊年带着工人们把活干得漂亮，不仅大幅度抢出了工期，提前完工，还把房子展现得极致还原设计图，甚至装修完的实际效果，比之前的3D效果图还要棒。

肖先生来做竣工验收的时候，邵远和周书奇也跟着一起来了，大家都对房子的装修非常满意。

谷妙语完成这一单，很开心，提出请大家吃饭。

肖先生依然婉拒，说自己太忙，就由表弟周书奇做代表代他去吃饭吧。

周书奇看了邵远一眼，抖了抖脚，一脸去吃饭会腿疼的样子，说："我、我也不去了吧，我律所很忙的……"

最后就剩邵远和谷妙语。

定好时间饭店，谷妙语特意把潘俊年也叫了过来。

潘俊年有点受宠若惊。

"从来没听说有哪个设计师和业主还请我们工人吃饭的！"

谷妙语笑着说："工人怎么了？就矮人一等啊？我妈和我干妈原来都是工厂的工人呢，后来工厂效益不好她俩一下岗，连工人都做不成了。"她这么说完，潘俊年舒服自然得多了。

邵远看着谷妙语，觉得她借着光好像从后背长出了翅膀一样。天使一样的小姐姐。

谷妙语举起杯子对潘俊年说："叫你过来一起吃饭是真的想谢谢你，这单项目对我来说意义非凡，做得好不好涉及以后我在嘉乐远能不能立足。小潘工长，谢谢你了，谢谢你带着工人们完成得这么好！"谷妙语由衷地说。

潘俊年有点不好意思地笑了笑，随后他看着谷妙语，认真地说："我要是说我这么卖力气地领着大家干活，不是因为这是你的单子。其实只要是我接的活，我都会带着人这么干，你信吗？"

邵远不动声色地抬头看了看潘俊年。确认过眼神，是个不太一样的年轻人。

他又看了看谷妙语。起初他也奇怪她为什么找一个工人来一起吃饭。这种情况在他家里一辈子也不会发生。现在他懂了，他的小姐姐看人识人的眼力越来越厉害了。

谷妙语对潘俊年一点头："我信！我不只信你对待每一单工程都会这么卖力地干，我还相信你将来会越干越好、越升越高呢，所以我今天请你吃饭也算是和你提前拉关系了！潘工，以后苟富贵勿相忘啊！"

潘俊年不由也笑了，他举起酒杯："真的巧，真的巧！这也是我想跟你说的话！"

邵远嘴角含笑，跟着一起举杯庆祝。

2012年的盛夏，三只酒杯举到半空中互相击撞。碰杯的声音，有惺惺相惜的快乐，也有对未来充满志向的憧憬。

肖先生的房子竣工了，随之而来的有两个消息——一个好消息，一个坏消息。两个消息都与那个设计大奖赛有关。

好消息是，谷妙语心想事成，她真的得到了新人设计奖。而坏消息是，把她的作品送去参赛的恩人陶星宇，他的参赛作品却因为涉嫌抄袭，被取消了参赛资格。

邵远是第一时间知道谷妙语得奖的人。

对一个人有了心意之后，关于她的所有大事小事、动向消息，身体便像张开了所有的隐形触角，把那些事情那些消息，全都暗自甜蜜地一一捕捉。什么也逃不过有心人，她的一切都在他的关注范围里。

邵远第一时间对谷妙语送去祝贺："小姐姐，我就说过你一定行的，恭喜得奖了！"

谷妙语谦虚地想一想后，决定把这个荣誉的一半归属给肖先生，归属给邵远，也归属给周书奇。

"这得谢谢肖先生的房子，如果不是他房子户型比较奇怪，我还不一定能得这个奖！"说起肖先生的房子，谷妙语就很感恩老天爷，感恩它赐予房子的主人和她之间有一连串的人际缘分。"再往根上倒着想想，我还得谢谢周书奇，周书奇要不是肖先生的表弟，这套房子的装修也落不到我手里。不过提到周书奇，我就不得不隆重且走心地好好谢谢你了。"谷妙语看着邵远的眼睛，由衷地说，"要是没你的鼓励，我坚持不到现在。要是没你牵着这条人际关系的线，周书奇和他表哥以及他表哥的房子跟我压根就搭不上关系，不行了不行了，你们全是我恩人，以后有机会我一定得好好回报你们！"

她说着这番话，邵远对她笑："你别这样讲，这不是什么恩。我们不过是给你提供了一个让你得以展现才能的契机，关键还是你自己，是你有真本事所以才得奖的。"

同事们也很快知道了谷妙语获奖的消息。谷妙语觉得自己走在公司里，那些投在她身上的目光，内容发生了很大变化。以前那些目光里，是打量，是猜疑，是一点点先入为主的鄙视。但现在那些目光变成了意外和另眼相看。

谷妙语觉得连骆峰看自己的眼神都有了些变化。他在知道她得奖后，问了句是你自己设计的吗？她磊落地回答是的。

这个回答换来骆峰对她点点头。他对她说不要昙花一现，真有能力的话，就做到后继有力。

小亚后来悄悄告诉她："头儿这算是变相地夸奖鼓励你呢！真行啊小谷子，平时闷头不出声，一出声就闷出个大奖来，牛！牛！"

面对这些认可和称赞，谷妙语本该是雀跃欢欣的，可现在她实在无心雀跃，也没法欢欣。因为她在收获各种得奖祝福的同时，她的伯乐、她的偶像陶星宇，也正在饱受各种定性他参赛作品存在抄袭现象的攻击。很多新闻都播报了这次设计比赛的情况，每一篇新闻通稿在简单播报完获奖者名单后，都不忘浓墨重彩地描绘一下"著名室内设计师作品涉嫌抄袭"的情况，后面还会附上极其详细的事情经过介绍——和获奖者相关信息相比，获奖的人被爆抄袭似乎更值得大篇幅报道。

谷妙语认真看过新闻中的设计图对比。陶星宇参赛的设计图，是一个礼堂建筑，设计稿成稿于今年。亚洲某知名设计师也参加了比赛，参赛作品是教堂建筑，设计稿成稿于去年。问题就出在陶星宇的礼堂建筑和那个设计师的教堂建筑极度相似——分开看，他们设计的屋顶形状都很特别，但把两个设计放在一起看，它们却非常相似。外墙的设计也是一样，分开看都很别具风格，但放在一起看，别具风格就会变成彼此特别相似。

对照着设计稿的相似度，对照着成稿的时间，陶星宇被网上的吃瓜群众率先坐实了抄袭的罪名——那些相似的地方，都是很特别的脑洞、很特别的灵感，这还不算抄袭吗？

平时陶星宇被捧得有多高，这个时候就被踩得有多惨。曾经的拥趸者，只有极少数人坚定地认为陶星宇不是这样的人，我们相信陶星宇。其他人，一部分伤心地宣布脱粉，一部分因爱生恨变得失去理智，和那些闻风而起的键盘侠汇集成乌合之众，字字见刀见血地开始攻击陶星宇。起初还只是攻击他参赛的这部作品，后来简直疯魔，他们把陶星宇之前的作品通通都翻了出来，捕风捉影无中生有地企图制造出"他以前也在抄袭，只是我们没发现"的"真相"。

记者们试图采访陶星宇，但陶星宇不见所踪。于是记者们选择蹲守——陶星宇的工作室陷入被包围的状态。很快陶大爷的别墅也被人人肉出来，那里马上也沦陷为记者们蹲守的另一个据点。

谷妙语曾经饱受舆论所害，她知道舆论的刀尖有多毒多利。她为陶星宇的声誉心疼着急。一个人想要养出自己的好口碑可能需要十年不止的奋斗努力，但众口铄金地摧毁它，只需要一瞬间就可以了。

虽然她替陶星宇的名誉忧心，却并不担心陶星宇会做出什么傻事——她之前都挺住了，陶星宇是个男人，这点风波起落他应该承受得住。她真正担心的是陶大爷，那个犟老头刚手术完没多久，还在休养阶段，她想他可别跟记者们杠上，一生气再犯起病。

她担心陶大爷的时候，意外接到陶星宇的电话。

一个陌生号码，她看了差点都没有接。接起后她才明白，陶星宇的手机号一定是被记者打爆了，他只好随便在哪个地摊或者电话亭买张不必实名的电话卡。

陶星宇告诉她，他其实哪儿都没去，就躲在陶大爷那栋七十平的老房子里。

他也没有抄袭，所以他要找个地方冷静下来，找到可以自证的办法。他说自己现在不方便出去，能不能麻烦她去别墅把老爷子接出来，兜两个圈甩掉记者之后，把老爷子送到老楼里来。

谷妙语二话不说答应下来。她怕自己去执行转移陶大爷的任务时会遇到什么困难，于是叫上了邵远一起。

他们从别墅后门和陶大爷会合。借着夏日夜晚虫鸣鸟叫的掩护，成功地把陶大爷转移到了车上。车是邵远开来的。不是他开过的那辆辉腾，是辆很不起眼的旧车。邵远告诉谷妙语，这辆车是从租车公司租的，是费用最便宜的一款。

"这时候开越破的车越不引人注意。"邵远这么对谷妙语说。

他们排除万难地把陶大爷成功安置在了车子后座上。

陶大爷上了车，居然有点兴奋地说："嘿，今晚有点刺激！我这老心脏，好久没跳这么有劲了，有意思！"他好像一点都不为陶星宇的事发愁，还从后座往前一趴，两手扒着前排两个座位，人从两个座位间往前一探身，往左看看开车的邵远，又往右看看副驾的谷妙语，喜滋滋地说，"我说你俩表情可够紧张的，感觉不像你们来劫我出狱，倒像你俩背着家长午夜私奔呢！"

谷妙语一下就呛了。邵远脚一飘，差点闯个红灯。

"大爷哟。"谷妙语回头，开着玩笑对陶大爷说，"您看您的独子正陷于一场风波中呢，要不您多少意思意思，上个火什么的？"您瞧您，现在也太兴高采烈了。

陶大爷幽幽叹口气："可我家那个犊子啊，他已经很上火了，我要是不这么兴高采烈地给他看，我也跟着上火，我怕他直接愁到上吊割腕啊。"

谷妙语立刻抽自己嘴巴两下，道歉说："大爷，我狭隘，我嘴欠，我错了！"

到了老楼楼下，邵远熄了火下了车之后，直接往地上一蹲，对陶大爷说："老陶，上来，我背你上去。"

陶大爷一边说那怎么好意思呢一边就趴了上去。邵远一步一步迈得扎扎实实，把陶大爷背上了六楼。

谷妙语在旁边看到他额头上冒了汗，赶紧用手给他扇风。

她问陶大爷："邵远这人肉电梯怎么样，舒服不？"

陶大爷随口说："忒舒服了！等会让邵远背你下楼，你也感受感受。"

谷妙语哈哈笑着说好啊好啊。邵远脚下迈空一个台阶，差点没站稳。

陶大爷惊呼一声："哎哟刺激，除了人肉电梯我还顺便坐人肉过山车了！"

谷妙语这辈子谁也不服，她决定服陶大爷了。

到了六楼进了屋，谷妙语终于见到了这几天处于风口浪尖的陶星宇。陶星宇看起来有些憔悴苦恼，但依旧温润俊雅。

他看到谷妙语之后第一句话甚至是笑着对她说："恭喜你，得奖了，很棒！"

谷妙语鼻头猛地一酸。这样的陶星宇，这样的谦谦君子，他怎么会抄袭呢？她不信！

陶星宇把陶大爷安顿下来，让他先睡觉。随后他和谷妙语、邵远坐在客厅的沙发上，道清原委。

"我真的没有抄袭。"陶星宇说，"我愿意用我一切珍视的东西发誓，设计图是我自己画的。"

陶星宇说创作这个设计的时候，他脑子里好像有着现成的灵感一样，好像这个礼堂的样子很早就存在在他脑子里了一样。他很顺利地就按着脑子里的想法完成了设计图，并且对这幅设计图无比满意，对它得奖也极有信心。可没想到那个设计师和他画的设计图居然那么相似。他一度怀疑是不是对方抄袭自己，但他马上排除了这个可能性。作品完成的时间摆在那里，确实是对方早于他完成的。但他在涉嫌抄袭的新闻被爆出来之前，真的是没有见过那位设计师的那幅设计作品。

他也问过很多其他设计师，其实大家都没有见过那幅作品。那个设计师的那幅作品，如果不是来参加这次比赛，其实真的未必有多少人知道。所以他想，他应该就是和对方撞了脑洞撞了灵感，而且那么巧，是很特别的脑洞和灵感。但人们不相信他的说辞，觉得他是被发现抄袭之后还要嘴硬，相比他抄袭的行为，他被发现抄袭后的态度更令人不齿。他现在需要的是道歉，为自己的恶劣行径、为抹黑设计师行业道歉，而不是狡辩，还是那么无力的狡辩——作品完成的先后时间摆在那儿，作品的特殊脑洞摆在那儿，你不承认你抄袭，非说是撞了灵感，鬼才信!

陶星宇对谷妙语和邵远苦笑:"但真的是撞了灵感,我发誓!"

谷妙语回忆了一下那两幅作品,挠挠头,说:"我这么讲不知道你们会不会认为我胡说八道,但我还是想说,陶老师,我看到你的设计图和那位设计师的设计图时,我其实也觉得挺眼熟的,就好像……"谷妙语仔细品味了一下自己的那种感觉,"就好像我脑子里也有这个设计的样子似的,虽然它们不是惯常的设计,都很特别。所以我觉得我是不是也和你们撞了脑洞撞了灵感了。"

陶星宇笑了一下,笑得有点无奈:"可你这么对别人说,说撞了灵感是绝对可能的,因为你也和我们撞上了,别人一定不会信,他们一定会认为你是故意这样说,好为我开脱。"

邵远说:"是啊,这种事说不清的。"他看着陶星宇,有点同情他:"现在网上好多人都在要求您道歉,否则要呼吁设计界封杀您。"

陶星宇摇头:"我没有做过抄袭那样的事,我不会道歉的。"

他告诉邵远和谷妙语,他绝不会为没做过的事道歉,哪怕道歉之后会得到舆论的原谅,熬过这一阵未来事业也或许会有转机。

"但那样,我的尊严就将永远被钉在耻辱柱上了。"

陶星宇告诉谷妙语和邵远,这几天他就躲在老房子里,一直努力回想着自己这份设计的最初思路起始于哪里,如果回想起来了,说不定他就能自证清白了。

"我觉得这个灵感很早就在我脑子里了,但我最近情绪不太好,始终也抓不住它的起源。"

谷妙语看着陶星宇苦恼的样子,她也跟着苦恼起来。陶星宇指点她、推荐她的作品参赛,由此她才能得奖。他对她是有恩的,她多想帮帮他,报了他这份恩。

"陶星宇涉嫌抄袭"很快演变成"陶星宇抄袭"。网络上的人,声势浩大、坚持正义、铁板钉钉地拿掉了"涉嫌"两个字。

谷妙语到了公司后,发现同事们也在议论这件事。同事们说,想不到陶星宇是这样的陶星宇,平时霁月清风的才子样,没想到也是江郎才尽,得靠抄袭了,人设崩塌得简直不要太惨烈，那么多年立起来的好人设，真是一念之间就毁了，他怎么就想不开要抄袭呢。

谷妙语听到这样的议论，站了出来。以前她自己倍受挤压备受有色眼镜打量的时候，她从来没有为自己辩解过一句话。她为自己可以放弃辩解。可为对她有恩的人，她做不到。哪怕她明知道站出来之后，和持不同意见的所有人会形成对立，会败掉这段日子以来好不容易积攒下来的好感，但她还是站出来了。

她很郑重很认真地告诉大家："陶星宇没有抄袭，他不是这样的人。陶星宇照顾后辈，愿意给新人机会，他没有立人设，他本来就是那样的好人。"

她为陶星宇的辩解果然又把她送到了大家的对立面，所有人都驳斥她："证据那么明显你还要为他辩解，谷妙语你这种人就叫没理智的脑残粉，你赶紧醒醒吧，三观啊，救救你的三观！"

谷妙语百口莫辩的时候，她没想到，居然有个人站到她的阵营来了。一个最不可能的人。

骆峰在大家驳斥谷妙语的声浪中，从他那块巨大的电脑屏幕后面站了出来。

"陶星宇不会抄袭的。"他说，"我认识他。"

谷妙语："啊？"

爱打听一切的小亚帮谷妙语把她脑子里那些疑问问了出来："老大，你怎么会认识陶星宇？你为什么那么肯定陶星宇不会抄袭？说来听听啊，不说我们不服！"

骆峰瞧了瞧谷妙语，凉凉的一眼，随后他对小亚说："你们服不服关我什么事？我只负责说我的看法。"他嘴上虽然这么说着，但还是平铺直叙地给了个说法，"我有个朋友和他原来在同一家公司，是他带出来的。当年他在陶星宇手下，随便画了个设计图，陶星宇看到了，觉得他的设计图很不错，就帮忙推荐去参赛。那次比赛陶星宇自己没有作品参赛，但我朋友却得奖了。之后陶星宇自立门户开工作室，我朋友和他就分开了。"

小亚听得有点不明所以："可这怎么能得出陶星宇不会抄袭的结论呢？"

骆峰白她一眼："你是猪脑子吗，一定要我解释得那么直白才能懂？陶星宇他要是那种人，就直接拿着我朋友的设计去参赛了，我那位朋友当时就是个行业小透明，大手子窃取小透明的作品当成自己的成果去参赛去领奖，这也不是什么新鲜事了。但陶星宇没有。他不妒才，他诚心地推荐新人。一个没有嫉妒心的人，是没有动机抄袭的。"

骆峰那番话，让谷妙语想给他鼓掌。她重新认识了他。他也不妒才，他不跟风踩同行，他愿意在同行翻船的时候，帮他说公道话。

谷妙语始终觉得自己真的跟陶星宇和那位设计师撞了灵感。因为她真的觉得自己脑子里有那个礼堂屋顶和围墙的印象。她怀疑自己之前是不是看到过类似的建筑，所以在潜意识里有了差不多的印象，但她翻阅了所有她看过的书籍和杂志，都没有找到这个印象的启蒙图。

周末的时候，陶大爷叫她和邵远一起过去吃饭，顺便开导陶星宇。

"我这个独子啊，可真是个犊子，都两天没刮胡子了。我老伴去世的时候他是三天没刮胡子，这要是再等一天他还不刮，我怕他把我咒死！你们赶紧来帮我劝劝他，让他振作起来，把胡子刮了吧！"陶大爷清奇的脑回路总叫人前一秒还忧愁后一秒就只顾着哭笑不得而顾不上忧愁了。

谷妙语和邵远一起去了老房子。

上楼前邵远毫无征兆地忽然一弯腰。谷妙语赶紧问他："怎么了？腰疼还是肚子疼？"

邵远弯着腰歪头一笑："上回陶大爷不是让你试试我后背吗，来不来试一下？"

谷妙语笑了，拍他的肩膀："臭小子，吓我一跳，以为你有病呢！你的后背还是给你未来女朋友留着吧！"她说完就跑去前面迈台阶，跟逃跑似的，一迈就迈了三个，看得邵远都忍不住跟着腿筋一紧。

进了屋吃了饭，谷妙语劝了会陶星宇让他刮胡子，陶星宇还真听她的话起身去刮了。

谷妙语对陶大爷挤眼睛："您不用害怕第三天的诅咒了！"

陶大爷一开心，也对谷妙语挤着眼睛说："走，我带你看我家独子小时候照片，没穿衣服的，可好看了！"

邵远一口水喷出来。

陶大爷把谷妙语带到以前陶星宇上学时住过的小屋。

进了屋，陶大爷直奔柜子一蹲，拉开柜门开始翻影集。谷妙语环视着陶星宇的房间，忽然她的目光定在墙壁的书柜上。那里每格旁边都贴着标签，标签上有备注，注明从小学到中学的课本、辅导材料，以及从小学到中学的作业。课本和辅导材料的格子里还是满的，但作业那格却是空的。

谷妙语一边打量那些格子一边问陶大爷："大爷，您是把陶老师的作业本都搬去别墅了吗？"

陶大爷扭身看她，一点头："对啊，他作业本背面都能用，没事记个账记个仇什么的都好着呢，我就给搬走了。"

谷妙语笑起来："那下回去别墅让我看看您都记了什么仇呗。"

陶大爷说："得嘞，你哪天想去看记得预约啊，我好把写你的那些坏话提前撕了。"

谷妙语被陶大爷逗得前仰后合地笑，笑着笑着，她的眼神定在标注着作业的空格上不再动，脑子里忽然一个闪念。那念头像霹雳一样，劈开了她意识里的混沌，露出了清晰的端倪。

她想她知道她脑子里关于陶星宇参赛作品的熟悉印象，究竟是从哪里来的了，陶星宇他的确没有抄袭！

陶星宇刮完胡子，又变成了下巴光滑的儒雅先生。他正和邵远两个人大眼瞪小眼地坐在客厅，聊着不尴不尬的客套话。

"您刮完胡子了？"邵远问。

"嗯，刮完了。你喝水吗？喝的话我去给你烧点。"陶星宇回答邵远，并且答完他也礼尚往来地发了提问。

两人之间的对话很没营养，但很安全。这世上最没营养的话语，总是最没可能刺伤他人、最安全的话语，但也是最保持距离的话语。当两个男人中间站着一个女人，当他们都想站得和那个女人更近一些时，他们彼此之间就只能聊些没营养的话了。

谷妙语到达客厅的时候差点被邵远和陶星宇之间无营养的对话无聊死。她的出现像同时解救了两个人——假如她再不出现,说不准陶星宇真的要去烧热水,等他烧好水端出来，邵远本来不想喝也不得不喝了。

邵远第一时间注意到谷妙语的神色里有一股兴奋和雀跃正被她压制着。他想她应该是要先确定一些什么，确定无误了才会把那些兴奋和雀跃解锁释放。

他隐隐地，却又很确定地知道，她一定是找到了可以扭转事情的什么法门。她要拯救陶星宇了。他可预见地看到陶星宇将会把心一寸一寸地送近她。等她收下陶星宇的心，和他开心地生活下去，他就将功成身退。她不必知道，他曾经那么喜欢她，喜欢到愿意默默地成人之美。

谷妙语并不知道端坐在客厅一角的邵远此时此刻内心如何翻涌又平息，她的注意力在陶星宇身上。

"陶老师，你还记得上回我帮你默了一份设计图的事吧？"

陶星宇点头："当然，我那稿设计最后能让挑剔的甲方满意，你居功至伟。"说到这儿陶星宇停了下，顿悟了什么之后愧疚起来，"说起来真是抱歉，我应该好好感谢你一下的，都怪我太忙，是我疏忽了。"

谷妙语连连摆手。这都什么时候了，她提起这件事的目的可不是为了讨赏。

"陶老师，你误会了，我不是想求表扬，我其实是想问你，当时我要帮你默图，不是没有纸吗，然后陶大爷去找了个本子，让我用本子背面画。那本子我记得是你中学时候的作业本，对不对？"

陶星宇点点头："是的。"

谷妙语马上问："陶老师，那个本子后来你放在哪里了？你没扔了吧？"问完这问题，她一口气提在嗓子眼，等着答案。

"没有。"陶星宇说。谷妙语提着的那口气松了一半。

"我把它放在我工作室的办公桌抽屉里了。"陶星宇说完这句话，谷妙语提着的剩下那半口气也松了下来。

她刚刚一直被压制的雀跃到了这一刻终于有点按捺不住被释放出来。

"陶老师，我们去一趟你的工作室吧！"

最后谷妙语、邵远和陶星宇并没能成功潜入工作室。工作室里面亮着灯，这一抹光让记者在外面蹲守得很起劲——只要里面有人，等就不白等，总能等出点动静来。

陶星宇把车停在工作室对面街角，看着自己近在咫尺却不能踏足的地盘，体会着什么叫有心无力。

"里面是不是还有人？"邵远坐在车里先发了问，"既然我们进不去，能不能让里面的人帮我们把那个作业本带出来？"

陶星宇拿起手机："我试试看。"

他拨了工作室的座机。他的车子在夏日夜晚隔出了一片静谧空间，放大了他手机的通话声音。

谷妙语和邵远听到几声嘟嘟后，电话被人接起。是个女人的声音，有点熟悉。

"陶老师，是你吗？这是你的新号码吗？你在哪里？你这几天还好吗？"贺嫣然的声音因为着急，几乎带着哭腔。"我打你电话一直关机，去你家里找你，陶老先生说你跑路了，不会回来了，让我自己好好过日子别难过，他这么说我怎么能不难过？后来我就一直在工作室等，我想着你不会放下工作室不管的，你一定会打电话过来的，你看，终于让我等到了！"说到最后，贺嫣然带着鼻音又笑起来。

谷妙语心情复杂到有点脑袋疼，贺嫣然倒也是真心地在惦记着陶星宇。她觉得世上一切出于真心的东西都值得被欣赏。她可以欣赏贺嫣然那份真心，但她真的欣赏不来贺嫣然这个人。

陶星宇也有点感动的样子。谷妙语理解他的感动，任谁在难处的时候，还被人这样关怀惦记，都会感动。

她听到陶星宇对着话筒说："我很好，你不用担心。"他又温言安抚了一下贺嫣然的情绪，然后说，"嫣然，我办公室左边第一个抽屉里，有一个比较旧的本子，是我中学时的作业本，你帮我拿出来，兜两个圈子确定没有记者跟着，就到对面街角的停车场来，我在这儿等你。"

电话挂断，三个人坐在车里等着，一时无话可说，车内填塞着夜色的迷茫与静谧。

谷妙语和邵远坐在车子后座，听到前面车门砰地被拉开又关上。这一开一合间，副驾上多了贺嫣然。她上了车就情难自禁地探身抱住陶星宇肩膀，低声浅泣："陶老师，你没事就太好了！"

陶星宇僵直一下脊背，向后躲："我没事，嫣然你⋯⋯冷静一下。"他只躲着，靠身体向后拉开的距离，自然解锁了贺嫣然的拥抱。他没有亲自动手扒下她，那样似乎会伤害女孩子的自尊心。

谷妙语咬着后槽牙，起了一身鸡皮疙瘩。十年前看的那种酸掉牙的言情剧，想不到今天有人给她当面演绎了，还演得声情并茂。她听到邵远在黑暗中故意清了清嗓子。她忽然想笑，邵远一定也是肉麻得受不了了。

贺嫣然听到声音，像被踩了尾巴的兔子似的差点弹起来。没有料到后座还有其他人围观自己的情难自已，贺嫣然又羞又恼。

"邵远？"她惊叫一声，随后又跟着一声惊叫，"谷妙语？你也在啊？"两个问句后，她马上转化好情绪，称呼也亲昵起来，"妙语，这几天你一直帮忙照顾陶老师的吧？真的要好好谢谢你才行！"这话怎么听怎么像一个女主人在谢谢别人帮忙照顾自己男人。

谷妙语想着邵远教自己怎么对付厚黑人群的办法，准备见招拆招，可一旁邵远却比她先开了口。

"贺小姐这话表达得不太恰当，我们知道你是陶老师手下的员工不会多想，如果不知道的，听了这话会认为你是陶老师的女朋友，就算不是也起码有暧昧。"邵远抬头看向陶星宇，黑暗中他的眼睛亮得像剑尖上闪过的光芒，"陶老师应该还是单身，也没什么暧昧对象吧？"

有些话，谁也不好意思直说，那么就由他来替小姐姐说吧。他总要帮她扫清一切盲点才能放心。这不是贺嫣然第一次在陶星宇面前用这样的姿态方式讲话了，这样含混不清装傻充愣地讲着女主人才该讲的话。一个女人能在一个男人面前不止一次用含混暧昧的话装傻充愣地试探，光靠她的手腕和胆色是完不成的，还要有男人的不加追究做配合。也许陶星宇他是绅士，所以不擅长对女孩说不。但他不加追究贺嫣然那样含混不清的语气，其实便给了她一点幻想，也给了她下次还可以这样干的底气。他来帮他说清这声"不"吧。

他一眨不眨地看着陶星宇，等他的回答。

陶星宇有点尴尬，但点点头："我忙得家都顾不上回，哪还有时间交女朋友，更别提暧昧对象了。"为了尽早结束尴尬气氛，陶星宇跟贺嫣然要了本子，对她说："你别待在工作室了，我们送你回家吧。"

一声"我们"把阵营划分得清楚起来。

邵远终于放松了一直暗中挺着的后背，缓缓靠到后座椅背上。

车子滑行在夜色中，空气无声地承载着每个人的各有所思。陶星宇淡定地开着车，贺嫣然偶尔偷瞥向他一眼，眼神溢着爱慕与幽怨。邵远靠在后座靠背上，半仰着头闭目养神。谷妙语看看陶星宇的背影，看看贺嫣然的后脑勺，再收回视线，默默看看邵远。他闭着眼仰着头，夜色扑在他脸上，清晰地勾勒着他的下颌线，他的颈线，他脖子上凸起的喉结。

她忽然扭头看向窗外。

把贺嫣然送回家，谷妙语从陶星宇那里要来本子。打开车内灯，她把本子飞快翻到她默过图的那两页，再翻到背面。微黄的纸面上，是一道几何题的解题过程。她手没停，又向后翻了一页。借着车里的灯光，看清那一页纸上的内容后，谷妙语长长地出了一口气。

"陶老师，你可以沉冤得雪了！"

陶星宇和邵远都凑近她，看向那个陶星宇中学时代的作业本。那上面，清清楚楚地画着一个形状复杂的图形。初看上去，它夹在这个作业本里，所以它应该是一道几何题，但再仔细看——

"默图那天，因为这页纸上画的东西比较特别，我最后没舍得在它背面画图，翻到了它的下一页画的。陶老师你看看这上面画的东西，觉得它眼熟吗？"谷妙语指着页面问陶星宇。她看到陶星宇的神色渐渐变了，从淡定渐渐变得激动。

她继续说："你看这是不是你那幅参赛图的最初雏形？"谷妙语指着本子对陶星宇说，"之前帮你默图的时候，陶大爷找了这个本子给我，我觉得挺有意思就翻了几页看看。看到这页的时候，我以为它是道几何题，我上学的时候偏科，理科被我学得一塌糊涂，一般的几何题我都看不懂，但你画的这个我居然能看懂！所以我觉得它不像题，更像一幅图，像带着屋顶和围墙的线稿图！"

陶星宇把本子拿到面前仔仔细细地看，一边看一边不可置信："我小时候居然就画过它？"

谷妙语说："我猜它应该是你小时候做题时的涂鸦，你涂鸦完自己忘了这回事，可是这个图形已经沉在你的潜意识里了，这就是为什么你觉得这个创意灵感你脑子里一直都有，你一画就画出来了，因为你二十年前就画过了呀！陶老师，说起来你比国外那个什么什么大师可厉害多了，他去年才画出来呢！"

陶星宇确认过纸面上的涂鸦，那的确是他参赛作品的设计雏形，他抬起头，看向谷妙语："我都忘记了，你居然那天看了两眼就记下了！"他的声音里有着激动和赞许。

邵远听着他的激动和赞许，心跳得一下比一下重。

"因为它很特别。"谷妙语被看得有点羞涩，挠了挠头，"所以当时我特意多看了这页纸两眼，脑子里就留下了印象。我想这也是我在看完你的参赛设计图之后，觉我也有这个印象，我也和你们撞了灵感的原因。"

陶星宇手里拿着本子，看着谷妙语，眼神中激荡着许许多多的情绪。

"妙语啊妙语。"陶星宇似叹似吟地念了两声谷妙语的名字，"我得怎么谢你呢？你又救了我！"

谷妙语有点羞涩地笑。

邵远默默看着陶星宇，无声分解着他眼神的成分。他不知道自己该放心还是该难过。他看到陶星宇眼睛里有和他对小姐姐一样的情愫。

第十八章

突来的拥抱

接下来的一系列事情，由陶星宇站出来亲自完成。

他找了相关机构给自己上学时就存在的创意做了司法鉴定，并召开了记者发布会，证明自己的创意比那个设计师更早，此次参赛作品完全是他独立设计的，不存在任何抄袭行为。

发布会上，陶星宇坐在台上，接受着记者们的采访。他身旁有一大束鲜花，非常安静又非常显眼地躺在他面前的桌子上。

发布会开始后，有记者对他发问："既然证明了是您的设计灵感更早，那么我们是不是有理由怀疑，其实是国外那个设计师抄袭了您呢？"

一向温雅绅士的陶星宇被这个不负责任的问题激发出了怒气，他义正词严地对发问记者说："我本人就是深受所谓'有理由怀疑'之害，有些人认为根据设计稿成稿的先后时间，他们有理由怀疑我抄袭，于是就铁板钉钉地给我扣了顶抄袭的帽子。其实设计图完成的时间，谁先谁后能说明什么呢？它只是判定抄袭的一个参考项，但不是绝对项。现在证明了我的灵感成型得更早，于是您根据时间先后，觉得有理由怀疑国外那个设计师，但您认为那个设计师有机会看到我中学时的作业本继而抄袭我的灵感吗？"陶星宇目视全场，声音朗朗。"我认为我们真的只是撞了灵感，不存在谁抄袭谁的情况。"

谷妙语和邵远也参加了发布会，他们站在会场最后面。邵远看着台上的陶星宇，转头对谷妙语笑了笑："确定过了，陶星宇是个磊落的男人，我小姐姐的眼光不错。"

谷妙语怔了怔，对他回以一笑。

又有记者提出了刁钻的问题："陶设计师，请问您怎么看待网上有人说您作业本上的设计图未必是真的，您是买通了鉴定机构才出具的鉴定报告这件事？另外还有，涉嫌抄袭事件是牵涉您和那个设计师两个人的事，但这份鉴定是您自己单方面出具的，如果他不认可这份鉴定结果，请问您的鉴定在行业内是否还有意义？"

陶星宇字字铿锵："第一，我所做的鉴定是司法鉴定，具有法律效力；第二，如果再有人讲话不负责任，我会告他诽谤；第三，真巧，有人预料到发布会上一定会有人问出像你刚才问的那种问题，所以她提前帮我做了一件事情。"陶星宇说到这里，从桌面拿起一个遥控器，按了下，他身后的屏幕上出现了一段视频。

视频的主角正是那位国外设计师，他用不甚流利但尚可完整达意的英语在视频里告诉大家："陶星宇设计师已经联系我了，并把他的作业本拿给了我，我和我找的鉴定机构都鉴定过，他的本子和本子上的设计图初稿确定无误是他十几年前读中学时的产物。所以我认为，我们两个人的设计作品不存在谁抄袭谁的现象，我们只是互相撞了脑洞。不过我是用三十几岁的自己撞了十几岁的陶星宇的脑洞，说起来陶星宇比我更厉害，请大家为他鼓掌。最后感谢大家关心这件事，但这是一次乌龙。以后还请大家多多支持我和陶君！"

这个视频的放出堪称发布会的神来一笔，整个发布会的气氛被推向了祥和光明的高潮。

邵远悄悄望了望谷妙语，她正全神贯注地看着台上。

这点子，其实是她给陶星宇出的。她亲身经历过恶性舆论，深知杠精们最愿意杠出怎样的质疑。当初相关部门对月月家的装修材料进行检测后，宣布材料符合国家环保标准，不存在以次充好的问题，结果这个结论遭到了网络上一大片山崩海啸般的否定和袭击——材料一定是被换过的，有关部门一定是在说假话。

根据自己的亲身经历，她想到在陶星宇的发布会现场，一定也会有人问出"你的鉴定结果你怎么保证它是真的，你单方面的鉴定，国外设计师又未必会承认，请问这样的结果有意义吗"之类的问题。针对这种可能性，她大胆地给陶星宇出了主意。

"陶老师，你能想办法联系上国外那位设计师吗？"

陶星宇给了她肯定的答复后，她告诉陶星宇："那你要不要这样做试试看——你把本子拿去给他，让他也做个鉴定，你就跟他说这样做其实对他也好，因为当你把本子公布于众之后，大家看到是你先有的设计灵感，肯定有一部分人会张嘴怀疑说那这样从时间上看，是国外设计师抄袭陶星宇，这样的话，他也会陷入说不清的舆论中。"

她让陶星宇和国外设计师说明，假如对方也去做个司法鉴定，然后宣布陶星宇不存在抄袭自己的现象，两个人实属灵感撞车，这样就堵住了那部分仅根据时间差就下判断的人的嘴，谁都不必再陷入说不清的舆论中。除此之外，这么做还能显示出国外设计师的气度和胸怀，为他赢得赞誉和称颂，以及随赞誉和称颂而去的一份份订单。

她鼓励陶星宇不如联系国外设计师试一下："反正试试又不会变丑！"

于是陶星宇听她的，试了一下。没想到国外设计师真的接受了建议，真的做了鉴定，真的体现出了气度和胸怀的一面。由此，陶星宇不仅把失去的荣誉全部找了回来，还收获了一段和国外设计师惺惺相惜的佳话。

邵远无声窥视着谷妙语的侧颜。不经意间，她变得越来越厉害了。

台前有记者在祥和光明的气氛中问了最后一个问题："陶老师，能问您一下，您放在台上那束花，是有人送给您的，还是您打算送给谁的啊？"

陶星宇笑了："是我要送给一个人的，一个特别的人。"他一边说一边用眼神在会场内搜索，最后他的视线越过人群定格在谷妙语身上。

"这束花，是我特意让花店帮我准备的，红色的康乃馨和粉色的香水百合，花店店员告诉我，这样的搭配可以表达我的感谢和感恩。今天我很想感谢一个人，如果没有她，我现在不可能还有机会这么光鲜地坐在这里。"陶星宇说完这番话，拿起桌上的花站了起来。

大家都用视线追随着他，等着看他究竟要把花送给谁。

邵远打算默默地从谷妙语身边退开。他愿意让开，陶星宇赐予她的追光，就让她一个人尽情享受吧。可没等他挪动脚步，让他意外的事情发生了。

谷妙语先扭头跑掉了。她跑得慌里慌张的，一转身就冲出了会场，跑开时嘴里还留下细碎的一句话："救命啊我不想上新闻！"

邵远看着她跑掉的背影，忍不住笑了。

真好，她跑掉了。不用目睹她被陶星宇当众献花，他心里静悄悄的难过总算可以少去一分。

等记者们都散了，陶星宇捧着那束花，守在了卫生间门口。

他托打扫卫生的阿姨帮他进去给谷妙语带话："您就帮我告诉她一声，说其他人都走了，现在只剩下我，让她放心出来吧！"

他说这话时，脸上带着宠溺的笑，那模样连阿姨都被甜着了。

她把谷妙语叫了出来。谷妙语有点不好意思地走到陶星宇面前，低着头，嗫嚅了声"对不起"。

"对不起什么？"陶星宇的声音像块丝绒，又柔又暖又润滑。

谷妙语慢慢抬起头，她看到他俊雅的脸上，满满都是笑意。

"我……我知道你想下来把花送给我，我、我忽然很害怕那个场面，那么多人要一起用相机咔嚓我，万一不给我修图就把我的相片放进你的新闻里，天啊那太可怕了……"说到后面谷妙语发现自己开始胡说八道了。她怕的其实不是记者不修图就登她的照片，但她到底在怕什么，她自己也说不清。以前的她，如果有这种能和陶星宇出现在同一版面的机会，她会高兴得发疯。但今天的她也不知是怎么了，在那一刻到来之前她只想逃掉。

陶星宇打断她越来越不着边际的自责，他把怀里的花递向她："妙语，别道歉。是我得谢谢你，这回没有你的话，我很可能风光不再，从此一落千丈！"

谷妙语接过花，摇头道："没有没有，陶老师您太言重了！"

"能不能不再叫我陶老师？"陶星宇打断谷妙语，柔声诱导，"直接叫我星宇，或者阿陶，怎么样？"他看着谷妙语，温润地笑，眼睛明亮得像藏了颗每个棱角都在发光的钻石。

谷妙语腿都软了。

"试着叫一声，好不好？"陶星宇在温柔启迪她。

"星、星、星……"谷妙语哆哆嗦嗦地尝试"星宇"，没成功。

"阿、阿、阿……"再哆哆嗦嗦地尝试"阿陶"，也未遂。

最后谷妙语一瞪眼，豁出去了："宇哥！我叫你宇哥行吗？"

"那你重新叫一声，我听听看。"一向成熟稳重的陶星宇难得有点活泼地说。

"宇哥。"谷妙语听话地叫了一声。

陶星宇品了品，笑得眼睛都比平时弯了："也不错，那以后就这么叫吧。"

谷妙语被他看得脸都要发起热来。

"陶、陶大爷说晚上要在烤鸭店请我和邵远吃饭，我、我们赶紧过去吧！"说着说着她想起邵远，"糟了！刚才我光顾着跑，把邵远丢下了！"她说完开始扭头向四下张望，企图查看邵远是不是还在附近。

陶星宇忽然上前一步。他们之间本来就间隔了一步远的距离，现在他完全地挡住了她的视线，她满视野都是他的下巴和胸膛。

他忽然一抬手，就把她轻轻抱进了怀里。她一蒙，手上那束花掉在了地上。

他拥抱着她，拍拍她的背，嘴巴贴近在她耳朵附近，轻声地说："妙语，谢谢你。真的谢谢你。"

她整个被他包在怀里，脑子里一片蒙。偏偏头，从他肩膀的上方，她居然找到了刚刚一直在找的人。那小子怎么还在，怎么离他们这么近？

邵远扭身走开了。谷妙语看到他走开前对自己笑了笑，一副他懂的，他不做电灯泡，他这就躲开不让她不好意思的样子。

他这样一走开，谷妙语反而觉得不好意思了，甚至不好意思到了有些无法自处的古怪程度。就像她和楚千淼喝小酒浇小愁的时候，关于烦恼事她们说我们谁也不提它了，把这页翻过去忘掉它，可她们谁也不会真的忘掉。嘴里越说翻篇的话，心里才越忘不掉。

邵远就那么一转身走了，用肢体和表情留下"别让你不好意思"的意味，结果他倒让她实实在在地不好意思起来。

她拍拍陶星宇的后背，和他拍她的轻巧温存形成鲜明的对比。她拍得有点用力，特别的哥俩好，随后她退出他因为感谢而变得格外感性的拥抱。

"宇、宇哥。"新称呼让她的舌尖还不够伶俐，她卡顿了一下，才继续说，"可别再说谢谢了，这都不叫事！"她弯腰捡起花束，捧着花，冲陶星宇一笑。她的脸就在花束之上，她像从花束里开出的最灿烂的那朵花。

"你要是真想谢我，等下让我多点几盘肉吃吧！"

陶星宇笑着点头："随便你想点多少盘！"顿了顿，他又跟了一句，"也随便你想点多少顿！"

谷妙语和陶星宇在通往地下停车场的电梯前遇到了邵远。他等在那里，一副识相的样子。

进电梯、出电梯，直到走到陶星宇的车子前，邵远的目光一次也没和谷妙语对上。

陶星宇给车门解了锁，招呼着自动往车后座移动的谷妙语："妙语，坐前边吧。"

"啊？哦，好的。"谷妙语拉开副驾坐了上去。

邵远深呼吸，再深呼吸，喉咙里哽着的那团翻涌不休的沉闷硬被他强行压制了下去。他拉开车门上了车，上车后又不由心里责怪自己犯贱。何必还等在电梯口呢？何必还要跟着他们一起去吃这顿饭？何必看着他们的关系层层突破？

何必。

默默抬眼，从后视镜里偷瞄一下谷妙语。她像感应到了他的目光一样，忽然也抬眼从后视镜里向他看过来。他们的视线击撞在后视镜里。她忽然无声地冲他一笑，冲他做口型——等下多吃点，吃穷老陶！他看出她在这样说。

好吧。他想他知道自己为什么明知有那么多"何必"还要忍不住跟她上了这辆车。也许就是为了多看一眼她对自己像刚才那样的笑吧。

三个人赶到饭店时，陶大爷已经等得有点不耐烦了。

一看见人来了，老爷子就开嗓冲陶星宇嚷嚷："怎么，我老头子是给你占座用的啊？我说你们怎么不回家睡一觉明天早上再来呢？"

陶星宇心情好，不跟他计较。他先帮谷妙语拉开椅子，让谷妙语坐下，自己才落了座。

邵远一切靠自便。

陶大爷瞄瞄陶星宇，再瞄瞄谷妙语，一下笑得贼贼的，特别开心。他也没忘瞄瞄邵远，瞄完笑容里忽然就闪过一抹纠结。

菜品陆续上来，陶大爷率先端酒致辞，感谢谷妙语和邵远帮陶星宇沉冤得雪让他能够重新做人。陶星宇心情好，懒得纠正亲爹半抹黑式的成语用词，跟着举杯表达感谢。

邵远连忙表明，自己除了帮助陶大爷从别墅越狱到老房子，没有帮上什么忙，一切至关重要的主意和帮助都是谷妙语提供的。

于是陶星宇举着杯转向谷妙语，冲她笑，对她说："是的，妙语，这次确实是你救了我！"

谷妙语有点惧怕这种被人一再推上致谢巅峰的感觉，她连忙摆手："不不不，应该是陶大爷，是陶大爷父爱如山留着你从小到大的作业本这才救了你！"

陶大爷像个老小孩一样皮了一下，学她的样子也连连摆手："不不，我是抠门，什么都舍不得扔而已，我可没特意留，这事跟我没关系，小妙语啊，我的独子就是你救的！"皮完这一下老爷子很开心，转脸就对陶星宇说："你看，小妙语她救了你，这要按照中国的传统习惯，你应该要以身相许来报答的！"

噗噗两声，谷妙语和邵远都呛着了。

谷妙语呛得脸都红了，讲不出话。邵远一边抽纸巾擦自己嘴巴，一边想要给谷妙语拍拍背，但他慢了一步。

没有呛到的陶星宇比他动作更快地给谷妙语拍背去了。

陶星宇一边拍着谷妙语的后背，一边问："没事吧？"而后他转头冲陶大爷说："老陶，你有点正行好不好？"听起来是责备的话，但一点责备的意思都没有，甚至陶星宇说这话时，眼睛里还带着一丝笑意。

邵远能听到陶星宇的音色音调和以前相比，都起了变化。一些情动的变化。

他端起水杯又喝了一口水，他得把嗓子眼泛起的那股血腥味压下去。

晚上邵远回了东三环的房子。他从来没觉得两百多平的房子竟然这样大，大得空荡荡的，像他的心。他躺在沙发上，被空荡荡的寂寞咬噬。

感觉再这样独处下去，自己就得发疯，邵远捞起掉在地上的手机，给周书奇打电话。

"过来我家吧。"他对周书奇说。

"干吗？想睡我？老子可是钢铁直男，没有一个亿我不会让你掰弯我的我跟你讲！"

邵远说："来的时候在路上给我买两个苹果。"

周书奇嗷嗷叫："哎你等会儿，我答应你去了吗，你能不能顺着我的话茬往下唠？别自己起话头！"

邵远："等你走的时候，送你瓶茅台。"

周书奇立刻说："那什么，两个苹果够吗？我给你多买几个带过去吧，等我！"

周书奇赶到后，抱着邵远给他准备的茅台不撒手了。邵远也拿了个他带来的苹果不撒手，一直放在鼻子下边闻。

周书奇抱小孩似的抱着酒，问邵远："你什么时候养成的爱闻苹果的怪癖？闻完了会怎么，能出来欲仙欲死的幻觉啊？"

邵远闻着苹果，说："不能欲仙欲死，但能防止发疯。"他抬眼看了周书奇一下，"我可能快要发疯了。"

周书奇惊奇地瞪着邵远。大学四年，他从来没见过邵远有像今天这么情绪化的一面，他看起来好像真的快疯了。

周书奇一抬屁股往邵远身边一蹭："来，说说呗，你怎么了？"他在同情心来不及到达心头的时候，好奇心先泛滥起来。

邵远扭头看他，眼底是重重的黯然和疑惑。

周书奇惊叫起来："你这是标准的为情所困的面相啊！怎么了我的邵爷？"

邵远没回答他的问题，反问周书奇："你觉得楚学姐喜欢你吗？"

周书奇把脸往下一拉："不带人身攻击的！"

邵远说："你回答我，我就再给你一瓶茅台。"

周书奇立刻作答："她肯定不喜欢我啊，我知道，她其实喜欢券商那个任炎。"周书奇讪讪地说。

"你明知道她心有所属，你还让她知道你喜欢她吗？"邵远问。

"当然要啊，为什么不呢？她虽然喜欢别人，但我对她的喜欢也同样很珍贵的好不好？"

"这样不会对她造成困扰吗？"邵远问。

"什么困扰？她知道多一个人喜欢自己，这有什么好困扰的？这很幸福啊。再说就算我告诉学姐我喜欢她，她也不用在我和任炎之间做选择，因为她压根不喜欢我。她如果对我有一点喜欢，需要在我和任炎之间做选择，那才会困扰。"周书奇头头是道地说。

邵远想了想，又问："你第一次告诉楚学姐你喜欢她之前，有没有担心过万一你告白了，以后你们连朋友都做不成？"

"当然担心过，但是憋着不说我更难受。与其憋着，说就说了，做不成朋友就做姐妹呗。"周书奇一副想当然的样子说。

邵远点点头，他又找了瓶茅台把周书奇送走了。

烦乱的心情好转了一半，原本那些一直纠结想不开的事情，他想不到居然会被周书奇疏通。这一半好转的情绪，在鼓动着他，让他与其憋着难受，不如去对谷妙语表白心扉。但还有一半的烦乱，依然盘踞在心头。家世的差距、未来人生的不同、父母的要求和期盼，这些也是横亘在他迈去她面前的鸿沟。这一半烦乱，令他裹足不前。

他找不出自己究竟该怎样做的答案。鬼使神差地，他拿起手机给谷妙语发了条信息："小姐姐，我失眠，给我送一碗助眠鸡汤吧。"

谷妙语很快回复信息给他："怎么失眠了？不开心？"

他打字："嗯。"

过了两分钟，他才收到谷妙语的回复："别总对人生笑，总笑没用。要学会哭，会哭的孩子有糖吃。"

他看着这句话笑了。这是他写在她本子后面的毒鸡汤，她还记得呢。

被陶星宇开车送回家后，谷妙语坐在沙发上一边逗喵喵玩，一边等楚千淼回家。

过了好久，楚千淼终于回来了。让谷妙语意外的是，楚千淼的眼神有点不带焦距。她好像在盯着看眼前的一点什么，但那其实是一片虚空。

谷妙语拉着楚千淼坐在沙发上聊天，她问楚千淼："你怎么了，喝酒了？"

楚千淼说："嗯，晚上有个聚会，喝了一点，不太多。"随后她转头看谷妙语，忽然问，"你呢，你怎么了？"

谷妙语指指自己鼻子："我？"她有点不可思议，"我能怎么啊，我跟平常一样啊。"

楚千淼冲她摇食指："不不不，你今晚眼神发飘，你瞒得了自己瞒不了我，说吧，你今天遇到什么事了？"

谷妙语搓搓脸，笑嘻嘻地问："你说被喜欢的男人一把抱住是什么感觉？"

楚千淼迷离的眼神变得更迷离了："想赖在他怀里不出来，能多赖一秒是一秒。"

谷妙语想了想，接着问："要是有人在旁边看着呢？也赖着不出来？不会不好意思？"

楚千淼斜她一眼："真喜欢一个人的时候谁还要脸？谁还顾得上好意思不好意思？"顿了顿，楚千淼终于察觉到什么，问谷妙语，"你什么情况？"

谷妙语摇头，连忙说："没有没有，就是随口问问。"她反问楚千淼，转移话题，"你今天看起来好没精神，怎么了？"

楚千淼说："遇到一群故人，他们不是变成精英，就是正在变成精英。而我呢？"楚千淼脸上一片疑惑，"我看不到我未来五年的样子，或者说我觉得五年过去以后，我也许还和现在是一样的。"她忽然转头看向谷妙语，"我不想待在律所了，我想进投行，我觉得投行的发展维度更多空间更广。小稻谷，你觉得怎么样？"

谷妙语不知道楚千淼是不是受了投行里的谁的刺激，才会有这样的想法，但她知道，假如投行的发展维度更多空间更广，那么她会支持楚千淼的决定。

"只要你喜欢，我都支持你。"她郑重地说。

楚千淼点点头，也郑重地告诉她："找你喜欢的男人抱你一下，看是不是想赖着。想，就是真喜欢他，不想的话，建议换人。"

谷妙语差点从沙发上栽下来。她把话题岔开了十万八千里也没用，楚千淼知道怎么把圈子兜回来。

互道晚安之后，她抱着喵喵回房睡觉。

不知道是不是烤鸭吃多了，她一时半会儿怎么也睡不着。她数着喵喵睡得一起一伏的小身子，期待自己能从中得到困意，忽然手机屏幕亮了起来。

居然是邵远。原来他也睡不着，向她讨鸡汤喝。

她问他为什么睡不着，是不开心吗？邵远回答她：嗯。

她一下就想起来他写给她的那句毒鸡汤，她把它发送给他——别总对人生笑，总笑没用。要学会哭，会哭的孩子有糖吃。

过了一会儿，她收到他的回复。

"小姐姐，说不定有一天，我真的会哭着找你要糖吃。"

随后又一条："到时候你会给我糖吗？"

谷妙语看着信息笑了笑，又笑不出来了。他到底还是小，还跟她要糖吃呢。

翻个身，她告诉自己赶紧睡吧。三千水都已经在为她未来的职业规划做打算了，她怎么能允许自己长时间陷进庸人自扰中，她也得赶紧在事业上做出成绩才对。

第二天谷妙语一到公司，就被小亚通知等下去第二会议室开会。

谷妙语问小亚："是什么会啊？"

小亚说："就之前有个有钱叔叔，有一个大别墅，不设预算上限那个，前天他来你还接待过。他对骆头儿出的效果图又提出意见了，对客厅和餐厅的设计表示不太满意，让接着修改。骆头儿招呼大家都去会议室一起讨论讨论给点修改意见。"

谷妙语想起是哪个有钱叔叔了，她放下包拿着笔记本跟小亚去了会议室。

人齐后，骆峰先发了话："客户对客厅和餐厅的设计依然不太满意，他的要求是客厅和餐厅的风格要有差异，他不喜欢千篇一律的风格。但他认为现在客厅和餐厅的差异还是没有拉开，要求我们再修改修改。大家集思广益一下，都提提想法，看怎样能加大客厅和餐厅的风格差异。"

骆峰的话一说完，小亚就没忍住吐了槽："这有钱叔叔也太难缠了，都改成什么样了，还差异不大呢！头儿真的，我都心疼你，就一个客厅一个餐厅，被他折腾得我们都搞出来四种风格了，客厅是美式风格兼具地中海风格，餐厅是西班牙风格兼具田园风格，就这还不够差异大？服了服了！"

她的槽吐完，骆峰冷冷开口："让你来是要你提供有效建议的，不是让你来发牢骚的。"

小亚缩缩脖子，不敢说话了。

大家陆续给出自己的创意想法，但这些创意和想法被骆峰一一排除了。

谷妙语看着设计图和效果图，有点若有所思。她忽然听到自己被点了名字。

"谷妙语，你说一说吧。"

谷妙语怔了怔。之前像这样的会议，她只是旁听，并没有发言的机会。骆峰认为谁的能力不足以发言，就叫那个人旁听，不赐予她发言的机会。现在她居然被骆峰点名。她在一瞬里想着，是那个新人奖开启了骆峰对她能力的初步认可吗？

"我怎么说都行吗？"谷妙语在发表想法前，反问骆峰。

骆峰点点头："公司里没有说错话罚钱这一项，你可以想说什么说什么。"

谷妙语呼口气："那我就直说了，但可能我说的话你们会觉得有点荒诞。"

她这句话一出口倒吸引了大家的注意力，连骆峰也把双臂抱在胸前，一副洗耳恭听的样子。

得了骆峰的话，领了可以随便说话的许可，谷妙语接过激光笔，指向效果图，开始畅所欲言："在这张效果图里，客厅是美式风格兼具地中海风格，色调是蓝色和白色，餐厅是西班牙风格兼具田园风格，色调是土黄色和原木色。我觉得这些风格和色调都没有问题，完全拉得开客厅和餐厅的差异。所以我想，问题应该是出在那位客户身上——他为什么会觉得客厅和餐厅没什么风格差异？我大胆地推断，那是因为这位客户，他好像是色弱，分不清蓝色和黄色，所以餐厅和客厅在他眼里，色调其实是一样的，所以他才会觉得看起来没什么差异。"

谷妙语的话一出口，有点出乎每个人的意料。

骆峰最冷静，他沉吟了一下后，问谷妙语："你凭什么判断他是色弱？"

谷妙语放下激光笔，两手拄着桌面说："前天这位客户来的时候，骆老师你最初是和他约在大会议室里碰方案，我给你们端了两杯水。当时一次性纸杯用完了，我就和小亚烫了一下瓷杯子给你们用。我和小亚挑的杯子，正好一个是黄色一个是蓝色。我把黄色那杯端给了你，蓝色那杯端给了客户。后来证券部要用大会议室开会，你们就转到了小会议室，转去之前你们要去上厕所，让我先把水杯端过去。我把水杯端去小会议室之后随便放在了两个位子上。后来是客户先进屋的，他进来之后问我哪杯水是他的，我说蓝色那杯。他说好的，但是一直没落座也没端杯子喝水，站在过道和我有一搭没一搭地聊天，聊得不尴不尬的。一直等骆老师你上完厕所回来，在黄杯子对应的座位落座后，客户才跟着落了座，坐下后他就端起杯子喝水了。"谷妙语说到这儿，挺了挺胸。为了佐证自己猜测的合理性，她给出真实根据，告诉骆峰，"我有个中学同学就是这样，他分不清蓝色和黄色。所以根据那天客户的状态，再结合效果图上餐厅和客厅的配色，我大胆地怀疑，客户其实是色弱。要不然骆老师，这回您什么设计都别动，就换两个配色试试？”

谷妙语的提议听起来有理有据，但也天马行空。同事们都觉得不可思议，但同时又鬼使神差地想着倒也不妨一试。

骆峰沉默了半晌，最后宣布决定："可以试一下。谷妙语，你来重新搭配软硬装的各种颜色。"

有钱叔叔再来的时候，对新的一稿设计图及效果图非常满意。

"不错，这回看着变动挺大的，有差异了，我很喜欢！"

同事们都闭紧嘴憋住话，怕自己说出"其实我们什么也没改，就是换了颜色搭配而已"。

客户走后，大家松口气。这难缠的一单可算是熬过去了。

骆峰坐回他的电脑屏幕后面，忽然见声不见人地说了一句话。这句话大家都听得清楚。

"谷妙语，干得不错。"骆峰说。

小亚告诉谷妙语，销售组新来了个同事叫李跃，二十几岁，瘦瘦高高，人很机灵。

"据说小伙子嘴皮子溜得很，甭管多难搞定的顾客，李跃上去聊一聊，就能把人聊高兴了。"小亚眉飞色舞地对谷妙语说，"等再聊一聊，直接能聊得大娘恨不得管他叫儿子，大哥恨不得跟他义结金兰。"小亚还说，尽管这小子实习期还没过，但已经谈成好几单装修了，简直是销售部未来之光。

"他也会来事，知道把单子先送给管事的设计师做。"小亚趁着聊天对谷妙语说，"我可得跟这个李跃搞好关系，你瞧见没，凡是他接待过的顾客，最后全让他征服在咱们公司签单装修了！我要是能跟他搞好关系，他以后拉了单子就能尽可能地给我做了。"

谷妙语开始只是觉得大家把李跃传得有点玄乎，等她真有机会旁听了一次李跃跟顾客的聊天，她也服了李跃的嘴。他真能说，也真会说。

那天她到茶水间做咖啡喝，茶水间对面的小会议室没关门，李跃正在里面接待顾客,三句两句就把顾客在别家公司已经签了协议交了定金的事情聊了出来。

原来顾客其实已经选了别的装修公司,因为别的装修公司给他的总装修款打了折,顾客已经在那家公司交了定金。今天来嘉乐远其实是为了对比嘉乐远和那家公司的材料,衡量那家公司在选材上给他的报价是否真的合适。

一般来说,聊到这里,销售可以撤了,可以让顾客走人了。但李跃并没有那么做。这一点让谷妙语有些好奇,于是她在茶水间里一杯一杯地做咖啡,一边做一边听下去。

她听李跃循循善诱地引导着那位顾客的思路。首先他让顾客认识并承认嘉乐远的材料,环保等级不是另外那家公司能比的。而后他让顾客意识到,凡是打折的商品,打折背后必有门道——商家永远不会做亏本买卖,总价上给你打了折,施工的时候在某些工序上动动手脚,就足以把这份折扣找补回来,而这些手脚,顾客除非把眼睛时刻放在装修现场,否则是发现不了的。

李跃凭着三寸不烂之舌让顾客恍然大悟——原来嘉乐远的材料这么环保!原来我在别家虽然总价打折,但其实是吃了亏的!这可不行!我要换嘉乐远!可是我已经在那家公司交了定金了,定金是不退的,这可怎么办呢?

李跃给顾客支招,告诉顾客:"您就跟那家公司说,您房子不打算自己住了,打算租,所以不想装得那么好,就随便一些,铺个瓷砖就行。这样你的装修总款项就变成铺瓷砖的那点钱了,再打个折,也就是定金那些钱。瓷砖这东西,谁家铺都行,您就让他们给你铺。剩下的装修项目由我们嘉乐远来给您装,到时候我去帮您跟我们设计师说,把您家铺瓷砖的预算给您刨掉,您看怎么样?"

顾客很开心地接受了这个方案,走之前认为自己其实一举占到了两家装饰公司的便宜——一家打折铺瓷砖,一家不用多收铺瓷砖的钱。

谷妙语见识到这个实习销售的本事了。她相信有人是可以靠着一张嘴闯天下的。让她最意外的是,李跃送走顾客之后又回了茶水间。

他对谷妙语说:"姐,我刚才一边跟顾客聊一边看你在做咖啡,做了好多杯,我估摸着你一个人拿不了,反正我没啥事,不如帮你一起端一端!"

李跃帮谷妙语把咖啡端回了设计一部,分给同事们喝。

谷妙语真有点服了。这小子不只嘴厉害，还眼观六路耳听八方。

到了周末，陶大爷又热情似火地强烈要求请谷妙语吃饭。

谷妙语以为陶大爷也会请邵远，因为此前每次陶大爷请客必定是她和邵远两个人一起请。可这回居然破了例，陶大爷并没有请邵远。

谷妙语坐在饭店里问陶大爷，怎么没叫邵远来。陶大爷嘻嘻哈哈地说："嗨，我自私呗！"他那语气让人妥妥地认为他是在开玩笑说"我自私，舍不得多一副碗筷多一份口粮多请一个人"。他讲话真真假假的道行太深，让人听不出他玩笑下面掩盖的那层真意——我知道两个小子都对你有意思。但原谅老头子我自私吧，我想还是我的犊子和你更合适。

开始还没觉得什么，等吃起饭来谷妙语渐渐有点察觉到邵远在与不在是有区别的了。

以前她爱吃的菜，总能停在她面前。现在却不行，她爱吃的菜，吃上一口再抬头，就转走了。于是她意识到，以前每次吃饭，邵远都留意到了她的口味，并且不着痕迹地把她的口味总是定在她面前。她真想跟陶大爷说要不咱下回吃饭还叫邵远一起吧，不差那一副碗筷。

饭吃到一半时，陶星宇去了趟卫生间。他这趟卫生间去得简直天长地久，好久都没见人回来。

陶大爷脸上都快挂不住了，一个劲地企图对谷妙语解释："小妙语啊，我家的独子呢，虽然卫生间去的是久了一点，但他身上哪个大腺都没啥毛病，尤其是那个，那个那个排在前列那个。"

谷妙语想了一下才明白陶大爷在说什么，她一口茶直接噗了出来。她很想说，大爷，咱俩之间其实不适合啥都聊的！

又过了一会儿，陶星宇终于回来了。

陶大爷一脸复杂地问他怎么去了那么久，你身体没毛病的对不对。

陶星宇怔了下，说："怎么还和毛病扯上关系了？我从卫生间出来遇到一个女孩子问路，看样子都快急哭了，我就指了指路，可她辨不清东南西北，没办法我就亲自带她走过去了。"他说完招呼谷妙语:"妙语,别听老陶满嘴跑火车,多吃点菜。"说着说着,他刚刚放回桌面的手机一响。屏幕亮了起来,是条微信信息。

谷妙语和陶星宇挨得近,眼神顺着光亮下意识地一瞟,她并不是有心要看,却已经把屏幕上的信息看了个清楚。

应该是刚才问路那个女孩子,她发信息对陶星宇说:"谢谢您帮我指路!真的谢谢您!"

陶大爷也抻着脖子看。

陶星宇把手机解锁,回了两个字:"没事。"

他锁了屏,马上屏幕又亮了。还是那个女孩:"不,一定要谢谢的!我请你吃饭吧!"

陶星宇回:"真的不必。"那女孩马上又发了个难过的表情。

陶大爷受不了了,开了腔:"你可真够可以的,这边还有人等着你请客吃饭呢,你能把人撂这儿去给别人指路,真行!哎哟喂,指个路吧,还能加微信,你这大设计师的分量也不过如此,微信这么好加的。"

陶星宇有一说一,是对陶大爷解释,也是对谷妙语解释:"拒绝女孩子的求助太不绅士了。微信是那女孩一直恳求要加,当时她朋友在,我如果当面拒绝,会伤到她的自尊心。我已经对她屏蔽了朋友圈,以后没什么事也不会和她聊天。"

陶大爷嘲讽地一笑:"呵,就你绅士,对谁都绅士!"他转头对谷妙语说:"小妙语你多吃点,我们不理他。下回吃饭大爷把邵远再叫来,我们仨一起不理他!"

谷妙语不知道接什么话,只能嘿嘿干笑。

此后陶星宇倒是一直给她夹菜,夹得她都有点受宠若惊。他一边夹一边温柔地告诉她,多吃点,这道菜特意为你点的。最后谷妙语得出一个结论:这一桌子菜,都是为她点的。

饭吃到尾声时,陶星宇放下筷子,神色认真地叫了声:"妙语。"

谷妙语立马也放下筷子正襟危坐起来,等着聆听陶星宇的教诲。

陶星宇对她一笑,居然旧事重提:"妙语,到我的工作室来怎么样?你来了,愿意和我一起做大项目就一起做大项目,愿意接家装的活就接家装的活,都随你。

你在我这里，可以尽情发挥，不仅自由度高，还有话语权。所以过来我这儿，怎么样？"

谷妙语看着陶星宇温柔含笑的眼睛，差点把筷子拨拉到地上："宇、宇哥，你这对我也太好了一点吧？"

陶星宇冲她笑："我很惜才的。"顿一下后，他更走心地说，"况且，我亲眼看到你受到了很多伤害和打压，但它们都没能击垮你，而你经历那么多事以后，依然能够不丢掉初衷，保有热忱和赤诚的心，妙语，这样的你很打动我。"

那笑容，那话语，足以让从前的谷妙语心如鼓擂神魂颠倒。可谷妙语知道她不再是从前的自己了。她不再是需要靠着鸡汤才能让心灵强大起来的人。

她理智地思考了一下陶星宇的提议，十分感动他对自己的看重，也很心动他对自己的提议，但她最终还是拒绝了他。

"陶老师，起码这个夏天，我还是想留在嘉乐远。"

她没意识到自己在做决定时，对陶星宇叫回了从前的称呼。

星期一的中午，谷妙语打算叫麻辣烫外卖。麻辣烫的配菜她一样一样尽心地选，比上学时考数学选A还是选C都认真。选完她想就算有人找她吃满汉全席她都不去，就算有一百零八道大菜也比不上麻辣烫里她为选择配菜们下的那份用心。

正这么坚定地想着，手机真的响了起来。是邵远给她打电话，说想和她一起去吃一条街外的必胜客。没有满汉全席，只有外国大饼，谷妙语却鬼使神差地答应了。

她和邵远约定两人分头过去，到必胜客二楼完成接头行动。

去往必胜客的路上，谷妙语唉声叹气地想，要是把她传送到过去战火纷飞的年代，她没准得做个叛徒——意志实在太不坚定，邵远靠着一张外国大饼就让她背叛了每道配菜都十足用心挑选的麻辣烫。

到了必胜客二楼，她和邵远会合。

她总觉得他最近几天好像哪里变了，但具体怎么个变法，她却品不出来。

不过可以肯定的是，自从那晚他发信息跟她要糖吃，他就变得格外黏人。每天不是晚上跟她一起去家里撸喵喵顺便蹭她做的晚饭，就是中午时不时地找她一起吃饭。

已是盛夏，天气越来越热，尽管必胜客里冷气开得很足，在外面走了一路的谷妙语一坐下还是先出了一身汗。她一边用手扇风一边大姐大似的问邵远："想吃什么？姐姐请你。"

"不，我请你。"邵远说。他看了看谷妙语带汗的脑门，问："先给你叫个冰淇淋凉快一下吧？"

谷妙语一听冰淇淋眼睛都亮了，大姐大派头瞬间碎了一地，她点头又点头："好啊好啊，这破天简直热得人要发疯！"

邵远觉得她等着吃冰淇淋的样子，就像喵喵嗷嗷叫等着喝奶一样，眼睛都亮得快要汪出水来。他看她那样子只一眼，心尖就麻了，于是赶紧低头翻菜单。

服务生很快把冰淇淋端上来，谷妙语一勺一勺吃得很开心。

正低头吃着，她的面前罩下一片阴影，鼻尖传来一片香气，耳边也有了一道细细娇娇的女声。

"小哥哥，你能也请我吃个冰淇淋吗？"

谷妙语叼着勺子抬头看。是个大学生模样的小女生，长相清纯可爱，声音香甜软萌，绝对是宅男杀手。谷妙语想假如自己是个男生，这个小女生这样娇娇地过来让自己请吃冰淇淋，她恐怕没什么定力拒绝。

她看到邵远微蹙着眉心看向小女生，脸上的表情有一点错愕和一点防御，好像小女生下一秒能脱掉清纯模样扑向他似的。谷妙语忍不住想笑。

邵远的好模样走到哪里都招女生的眼。他抬头后，小女生近距离看清他的相貌，声音变得更娇更软了。

"小哥哥，拜托了！"小女生双手合十放在下巴前上下搓，这招数一看就是从韩剧里学来的。以前韩剧没有流遍中华大地的时候，谷妙语记得很清楚，国人们祈求的手势是双手合十前后摆，才不上下搓呢。

"小哥哥，我和人打赌了，她指定这屋子里的一个人——那个人就是你啦，然后我要是能让你请我吃冰淇淋，就算我赢了她输了，可你要是拒绝我，那我就输了，输了的人要到外面绕着这条街跑一圈，很惨的！"她转头看看谷妙语，又转回去弱弱萌萌地说，"小哥哥请了小姐姐，也请我一下吧！"

小女生的声音配表情，一段话说下来，娇软香甜得很。谷妙语鸡皮疙瘩都酥起来了，但邵远居然不为所动。他还是微蹙着眉心，告诉小女生："抱歉，我没有请不认识的女孩子吃冰淇淋的习惯。"

谷妙语嗓子眼发痒，差点呛咳出来。

小女生的脸涨红了，搓着手："小哥哥，帮帮忙吧！"

谷妙语有那么一瞬，觉得这孩子的脸红成这样，一定是伤了自尊。想必她这副清纯可爱的外表和甜美娇萌的音色，不管走去哪里挑战小哥哥的一份冰淇淋都是无往不利的。可惜今天她碰到邵远这么个不解风情的钢铁直男。

邵远保持礼貌，同时态度疏离："抱歉。"他再次果断拒绝，"我并不认识你，而且我对面还坐着一位女士。我觉得在这种情况下因为你和别人的一个赌我就买冰淇淋给你，这显得你很儿戏，我也很轻佻，而我们都不太尊重我对面的女士。"

女孩的脸涨得更红了，快要滴出血来。确认过邵远的眼神，不是会请她吃冰淇淋的人，她憋屈地扭身走了。

邵远继续低头选餐。谷妙语悄悄看着他。

邵远选好餐打算叫服务员，一抬头撞上谷妙语的眼神。

"你……是觉得我刚刚不太近人情吗？"他猜测着谷妙语眼神中的含义。

谷妙语绽放出笑容，用力一摇头："不是！"她笑着想了一下，说，"我是在想，以后谁做你女朋友可有福气了，你女朋友会很踏实，因为你一定是只对她好，不是对每个女生都好。"

虽然那样看起来似乎不够绅士。

谷妙语下午一回到公司就遇到了李跃。

李跃看到她，简直像看到救星一样，冲过来对她说："姐，你能借我点钱吗？"

谷妙语下意识地握紧钱包，问："你怎么了？"

李跃满脸都写着借不到钱他会想死，急慌慌地说："不是我，是我妈！我妈有重病，现在终于排到床位可以手术了，但手术费还没凑齐，谷姐，你帮帮我好吗？你放心，我一定会还你的！"

谷妙语把钱包都攥出汗来了："你……你还差多少啊？"其实她想问，你妈是真生病了吗。

毕竟这个借钱理由听起来一点都不陌生，现在十个张嘴借钱的人里，起码有一半都说是家人生了病。但万一人家里真的是母亲生病了，这样直接问出口本身就是二次伤害，未免太low。加上一段已成为历史的经验教训回响在脑子里，于是谷妙语临时转了话锋。

李跃表现得很真诚："谷姐，我知道你也不容易，我不跟你多借，你就先借我五万，行吗？"

谷妙语心头抖了一下。五万……也不少了……

谷妙语看着李跃的表情，心中做起判断。没听说他平时打游戏什么的，所以应该不是打游戏花钱。当然也不排除他是打花钱游戏的，但她并不知道。也没听说他喜欢赌博，所以应该不是赌博欠钱。当然也不排除他私下赌博，她并不知道。他脸上的表情看起来很真诚。可是作为一名出色的销售，让表情看起来真诚是他们的必备素质。把广告尽量说得极尽真诚，让顾客不觉得那是广告，顾客才会心甘情愿掏钱。

现在他很真诚，等着她能心甘情愿掏钱。怎么办，借还是不借？谷妙语陷入纠结。

李跃看她有点犹豫，惨淡地笑了笑："谷姐你要是为难就算了，我再找别人问问。"他转身走开两步，但忽然又转了身，对谷妙语笑一笑说，"谷姐，谢谢你刚才没和他们一样，问我妈是不是真生病了。"

最后这一句像一声雷，穿透十年的时光，穿透谷妙语的肌肉骨骼，劈在她心口上。

她出声叫住李跃："哎你等会儿！"

李跃回头，停住。

她喘口气，说："你把账号给我吧，我转给你。"她想，罢了罢了，不就五万块钱吗？就当是用这五万块钱换一个心安理得，弥补一个从前的缺憾吧。

谷妙语回到办公室的时候，听到大家正在讨论李跃借钱的事情。

同事们彼此口风一对，对出原来李跃跟每个人都借过钱，数额很一致。"你也不容易，我不跟你多借，就五万块。"

小亚说："他刚来还不到一个月，实习期都没过呢，就开始到处借钱，这我哪儿敢借啊。"

爱给她捧哏的金晶立刻又给她捧哏："是啊是啊，把钱借他了，万一等实习期结束他直接不干了，我们上哪儿跟他要钱去？谁的钱不是血汗钱啊，不敢借，不敢借。"

又有一个同事出声："不是我马后炮，你们看这小子多油滑啊，那张嘴叭叭叭地忒能说，假的都能说成真的，没有一个顾客不被他忽悠蒙的。这年头销售哪有不满嘴跑火车的，我干脆把话撂在这儿了，我就觉得他是骗人，谁借他钱谁傻。"

小亚谨慎地反驳了一下这位同事话中的一个观点："哎，我说你可别地图炮，说哪有销售不满嘴跑火车什么的，当心下边销售组不给你拉单子。"顿了顿，她又说，"不过我觉得李跃确实有点像骗人。我听人说过他爱打牌，没准是打牌输钱了。"

捧哏能手金晶又给小亚捧哏："对对，爱赌博的人最没皮没脸——我这个地图炮下得没毛病吧？爱赌博的人一跟人借钱，不是妈快病死了就是爹让车撞了，咒他爹他妈连眼睛都不带眨的，可以说非常厚颜无耻！"

最后大家一致互相确认："这个李跃不靠谱，我没借给他钱。你也没借吧？都别借的好，谁借谁傻。"

谷妙语在一旁默默不做声，混在人群里，希望大家能忽略她，不要问到她。

大家终于如她所愿，没有特意问她，这个话题马上就可以翻篇了，结果门口传来一道声音："姐，钱到账了，谢谢你啊！"李跃扒在门框上急急忙忙跟她说了这么一句话，就欢天喜地地跑走了。

谷妙语："……"

大家都在看她。谷妙语感觉自己像被放进蒸锅里的活螃蟹，她快要被那些视线的温度蒸煮得浑身发红一动不动了。

小亚"嗨呀"一声，对她说："谷妙语，你是不是傻？你看他刚才欢天喜地那样，那是他妈生病了他该有的表现吗？"

谷妙语嗫嚅："呃这个……也许他是因为他妈手术费凑齐了，高兴的呢……"

小亚和大家都转过头去，各忙各的了。

晚上邵远跑到谷妙语家撸喵喵。他一边陪喵喵玩，一边和谷妙语闲聊："听说你们设计部下面有个销售今天在到处借钱。"

谷妙语心里咯噔一下："你怎么消息这么灵通？"

邵远揉着喵喵软乎乎的小脑袋，喵喵被他揉得舒服了，叫着过去舔他的手。邵远被它舔得整副心肠都软了。

"白天学长安排我去财务部核账，正好那个销售冲进来，提出想要预支工资的要求。"邵远抱起喵喵说。

"啊？"谷妙语感慨，"他都跑财务部去了啊？那财务部同意给他预支工资了吗？"

邵远说："他实习期还没过，等实习期过了也不一定留得下，财务部没办法给他预支工资的。"喵喵躺在他怀里，四只小爪朝天蹬，等着有人来给它抓肚皮。邵远一边轻轻挠着喵喵的小肚皮一边说："之后就听说他在公司里到处借钱了。"

谷妙语看着喵喵在邵远手下哆成那么一副没出息的样子，简直吃醋。

她忽然听到邵远问她："你没借钱给他吧？"

谷妙语差点浑身一激灵："没……算了，我借了。"她耷拉着肩膀说，"大家都说我傻。"

邵远抬眼看她，说："你不是傻，是太善良了。"终于听到有一个人说自己不傻，谷妙语有点激动地看向邵远。

"但你比其他人多一点善良就好，也不用太善良，太善良是有点傻。"邵远接着说。

你不是傻，你是太善良了。太善良是有点傻。

谷妙语很想让邵远回味一下他自己刚刚说的前后矛盾的话，看他俩到底谁傻。

她想了想，决定和邵远分享一下她学生时代的某件事。

"我给你讲个故事吧。"谷妙语对邵远说，"我白讲，你白听，不要钱。"

邵远把喵喵抱在怀里，一边像抚摸女朋友似的温存摸猫，一边等着听故事。

"中学时候我们班有个女生，特别爱撒谎，生活习惯不好，手脚也不太干净。我们班上同学丢了几次钱和吃的，最后查下来，都是这个女生偷的。不管老师怎么批评教育她，她就是不改，嬉皮笑脸不当回事。真的，你肯定从没见过那么厚脸皮的女孩。"

邵远摸喵喵的动作慢了下来，喵喵像个娇宝宝一样在他怀里呼噜呼噜地哼哼。谷妙语看着一人一猫，哆嗦了一下，总感觉邵远对喵喵的抚摸手法不太对，他像在抚摸小姑娘似的。

"后来呢？"邵远问。

她回了神，接着讲："后来有天她到处跟同学们借钱，说家里给她买校服的钱被她弄丢了，回家再要她爸会打死她，还说以后一定还钱。别人都没借，我和三千水脑抽，把钱借给她了。但事实是，放学以后，我和三千水看到她拿着钱去吃火锅了。三千水带着我冲进去要她还钱，她嬉皮笑脸地跟我们说，钱没有了，不如坐下来一起吃火锅吧。"

邵远听到这儿忍不住摇摇头："你说得对，我无法想象会有这么厚脸皮的女生。"

喵喵像个小马屁精一样，喵地一声叫，像在说宝宝觉得你说什么都对。邵远又去撸它的小脑袋，像在宠自己的女朋友似的，嘴里含糊地咕哝着小miao miao乖。

谷妙语耳朵莫名其妙痒了一下。她搓搓耳朵，接着说："再后面一次，她又到处跟同学们借钱，这回她换了说法，说她妈妈病了，求我们借钱给她，她要带她妈妈去看病。我们觉得很不可思议，我们都是学生，哪有什么钱，她妈妈如果真的要看病，跟我们借钱能看得起？她之前给我们上演了太多次'狼来了'，导致这一次我们谁都不信她。我们还问她，你妈是真的病了吗，别是你又想吃火锅了吧。她说不是的，她妈真的病了。后来我和三千水把我们的零钱给她了，五十块。"谷妙语讲到这里，语气中有淡淡的萧索和遗憾。

邵远从她的语气变化中感知到事情最后会有转折。

"之后呢？"他把手停在喵喵背上，问。

"之后她和她妈上新闻了。"门口传来楚千森的声音。她回来了，一边换鞋一边接话。

邵远听到楚千森的声音，不由自主地坐直了身体，一副规规矩矩、正正经经，就算你不在家我对小姐姐也毫无邪念的样子。

喵喵从他怀里跳到地上，哒哒哒地小跑着，跑到楚千森脚下喵喵叫。楚千森刚刚的铁娘子气派瞬间荡然无存，奴才似的抱起喵喵谄媚地给它撸下巴。她抱着喵喵走到沙发前，一屁股坐在谷妙语和邵远之间，把他们隔开得特别自然。

"她们娘俩为什么会上新闻呢？因为我们这个同学，把她爸捅了。到那时我们才知道，原来她爸常年家暴她和她妈，就因为她是女孩不是男孩。她爸平时也不给她钱，她很想吃顿火锅，才骗了我和小稻谷的钱。那回是她爸把她妈打坏了，她想问我们借钱带她妈去看医生，但没人信她。我和小稻谷最后借她那五十块钱其实也不是因为相信她，而是受不了她做出的那副可怜相。她问我们借不到钱，只好回去硬着头皮跟她爸要，她爸不给，她顶撞了两句，她爸一生气就又要打她和她妈。就在她爸又向她妈挥起拳头那一刻，她爆发了。"讲起往事，楚千森叹口气，她抱着一直叫不停的喵喵起身："我去给喵喵弄点吃的。"

她走开后，邵远自在了不少，刚刚一直僵挺的后背默默舒缓下来。

"那个女生，后来怎么样了？"邵远问。

谷妙语说："她进了少管所。后来从少管所出来，之后带着她妈去了不知道哪里。她离开之前还要到我和三千水的号码给我们发了短信，说谢谢我们那天还肯借她五十块钱，那是我们给她的最后一点温暖。但我俩不敢领这份谢，假如那天我们能相信她，相信她妈妈真的病了，再给她多凑点钱，说不定她家就不会发生那样的悲剧了。"

邵远摇头："我不这样认为。其实你这个同学自己也有很大问题，假如她不是平时演了太多次'狼来了'，耗尽了大家对她的信任，最后大家未必不肯借借钱给她。所以她自己的问题更大。还有，问题的最根本不是你们任何一个人，而是她父亲家暴的行为，以及她母亲一直以来的忍气吞声。就算那一次躲过了悲剧，如果她父亲还是暴力，她母亲还是忍着，悲剧早晚还是要发生。"

谷妙语这么一听，觉得邵远说得很有道理。他虽然比她小，但总是比她更理智，更能分析出问题的关键所在。

"反正从那次以后，我一听到有人要跟我借钱我就紧张，因为我要判断他借钱的理由到底是真的假的，万一判断错了怎么办，会不会酿成大错。"谷妙语说，"我本来犹豫要不要借钱给李跃的，可他今天跟我说了一句话触动了我。他说，谷姐，谢谢你刚才没和他们一样，问我妈是不是真生病了。"

邵远立刻懂了谷妙语的心情。她和同学们面对那个女生的借钱理由时，都问过那句话——你妈妈是真生病了吗，还是你又想去吃火锅。这句话是她和她那些同学一致的遗憾。所以当她听到李跃说了这么一句话，她干脆直接放弃辨认借钱理由的真伪，宁可信其有。不就五万块钱吗，钱没了可以再挣，哪怕被骗了，这钱最后没人还，那也不用再留下像那个女生那样的遗憾。

邵远再也不能说谷妙语的做法是傻了。她真的只是太善良，善良到比其他人更容易有负疚感。

"小姐姐，如果我是你，我有过你那样的经历，我想我也会借钱给李跃的。"邵远说，"别听他们的，你不傻。"

谷妙语吁口气，拍手笑了："你这么说我就放心了！"她笑得有点傻地说。

设计一部又接了个三栋联排别墅装修的活，三栋别墅都是同一家人买的。骆峰带着几个人一起去现场量房，谷妙语是被带走的几个人之一。

路上小亚喜滋滋地跟谷妙语咬耳朵："骆头儿现在对你好像越来越改观了呢！"

谷妙语并不掩饰自己的开心："得谢谢你，平时没少帮我说好话。"

小亚说："别谢别谢，承不起，毕竟你刚来的时候我对你也不咋的。"顿了顿她说，"不过日久见人心嘛，日久了大家都是好兄弟！"谷妙语总觉得这话听起来有点怪。

三栋别墅大小格局都不一样，到了地方后，大家都又量又记地忙碌起来。只有谷妙语没有记录，虽然她也到处量，但量完了就量完了，量完一个地方就换下一个地方，中间没有停顿下来记录的过程，那样子看起来就像整套活只干了半套一样。

骆峰冷眼看着她悠哉的样子，说："带你来是让你量房记录数据，不是让你试试测量尺好不好用。"

谷妙语缩缩脖子"哦"一声，但还是到处量，依然不记。

量完房大家回到公司，开始讨论设计方案。骆峰故意让谷妙语报尺寸，谷妙语居然问到哪里立刻答哪里，分毫不错，甚至后面还纠正了同事们几个比较细微的错误。

骆峰问她："你把尺寸都记哪里了？"

谷妙语说："记脑子里了，我对尺寸比较敏感。"

骆峰多看了她两眼，没说什么。

骆峰后来把这项设计分派给了几个人做，自己并没有参与。小亚对谷妙语说，骆峰后面还有大项目要做，所以顾不上这趟活了。但这次谷妙语居然不在参与设计的小组里，这一点让小亚比较奇怪。

"毕竟你之前都跟着一起量尺寸开会想设计方案了，最后参与项目的人里居然没有你，也不知道骆头儿是怎么想的。要不然你下回还是动手记录尺寸吧，哪怕你脑子能记得住，也做个样子呗。"

没被选进最终的设计小组，谷妙语有一点失落，但她马上打起精神。她并不觉得骆峰最终没有选她进设计组是因为她没有手动记录数据，可是他到底为什么不选她呢？

这疑问倒让谷妙语足有两晚没睡好觉。

第三天当她带着养了两晚的淡淡黑眼圈去上班的时候，小亚风风火火地告诉她："赶紧去大会议室开会！"

谷妙语说："走吧，一起去。"

小亚说："没有我，你自己去。"

谷妙语有点疑惑："为什么就我自己啊？"

小亚两手一摊："不知道啊，反正刚才我在厕所门口遇到骆头儿，他在那么个鬼地方给我下达的指令，让我宣你立刻到大会议室开会。"

谷妙语放下包拿起笔记本电脑，带着两个淡淡的黑眼圈和一肚子疑惑去了大会议室。

进了会议室她有点意外。几个设计部的主管都在，每个主管旁边都跟着一位优秀设计师。

邢克免看到她抱着笔记本进来，一愣，随后他笑着像打趣似的说："哟，小谷，你是不是走错地方了？该不会你刚来没多久就要跟着我们一起参与大项目的设计了吧？"

坐在首座的设计部总负责人告诉邢克免，谷妙语并没有走错地方。

谷妙语被眼前的状况搞得有点蒙。

她这副表情撞进邢克免的眼睛，让邢克免那副开玩笑的表象撕裂了。他直接表达了不乐意："得了吧小谷，进都进来了，就别装无知小白花了吧。"邢克免扭头对设计部总负责人说："领导，我想多带个有经验的人进来不让我带，她一个新人，凭什么进来了啊？"

门口响起一道冷冷的声音："谷妙语，我带进来的。"

骆峰进来了。

会议室里所有人的注意力都被他吸过去，邢克免也看向他。

骆峰直直地回视邢克免，冷冷地说："我让她进来的，有问题吗？"

邢克免嗤地一笑："她凭什么？关系够硬吗？"

骆峰扭头对谷妙语说："叫师傅。"

声音冷冷的，冷得谷妙语反应了一下才明白他的意图其实很火热。

她赶紧朗声喊了句:"师傅!"

骆峰转过头,看向邢克免:"这回关系够硬了吗?够了的话就闭嘴。"

第十九章

他像个英雄

骆峰的一句话让邢克兔陷入吃惊，他一时讲不出话，就此被噎得闭了嘴。

谷妙语看到其他人的脸上也都流露出意外，于是她大胆地设想，骆峰并不轻易带徒弟。这么一想她顿时觉得地球对她的两脚失去了一部分引力，她整个人都有点要往天上飘。她想她八成是撞大运了。

设计部总负责人在长条会议桌的首位宣布："人齐了吧？齐了就都坐下，开始开会。"

骆峰转头瞥了谷妙语一眼，眼神还是冷冰冰的，他给了她一个示意。谷妙语立刻剔除冷冰冰的表象，参透了为人师者护犊子的本意——他是让她跟着他走，他坐在哪儿，她就在他的旁边坐下。他这是在罩着她。

落了座，谷妙语发现邢克兔正好坐在她和骆峰对面。这个人从精神到实质顽强表明着二部和一部是对垒关系。

谷妙语瞥瞥骆峰，他连对邢克兔用鼻孔喷点鄙夷气息都懒得做。他连鄙视都嫌费力气，干脆无视。谷妙语不知道骆峰这样做到底好还是不好，毕竟邵远告诉过她，过刚易折，宁得罪君子也别得罪小人。

设计部总负责人清清嗓子，开始讲话："各位都是设计部的精英，今天把大家召集起来是要集合大家之力，争取完成一个大单子。不知道大家留意了没有，全国排名前三的大型房地产集团叁骄地产，针对中高收入人群推出了精装修公寓楼盘。现在针对公寓的装修设计及施工，叁骄地产在进行招标。董事长给我们设计部下了任务，要我们无论如何，务必拿下这个项目！"

宣布董事长下达的命令时，设计部总负责人用拳头捶了下桌子，以声势与气势双方面凸显着"务必拿下项目"几个字的力度。

"大家也都知道，我们公司正在准备上市，所以这个项目对我们嘉乐远来说，不论是出于准备上市角度还是未来发展角度，都很关键，它将打开我们与大型房地产集团的深度合作。按照董事长的意思，假如这个项目能顺利完成，将有利于未来三年我们和至少五家大型房地产集团达成战略合作。另外如果这单做好了，公司会成立专门的精装修事业部，到时能被选进精装部的人，一定都是最优秀的人，机会难得，请大家重视起来。"

总负责人的一席话，把大家的情绪都调动得有些亢奋。谷妙语的心跳也跟着加快。她有点雀跃，有点迫不及待地想参与到项目设计中，检验一下自己的能力和潜力到底有多少。但她也有点紧张，她不知道她的能力和潜力究竟能驾驭项目的设计到哪个程度。

会议室里很多人都开始摩拳擦掌，让总负责人快讲讲项目的具体情况。

总负责人说："这个精装公寓楼盘一共有近三十种户型，在座的设计师们，请你们通力合作自行分配，尽快完成每种户型的设计图，包括硬装设计、软装设计、平面设计图、室内效果图，还有排水、电气、暖通等装修工程设计图，以及施工报价。最后这些内容还要合成到一份PPT文件里，注意PPT要捞干货讲，尽量做得精彩。"说完具体要求，总负责人又用拳头捶桌面，是给在座的人提气，也是在敦促大家，"时间紧，任务重，请各位竭尽所能各显神通，我们这次务必要中标！"

谷妙语走出会议室的时候，感觉自己被设计部总负责人灌了一身的压力和鸡血。

回办公室的路上，她和骆峰一起走。

骆峰人高腿长步子大，她颠颠地介于跑和走之间，跟在他身后，小心翼翼地确认："骆老师，你刚才在会议室里让我叫师傅的事，现在出了会议室，还算数不？"

骆峰的大步伐戛然而止，谷妙语也连忙跟着急刹车。

骆峰站定后，转头冷瞥谷妙语："你第一天认识我？我说过的哪句话是儿戏？"

谷妙语连忙站好对着骆峰低头深拜下去："师傅！"

等她抬起头，发现骆峰已经走到一步开外去了。

"别咒我。"骆峰硬邦邦地说。

她没打算三鞠躬，就鞠一下，他躲什么啊……她连忙追上去，追到和骆峰并肩的位置，一扭头她惊异地发现，骆峰嘴角似乎带着点笑意。

"做我徒弟很痛苦的，你最好有个心理准备。"骆峰说完这一句，步伐更加大也更加快地窜了出去。

谷妙语这就感受到了，做他的徒弟真的挺苦的，想赶上他的脚步得去练习一下竞走才行。

午休时小亚出去溜达了一圈，回来后她就扑到谷妙语身边，诧异让她把眼睛瞪得有平时的两倍大。

"谷妙语，听说骆头儿收了你做徒弟？他平时不爱展现，所以在业内没有陶星宇那么有名，但你知不知道，他其实是设计界的扫地僧！如果他愿意社交，成就不比陶星宇差！天啊你居然能叫骆头儿师傅，天啊你太幸运了，天啊我快要被嫉妒模糊双眼了！"小亚一边疯狂摇晃谷妙语的肩膀一边说。

谷妙语在身体的前后摆动中回应小亚："你叫我一声师姐，记得天天给我拍马屁买好吃的，我就帮你在师傅面前美言，让他也收了你。"

小亚把她肩膀一松，"喊"了一声："得了吧，骆头儿之前收过一次徒弟，不过那家伙吃里扒外，为了自立门户和骆头儿平起平坐，学完骆头儿的本事以后又剽窃他的设计创意，从那以后骆头儿放了话，说以后再也不带徒弟了。这回他能收你已经是破天荒，我可不信你还能让他把我也收了。"

谷妙语听得一愣一愣的。原来还有这么个渊源。她刚想问问这渊源内部的具体细节，骆峰的声音像把冷冻过的刀似的，突然劈进她和小亚的谈话中。

"王小亚，舌头又见长了。别墅的设计图你做完了？"

小亚立刻捂住嘴巴灰溜溜地跑掉了。

骆峰走到谷妙语座位旁边，居高临下地丢给她一个优盘。

"里面有我做过的各种装修设计案例，给你一天时间看一下，找下规律，调整好状态，明天开始正式开工。"

谷妙语手捧着优盘，感觉自己捧着一座山。扫地僧把他做过的设计无私传授给她看，真的是师恩如山。

谷妙语跟着骆峰忙碌起来。

从与骆峰近距离的接触中，她感受到了小亚的话一点没夸张。骆峰真的是设计界扫地僧一样的存在，或许业内他没什么名气，但他的设计拿出去，真的不比任何大手子差。她甚至觉得骆峰哪怕对名利稍稍有那么一些追求，他今时今日的成就相比于陶星宇来说，有过之而无不及。能跟在这样的人身边，叫他师傅，做他唯一的徒弟，跟着他学习，谷妙语知道自己有多幸运。

她在百忙状态中抽出了一顿午饭的时间，和邵远又去了必胜客吃外国大饼。

她对邵远讲起最近的事情，讲起自己身为"骆峰徒弟"的新身份，讲起自己的幸运。

"虽然师傅要求很严格，跟他一起做事很有压力，但压力就是动力，我跟着他真的开了不少眼界。我觉得我可真是老天爷的宠儿，那么多人怎么就我成了骆峰的徒弟呢？我太幸运了！"

邵远也感到面前的小姐姐在嘉乐远正在一点点打开局面，她正在一点点变得不可同日而语。

"我说过的，骆峰这种人，脾气怪但也好搞定，你只要是真的有才华，他就会看重你。小姐姐，你不是幸运，你是比别人更真诚更努力，也更有才华，骆峰他是看到了你的真诚努力和才华，才会挑你做徒弟。"

谷妙语被他说得很开心："听完你的吹捧，我感觉我还能再吃一张外国大饼！"

邵远看着谷妙语，脸上在笑，心底却藏起一点失落。从前她的美好，她不自知，也不太为人所知，只有他知道。但现在，她这块璞玉要开始发光了，以后人人都会意识到她这块和氏璧的珍贵。他一下变得有点矛盾。他想看到谷妙语变得更优秀，变得闪耀发光。但有时他会想把谷妙语藏起来算了，不让那么多潜在敌人看到她的美好。

不过他最终克服了那一点小小自私的情绪。她还是变得闪耀发光的好，这样的话或许以她个人的成就多少能弥补一下她家世方面的弱项了。这么想着，他又变得迫不及待想看到她强大发光起来。

他隔着桌面上铺满芝士和丰盛海鲜的外国大饼，问谷妙语："你最近还有在看那本互联网的书吗？"

谷妙语把含在嘴里的那口比萨草草嚼了嚼，咽下肚："那本书我已经看完了。"

"觉得有什么启发或者收获吗？"邵远问。

"有啊！"谷妙语眼睛一亮，"我觉得以后家装这块能跟互联网好好结合一下，搞出点名堂来。"

邵远笑一笑："嗯，现在七十二行，行行都恨不得和互联网结合一下，搞出点名堂来。"他顿一顿后，说，"我觉得你要想把家装和互联网结合在一起搞出点名堂来，光懂家装行业的东西和互联网方面的东西，还不够，你应该再学些公司运作方面的东西，这些东西以后一定会用得上。"

谷妙语放下筷子好学地搓搓手，问："那我得从哪儿学起公司运作的事情啊？"

邵远从西裤口袋里摸出个优盘给她。

"正好，这里面有关于一家公司从成立到运营到后续发展的相关资料，你看看吧，有哪里看不懂可以问我。"

谷妙语开心地收下优盘。她忽然发现这几天她已经收到两个优盘了。她忽然又发现，邵远是有备而来的。他不是刚好说到让她学习公司运营的事情，身上就带着个可供学习这方面知识的优盘。他是有心提前准备好一切，却又以很无心的方式表达出来，看起来轻描淡写，其实背后他不知道费了多大的工夫去整理这些资料。这年月，这世上，怎么还有像他这样的男生？做了那么多，却从不说。

她握着那个优盘，有一个瞬间心软得一塌糊涂。

谷妙语跟着骆峰一起，进入魔鬼般的加班画图模式。

骆峰给她做了很多批量精装修设计方面的指点，纠正了她有点跑偏的思路。

"你之前没有接触过批量精装修设计吧？批量精装修设计和你之前做的单个家装设计，侧重点是不一样的。"骆峰告诉她，"单个的家装项目，越与众不同越好，你给业主把设计做得越有独特的风格业主越满意，但批量精装修不能这样。批量精装修设计首先要强调的，就是避免个性化设计，它应该人性化、大众化，注重通用功能，避免特殊性功能，注重通用材料，避免特殊性材料。这样做的目的是便于统一批量施工。另外设计的过程中要注意别抖机灵从而把空间设计得复杂繁琐，要适当简约，这样做是为了给客户留有按自己喜好进一步布置空间的余地。"

依照骆峰的指点，谷妙语固有的设计思路一下就得到了调整。渐渐的，她出的设计稿，骆峰在上面批注的意见一次比一次少。她在渐渐变少的批注中，一点点释放出自己的潜力。

骆峰对她的指点毫不藏私。她觉得如果骆峰是猫，她就是虎，骆峰是恨不能把爬树的本事都一并教给她。有这样有本事又无私的师傅指点，谷妙语自己都感觉得到她在进步。

忙忙碌碌中，时间过得飞快。

只有在很偶然的时候，谷妙语才能想起李跃还一直都没有什么音讯。后来大家在周末聚餐的时候又聊起这件事，大家都认为她被李跃骗了。他们替她义愤填膺，觉得李跃真是可恶。小亚说人力部还专门联系过李跃，但电话一直打不通。她还说妙语啊，你这钱八成是追不回来了。别上火，就当是破财免灾。

谷妙语其实一点都没上火。她顾不上上火。

投标截止日期近在眼前，她连邵远都顾不上天天见，哪还能去计较一个李跃呢。

最近谷妙语忙到飞起，虽然平时在同一栋大楼内，可是邵远已经好几天没能和谷妙语好好吃顿饭说会话了。本来他想趁着周末约谷妙语见一面吃个饭，结果星期六谷妙语部门聚餐，星期天他被父母叫回家吃饭。又是一个相见化为泡影的周末。

邵远在饭桌前强打起精神，周旋父母的问话。

父亲最先对他发问："最近在忙什么？"

邵远规规矩矩地答话："在我妈公司里跟着券商学习投行业务。"

父亲问："学得怎么样，有新的收获吗？"

邵远回答："有的，任师兄业务能力很强，跟着他我一直能学到很多新东西。"

父亲点点头，话锋一转，说："听你妈妈说，你买了套房子？在哪里啊？"

邵远心里咯噔一下。他最怕父母对他那套房子起什么好奇心。

"在东南三环。"邵远尽量简洁地说。

"装修了吗？"父亲问。

邵远手心都要冒出汗来。他万万不能让父母知道，那套房子他是找嘉乐远里一个叫谷妙语的设计师装修的。他万万不能把她暴露在父母面前，不能让身为嘉乐远董事长的母亲对她留有印象。哪怕只是一丝印象，也能引起母亲后续的好奇心和深入了解。

"反正我买那套房子是作为一项投资，没打算真的住进去，所以就没急着装修。"邵远说了谎。

父亲点点头。

"有空拍点照片给我看看，我瞧瞧你眼光怎么样，选的房子未来的升值空间有多大。"

邵远乖巧地点头："好的。"

餐桌好像震颤了一下，他一心跟父亲周旋，怕露出什么破绽，没有顾及这份震颤。

母亲突然出声问了他一个问题："小远，你是不是谈恋爱了？"

听清问题后有一个瞬间邵远差点紧张到窒息，他马上镇定下来，摇头回答："没有，我没谈恋爱。妈……您为什么会这么问？"

母亲微笑一下，对着他放在桌面上的手机努了努下巴："周书奇刚刚给你发信息呢，你手机屏幕上显示了。"

邵远一下明白刚刚被他忽略的那下震颤是怎么回事，他连忙低头按亮手机屏幕。周书奇发来的信息内容是"我们去小姐姐的家撸猫吧，一起共解我们的相思之苦"。

看清短信内容，邵远头皮一麻。他想他上辈子一定是欠了周书奇不少钱。

他在心里对周书奇说了句对不起，而后抬起头，很认真很正经地告诉母亲："妈，您知道的，周书奇一直有点娘，然后他也喜欢开一些……有点那个的玩笑。他说的'我们的相思之苦'，其实是在开玩笑说他和我之间的相思之苦，不是我们和别的女孩的意思。"邵远从来不知道自己瞎掰起来能这么头头是道，"但您放心，这小子就是爱那么开玩笑而已。"

母亲有点嫌弃地摇摇头："真不懂你们现在的年轻人，这种玩笑有什么好开的。"顿了顿，母亲换上语重心长的语气，"小远，其实妈妈不是反对你谈女朋友，你也到了谈恋爱的年纪，但和谁谈很重要。你看你李叔叔家的儿子，随随便便找了个女朋友，女方家的条件和你李叔叔家相差太多，你李叔叔走出来参加聚会都觉得很没面子。我们这代人，自己一辈子什么都要强，就怕到了儿女那儿拖后腿，松了这股要强的劲。"

邵远随着母亲说，他只低头听，不搭腔。

母亲忽然想起什么，语调轻轻一抬："对了，听说你李叔叔的儿子找的那个女朋友还比他大两岁。家庭条件不好，年纪又大，现在你李叔叔快愁死了，他一遇到我们这些老朋友就拜托我们帮忙给他儿子介绍新的女朋友，想方设法要撬黄他们呢。"

邵远听母亲讲这段话，听得心惊肉跳。他抬起头。他应该顺着母亲的话往下说的，可不知怎么，他居然鬼使神差地把心里真正的想法回复给了母亲。

"其实，只要是李叔叔的儿子自己喜欢，女方就算大一点、家世差一点，应该也没什么不好吧。"他的话一说完，父亲就撂下了筷子。

邵远心里又一个咯噔，他知道父亲有点生气了。在父亲眼里，他刚刚那样和母亲持有不同看法，无异于顶撞。所以在父亲看来，一向乖巧懂事的他，一下子变得忤逆反抗不听话了。

邵远噤了声。

母亲看了父亲一眼，柔声劝道："再吃一点。"然后转头看回邵远，神色是温柔和蔼的，但温柔和蔼里透露着绝对的威严。"小远，听妈妈——跟你说。首先为什么不能找年纪比你大的女孩子？因为女孩子的最佳生育年龄就那么两年，等你稳定下来可以结婚生子，也到二十五六了，找个岁数比你大的女朋友，她直接就过了生育最佳年龄，你未来小孩的身体素质和别人家的比，直接就输在了起跑线上。"

她给邵远的父亲夹了点菜，劝他又拿起筷子接着吃饭，继续对邵远说："再说两家的家世。如果两个人的家世不一样，两个人的眼界就不一样，看待问题就会有差距。眼界不一样的人，相处的快乐是很短暂的，未来大把的时间都会消耗在因为彼此差距造成的矛盾和争吵中。谈恋爱结婚就该找门当户对的对象，你找个和我们家世相当的姑娘，未来她也会是你的贤内助，但你要是找个什么条件都差的，那就是在拖你的后腿。什么'喜欢就好'，这就是你们年轻人任性说的不负责任的话，靠喜欢能过一辈子吗？肯定过不了的，门不当户不对，有差距的两个人早晚会把日子过成仇。"她说完这些，笑着对邵远说，"快给你爸盛碗汤，你爸身体不好，别再乱说话气你爸了。"

邵远放下筷子，给父亲盛汤，汤碗端在手里那么沉。他心里像压了两座乌云盖顶的大山，直叫人透不过气。

天气越来越热，邵远觉得自己的心每天都在被酷夏的高温蒸煮。

谷妙语每天的忙碌减少了他们之间的见面机会。他想这样也好，就趁此机会试试看能不能淡掉自己心里那份需要跨越鸿沟的情愫吧。他想他是有勇气搏一搏去跨越父母那道鸿沟的,可那样勇敢的前提是谷妙语也喜欢他,喜欢到为了和他在一起,甘愿承受他父母带着门第观念的倾轧。可她并不喜欢他,她是有意中人的。他拥有的是一份单方面的感情,这份感情夹在谷妙语和父母之间,让他进退不得,陷入绝望。所以不如就趁着谷妙语忙碌到他们不能见面,试试看放下她,放下他二十二岁夏天的这份情动吧。

一天不见面,或许就可以坚持到两天。两天不见,或许又可以坚持到四天。四天不见应该可以坚持到八天……就这样以2的n次方来对抗思念,或许最后真的可以做到一辈子都不再见。

天气就要热到顶点了,热到极致后温度曲线就要开始走下坡。那是他将要离开的时间。什么东西不是物极必反的?他的思念一定也会达到一个峰值后转而走下坡路。

邵远这样告诉着自己,忍耐着想要联系谷妙语的冲动。

谷妙语觉得骆峰帮她打通了任督二脉,她在他的指点下,灵感井喷,画图有如神助。她的很多设计思路都在骆峰那里达到了合格线。

"这种户型的玄关和厨房格局不是很规整,你把空间处理得还可以。"

"室内设计和室外设计风格的衔接你注意到了,阳台、露台的处理达标。"

骆峰给予她的都是这样不咸不淡的肯定。小亚对她说,能得到骆峰这样的评价已经很好了,让她别骄傲。

交图截止日的前一天,骆峰让她把设计图交到设计部总负责人那里。她把他们负责的八套户型图设计稿交到总负责人那里时,她看到总负责人脸上绽出了褒奖与肯定的笑容。

"这几组图里,数你们组设计得最好,我看着最满意,真是一点毛病都挑不出来!小谷啊,想不到你刚来没多久,就能把任务完成得这么好,很难得。你师傅骆峰可没少跟我夸你。还是他眼神毒,一眼就看中你这个人才!"

谷妙语听着这话,不由一愣。她有点想象不出一贯冷冰冰的骆峰,进入"没少夸她"的模式得是个什么样子。

"领导，我能问问我师傅是怎么夸我的吗？"她没忍住，试探地问了问总负责人。

总负责人按时收齐设计图，心情好，平易近人了一次，把答案告诉了谷妙语。他随手翻出一张图，指着图跟谷妙语说："喏，这套户型的玄关和厨房，你师傅指着它们让我看，问我你就说我徒弟设计的好不好，是不是把不规则的空间最大化地利用了，我带的人，是不是很优秀？"总负责人又挪动手指，指向阳台和露台。"你师傅指着这里跟我说你就说我徒弟在室内室外设计的衔接上，处理得是不是很妙？等投下这一标，记得给她涨工资。"

谷妙语听得目瞪口呆，随后又无比感动。她以为自己在骆峰那里只是过了合格线，没想到他对着别人是这么不吝夸她，还给她争取涨薪的机会。她内心有无数感慨翻涌滚动。在这个物欲横流的社会，有太多人只做了一分，却恨不得卖十分的好。像骆峰这样明明做十分，却一分好也懒得卖，简直清流。

总负责人看着谷妙语瞬息间变了又变的表情，有点了然："是不是你师傅从来没当着你的面这么夸过你？他当年是我招进来的，我了解他，他就这脾气，越看重你越不给你好脸，说是怕你骄傲，反而在除你之外的人面前，能把你夸上天。在这行里论护犊子，他要说自己是第二，没人敢称第一。你好好跟着你师傅干吧，会有前途的。"

谷妙语重重地点点头。

几天后设计部总负责人又给参与精装修公寓项目的设计师们开了会。他在会上激动地对大家宣布好消息："我们中标了！这个项目我们拿下了！谢谢大家的辛苦努力，也祝贺大家的辛苦没有白费！"

这消息一宣布，整个会议室都沸腾起来，每个人脸上的黑眼圈都因为高兴变得淡了。

给大家足够的时间发泄一下激动后，总负责人用拳头捶了捶桌子。

"喜讯和祝贺说完了，下面总结一下在这次投标过程中表现优秀的部门和存在问题最多的部门。"

大家渐渐安静下来。

总负责人环视所有人："先说说存在问题最多的部门。"他面色一肃，看向邢克兔，"设计二部这次提交的设计图里，错误很多，因为你们的反复修改，拖延了很多时间，差点赶不及投标截止期限。邢克兔，你们部门差点拖了大家后腿。"

邢克兔被点名点得抬不起头。

总负责人继续让目光环视室内一周，像人工追光一样，视线落点最终定在骆峰和谷妙语身上："这次设计图完成最出色的部门是设计一部，一部的谷妙语表现尤为突出，稍后我会向公司高层为谷妙语申请适当的表彰福利。"

他的话音一落，骆峰居然啪啪地鼓起掌。谷妙语愣了愣，扭头看——他还是一副冷面孔。他就顶着那副冷面孔，啪啪鼓着掌，环视着其他部门的设计师，冷冷地说："我徒弟得到表彰，你们不该给点掌声吗？"

其他人也都鼓起掌来。

谷妙语有那么一点想要钻桌子底下的冲动……她师傅果然护犊子。

谷妙语受到嘉奖的第二天，对她来说，又一个好消息从天而降摔进她耳朵里。

她早上一上班就被小亚一把扯住："谷妙语你撞大运了，李跃回来继续上班了，你的五万块钱不用打水漂了！"

小亚的话音落下没多久，那个消失了一个月的小伙子就跑进了办公室。他跑到谷妙语面前，整个人都瘦了一圈，但精神很好，看起来很开心。

他对谷妙语很真诚地道谢："姐，我妈出院了！谢谢你借我的五万块钱，要是没有你那五万块钱，我妈来不及手术可真就凶多吉少了！我妈说，这年头能向半生不熟的人一下借五万块钱的人不多了，说你是她的救命恩人，以后让我听你话，好好替她报恩！"他还告诉谷妙语，"姐，我们家前两天终于把房子卖掉了，拿到了钱，你把账号告诉我，我这就把钱还给你！"

谷妙语说了一串数字给李跃。那是她的卡号。报出它们的时候，她说不上心里是种什么感受，那感受有点复杂，复杂得让她的鼻头有点发酸。

现在在这世上，有太多太多事，有感人的上集，却没有感人的下集，只有沦为欺骗和被辜负的坏结局。但她给予李跃的善意，却终究没有被辜负。她想谢谢李跃，让她和围观了整个借钱事件的同事们，看到了人与人之间的信任和真诚，并没有全然被这物欲横流的世界湮灭。

李跃不愧是销售鬼才，刚返回工作岗位，就频频做成单子。只要是他谈过的客户，哪怕那人最初只是过来看一看溜达溜达，没真的想过要装修，最终也能被他谈出个浓厚的装修意向来。

公司里的人很快发现，只要是李跃拉下的单子，他必然交给谷妙语做。

小亚无限羡慕谷妙语："妙语啊，你真是善有善报，借了五万块钱给李跃，你收割了一个摇钱树一样的忠犬销售啊！你说我当时怎么就没借点钱给他呢？我要是能像你这么傻就好了，借点钱出去，现在签单签到手都软。啊啊啊后悔真是要模糊了我的双眼！"

习惯性捧她哏的金晶又站出来捧她的哏："对啊！好后悔啊！以后我也要做个谷妙语那样的大傻子！"

谷妙语："……"

谷妙语原本以为自己做完精装修公寓的项目可以好好歇一歇，和邵远吃个饭撸个猫叙一叙友谊什么的。但拜李跃所赐，她竟然一下子比之前还要忙。

实在忙不过来，她捶着老腰对李跃说："小跃啊，你拉到的单，姐实在签不过来，要不然你也给其他设计师雨露均沾一下？"

李跃干脆果断地一摇头："不，我拉到的单只给你做，你做不过来可以分给其他设计师，这样其他设计师还能领你一个好不是？"

谷妙语快被李跃感动得跪下了："弟弟，五万块钱真不多，你随便报一报恩可以了，不用这样！"

李跃又一摇头："五万块钱多不多得看怎么衡量，对别人不多，但对我来说，那是我妈一条命。"

谷妙语被吓得什么也说不出来了，她真说不过一个金牌销售。

李跃最后对她说："姐，你放心，我们全家谢你一辈子。"

谷妙语差点热泪盈眶。金牌销售谢谢人的方式，太吓人了。

李跃下午又接待了一个顾客，是个要求比较多有点难缠的大叔。

跟大叔谈出明确的装修意向后，李跃对他说："叔，是这样的，我是客户经理，俗称就是销售。我负责和您初步沟通，然后根据您的意愿和要求，给您推荐一位非常优秀非常负责的设计师，由她来根据您的具体要求为您出设计方案！"

李跃对大叔介绍完基本流程，就照旧把单子交给谷妙语做。

谷妙语赶到会客区，刚坐下对着大叔做了句自我介绍，大叔的情绪马上反弹起来。他不理谷妙语，直接对李跃说："这个女设计师我知道她的呀，我在新闻里看到过，小伙子你真是不厚道，还说介绍最优秀负责的设计师给我，你这是欺骗我好吧？她都害别人家的小孩子得了白血病的！"

李跃正了脸色，对大叔说："叔，网上那些瞎传的东西，叫八卦，不叫新闻，那些都是假的，谷妙语她就是我们公司最优秀最负责任的设计师，我没有必要骗您！"

大叔不信李跃的话："你可算了吧小伙子，叔本来对你印象很好的，那么多人都说是真的，就你说是假的，你可别是和她联合起来之后有什么好处吧？"

听到这样的话，李跃是生气的，但优秀销售的素养让他依然保持微笑："大叔，我给您看看谷设计师之前设计的案例吧，她刚刚拿下一个设计新人奖呢，我来用事实向您证明，谷设计师真的是非常优秀的设计师！"

大叔一摆手："算了算了，得奖能说明什么问题？现在好多奖都不是冲着能力颁的，花点钱陪顿饭，就能得奖了啊。再说得奖也不能说明人品没问题吧？这样，要么你给我换人，要么我就不在你们这里装修了。"

李跃还要为谷妙语辩解，谷妙语一把拉住他，对他摇头："正好我也有点忙不过来，我叫小亚过来吧。"

李跃还来不及同意或者反驳她，小亚说曹操曹操到："不用叫我，我从刚才开始就在，但我不接这单，因为……"小亚冲着大叔说："大叔啊，谷妙语她真是我们这些人里最优秀的年轻设计师，我们真不如她，网上那些传言也确实是假的，她是个好人，是舆论的无辜受害者，您要是不信我一个人这么说，您可以再问问其他人。"

金晶在小亚旁边给小亚捧哏："是啊，大叔，谷妙语不论能力和人品，都很优秀的，您想啊，她要是有问题，能在我们公司待得下去吗？我们又能这么替她说话吗？"

这么个工夫，部门其他人居然也都过来了。小亚冲谷妙语晃了晃手机——我给大家发了信息。

她用动作在说。

其他同事也都对大叔表明谷妙语无论人品还是能力，都是我们部门最出类拔萃的。

大叔被说得一副晕头涨脑的样子，一拍桌："你们都是一个部门的吧？你们当然护短了！你们串通一气说的话，一点都不可信！"

有道声音透过一部的人墙传来："大叔，您看我的工牌，我不是他们部门的，我是从这儿路过的。"

谷妙语看清，挤过来的人是邢克免那个部门的袁伊。

之前袁伊帮史晋弄掉了她的手机，让她面对史晋的反咬一口没能用录音自证清白。事情解决后，她没有给袁伊什么教训，采取了邵远教她的"施恩"策略，告诉袁伊今天的事我不会和别人说，你也不用放在心上，我们都忘掉吧。她想不到当日的施恩举措，如邵远所说的那样得到回报了——邵远说，能对人施恩的时候就对人施恩，以后他会对你感恩戴德肝脑涂地的。

现在袁伊正挤过来对大叔力证："大叔，谷设计师的人品在我们公司是一顶一的，她为人大度不记仇，从来不和别人多计较什么！您看我不是和他们一个部门的，我犯不上平白无故为她编好话！"

大家七嘴八舌，热热闹闹地附和。

谷妙语看着他们，听着他们为自己的人品和能力作见证，鼻子猛地一酸。她捏着鼻梁，捏回那股鼻酸，开心地笑了。

大叔最后在大家热热闹闹的七嘴八舌中告了饶："你们人多，我说不过你们，我服了行吧？好了好了，那我就用谷设计师吧！"

谷妙语和大叔沟通约好后续事项后，回了办公室。

办公室里，大家都在各自忙着各自的事，好像刚刚什么也没发生过一样，他们没有出去帮她说话，她也不必因此充满感激。

谷妙语出了声："大家！"她这声召唤吸引了同事们的注意力，大家应着她那声"大家"，看向她。

谷妙语深深鞠了个躬。

"刚才谢谢你们了！"

小亚赶紧站起来走到她身边，把弯曲的她掰直："你跟你师傅鞠躬也就算了，跟我们鞠什么躬啊，折我们寿哪？"

谷妙语说："我想谢谢大家帮我说好话！"

小亚看着她说："其实你也不用特意谢。我为什么这么说呢？这样吧，下面我分三点来告诉你，我们为什么帮你说话。

小亚清清嗓子："第一，我们帮你，那是因为我们不瞎，我们看到你到底是个什么样的人，你怎么给客户装修房子的，有多用心，你的职业操守和责任心有时候让我都觉得有点惭愧。第二，我们说你傻，但你其实是善良、乐于助人，你看我们谁都没借钱给李跃，就你借了。第三，这点很重要，你得奖了！那是我一直梦寐以求想得的奖！好吧这说明你有能力，你的能力让你值得得到我们的肯定。"

谷妙语被小亚说得浑身热血沸腾。原来她这么优秀，她太开心激动了！

捧哏能手金晶又窜过来："我能给小亚补充个第四点吗？"

谷妙语用力点头。夸她的点，她不嫌多！

金晶说："那趁着骆头儿不在，我贡献个第四点！第四，你现在是骆头儿的独苗徒弟，是他重点培养的对象，我们害怕骆头儿，所以我们得给你拍好马屁！"

大家全都笑起来。

谷妙语知道金晶在开玩笑，也不由跟着一起笑。

邵远站在设计一部的门外，看着这个部门里发生的温馨和谐的一幕。

他刚刚上厕所的时候听到有人在闲聊，说设计部的谷妙语遇到了个难缠的客户，又在拿她之前那件负面事件说事了。他赶紧回到证券部，引导着任炎，让他给自己派个"你下楼去和设计部的骆峰确认一下他的学历履历等情况，回头好和董事长研讨一下，看要不要把他也算在核心技术人员里"的任务。

他立刻下了楼。但他没看到顾客怎么刁难谷妙语，他看到了她的同事们怎样帮她说话。她靠着自己的努力，一副副地摘掉了同事们看她时戴上的有色眼镜。从前那些人看她，眼神是嫌弃的、质疑的、排斥的。可现在，他们看她时目光是温暖的、认同的，甚至是赞赏的。

她真棒。她靠着自己的努力一点点扭转了最初的劣势，赢得了大家的认可，打开了新的局面。

他看着那个闪光的小姐姐，心跳如鼓。他那么用力地克制着自己，坚持到这么多天都不见她。结果这偷偷的一见倒好，那2的n次方的决心瞬间就土崩瓦解。原来他的思念达到一个峰值后没有转而走下坡，它升上了一个更高的峰值。

他该怎么戒掉她呢？那么美好的她。

下班回家后，谷妙语一边撸着喵喵一边意识到，邵远已经好多天没来宠喵喵了，她也好多天没看到他了。之前一直忙，忙到他们连信息都发得少。

这么一想，她倒有点想见他。

谷妙语拿起手机直接给邵远打电话，约他明天中午一起去必胜客吃外国大饼。

邵远居然犹豫了一下。这让她有点意外。

"你不是这么多天没见，索性决定掰掉我这个朋友算了吧？"她开着玩笑说。

邵远那副立体音的嗓子立刻闪出一个超强重音："当然不是！"随后他说，"我很想喵喵。"

他把喵喵两个字的音节说得有点飘。

"想就来看啊，又没人绑着你的腿！"谷妙语说。

邵远笑了："那明天中午我们吃外国大饼，明天晚上我跟你回家看喵喵。"

提前安排好了明天一天的事，谷妙语睡了个安心好觉。

第二天早起，她右眼皮突然跳起来。明明睡得不错，眼皮却跳，还跳在右边。谷妙语心里有种隐隐不安的感觉。

到了中午，她去赴邵远的午餐约会，一出公司门她就呆掉了。

她可算是知道为什么右眼皮会跳了。公司门口停了辆油漆锃亮的捷豹轿车，博杰正耍帅地一腿压一腿，靠在车头前，怀里还抱着一捧血红的玫瑰。

谷妙语听到博杰问一个从他车旁路过的同事："请问谷妙语下班了吗？"

那同事上下打量着博杰，回答："中午大家都下班。"

谷妙语右眼皮跳得像皮下安装了震动泵。她趁着博杰和那位同事交谈，急急忙忙后退，往公司里面缩回去。她从没像眼前这一刻，这么由衷地感谢老谷——谢谢她爹是个体育老师，谢谢他二十五年如一日地逮着她和楚千森迫迫他们进行体育达标活动。关键时刻还真是多亏她凝聚了多年体育精魂的胳膊腿，才能让她撤退得干脆果断、不留下声音和痕迹。

她躲在门里的安全位置再向外面看一眼，只多看了这么一眼她就后悔了。脑仁疼。

其实博杰长得也不是不好，否则他也不会让涂晓蓉那么死心塌地。他捧着花靠在车前的姿态也不是耍得不帅，比如几个小女孩正绕在他周围羞羞私语蠢蠢欲动。

可她就是没法对他来电。她这辈子最怕和活在自己认知里的人打交道。他凭什么觉得他以这样的方式登场很闪亮、很拉风、很让人意外惊喜和感动？他凭什么认为他这样耍帅实则很扯犊子的做派，并不会给别人带来困扰？他简直是单方面把别人幻想成了一个花痴，一个对他此时此刻此种举动会感天动地捂脸尖叫的花痴。然后他自己沉浸在被别人花痴的幻想中，简直越想越觉得自己实在太帅。

谷妙语哆嗦了一下，赶紧奔着公司后门跑路。

虽然后门去外国大饼店要绕一点路，但只要能躲开正门外那个无限量释放骚气的博瘟神，她绕断腿都在所不惜。

因为绕路，谷妙语比邵远晚到了必胜客一会儿。

邵远已经帮她点好了餐，点的食物每一样都合她的口味。有时候谷妙语忍不住会想，邵远不像是比她小，反而有点像她爸。孩子平时喜欢吃什么，家长都默默看在眼里记在心里。

比萨很快端上来。

谷妙语把六分之一比萨的饼尖咬进嘴里的时候，心头多少还有点惊魂未定。

邵远像个人形显微镜，把她的任何表情都按纳米级数捕捉得清清楚楚。

他对她的烦恼其实很在意，却表现得浑不在意似的，就那么随口一问："怎么了？是发生了什么比较意外的事吗？"

谷妙语放下比萨，上身往前一探。

她今天梳着马尾辫，配着她白皙的面孔，清纯得像早上沾着露水的甜花瓣。她上身是件短袖白衬衫，领口恰到好处地敞开着，其实什么都看不见，却有一截雪白的颈子和颈子下线条明了的漂亮锁骨，让人觉得其实也不必再看到些什么，这样已经足矣。最让人心动的诱惑从来不出自于完全的敞开，那些遮遮掩掩只露出一点甜头的端倪，才最要命。

邵远看着探身向他靠过来的谷妙语，看着她同时驾驭着清纯与性感又不自知，看着她洁白的颈子和漂亮的锁骨，以及因为探身向前变得更加突出的胸前曲线，他的呼吸一窒，血几乎要往头上冲。耳朵和世界像隔了层膜，他看到谷妙语嘴巴在动。冷藏过的红草莓被一口咬开似的，又红又润还滴着汁。如果能吃一下她这颗草莓，他恐怕死也甘心了吧。

邵远忽然被自己脑子里的念头吓了一跳。他居然大白天坐在谷妙语对面对她起了一丝……淫念。薄薄的冷汗从他额头一瞬间渗出，又一瞬间冷却，留下一片紧绷绷的拉扯感。

他听到谷妙语重复问他："你还记得吗？还记不记得博杰？喂，小伙子，灵魂出窍了吗？"

谷妙语挥手在邵远面前摆了摆，邵远回神，连忙说："博杰吗？当然记得，那个无所事事爱打游戏的网瘾宅，涂晓蓉的前男友，一个坚定地认为你喜欢他，亟须服用氟哌啶醇的人。"

谷妙语听到这个久违的药名，噗地一声笑了。那是她第一次见到邵远时，诚心劝他服用的药。

"怎么忽然提到他？"邵远问。

谷妙语肩膀一塌："这个瘟神又出现了，你从公司门口出来的时候有没有看到一辆车一个人一捧花组成一幅非常装帅的发瘟图？那个人就是博杰。"谷妙语夹起比萨狠狠咬了一口。"奇了怪了，你说他怎么知道我在嘉乐远呢？"

邵远回想了一下中午走出公司门口的情形。

"我从公司出来的时候，是看到有辆车有个人，但我没看清那人长什么样，当时有四五个女孩正围着他。"

他看到门口正前方停了辆车，也站了个人，车前盖上也的确放了捧花。但他没有看到那个车前站着的人到底长什么样，因为那人当时正被四五个小姑娘围成圈簇拥着喊哥哥，又是合照又是要签名。他对追星之类的事一向不感兴趣，随便看了两眼就转头走了。他一心想着赶紧到必胜客见谷妙语，并没有什么心思去想那车那人为什么会出现在公司门口。

邵远想着博杰被女孩子包围的情形，从桌面上拿起手机。他上网搜了一下博杰的名字，网页上一下跳出了很多条新闻，都是在热烈歌颂博杰带队在某国打电竞比赛赢得了一个史无前例的冠军。新闻里评价博杰是"电竞圈里的年轻吴彦祖"，还附上博杰回国时粉丝们在机场的接机图。图片里博杰像个明星，尤其是女粉丝，围着他像围着个闪闪发光的太阳似的。

邵远把手机拿给谷妙语看："他还真得了冠军。"

谷妙语扫完新闻内容吓得手机都要掉在餐盘里。

"完了完了！他一事无成的时候就觉得自己很牛，现在得个冠军一定更自我感觉良好了，他肯定认为他喜欢我是给我脸，我可别给脸不要脸！太可怕了！"

谷妙语愁得把本该包圆的一盘比萨最后只吃下去四分之三。

下午上班，谷妙语从公司后门绕回了办公室。

一进屋她就听到小亚在和金晶聊八卦，八卦内容完全围绕着公司门口的捷豹帅哥展开。

"那人现在还在公司门口吗？"小亚问。

金晶说："我刚才回来的时候看已经不在了，好像是董事长中午过来，看到那车就停在咱们公司正门口挡道，非常不高兴，立马叫保安把那人轰走了。"

谷妙语忍不住在心里给董事长大大点了个赞。

金晶眼神一晃，看到谷妙语回来，立刻对她说："妙语啊，你中午出去没有？门口那帅哥好像是来找你的，据说他跟人打听你来着。"

谷妙语镇定地摇头否认："没出去，没看到，应该是找错人了吧。"

小亚随口问了金晶一句："那人跟谁打听妙语啊？"

金晶说："董事长。"

谷妙语腿一软差点跪下。她想喂博杰喝敌敌畏的心都有了。

下午谷妙语的右眼皮跳得比上午还欢，任凭她怎么搓怎么揉，怎么贴白纸片，她的右眼皮跟承接了老天爷什么恶意预言似的，跳得不肯停歇。

刚上班不一会儿，她桌上的座机响起来。

她接起来听，是前台给她打电话，告诉她赶紧到接待区，有顾客想了解一下装修方面的事情。

谷妙语放下电话就往接待区走。

等看到候在那里的人时，她差点扇自己一个嘴巴。怎么那么笨！怎么就没想到这打着"想了解一下装修方面的事情"的人是博杰！

谷妙语转身想走的时候已经来不及。博杰看到她，立刻从沙发上站起来。他带着一种派头，一种明星知道自己很帅的派头，站在那儿，微微偏头，微微笑，幽幽地感慨一声："妙语，我们如约又见面了！"

谷妙语一下子就被他那副做派肉麻到了。

她知道周围其他正在接待客户的同事和被接待的客户正在往这边看。她压着想转身就跑的冲动——她只要跑，博杰一定会追，凭他的操行，他还会一边追一边喊妙语你等等我，妙语你别害羞，妙语我们这么久没见了，我知道你一定很想我。这么一想谷妙语简直不寒而栗。

她走到小方桌前，对博杰说："走吧，我带你去独立接待室谈。"

博杰开心地跟在谷妙语身后，一路都是别人越看向他就走得越来劲的骚派头。

进了独立接待室，博杰迫不及待地放送赞美："妙语，你越来越漂亮身材越来越好了！对了，我本来给你准备了花，可惜晒了一中午，蔫了。蔫了的花可配不上你，明天我给你送新的！"

谷妙语翻开笔记本，讲正题："你不是要装修吗？那告诉我吧，你的房子多大，户型是什么样的。"

博杰往她身边拉了拉椅子，挨得她近近的，眼神顺着她的脖子和锁骨往下飘。收回眼神后，他冲谷妙语眨眨眼："真是狡猾的小坏蛋，想知道你未来的家有多大，直接问就好，还绕圈子！你还记得我说等我赚了比赛奖金回来买车买房然后娶你的话，对不对？房子是大三居，过几天就交房了，到时候我带你去看，你一定会喜欢的！"

谷妙语无语得快要咬舌头了。她一生会讲那么多鸡汤，却依然应付不了博杰这样的人。正事是谈不下去了，她干脆把本子合上，把手臂抱在胸前，问博杰："你是怎么知道我在嘉乐远上班的？"

博杰的身体倚在桌沿上，一只手臂搭在她的椅背上，把他和她的空间营造得充满暧昧。

"我去砺行问涂晓蓉了。"

谷妙语真想一拳呼死博杰："你去找涂晓蓉打听我？她喜欢你，你去找她打听我？"这人还有没有点良心？

"是啊，感动不？"

感动个屁！

"我谢谢你帮我又一次树敌！"

谷妙语向后使力，身体带动椅子向后蹭出一段距离，打破了博杰制造出来的半包围空间。她肃了面容，对博杰说："其实我跟你很早就说得很清楚了，当初是涂晓蓉为了试探你，用了我的账号搭讪你，跟你聊天的人从始至终都不是我！

我对你根本就没有过一丁点的意思！"

博杰笑着摇头："你骗我！不过我就喜欢你这么逗我玩！你说给我发信息的是涂晓蓉，涂晓蓉可不是这么说的，她说那就是你自己发的，你就擅长欲擒故纵这套手法。好了，我对你投降，你这套手法我真的抵抗不了！"博杰说说着一脸的动情，往前探身，深情款款地看着谷妙语，"妙语啊，你知道吗，我以为我成为冠军以后可以见到更多的人，我会爱上比你更好的姑娘，可是今天再看到你，我确定了，除你之外谁也别想得到我，我被你捕捉了！"他说着去捉谷妙语的手，"妙语，我可从来没有对一个人这么执着过！"

谷妙语躲开他的手，跑到门口打开接待室的门。她希望有人在外面走动，可以阻止博杰的动手动脚。

她走回来，警戒地躲着博杰的手，义正词严地说："博杰，我现在郑重告诉你，我有喜欢的人，但不是你，听明白了吗？"

博杰开始还是笑嘻嘻的，坚定地认为谷妙语在和他玩情趣，但看着谷妙语越来越沉越来越发黑的脸色，他终于收起了他的笑嘻嘻。

"他有我帅吗？"博杰首先问了这个问题。

"客观说，比你帅很多。"谷妙语肯定地说。

博杰额头上浮出一条筋："有我有本事吗？"

"比你有本事得多。"

"比我有本事？我是冠军！我得了大奖，他也得了吗？"

"对，他也得了，全世界的大奖。你就得过一次，他得过很多次。你不用问你有车有房他有没有，他全都有，他还有钱！"谷妙语顺口胡诌着一个又帅又有本事的虚拟人物。

博杰额头上浮出的那根筋变得又青又粗，还一下一下地跳起来。

"我为了你在国外拼搏，你现在跟我开这样的玩笑，你不怕我伤心吗？谷妙语我告诉你，我一定要得到你，谁也别想跟我抢！"

有同事被声音吸引过来，探头问，有事吗，需要帮忙吗？

谷妙语连忙说没事，把同事安抚走。她回头对博杰说："现在是上班时间，你先走吧，有什么事等我下了班再说。"

博杰不动。

谷妙语冷了脸："你想让我有多丢脸才满意？"

她从来没有用这样的表情态度对人讲过话。博杰被这样的她镇住了，他起身，撂下一句话："好，那我就等你下班！"

谷妙语在油煎一般的状态中过完一个下午。她很懊恼，想知道为什么人口密度这么大的城市，偏偏是她被博杰缠上。

下班时间到了，她没有急着走。她怕出去撞上博杰，和他纠纠缠缠的被同事们看到。她一辈子要脸，不能被这么个不要脸的家伙搞没了脸。

约莫等大家走得差不多了，为了双保险，她摸到公司后门，打算从那里悄悄走掉。但她万万没想到，她一出后门就看到了博杰。

有那么一瞬间她居然还有工夫想，原来博杰也不傻，他中午在前门等不到人，就知道晚上到后门来捉她了。

博杰看到她就往她身前走过来，捉着她的胳膊说："妙语，我知道是我走的时间太长，你太寂寞才会喜欢别人。我不瞒你，我在国外也有过两个女朋友，那么现在我们打平了，谁都别再闹别扭了，好吧？走，我带你去看看我们的家！"他牢牢捉着谷妙语的手腕，任由谷妙语怎么甩怎么挣都没用，他捉着她把她往车里拖。

谷妙语急得想杀人的心都有了。她真后悔走了公司后门，这里僻静人少，她喊个救命都没人听得到。

"博杰，你松开我！你是不是等我报警呢？"

博杰把她捉得更用力了。

"走，去看我们的家，你一定喜欢！"

博杰力气太大，不管谷妙语怎么反着使劲，她都挣不开他的桎梏。她手腕疼得快要断掉一样，心里的委屈和害怕同时爆发。

"博杰，你冷静点，你松开我，我们好好说好不好？你其实不是真的喜欢我你明白吗！"

博杰不听她的。他像失控了一样。谷妙语马上就要被他拖上车了，她心里涌起一股害怕和绝望，无奈着急得几乎想哭。

可就在博杰拉开车门那一刻，她手腕快要被钳断的那股力道蓦地消失了。她看到有一只手，一根一根掰开了博杰的手指头，掰得决然，掰得解恨。那只手就那么掰着博杰的手，掰得博杰随着手指向手背扭曲的角度，人也向他的背扭曲着，仿佛那样能替手指减少疼痛。

又有一只手轻柔地揽在她肩头，手的主人扭头向她皱眉询问："你有没有事？"

低音炮一样的声音，瞬间定住谷妙语的心神。

她侧过脸，仰起头，看着邵远。她觉得这一刻他像个英雄。

谷妙语看到邵远把博杰掰得疼到说不出话，赶紧让他松手。

"我没事，你先松开他！"虽然这样说，但她可不是担心博杰。她踮了踮脚，凑近邵远耳边飞快地说："他打电竞比赛的，你把手掰坏了他得赖上你，这人脑子有问题，什么都干得出来！"

她是担心邵远。

邵远确认她没问题，松了手。

博杰捂着手蹲了下去。

谷妙语看着博杰下蹲的姿势隐隐觉得不对。看他那样子他好像并不满足于蹲下而已，他似乎还想往地上躺……他这是要讹人？

谷妙语快被博杰恶心疯了，她真心觉得他应该吃药。

邵远也看出了博杰要躺下去的意图，及时拎住博杰肩膀上的衣服，拎着他让他倒不下去。

"我刚才用了多大的劲我自己心里有数，你手指头没断呢，就算你手指头断了也不至于昏过去。请你像个男人好吗？"

谷妙语听着邵远的话，看着他的侧脸。他现在看起来绝不是小孩子，他很成熟可靠。心忽然开始怦怦地跳，她连忙转开眼神。

被邵远一把拎住，博杰放弃了躺倒大计，他站起来，胳膊一绕，甩掉邵远拎在他肩膀的手。

他不搭理邵远，往谷妙语面前走，边走边问："是这小屁孩吗？你说你喜欢的人，是他？"

谷妙语随着他的冒进，身体一僵。邵远搂着她的肩头把她往后带，让大半个她掩藏在自己身后。

博杰不再无视邵远，他用被激怒的状态正面面对邵远。他抬起一只手，食指就要戳到邵远面门上，指指点点地说："小子，妙语在这儿呢，你刚才上来就掰我手指头我都没和你计较，你现在把她给我松开，我是跟她说话呢没你啥事，你别多管闲事！"

邵远一抬手就握上了那根食指。他稍微用力一撅，博杰瞬间又变得龇牙咧嘴。

"对，我就是她喜欢的那个人，告诉你我也喜欢她，我们俩在一起了，你识相点儿以后别再来找她了。你现在好歹也算是半个名人，干今天这样的事，要是让你那些粉丝知道，太掉价。"

邵远说完这些本该放手的，可他忽然想起什么，把刚刚卸掉的劲儿又使了出来，博杰本来已经拉直的脊背又立即疼得向后弯。"还有，我不是小孩儿，你觉得我小只能说明是你太老。"

他这回真的松开了博杰。

博杰握着手指向前弯下腰，缓和疼痛。随后他迅猛地直起身，攥起拳头要往邵远脸上挥，嘴里还骂着脏话。

谷妙语在那一瞬间脑子里一片空白，等她回神时她发现自己已经上前一步挡在了邵远身前。

"你敢打他试试？"她凶得横眉立目。

博杰停了挥拳的动作。他倒是真的怕拳头打到谷妙语身上。

邵远连忙再次把谷妙语拉到身侧。他看得出，她刚刚冲上前去护着他完全是下意识的。人在想要守护自己的时候总是瑟缩胆小，可在守护别人的时候就会变得意外强大。尤其下意识的守护最无所畏惧。她在下意识上前的那一刻，是来不及想自己会受到什么伤害的，她的本能告诉她，只要能守住想守的人没事就好。

他心里狠狠一动，再次揽住谷妙语的肩膀："别理他，我们走。"

谷妙语起步前告诉博杰："我再说一次，我从来没有给你发过信息，从来没有喜欢过你，你不要再来找我了！"说完她顺应着邵远揽在她肩头的力道，和他一起转身往前走。

博杰在他们身后不甘心地喊话："妙语，我不计较你今天说的话，就算你之前说你不喜欢我，但我会让你之后喜欢上我的！"

谷妙语没回头，但她让博杰听到了她的声音："你再来今天这套我立刻报警！"

她拉着邵远越走越快，好像博杰投在她身后的眼神是个携着匕首的歹徒在围追她一样。

拐过拐角，把博杰的视线和声音都彻底隔断在身后，谷妙语的腿开始发软。她蹲下去，低头待了一会儿。

邵远以为她在哭。他的手绕在她肩膀上方，不知道该不该按下去安慰她，又该说点什么安慰她。

刚才那么自然就搂住了她，可现在居然怂得连拍一拍都要左思右想，他真是快要瞧不起自己。

他正犹豫纠结的时候，谷妙语一下抬头站了起来。她脸上一点泪痕都没有，甚至连刚刚的惊恐慌乱也都整理掉了。

"干吗，你那什么表情？担心我会哭？放心，我鸡汤谷把能憋回去的鼻涕眼泪从来都是憋回去的，肥水绝不外流。"顿了顿，她说，"我刚才是心跳得太厉害，蹲下缓一缓。现在好了，我们走吧！"她笑着对邵远说。

邵远看着她的笑容，有点恍神。换成别的姑娘，应该因为后怕和委屈哭得梨花带雨才对，这样才更能让人心疼。可她不哭，她笑。他觉得这样的她，他更心疼了。

回家的路上，谷妙语问邵远："你怎么会从后门出来？假如不是你及时出来，我都不知道后面会发生什么事。"

邵远说:"凑巧从楼上往下看,看到你们了,我就赶紧下来了。"

中午因为博杰的突然出现,吃完午饭邵远回到公司后多留了心。他担心博杰不会就这么算了,于是下午的时候他时不时就会下楼一趟,转一圈,留心一下谷妙语的动态。

第四次下楼时,他没走空,真让他撞上博杰来找谷妙语了。

他徘徊在独立接待室门外时,听到谷妙语对博杰说,她有喜欢的人了。她告诉博杰,她喜欢的人长得帅,有本事,得过很多大奖。他越听越明白,这些条件描述的应该是谁。他的心一寸寸地往下疼,隐隐的钝钝的疼。

后来博杰走了,他上了楼。

余下的时间他心口一直麻麻钝钝地难受,到了下班时间他也不想立刻走,磨蹭到整层楼都没了人,他才出了办公室锁门。

走在走廊里,他听到楼下有动静。楼下是公司后门,从里面能出去,但从外面进不来,平时很僻静。他循声透过窗口向下看了看,这一看可真狠狠吓了他一跳,他差点急得从楼上蹦下去。

楼下,谷妙语正被一个男人死命往车里拖。他想那个男的应该就是博杰吧。他飞快地往楼下跑,电梯都来不及等,从楼梯间一路狂奔下去。狂奔的过程中,他气愤到把博杰的名字反过来讲成了脏话。

谷妙语听完邵远的话,双手合十高举过头顶,对着天很认真地拜了拜:"老天爷谢谢了,以后也请多赐给我们俩点凑巧!"

而后她放下手,抬头看他,忽然叹了口气。

邵远忙问:"怎么了?"

谷妙语笑着说:"没事,忽然想到今天我回去晚了,喵喵该着急了,或许小家伙正委屈地喵喵叫呢。"

邵远连忙说:"那我们快走吧。"

进了地铁挤在人群夹缝中时,谷妙语很清楚刚刚自己叹气的原因并不是喵喵会急得喵喵叫。

她只是在一瞬间忽然想到,就算老天爷肯多赐给他们凑巧又能赐多少。已经八月份了，再有几天就要立秋。等天气渐渐转凉，到了下个月初，邵远就要去另一个国家读书了，从此他们之间再也不会有凑巧。

那一刻她真的有点惆怅。

谷妙语和邵远一回到家，喵喵就像个小娇气包似的溜溜地跑过来，一边跑一边叫，叫得委屈巴巴。它蹭完谷妙语接着蹭邵远，蹭够了直接往邵远脚边一躺，开始碰瓷。

邵远蹲下陪它玩。谷妙语往厨房走。

"你先帮我照顾喵喵，我去做晚饭。"

她给楚千淼打电话，问："女王，晚上回家吃饭吗？"

楚千淼说："不回去吃了，别给我留饭，我今晚加班不知道加到什么时候呢。"

于是谷妙语开始准备两人份的饭菜。

最近她一直在忙，家里没有顾上续买米面，她翻了翻盛米的柜子，剩下的米大概只够一个半人的分量。想要两个人都吃饱，只能往大米里掺点小米。她想问问邵远，吃二米饭的吧？不忌口吧？于是她一边系着围裙，一边往客厅走。

邵远正在客厅里背对着她，蹲在地上陪喵喵玩。她走路轻，没什么声音，邵远没察觉到她走了过来。

他蹲在那儿给喵喵挠着肚皮。喵喵像个娇宝宝似的一边扭一边蹬着小短腿，它撒娇撒得邵远声音里都带上了点笑音。

"舒服吗？小miao miao，舒服吗？"

谷妙语倏地停下脚步，她好像听到了什么不一样的音节。

"miao miao，miao miao，舒服吗？"

喵喵回应他一声嗲嗲的"喵"，伸出舌头舔他的手指。

"好多天没见了，我很想你，你想我吗，妙妙？"

邵远任喵喵舔着，声音轻轻地说。

谷妙语扭身走回厨房。她站了一下，马上蹲了下去。

第二十章

栽在她手里

谷妙语蹲在地上，放在案台上的手机突然铃声大作。她惊得一个哆嗦，站起来一边接电话一边拍胸口，心脏在胸腔里简直在跳摇滚。

电话是陶大爷打来的，老爷子讲话的风格还是那么着三不着两的调调，可那副调调没能掩藏住他真实的情绪是着急和担心。

"小妙语啊，我是你亲大爷不？"

谷妙语觉得陶大爷的开场白有点诱敌深入的感觉。

"比亲大爷还亲！"她不怕被诱敌深入，她要化敌为友。

陶大爷立刻说："小妙语，是这样，我这个比你亲大爷还亲的大爷，这几天在河北我老哥们儿家串门，我家那个独子，他昨天去外地做了个讲座。你说该着不，就在外头住一晚，他就水土不服了，一直上吐下泻地闹胃疼。医院他去过了，但一时半会也不见好，我要是现在往回赶照顾他得大半夜才能到家，我这身体也吃不消啊。小妙语啊，要不然你帮大爷过去看看他？给他熬点粥？他那胃，娇气得要死，我让他叫外卖的粥，他说他喝完就吐！"

谷妙语在一瞬里闪过好几个念头。陶大爷张嘴了，她不好说不。家里米不够两个人吃，不如就带着邵远一起去陶家别墅做饭吃吧。还有——她拍拍胸腔里的心脏，它现在缓和了一些，不跳摇滚了，在跳迪斯科——是时候理清一些事了。

她应下陶大爷的请求，收了线，把手机放回到案台上，一边解围裙一边回头，打算去客厅叫上邵远一起去陶家别墅。结果一回头她吓了一跳，心脏又开始从迪斯科跳回到摇滚。

"嚯！"她看着站在厨房门口的邵远，拍着胸腔，说，"你想吓死我？"她看一眼喵喵，小家伙正被邵远抱在怀里，睡得四仰八叉的。

邵远直接问她："是陶星宇生病了吗？"

谷妙语一听就知道，肯定又是她漏音的手机把陶大爷的话吃里扒外毫不藏私地传递给了邵远。

"嗯，陶大爷让我去帮忙照顾一下陶老师。"她顿了顿，对邵远说，"正好家里大米不够，咱俩一起去蹭陶府的大米吧！"她说到蹭大米时眼睛亮晶晶的。

邵远看着她亮晶晶的眼睛、雀跃的表情，想着她白天对博杰说的话——她有喜欢的人，他很帅，很有本事，得过很多奖。

"我就不去了。"他抱着喵喵，小心地翻了下手腕看看表，"现在是七点多，我晚点还有事情，要是在这儿吃饭还来得及，赶去陶家再吃就来不及了。你自己去吧。"

谷妙语脸上的雀跃一下减半，眼睛里的亮光也暗了下去。她和邵远又确定了一次："你真不一起去啊？你还没吃饭呢，我做饭很快的。"

邵远摇头："真不去了，我等下还有事，来不及的。"

"那好吧。"谷妙语收拾了下东西，准备出门。

邵远本来想和她一起走，可他刚把小家伙放在沙发上，小家伙立刻就醒了，它跳到地上咬着邵远的裤脚，死活不松口。邵远无奈又宠溺地任它咬。

谷妙语看着喵喵简直吃醋："我出门它怎么从来不咬我裤脚呢！"

两个人都对黏人的小家伙投了降，谷妙语对邵远说："要不你再陪喵喵玩一会儿吧，把它哄睡着了你再走。"

邵远说好的，谷妙语出了门。

听着门砰地关上，邵远脸上那些若无其事立刻土崩瓦解。窗外的夏日夜晚，天色一分一分地黑下去，他的脸色也跟着一分一分地黯淡下来。

他把喵喵放在沙发上，自己蹲在地上。他抚摸着喵喵，轻声地说："妙妙啊，我带你出去喝酒吧。"

喵喵舒服地躺在沙发上闭着眼蹬爪子，蹬着蹬着它就呼噜起来。

"这么快就睡着了？好吧，那我自己去喝酒了。"

谷妙语打车到了陶家别墅。陶星宇给她开门的一瞬间，她对他的脸色有种似曾相识的感觉。

当年他到学校来做讲座闹了水土不服，就是现在这副灰白色的脸和嘴唇。一切好像忽然和过去重合。还是他和她，他水土不服闹病，她接受他人嘱托给他熬粥。

谷妙语对陶星宇说明来意，说陶大爷在千里之外用父爱遥控她来帮忙熬粥。陶星宇看到她很开心，揉着胃靠在沙发上说："看到你我就很开心，就算不喝粥都不觉得饿。"

谷妙语挠了挠脑袋。她发现陶星宇也是会说女孩子爱听的那种话的。她忽然被说得有点无所适从，转身溜进厨房，拍拍胸腔，里面没有摇滚也没有迪斯科。

她走到冰箱前，拉开门，从里面拿出两瓶纯净水，然后洗锅、淘米，等纯净水开了锅后才下米进去。这是老谷教她的，开水下米煮粥不会糊锅底。

米刚下锅时要把火调到最大，搅动米和水时只顺着一个方向转。这也是老谷教她的煮粥秘方，这样熬出的粥会更香。等米和水再度开锅，把大火调成文火，然后盖上盖子，二十分钟后再开锅继续搅拌着煮十分钟，到那时一锅香、软、稠的粥就煮好了。

盖上盖子文火煮粥的这二十分钟，谷妙语进了客厅。她决定和陶星宇聊会天。

坐到陶星宇对面的沙发上，谷妙语一时没想好该从哪个话题起头，切入这场聊天。

倒是陶星宇先开了口。

"最近好像很少听到你讲鸡汤了。"他看着谷妙语说。

谷妙语笑起来:"被你发现了。其实我是有一天忽然明白,我原来鸡汤不离口,那是因为我内心不够强大,鸡汤嘛,其实是人缺乏勇气时的精神营养剂。我希望以后我能靠自己变得内心强大起来,而不是靠那些精神营养剂。"

陶星宇靠在沙发上,捂着胃,很虚弱的样子,但笑了起来。他对谷妙语说:"我通过一个偶然的机会,看到了你参与设计的叁骄地产精装修公寓的设计图,设计得非常不错。妙语,你现在已经是个非常棒非常出色的设计师了,你现在已经靠着自己变得很强大了!"

谷妙语被夸得有点不好意思,她戳了戳头顶的丸子:"没有没有,没有那么棒,我还得继续努力才行!"

陶星宇笑着看她,忽然说:"你说过,我是你进入这行,在这行中努力奋斗的动力,对吗?"

谷妙语回视着陶星宇。真奇怪啊,胸腔里没有跳起摇滚和迪斯科。

"是的,你是我的……嗯,原始动力。"谷妙语很负责任地仔细想了想后,给出结论。

"哦?原始动力?"陶星宇明显不太满足动力前面的那个定语,"就是说,还有其他动力?"他笑着问。

谷妙语点点头。她告诉陶星宇,是的,还有其他动力。比如种种黑暗的行业现状,比如很多让利益高于良心的设计师,比如大部分公司所用的落后材料和非良性竞争的环境,想要改善这些现状,是她的动力。还有,邵远。他给予她的鼓励、支持,甚至教诲。这些都是在驱动她向着更好更强大努力的动力。

听完她的话陶星宇一直在微笑。半晌后,他说:"好吧,能在这些动力中担当'原始动力',我很荣幸。"

话音刚落,他的手机就响起来。他接起电话。是贺嫣然打来的。谷妙语根据陶星宇的回话能够猜出,贺嫣然是担心陶星宇的身体,想煮点粥给他送过来。

她听到陶星宇告诉贺嫣然:"不用了嫣然,我没关系的,你好好休息吧。"

听着这样的回复，谷妙语垂了垂眼。她用眼睑包裹住了眼底的所有想法。他并不说明家里已经有人在给他熬粥了。他只是说，不用了，你好好休息。

如果是邵远他会怎样回答呢？不用你了，谢谢，我小姐姐在给我熬粥了——他一定是这副直男得令人发指的口吻没跑了。

陶星宇的手机刚收线，门口就传来门铃声。

谷妙语让陶星宇别动，她起身去开门。

门一拉开，贺嫣然的表情转瞬三变。从柔情万种楚楚可怜，到惊圆了眼睛嘴巴，再到柳眉倒竖一脸嫉愤，她总共只用了零点零一秒。

"你怎么在这儿？"贺嫣然压低声音说。

陶星宇在屋里问："妙语，是谁啊？"

谷妙语侧身一让，让贺嫣然进了屋。

贺嫣然瞬间又变成了楚楚可怜柔情万种的好姑娘。她手里提着保温桶，走到陶星宇面前，把保温桶放在茶几上，柔柔地对陶星宇说："陶老师，其实刚才给你打电话的时候，我就在门外。"

陶星宇对她点头道谢："辛苦了嫣然。"而后他说，"打车回去吧，别坐地铁了，发票明天拿到工作室报销。"

贺嫣然恋恋不舍："要不我陪妙语一起待会吧，我怕她一个人照顾不过来。"

谷妙语看到陶星宇灰白色的脸颊上隐隐有了点为难。这个绅士永远也讲不出拒绝女孩子的话，

那就由她来讲好了。

"嫣然，你就先回去吧，我和陶老师还有点事情要讲，你在的话，有点不太方便。"她笑着说完这话，看到贺嫣然脸都发青了。

贺嫣然转头去向陶星宇求证，想看看谷妙语说得是真的吗，他们之间是有她在场就不方便讲的那种话吗。

陶星宇委婉地点点头。

贺嫣然柔弱且不掩饰委屈地告诉陶星宇："陶老师，那你记得趁热喝粥！那我走了……"她又转头对谷妙语说："妙语啊，你也早点走吧，你一个女孩子这

么晚回家不太好。"

　　她说不太好，而不是不太安全。谷妙语知道贺嫣然真正的意思是说，你一个女的大半夜从一个男的家里走可不太好，识相点你就早点走。

　　谷妙语笑了笑，懒得周旋她，直接把她引出门。关门前她看到贺嫣然回头看她的眼神，居然很瘆人。

　　她回了客厅，问陶星宇："要喝点她带的粥吗？"

　　陶星宇想了想，点点头："你煮的粥还没好，那我先喝一点她煮的垫一垫吧。"

　　谷妙语去拿了餐具回来给他盛了碗粥，陶星宇吃了几口就撂下了勺子。

　　"怎么不吃了？"谷妙语问。

　　"你说一个人烧饭的味道会变吗？"陶星宇微微皱眉着问。

　　"一般不会。"谷妙语问陶星宇，"怎么了？"

　　陶星宇有点迷惑，但马上笑了："没什么。其实以前嫣然给我煮过几次粥，但只有我到你们学校做讲座那次，粥的味道最好。后来她再也没煮出来那次那种又香又稠的味道了。"

　　谷妙语笑了笑，没说话。等下厨房里的粥好了，你就知道贺嫣然为什么煮不出以前的味道了。

　　聊了一会儿，谷妙语看看表，差不多二十分钟了。她对陶星宇说去厨房看下，让他再耐心等待十分钟，粥就可以出锅了。

　　谷妙语到了厨房掀开锅盖，把勺子探进粥里，顺着一个方向不停地轻轻绕圈搅动。粥越来越香稠。

　　谷妙语回忆着几年前为陶星宇煮粥的情形。那时她搅动着每一粒米时，心里都在想，当陶星宇喝到她熬的粥会对她说什么呢？会记住她吗？会对她另眼相看吗？

　　几年前的那锅粥，每一粒米被她细细搅动，都融进了她情窦初开的心思。现在她熬面前这锅粥的手法和过去没有任何不同，仍然是细细搅动着每一粒米。只是她发现，她的心情变了，似乎再也回不到过去了。这变化不知道是从什么时候悄悄开始的。或许情窦初开的梦幻和历经考验的现实，就是此消彼长的。随着考验越来越多，情窦就渐渐凋谢了。

十分钟后，粥好了。起锅前，谷妙语往锅里下了一滴香油。本来就香稠的粥立刻被锦上添花，就此变得和其他的白米粥更加与众不同。

谷妙语盛了一碗，端给陶星宇。

陶星宇吃过第一口后，动作停下来。他微微皱眉，无声沉吟。那是现实的味道与记忆中的味道重合后的判断过程。随后他马上又接连吃了好几口。每吃一口，他的眉头就舒展一点。吃完最后一口，他放下碗和勺子，放下的动作几乎是郑重的。

他抬起头，看向谷妙语，幽幽地说："这才是我到你们学校做讲座那次喝过的粥。"他吞吐了一个呼吸，继续说，"所以那桶粥，其实是你煮的吧？"

谷妙语闻声一笑。真相隔了几年时空终于被揭示，可她居然没有如预期那样解气或者激动，她甚至有点淡淡地回答了这个问题："是的。"

陶星宇闻声又微微皱起了眉："能告诉我，之前那桶粥是怎么回事吗？"

谷妙语笑一笑。她曾经设想过有一天她对陶星宇说起那桶粥的渊源时会是什么样子。她曾经以为自己会义愤填膺，委屈和大仇得报的心情兼备。可现在，她居然是满心的不甚在意。或许希望沉冤得雪的过程铺陈得太长，过程中又有太多比受这一趟冤更重要的事发生，有太多比这让她受了冤的人分量更值千金的人出现，于是到了终于可以沉冤得雪的时刻，这一遭解密相比于那重要的事和重要的人，早已经变得无足轻重。

于是她用一种淡淡的情绪告诉陶星宇："其实事情很简单，我煮好了粥之后，贺嫣然撒谎把我骗走，趁机让姓谷的粥变成了姓贺的，去关怀了你的胃，顺便讨到了你的关注。"

谷妙语说完这番话，看到陶星宇的表情里渐渐燃起一种心疼的情愫："居然是这一番阴差阳错。如果当年我知道那桶粥其实是你煮的，等你毕业到北京来闯，我一定把你放在身边亲自带着，一定让你少走弯路。妙语，这几年，辛苦你了！"

谷妙语微笑着摇摇头："可你说过，你最讨厌托关系走后门的行为。"

陶星宇一眨不眨地看着谷妙语，说："对你，什么都值得破例。"

谷妙语差一点就要感动了。可她马上意识到，自己可能不是值得他破例的第一人，否则贺嫣然怎么会成为陶星宇设计工作室的一员？

她听到陶星宇又对她出了声："妙语，现在让我来纠正这个错误吧！到我的工作室来，我带着你，让你以后都不再走弯路！"

谷妙语闻声有一瞬的愣怔。他会怎么纠正呢？贺嫣然当初可是靠着骗了她那桶粥才进的陶星宇设计工作室，所以要纠正这个错误——

"你会和贺嫣然问清这件事吗？会留她继续在工作室吗？"

问出这个问题后，谷妙语看到陶星宇的脸上浮现出为难的神色。不是犹豫，是为难。犹豫起码是留与不留两种决定参半。可为难，那就是一定会留了。

"虽然当年嫣然做得的确不对，但嫣然她……这几年来工作都很卖力气。"他说了半句，留了半句。所以她就留下吧。

谷妙语想一想，低头笑了。这不就是齐人之美吗？他说纠正错误，只是纠正错过她才是真正煮粥人的错误，而不是惩戒贺嫣然当年的欺骗行径。他不是在纠正错误，他是在将错就错。其实这结果她不意外。以前她把陶星宇放在天上仰着头看，当他是完美的谪仙。这半年来能和他近距离接触，他由此落了地，她才渐渐发现他原来也是个凡夫俗子，那些大多数男人都有的弊病，其实他也有，他也不能免俗。有时男人绅士得太过，何尝不是在处处留暧昧？陶星宇他真的对每个女人都太好了，他就是这么一个好人，可是对谁都好也就意味着对他的伴侣不好。

谷妙语收了笑，抬起头，正了神色，对陶星宇说："其实每个人沿着自己的人生轨迹走下去，只能一路走下去，对错都不能重来。所以我们没办法绕回到你来学校给我们做讲座的那天，也没办法纠正粥到底是谁煮的这个错误。陶老师。"她不记得自己什么时候从"宇哥"恢复了"陶老师"这个称谓，但她知道一件事，"我们都回不去了。"

陶星宇听着谷妙语的话，幽幽一叹。他叫了声："妙语啊。"这一声他叫得深情饱满。

谷妙语打断他深情饱满的韵律。不能让这韵律继续下去，她不是绅士，她晓得何时何地何种程度，应当拒绝。

"陶老师，今天让我放肆一下，先让我畅所欲言行吗？等我都讲完，你再讲，好不好？"

陶星宇靠在沙发上，点点头。

"陶老师，我就直说了，其实这么多年你喝了很多次贺嫣然煮的粥，味道总和那一次不同，你未必不知道那次的粥其实不是她煮的，你也未必不知道贺嫣然她喜欢你。"说到这儿谷妙语笑了，一副天真地开着玩笑的样子，哪怕她说了什么重话，冲着她这副天真的样子，别人也不好责备她。

她发现自己学会了在人前戴上能自我保护的面具。以前她认为这是市侩的表现，是坏事情。可现在她的想法成熟了。人间不能直接说出口的话那么多，不准备一副见人说人语见鬼说鬼话的面具，得怎么蹚过到处人鬼交错的河？

她天真而开玩笑似的对陶星宇说："陶老师，你有点坏，你什么都知道，知道贺嫣然喜欢你，但你假装不知道。"这样他就可以免去答应或者拒绝这种二选一的烦恼了。

谷妙语观察着陶星宇的表情。他被识破了，但没有什么窘破丑态流露。他只是温和地笑了一下，有点自嘲。成熟男人就是这点好，遇到什么突发情况都兜得住情绪，做个优雅的绅士。多好的一个男人，只是除了太"绅士"。

谷妙语道歉："陶老师，刚才那番话很抱歉，我可能有点唐突。我其实想说，你不必纠正一个几年前关于一桶粥的错误，那桶粥对贺嫣然来说是改变她命运的武器，是她能留在你身边的契机，但我……"谷妙语顿了一下，看着陶星宇，又笑了，"我的命运不靠一桶粥改变，我靠自己。我也不后悔这几年拼搏在行业最底层所走的那些弯路，那些都是我很宝贵的人生经历，就是这些弯路才让我觉得，现在的我和过去的我，是不一样的。"最后她对陶星宇说，"陶老师，我很庆幸大三那年你来了我们学校，从此成为我奋斗在这个行业的动力。我未来还会继续走弯路，虽然这样到达目的地会曲折一点，但自己走，总是一件值得骄傲的事。陶老师，我们之间其实没有错误需要纠正。"

陶星宇一直没有讲话，直到这时他笑了，一边笑一边摇头："妙语啊，知道我现在是什么感觉吗？我走进菜市场，想买个西瓜吃。可没等我说出口我想买西瓜，卖西瓜的人就先堵住了我的嘴，告诉我，我的瓜不卖给你。"他抬眼看着谷妙语，笑意下面几乎浮现出几抹伤感，"可是这个西瓜，你越买不到的时候，才发现原来自己越想吃。"

谷妙语也想吃西瓜了。她决定回去的路上买一个。

"陶老师，锅里还有粥，我开了保温，不会凉掉的，半夜饿了你就再盛一碗。时间不早了，我也该走了。"她从沙发上站起来。"陶老师，你好好休息。"

"再见了。"她说。

回去的路上，谷妙语扛了个大西瓜回家。西瓜很重，她提着重重的瓜却觉得身体和心灵在今晚都变得很轻松。

回了家，楚千淼已经加班归来，任炎意外地也在。谷妙语进门的时候，他正赖着逗喵喵不肯走。看到谷妙语扛着西瓜回家，任炎更赖皮了。

"麻烦谷女士，把西瓜切成果盘，我吃完再走。"

谷妙语听着自己十年后才该被叫的称谓，想抢瓜砸在任炎头上。她扭头看楚千淼，楚千淼当即替她报仇："姓任的你多大脸？赶紧走，我们家今天就算买了瓜也不吃瓜！"

任炎最后被楚千淼轰走了，他前脚走楚千淼后脚就拎了菜刀切瓜。

切完她和谷妙语对着啃，啃得两个人满脸都是西瓜汁，两人使劲笑话对方的狼狈相。

楚千淼笑着笑着，笑容忽然就收了。谷妙语被她的一惊一乍弄得错愕不已。

楚千淼忽然拎起一块瓜扭身就往门口走。她站在门前，手搭在门把手上，运着气。谷妙语跟着她到客厅，看着她的举动，不明所以。

楚千淼忽然拉开了门。感应灯亮了，照得门口的任炎原形毕露。他把一只手抬高架在门框上，有点痞有点帅，像某个电影明星似的。

"我就知道你还没滚蛋！"楚千淼恶狠狠地说，她把手里的瓜凶巴巴地按在任炎手里，喷他，"滚吧！"门被她关上。

谷妙语在门合上前的零点零一秒里，看到任炎在笑。踮分分的，还又痞又坏。

谷妙语问楚千淼，任炎干嘛来了。楚千淼说："他知道我做完嘉乐远的项目之后想跳槽到投行，就跑来游说我跳到他们公司，说他能罩着我。"

谷妙语偏头想了想，问："他什么意思啊？"

楚千淼："他疯了吧。"

谷妙语："那你呢？你去吗？"

楚千淼："我疯了吗？"她端详两眼谷妙语，忽然问，"我怎么觉得你今晚变得有点不一样？"

谷妙语说："陶星宇知道当年那桶粥是我煮的了。"

楚千淼一挑眉，问："他骂贺嫣然是个骗人的狐媚子了吗？"

谷妙语笑："并没有。"

楚千淼也笑："我一点都不意外。"她告诉谷妙语，"其实前几天陶星宇去见嘉乐远的董事长了，董事长有意把他和他的工作室收为己用。他来的那天带着贺嫣然，我和我领导也跟着一起开会。我觉得陶星宇和贺嫣然之间的气场很奇怪，说不清的感觉。"她问谷妙语，"还想嫁给陶星宇吗？"

谷妙语笑，摇了摇头。

楚千淼抬手摸了摸她的脑袋："难过吗？"

谷妙语又摇摇头："不难过，以前我靠仰慕他做动力，以后我靠自己做动力！"

"说得好！"楚千淼拿起两块瓜，互相撞了一下后递给谷妙语一块，"来，我们一起干了这块瓜，庆祝我们都做了明智的决定——拜拜吧大猪蹄子的男人，老娘靠自己！"

这一晚谷妙语睡得特别踏实。第二天她一路好心情地到了公司，可一进办公室她的好心情就被破坏了。她的座位上有一大捧玫瑰花，花里夹着的卡片显示，送花人是博杰。

她立刻把花拿出去丢掉了。

做了几组深呼吸，她终于把被博杰隔空骚扰的心情调回到早起时的美好频率，然后拿起手机给邵远发信息，问他要不要一起吃午饭。总觉得昨晚放了他一顿晚饭的鸽子，得补给他才安心。

邵远过了好一会儿才回她信息，告诉她，他今天没上班，就不一起吃饭了。

谷妙语有点纳闷邵远为什么没上班，但想着他昨天说过有事情，猜测他也许昨晚的事还没办完。

中午下班时，谷妙语收到楚千淼打来的电话："嘉乐远在B座一层新开了个食堂，味道很不错，过来尝尝。"

她赶去传说中新开的食堂，确实不错，看着很有档次，有快餐也有炒菜，还对外开放。她买了饭菜，本来想和楚千淼假装不认识，但被楚千淼主动叫了过去。

"我都快跳槽了，临走前还不能认识个投缘的嘉乐远小员工？"楚千淼这么一说，谷妙语往她对面一坐就变得很没负担了。

两个人边吃边聊，说着说着就说到了邵远今天没来上班的事情。

"孩子真倒霉，董事长就今天到证券部检查了一下工作情况，他偏偏就今天请了病假没在。"

谷妙语一下抓到一大一小两个重点，小的——

"他不是任炎的实习生归券商那边管吗？任炎给他假就好了，我们嘉乐远的董事长就算去检查工作没看到他也没太大关系吧？"

楚千淼滞了一秒，说："就算是任炎的实习生，请假不上班也终归不太好，会影响券商方面的形象嘛。"

谷妙语点点头，问出那个大的重点——

"你刚刚说邵远请的是病假？他生病了？"

楚千淼一边悄无声息地把青椒都夹到谷妙语的碗里一边说："反正请的是病假，但到底是不是生病就不知道了。"她停顿了一下，抬头看谷妙语。谷妙语正眉头紧锁，川字纹深刻得假如有蚊子撞上去，必被夹死无疑。

楚千淼冲她摆下巴："喂，你什么表情？想气死我？我昨晚说我肚子疼你都没做这表情担忧担忧我，听说邵远请了不知道真假的病假你倒急慌慌的？"

谷妙语连忙松开眉头解释："这人分两种，一种是手上拉个口子都担心会不会大出血死掉的——你就属于这种。你昨天肚子为什么疼自己心里没点数吗？谁叫你一口气吃了大半个西瓜！另外还有一种人，不到病入膏肓快翘辫子了，绝不认为自己有病——邵远就是这种人，说起来我和他里里外外也算共事大半年了，据我了解他从来不太请假，更别说病假。"

楚千淼翻个白眼说："不到病入膏肓不认为自己有病……所以你这是在咒邵远快死了呗？"

谷妙语给楚千淼竖大拇指："我服你了，阅读理解杠杠的！"她低头准备赶紧扒完饭躲起来给邵远打个电话，问问看他到底怎么了，生了什么病都要请病假了。一低头看到满碗的青椒，她有点愣。

"这新开的食堂青椒怎么干吃吃不完？"反应了一下，她抬头怒瞪楚千淼，"以后给我夹青椒不搭配两块肉，我就在晚饭里下毒毒死你！"

一个声音带着一个人在谷妙语对面的楚千淼身边落了座。

"谷女士，手下留情，给我未来麾下一员猛将留个活口。"

楚千淼扭头对着任炎冷笑："任总，要不您坐旁边那桌去吧？您坐这儿，您那脸太大，挤我。"

谷妙语三口两口扒完饭，扒完立刻起身就走，任由楚千淼和任炎第十万八千次互喷狂掐水火大战。

谷妙语从食堂出来之后，刻不容缓地找了个没人的地方给邵远打电话。

电话嘟嘟响了好几声才接通，邵远透过话筒的声音带些鼻音带些沙哑。

谷妙语连忙问："听说你请了病假？你怎么带鼻音啊，是感冒了吗？发烧没？上医院看过了吗？"她的语气里有连她自己都没来得及察觉的担心和着急。

邵远连忙努力调整声音到一个让鼻音听起来最小化的音域，告诉谷妙语："我没事，没感冒，就是昨天睡太晚，刚刚醒，所以才带鼻音。"

谷妙语不放心，担心邵远认为发烧烧到快死掉那样才叫感冒，于是确认："真没感冒？真没事？"

邵远："真没事！"他的声音听上去像是有点开心。

谷妙语放心了："那就好。"

邵远随口问了句:"陶星宇还好吗?"

谷妙语:"嗯,他没事。"顿了顿她说,"你关心你自己吧,可别操心别人了。"

邵远笑了下,说:"我真的没事,我下午就销假去公司。"

电话收了线。谷妙语握着手机,心里还是有点纳闷。邵远不是个没病会请病假的人,所以他到底怎么了?

邵远把手机放回茶几上。他躺在沙发上又醒了醒神。对面的沙发上正躺着哼哼唧唧的周书奇,两个人中间的茶几上、地上,到处都是横七歪八的空酒瓶。

周书奇哼哼唧唧地说:"邵爷,你牛!居然下午要去上班?我从昨天晚上陪你喝到今天早上,你居然下午要去上班?你知不知道从昨晚到今早你几度差点吐我一脸,还好我身轻如燕及时把你按水池里了!"一边说着,周书奇一边抬手从茶几的空酒瓶堆里划拉出自己的手机。他拿起手机看了一眼时间,哀号:"说好我们一起睡到晚上五点再醒的,这才睡了多大一会儿,我就被你的电话吵醒。"他越说越委屈,躺在沙发上直蹬腿,"你是魔鬼吗?我怎么就认识了你这么个睡觉不把手机静音的主!"

邵远躺在沙发上,一只手臂抬起,手背搭在额头上,一边醒神一边说:"抱歉,我不能关机,我父亲心脏不好,我得防止半夜有突发情况。"

周书奇哼唧着说:"知道了知道了,在宿舍的时候你解释过了,我就是叨咕叨咕过过嘴瘾,也没真怪你。"

邵远:"谢谢。"顿了下,他补充,"谢谢上学的时候你们都包容我这一点。"

周书奇要死不活地摆摆手:"谢个毛啦。"他问邵远,"你下午真去上班啊?不是都请了病假吗,要不就别去了,我们一起睡觉吧!"

邵远:"我已经告诉小姐姐下午会去公司了。"

一听邵远提到谷妙语,周书奇哼哼唏唏地来了劲:"我看妙语小姐姐可真是你的克星,一提到她你就五迷三道晕头转向的,简直了。昨天还好好的因为痛苦小姐姐去给心上人煮粥,发誓要把自己拔出来呢,今天一通电话,你立刻就要摇尾巴销假上班去了!啧啧说出去谁信?上学时候那么高冷的邵爷,班花过来要个苹果都不给,不解风情到令人发指的邵爷,现在居然栽小姐姐手里了!"他转头,冲对面沙发的邵远说，"说真的，自打认识你，我就没见你像昨晚那么失去理智过，以前我们叫你一起出去喝酒，你绝不多喝，自控力好得我们简直想打死你，我要是跟咱们宿舍那两个货说，我见到你喝断片的样子了，打死他俩他们都不信！"

连发了一大段的感慨，周书奇摇头晃脑地发出终极感慨："我们邵爷啊，不解风情地拒绝了那么多女孩，现在遭报应喽，栽女人手里喽！"

他话音刚落，感到脸旁扫荡过一阵气流。

邵远腾地从沙发上坐起来，下了地，脚下虎虎生风地走向盥洗室。

邵远把自己放在花洒下面，冲浇了很久，总算冲淡了身上宿醉的味道。他把自己收拾干净利索后，准备出门。临走前他告诉周书奇："我叫了家政阿姨下午过来收拾屋子，你不用管她，只管睡你的就行，睡好了离开时帮我锁好门就可以了。"

周书奇半睡半醒地应了声好。

邵远刚到公司就给谷妙语发信息："我到公司了。"

谷妙语秒回："晚上来家里吧，我给你煮我拿手的谷氏大米粥喝，特养身体！"

邵远看到"粥"字，心里又酸又甜，回了个"好"。

午休结束没多久就收到邵远已经来上班的信息，谷妙语总算安了神。她一直悬在不上不下位置的心终于踏实地归了原位。她不知道自己从什么时候开始，在邵远身上居然长出一颗老母亲般的心，听到他生病或者疑似生病，她就跟着揪心。

不知怎么，她希望今天的时间能过得快一点。她想赶紧去超市买些米——这回要买最上等的贡米，一分钱一分货，那米熬出来的粥，那才叫一个香。再买点青菜，做两三个清淡的小菜。生病和疑似生病的人都适合吃得清淡点。

谷妙语正想着晚饭餐桌上的布局，放在办公桌上的手机忽然响起来。

是个陌生号码。以为是哪个客户，她没多想，捞起手机接通了电话。结果电话一通，听到从听筒里传来的声音，她的右眼皮就开始自动狂跳。

博杰从听筒里送来他的款款深情："妙语，我送你的花你还喜欢吗？一定很喜欢吧！喜欢的话我天天给你送！"

谷妙语不知道该怎么对付一个如此擅长自问自答的人，该怎么叫醒一个活在自己世界里装睡的人？

她起身走到走廊，压低的声音里透出了狠劲："博杰，我再清楚地告诉你一次，你的人和你送的花，我一辈子也不可能喜欢一丁点！你要是再骚扰我，我立刻报警！"她说完立刻挂断电话，拉黑了博杰的号码。

再回到座位上，她刚刚的好心情被破坏殆尽，连下班之后要去超市买什么都气得想不全了。

下班前她给邵远发信息，约定在两条街外的一个胡同口会合。那里人少，不会被公司的人看到。

下了班谷妙语收拾好东西就奔向两条街外的会合地。已经立了秋，节气虽然已经挂上了秋的名义，天气却还在延续夏的热。谷妙语赶到会合地点时走出一身的汗。白天公司里空调开得温度低，她在无袖连衣裙外面套了件薄薄的开衫。

这一路走下来有点热，谷妙语脱掉开衫。她上身纤秀的曲线从开衫的遮挡下暴露出来，两条手臂白细得匀称，举手投足都是她自己不曾察觉的女人味。

她站在集合地等着邵远的出现。忽然有人从身后凑过来，一把搂住她，手就搭在她白皙的胳膊上。

谷妙语一惊，转头看。她真是太大意了，都没发现博杰跟着她，一直走到这里。

博杰搂在谷妙语胳膊上的那只手，感触到掌心下皮肤的细嫩光滑后，忍不住上下磨蹭。

"妙语，你身材好皮肤也好！"他对谷妙语笑得自以为很帅，"这儿打不到车的，天热，走，坐我的车，我送你回家！"

谷妙语抬起胳膊厌恶地抢掉博杰那只手，也顺便挣开他搂上来的怀抱。她用开衫使劲擦着胳膊上被博杰碰过的地方，擦得皮肤一片红都不停。

"博杰，你是听不懂人话吗？你离我远点，不然我告你性骚扰！"

博杰听到性骚扰几个字，一点不怕，反而更来劲的样子。他好像自动过滤了"骚扰"两个字，留下了那个"性"字，他因为这个字变得异常兴奋。

他又上前来搂谷妙语："我就喜欢你这套欲擒故纵的把戏！"

谷妙语真的很想叫警察来带博杰去精神医院看看病。她一米六五的细瘦身躯，怎么也掰扯不过将近一米八的博杰的纠缠。她被博杰骚扰得快疯了，连掏手机报警的机会都捞不着。

为了和邵远会合时避人耳目，他们挑的这个见面的地方很僻静，好半天都没一个人经过。环境赐给博杰更加胆大妄为的邪念，他抓着谷妙语使劲往怀里带，嘴巴朝着她蠢蠢欲动。

谷妙语觉得自己快死了。恶心死的。她心里着急得要疯，邵远怎么还不来？她想着再挣不开博杰的欺负，她就趁他亲过来的时候狠狠踢爆他，踢死他也在所不惜！

博杰的嘴唇就快要到达她的时候，在她精疲力尽心也绝望得几乎想杀人的时候，她身上所有被博杰施加的压力蓦地消失了。

她看到邵远正站在博杰身后，他抬手抓住博杰的头发向后扯，博杰被他从她身边扯走了。她看到他的眼神，那是她从没见过的一副又冷又怒的眼神，视线里淬着冰与刀。虽然他的五官都还在原本的位置，他没什么特别的表情，可她看到的却好像是一个已经怒到睚眦欲裂的他。

他把博杰从她身边扯开后，松了博杰的头发。趁着博杰骂骂咧咧地回头看，一拳挥出去，砸在博杰的脸上。

博杰吃了邵远一拳，人一下发了狂，嘴里骂着脏话，反扑向邵远。两个人昏天黑地地扭打起来。即便邵远高了博杰大半头，又比博杰年轻力壮，在扭打中占据了一些优势，但也没能全然防住博杰的拳头。博杰疯了一样地甩着王八拳，有那么几下，着实不轻地招呼在了邵远身上。

谷妙语听着拳头落在邵远身上的闷响，心急不已，她想冲上去分开两人。可也只是想一想而已，她并没有那个能力。两个打红眼的男人，谁也不肯听她的"你们别打了"。

她也想过报警，但很快想到警察来了邵远也要跟着一起被拉去派出所，她不能让邵远因为她留下这个莫名其妙的污点。

可不知道怎么就那么寸，刚刚还僻静无人经过的胡同口，在她已经死了报警那份心时，偏偏有警车从这里巡逻路过。

谷妙语赶紧拉住邵远，告诉他别打了，快跑，警察来了。

邵远收手准备后撤的工夫，嘴角猛地挨了博杰不依不饶的一拳，立刻有血从他嘴角爆裂开的伤口流出来。看着邵远那么好看的一张脸，说挂彩就挂上了彩，谷妙语心疼得恨不得去买把菜刀。那一瞬她出离愤怒，但她告诉自己得分清轻重缓急。她狠狠瞪了博杰一眼，几乎在低吼："你想进派出所吗？还打？不想就跟上来！"她得让博杰也跑得掉，不然他进了派出所，会毫不犹豫供出邵远的。

她拉着邵远转身就往胡同里跑，博杰想也没想地跟上来。

警察一定看到他们打架了，但看到他们停下来不打了跑进胡同里，便做罢并没有驱车往逼仄的胡同里追。

一路飞奔，感知到安全后，谷妙语停下来。她从小活在老谷的魔鬼体育训练下，跑这么一段路她是脸不红气也不喘。

博杰却气喘吁吁，停下来又着腿弯着腰，两手撑在膝盖上方，哈哧哈哧地喘粗气。

谷妙语向他走过来，猛地抬起脚，照着博杰岔开的腿间用力一踢。刚刚看到邵远嘴角爆开的愤怒，她都存着呢，一点没释放，就等着这一刻还回去。

博杰嘴里骂着贱人，捂着裆蹲了下去。

谷妙语站在他面前，哑着声说："博杰我告诉你，我这次脚下留情了，下次你要是再来骚扰我，我踹到你断子绝孙！"她说完拉着邵远往胡同外面快步走，留下博杰躺在胡同里骂骂咧咧地哀号。

邵远任由谷妙语拉着，一边走一边愣愣地歪头看她，连嘴角有伤都忘了疼。

出了胡同口，谷妙语一下又蹲在了地上，头埋在膝盖里。

她传出来的声音有点闷闷的："我第一次踹人，有点紧张，心跳得厉害，你让我缓缓。"

邵远的手悬在她头顶。她今天梳了马尾辫，低头趴在膝盖上，马尾辫顺着她的脖子滑下去。他想摸摸她的头，摸摸她的马尾辫安慰她。快要摸到的时候，心脏忽然开始狂跳，比刚刚看到她挨欺负跳得还要厉害。他腿一软，居然也蹲了下去。

谷妙语缓了一下后抬起头，随后她就愣了——邵远居然也蹲下了，就蹲在她面前。

刚刚她心里有那么多的情绪，愤怒、委屈、紧张、后怕，但在看到他蹲在自己面前的一瞬间，它们全都挥发掉了。她忍不住笑："你怎么也蹲下了？"

邵远回她一笑，说："我也心跳太快，学你蹲着平复一下。"他牵动了嘴角的伤口，疼得皱了下眉。

谷妙语笑不出来了："博杰个王八蛋，居然让你破相！"

她站起来，邵远也跟着站起来。

"走，我们去药店。"

"以后下班，我送你回家。"

谷妙语和邵远几乎同时开口，他们没有意识到自己都在第一时间为对方着想。

"你送我也不是长久之计。没关系的，回家我就上网买个电棍和防狼喷雾，博杰再骚扰我我弄死他！"谷妙语超凶地说，顿了顿，她安慰邵远，"不过我今天端得他都骂出贱人了，他应该不会再喜欢我了。他不喜欢我就不会再纠缠我，放心吧。"

他想天天送她回家，那倒是挺好，可是能送多久呢？最久也久不过月底。

谷妙语拉着邵远找药店。邵远从听到"不是长久之计"就没再讲话。

谷妙语从药店买了消毒水和棉签，拉着邵远坐在路边花园的水泥台上。

她用棉签蘸着消毒水去抹邵远嘴角一大片又紫又红的伤口，抹得小心又专注，生怕一不小心弄疼他。

邵远开始还被消毒药水牵动着痛觉，可看到谷妙语微微皱着眉专注地为自己上药，他的注意力一下全被她牵走了。

太阳正越来越快地西垂，落山前憋红了脸送出一天里最后的光亮。红彤彤的光芒跳跃在她脸庞上，鼻尖上，睫毛上，眉心上。她成为夕阳下最美的风景。

刚刚看到博杰欺负她的时候，他真恨不得杀了那个混蛋。他一向自制力过人，不和人争口角，更没和人打过架。从小父母就告诉他，打架和争吵，都是低端人的行为，人上人是靠能力征服和碾压对手的。他一直按着父母的话去做，努力当好人上人。可今天他却破了例。

细想，他为她破的例，何止这一件事。

他为她，第一次对父母撒谎，第一次喝到烂醉，第一次动手打架。这些从前都没做过的第一次，颠覆了从前的他。如果父母知道他做过这些事，会很失望吧？可他不后悔。因为他总算知道，原来喜欢一个人，是愿意为她颠覆自己，为她义无反顾做尽种种第一次的。

他看到她睫毛抖了一下，而后抬起眼，看向自己。她好像在说什么，可他心跳得太厉害，满耳都是心跳声。使劲压下心跳，他终于听见她的声音。

"糟了，你这孩子是不是疼傻了？问你饿不饿你都听不懂！"

他笑了，赶紧回答："饿。"顿了顿，又说，"但我今天不想喝粥。"

他是不是有点任性？但这是他人生里首次打架挂彩，不如就以任性纪念一次吧。他今天就是不想吃陶星宇昨天吃过的东西。

"不如我们去你定点喝酒浇愁的烧烤店，喝点小酒吧。"他说。

谷妙语很认真地建议邵远："你嘴坏了，喝酒肯定杀得疼，要不然今晚还是喝粥吧。"

但邵远今天居然有点小任性，说什么都不听她的话，坚决不喝大米粥，坚持非要喝小酒。

她本来是不同意的，可是转念一想，她还能由他任性几天？心就立刻软了。他们打车直奔烧烤店。

以前每次到烧烤店撸串，邵远喝酒喝得都比较含蓄。可今晚他却喝得很狂野，杯子端起时一定是快要四溢的满，放下去的时候又一定是见了底的空。

谷妙语看他喝得这么猛，自己就不敢尽兴了。两个人里总要留一个保持清醒的。

两人喝着酒，聊着天。今天邵远说什么谷妙语都顺着他。

邵远说："小姐姐，等以后我发达了，我带着钱回来，很多很多的钱，我来投资你。"

谷妙语说："好啊。"

邵远说："可前提是你得先有家公司。你有了公司我才能投资你。"

谷妙语说："好啊，那我就开家公司。"

邵远掰着手指头数："2012，2013，2014，2015，2016。嗯，2016，五年，你等我五年，五年应该够我爬到资本圈的金字塔尖了，到时候我帮你成为行业先锋。"

谷妙语应承着："好，我等你五年。"

邵远笑了，开心得连干三大杯白酒。谷妙语觉得他喝多了，连忙结账，扶着他到外面街前的长椅上坐。

到底是立了秋，太阳隐没后，夜晚有了一些凉爽。晚风徐徐吹着，吹得清醒的人愈发清醒，酒醉的人愈发迷醉。

谷妙语从没有见过邵远像今天这样的阵仗喝酒，她试探地问："你是不是有什么事不开心？"

邵远的面颊被酒精蒸腾得泛了红，他转头看向谷妙语。谷妙语发现他的视线并不对焦。

"如果我说，我是因为出国的日子快到了，一想到要离开，我就有点难过，你会笑话我吗？"

谷妙语觉得此刻的邵远变得和平时有点不一样。他平时理智、冷静，甚至缺了那么点七情六欲，他有超脱同龄人的成熟。可原来他理智成熟的躯壳下，似乎也藏着一个脆弱的孩子，他平时把这脆弱的孩子藏得太好，现在是借着酒劲才放他出来。

一刹那间，她心头几乎姨母爱泛滥。她抬手摸摸他的头："不会。"

他一下就笑了，笑得像个小孩子一样纯粹。

"你知道吗？我这个人，很难相处的，不是谁想和我交朋友我就和他交的。"

谷妙语也笑，她想起了他们初识时的相看两相厌，点头道："知道。"

邵远把头往她面前又探了探。路灯的光落下来，被他的长睫毛中断，在他眼下变幻出阴影。夹在光与影间的他的眼睛，水洗一样的亮。

"你知道吗，我这个人，看不上谁的话，说话不好听得很。可一旦看得上——"他睫毛抖了抖，又笑了。

谷妙语觉得胸腔里好像变成了迪斯科舞场："说话就变得好听了？"她接着邵远的话。

邵远笑着摇头，醉醺的笑容里有一点惯常不曾有的调皮："不，你误会了，转折不在这里。转折是——如果我一旦看得上谁了，我嘴巴还是不会说多好听的话，但我心里是时刻愿意为她两肋插刀的。"他又往前凑了凑，问，"小姐姐，我现在是时刻愿意为你两肋插刀的。你说我好不好？"

一瞬里谷妙语感知到，她的胸腔从迪斯科舞场变成了摇滚舞场。

她看着近在眼前的邵远的脸。多好看的小伙子，毛茸茸的眼睛，湿漉漉的眼珠。他像个喝醉酒撒娇的小男孩，问你，我好不好？她觉得自己的心都要化了。

"好！"

邵远一下咧嘴笑了，笑得非常开心。

他还要借酒撒娇，谷妙语的手机却响起来。是楚千淼打来的，她急慌慌地在电话里问谷妙语在哪儿，告诉谷妙语："喵喵吐了！它一吐我一慌，菜刀割了手，你快回来带我俩去医院吧，我怕我大出血死掉啊！"

谷妙语连忙安抚她"你死不了的，放心"，告诉她"邵远喝多了，我先把他送回家"，最后挂电话前她还不忘奚落楚千淼："你可扒住你手上那口子，别我回去的时候再愈合了！"

挂断电话后她看到邵远已经醉得开始垂着头打瞌睡了。她摇摇头，没想到他酒量居然这么差。她只有连着喝酒的时候才会这么容易醉。

她晃醒邵远，问他："你家的地址是哪里？"

邵远咕咕哝哝说了地方。谷妙语听清是东三环那里，幸好离这儿不算太远，她还招架得住。

她叫了辆出租车，把邵远扶上去。

一路上邵远都枕着她的肩膀，睡得很乖，她一动都不敢动，怕扰了他这一路的清梦。

到了地点，她扶着邵远下车。邵远尽管醉得迷离，却知道配合她，尽量努力自己走路，不叫她难以搬动他。谷妙语几乎有点心疼了。这男孩，他多乖啊，连喝醉都努力不让人操心。

按照他报的门牌号，她找到他的家。门是密码锁的。她摇晃他，从他嘴里晃出密码。

解锁进了门，屋子里一片漆黑。找不见灯在哪儿，她索性摸着黑拖着他移动。窗口渗进来的一些月光让她看到一个长沙发就在不远处，她拖着喝醉的大男孩向那个沙发移动。

把他安置在沙发上，顺手给他盖上备在沙发尾端的薄毯，做完这一切，她蹲在沙发前又仔细看他两眼。月光弱弱地溜到他脸上，真是一副又乖又好看的睡相。

手机忽然响起在月光稀薄的黑暗里，她几乎被震慑得打了个激灵。

她连忙接起电话。邵远被震得皱了皱眉，却没有醒。她站起来一边接电话一边朝门口走，楚千淼正在对她哀号："姓谷的，你再不回来我和喵喵真的要变尸体了！"

她连声说着好好好，这就回来，出了门。

邵远睁开眼睛的时候，有点蒙。他居然断片了。

在黑暗中瞪眼向天棚上看了半天他才发现，自己原来正躺在家里的沙发上。

动了下嘴角，疼痛加快了他的清醒。他摸了摸裤子口袋，从里面掏出手机看了看，半夜十二点多。他是怎么回来的？小姐姐送的他吗？

口渴得厉害，嗓子眼像干裂开无数道血口子。他从沙发上坐起来，准备找水喝。随手按了下沙发墙边的双控开关，黑暗立刻不见踪影，屋子里瞬间四下大亮。

邵远坐在沙发上，蓦地睁大了眼。他的酒劲全醒了，脑门麻麻地浮起青筋和冷汗。

母亲正坐在对面沙发上，双臂抱在胸前，面无表情地看着他。

额头上的冷汗冒出来又瞬间蒸干，紧绷地裹着那根隐隐欲跳的青筋。邵远马上稳住自己，让自己赶紧镇定下来。母亲一定已经看到他醉酒睡倒的样子了，现在也顺便看到了他嘴角处的伤。这个时候他一旦慌一点，就说什么都像谎了。他得镇定一点，把什么谎都说成真话才行。

"妈，您什么时候来的？怎么没叫醒我？"他语气声调都如往常般听话温淡，不慌不忙。

母亲看着他，不怒自威："听说你今天请了假，没去上班，我赶过来看看。"

邵远很谨慎地想着该怎么往下接话。他知道这个时候还是尽量少说话的好，说得越多漏洞越多。他知道母亲看得出他的病假其实是个幌子，他也知道母亲很想探究出在病假的幌子下面，他到底藏着什么旷班的真理由。

"我没什么事的，妈。"谨慎地琢磨半天，他回了一句进可攻退可守模棱两可的话。

母亲抬抬下巴，下巴尖指向他的嘴角："是因为那里的伤请的假吗？"

　　邵远怔了下，随后意外发现母亲居然帮他找到了一个好说辞，他马上点头："嗯。"他脸上带了点愧疚的神色，说，"周书奇有点烦心事，到这儿来找我聊天，我陪他喝了点酒。他喝多了，有点情绪失控，错手在我下巴上打了一拳。后来他就睡倒了，就在您现在坐的沙发上。您来的时候要是没看到他，就是他醒了之后自己走了。"

　　迫不得已，他又把周书奇扛出来挡母亲的枪。他在心里对周书奇狠狠地道歉。

　　母亲偏偏头，笑了一下。邵远顺着那一笑觉得后背上沿着脊梁骨在窜凉风。不了解母亲的人会以为刚刚那样一笑，得体、优雅、亲和。可他知道，那样笑着的母亲，笑容里真正的成分是嘲讽和莫测。

　　"所以远远，你把周书奇一个人扔在家里沙发上，自己又带着伤跑出去接着喝酒了？还是和一个女人一起，喝得烂醉如泥地回来？"母亲淡淡笑着，问邵远。

　　邵远额头上又开始渗出冷汗，凉风在他后背不停上上下下地窜。他飞快地分析着。他果然是小姐姐送回家的，而小姐姐送他回来的时候，母亲看到了。不知道她是像刚才那样坐在黑暗里看到的，还是和小姐姐已经打过了照面？如果是黑暗里，还好一些，母亲未必看得清小姐姐的长相。可如果母亲和小姐姐已经打过照面，她会对小姐姐说什么？小姐姐是不是已经认出了他的母亲就是嘉乐远的董事长？

　　猜测越多越心慌，他觉得不管了，还是先投石问路一下。

　　"妈，送我回来的女孩是我和周书奇的师姐，周书奇喝多了，和我打架，他不听别人的话就听这个师姐的，所以我把师姐叫来调停。师姐看我嘴角有伤就带我出去买药，也顺便让周书奇一个人安静一下。至于醉醺醺地回来……妈，您知道我从小到大都听您的话不大喝酒，今天这么一喝我就有点醉了，师姐带我出去的时候我就头晕，等出去之后被风一吹就彻底晕了。"他说话的时候牵动了嘴角的伤口，不由得皱着眉嘶地吸了口气。

　　这一下疼痛终于揪痛了坐在对面的董兰一颗母亲的心。

　　那是从小被她呵护在掌心，用尽心血教养长大的儿子，继承了她与丈夫所有的优点，那是她的希望和骄傲。从小到大，除了踢球伤了脚，她什么时候让他身上出现过伤口？那次他伤了脚之后，她和丈夫就不再同意他踢球。现在看着他嘴角裂着血口子的伤，胸口那股被生气短暂阻挡的心疼终于醒了过来。

她起身走到对面，在邵远身旁坐下，慈蔼地扶着儿子的下巴，仔细看那一处伤口。

"这伤可别叫你父亲看到，他非心疼得犯病不可。"她心疼地说。

看到母亲缓和下来的态度，邵远在心里长松了口气。

"妈妈刚才很生气。"董兰松开邵远的下巴，正色地对他说，"从小我和你爸就告诉你，酒这个东西最考验人的意志品行，如果你连对抗酒精的自控力都没有，随随便便就放任自己被它醉倒，你将来什么事也做不成。还有尤其不能和爱喝酒的女人多交往，优雅的好女孩是不喝酒的。"

邵远垂下眼，一副悉心听教海认错的样子。

董兰拍拍他肩膀："这次算了，下次别这样了。"她忽然话锋一转，问邵远，"你这个学姐叫什么名字啊？"

邵远被母亲这么一个出其不意袭击得大脑一白。顾不上仔细琢磨，他脱口把还记得住的一个女生名字说了出来："叫孟千影。"

这是他高中时朦朦胧胧喜欢过的那个女生的名字，他现在只记得的两个女性名字之一。

董兰点点头："嗯，这学姐你之前应该跟我提过，名字我有点耳熟。"

邵远吁口气。他想应该是他高中的时候对母亲提过孟千影，给母亲留下了印象。他没想到"孟千影"三个字居然能阴差阳错地帮他渡过一关。

母亲叹口气，抬手轻轻拍抚邵远的脸："远远，别嫌妈妈烦，妈妈想再叮嘱你一句，到了月底你就要出国了，没剩下几天了，消停一点，别和周书奇、孟千影瞎折腾了。你是我和你爸爸的全部，你知道我们在你身上寄予了多少希望，儿子，别让我们失望。"

邵远沉重地点点头。

谷妙语安置好邵远从他家里出来，刚打上回家的车，就接到了谷妈妈打来的电话。

谷妙语接了电话就问："妈你不是每天晚上八点准时睡觉的吗？今天你怎么还没睡？"

事出反常必有怪。

谷妈妈说："妙妙啊，你最近忙不忙？我想挑你不太忙的几天，带你爸去北京看看你，顺便我们俩溜达溜达，你说咋样？"

谷妙语高兴得差点从车后座蹿出去："真的吗？你们早该来溜达溜达了！老谷终于肯放下他文化馆那些学乒乓球的小崽子们出门溜达了吗？"

谷妙语听到自己的话说完，妈妈好像拿着手机进了厕所。谷妙语对他们家厕所一开门一关门释放出的鬼叫般的吱呀声特别熟悉。

谷妈妈进了厕所关了门，压低声音说："我告诉你啊，你爸教小孩们打球的那个文化馆，黄了，你爸最近没事干，没有收入，心情特别不好，我想着干脆把他带去看看你，顺便在北京溜达溜达，没准他就乐呵起来了。"

谷妙语赶紧说："来啊来啊，那还犹豫什么，快点让老谷来看看他的大宝贝闺女！"顿了顿，她马上问，"妈，我楚爸楚妈跟不跟你们一起来啊？"

谷妈妈说："本来我们四个说好一起去北京看你和森森的，可你楚爸帮你楚妈往市场搬花盆的时候把腰闪了，得养着，出不了远门。"

谷妙语哎哟一声："我干爸怎么那么不小心？不要紧吧？明天我和三千水去医院给他开点北京的跌打损伤大膏药邮回去吧。"心疼完干爸，谷妙语又开心起来，"妈，你现在就看车票，看好了想坐哪趟告诉我，我给你和我爸从网上订票。订好了票你们俩就等着拎包出门就行了，别的吃的住的都不用你们操心！"

谷妙语到家时，看到楚千森正把一只手高举过头顶，以保证手上的口子水平高度远远高过心脏。

"你不累吗？"谷妙语差点跪下，"我求你放下来吧！你要是能大出血我立马从楼上跳下去死给你看！"

她看了下楚千森的伤口——凝住了血已然开始准备结痂，她决定还是先去关怀一下呕吐过的喵喵。

她去找喵喵。喵喵正跑来跑去活蹦乱跳地玩着它的玩具，一只毛绒小老鼠，怎么看都不像楚千淼口中需要看病的呕吐病猫。

她问楚千淼喵喵吐什么了，楚千淼指了一团毛给她看。

谷妙语彻底放心了。她以前听养猫的同事说过，小猫爱干净，常舔毛，会把毛舔进肚子里。

"我们喵喵能把舔进肚子的毛自己吐出来，真棒！"谷妙语抱起喵喵说。

喵喵抬头冲她哆哆地一叫。谷妙语揉揉它的小脑袋，放它回地上继续玩毛绒小老鼠。

"问题不大，以后我们多给喵喵梳梳毛，让它舔毛的时候少往肚子里舔点就行了。"

解决过喵喵，她搬出医药箱三下五除二给楚千淼包了伤口。

"行了，恭喜你，彻底死不了了！"谷妙语拍拍楚千淼的肩膀说。

楚千淼一把抱住她不松手："小稻谷你说你怎么这么好？你说你以后嫁人了我可怎么办？再也没有人会像你这么有耐心地对待我的致命伤口了！"

谷妙语听前边的时候还挺感动，听到"致命伤口"四个字时，她想把楚千淼扔出去。

谷妙语第二天到了公司没多久，差不多八点半的样子，就被前台打了座机通知："妙语，来一下，有人找你。"

前台说话时的语调有点怪。

谷妙语起身准备过去，骆峰从电脑屏幕后升起脑袋，冷嗖嗖地说："去哪儿？"

谷妙语回："前台。"

骆峰叮嘱她："要是客户找你，就和他改个时间，约到下午。别忘了等下九点要去大会议室开会。"

这事谷妙语记得，昨天骆峰告诉她了。他说他们之前做的那个精装修设计的房地产开发商，叁骄地产的董事长今天会到公司来。因为他对嘉乐远完成的设计工作比较满意，所以过来和嘉乐远的董事长磋商一下后续的长期合作事宜。应他的提议，这次会议，所有参与过设计的设计师们也会一同与会。

谷妙语对骆峰点头："我记得开会的事呢，放心吧师傅！"

谷妙语赶到前台时，看到等在那里的人是位瘦瘦的阿姨，年龄大概五十几岁，全身都透着点气势汹汹来者不善。

她走上去。

阿姨看到她，双目一瞪，问："你是谷妙语？"

"是的。"谷妙语微笑点头，"阿姨请问您是想了解一下装修方面的事情吗？"

阿姨立刻开始扯大嗓门："我了解个屁装修的事情！谷妙语我告诉你，我是博杰的妈妈！"

谷妙语一听到这儿心说不好，她赶紧拖着博杰妈妈往独立接待室走。

"博杰妈妈，我们去别的地方谈吧！"

博杰妈妈一边挣一边骂骂咧咧："谷妙语你别拽我！你这个祸害精，自己昨天干了什么事心里没点数？你害我儿子身体心灵都受到伤害，害他现在躺在医院里，你居然还有脸假模假式地问我是不是想了解装修？我呸！"

她骂骂咧咧的声音吸引了很多同事的好奇目光。谷妙语爆发了小宇宙，把和自己身材相仿的博杰妈妈一路以最快的速度拖到独立接待室。

她进了屋松开博杰妈妈，任由她叉着腰嘴里喷着乱七八糟的字眼。她首要做的是关上门，阻断大部分声音外传，然后去拉玻璃墙壁上的遮光帘，好遮住玻璃墙外好奇看热闹的眼睛。

一面墙的遮光帘完整放完，另一面墙的遮光帘很不给面子，刚下了三分之一就卡住不动了。

谷妙语选择作罢，不去和卡住的遮光帘较劲。时间紧迫，还是解决当务之急吧，她顾不上捯饬遮光帘来遮自己的羞。她转过身，开始和博杰妈妈周旋。

"阿姨，您先小声一点，冷静一下好吗？"

因为约了叁骄地产的董事长九点在公司开会，董兰八点四十就到了公司。她下了车，助理已经等在公司门口。

她女王一样地走在前面，助理跟在她身后。

她边走边问："叁骄的成董事长到了吗？"

助理连忙快走一步过来，回答："还没有，我刚跟成董事长的助理联系过了，他们大概十分钟之后到。"

董兰点点头，继续昂首阔步地走。助理慢下一步，又恢复成刚刚跟在她身后的样子。

公司里的人遇到她都毕恭毕敬地停步，行礼，问董事长好。她是这里的掌权者，所有人都对她俯首称臣。

走到大厅中央时，董兰脚步一顿。

邵远正从电梯里跑过来。她皱皱眉，他居然在人前有这么一副慌慌张张的样子。

他跑到离她不远时，看到了她，戛然停住脚步，也像其他人那样，毕恭毕敬地行礼，问了声董事长好。

董兰冲着邵远，像对每一个叫不上名字的普通员工那样，充满权威地点点头，而后她抬脚继续往前走，助理亦步亦趋地跟在她身后。

走过拐角，她忽然停住脚步。

助理刹在她身后，探身向前，问了声："董事长，有什么……"

"吩咐"两个字还没出口，董兰已经一摆手，打断了他。

"帮我数三十个数。"董兰告诉助理。

邵远看着母亲昂首阔步地带着助理走过拐角不见了身影。他没有立刻动，尽管内心已经焦急如焚。

有人来闹事这种事，无论是在原来的砺行，还是相比砺行高大上许多的嘉乐远，取得的效果都是一样的——这种热闹传播得特别快。"谷妙语被一个凶神恶煞的阿姨找上门"这消息从一楼前台传到楼上证券部没用到五分钟。

他从被传得支离破碎的热闹中很快提炼出，来的人是博杰的妈妈。他一下紧张起来。由儿及母，他想博杰的妈妈一定也很难缠。

昨天他和母亲谈完话已经很晚，他建议母亲就睡在东三环的房子。母亲却说不行，明天早上公司有个会，是个很重要的会，她得回去换衣服准备一下。

他一边狂按电梯一边想，他得赶紧下楼，把博杰妈妈和谷妙语分开，她们可千万别被一早赶来公司开会的母亲撞见。母亲万一撞见这一通闹剧，小姐姐的工作就别想保住了。

他千赶万赶，不曾想到底在出了电梯的时候遇到了母亲。他不知道母亲捕捉到了他多少的着急慌乱。即便母亲现在已经拐过去了，但按照他对母亲的了解，他最好别急着动。

他拿出手机假装停在原地打电话，时不时瞄着拐角的地方。在心里约莫数了三十来个数，拐角处并没母亲走出来杀个回马枪的身影，他这才放心。母亲应该确实上楼去了。他收起假装打电话的动作，转身继续赶向待客室那边。

助理什么也不问，乖乖遵从高深莫测的董事长的旨意数了三十个数。

三十数完，董兰出了声："你先上楼做下会议准备，我等下就到。"

助理不该多问的不问，领到指令后立刻上了楼。

董兰走出拐角，正好看到邵远的身影奔着和她呈对角的方向赶。她要是没记错，那边应该是一些独立待客室。

她抬起脚步向着对角方向走，越走越快。途经之处，原本还有人看热闹，但她经过时，那些人立刻作鸟兽散。没有人敢在有她的地方看热闹，哪怕他们的好奇心像开水一样沸腾。

快到转角的地方，隔着点距离，她看到邵远奔进一间待客室。

他刚进去没多久就出来了一个女孩。那女孩有点着急有点慌张地跑出来，她多瞄了两眼那女孩的身材轮廓。

那女孩从她身边跑过的时候，认出了她，赶紧收住脚步，对她低头行礼，和其他人一样毕恭毕敬地对她问"董事长好"。

她几乎没什么动作地一点头，算是个回应。她也没什么表情地看着那女孩，看着那女孩小心翼翼地绕过她，步伐逐渐提速，越来越快地移动到电梯前，使劲按着上楼键。

　　董兰收回视线的时候眯了眯眼，而后她大步走进转角里面的待客区，走近邵远刚刚进去的那个待客室。那间待客室的遮光帘只遮了半面墙，她找着角度，尽量让自己不暴露，同时努力多看到点待客室里面的情形。

　　拳头不知是什么时候握起来的，越握越紧。

　　邵远进待客室时，看到博杰妈妈正拉着谷妙语，让她赔钱道歉，否则她就去找公司领导，让谷妙语吃不了兜着走。谷妙语被她纠缠得焦头烂额。

　　他踏进屋子时，她转头来看，双目对撞的一瞬间，他好像看到她眼睛里闪出惊喜热烈的光，仿佛见到一个盼了很久的人。他心跳一顿。能被她用这样的目光笼罩，他干什么都愿意。

　　邵远迅速隔开博杰妈妈对谷妙语的纠缠，他对谷妙语说："你先走，这里我来应付！"

　　谷妙语有点犹豫，邵远说："你放心，我有办法招架。你九点钟不是得一起跟着开会吗？"

　　提到开会，谷妙语放弃了犹豫。

　　"那我先上楼，你要是招架不住给我打电话，我就借口上厕所下来帮你忙！"谷妙语转身出了待客室。

　　他们自顾自地说话商量，被冷落的博杰妈妈愤怒不已，想抓住谷妙语不让她走，却被邵远隔得连谷妙语的衣角都够不着。

　　"你谁啊？有你什么事？小王八蛋你再拦我信不信我找你们领导！"博杰妈妈一边上手去推邵远一边撒泼。

　　邵远躲开她的手，告诉她："女士，希望你说话能注意一下文明。"

　　博杰妈妈瞪着邵远："我跟文明人文明，我跟多管闲事的王八蛋用得着文明吗？"她眼神一转，看到邵远脸上的伤口，忽然就来了劲，"我知道你是谁了，你就是和那个小贱人一起欺负我儿子的人！"博杰妈妈嘴里源源不断地骂出难听的话。

　　邵远不想被那些话脏了耳朵，他抬高声音，打断她："博杰妈妈，请冷静一些，骂人解决不了任何问题，要不然你还是说一下你的诉求吧。"

博杰妈妈冷笑："不想让我骂你被别人听见是吧？觉得丢脸是吧？想息事宁人？行啊，你们赔我儿子的医药费，我儿子昨天被你们打得进医院了，起不来，以后没法给我养老送终了，所以你们得给他出医药费，得给我出养老钱。"

邵远不动声色，问："哦，那你想要多少钱？"

博杰妈妈说："怎么也得两百万，低于两百万免谈。"

邵远没说话，低头摆弄手机。

博杰妈妈冷笑："装死没用，少一个子都别想打发我！"

忽然邵远的手机里传出她刚刚的说话声。那些骂人的脏话，那个报出的钱数，字字清晰。

博杰妈妈愣了一下，邵远抬起头，看着她说："博杰妈妈，你说这段录音要是放到网上，你儿子那些粉丝知道他妈妈怎么讲话、怎么向别人讹钱，他的前程是不是就毁掉了？"

博杰妈妈的脸色一下就变了："小王八蛋，你信不信我告你敲诈？"

邵远摇摇头："不，从这段录音来看，是你敲诈我。"

博杰妈妈的表情开始扭曲："小王八蛋，你把录音给我删了！你敢让我儿子身败名裂，我就让你也身败名裂！我要让全世界的人都知道，你勾引我儿子的女朋友，你们这对奸夫淫妇，被我儿子发现之后还对他下手打到他住院，我做鬼也不会放过你！"

博杰妈妈越说越歇斯底里，说到最后直接向邵远扑过去，要扇耳光。

邵远握住博杰妈妈的手腕，声色俱厉地告诉她："博杰妈妈，你最好现在就离开，不要再继续发疯，否则的话我要找律师告你和你儿子了。现在没人能证明你儿子是我打的，但我手里的录音却能证明你刚刚要讹诈我两百万。如果你现在不走，我立刻把这段音频当着你的面上传到网上，你儿子不出两个小时就能变成热门话题。要试试吗？"

博杰妈妈的脸色从白变青，从青变红。她涨红了脸，所有戾气最后都妥协在邵远准备上传录音的动作中。

"你们给我等着！"最后她撂下这么一句干巴巴的狠话，冲出了待客室。

邵远长长呼出一口气。

今天总算是安全了。后面的日子，只能见招拆招了，他希望靠着录音和刚刚那番话，能把博杰母子震慑得久一点吧。

谷妙语及时赶到会议室。她进屋的时候，叁骄地产的董事长成伯东已经到了。

她走到骆峰旁边落座。骆峰冷冷斜她一眼："你走了狗屎运，董事长还没到，否则你最后一个进来——这么丢我的脸，我直接逐你出师门。"

谷妙语点头哈腰地道歉卖乖。

她是第一次参加同时有两个董事长存在的会，有点紧张。骆峰冷声冷气地告诉她："放轻松点，董事长是自己公司的，不用怕。成伯东是个很随和很惜才的人，设计师出身，爱和人探讨设计方面的事情。"

谷妙语问骆峰："你怎么知道成伯东随和惜才？"

骆峰说："他挖我很多次，我都拒了，他也没急眼。"

谷妙语："……"

骆峰忽然皱了皱眉，说："董事长从来不迟到，今天是怎么了？让地产大佬干等可不太好。"

谷妙语告诉他："师傅别急，董事长已经来了，我上楼的时候正好她到公司，我遇到她了。"

正说着，会议室的门被推开，董兰走进来。大家都站起来。

她走到主位和邻座的成伯东微笑握手寒暄，随后示意大家就座。

她眼神环视一下全场里的人。看到谷妙语时，她走得连贯的视线做了个停顿，随后她的视线越了过去，好像刚刚那一顿只是个巧合。

会议正式开始。嘉乐远和叁骄地产两方面的人对自己的公司各自做了一番介绍及展望。叁骄地产肯定了嘉乐远设计团队的设计能力后，也骄傲地摆出了他们在地产界的雄厚资源，以及未来和嘉乐远合作的各种可能性。

成伯东说到双方刚刚合作过的精装修项目，有点兴奋，告诉与会所有人："这个项目能和嘉乐远的设计师们合作，又能由嘉乐远负责后续的装修工程，我觉得这个精装修楼盘未来一定能给我们两家公司带来双赢的好口碑。"

成伯东说到高兴处，开始说起楼盘的各种户型，他表示自己是个建筑设计师出身，也参与了一部分房屋户型的设计。

成伯东起了这个话头，董兰知道他想炫技，也想考察一下嘉乐远设计师们的水平，于是顺着往下说："不如请成董事长给点提示，让大家猜猜看哪种户型是成董事长的力作。"

成伯东给了几个数据，主卧面积和客卧窗子尺寸以及卫生间宽度。这几个条件给和没给基本一样——那么多套户型，那么多个主卧的面积，那么多种客卧窗子的尺寸，那么多个卫生间的宽度……谁能全都记住，并且还得记住它们的组合对应的究竟是哪一种户型？

虽然条件给得苛刻，可如果没人能想出这是哪套户型，她嘉乐远董事长还是蛮没有面子的。董兰放眼向设计师们看过去，她从下面在座的设计师脸上看到一丝尴尬的神色。她有点失望。

骆峰在桌子下面忽然踢谷妙语的脚。

谷妙语默默扭头看他，骆峰压低声音说："你肯定记得这些，赶紧说出答案。"

谷妙语缩了缩脖子，也压低了声音："设计部这么多大拿前辈在，会不会显得我太嘚瑟了？"

骆峰挑眉："我徒弟嘚瑟一下，怎么了？"

于是谷妙语二话不说挺身回答了这个问题，努力为师傅争光。

"是B7户型。"

成伯东很兴奋："没错，就是B7！"

为了确定不是巧合，成伯东又提了几个数据问谷妙语："那这几个数呢，对应的是哪种户型？"

谷妙语都回答得流利且无误。

成伯东似乎认识骆峰，点名问："骆峰啊，这小姑娘是你的助理吗？"

骆峰坐直身体，回答："成董事长，她不是我的助理，她是正式设计师，而且刚得了新人设计大奖。"

一贯冷淡的骆峰在开会时努力吹嘘一个人的现象，是从来没有过的。董兰抬眼看了看他，以及他努力吹嘘的对象。

成伯东："哦？怎么称呼？"

骆峰："她叫谷妙语，稻谷的谷，妙人妙语的妙语。"

成伯东点点头："好名字！"他转头对董兰感慨："嘉乐远真是人才辈出啊！"

董兰随之一笑，瞥一眼谷妙语，对成伯东说成董过奖了。

会议愉快地进行到最后，成伯东和董兰达成了未来五年的战略合作关系。

会议结束后，董兰笑容满面地把成伯东送进电梯。电梯门徐徐合上。董兰站在电梯外，笑容还没有消尽，已经在交代助理："去把设计部那个叫谷妙语的简历拿来给我，顺便问一下，是谁、是什么时候，把她招进来的。"

开完会谷妙语就跑到楼梯间给邵远发信息，问他还好吗，博杰妈妈那边的麻烦处理掉了吗。

邵远很快回信息给她，让她放心，说一切都处理妥当了。他还发信息给谷妙语，说如果以后这对母子还来找她麻烦，让她及时告诉他，他有办法对付他们。

谷妙语松口气。她靠在楼梯间的墙壁上，把自己坠入冥想和走神之间。

以前是她带着邵远到处跑单子、做项目、跟工程。说不上从什么时候开始，就变成是邵远在护着她了。似乎她马上就要培养出一种要依赖一个人的感觉了，她为这个感觉的萌芽感到一丝惧怕。她很明白，依附和依赖可以让任何人变得脆弱。只有独立，才能强大。

如果下次博杰母子再找她麻烦，她要想办法自己解决他们这通麻烦，她不可以再依赖别人。尤其是一个用不上十几二十天就要离别的人。原来即将分别的日子已经这样近，近得所有可以让胸腔内跳起摇滚的遐想都不敢再多做延伸。

谷妙语结束冥想，走出楼梯间。

尽管上午会议开得很顺利，但因为早上博杰母亲突然来闹的插曲，接下来的半天谷妙语一直有点心慌的感觉。

她午饭时给邵远发短信，告诉邵远公司在B座新开了家员工餐厅，对内优惠对外也营业，菜色味道都很不错，要不要一起尝尝。她发这个信息的时候好像中了邪，完全没有多想什么，只是觉得她和楚千淼都能一起在人前吃饭，那她为什么不能和邵远一起？

邵远很快回复过来，说他脸上有伤，这期间和她走得近或者一起吃饭被人看到不太好。

他说得简洁，但谷妙语马上心领神会简洁背后的完整含义。

他来证券部上班这么久了，她能认识这个之前访谈过自己的证券部小伙子，这一点都不新鲜。新鲜的是，上午刚有个博杰他妈找上门，声称谷妙语伙同另外一个小伙子和她儿子干架，中午她就和脸上有伤的小伙子坐在一起吃饭，这相当于他们在往博杰他妈的胡说八道上送人头。

谷妙语连忙发信息给邵远，表示中午各吃各的。随后她发现自己似乎陷入一种情绪前后矛盾的状态中。她刚刚告诉过自己不能胡乱遐想，独立才能强大，可她马上又忍不住想……想见见他，和他一起吃个饭。

谷妙语抬手抽了自己脑门一下。想什么呢。

晚上下班，谷妙语和楚千淼前后脚到了家。

谷妙语准备做晚饭，楚千淼告诉她："今晚多做一个人的饭。"

谷妙语问："是任炎要来吗？"

楚千淼说："不是，我准备辞职了，让周书奇帮我把在律所的私人物品捎回来，他趁机提出要蹭一顿饭的要求。"

谷妙语笑："那行，今晚熬汤，熬他去年冬天给你带的那份爱的土特产，羊肚菌。"

饭刚好，周书奇就拖着个大箱子敲了门。

谷妙语惊呆了："这孩子踩饭点踩得真准，他是为饭而生的吧！"

楚千淼一边开门一边纠正："准确地说，周书奇同学是为蹭饭而生的。"

周书奇拖着箱子进了屋，对楚千淼逮着机会就谄媚表白："不，学姐，我是为你而生的！"

他话音刚落，一声"喵"软乎乎地从脚边传来。周书奇低头一看，哟呵一声："这不是小妙妙吗？"他弯腰对着喵喵一通摸头，"小可爱你住过哥哥寝室的，哥哥还给你吃过辣条呢，你还认识我不？"

楚千淼抬脚轻轻踢他一下："你等会，你刚才管它叫什么？"

谷妙语盛好三碗米饭，吆喝一声"开饭了，都赶紧的"，打断了他们。

喵喵先应着谷妙语的声跑到她脚边，用小脑袋蹭她的腿。

"知道了知道了，我们喵喵也要吃饭！"她说得很大声，抱着喵喵去找它的饭碗。

楚千淼在餐桌前落了座，又问周书奇："你刚才管我的命根子叫什么？"

周书奇："啊？哦，叫喵喵啊。"马上他变得嬉皮笑脸起来，"不，是淼淼！"

楚千淼一口刚喝进去的汤差点喷出来："信不信我弄死你！"

谷妙语安置好喵喵，出来和他们一起边吃边聊。

他们先聊起楚千淼的新工作，谷妙语问楚千淼决定去哪个投行了吗，是不是任炎那里。楚千淼表示，她有可能去任何一家券商投行，但绝不会去任炎那儿。

周书奇伤感地哼哼唧唧："学姐，我是为了你才去的律所，现在你把我丢下说走就走，对我这么不负责任，我很伤心！要不然等你在投行站稳脚跟之后把我也接过去吧，其实我职业的终极目标也是进投行呢！进律所对我来说，只是我职业规划道路上的一个小目标！"

楚千淼抬手拍他的后脑勺："野心够大的你！我都干了三年多了才跳，你刚毕业就想跳，浮不浮夸啊你？你还是先踏踏实实地在律所干着吧。"

谷妙语在一旁问周书奇："你真的想进投行？"她有点分不清周书奇这个奇葩男孩什么时候是在说真话什么时候是在开玩笑。

周书奇一脸认真："当然！"

谷妙语问他："投行那么好吗？"

周书奇点头："做同样的IPO项目，投行可比我们挣得多好多。我就想到挣钱多的地方去。"

谷妙语这回知道周书奇说的是真话，她从他眼睛里看到了一丝充满野心和向往的光。

"那你加油。"她想了想，还是给了句鼓励。

饭吃到一半，话题从楚千淼跳槽转到谷妙语做饭好吃上头来。

周书奇吃了两碗饭都没有满足，又添了第三碗。他一边吃一边对谷妙语的做饭手艺极尽赞美。

楚千淼呵呵一声："瞧瞧你这副没见过世面的样子，你是没吃过你妙语姐姐煮的大米粥，你要是吃过那个，你得被馋得连话都不会说！"楚千淼笑话完周书奇就起了身，"行了我不等你吃完了，你太能吃，我等不起，我得站好最后一班岗加班去了。"说完她进了房间。

周书奇顺着大米粥的方向和谷妙语聊起来，聊着聊着就聊到了前两天那个晚上。

"我学姐这么一说，那我就理解前两天晚上邵远为啥那么难受找我喝酒了。你去给别的男人做贼好吃的大米粥，他吃不着，闹心。"周书奇一边唏哩呼噜地扒饭一边说。

谷妙语怔了一下。他是说前两天她去给陶星宇煮粥的那个晚上？那晚邵远不是说他有事吗……

她不着痕迹地和周书奇确认："你说的是我给陶星宇煮粥那晚？"

"是的。"周书奇扒着饭和菜，吃得呼噜呼噜地说。

"那晚邵远在和你喝酒？"

"唔，是的。"

"他……没什么其他事，就只是和你喝酒？"

"对啊。"周书奇还特意想了一下，确定地说，"没有其他事，就找我喝酒，喝得吐了好几回。"

谷妙语心跳发沉。"他为什么找你喝酒啊？"她随口似的那么问。

"借酒浇愁吧，哈哈哈，因为你跑去给别的男人做大米粥了。"周书奇脱口说道。

意识到自己刚刚说的话已经有点跑偏，他一惊。邵远自己都没表白，他要是多这个嘴，邵远八成能捏死他。他赶紧强行转移话题。

"哎，妙语姐姐，你说我们这些北漂，得工作多少年才能买起房子啊？"他一边扒饭一边无限感慨。

谷妙语有点心不在焉地回答："不知道啊，北京这房价，努努力，五年、十年，或者一辈子都买不起吧。"回答完问题她又心不在焉地顺着房子的话题往下聊，"所以啊，像你表哥那样能在北京有套自己房子的人，那都叫成功人士。哎小周，你表哥的房子住没住呢？"

"啊？"周书奇一时没反应过来，等反应过来谷妙语问的是邵远买的那套房子，他赶紧说，"哦，你说肖先生那房子啊，应该还没住吧，估计空着放味呢。"

谷妙语疑惑地"哎"了一声："你叫自己表哥肖先生？这也太客气了吧！"

周书奇端着饭碗，看着谷妙语，呵呵地傻笑，笑得手和碗一起发了抖。

接下来的几天，邵远一直处在一种无形的戒备状态中。他不知道自己那天的话和录音对博杰母子到底有几分震慑力，他们还会不会黔出去不要脸地过来闹。

好在他们没有来，这几天他和谷妙语都过得比较平静。

快午休的时候，他在网上翻看电竞方面的新闻。自从有了博杰这个精神不太好的大魔怔出现，他就下意识地关注起电竞方面的新闻。新闻页面上居然有一条消息正好是关于博杰的，他赶紧点进去看。

新闻内容是冠军博杰再次出征，到国外训练比赛去了。他此次出征，很多粉丝特意跑到机场送行。从照片上看粉丝多半是小姑娘。新闻最后还说，博杰此次出行由母亲一起陪同，负责照顾他在国外的饮食起居，以保证他能用最好的状态参加比赛。

看完这条新闻，邵远无声舒口气。几天来一直黏在他身上的戒备情绪，终于可以把它们放心甩掉了。他想博杰再怎么神经病，再怎么偏执，他到底还是虚荣的，还是爱惜他那点声誉的，他手里的录音还是震慑了博杰和他妈妈不再乱来。

邵远把这条新闻转发给谷妙语，发信息告诉她："这回可以彻底放心了。"

他很快收到谷妙语一个开心到左摇右摆的表情图。

他看着那个表情图笑起来，看看时间，可以吃午饭了。

他给谷妙语发信息："我的嘴角好了，等下我们在B座的员工餐厅'偶遇'吧。"

谷妙语秒回给他一个"OK"的表情。

谷妙语发完OK就起了身，不知怎么心里有点雀跃，她想赶紧到B座员工餐厅去。

小亚和她的捧哏小能手金晶叫住她："妙语，是不是要去员工餐厅？等等，咱们一起去！"

前两天都是她们三个一起去员工餐厅吃的午饭，到了第三天她们俨然已经自动培养出了饭搭子找饭搭子的习惯。谷妙语不好拒绝，只好和她们两个一起继续搭伙。

到了员工食堂，买好饭菜，小亚和金晶坐在一面，谷妙语坐在她们对面。她有点心不在焉地听着小亚和金晶一逗一捧地聊天。

忽然桌面上出现一条人形阴影，随后是一副低音炮般好听的声音，问："我可以坐在这里吗？"

谷妙语抬头，看到了邵远。他嘴角的伤都好了，没留下什么疤痕，他的脸又像之前那么帅气完美了，像她第一次见到他时那么帅气完美。

她有点愣神，还没来得及表态，小亚和金晶已经半起立地热烈表示欢迎："坐坐坐，可以坐！"

听着小亚和金晶说相声般的热情邀请，谷妙语扭头看了看她们，差点捂脸晕倒。她们全都挂着一脸毫不掩饰的痴汉笑。时代真的变了，以前是臭小子撩拨小姑娘，现在变成怪姐姐撩拨小兄弟了。

一顿饭吃下来，小亚和金晶开心得不得了，像两个狼外婆一样，不停问问题让"邵红帽"回答。

"你有没有女朋友啊？"小亚问。

"还没有。"邵远回答。

"那小亚姐姐给你介绍女朋友吧！你喜欢什么样的女孩啊？"小亚很热情很

激动地说，仿佛不管邵远说喜欢什么样的女孩，她都能想办法把自己变成那样似的。

"我喜欢皮肤白、眼睛大、瘦瘦的女孩子。不过谢谢你，不用帮我介绍了，我已经有喜欢的女孩子了。"邵远把问题一一作答，答得很仔细也很平静。

谷妙语一口饭没吞好，呛在嗓子眼。她咳嗽起来。

邵远连忙抬手给她拍了拍背，动作自然得不像是在面对陌生人。小亚和金晶瞪着眼看过来。

"谢谢，没关系的不用帮我拍背了。"谷妙语连忙提醒他，他们是第一次坐在一起吃饭，别太亲密。

"不客气。"邵远收了手。

小亚继续出声发问："那小亚姐姐能不能问问，你还有没有别的兄弟啊？跟你长得差不多，但心无所属的那种！"

邵远抱歉地摇摇头："没有了。"

小亚一脸丧气："好吧。"

又聊了一会儿，她和金晶两人都吃完了饭。她们等了一会儿，实在等不下去把饭吃得细嚼慢咽的谷妙语和邵远两人。

"要不，你俩慢慢吃，我和金晶到街对面去买杯咖啡。"小亚拉着金晶走了。

终于只剩下谷妙语和邵远两个人。

谷妙语一时竟然不知道该和邵远聊些什么，甚至她有种连头都不敢抬的感觉。一抬头就要看他，她今天真奇怪，有点不敢和他对视。他嘴角的伤好了，他今天又是那么好看的一个年轻人，好看得让她不太敢多看。

她埋头吃着饭，桌面上她的饭碗旁边突然多了一个优盘。

她抬起头转过脸，看向身边人，疑惑地问："这是什么？"

邵远半垂着他的长睫毛，看向谷妙语，先对她微微笑一下，才说："这里面有一段录音，要是之后博杰和他妈回国了又来找你麻烦，而我不在这儿了，你就告诉他们，你手里有这个，他们要是再闹你就把它发到网上，看最后谁更丢人。这样他们就不敢再闹你了。"

谷妙语拿起优盘，握在手里，低着头。他刚刚说"而我不在这儿了"，她心里蓦地有点难过，但她抬起头，冲邵远笑："下午我把里面的东西拷出来，就把优盘还给你。"

"不用。"邵远立刻说，"不用还给我。"

他希望有点属于他的东西能留在她那儿，这样就好像两个人之间有了那么点牵绊。

谷妙语忽然噗地一笑："你是不是优盘很多啊？这都是你给我的第二个了。"之前他还给过她一个优盘，那里面装满了关于公司发展运营的资料，她每天都有在学一点。

邵远也笑，对她说："嗯，我还有很多优盘呢，所以不用还我。"

"谢谢你。"谷妙语握着优盘，看着邵远的眼睛，轻叹着说，"谢谢你，默默帮我做了这么多事，谢谢。"

她嘴巴上的谢意点到为止，但她的眼神传达出的谢意汹涌滚热而又隐忍。邵远有一刹那几乎为她眼神中汹涌滚热又隐忍的谢意感到一丝疑惑。两个优盘而已，何至于她如此这般地谢。

他对她微笑："不用谢，没关系。"顿了顿他说，"你多对我笑笑就可以了，就抵过这些事了。"

谷妙语对着他，用力一笑。

晚上下班谷妙语正准备回家，骆峰叫住她。

"刚刚接到董事长助理的通知，上边让我带着你，等下一起赴个晚宴，是董事长宴请叁骄地产老板成伯东的。"骆峰这么告诉谷妙语。

谷妙语惊奇地抬手反指向自己的鼻子："我？"她怎么想也想不明白自己这颗基层人头怎么够得上规格这么高的宴会。

骆峰瞥她一眼，冷冰冰地说："我跟你说过，成伯东是个惜才的人，以前也私下挖过我很多次，可惜未遂。这回他看了精装修公寓项目的设计图，发现最喜欢的几张图都是你设计的，又听说你是我徒弟，于是这顿饭特意点名了我们两个人。"

骆峰难得说了这么多话给谷妙语解惑。

"还愣着？赶紧去洗把脸，把浮油洗掉我们要出发了。"

谷妙语立刻奔进卫生间稀里哗啦地洗了把脸。董事长和成董事已经先出发了，董兰精明能干的助理带着骆峰和谷妙语乘后面一辆车赶去酒店。

路上董兰的助理交代谷妙语和骆峰："最近董事长一直在忙着和叁骄地产的成总周旋，如果能让成总和我们嘉乐远切实地达成战略合作关系，我们有了全国排名前三的地产商做战略伙伴，这会对我们公司未来发展非常有利。"

说到这儿，助理顿一顿，眼睛看看骆峰——眼神是客气的，再看看谷妙语——眼神里是谷妙语有点品不透的复杂。助理看过他们两人，接着说："叁骄地产的成总对二位印象极好，等下还麻烦二位老师说话的时候注意分寸和技巧，助力董事长谈下成总这位战略伙伴。"

谷妙语有点疑惑。助理看出了她的疑惑："您有什么不明白的事情，现在可以问，等下进了宴会厅就尽量不要再随便提问了。"

谷妙语说："我也没什么特别的问题，就是有点好奇，那天开会的时候成总不是已经宣布和我们嘉乐远达成战略合作关系了吗？"

助理推推眼镜，耐心地告诉她："那天只是口头上达成战略合作的关系，现在董事长希望能把与成总的战略关系落在纸面上写进合同里，并且带上具体的附加条款，比如未来五年内，叁骄地产会给嘉乐远不少于十位数的装修工程来做。"

他这样一讲，谷妙语立刻明白董兰为什么这么重视和成伯东的合作了。这种提前带了工程额的合作关系一旦达成，相当于提前锁定了未来五年的营收和利润，这不仅对嘉乐远未来发展有好处，更是眼下嘉乐远准备上市的一大助力。

"我明白了，等下我会注意讲话分寸的。"谷妙语说。

助理看看她，眼神在一瞬里闪过很多内容。谷妙语来不及捕捉其中含义，但总感觉那眼神她见过。小学时教育局领导下来听公开课，校长让班主任提前安排好几个小学生，第二天好好表演一下回答问题这个环节。她是被安排回答问题的学生之一，因为校长喜欢她。于是班主任委以她重任，可其实班主任既不喜欢她，也不信任她，于是在告诉她明天将要对她提问什么问题时，就是刚刚助理看向她时那个一闪而过的复杂眼神。

谷妙语有点疑惑，自己究竟是在哪里不讨喜了。

整个下午，邵远眼前都浮现着谷妙语对他绽开的那一笑。说他为她那粲然的一笑，变得整个下午魂牵梦萦都不为过。

下了班他不敢去喵喵。那个喵喵后面的妙妙，他越看越看不够。

他一个人直接回了家。到了家里，他的心和家一样，都空落落的。他打电话叫周书奇过来。他真庆幸自己生命里出现了一个聒噪的周书奇，凭他一个人的声音就可以填满整个空房子。

周书奇在电话里的第一句是："你妈不过去吧？她不过去我就去！"

邵远从他的问话里迅速反应出一件事情："你那天撞见我妈了？"

周书奇说："可不，老吓人了！"

邵远说："我妈今天不会来，我打听过了，她晚上有晚宴。你来吧，你来了之后我们再仔细说。"

周书奇一进屋就告诉邵远："那天晚上可别提多吓人了！我那天那一觉睡得有点猛，一下睡到了晚上八点多。我一睁眼的时候，屋里昏沉沉的，但也没黑透，我就看见你妈坐在沙发上，坐在那儿面无表情地看着我，当时就给我吓尿了！天啊，简直像鬼片一样！"

周书奇一边回忆当时的情形，一边还在后怕地搓胳膊。邵远非常理解他的感受，因为他后来亲身上阵又重演了那一幕。

"你妈真的太有气场太可怕了！"周书奇搓着胳膊说，"虽然她很和蔼地对我说'没关系的，你再多躺一会儿'，可是我的妈呀，我哪还敢再多躺一会儿哦，我当场就屁滚尿流地跑了。"

邵远听得心口怦怦地跳。所以那天，母亲一早就到了，她一定是看到小姐姐了。

但从那晚到现在，母亲都没有什么特别反应。所以，那天小姐姐送他回来时应该没有开灯，母亲应该也没有看清小姐姐到底长什么样。

邵远缓缓舒口气。随即他想象着，谷妙语扶他进屋、扶他躺下，给他盖好毯子之后离开，这在黑暗中进行的所有事情，其实被当时就坐在对面沙发上的母亲，全看在眼里。这么一想他就觉得有点不寒而栗。

安全起见，他觉得还是和周书奇那晚后面发生的事对一下词好一点。

"我之后跟我母亲说，那晚是你喝多了，和我打架，然后一个叫孟千影的学姐过来给我们劝架。"他有点愧疚地把那天编的瞎话对周书奇完整地说了一遍。

"如果，我是说如果某一天，我母亲心血来潮问你，我们那天为什么喝酒，你记得这么回答，别和我说两拧了。"

周书奇唉声叹气："我又给你扛了回锅，我在你妈印象里肯定已经黑得成锅炉工了，都没法看了！"

邵远说："不过你也别担心，我估计我母亲不会给你打电话的，毕竟没剩几天我就要出国了。"

周书奇呵呵道："你拍拍屁股一走了之可痛快了，我都成个锅炉工了！"

邵远的情绪忽然沉落下去。

"谁说我一走了之就痛快了？我其实……"他顿了顿，抬手敲了敲心口，说，"这儿，快憋死了。我一想到我走之后，可能没多久她就要和别的男人结婚生子，我这里就憋得快让我窒息了。我真的……"他说不下去了。

他真的，真的太喜欢她了。

他不知不觉注意她的一切事情，在意她说的每一句话。她说他不戴眼镜好看，他立刻就不戴了。他很轻易地就记下她爱喝拿铁，加两包糖。他知道她最爱吃的水果是苹果，她会在生气或者紧张的时候，闻一闻苹果的香气，那样她的情绪会缓解许多。他怎么不知不觉地会让她在自己心里留下这么多痕迹？

他看到她在砺行不肯同流合污，看到她在行业陋习中坚持自我，看到她对未来有纯粹又坚定的憧憬。他被这样的她迷住了，他在这样的她身上，一点一点地陷进去。他不知道自己到底是从什么时候开始陷进去的，他只知道当他发现的时候已经拔不出来了。哪怕下过那么多决心，哪怕自创了2的n次方疏远原理，可那些也都是徒劳无用的，他就是停不下来，也减不下去对她日复一日的喜欢。

周书奇看着邵远隐忍的痛苦样子，默默地收起嬉皮笑脸。

"那你表白啊！"周书奇憋了半天，憋出了话，"既然你这么难过，干吗不直接告诉小姐姐你喜欢她？"

"我不能告诉她。"邵远摇头，"她有喜欢的人，她喜欢陶星宇，不喜欢我。如果我告诉我喜欢她，就是在给她徒增烦恼。"邵远焦虑地把手指插进自己的头发，"又或许，我对她表白之后，我连像弟弟像朋友一样待在她身边都不再可能了。"他一贯好听的声音，现在抖出来的，是一片痛苦和萧索。

"唉，你每次怎么都是同样的顾虑？"周书奇替他叹气。

"嗯……可其实……"认真想了想后，周书奇一敲拳，一副很有把握的样子告诉邵远，"可其实，我觉得小姐姐不是不喜欢你的！那天我到小姐姐家吃饭聊天，聊着聊着我说漏了嘴，告诉她肖先生那套房子其实是你买的，她当时看着我那眼神，又震惊又感动，眼圈都有点红了，不过她倒是没哭——我以为她要哭呢。邵远我跟你说，我完全能从小姐姐的眼神和表情里感受得到，她对你绝对是有感觉的！"

邵远半天都没说出话。他在听到周书奇讲第一句话的时候就手抖地把水杯掉在了地毯上。大半杯的水都洒了，一片泥泞，犹如心事。

"你刚刚，说什么？你说，她已经知道那套房子是我买的了？"

第二十二章

我喜欢你呀

邵远顾不上杯子掉在地上，水弄湿了地毯，他抓住周书奇一只胳膊，问："你刚刚说什么？"

周书奇被他抓得龇牙咧嘴："我说，我一时说漏嘴，告诉小姐姐其实那房子是你买的了……"

邵远手上不自觉地又一个用力："你说仔细点，当时到底是什么情形，你到底是怎么说漏嘴的！"

周书奇使了吃奶的劲才甩掉邵远的手，哼哼唧唧地给邵远复述当时的情形。

"那天我到小姐姐家蹭饭，她做得可真好吃呀！然后我们吃啊吃聊啊聊，就聊到了北漂到底奋斗几年能在北京买房子的事，然后小姐姐就顺嘴问了句肖先生的房子住得还舒服吗，我一时大意，忘了叫表哥，就说，哦，肖先生啊，房子应该还晾着呢。小姐姐就……嗯……有点惊奇，我为什么对表哥那么客气要叫他肖先生，我发现自己露了馅，就开始手抖，她就看出问题了……"

那天他被谷妙语看出问题后，就心虚地笑，笑得手和手里的碗一起发抖。

本来想说点什么找补两句，结果越抖越心虚，出口解释的话变成了越描越黑。

"我、我、我们家族都比较客气，这是我们的家族风格！"

谷妙语好像信了他的话，却在不知不觉中给他下套："肖先生是你姑表亲还是姨表亲啊？"

他记着当时邵远给他和肖先生定的剧本角色是亲姨妈家的亲表哥，就回答："他是我姨表亲，我姨妈家的表哥。"

然后谷妙语就顺着亲戚话题聊了起来，聊着聊着，她说："我们家我妈妈是姐妹三个，我两个姨夫加我爸的姓特别逗，他们一个姓汤、一个姓谷、一个姓牛，我姥姥说她三个女婿齐聚一堂的时候，家里就多一道菜，叫牛骨汤。"

周书奇听得哈哈大笑，谷妙语趁着他笑的时候戒备低，很来劲似的问："你家呢，你家能凑出一道什么菜不？"

周书奇就说，我妈姐妹四个，我看看能不能凑出菜啊，我爸姓周，我剩下三个姨夫姓钱、赵、王……

谷妙语就是在这个时候把下好的套收了口："你姨夫里怎么没有姓肖的啊？"

他从没见过笑起来甜甜的小姐姐这么严肃地面含质疑过，他发现小姐姐也是很有气场的，她一瞬间就变成了大法官，气势压得他想趴在地上匍匐爬走。他当时就心虚地又抖了起来，紧接着他就干脆全招了。

他告诉谷妙语，肖先生确实不是他表哥，肖先生其实是那套房子的原房主，邵远从肖先生那里买下了那套房子。而邵远这么做，是不想看她没有业绩被辞退，所以现买了套房子。但邵远怕她要强，怕告诉她实话以后，她不肯无功吃这口受禄的饭，所以邵远就拜托原房主和周书奇演了这出姨表亲的戏。

他把一切实情吐露完毕，看到谷妙语微张着嘴瞪大了眼睛。她满脸都写着吃惊和震动，瞪着的眼睛慢慢泛出一圈红，他一度以为小姐姐要哭了。可她最后使劲吸了吸鼻子，却笑了。

她说："我怎么认识了你们这帮活雷锋。"

周书奇向邵远描述完那天他泄密前后的情形，告诉邵远："真的，小姐姐要是对你没感觉，眼圈不会红的，后来也不会笑得那么……怎么说呢，那么动人？"

邵远陷入思考与回味的混乱中。

难怪。难怪今天中午她变得有点不太一样。她不看他，躲着他的眼神。他给她优盘的时候，她说谢谢你，默默帮我做了这么多事，谢谢。她嘴巴上的谢意点到为止，但她的眼神传达出的谢意却汹涌滚热而又隐忍。他那时是有一丝疑惑的，两个优盘而已，何至于她如此这般地谢。现在他懂了，她谢的不只是那两个优盘。可是她既然已经知道房子其实是他买的了，她为什么不问他呢？她为什么不亲口问问他，你为什么买房子？就为了让我有单可签吗？

那样他就可以顺理成章地告诉她，因为我喜欢你，喜欢到愿意为你做任何事。

他忽然好像能体会到她中午看向他的那副隐忍眼神中的更多含义了。那隐忍的目光下，压制着一种热烈汹涌的情绪，叫他能够肝脑涂地的情绪。他怎么那么笨？那眼神他现在才品味出来！

他感觉到十个指尖都在发凉颤抖，那是他难得紧张和雀跃时才有的反应。或许她害羞，或许她顾虑多，或许她觉得他快出国了，她不应该牵绊他，所以什么都没问，什么都没说，只是隐忍着眼底的波涛对他说了谢谢。那好吧，就由他来告诉她，他为什么买房子吧。

邵远抓起手机，用冰凉颤抖的指尖给谷妙语发信息。

周书奇看着他的样子，有点目瞪口呆："爱情贼可怕啊，能让一个自制力过人的男人为一个女人提前五十年就患上帕金森！"

进宴会厅前，助理特意提醒谷妙语和骆峰："麻烦二位把手机调到震动模式。"

谷妙语忽然有点紧张起来，感觉自己像是要去参加一门考试似的。她悬着一口气进了屋落了座。

两位董事长已经就座，正在聊天。谷妙语发现高层之间的谈话真是一门学问，你来我往间全是滴水不漏。她开始还紧张，后来听着董事长之间的交流周旋，听着听着就入了神。

服务生在逐个地倒水倒酒。先是每人一高脚杯红酒，再倒给每人一小盅白酒。白酒是茅台，谷妙语光闻着味都觉得香。

董兰先举杯提议大家给成伯东敬一杯酒。谷妙语瞄了瞄，董兰端的是红酒杯，成伯东和骆峰端的都是白酒。她想了想，端起红酒杯。红酒杯里酒不多，只铺了薄薄的一个底。

大家一起举杯喝的时候，她把高脚杯里的红酒干了。

放下酒杯之后她才发现，董兰只抿了一小口，那一小口小到薄薄的一层酒还是薄薄的一层，基本没变。她不知道自己是不是敏感，总觉得董兰的眼神向她的空杯子瞟了一下。

服务生过来要倒酒，成伯东坐在主座说："董总不能喝酒，这个我是知道的，所以抿一点红酒可以了。但小谷一看就是能喝呀，要不小谷，喝点白的？"

谷妙语不知道自己在这个场合该不该喝酒。她扭头看看骆峰，骆峰对她说："要是能喝，就喝一点，没关系。"

她想起来了，骆峰要是放在唐朝也是个李白性子的不羁人士。有时候他画图卡住了，就会喝一点酒调剂一下神经末梢的状态。有了师傅做定心丸，她决定喝一点白酒，喝到离醉点还有半斤距离的时候她就停。

她毕恭毕敬地敬了成伯东一盅酒，成伯东很开心，顺着开心打开了话匣子，说："小谷虽然是女孩子，但大大方方，不拘小节，身上有股侠气，除了侠气还有才气，这可真难得！"他转头对董兰："董总，精装修公寓项目的设计图我都仔细看了，我发现最欣赏的几张全是小谷设计的！这孩子，是个人才，这么年轻就到了这个程度，以后肯定前途无量，您一定要好好培养啊！"

董兰笑着说："一定一定。"她转头看谷妙语。被她的目光一笼罩，谷妙语蓦地挺直脊背。

"成总这么看好你，还不给成总再敬杯酒？成总这几天可没少夸你。"董兰说。

谷妙语赶紧再起身给成伯东敬酒。她自觉自己敬酒风格是大气豪迈那一挂的，绝不是把性别拎来做武器，以女人妩媚做裹挟，喂得对方老板满腹开心的那一种。

成伯东喝下酒，又赞了一遍谷妙语身上带着豪气。董兰也微笑附和说，没想到小谷一个女孩子酒量还挺好。

谷妙语却在董兰一瞬即逝的一瞥中捕捉到一点不一样的神色。那是一种什么含义呢？

她想起小时候有一回跟楚千森干架，楚千森说你不许跟我说话，她就没跟楚千森说话。后来楚千森憋不住了，来喷她："我让你别跟我说话你就真不说啊？那我让你跳楼你跳不跳？"

楚千森当时说那番话时的眼神就和董兰刚刚的一瞬即逝有点像。所以她刚刚是不是会错意了？董兰让她敬酒她就敬酒，她其实是不是不该敬？可是该与不该的依据又是什么？她越想越糊涂。

那边成伯东聊到开心处，对董兰说："董总啊，您可能不知道，我之前悄悄挖过您好多次墙脚！"他笑着指指骆峰，"就是这小子，太有才了，我喜欢得不得了，想尽办法想挖过来自己用，可惜我怎么都挖不动，你这墙脚砌得太牢固了！"他又指指谷妙语，说："我这回又看上了小谷，这也是个有才华的孩子，说实话，我有点想挖。您说巧不巧，我看中的两人居然还是师徒！我这人有个怪癖，看见人才就忍不住挖，您可别见怪！"

董兰跟着微笑，说："原来在我不知道的时候还有这么凶险的事暗暗发生着，原来我的墙脚差点被您挖走了。"她这么说的时候，眼神瞟了谷妙语一眼。又是谷妙语觉得含义深深有点难懂的一眼。

骆峰在桌子下面踢了她一下，用眼神在告诉她机灵点，说点好听的。

于是谷妙语对成总举杯，说："成总，我和我师傅都得您谬赞了，以后您不用再挖我们俩了，等嘉乐远和叁骄地产变成战略合作伙伴，咱们两家公司就不分彼此，到时我和师傅既是嘉乐远的人，也相当于是您的人！"

成总听得直乐，敲着桌说："董总您听听，小谷她多会说话！成了，咱们也谈了好多天，这事不再墨迹了，明天咱们两家就把这事落实到合同上！"

谷妙语坐下，骆峰在桌下给她悄悄递了根大拇指。

桌面上的手机一震，谷妙语拿起来看，是邵远给她发的信息，问她明天中午可不可以一起到必胜客吃午饭？他有话想和她说。

她回"可以"。

骆峰又在桌下踢她的脚。

她扭头，看到骆峰在对她使眼色，她顺着那眼色抬头看到董兰在看她。她有点慌神，不知道在收发信息的工夫错过了什么。

成伯东笑着说："这傻孩子，你们董事长夸你呢，会喝酒、会说话、会表现，不是一般女孩子！"

谷妙语连忙说谢谢董事长。因为走神，她被董兰夸得胆战心惊，放下手机再也不敢分神了。

酒过三巡，成伯东又把话题聊回到了骆峰和谷妙语身上。

成伯东笑着问董兰："董总是怎么招到这么好的人才的？"

董兰微笑说："骆峰是我抢来的人才，我可看得紧呢，轻易谁也挖不走。至于小谷，小谷你自己告诉成总，你是怎么来的嘉乐远吧。"

董兰边说边看向谷妙语，微笑是和煦的，目光却是如炬的。

谷妙语被那目光看得莫名心虚，心里咯噔一下，保守地回答说："我是投简历进的嘉乐远。"

成伯东笑着打趣："怎么不投我们叁骄地产？"

骆峰在一旁开了口，无形中给谷妙语解围："成总，您别逗我徒弟了，她当初就算去投，你们也不会要吧，保不齐你们那儿的人力还以为这个年轻姑娘多不知道天高地厚。不到展现作品的时候谁都不知道她到底什么样，她当初刚来我们这儿的时候我们也不愿意要，后来是她靠自己的努力和实力一点一点挣出的她现在的局面。"

成伯东一听更来兴趣了："这么一听，小谷的经历好像还挺励志。"

董兰随口般地问："骆峰啊，你们当初为什么不愿意要小谷？"

谷妙语的心往上一提。她耿直的师傅可千万别实话实说因为她是托关系进来的。

骆峰一笑，回答："当初以为她是个花瓶。不过后来发现她倒是个脑子里很有货的优质花瓶。"

董兰居然对这个话题很有兴趣，又接着说："我给过你权限，你不想收的人，和人力主管面试的时候可以直接拒绝。按你的性格，你当初面试小谷的时候没看好她，当场就可以不收，最后是什么原因让你留下了小谷？"

成伯东一听，也对这个问题产生了兴趣，等着骆峰的答案。

骆峰笑笑说："说起来巧，面试小谷的时候我出差了，所以是人力主管代替我面试的。"

董兰"哦"了一声："这个老刘，倒趁着你不在的时候一个人说了算了。后来你们没闹不愉快吧？"董兰问得不动声色。

骆峰说："董事长，没有的，我和刘总没有闹不愉快。后来证明小谷很好，刘总没挑错人。"

董兰笑笑，换了话题和成伯东去聊别的了。

谷妙语松口气。

晚宴终于结束，两位董事长各乘豪车离开。散席前助理客气地问了骆峰和谷妙语一声："用送二位回家吗？"

当然不用。董事长的助理只有董事长能用，这个道理谷妙语还是懂的。于是助理跟着董兰的车走了。

谷妙语和骆峰站在路边等出租。边等边聊，谷妙语说："师傅，有个事我想跟你坦白道歉，我确实是托了点关系进来的，当时是我好朋友帮我递简历到了证券事务代表那里，再由证券事务代表把简历递到人力主管刘总那里，最后是刘总硬把我塞到你这儿的……对不住啊师傅，这事当时让你挺不痛快的吧？"

骆峰皱起眉，说："不对，你应该不是通过证券事务代表的关系进来的。"

骆峰的话听得谷妙语一愣。

她的愣怔忽然换来骆峰一个好笑："我怎么会有你这么傻的徒弟，你到底怎么来的，你自己都不知道？"

谷妙语被他笑得蒙头涨脑："我就是通过证券事务代表的关系进来的啊……"

"但我所知道的情况是，"骆峰收了笑，告诉谷妙语，"你进嘉乐远，这事和证券事务代表没什么关系，你就是人力主管刘总趁我不在硬塞到我这儿的。刚才吃饭的时候有一句话董事长问得很准，她问我和刘总没闹不痛快吧？其实是闹过的。"

出租车过来了一辆，司机落下车窗玻璃问了声"走不走"，和谷妙语没说完话，骆峰挥挥手，让车子开走了。他继续说："我出差回来之后，发现走关系被硬塞进来一个人，还一来就敢上手改这个改那个，简直岂有此理。为此我特意去找刘总吵了一架。我让他愿意把你塞哪组塞哪组，反正我不收。"

骆峰说到这儿，瞥了瞥谷妙语，看她是不是不高兴了。可他居然看到谷妙语挂了满脸的惭愧和自责。

"对不住了师傅，我进来的时候给你添堵了。"谷妙语垂着头道歉。

夏末初秋的晚风吹动她的裙摆，她裹在微微摇曳的裙摆中，仿佛一朵飘飘欲飞的夜来香，迎着晚风，出其不意就绽放在了月光下。

骆峰挪开眼神，嗤笑一声："你那时是挺给我添不痛快的。"顿了顿他从嗤笑变成轻笑，"不过你自己挺争气，我现在很痛快。"

骆峰站在路边，两手插在裤子口袋里，一只脚微微抬高踏在马路牙上，浑身上下每一处都写着桀骜不羁。他以这样的姿态告诉谷妙语，你很争气，你现在让我很痛快。

谷妙语觉得这句话比什么冠冕堂皇的表扬都有力量，这是她听过最为之振奋的肯定。

"师傅，那你后来跟刘总是怎么和解的啊？"谷妙语问。

骆峰回她："以前遇到不想收的人，我跟刘总抗争一下，他都会妥协。但这次他很坚决，对我软硬兼施都用上了。他先跟我来硬的，告诉我谷妙语这个人，我收也得收，不收也得收。"骆峰踹了踹马路牙，接着说，"接着他又跟我来软的，求我帮他个忙收下你。他说他是欠了别人一个人情，一直想报答，但没什么机会。现在终于有机会了——人家终于有事求着他了，就是让你过来上班，他说他怎么都得帮这个忙。刘总劝我卖个人情给他，让我留你一个月，实在不行一个月之后就找个由头把你开掉都行，但直接不收是不行的，他跟帮过他的那个人说不过去。"

骆峰一向清清冷冷，难得一口气说这么多的话。谷妙语听得一愣一愣的，越听脑子里越糨糊。能让刘总这么卖面子的人，到底是谁？是谁这么帮她？

她把心底的疑惑对骆峰问了出来。

骆峰的脚尖一下一下踮在马路牙上，沉吟着说："我也问过刘总，到底是谁要硬塞你进来，但刘总这个人，嘴巴不是一般的严，他什么也不说，被我逼问得实在烦了，也只说了一句，拜托他的人能让他失业。"

谷妙语听得更糊涂了。刘总是陪董兰一起创立嘉乐远的元老级人物，能让他失业的人，也只有董兰了。她总不会是董兰特批进的嘉乐远吧？她快速一摇头，摇走这荒谬的假设。

骆峰又踮了踮马路牙，对谷妙语说："今天听董事长的意思，她好像有点在旁敲侧击你是怎么进的嘉乐远。能让刘总失业的人必定也是高层，所以我在想……"骆峰皱了皱眉，谷妙语被他这个停顿搞得悬了一口气。

骆峰停顿了一下接着说："可能安排你进来的那位高层和董事长之间有什么对立关系。"他垂眼看了看谷妙语，有点语重心长，"所以徒弟，以后说话做事多小心。免得神仙打架，小鬼遭殃。"

晚风徐徐吹，气温并不低，但谷妙语听骆峰的话却听得有点后背发毛。她比灰姑娘还灰的人生里，居然也能搅和进高层之间的斗争，她觉得自己比灰姑娘还灰的身价都快要被这番斗争抬高了。

她应着骆峰："好的师傅，以后我见到所有高层都绕着走！宁可绕过所有，也不漏绕一个！"

晚宴结束，董兰坐在车子后座闭目休息。

助理坐在副驾和司机有一搭没一搭地讨论着路况。

董兰靠在后座突然睁眼开了口。"小马。"董兰叫了声助理，"谷妙语这个人，你怎么看？"

助理跟在董兰身边，早已修成了精。拿不准董事长到底想听正话还是反话时，他最会说模棱两可的中间话。

"她是个很聪明的人。"助理回答。

董兰极轻地一笑，笑容的重量也是她看人的重量，都很轻："是很聪明，年纪轻轻就很懂得酒桌钻营那一套，像点样子的女孩有几个会像她那样端酒就喝的。"

助理就此确定，董事长是愿意听反话的。

他马上说："社会风气不好，这种女孩子现在特别吃得开。"联想着晚宴时董兰对谷妙语提的问题，助理大胆推测龙心，"董事长，这女孩进来得很非常规，其实可以开掉的。"

董兰像是轻叹口气，满心的烦闷和压力让她需要一个疏解的出口。儿子是她烦闷和压力的源泉，做不得这个出口。丈夫身体不好，听不得她的烦闷和压力，也做不得她的出口。

眼下这个发泄出口便成了身为外人的助理。

董兰对助理说："前两天我也想辞掉她，可这几天忙着和成伯东签下合作协议的事，我还顾不上她。说起来也是怪，成伯东倒是很看好骆峰和这个谷妙语，如果在这个节骨眼我开掉她，对我们的战略协议会有一定影响。到时成伯东会怎么想？他看好的人，我偏偏开掉，这是打脸他看人的眼光呢。"

助理马上为她分忧解难："等明天您和成总签完约就不用再顾虑了，您随时吩咐，我会帮您找到合适理由开掉谷妙语的。"

董兰好像累了，靠在后座椅背上，仰着头闭着目，说话的声音低缓了下去："如果她能消消停停的，八月底之前不起什么幺蛾子，我留她到八月底。"

助理没再吭声，留下静谧空间给"老佛爷"休憩养神。

车内安静了一瞬后，董兰忽然又发问："对了小马，收购陶星宇工作室的事，和陶星宇约好详谈时间了吗？"

马助理连忙拿出记事本查看确认："董事长，上周已经和陶星宇约时间了，陶星宇说他明天下午会带着助理到公司来和您进一步详谈。"

董兰笑着沉吟了一声："明天啊……明天我还真是够忙的。"

和骆峰结束了马路牙会谈后，谷妙语打车回了家。到了家，她本来想问问楚千淼当时帮她投简历的具体情况。但楚千淼忙着做跳槽前的工作交接，忙得浑身杀气六亲不认，谷妙语为了看到明早的太阳决定还是把疑惑再忍上一忍。

第二天上午，公司里的氛围和平时很不一样，所有人都变得轻声细语，大家都小心翼翼地呵护着一种即将有大事、好事发生的神秘气氛。

临近中午的时候，行政部门通过办公系统向每个人的邮箱投递了一则喜讯：嘉乐远和叁骄地产正式签署了未来五年的战略合作协议。

大家通过这则消息看到了嘉乐远提前锁定了未来五年的营业收入和利润，以及嘉乐远员工们未来五年阶梯上涨的年薪。身为嘉乐远的员工，他们与有荣焉地感到高兴。

谷妙语也很高兴，当骆峰提出中午聚餐庆祝一下的时候，她开心地加入了。

她和同事们去了以前聚餐的那家烤鱼店。大家七嘴八舌地畅想着未来公司上市以后他们也会跟着赚得盆满钵满，每个人都把未来的美梦做得很开心。

一顿饭吃到尾声的时候，谷妙语听到躺在桌面的手机发出振动的声音。

拿起手机一看，是邵远发来的信息，问她怎么还不到必胜客。

谷妙语脑子里轰的一声，想起了昨天晚宴时收到过邵远的一条信息，约她今天中午在必胜客一起吃午饭。只是昨天收到信息的时候她一直处在精神高度紧张的状态，脑子的发条上得紧梆梆的，全用在周旋两个董事长身上。晚宴结束，她又从骆峰那里接收到一番"她究竟是怎么来嘉乐远"的冲击，真的把第二天中午和邵远一起吃饭这事忘透了。

她满心愧疚，打下对不起三个字的时候心都跟着愧疚得发疼。她对邵远说清了放鸽子的原委，请求邵远原谅。

邵远说没关系，还叫她不用担心他空等挨饿，因为他已经边等边吃掉一张比萨了，小龙虾口味的。他问谷妙语现在能赶去必胜客吗。

这边烤鱼聚餐已经结束，大家正一起往回走。小亚挂在谷妙语的胳膊上，长成了她的后天连体婴，让她找不到机会脱身。她想只能等到了公司小亚从她身上分离，她再赶去必胜客了。

她回复邵远，可能要等一等。

邵远却有点等不急了。他发了条语音，声音格外低沉动听，他告诉谷妙语，你别来了，我回去找你。你到了公司就去独立待客室等我。

为了辨认是哪间独立待客室，邵远还特意补充就到博杰他妈来闹时待过的那间，我们等下那里见！

回到办公室，小亚终于从谷妙语胳膊上离开。谷妙语找了个空当跑出办公室，直接跑到前台，告诉前台最里边那个独立待客室等下要用，就别安排给别人了。前台说好的没问题。

谷妙语走去待客室里等邵远。想了想，她决定还是把遮光帘拉一下。可惜遮光帘还是老样子，半面玻璃墙上的遮光帘好用，另半面墙上的遮光帘只拉到三分之一就一如既往地卡住了。

她想等邵远来了，他们会合之后再换一间遮光帘都好用的接待室吧。

邵远很快赶了过来。他从门口一走进来，谷妙语就发现他变得和以往有些不太一样。

不，是很不一样。

他的眼神是前所未有的直接火热，含着什么喷薄欲出的东西。他的步伐又快又大地向她走过来，脚下每一步都绽开着一点迫不及待。他走向她的气势又猛又热烈，像股无形的洪流冲在她身上，冲得她不由自主向后退，一直退到后背抵在遮光帘和玻璃墙上，退无可退。

他直接冲到她面前，抬起一只手抵在她耳旁的墙壁上。

她被他的来势汹汹惊到了，脑子蒙蒙地抬起头。

他低头找到她的眼睛，声音像润过迷魂药汤般的搅动人心。

"你知道那套房子是我买的了，对吗？"他一只手撑在她耳旁的墙壁上，垂着头看着她的眼睛，低低沉沉地问，"既然知道了，为什么没反应？你真是狠心的女人！"

谷妙语不去摸也知道，自己胸腔内的摇滚跳得有多汹涌。她想不到自己有一天会被她眼中的毛头小子抵在墙壁上，更想不到此时此刻的自己，紧张得几乎不敢张嘴，因为一张嘴那颗在跳摇滚的心就要冲出来了。

邵远见谷妙语不出声，撑在她耳旁墙壁的手掌松了，马上再更用力地重新一撑。隔着遮光帘，玻璃墙壁发出砰的闷响，声音足以震动谷妙语，她不由缩了缩肩膀。

邵远低头盯住她的眼睛，忽然笑了，问："好吧，你不肯主动说，那我来问你吧。你说说看，我买房子，又找你装修，到底是为了什么？"

谷妙语的视线开始游移："为了有一个舒适的家，一个温馨的港湾，一个温暖的大后方……"

"闭嘴！"邵远着急发了狠，几乎有点失控，他抬起另一只手，用冰凉而微颤的指尖捏住谷妙语的下巴，强迫她把视线对准自己，不许再游移，"我是为了让你业绩不吃鸭蛋！"

邵远几乎是低吼着讲出这句话。他盯住谷妙语的眼睛，等她的回应。他不让她有一秒钟的视线游移，也不让自己有一丝的退路和犹豫。

刚刚他赶来的一路上，心像打鼓似的跳。他告诉自己，快点走再快点走，趁着勇气还在还没散，他还敢开口跟她讲想讲的话。他越走步子越快，快到肢体只剩下机械运动，快到脑子来不及运转那丝怕和怂。于是他几乎是冲进这间屋子，一鼓作气地冲到她面前，一鼓作气地怼她到墙角，一鼓作气地想逼她说话、逼她也冲动。他怕假如自己不是这样一上来就强势，他会在开口前直接怂在她的目光里。

以前他笑话她暗恋陶星宇的样子很怂。那时她对他说过："小同学，你也别笑话我，我告诉你检验真爱的唯一标准，就是看你在那个人面前怂不怂。你要是怂了，那就是真爱。"

这话从很早就开始应验了，从他发现自己喜欢上她的那一刻起，他在她面前就变得很怂。

他盯着她的眼睛等着她的回应，他只要等到轻轻的一句"你为什么这么帮我"就好，他就可以水到渠成理直气壮地告诉她，因为我喜欢你啊笨女人！

心把胸腔都撞薄了，一下一下，砰砰声共振在耳膜上。可她怎么就是不说话。刚刚她的脸色还是有一点慌和羞的淡粉红，现在却一霎变成惊愕的浅白。他觉得自己快要急死了，快要被她折磨疯了。

"你还不说话吗？"他一句跟着一句地问，"还不说吗？不问问我为什么这么帮你吗？"他几乎有点哀求，"我的勇气快用光了，你再不说话我得怎么办啊？"他真的要怂下来了，又怂又委屈。

谷妙语把眼神从邵远脸上移开，从他的肩膀上越过去，看向他身后。视线透过那道没有被遮全的玻璃墙，穿透到斜对面的接待室，和里面的人目光撞在一起。视线对撞的瞬间，她的勇气也用光了。

陶星宇正坐在里面，他身边跟着贺嫣然。董兰带着她的助理，正亲自走进去迎接陶星宇。

现在陶星宇站起来，董兰似乎要把他迎到楼上她的办公室。他们走到门口互相谦让让对方先行。他们一边谦让着一边在门口把目光打成一条笔直的射线，射向斜对面遮光帘没有放完的接待室。谷妙语觉得自己被那两人的目光穿透血肉，钉在墙上。

陶星宇看过来时是那般的错愕，而董兰，她的目光太深沉无底，像黑洞一样，充满未知的可怕。

邵远顺着她的视线转身看。一秒钟后，谷妙语隔空都感觉到了邵远的浑身僵硬。他把手从她耳旁的墙壁上收走，她居然看到他的手抖得有点不像样子。

董兰已经从对面走出来，走进这间屋子。她带着微笑，问："下午上班时间已经到了，你们在干什么呢？"

她的问话和风细雨，谷妙语却不知怎么有点不寒而栗。她抬眼看到贺嫣然站在董兰和陶星宇身后冲她笑，笑得嘴角眉梢满满都是幸灾乐祸。

她听到邵远出声回答："任总让我过来向谷设计师请教一下设计部的相关问题……"

邵远的话还没说完就被董兰打断："是任总让你下来的？是这样吗？"

她还是那么和风细雨，谷妙语却看到邵远垂在身侧的指尖抖得厉害。她马上发现不只邵远，其实她也在抖。

陶星宇走过来，意味深长地看了她一眼，而后给他们解围。他对董兰说："董事长，不好意思，我三点还约了个客户，我们要是不快点去您办公室聊一下，可能会有点来不及。"

董兰立刻说不好意思怠慢了，引着陶星宇往电梯口走。她走前回头看了一眼，谷妙语觉得那一眼像把刀，似乎想凌迟了她和邵远之间的其中一人。

她走了两步停下，回过身一招手，对邵远说："你跟我们一起上来，你和任总帮我和陶设计师设计一下股权架构。"

董兰把邵远叫走了，谷妙语待在原地，云里雾里地一阵紧张一阵失落。可究竟在紧张什么，又在失落什么，她也说不清。

她回了办公室，坐在位子上有点魂不守舍，时不时就要看一下手机，看邵远有没有给她发消息。

中午的事，总有些不明不白的。邵远要说的话似乎没来得及全说出来，有点不明不白的。董事长走过来，问他们在干什么，好像有点生气，又气得有点不明不白。她和邵远其实也没干什么，为什么董兰那一问好像他们正在躲起来苟且似的。最后董兰把邵远一起叫走，叫得也有点不明不白。

她坐在位子上等邵远的信息，期望他能解开这些不明不白之谜。可最后她手机响起的信息提示音，却是陶星宇。

陶星宇问她讲话方便吗，她回方便。他立刻打过来电话，说："妙语，我在你们公司不远的Costa，你过来一下，我有事情跟你说。"

谷妙语挂断电话后，和骆峰告了个假。

谷妙语在Costa靠窗的位子找到陶星宇。她没有看到贺嫣然。

陶星宇一边招呼她坐下，一边说："我让嫣然先回工作室了，这样我们聊天更方便一点。想着你们女孩子都爱喝摩卡，就提前自作主张给你点了一杯，摩卡可以吧？"

谷妙语没说破自己习惯喝拿铁，她点点头："谢谢陶老师。"

陶星宇看着她幽幽一叹："好久不见，你对我不一样了，变得特别客气，这可真叫我有点伤感了。"

谷妙语微微低下头。

"最近过得怎么样？"陶星宇问。

"挺好的。"谷妙语说。

"有男朋友了吗？"陶星宇笑着打听。

"还……没有。"谷妙语回答时有一瞬的停顿。

"邵远呢？"陶星宇忽然提起邵远，"你拒绝我，是因为他吗？"

谷妙语"嚯"地抬起头，她看向陶星宇，陶星宇也正在看着她。

"不是的，陶老师，和他没关系！我只是……"只是觉得我们两个人不太合适。我要的是专一，而你给的是博爱。

陶星宇看着她笑了："最好不是因为他，这样你会好过一点。"

谷妙语听得有点疑惑，她端起咖啡杯，食不知味地喝着。

陶星宇喝口咖啡后，给她解惑。

"其实我把你叫出来，是想和你说两件事。第一件，假如后面你需要换工作，就到我的工作室来，无论我公司还是家里的大门，都向你随时打开。"

谷妙语捧着咖啡杯，小声说："陶老师，谢谢你再一次邀请我，但我在嘉乐远干得挺好挺开心的，短时间内我没想过换工作……"

陶星宇笑了下，说："别着急，先听我说完第二件事。第二件事我想告诉你，邵远，他其实是你们董事长董兰的独生子。"

谷妙语手上的力气一下子消失了，咖啡杯掉在她身上，整条裙子替她喝下了那杯摩卡。

谷妙语带着一身的咖啡印回了办公室。回到办公室后，她一直处在晕头转向的状态中。耳朵里变得很吵，仔细听才发现那是她在耳鸣。

在Costa，陶星宇后来还告诉她，他是在和董兰谈合作的过程中知道邵远是她儿子的。他说董兰和邵远的父亲邵海波都是门第观念很强的人，假如她和邵远真的有什么，最后受伤的一定是她，并且她也别想在嘉乐远继续干下去了，董兰甚至还会在能力所及范围内封杀她。所以他才告诉她，他的大门随时向她打开，让她别怕。

谷妙语捧着嗡嗡响个不停的头，昏头涨脑地熬到了下班。邵远一直没给她发信息。她回到家等楚千森下班。

楚千森一进屋，谷妙语就问她："你知不知道，邵远是我们董事长的儿子？"

楚千森愣在原地三秒钟，而后祈求她的原谅。

"是的，小稻谷。"楚千森愧疚地说，"我知道他是董兰的儿子，对不起瞒了你，邵远求我别对你说，我也觉得不说会好一点，否则你就会知道他帮了你多少忙，我担心你会喜欢上他。他们那个高高在上的家庭，你要是喜欢上他，那对你绝对是个灾难。"

谷妙语问她："我到底是怎么进的嘉乐远？"

楚千森迟疑了一秒钟，实话实说："是邵远直接找了嘉乐远的人力主管把你弄进去的。"

谷妙语愣在那儿，有点恍然大悟，也有点意料之中。握在手里的手机叮地响了一声，她低头看了看。而后她笑了，笑得眼圈发红。

楚千森怕得不得了，连忙走上去揽住她的肩膀。

"怎么了小稻谷？你是要哭吗？你从来不哭的，你别吓我！"

谷妙语使劲一吸鼻子，抬起头使劲笑："我不哭。你刚才说什么？喜欢上邵远会是个灾难？怎么办啊森森？灾难怕是要来了。"

她手机那"叮"的一声响，是邵远发来了一条信息。

他说："我喜欢你。"

楚千森看到谷妙语浑身发软的样子，赶紧拉着她到沙发上坐下来。她给谷妙语倒了杯水，看谷妙语喝完水，脸色从微白渐渐恢复正常血色，才继续开口："谷子，既然你已经知道了，我就都告诉你吧。邵远那孩子喜欢你，这件事不只我，连任炎都看出来了。但当时，我一则考虑到你喜欢的人是陶星宇，二则觉得邵远家和我们普通老百姓差距太大，左思右想后我觉得还是不让你知道邵远是董兰的儿子比较好，也不让你知道他喜欢你比较好，省得给你平添烦恼。"她看着谷妙语。

谷妙语微垂着头，微垂着眼，好像什么都没听正在走神，但楚千森知道，她其实什么都在听，她也正在思考。

"森森，我其实……已经放下陶星宇了。"谷妙语微垂着头说。

"我知道。"楚千淼斟酌着，该怎么往下说妥帖一些，"通过你的间接描述和我的从旁观察，我发现你和陶星宇其实没戏，你俩根本不适合。我们俩对男人的要求是一样的，我们需要的是独立供暖，可惜陶星宇是个中央空调。那次我喝完酒回来你跟我聊天，问我被喜欢的男人拥抱是什么感觉。那时候我就知道，你和陶星宇肯定没戏了。我猜到他一定抱了你，但你一定不是很享受这种感觉，否则你不会问我的。"

楚千淼见谷妙语没什么反驳倾向，知道自己猜对了。她接着说："那天我告诉你'找你喜欢的男人抱你一下，看是不是想赖着。想，就是真喜欢他，不想的话，建议换人'。我那不是醉话，我其实是想让你弄明白自己的感情，你未必那么喜欢陶星宇。"她说到这儿苦笑一下，"我不希望你跟中央空调在一起，可我更不想你和家里仿佛有王位等着继承的人在一起。"

喵喵从楚千淼的房间里跑了出来，跑到沙发前一跳，跳到谷妙语腿上，把自己软乎乎地一盘，偎在谷妙语身上睡觉。暖心的小家伙像成了精一样，不用和人说话，就懂得怎样慰藉人心。它和给它第一口奶喝的那个人好像。

谷妙语轻轻抚摸着喵喵毛茸茸的后背，低声说："淼淼，我有点慌，你说我该怎么办？"

她该怎么办呢？她的心跳得这么快，快到她已经没了做出判断的能力。

楚千淼沉吟了一下，说："我是这么认为的，看得出邵远那孩子是真的很喜欢你，但他还小，还没有深度接触过花花世界和花花姑娘，我们谁也不能确定他接触完花花世界和小姑娘们以后还会不会继续喜欢你这个大姐姐。"

谷妙语把头垂得更低了些。

楚千淼喘口气，喘完选择残忍地继续说下去："况且他马上要出国了，哪年回来不一定，在国外干些什么、认识些什么人也不一定，他还比你小三岁。因为他和我们本来就不是一个世界的人，所以不可否认他对你的喜欢，很大一部分是被你们彼此所处环境不同而造就的差异感所吸引，可这种感觉能新鲜多久维持多久？他定性了吗？他对抗得了他母亲吗？他母亲是个多恐怖多难搞的人，你应该也见识到了，而我听说他父亲比他母亲更加难搞。"

　　楚千淼一口气说了很多话，她停下缓了缓，看着谷妙语头都要垂断了的样子，心头隐隐涌起不安。"所以你问我的话，我是不希望你陷进去的。我原来只求邵远能安安静静赶紧走，出国前别撩拨你了。"她顿一顿，说，"但现在看，可能来不及了。"

　　谷妙语抬起头，她心绪的纠结、思维的混乱全反射在眼底。

　　"我真希望陶星宇什么也没有告诉我，就让我蒙在鼓里吧。我现在整个人都乱了……"

　　楚千淼欲言又止，最终选择了说出来："我刚才就想问你是怎么知道邵远身份这件事的，原来是陶星宇告诉你的。他为什么突然跟你说起这个？"

　　谷妙语回答她："他的意思是，如果之后我在嘉乐远干不下去，被董兰大面积封杀的话，我可以到他那里去，他随时敞开大门欢迎我。"

　　楚千淼嗤地一声轻笑："这么看他倒是一片好心好意了。"顿了顿，她停止讲反话，变成正话正说，"谷子，其实我觉得陶星宇主动告诉你邵远的真正身份，未必是什么纯粹的好心。一个喜欢接受女生崇拜的男人——这点你不用否认，如果他不是这样的男人，他何必留着贺嫣然在身边这么多年——当他发现以前崇拜自己的小姑娘理智起来，不再喜欢自己了，你说他得多失落？他告诉你邵远的身份，我觉得他未必是出于什么阳光正面的心理，他或许是想在你变得更喜欢邵远之前，让你们的家世差距阻隔你和邵远继续互相喜欢下去。"

　　谷妙语知道楚千淼说得有道理。可她不愿主观去想这才是陶星宇的真正目的。但其实她记得，她去给陶星宇煮粥那晚陶星宇说过的话——这个西瓜啊，你越买不到的时候，才发现原来自己越想吃。她觉得自己就是那个他吃不到而变得很想吃的西瓜。

　　心头一片茫然，谷妙语没有了做饭的心思，楚千淼就叫了外卖。想着手机里躺着的那条四字短信，谷妙语觉得吃进嘴里的饭菜变得一口苦一口甜。她想可能这才是对一个人真正动心的味道吧。有点苦，有点甜，有点茫然也有点心酸。

　　一口苦一口甜地吃完饭，谷妙语上网搜了一下邵远父亲的名字。她记得陶星宇下午提到过这个名字，邵远的父亲叫邵海波。

一搜她吓了一跳。她以为董兰已经很有层次很有地位很牛气了，可她和她的丈夫一比，还是差了很多。邵海波的产业，不是董兰手下的一家嘉乐远能比拟的。她终于知道邵远到底出身在一个什么样的家庭，就像楚千淼说的，他跟她们这些平头老百姓，不是同一个世界的人。现在看，她能跟另一个世界的邵远有机会这样深度接触，还真是一个意外。

想到最初的相识，谷妙语心底有了点疑惑。她走去敲楚千淼的房门。

"我忽然想到一个问题。"她问楚千淼，"邵远当初为什么会到砺行实习呢？"

楚千淼捏捏鼻梁思索了一下："我想可能是这样的，为了扩大嘉乐远的体量和利润，董兰一度想收购一家装修公司。有几家装修公司听到消息后闻风而动，主动联系董兰，其中砺行的利润相对比较高，而估值却没那么高，因此成了董兰重点参考的对象。但后来还是不了了之了。她现在对收购陶星宇的工作室感兴趣了。"

谷妙语想，原来是这么回事。

她学习了邵远给她准备的那些公司运营方面的资料，明白一家公司既然利润高，估值也应该高才对。董兰一定是觉得利润高而估值又没要得太高，这矛盾的行为背后是有蹊跷的。她想知道这背后的蹊跷。正好她儿子临近毕业，没什么事，又是学金融的，不如就让他打入这间公司内部一探究竟，正好也让她儿子了解一下底层装修公司的情况，让他在底层民生中历练一下。于是邵远进了砺行，认识了她。他见识到了底层装修公司的种种内幕、猫腻、落后和弊端，于是这次收购不了了之。

可邵远和她的关系却没有不了了之，他们的关系从砺行交织到了嘉乐远。她忽然觉得，命运说不准真的是一张网，这张网有一天同时网住了她和邵远。这张网起初是松的，谁也察觉不到它在自己身上，也在对方身上。而后它渐渐地收，越收越紧，等他们其中一人想逃出去的时候已经来不及了，他们已经被密密实实地网在了一起。

谷妙语回了房间。她想如果一开始邵远没去砺行实习就好了，那他留在她脑子里的印象，始终是个自我感觉良好、爱乱踢东西的烦人小子。这么一想她又发现，原来他们的最初相遇并不是在砺行，他们的最初相遇是那么的乌龙。

手机又叮地一声响起来。拿起来看，还是邵远。他问她，看到短信了吗，怎么不回他？

从平淡的字面她似乎能体会到他的焦灼和心急。她也想回复他，可她根本不知道该回什么。

她实话实说："看到了。不知道怎么回你。"

手机又迅速叮的一声响。这回他发来的是："你能下楼吗？"

谷妙语怔住了。他就在楼下。他一直都在楼下吗？

可真是个傻小子啊，站了一晚上，现在才告诉她，都不知道累的。

谷妙语下了楼。

走出楼梯口时，她一眼就看到了邵远。他站在初秋的夜色里，像个男孩，也像个男人，既青春又俊逸。这应该是他最好的年华，最神采张扬的年纪。

谷妙语迎着邵远的注视走到他面前，有点紧张，也有点尴尬。她该说什么呢？她混乱地想着开口词时，他已经直接大跨一步，走近到她面前。

太近了，近到她能闻到他身上也有紧张的气味。

他离她近近的，直接告诉她："我喜欢你。"

她愣在那儿。

四个字的短信内容被立体声的低音炮公诸于世。月色清朗，洒在他们身上。那四个字由站在月色下的他来说，怎么那么动听。

"我、我看到短信里你刚说的这句了……"她努力迎视着他的目光，告诉自己，身为一个比他大三岁的姐姐，她不可以被他的四个字冲昏头脑，失去理智。

"我也知道你买房子给我签单装修的事了，知道我能进嘉乐远其实是你给我安排的。"她看着他，告诉他，"我还知道了董事长其实是你妈妈。"

邵远的眼神一下变得紧张："你已经知道了……"

谷妙语对他笑了笑："你别紧张，我没打算埋怨你瞒着我。"

邵远不太敢一下子放松，他徐徐地松掉一口气。

谷妙语看着他，斟酌着问："你妈妈……今天看到我们在待客室那样……后来她把你叫走，有没有教训你啊？"

邵远安慰地冲她一笑，摇头说没有。

其实是有的。

下午母亲和陶星宇谈完事情就把他单独留下，很直接地问他："你和那个谷妙语，是不是男女朋友关系？"

他看出母亲已经濒临爆发，他每一句话都要小心地说。他告诉母亲，不是的，他们不是男女朋友关系。

母亲对他说："远远，你说你和她不是那种关系，好，妈妈选择相信你。今天之前你和她到底有没有什么事，我都可以不追究，也可以不告诉你爸，你也放心，我可以不辞退她，就当是谢谢她在砺行的时候照顾过你。但出国前你就不要再和她联系了，我了解过，这女孩社会关系很复杂。你也不想你爸因为你犯病对吧？远远，听妈妈一句话，等你出国之后眼界宽了你就会知道你该和上等人优秀人为伍，你就会发现自己现在做的事其实是在犯糊涂。"

他由此知道，他可能太低估母亲了。母亲也许什么都知道，可她什么也不说，还由着他撒谎、表演、编说辞。这才是母亲的可怕之处。你以为她要爆发，她却偏偏一片平静。可她明明随时都可能会爆。和直面风暴相比，时时戒备提防才是最摧毁勇气和心防的事情。他了解母亲的脾气，他不可以忤逆她，否则受到伤害的首当其冲会是小姐姐。他应承了母亲的话，稳住了母亲。可他稳不住自己的心。他就是喜欢她，无法克制的喜欢。

他不知不觉就来到了她楼下。他给她发短信，向她告白。

他不知道自己是不是痴心妄想，他想要在出国前确定和小姐姐的关系，悄悄地不被父母知道地确定。他们可以悄悄的异地恋，慢慢渗透摧毁父母的抵御系统——总有一天父母会看到小姐姐的好，会同意他们在一起。

可她好久都不回他的信息。在她楼下等待回复的这几个小时，他简直水煮油煎般的难熬。现在他总算把她叫下来了，叫到眼前来了。

"我母亲说了什么其实不重要，我喜欢你是我的事，而你如果也喜欢我，那就是我们俩的事。它和我母亲没关系。"邵远说到这儿，又盯住谷妙语的眼睛，不许她视线游移，"你呢？你……你到底怎么想，能给我个回应吗？"

他太紧张了，问出最后一句话的时候每个字都在颤。

"你、你要什么回应啊，你没几天就出国了！"谷妙语想尽量像以前那样，表现得轻松点、玩笑点。可她发现她的每个字也在颤，不仅颤，还结巴。

"你让我踏踏实实地出国吧！"邵远的眼神和声音都变得炽热起来，"我一想到我留学期间你可能、可能要和别的男人结婚生子，我就要疯了！"他被她感染了结巴。

谷妙语听到自己的心跳声大得离谱，她真怕突然有邻居推开窗对她吼，能不能把你的心跳声调小点？还让不让人睡觉了！

"我、我今天心情很乱，你让我想想……"今天什么事都朝她一股脑地砸过来，她接收到的信息量太大，她要爆炸了。

邵远眼底有焦灼，有挣扎，有委屈，但最后它们都化作了妥协。

"那好吧。"他的妥协渐渐又变成祈求。"那我、我能抱你一下吗？"他的声音哆嗦着，垂在身侧的指尖也哆嗦着，说出请求，"我实在快要忍不了了，你……你让我抱一下吧，好吗？"

他的眼神一瞬间变得像卖萌讨巧的喵喵一样。

谷妙语的骨头都酥在了他的眼神里。她主动向前一步，抬手抱住了他。

他愣了一秒钟，而后用力回抱她，手臂圈在她身上，下巴抵在她的肩膀。他整个地包拢住她。

第二十三章

真的我爱你

邵远浑身都在颤，不受控制地颤。他感觉到她好像也是。

"你是不是在发抖……"邵远的声音哑了。

"你、你不是也在抖……"谷妙语的声带把她的话震颤成了断句。

"我第一次抱女孩子。"邵远沙哑的声音带着他的心跳，穿透两层胸腔，直达谷妙语心口，"我紧张死了！"

谷妙语没忍住，微微发抖中，抖出一声噗的轻笑："我也是第一次和男生互相拥抱，我、也很紧张！"

邵远收了收力，抗议得有点孩子气："你……被陶星宇抱过。"

谷妙语微微怔了一下，反应过来邵远指的是什么时候的事。

那次陶星宇开发布会澄清自己的作品没有抄袭，发布会结束后，陶星宇捧着一束花把她堵在卫生间门口，趁她收了花的时候抱住了她。她隔着陶星宇的肩膀看到了邵远。那时她还懵懂，脑子里只有一个念头，他怎么还没走，怎么离得这么近。现在她明了了，她其实不想被他看到陶星宇抱住她的那一幕。

"那次不算吧。"她的声音闷在他胸膛，"那次是我突然被抱住，但我没有回抱，所以那不叫'互相拥抱'。"

话音落下，邵远把拥抱收得更紧。他用力地环抱住她，一边抖一边恨不得把她嵌入自己身体。他的小姐姐啊，他如此喜欢她。

很久之后，谷妙语和邵远分开，谷妙语轰邵远回家，自己也上了楼。明明姿态是轰人走，谷妙语却分明察觉到自己的身体和知觉都是留恋的。她留恋邵远的拥抱。

站在电梯里，她想起楚千淼说过的话——如果想赖在一个人的怀抱里，能赖多久赖多久，那就是喜欢他了。"喜欢"两个字直冲进谷妙语脑子里。她猛地用手拍脸，这个醒悟让她有点惶恐惊悚，也有点患得患失。

她和邵远，刚刚像两个偷情的贼。他们背着他的父母偷偷地、小心翼翼地探触了对方的心。他还等着她的答复，可她到底该怎么答复他呢？

谷妙语用钥匙开门的时候，竭力做到轻手轻脚。她知道她和邵远彼此颤抖的拥抱维持了很长时间，知道现在已经很晚，她不能吵醒楚千淼。

打开房门，猫腰进屋，转身锁门。随着门锁闭合时的咔嗒一声，客厅里的灯亮了。楚千淼揉着眼睛站在开关前，沙发上搭着条毯子。她刚刚应该是睡在沙发上，听到门口有响动，就起身开了灯。

"你上哪儿去了啊，怎么这么久？"楚千淼努力把睡眼睁得清醒一点。

谷妙语连忙说："我、我下楼溜达溜达，散散心。"

楚千淼走到沙发前一划拉，手上多了谷妙语的手机："下楼溜达也不带上手机，你亲妈我干妈有事找你都找不到。"

谷妙语一拍脑门。刚才她一看到邵远说正在楼下等她，她就晕头涨脑地跑下了楼，钥匙和手机只记得带了其中一样。

"我妈说没说找我有什么事啊？"她赶紧问。

"肯定有事啊，干妈说她跟干爸明天中午到北京站。"楚千淼揉着眼睛说。

谷妙语一拍脑门，"哎呀"一声笑起来。爸妈来看她了，这真是她最近晕头转向中最值得高兴的事情。

第二天一早，谷妙语神清气爽地起了床。吃早饭前楚千淼告诉她："中午我和你一起去北京站接咱爸咱妈。"

谷妙语开心地说"好"，恨不得时间能跳跃，眼睛一闭一睁就到中午。可是睁了闭闭了睁，还是早上。吃过早饭，楚千淼接到律所电话，接完电话她告诉谷妙语："中午我可能不能陪你一起接咱爸咱妈了，律所那边有事需要我处理。等晚上，晚上我带咱爸咱妈去吃好东西。"

谷妙语说好的，一路心情愉悦地到了公司，放下包她就收到邵远的短信。

邵远问她可不可以到公司后门那里见一下。

理智告诉谷妙语，最好别过去，但手指按在键盘上，打下的字却变成了"好的"。

她到了后门，找不到邵远。正东张西望，一只胳膊伸出来，朝着她的手臂一抓，把她带进一片隐秘阴影里。谷妙语就此知道，心跳从胸腔到达耳朵，只需要一秒钟。

她力求自己面对邵远时像平时那样轻松自然。

"找我过来什么事？"微抖的声线和微哑的音色却出卖了她，她一点都不轻松不自然。总有些什么东西变了就是变了。

邵远从另一只手里变出一只苹果，递到她手里："给你。"

只说了两个字，他的耳朵已经有点红。在脸也红掉之前，他扭身走了，逃跑一样。

谷妙语手里捧着苹果，看着他的背影，不知不觉笑起来，笑得像个傻子一样。

上午十点，董兰让助理来家里接她去公司。

其他车子送去4S店做保养，今天她坐了那辆辉腾。

去公司的路上，董兰一边翻着陶星宇工作室的资料，一边问助理："小马，昨天和陶星宇的秘书聊得怎么样？"

昨天下午聊天的时候，她听到陶星宇的秘书贺嫣然有意无意地提到和谷妙语是大学同学。散会后陶星宇先离开了，她正好授意助理以了解工作室情况为由单独约了贺嫣然详聊。

助理恭敬回话："按您的吩咐，我从贺嫣然那里了解到谷妙语的一些情况。据贺嫣然说，她在大学帮导员整理资料时看到过谷妙语的家庭情况。谷妙语的父母都不算有文化，她父亲是小学体育老师，合同制的，母亲是工厂的车间工人，下岗之后在小区农贸市场卖窗帘。家庭收入很低，可能一年的收入只是您招待成伯东成总的一顿饭钱。"

董兰皱了皱眉。这样的家境，社会的底层，最容易培养出贪婪和钻营的品性。

"还有其他的吗？"董兰皱眉问。

助理的又一番话让董兰的眉心皱得更紧。

"据贺嫣然说，谷妙语上学的时候跟导员有点不清不楚，从而得到导员很多的优待照顾。从业后贺嫣然又从同行人那里了解到，谷妙语在原来的公司砺行装饰和他们的经理也有点不清不楚，从而也得到经理的很多照顾和庇护。现在谷妙语到了嘉乐远，也是没用多久就得到了嘉乐远一流设计师的关爱。贺嫣然说上学的时候她比谷妙语成绩好，但从学校毕业后到现在，她不断地努力也还只是设计师助理，但谷妙语已经能够参与业内的大项目。谷妙语之所以有这样的进步和成绩，这都得益于她眼光准出手也稳，总能和有本事给她带来帮助的人不清不楚。"

董兰紧皱的双眉下，目光又冷又锐，眼底是毫不遮掩的嫌恶和鄙夷。

中午时，谷妙语提前请了一小时假打车去了火车站。

北京站人山人海，这里是全国各地人的梦想中转站。从出站口汹涌的人潮中接到父母的那一刻，谷妙语感觉自己忽然变小了，她又成了一个看到父母而变得开心雀跃的孩子。在父母面前，一丁点事都可以肆意放大成委屈。她抱着谷妈妈不撒手，像个在异地受了什么委屈的孩子终于等了撑腰的家长。可她到底受了什么委屈？她自己都说不清。也许是那段不晓得该不该展开的感情所遇到的阻力吧。

任炎的公寓住不下更多人，谷妙语把父母安排在宾馆住下。宾馆离嘉乐远很近，位置是谷爸谷妈特意选的，两口子说想看看谷妙语工作的地方是什么样。

看看时间，正好可以吃午饭，谷妙语决定带爸妈到公司的员工餐厅去。

　　三个人溜达到嘉乐远大楼前，一辆车从他们身边开过，停在停车位上，车子前面是一个W骑着另一个W的车标。谷爸爸看到这辆样貌不起眼的车，有点兴奋地朝着车子一指，对谷妙语说："闺女，咱们楼下的老黄，你黄叔家买了台和这个一模一样的车，总价十来万，贷款六万，坐着可舒服了，你黄叔还拉着你妈和我去进过窗帘呢！"

　　谷妙语定睛看了看，知道老爸和她之前一样认错车了。这不是十几万的大众，这是两百万的辉腾。她还没来得及解释，副驾的车门打开，董事长的助理先从里面下来。助理走到车子后面，拉开车门。董兰从车里走下来。

　　谷妙语恭敬地叫了声董事长。父母听到这三个字后，在她身边一个惊讶，有点局促地跟着笑。

　　董兰瞥了旁边谷妙语一家三口一眼，几乎没动地点了下头，好像是招呼，又像是无意义的微动，但她在飞快的一瞥间目光里包含的打量，谷妙语是看到了的。她在打量她的父母。或者准确地说，她在打量她的家庭。

　　她带着助理走了过去。

　　谷爸爸出声感慨："你们董事长派头真大，但人可真低调，坐这么普通的车。"

　　司机从车上下来，一边锁车一边说："老哥，你看准了，这可不是你眼里十几万的车，这车两百多万。"

　　谷爸爸咂舌："两百多万？真没看出来。"

　　司机撇了撇嘴角。

　　谷妙语看懂了他撇嘴的意思：没见识。

　　这世界总是充满嘲讽，有钱人让好东西看起来普通，然后让看不出好东西的普通人变得有眼无珠。

　　谷妙语不搭理司机，领着父母去员工餐厅。父母却看出了自己被人暗暗的鄙视。谷妈妈局促地小声问："妙妙啊，刚才你爸站那车旁边胡说八道，不会给你丢脸吧？"

　　谷妙语瞬间涌起心疼，赶紧说："我爸没胡说八道，那车不认识怎么了？我们接触不到的东西不认识不是很正常吗？"她朝谷爸爸挤眼，"这世上只有半吊子才瞧不起别人，真有本事他别给别人开两百万的辉腾，自己拥有一辆辉腾呀，对不，老爸？"

谷爸爸笑道："就是！"

董兰在办公室坐了一会儿，助理敲门进来。

"董事长，我看过了，谷妙语带着她父母到员工餐厅吃饭去了。"助理汇报。

董兰沉吟一下，吩咐："你去和他们一起吃，顺便核实一下谷妙语的家庭情况。"

助理领命到员工餐厅的时候，看到谷妙语和她父母已经挑了张桌子坐下。餐桌上已有了几道菜，一家人吃得很小市民。

助理去买了两道菜，端到谷妙语桌前，出声问："我可以坐在这儿一起吃吗？"

谷妙语循声抬头看向他的时候，脸上有点意外的神色，但她很得体地说："可以的，马助理。"

吃过午饭，助理先去工程部调出几份资料，然后去董兰那里做汇报。

他告诉董兰："通过午饭时的攀谈，我技巧地和谷妙语父母聊到了他们的工作情况，证实了谷妙语的父亲确实是小学体育老师，这几年年纪大了学校没和他继续签合同，他就到文化宫教小孩打乒乓球，但最近文化宫也黄了，所以谷妙语的父亲现在是无业状态。至于谷妙语的母亲，原来确实是工厂女工，后来被厂子买断没了工作，就到市场卖窗帘去了。关于谷妙语的家庭情况，和贺嫣然说的都对的上，贺嫣然的话，还是有一定可信度的。"

董兰沉吟地点点头。

助理有点欲言又止，董兰让他有话就说。于是助理说："他们家人吃饭的习惯不太好。"

董兰挑挑眉，问了句怎么个不好法。

助理说："谷妙语的父亲吃着吃着要了两瓶啤酒，啤酒一上来，他等不及服务员给他找起子开酒，直接拿起来就用牙咬开了。"

董兰微微一皱眉，她眼前出现了一幅很市井的画面。

"他用牙起了一瓶酒之后……问谷妙语服气他的牙口不，谷妙语顺势拿起另一瓶，也用牙起开了。不过她倒是没喝，因为知道下午要上班。但不管喝不喝，女孩子这么大庭广众地用牙起酒瓶，始终是不太好看。"助理说完，董兰又皱皱眉心。

助理继续说："更让人瞠目结舌的还在后边，谷妙语的父亲吃完饭，突然把方便筷子掰断了，他把筷子掰出个尖之后，抠牙用……"

董兰抬手捏了捏眉心，她无法想象那样粗鲁的画面出现在公众场合。

"还有……"助理还要说。

"可以了。"董兰抬手打断他，"不用再说了。"糟心的画面，听两幅已经足够了。

助理停止午饭情况的汇报，把手中的资料交给董兰："按您吩咐，这是从工程部调出的谷妙语签过的装修项目。"

董兰把资料接过来，逐页翻看。资料是按时间顺序排列的，越下面的，签单时间离现在越远。翻到最后一份装修合同时——那是谷妙语签过的第一单，董兰的动作一下停在那里。她看着合同上的内容，尤其房子地址门牌号，久久不动，眼睛里渐渐起了火种，像要把纸面烧出洞。深吸口气，她把一沓资料定格在那一页，随后拿起手机，打开相册，翻找图片。

邵远请病假，她去东三环房子看他那天，在周书奇走后，她一边等邵远回家，一边翻了翻屋子里的抽屉。她翻到了邵远买的那套房子的房本，多看了两眼房子地址，想看看儿子把他人生中的第一套房买在了哪里。后来怕记不住，她还用手机特意拍了照片。

现在她把那张照片找出来，和谷妙语做的第一单装修合同比对，地址分毫不差。

前因后果来龙去脉一下在她脑子里顺畅贯通起来。儿子忽然要买房，买了房子却不肯告诉她和丈夫具体地址。他以不住为由，委婉拒绝了他们的参观探视。现在什么都清楚明白了，他分明是为了让谷妙语有装修的签单才买的房子。

董兰忽然抬起手拍在桌子上。一直以来她对那个女孩竭力隐忍的怒气，再也忍不住，随着她拍桌的那一掌爆发出来。董兰从来没有这样气过。从小到大，邵远都懂事乖巧，聪明出众，从来不忤逆父母，也不对父母撒谎，他是她和丈夫的骄傲。但自从去砺行实习，他渐渐开始变得有点走样了。

董兰一点点回忆着关于谷妙语的所有事情。

第一次听到这三个字，是有一天她到公司时，看到门口停了辆车。车头前靠着个吊儿郎当的年轻人，抱着一捧花，似乎在等人。她往公司走，路过那个不着调的年轻人时，那人居然愣头青似的一把拉住她就问，大姐，你能帮叫一声谷妙语吗？她笑一笑，说好啊。等转身进了屋她就告诉助理，让保安把门口那个二流子轰走。然后她回味了一下谷妙语这三个字，觉得有点耳熟，但她没太往心里去。她当时只是觉得，能认识这么流里流气的男人，这女孩应该检讨一下她的交友了。

后来有一天她听新闻的时候，无意间联想到了谷妙语这个名字。她想起来了，这个名字和之前的砺行装修丑闻月月事件是绑在一起的，这名字的主人是当时涉事的两位设计师之一。她对这名字的印象更不好了。

之后有一天，她到证券部转了一下，结果发现邵远居然请了病假没上班。她养大的儿子她最了解，他如果真的生病了会告诉她的，但他什么也没说，所以八成是请了假的病假。她由此很不高兴，晚上特意赶去东三环的房子看了看。这一看倒好，她简直又怒又惊——满屋子都是隔了夜还没散尽的酒气，邵远没在家，沙发上正躺着周书奇，他一边睡一边通过呼噜散着醉醺醺的酒气。通过现场观察，她能确定，邵远一定是和周书奇一起喝酒了。她再一次又惊又怒。她和丈夫费尽心血悉心教养长大的儿子，从来都不会过量喝酒。他这是怎么了？

坐下来她仔细一想，发现最近一段时间，儿子身上好像发生了某种变化。他在家里敢顶撞他父亲的意愿了，他会撒谎了，他和别人酗酒到白天请假不上班了。她越想越惊，也越生气，坐在沙发上等邵远回家，想等他解释一下最近这些反常的变化是怎么回事。她从傍晚等到天黑，结果等到的是一个醉到不省人事的儿子。他居然喝得什么也不知道，是被一个女人送回家的。那女人临走前接了一个电话，电话漏音，她在黑暗中听到话筒里传出的声音叫那女人"姓谷的"。

她静静地等着儿子睡醒。等他醒过来开了灯，她一下看到他嘴角的伤口。

那明显是和人打架后留下的伤口，她心中的暗怒更盛。他居然学会打架喝酒，喝到烂醉如泥，被一个女人送回家！但她压下心头怒火，尽量波澜不惊地问儿子："送你回来的人，是谁啊？"

儿子一副很镇定的样子，告诉她那个人是大学学姐，叫孟千影。那一刻她简直怒极而伤。他居然和他的母亲，撒谎撒得这么淡定。她真的又气又伤心。他以为她不记得孟千影的名字吗？那明明是他高中同学的名字，上学时他们两个朦朦胧胧的，后来那女孩全家移民。她什么都知道，什么都知道啊。

可儿子为什么要对她撒谎？怕她知道送他回来的那女孩是谁？这么怕的话，他和那女孩是什么关系？这么想着，她在一瞬里决定不发脾气了，就装糊涂吧，看看儿子编造出来的谎言下边，还有没有更多的谎言。她不能发脾气打草惊蛇。也许发脾气撕破脸之后，他反而更什么也不讲。所以不如假装什么也不知道，麻痹他，让他放心，从而把他想隐瞒的事情慢慢地探听出来，再根据实际情况判断那些事的威胁力。

他马上要出国读书了，将来有锦绣的前程，在没剩下的几天里，希望他可别做什么糊涂事。那晚她退了一步，隐忍了脾气没有发作，只是用话敲打了他，告诉他父亲身体不好，他在出国前应该懂事消停一点。可后来在公司，她跟着他，见到了那个找上门的中年泼妇。原来儿子是为了那个姓谷的女孩，和那个中年女人的儿子打架了。他脸上的伤应该就是这么来的。他倒是护着那个叫谷妙语的，让她先走了，他一个人周旋那个泼妇一样的中年女人。

他一定以为他是凭着那一段所谓敲诈的录音震慑住了那个中年女人。他太天真了。其实是她后来找了那个女人，甩了钱给她，让她陪她儿子赶紧滚蛋。那个博杰是个二流子，是个草芥，可她的儿子是她如珠如宝养大的，她不能让这么珍贵的儿子被博杰那样的流氓母子拖进泥巴里打滚。她暗中处理了博杰母子，给钱打发了他们。她让那对母子写下亲笔字据，说明他们和邵远没有任何瓜葛，博杰受伤也和邵远没有任何关系。

那段时间她一边忙着应付叁骄地产，一边忙着打发博杰母子。她为她的儿子不辞辛苦，什么都愿意做，可她的儿子却越来越让她吃惊心冷。原来他撒了那么多的谎，就为了那个叫谷妙语的女孩。他把那个女孩——家世不好，人际复杂，有过很大的负面新闻——想尽办法弄进公司，为了让她有业绩，甚至不惜买套房子让她装修。她可真是养出了个情种！

她可真是低估了那个谷妙语，那个女孩居然能把她护在手心里精心养了二十二年的乖巧孩子、她的希望她的骄傲，变得这么鬼迷心窍！

她不是没亲自测评过谷妙语那个女孩。测评的结果是，她半只眼睛都看不上那个女孩。酒桌上喝酒那么不矜持，白酒一杯杯地下。和男人讲话那么精通技法，哄得成伯东多么高兴。公众场合那么不懂礼仪，用牙开酒瓶这种男人做都嫌粗鲁的事，她说做就做。这样的女孩，别说进他们家的门，连她的眼都进不了。

那个贺嫣然不是个简单的女孩子，她一眼就能看出来。而贺嫣然讲的那些关于谷妙语的话，她也知道一定有一些夸张成分。但通过证实，那些话里还是有真实的底子在的。比如谷妙语的家庭情况。她那样的家庭条件决定了她的见识程度，限制了她的家庭教养。儿子年轻，没经事，不懂事，她可不能由着他被这样的女孩子迷惑。原本董兰以为，隐忍下去，耗到邵远出国，到那时不管他和谷妙语之间有什么，都会随着两人的异地渐渐散掉。但在明了儿子已经沉迷那女孩到为了给她冲装修业绩不惜买房子的地步，董兰知道，自己不能再隐忍不发了，再隐忍就来不及了。

她想了想，叫来助理，问："中午吃饭的时候，有没有问到谷妙语的父母住在哪里？"

助理点头说："他们就住在离公司不太远的快捷酒店。"

董兰点点头："明天下午在酒店的商务茶会，你不用送我去了，我自己过去。"她顿了顿，对助理另有交代，"你去快捷酒店接上谷妙语的父母，带他们到茶会来。就让他们看一看，和他们不同的世界是什么样吧。"董兰说。

下午的时候，邵远给谷妙语发短信，问晚上可以和她一起回家吗，他说他想去看喵喵。

谷妙语告诉他今晚不行。只给拒绝不给拒绝的原因，她忽然觉得自己有点残忍。对走了心的人，稍稍一个不面面俱到都会觉得自己残忍。生命里的有些人注定是要被自己无尺度心疼的。比如父母，比如爱人。

她又发了条信息解释说明，她爸妈来了，这几天得陪他们。

谷妙语回完信息有一点怅然。因为她能想到手机另一端的邵远读完信息时也会是心头怅然的——这几天她要陪父母，可除去这几天，他离出国也没剩下几天了。

他们没几天相处时间了。谷妙语脑子里忽然闪过这么消极的几个字。

手机提示音和一个激灵一起触动她的神经末梢。

邵远又给她发了条信息，送来了他鼓足勇气后的一个大胆决定："我能请叔叔阿姨吃顿饭吗？晚上。"

谷妙语想到晚上楚千森说好要请客的，于是告诉邵远："晚上你学姐请客。要不，你一起来？"

邵远几乎秒回："好！"

晚上吃饭的地点选在了谷妙语和楚千森经常去的那家烧烤店。

这顿饭热闹得很，不仅邵远加入，连任炎也像块揭不掉的狗皮膏药似的跟着过来了。

谷爸谷妈的注意力一下就转移到了任炎身上，他们整顿饭都在关注楚千森和任炎达成终身大事的几率。他们认为这两个人年龄样貌工作都很般配，一定是在谈朋友或者马上就能谈朋友。楚家父母不在，他们就是楚家父母的化身，要替孩子的终身大事严格把好关才行，反而他们忽略了邵远存在的深层意义。他们一点都不觉得这个看起来年纪比女儿小的男生会和自己女儿有谈恋爱的可能，他们只把他当成女儿带过来的一个后辈，只是个来一起凑热闹吃饭的漂亮小男孩。

于是邵远鼓噪在心里的所有初见女方家长的紧张，都化作了一个打在软棉花上的拳头。他有点失落，胳膊垂在桌下，手无意识地划动在裤线上。

忽然手背蹭到一片软热。那是谷妙语的手垂下桌面，碰到了他的手背。他一下子涌起一个念头——抓住她的手。这念头和血液一起冲破理智往他头上涌。他反手一抓，真的抓住了那只手。那只手抖了下，挣了挣。他不放，握得更紧些。

那只手软软地妥协了。

他翻弄着她的手，从握着它变成和它十指交握。他心都在打颤地想，她的手怎么那么软，软得像要化在他掌心。他们在桌面以上都规规矩矩的，谁也没看到他们在桌面以下的缠缠绵绵。

邵远觉得心一边在剧烈地跳，一边在酥麻麻地融化。

他听到谷爸爸谷妈妈打听任炎的家庭情况。楚千淼拦着说："干爸干妈，你们别问他这个，我们就不是能问得上对方家庭情况的关系。"

任炎却非要搭腔："叔叔阿姨不是外人，问问怎么了？叔叔阿姨，我父母已经过世了，我是独生子，家里没什么直系亲属。"

谷爸爸谷妈妈一听就有点心疼，告诉楚千淼："淼淼，你对任炎好点！"

楚千淼翻白眼。

谷爸爸眼神一瞥，看向谷妙语和邵远这边。谷妙语和邵远的胳膊都垂着，手在桌下紧紧交握。谷爸爸这一瞥让谷妙语一个紧张手抖，抖掉了邵远的手。

谷爸爸的眼皮跳了一下。

"妙妙你刚刚……是在打人家邵远吗？"谷爸爸不确定自己刚刚看到了什么。

谷妙语和邵远一起否定："没有！"

停了下，两人又异口同声：

"我没打他！"

"她没打我！"

谷爸爸笑了："你俩回答问题还挺整齐。"

问过任炎，谷爸爸又顺便问邵远："邵远家里人都是做什么的啊？"

谷妙语搭腔阻拦："老爸你今天怎么像在做人口普查？"

邵远坐直身体，毕恭毕敬地回答："叔叔，我父母都是做生意的。"他说得很含蓄低调。

谷妈妈说："邵远气质好，一看就和一般小孩不一样。"

谷爸爸塞了牙，捡起桌面的方便筷子掰断要当牙签用。

邵远连忙叫服务员："请帮忙拿个牙签盒过来。"

谷爸爸举着半截筷子，说："不用麻烦了，我拿这个就行。"

邵远说："叔叔，还是等牙签吧，牙签舒服一些。"

谷妙语拍拍谷爸爸："老爸，等牙签吧。哪个饭店都有牙签，以后塞牙咱们不掰筷子了！"又在下面拍拍邵远，掌心下的意思是叫他别再说这个话题了。

谷爸爸放下半截筷子笑："听闺女的！出来吃饭得注意点，老爸又忘了，抱歉抱歉，下不为例！"

听谷爸爸这么一说，邵远才反应过来谷妙语刚刚拍他是什么意思——别说了，再说我爸会没面子。可他真的不是嫌弃。

晚上临睡前，谷妙语收到邵远的一条信息。他向她解释，晚上吃饭时没有嫌弃谷爸爸的意思。

谷妙语笑一笑安慰他："没关系的，我爸的一些习惯是不太好，我有时候也是，你以后遇到了可要记得提醒我。"

信息发出去，她才反应过来仿佛也没有多久的以后可以让他提醒她了。邵远似乎和她心有灵犀，也意识到了这个问题，于是他发来的信息内容是："明天或者后天晚上我们能单独见一面吗？我有话想跟你说。"

谷妙语说："好的，具体时间我们明天再定吧。"

放下手机她不由看着自己的手。它晚上刚被邵远悄悄握过。她把手压在胸膛前无声回味。和一个男孩子的手十指交叉地相握，原来是那么心旌神驰的一件事。

第二天下午，谷妙语突然被工程部叫去开会，一整个下午她都没顾上联系父母。

她不知道自己在开会的时候，爸妈已经被马助理接去了酒店的商务茶会。

马助理到了谷爸爸谷妈妈住的宾馆，对他们说："公司本来给谷妙语放了假，让她陪您二老去酒店吃下午茶的，但工程部临时有事，她得跟着开会，所以由我替她带二位过去吃下午茶吧。"

谷爸爸、谷妈妈和马助理一起吃过午饭，知道他是大老板的身边人，顿时有点受宠若惊。他们打电话想和谷妙语说一声，当谷妈妈简单地说到"你是不是要带我和你爸去吃下午茶"，谷妙语一口应下来："我走不开，你和我爸尽管去吃，不用在乎钱，多吃点，回来我给你们报销！妈我正在开会呢，就不多说了。"

谷爸爸和谷妈妈被马助理带去了酒店。

进了酒店的宴客厅，谷爸爸谷妈妈立刻不自在起来。通透的空间，豪华的装饰，非凡的气派，把人都压迫得渺小了。在他们视线里走动的每个人都西装革履，气度不凡，只有他们短衫短裤，格格不入。他们简直像走错了地方，谷爸爸谷妈妈手脚都有点不知道该往哪里放。

马助理让他们随意一点，想喝什么吃什么尽管点："这里的下午茶很棒的。"而后他让谷爸爸谷妈妈先坐着，他去找下董事长。

谷爸爸谷妈妈找了个长沙发，局促地坐下。他们顺着马助理的视线，看到了董兰。她正在和几个西装革履的老板谈笑风生地聊着天。

谷妈妈戳了戳谷爸爸，茫然地问："我们到底来干吗的？"

谷爸爸也是云里雾里："不是说来吃下午茶？那要不，我们就吃一点？"

他们拿了菜单翻开看，看到一杯柠檬水的价格都标在一百元以上，立刻惊呆了，吃一点下午茶的念头瞬间挥发了个干净。

"这地方，好像不是我们该来的……"谷妈妈有点气短地说。

谷爸爸拍拍她的手："等会马助理过来，我们跟他打个招呼，就说想起来还有事要办，得先走，然后咱们就撤。我坐在这里也是浑身不舒服，你说闺女给我们安排这排场干吗？我们又享受不了！回头得说说她，别整这些没用的，太浪费。"

他们坐在沙发上等马助理出现，期间不断有人三三两两地攀谈着，从他们身边经过。每个人嘴里谈着的生意，就没有低于一个亿的。几亿几十亿几百亿，这些说法在他们嘴里只是一个数字，随口拈来、随手可拥的一个数字。谷爸爸谷妈妈听着这些飞来飞去的"亿"，觉得像在听天书，他们的耳朵从来没有和"亿"这个字这么频繁地接触过。

有两个一身高管范的精英男坐在谷爸爸谷妈妈身后的沙发上，他们谈完几十亿的地产开发后开始谈起彼此小孩上幼儿园的情况。

一个说："我家宝宝那个幼儿园，老师不错，环境不错，课外活动也很丰富，兴趣课也比较能培养孩子的动手能力。"

另一个说："听起来还可以，那一年费用多少钱啊？"

第一个说："还真不多，全年所有费用加起来还不到五十万。"

另一个立刻附和："那确实不多。"

谷爸爸谷妈妈相视一眼，彼此都看到了对方眼中的心惊。近五十万一年的幼儿园，在他们的见识里，根本没有听到过这么贵的幼儿园。

谷妈妈口渴，想要杯白水，又怕一问服务生会问出几十元一杯的价格，到时说喝也不是，说不喝也不是。正局促着，头顶传来一道声音："二位不用拘着，想吃什么喝什么随便叫，费用可以算在茶会里，二位不用单独付的。"董兰一边说着，一边坐在谷爸爸谷妈妈身边的沙发上。

谷爸爸谷妈妈认出这位气派的女士就是女儿公司的董事长。

董兰的姿态优雅，言语也得体，但总叫谷爸爸谷妈妈觉得他们和她之间像是隔着一道透明屏障。屏障那边是衣着光鲜的人上人，屏障这边是平头百姓。

谷爸爸越来越觉得有点不对劲，他想了想，决定还是直接问董兰："董事长请问您这样的茶会活动，我家女儿平时真的能来参加吗？"

董兰笑一笑，答非所问："你们的女儿，很聪明，别人花五年能完成的职业道路，她花三年就可以做到。"

别人这样夸谷妙语，谷爸爸必定心花怒放。可是董兰这么夸，他只觉得高深莫测心里没底。

谷爸爸再说话时更直接了一些："董事长，这个茶会好像不是我们夫妻俩适合来的，我能问下，您找我们过来是有什么事吗？"

董兰笑着说："我儿子邵远在您女儿原来工作的公司实习的时候，没少被您女儿照顾，为了感谢二位，今天把你们请过来一起喝下午茶。请不要客气，想喝什么尽管叫就好。"

谷爸爸和谷妈妈听到邵远的名字，神色变了变。谷爸爸莫名想到了昨晚目光转向谷妙语和邵远时看到的那一幕。他俩的手在桌子下面打小官司，他当时觉得像打闹，现在回想，倒有点像拉着的手突然松开。他心里咯噔了一下。

董兰笑着问："二位觉得这儿的环境怎么样？还满意吧？"

谷妈妈看着和自己年纪相仿皮肤的平滑度却甩自己一条街的高贵女人，手都有点不知道放在哪里合适。

"说实话，有点不太舒服，感觉像来错地方了……"谷妈妈讪讪地笑着说。

董兰笑着说："二位放轻松，不用这么拘谨。"顿了顿她又说，"这里是很多人梦寐以求能够到达的高度，这个高度，有人是通过努力实现的，有的人则是通过捷径实现的。"

谷爸爸已经明白，话题的含义一定不止字面这么浅，他的脸色又默默地变了变。

谷妈妈还什么都没察觉，顺着话往下说："确实，这里这么高大上，应该有很多年轻人愿意奔这儿来。"

董兰笑："您女儿也是个有宏图大志的年轻人，只要她想，这种商务茶会她很快就能参加的。"

谷妈妈有点腼腆地跟着笑："她不行的，她学校一般，资历一般，什么都一般，她能来参加这种会，指不定还得历练多久呢。"

董兰话赶着话开玩笑似的说："通过自己的努力是要慢一点，但如果嫁得好一点，机会来得就快了。"

谷妈妈还是没有察觉什么，但谷爸爸已经什么都明白了。面前雍容高贵的女人并不是真的要谢谢他们的女儿照顾过她的儿子，她只是想让他们亲身体验到，他们和这里的环境有多么不匹配，他们的女儿想通过某种方法到达这里——比如嫁得好，比如嫁给她儿子——这叫走捷径。

这个女人太有一套了，杀人不用刀，却已经叫他们自己见了血。她不用嘴亲自说，看看你们的家庭和我的家庭之间的差距。她只让他们亲身感受，他们与她的日常环境多么格格不入。她让他们在浑身的不自在中，自己难受，自己自惭形秽。

谷爸爸直起腰板，告诉董兰："董事长，我家女儿一根筋得很，从来也不会走什么捷径，她只会靠着自己的努力达成目标。从小我们就告诉她一句话，有多大的能耐赚多大的钱，所以她从来都不贪心。"他拉着谷妈妈站起来，对董兰说，"董事长，我们俩说好下午去逛天安门的，就不在这儿喝下午茶了。"

他拉着谷妈妈，挺直腰板走出酒店。

谷妙语下了班就赶到宾馆。她本来想陪爸妈一起出去吃饭，但谷爸爸一直闷闷不乐的，一口一口喝着宾馆里的袋泡茶，除了"我不饿"之外就不再多说话。

谷妙语又奇怪又着急，晃着谷爸爸的胳膊问："老爸，你怎么了？谁惹你不高兴了？"

谷爸爸转头看了她一眼。这一眼有点长，满满都是父亲对女儿的疼爱，看得谷妙语的心里都莫名发酸发涨起来。

"老爸你怎么了？"她又晃着谷爸爸的胳膊问。

谷爸爸抬手拍拍她的头，说："妙妙啊，改签一下车票吧，我和你妈明天一早就回家。"

谷妙语很意外："不是原定后天回吗？这么快？不再逛逛了？"

谷爸爸说："不逛了，我和你妈来就是看看你和森森，你们都挺好的，我们也就回去了。"顿了顿，谷爸爸冲她一笑，说，"闺女，咱家条件不好，我和你妈给你拖后腿了。虽然有点抱歉，但也没办法，谁叫你选择不了父母。但你记住，人活一口气，就算我们家条件不怎么好，不是我们的，我们也别去痴心妄想，别让人看不起。"

谷妙语一脸蒙，她不知道下午到底发生了什么事，让老爸变得从内而外的沮丧，也从内而外的隐隐愤怒。她问谷妈妈，下午到底发生了什么事。谷妈妈叹着气把事情一五一十地讲给她听。谷妙语听完就怔在那儿。

她想世上怎么会有董兰那么可怕的人。她这算得上是在羞辱她吗？可她并没有甩支票在她脸上，告诉她，拿着钱离开我儿子。她也没用恶毒的语言说你这个狐狸精凭什么勾引我儿子之类的话，她甚至是很优雅地，让她的父母感觉到他们一家是如此底层渺小，她不动声色地就碾压了他们身为穷人的自尊心。

谷妙语心疼父母心疼得有点想哭。家里条件是不太好，可是养大她的每一分钱都是父母凭着他们自己的辛苦劳作赚来的，他们活得朴实而真诚。可如今，辛苦努力朴实真诚的他们却要平白遭受"妄图高攀"的羞辱。是她为父母带来了这样的羞辱。

手机响起来，是邵远发信息问她，今晚可以见面吗？

她指尖发凉，回了句："今晚不见了吧。"

第二天一早，谷妙语和楚千淼一起送父母去了车站。等父母来和送父母走之间只隔了两天，这两天里她的心情却截然不同。两天前谷妙语站在出站口满心欢喜，两天后她站在进站口心头沉重。

谷爸爸和谷妈妈叮嘱两个女孩在北京照顾好自己，不用担心家里，一副轻松的样子说他们四个老人会守望相助的。

临进站，谷爸爸单独对谷妙语说："闺女，记住爸跟你说的话，有多大能耐挣多大的钱，别贪心。靠自己的能耐挣钱，别走捷径。"

谷妙语重重点头。

送走谷爸爸谷妈妈，谷妙语和楚千淼一起搭乘地铁二号线前往各自的上班地点。地铁上，楚千淼沉吟了一下，问谷妙语："干爸干妈怎么提前走了？不是说再溜达两天的吗？还有他们临走前对你说的话，是什么意思啊？"

谷妙语笑一笑，笑得有点倔强。她把昨天谷爸爸谷妈妈遭遇的事情讲给楚千淼听。

楚千淼当场就炸了："这什么人啊？有什么了不起的？真当家里有皇位等着她儿子继承呢？往回数一万年谁家不是穿两片树叶遮羞？物种起源都一样，怎么就她高贵得不行？"

谷妙语连忙给她压火。

楚千淼消消气，又叹口气："虽然邵远的家庭奇葩了一点，但邵远还是个好男孩。可惜了。"她看看谷妙语骤然垮下来的脸，心疼得不行。"小稻谷，你和邵远……打算怎么办啊？"

谷妙语低下头看着自己的鞋尖，没说话。

是啊，怎么办啊。

谷妙语到了公司刚坐下，就收到邵远发来的信息求中午见面。

离他远行的日子越来越近，他见面的要求也越来越焦渴急切。算算日子，再有两个星期，他就将生活在大洋彼岸。

谷妙语犹豫着，中午到底见还是不见。

靠在椅背上，她专注地看着电脑屏幕，眼睛一眨不眨，连画面跳到屏幕保护都没什么反应。

骆峰的声音忽然冷冰冰地响在她耳畔："屏保好看？看不够？"

谷妙语从恍神中激灵了一下，微一侧头，发现骆峰正把头架在她肩膀上方，背着手弯着腰，微皱着眉看着她的电脑屏幕对她讲话。

谷妙语往旁边一缩，拉开距离，像个上课走神被严厉班主任抓包的学生，立刻虔诚认错。

"师傅我错了，屏保不好看，我这就不看了！"

骆峰直起腰身。他身高腿长，阻断了一米八高的一截阳光，把谷妙语罩在这片阳光缺失的阴影里。

"你最近经常心不在焉，如果再以这样的状态工作，出去别说是我的徒弟，我不收工作时间不在工作状态的徒弟。"骆峰皱着眉冷冰冰地说完一番话，谷妙语臊得头都抬不起来。

她赶紧晃动鼠标，晃掉电脑屏保，强制自己进入工作状态。骆峰说得对，工作时间就该有工作状态，工作时间代入私人状态，这是没有责任心的体现，是对事业的亵渎。

她打开设计页面开始工作。她能感觉到骆峰没有立刻走，他还站在她身后，审视着她以及她屏幕上的设计图。

谷妙语被审视得如芒在背。好在骆峰盯了一会儿，抬手指点她几处细节的调整时，语气是缓和的。

骆峰回到他的位子前，话锋一转对谷妙语说："不管你是恋爱了，还是失恋了，都管理好你的情绪，别把它带到工作中来。如果连情绪都管理不好，你回家去吧，因为你也管理不了其他的东西。"

谷妙语把骆峰的这句话牢牢地记下。

工作了一会儿，邵远又发了条信息过来，还是问她中午见面的事情。

谷妙语放下手机，决定午休前再给他回复。骆峰刚刚说过，上班时间不是给她纠结到底是恋爱还是失恋这些私事用的。

五分钟后，她桌面的座机响起铃声。接起来听，居然是马助理打来的电话。

马助理告诉谷妙语："麻烦谷设计师您到楼上来一下。"

谷妙语有点愣："是您找我？"

马助理微笑答复："不是我，是董事长找您。"

放下电话，谷妙语居然有一种"该来的终于来了"的感觉。她深吸口气，和骆峰打了个招呼，踏上通往董事长办公室的电梯。

电梯一层一层向上升，重力加速度带着谷妙语的心一层一层地超重。她暗暗地想，不知道董兰找她过去到底要干什么。假如董兰甩给她一张支票让她离开她儿子，她要怎么办？这个烦恼没纠结到一秒钟，她马上转念想到，董兰是不会这么做的，那个厉害女人不会用这么低端的手段对付她。那么她即将面对的会是什么呢？

电梯已经停靠，但谷妙语的心还处在一种没着没落的状态。

她敲门进了董事长办公室。董兰不在。这是她第一次见识到董事长的办公室长什么样子。空间的阔大，落地窗的明净，办公桌的气派，这一切组合出宏大的氛围。她站在宏大面前，觉得自己显得无比渺小。

在阔大的办公室里，她尽量不让自己显露出局促。身后门响，她扭头，看到马助理走进来。

"董事长还要等一会儿才有空，你先跟我过来吧，我带你到里面套间坐一下，你先喝点水，等一等。"马助理率先带路，走向阔大办公室的一面墙壁，他推开墙壁上的一扇门，侧身等待谷妙语进入。

谷妙语走过去，停在门口，问马助理："您知道董事长找我有什么事吗？"

马助理笑笑说："我只管上传下达，董事长找你到底有什么事，得等董事长来了由她亲自跟你说。"

谷妙语迟疑了一下，抬脚走进房间。马助理在她身后虚掩上门。

她一眼就看出这里的设计风格是属于骆峰的，她还看得出内侧墙壁那面柜子其实不是柜子，它拉开一定是张床。她想这里应该是董兰工作累了短暂休息的地方。靠窗的位置有茶桌和椅子，她走到椅子前坐下。

外间有了响动。董兰的办公室没有铺地毯，大理石地面上响起脚步声。

董兰走进办公室。地面上除了传出她高跟鞋敲出的声音，还有一道平钝的声音。那是一道男人的脚步声。她不是一个人进来的。谷妙语迟疑着现在是否要出去。

外间忽然传来董兰的说话声。

"小远，你知道她父母是干什么的吗？"

谷妙语怔在那儿。虽然另一个人没有出声回答问题，但她已经知道，那是邵远。

董兰的声音又响了起来："你应该是不知道的。没关系，妈妈来告诉你，谷妙语她的父亲原来是非重点小学的合同工，教体育的，现在年纪大了，学校不再用他，所以他是无业无收入状态。她的母亲是工厂的下岗女工，在农贸市场卖窗帘。他们全家的年收入，可能就是我们或者我们身边的人，请客吃几顿饭的钱。"

邵远还是没有出声。董兰问他："你找一个这样人家的女孩，找这样的岳父母，吃饭用筷子剔牙，用牙开啤酒瓶，说出去你觉得会有面子吗？"

邵远还是没有说话。

谷妙语在小套间里，握紧了拳头。她父母的一些习惯确实不太好，那是由他们的生活环境决定的，但告诉他们就可以改的，为什么要以此作为奚落鄙视他们的谈资？

她打算走出去，为父母挽回尊严，手搭在门把上，还来不及拧动，她听到邵远说话了。

他说:"妈,我和谷妙语……不是你想的那种关系。"

她打算推门走出去的动作停了下来。

董兰笑着问:"哦,不是吗?"顿了顿,她又问,"你不是喜欢她吗?"

她听到邵远回答董兰:"没有。我没喜欢她。"

谷妙语的手死死地握住门把手。

董兰在确认:"你确定没有喜欢她吗?"

邵远的回答声隔着一道虚掩的木门,铿锵坚定地响进谷妙语的耳朵里。

"没有。"

一刹那谷妙语觉得耳膜发出嗡嗡声,外面的对话在嗡嗡声里变得缥缈起来。在这片缥缈中,董兰关怀了邵远不久后出国的一些情况,而后叮嘱他:"这几天回我和你爸那里住吧,你就快走了,走前多陪陪我们。"

邵远说好。而后那间屋子响起平钝的脚步声,他出去了。

谷妙语站在小套间的门里,听着他离开,她的心一点点发凉。他们瞧不起她的家庭,她的父母。他在她母亲面前,矢口否认喜欢她。

有脚步声向小套间传来。谷妙语松了门把手的瞬间,门被人向外拉开。

谷妙语觉得马助理拉开门后看到自己就站在门口时,应该意外一下。但他没有,似乎他已经预料到她会有这样的反应,他对谷妙语说:"请跟我过来吧,董事长这边忙完了。"

他说得礼貌得体,好像她在套间里一定不会听到外面的声音似的。

谷妙语觉得董兰真可怕,她不仅自己可怕,还培养出一个得她衣钵同样可怕的助理。

她挺直腰板。本来没着没落的心,已经沉沉实实地落了下去。人的忐忑都是出于对坏情况还有一丝好期盼。当一丝好期盼都没有,也就不必忐忑了。董兰的厉害招数已经让她自己亲自看明白,她到底是个什么处境——邵远连在他母亲面前承认喜欢她的勇气都没有。

谷妙语挺直自己的脊梁骨,走到董兰的办公桌前。

董兰坐在办公桌后,靠在皮椅上,像个命运主宰者似的,微笑着不怒自威。

她对谷妙语先开了口，不疾不徐的，不冷不热的："严格说起来，以你的级别，我不会单独见你，但为了我儿子，我见了。看得出，你是个明白姑娘，所以我长话短说，你和我儿子，不合适。"

谷妙语让自己像董兰那样，像马助理那样，笑出职业的无懈可击的面具般的笑容。

"董事长。"谷妙语说，"我想您可能有什么误会，我和邵远并不是那种关系。"

邵远矢口否认对她的喜欢，让她心里裂出一道伤口。现在她自己动手，把这道伤口更扒开了些。否认而已，她也可以的。

"另外，董事长。"她昂着头，垂在身侧的手握成了拳，指甲陷进掌心，但脸上的笑容很美很得体，"我们家确实没什么钱，但我们也没欠什么债，没给别人也没给社会添麻烦。我父母靠着做合同工和卖窗帘把我养大，我觉得他们很伟大。没钱人有没钱人的生活环境和生活方式，有的习惯或许不优雅，我们可以改，但我不觉得这有什么可丢脸的，谁生来都不是完人，反而把这些事情拿出来，作为鄙视和嘲笑的谈资，我觉得这才真的不够优雅。"

谷妙语说完一大串话，保持微笑，看向董兰。

董兰的脸色变了变，她直视着谷妙语双眼，她的眼神中夹着无形无状的刀枪剑戟。

谷妙语迎视着她的目光，丝毫不闪躲，眼神在无声中对峙着。

马助理在一旁小小地暗惊了下。没有几个人招架得住董兰的眼神睨视，可谷妙语招架住了，她还真不是个简单角色。

但这场对峙的最后，还是董兰占了上风。她的阅历和城府让她更加游刃有余收放自如。

她蓦地笑了，对谷妙语说了句："口才不错。"

谷妙语淡定应对："谢谢董事长夸奖。"

董兰依然笑得雍容高贵："你把话说得很漂亮很有骨气，希望你做的能和你说的一样。"

谷妙语微一弯腰行了个礼："您没什么其他事的话，我就先回去做事了。"

她转身走了，走出去时脊梁骨挺得直直的。

董兰看着她的背影，直到她走出办公室的红木大门，她又一笑，嗤的一声，淡淡地说："牙尖嘴利。"

谷妙语回到办公室后，她镇定的盔甲一下碎掉了。她坐在座位上，浑身都在抖。气愤，悲哀，屈辱，所有刚刚来不及体会的情绪现在通通冒出来，一起把她浸了个透。她坐在椅子上，身体在颤抖，大脑却是前所未有的一片清晰。她知道自己该打一份辞职报告，明天就交上去。再在这里工作下去，她收获的将是羞耻和屈辱。

她抬手打开文档，两手架在键盘上，手抖得几乎不受控制。她想稳住自己，却适得其反，碰翻了放在一旁的水杯。

小亚和金晶闻声过来，关心地问："怎么了妙语？哪里不舒服吗？"

她连忙笑着说没事，可没事两个字被她颤出了许多个细碎的音节。

右手臂忽然被人提了起来，力道大得带动她全身都向上站。

"你们都坐回去，干自己该干的事。"骆峰一边冷声下达着指令，一边把谷妙语带向办公室外。

他把谷妙语拉进电梯，上了二楼。

二楼有一片露台，他带着谷妙语到了露台上。

"说吧，最近到底怎么回事，和证券部那个男生，你到底是在谈恋爱还是失恋了？"骆峰松开谷妙语，冷声说。

谷妙语抓住露台的栏杆。手里有点抓握的东西，指尖的颤抖就被隐藏在了与异物的接触中。

她回答骆峰："都不是。我和他，是不该恋。"

骆峰冷声嗤地一笑："因为他是董事长的儿子？"

谷妙语一下愣在那儿，问骆峰是怎么知道邵远是董兰儿子的。

骆峰说："陶星宇请我吃饭，向我讨教事情。席间他那秘书莫名其妙说出来的。"他顿了顿，问谷妙语，"董事长棒打鸳鸯，顺便羞辱你了？她这个人，什么都好，对手下人不算薄，就是门第观念重，掌控欲太强。"

谷妙语低头，没承认，也没否认。

头顶忽然罩上一个东西揉了揉。是骆峰的手。他揉了揉她的头。

"你是傻子吗？有什么事都自己憋着？邵远有他妈撑腰，你不是也有你师傅吗？董事长再难为你，来告诉我，我去给你出头。"

谷妙语眼眶都热了。

"谢谢师傅！"

谷妙语回到办公室后终于不再抖了。小亚想凑过来问她怎么了，被骆峰一个冰冷眼刀砍了回去。

已近午休时间，谷妙语的手机响起来。

是邵远给她打电话。他等不到她的回信，于是直接把电话打过来。

谷妙语接了电话，说了声"好，这就过去"，随后她起身向外走。

骆峰在她身后问："一个人行吗？"

谷妙语停住脚步，回身，点头："可以的，师傅。"

骆峰也点点头："去吧。"

谷妙语走了出去。

她到了和邵远约好的公司后门背阴处。

邵远已经等在那儿了，她看得清楚，他眼里对她的等待是迫切的，对她的喜欢也是浓烈的。可他并不敢把它们当着他母亲的面公诸于世。

她走向他。她好像从来没有用这样的心情走向过他——每一步都带着即将诀别的决然和沉重。她走近到他面前。他腼腆而期待地向她递过来一个苹果。一个又红又大，姿容出众的苹果。

她摇摇头，拒绝了。这是她第一次拒绝他递过来的苹果。

马上她的心在他愕然的表情中，隐隐一痛。

她对自己的心痛视而不见，微笑起来问："找我有什么事？说吧。"

邵远觉得谷妙语今天变得和平时有点不太一样，可到底哪里不一样，他说不清，只是莫名觉得心慌。她第一次拒绝他的苹果，他真怕她等下也会拒绝他的心意。

听到她问找她有什么事，他一下子就紧张起来。虽然事先预演了很多遍，那些想说的话几乎已经刻在他的舌尖上。可真到了要对她面对面讲出那些话的时候，他发现刻着字的舌尖失了灵打了结。

他无声地深呼吸，右手用力握着那只苹果，似乎能从里面汲取力量和勇气，而后他看着谷妙语的眼睛，声音微哑地说："我……我要出国了，出国前，你能答应做我的女朋友吗？"

谷妙语看着邵远，认真地问："那……要告诉家里吗？"

邵远眉间有一瞬的挣扎和隐痛，随后他说："先不告诉家里，我们私下谈，可以吗？"

"为什么私下？为什么不告诉家里？"谷妙语笑了，笑容有点缥缈，"是因为我的家庭太差，没法让你母亲满意吗？所以我如果和你好，也只能见不得光的好？"

她从邵远眼里看到了一点惊，一点着急，一点痛苦，可他没有反驳。

谷妙语的笑容带上了苦味。

"邵远，就算我可以答应你，受下这份私下的委屈，可我的父母做错了什么，要跟着我一起受这份委屈？他们辛辛苦苦赚钱，就算赚不到和你们家一样多的钱，那也不是什么错，可为什么要被你母亲那样瞧不起？就因为他们生了我这个女儿，这个女儿要和一个富家子谈恋爱吗？"

邵远的脸色变白，他的嘴唇几乎在抖："我母亲……对谷伯伯他们做了什么？"

他千般小心万般警惕，还是没能阻挡住母亲的有所行动吗？

谷妙语摇摇头："你母亲做了什么，其实不重要。但你连在你母亲面前承认喜欢我都不敢，这很重要。"

邵远的脸一瞬间彻底白透了。

"上午你在我母亲的办公室？"他反应很快，哪怕在惊惧中。"是的，上午你在，我怎么能想不到呢？伤人不用刀，那是我母亲最擅长的手段啊。"

邵远从惊惧心慌中很快冷静下来，他企图对谷妙语解释："小姐姐，你听我说，我不是真的不敢在我母亲面前承认我喜欢你，我只是怕我承认了，我母亲会想尽办法打压你……以及谷伯伯谷伯母。我想和你私下谈恋爱，也并不是羞于你的家庭条件差，我只是想，恋爱是我们两个人的事，和我父母没关系，我们私下谈就好了，别去管我的父母。等我留学回来有了自己的事业，你也有你的成就，到那时我父母就不会再反对我们了！"

谷妙语不由又笑了，她笑得眼泪都快溢出来。

"恋爱怎么可能只是两个人的事？如果想简单的恋一恋，过过瘾，以后的事以后再说，这样的恋爱当然只是两个人的事。但这其实不叫恋爱，这叫玩一玩。邵远，你是要和我玩一玩吗？"

邵远用力摇头，满脸焦灼。

"当然不是，我……"他在焦灼中一下找到了自己心意的终点，"我是要和你结婚的！"

"结婚？"谷妙语重复这两个字的时候鼻子都在发酸，"以结婚为目的的恋爱，怎么可能只是两个人的事？这是两个家庭的事啊。而你的家庭那么瞧不起我的家庭，需要你纡尊降贵和我私下恋爱来做折中，邵远你说，这样的恋爱又何必呢？"她看着邵远，笑出了一副空茫的样子。"邵远啊，我不觉得我和我的父母低人一等，我不会接受私下恋爱这种事。我们，就停在这里吧。"

她转身要走，邵远急忙拉住她。苹果从他手里跌落到地上，磕磕碰碰滚到墙角。

谷妙语回头看到邵远的表情时，她很后悔自己回头看了这一眼。这叫她足以心痛的一眼。

他满脸都是慌，满眼都是疼，眼眶红了，声音抖了。他拉着她说："好，你不想私下谈，就不私下谈，我去和我母亲说明白！"

邵远直接上楼冲进了董事长办公室，他从来没有这样冲动过。

马助理跟进来问他："邵远你是不是有什么事？董事长不在，你有事就跟我说吧！"

邵远环视办公室，好像马助理会骗他一样。在目所能及的范围内确实没看到母亲的身影，他相信了马助理的话。

"我母亲去哪里了？"他问马助理。

"她说回家一趟，看一下你父亲。"

马助理刚说完这句话，邵远就转身跑了出去。

马助理拿出手机打电话给董兰报备。

"董事长，邵远刚刚冲进来找您，他看起来有点不对劲。他现在应该是回家去找您了……"

邵远以最快的速度赶回家。父母都在。他进屋时，父亲坐在沙发上，母亲正在和保姆阿姨一起帮父亲披盖在身上的薄毯。

他的突然出现并没有让母亲表现出意外。他马上就想到，应该是马助理提前通风报信了。有时候他真的很佩服母亲，能培养出忠犬一般的马助理。

他对母亲说，他有话想说。

母亲温柔却威严地喝止了他："等会我们出去说，你爸现在要看午间新闻了。"

邵远却不敢等，他怕一等就失去了挑明一切的勇气。他悲哀地明白，在母亲面前的勇敢，他也不过是凭着一股冲动。

父亲忽然关掉电视，扭头看他："你有什么事？说吧。"

董兰两边拦着："老邵，你别操心，没什么事。邵远，你跟我出来。"

邵海波却一拍沙发扶手："还没什么事吗？他骗我们想买房子做投资，结果是给一个比他大三岁的女人充装修业绩，他都快不知道自己在干什么了，这还叫没什么事吗？你别否认，我问过小马，他已经都告诉我了！"

邵远心里猛地一沉，父亲知道了。他有一瞬的害怕，但马上镇定下来。最坏的情况也不过如此，已经不能更坏，那又何必怕。

"你有什么话，当着我和你妈的面，说吧。"邵海波严厉开口。

保姆阿姨退了出去，董兰对邵远使眼色，要他不该说的别说。

邵远凭着那股没散的冲动，开了口："妈，对不起，我上午对您撒谎了。您问我喜欢谷妙语吗，我上午告诉您我不喜欢她，其实我是在撒谎。"他看看董兰，再看看邵海波，"爸，妈，我喜欢谷妙语，我想和她在一起。"

他看到董兰的表情从不可置信到愤怒到悲哀到伤心，她不信她养的儿子真的能叛逆到这样当面忤逆父母，她为此感到愤怒，进而为了儿大不由父母又感到悲哀和伤心。

邵海波一脸暴怒："放肆！谁教的你这样对待父母？你的礼义廉耻呢，都学到哪里去了？"

邵海波的嘴唇发紫，大口喘气。董兰怕他犯心脏病，赶紧去抚他胸口。

"老邵，你别激动，我们好好跟他说，他会听的！"

安抚过丈夫，董兰站起来，走到邵远面前，眼神里有警告的意味，对他说："邵远，你爸身体不好，你要懂事，别气他。那个谷妙语和你不合适，我们不会同意你和她在一起的。"

邵远看看父亲的脸，又看看母亲的脸。他一直都是他们眼中听话的孩子，他一直都在为了听父母的话而活。可这一回，他想为自己活一次。

他坚持："妈，谷妙语她是个好女孩，我喜欢她，我想和她在一起。"

邵海波一声暴怒地低吼："你敢！"

董兰变了脸色："邵远，你懂点事，你想把你爸气犯病才满意吗？"

邵远身体里的倔强却被父亲的暴戾反对激发了出来。

"妈，这回就让我不懂事一次吧！这辈子除了她，我谁都不会娶！"

邵海波听了他的话，暴怒不已，想吼却一口气梗在心口吼不出，气短得直喘粗气。董兰看到他的样子着了急："邵远，你给我闭嘴！"

邵远连忙去扶邵海波，给他抚胸口，邵海波却一把推开他。

"你……你说，你……你跟那个女人，断……不断！"邵海波指着邵远的鼻尖，气喘地质问。

邵远倔强地站在那儿，不给邵海波想要的答复。

董兰在一帮催促他："邵远，回答爸爸，回答啊，你想看他死吗？"

邵远咬咬牙根，说了话："我喜欢她，我想和她在一起！"

"你……你要和她在一起，就……就别说是我和你妈的儿子！"邵海波发了狠话。

邵远双手握拳，发了倔："好！"

话音刚落，他脸上落下董兰的一巴掌。这一巴掌打得又急又用力，把邵远的脸都扇歪了过去。

他偏着头感受着脸上的火辣，有一瞬他居然想起以前谷妙语给他讲她小时候挨揍的情形。那时候看她讲得眉飞色舞的，讲得他都对挨揍有了那么点向往的感觉。现在他也挨过父母的打了。可这感觉一点都不美好，一点也不值得向往。他觉得自己整个人都要被撕裂了。亲情和爱情向两边拉扯着他，似乎只要他再挣扎一下，就会被一撕两半。

他把被打偏的头转正，看到了母亲眼底的心疼和怒他不争的泪水。

"你这孩子吃错药了吗？突然变得这么不懂事！不做我们的儿子，怎么，要和我们断绝血缘关系？"她前所未有地声色俱厉，"你以为你凭什么让谷妙语看上你的？这都是我们给你的，是我和你爸给你的！你不是生在这个家，不是良好的环境培养出你的品貌气质，你没有能力买房子给她装修，你能让她对你另眼相看？你以为你为什么招人爱？这是你爸和我给你的！是你优越的家庭环境赋予你的光环！如果没有我们，如果你不是我们的儿子，你什么都不是！"

听着董兰发了狠的话，邵远笑了："爸，妈，对不起，这次我想自己做决定。总有一天你们会知道，谷妙语是个好女孩，总有一天你们也会知道，我能靠我自己的能力，让我和她都得到你们的认可！"

他说完转身跑出家门，没听到母亲在他身后叫他名字叫劈了嗓子，没听到母亲暴怒中捞起电话告诉助理："辞掉谷妙语，立刻！和同行业其他公司打招呼，别给她工作！"

他只顾着跑去找他的小姐姐，想去告诉她，他敢为她做任何事，敢让全世界任何人都知道，他喜欢她。

谷妙语和邵远见完面回到办公室。

她极力克制着自己，不要在上班时间想私事，不要难过，不要胸口痛，不要分神，好好画图好好工作。可是脑子就是不听理智的使唤，它不肯清醒，又晕又蒙，企图用神志不清抵抗着心口的疼痛。

骆峰桌上的电话突然响了起来。

她朦朦胧胧地听到骆峰接了电话后没讲两句就开始吵架。

她极力唤醒知觉，听到骆峰在说："凭什么炒掉谷妙语？她工作没有任何过失，工作能力又强，有什么理由炒掉她？刘总，当初硬招她来的是你，现在说炒就炒的还是你，不讲道理的是你吧？我不管，想炒掉谷妙语，你最好连着我一起炒掉！"

骆峰挂了电话。

小亚起身到他办公桌前，小心地问："头儿……怎、怎么了啊？"

骆峰没回她，看向门口。人力主管正一脸为难地站在那儿，他冲骆峰招手，示意骆峰借一步说话。

骆峰拒绝了他："刘总，有话进来当着谷妙语的面说吧。"

刘总开始是一脸为难，后来自己也气了："又不是我下的决定，却叫我背了你这一身怨气黑锅！"他也豁出去了，走进办公室，走到骆峰办公桌前，路过谷妙语时顺便看了谷妙语一眼，眼里的情绪是不解、惋惜和同情的混合物。

他对骆峰说："辞掉小谷是董事长亲自下的决定。"

其他同事听到这话都暗暗咋舌。仿佛得不到董事长的亲自表彰，但能得到她的亲自辞退，这也是一种很与众不同的惹眼。

骆峰冷冰冰地告诉人力主管："刘总，麻烦你跟董事长说一声，她是我徒弟，辞她就连着我一块辞好了。"

谷妙语赶紧说："师傅，你别这样！"

骆峰却告诉她："你不用说话，不用表态，闭嘴待着就行了。"

刘总一脸为难，骆峰毫不退让。刘总拗不过，最终打了电话。

董兰因为发怒而变大的音量透过刘总的手机听筒传出来："骆峰在威胁我吗？谷妙语可真有本事，能叫一个又一个男人万死不辞地为她出头！好啊，那就连着骆峰一起辞掉吧！现在就让他们搬东西走，你亲自看着，公司的一支笔都别叫他们顺走！"董兰怒到了极点，连优雅的品格都不再保有。

刘总挂断电话，一脸便秘的表情，看向骆峰："你说你这又是何必！"

谷妙语着急，也说："师傅，你何必……"

她没说完，骆峰已经打断她："闭嘴！"他转头面向刘总时，是一脸的冷淡平静："麻烦刘总帮我拿两个纸箱，我一个谷妙语一个。"

小亚一拍桌子："头儿！你去哪儿我去哪儿！刘总，麻烦三个纸箱，我也不干了！"她转头又对谷妙语说："你不用感动，我不是因为你，你听头儿的话，请保持闭嘴！"

她话音刚落，金晶也一拍桌站起来："小亚去哪儿我去哪儿！刘总，麻烦四个纸箱谢谢！"她也转头对谷妙语说："不用感动，我是为了小亚，请继续保持闭嘴！"

谷妙语转头看骆峰，想从源头劝住"不干了"的这条辞职链。

骆峰看着她，明明白白地说："记得我中午说的话吗？记得就闭嘴。"

谷妙语眼底一热，使劲地吸了下鼻子。

她记得。骆峰说，董事长再难为你，我给你出头。

邵远算着时间，赶到谷妙语家楼下。

他给谷妙语打电话，祈求她下楼。谷妙语答应了。

等待的过程中，头顶树上掉下一片叶子。叶片金黄，无根地摇曳着落在地上。邵远意识到，秋天是真的来了，这个适合离别的季节。

谷妙语从楼洞里打开门禁走出来，她脸上的表情透着一种决然的冷淡。

邵远看着那表情，心一慌，赶紧迎上去说："我对我父母摊牌了，我告诉他们我喜欢你！我录了音，我放给你听！"

"你有什么话，当着我和你妈的面，说吧。"

"妈，对不起，我上午对您撒谎了。您问我喜欢谷妙语吗，我上午告诉您我不喜欢她，其实不是这样的。爸，妈，我喜欢谷妙语，我想和她在一起。"

他掐头去尾地放了父亲和他的两句对话，没放后面的那些争执和响在他脸上的那一声耳光。他不要她背负愧疚和担心。

谷妙语垂着眼，睫毛在轻轻地颤。他真的说了。

"你说了喜欢我以后，很惨吧？你妈打你耳光了吧？"确保能遮住眼底所有柔情后，她抬起眼，看着邵远，"你的脸肿了。"

邵远怔了下，抬手摸摸脸颊。他怎么忘了这个。

谷妙语看着他，说："邵远，我知道的，我知道你是真的喜欢我，我猜你今天也和你父母不惜以脱离关系相搏。可是那是你的父母，你真的能跟他们脱离关系吗？你做了如此大的牺牲跟我在一起，这份压力，我扛不起。说到底，是我们两家之间的差异太大，而你还没有能力调和这个差异。我可以不在乎别人说我和你在一起是攀龙附凤，可我的父母呢？因为我而连累他们也被指手画脚，这我也能不在乎吗？我可以诚实地告诉你，没错，我也喜欢你，但我对你的喜欢不足以强烈到能够放下尊严。"

她看着他的眼睛，一笑："所以，邵远啊，不如……放弃吧。"

邵远的眼眶一下就红了。他的手机忽然响起来，振断了他的伤心。他接起电话，母亲用一种痛彻心扉的声音告诉他，他终于把父亲气得犯了病，现在正在ICU抢救，他满意了吗？还要和那个祸害人的女人在一起吗？

董兰的两句质问结束，通话戛然挂断。

邵远握着手机愣在那儿。谷妙语从来没见过他这样六神无主。她心里发疼，为他，也为他的纠结。

她告诉邵远："快去医院吧，你父亲没事你才有精力去想喜欢我的事。万一你父亲有事，我总有一天会在你心里变成罪人。"

她最后对邵远说："你快走了吧？你走那天我就不去送你了，提前祝你一切安好吧。"

谷妙语转身走进楼洞。她努力克制着自己，不叫邵远看出她其实浑身都在难过得发抖，连牙齿都在打寒颤。进了楼道关了门，她一下卸了力，软软地靠在门上，透过一小方玻璃向外看。

邵远的身体弯出一个极度难过的弧度，他弯着腰捶着胸口，大口喘气。而后他做了决定。

他打电话给母亲，问清父亲住院的地址，深深地望了一眼楼道口，转身离开。

谷妙语看着他的背影，直到再也看不见。她软软地蹲下去，地上马上湿了一个圈又一个圈。

她很久没有哭过了，不管多难过，她都能把眼泪从眼眶中忍回去。可是今天她的泪说什么都忍不回去，一滴一滴地滚出眼眶，一滴一滴地掉在地上。她哭得一点声息都没有，全世界都在她的眼泪里失了声色。

邵远站在首都机场，准备过安检。

父母都来送他了。父亲在ICU里住了一个星期转到了普通病房，今天和大夫请了半天假，专程来机场送他。

他其实有种感觉，父亲可能不需要住一个星期ICU。

他站在机场里到处环顾。母亲问他在找什么。他说没什么。

虽然知道她不会来送他，可他还是忍不住仿佛她会给他惊喜一样地到处环顾。

该过安检了。和父母道别时，他冷静至极地说了一番话。

"爸，我很在意您和您的身体，所以当您以身体做要挟时，我不得不屈服。其实说到底还是我不够强大，才能让您和母亲按照你们的喜好厌恶来塑造我的人生。而我的不强大源自于我对你们的依赖，对你们给我的好条件、好环境的依赖。我决定在我出国留学期间，不会再用你们的钱和人脉，我会靠自己做出成绩给你们看的。当我足够强大地归来时，你们再也不能凭你们的认知标准和喜好左右我的人生了。那时我要放肆地去喜欢我所喜欢的那个人。"

他说完这番话，亲亲坐在轮椅上父亲的额头，又拥抱了母亲一下，转身大踏步地走开。

他到了二十二岁这一年，才迈开了独立孤勇的第一步。

过了安检，候机时，他忍不住掏出手机给谷妙语发信息。

他说："小姐姐，我要走了。你还记得那个五年之约吗？"

谷妙语很快回复他："不记得了。"

他苦笑一下。她一定记得的。他们说好的，五年后，他爬到资本圈的金字塔尖，到那时他帮她成为行业先锋。

他又发信息给她："我会一直记得的。我不能自私地求你等我五年，但我自己会守护好我们的五年之约。"

谷妙语隔了一会儿才回复他："照顾好自己。"

他笑了。这回他发了条语音信息。

他说："小姐姐啊。"

谷妙语回了两个字："什么？"

他又发了条语音过去：

"真的，我爱你。"

第二十四章

一年又一年

2016年12月31日，晚上九点多，谷妙语还坐在办公室里。

秘书许珊敲门进来，给她送咖啡提神。

谷妙语从桌面文件中抬起头，接过咖啡，笑着对许珊说谢谢。

"现在各个门店的顾客还多吗？"她边喝咖啡边问。

许珊很兴奋地用力一点头："我刚刚问过销售部李总的助手，她说原以为到九点就差不多了，可没想到九点以后还有顾客不断地来店里！老板，我觉得我们'温暖家'光年底这几天的签单量，都快赶上以往两三个月的了！"

谷妙语笑了。她以前在嘉乐远的时候就知道李跃厉害，是个销售天才。但那时她没想到，五年后的今天，李跃会厉害得这么上天，简直堪称装饰界的销售大魔王。

说起这几年的购物盛事，电商界，天猫有双十一，京东有6·18。在装饰界，李跃硬是搞出了个"温暖家12·31"的名堂——他通过各种营销手段，让不管有装修意向还是没有装修意向的老百姓都知道了一条关于装修的信息——每年的12

月31日，温暖家装饰公司搞年底大促销。

其实大部分公司为了冲全年业绩，都会在年底这一天做促销活动，但只有李跃把这个活动搞出了规模、搞成了品牌、搞出了效应。越来越多的人会在年底这天到温暖家来定装修，就像有越来越多的人在11月11日到天猫去购物。

去年年底的晚上九点，谷妙语记得她已经可以从公司撤退了。但今年年底的晚上九点，下面门店的顾客居然照样人山人海、络绎不绝。想一想，几年前董兰还跟同行业的人断言，谷妙语的温暖家活不过五个月。可现在它已经活了快五年，还一年比一年活得根深叶茂。

耳边响起许珊的声音："老板，再告诉你件事，我大学室友在嘉乐远上班，说嘉乐远也在搞年底签单打折活动，但到他们店里的顾客比我们这儿的可少多了！"

谷妙语笑一笑，问许珊："你觉得为什么会这样？"

许珊想一想，说："因为他们价格太贵？"

谷妙语微笑摇头："因为现在是互联网时代，顾客流量大部分都在网上，而我们温暖家是互联网装修的先锋。嘉乐远是传统装修公司，虽然近两年也开始做互联网业务转型，但它相对于我们温暖家来说，还是起步太晚了。"

许珊竖起大拇指："老板有先见，老板英明！"

谷妙语笑："别拍马屁了，你先下班吧。今天跨年夜，别耽误你跟男朋友一起过新年。"

许珊做出必要的挣扎："可是老板都没下班，我先下班，这样好吗……"

谷妙语逗她："那你就再加会班？"

许珊双手合十高举过头："老板我刚才就是跟您客气一下！谢谢老板开恩，那我就先走了！"她说完赶紧开溜。

谷妙语看着她从门口消失的身影，又笑一笑。二十出头的小女生，做什么动作都青春可爱。想想看，几年前的她也像许珊一样，满身满脸的胶原蛋白，皱皱眉都有人说她萌。可现在呢？

谷妙语从皮椅里站起来，走到落地玻璃窗前。

窗外是北京年复一年满街霓虹的夜晚，窗内是她温暖家的总经理办公室。白色的灯光和黑色的夜晚交汇在落地窗上，让窗子变成了一面镜子。镜子里反射出一个穿着职业套装的身影，长发在她脑后挽成半松半紧的髻，修身的西服上衣，窄腿的长裤，黑色的高跟鞋。

谷妙语看着镜像里的自己。以前她可没想过，自己也能有这么干练的一番模样。她抬手摸了摸自己的脸。过了今晚就三十岁了，真可怕，她就要步入三打头的年纪了。可她一点都不敢让自己老。

手机就捏在她手里，她等着一通每年今天都会有的电话。电话铃声响起来。时间不对，她知道这一通一定不是她等的那通。

接通，李跃的声音愉快地响起："姐，捷报！"

谷妙语笑着听。从他过来跟着自己干，这么多年，他只叫她姐，不叫她老板也不叫她谷总。

"我们今晚的签单量已经是去年年底的两倍了！"

谷妙语听得开心，对李跃说："得，年后一上班，又得有一大波公司跑过来挖你了！"

李跃"嘁"一声："他们谁都挖不动我，他们过来我就一句话，我姐给我股份，给得还不少，你们给吗？就这么一句话全给他们挡回去。"

谷妙语笑着问："我师傅和小亚、金晶他们还在门店跟着一起忙吗？"

李跃说："小亚和金晶还在，骆老师说有事先走了。"顿一顿，他又说，"姐，一切局面尽在我掌控，不用你坐镇，你下班吧，别在办公室待着了，你每年今天不是都得赶去和你发小一起跨年的吗？各个门店我给你盯着，等忙完今晚，元旦小长假你一直给我放到五号就行！还有，你得找一天到我家来吃饺子，我要是请不动你，我妈该掐我大腿了！"

谷妙语笑着说："你李总想放假到哪天就放到哪天，谷总不敢有异议。阿姨说哪天吃饺子我就哪天去，要是天天吃我就住你家不走了。"

两人都笑起来。谷妙语又说："那行，我等下就走了，有什么事的话，你给我打电话，我二十四小时都开机。"

李跃说你放心，有事我也能扛成没事，说完挂断了电话。

谷妙语坐回到皮椅上用手机软件打车。她的车前两天借给周书奇开，车屁股被周书奇撞出好大一个坑，现在正在4S店里接受整容。

订单提交后好久都没有司机接单。

谷妙语捞起座机给楚千淼打电话，信号一通她就不客气地开喷："任炎他们公司是不是快倒闭了？他们做的这什么破软件，叫个车半天都叫不到！"

楚千淼迅速回喷："谷总，任炎的事你问任炎，我姓楚，谢谢！另外，你那边什么车好打过？我告诉你，我在家等你等得饺子皮可都粘了好几摞了，你赶紧给我乖乖地坐地铁回来！我看你老板做久了都快忘了地铁也是种交通工具了！"

谷妙语叹气："楚老板，我坐地铁到你那儿得一个小时。"

楚千淼："那怎么？你不坐地铁，我现在开车去接你呗？那来回可就是两个小时，咱俩说不定得在路上跨年了。"

谷妙语告饶："行行行，我这就去坐地铁。"

放下电话，手机上依然没有司机接单。谷妙语认命地套上大衣拎起包，准备去坐地铁。

扣大衣扣子时，门口响起敲门声。咚咚两下，清脆短促，绝不拖泥带水，顶有特点的敲门声。

隔着门，谷妙语就对门外人叫出声："师傅，门没锁！"

骆峰旋着门把手进来。谷妙语觉得时间对男人比对女人优待得多，骆峰的年龄像被冻住了，现在的他和五年前的他几乎没什么区别，除了更富有一些中年男人的成熟魅力。

她有时会想，这可能跟骆峰总是冷情寡欲有关系。小龙女没有七情六欲就总也不显老，骆峰也是同理。

"师傅，你怎么过来了？刚刚李跃还说你有事。"谷妙语扣好大衣扣子，站好，问骆峰。

"嗯……"骆峰冷声冷气的，"事情办完了。顺路经过公司，看你屋里灯亮着就上来看看。要走了吗？"

"嗯。"谷妙语点头。

"你车送去修了吧？打算怎么走？"骆峰问。

谷妙语笑起来："本来是要去坐地铁的，但是现在应该不用了！"

骆峰一挑眉："想蹭我的车？"

谷妙语快走到门口，抬手关灯，而后一把拤住骆峰胳膊："师傅你护徒如命，你肯定让我蹭的！"

骆峰一脸的嫌弃，由着谷妙语拉着他走到电梯口。

谷妙语向前探身去按下行键时，他看着她的后脑勺，嘴角微微一翘。这几年她在人前越来越成熟稳重，情绪也越来越内敛，只有在他面前，偶尔还能露一露五年前的谷妙语的样子。活泼的、机灵的、可爱的、梳着丸子头倔强不认输的小女孩样子。

电梯到了，两个人走进去。

骆峰问："去哪里？"

谷妙语说："通州，我发小那儿。地方有点远，师傅你给我放到半路一个好打车的地方就行。"

骆峰没给她放到半路，他一直把她送到楚千森家楼下。

下车时，谷妙语看看表，十点多。

她抬眼对骆峰笑："师傅，提前两个小时祝你新年快乐！也祝2017年你的徒弟越来越给你争气！"

骆峰难得地笑了，整个冰冷的面部线条都温暖柔和起来。

"别酸了，赶紧下车！"

谷妙语笑着下了车。她踩着高跟鞋踏在小区的水泥地上，每一步都是一个轻轻摇曳和清脆的"咚"。

骆峰落下车窗看着她的背影，忽然叫住她："徒弟。"

谷妙语站定回头："师傅，什么事？"

骆峰怔了怔。原来他还没想好有什么事，就叫住了她。

"没事，就是告诉你一声，你师傅的那个徒弟，很给你师傅争气。"骆峰说完就升起车窗踩了脚油门，车子绝尘而去。

谷妙语直到进电梯时都在感慨，骆峰夸她夸得可真是绕弯又含蓄。

谷妙语一进屋就对楚千淼抱怨："当初让你和我一起把房子买在东三，你偏不，非买在通州，我从公司过来找你一趟，从北穿到南，简直就是从河北到河南。"

楚千淼也笑话她："去年让你跟我一起在通州买房你不干，非在东三环，怎么样，今年五月开始通州限购了吧？你说你，干吗非在东三买房子？环数是少，可是老破小啊！"

谷妙语不理她的吐槽。暖气开得足，屋子里热，她脱掉大衣和西装外套，只穿着白衬衫。解开两个袖口的扣子，利落地把袖子往上一挽，谷妙语走到水池前洗了手就自动转到菜板前开始切菜。

楚千淼搬着板凳坐过来看她干活。

"自从咱俩分开住，没有你给我做饭，我就饥一顿饱一顿的，还好互联网外卖红火起来了，救了我一条狗命。"她看着谷妙语切菜手起刀落，动作还是那么娴熟，不由感慨起来，"以谷总今时今日的头衔，还能亲自操刀给我剁饺子馅，我真是好大的面子啊！谷子，不是我吹捧你，你穿着职业装给我做饭的样子，可真性感！"

谷妙语头都不抬地喷她："少寒碜我，说得好像你自己不是企业高管一样，说得就好像你不性感一样。"

楚千淼被她喷得一脸舒坦。

饺子馅剁好和好，谷妙语和楚千淼一起用买好的饺子皮包饺子。

包饺子煮饺子吃饺子，这一串事情忙下来，时间已经逼近十二点。

收拾了碗筷，两个人坐在沙发前的地毯上，一边喝着罐装啤酒一边聊天，电视里的新年晚会沦为了驱赶寂静的背景音。

楚千淼忽然站起来，一边往厨房走一边说："对了，我合作伙伴给我送了有机水果，我洗一洗咱俩吃。"

厨房响起水声，等水声停歇，楚千淼端着一盆的水果过来。她把果盆往谷妙语面前一放，说："吃，吃不完不许睡觉！"

谷妙语不爱吃堆在最上面的一层提子，她觉得它们实在太甜，甜到让她忧伤。她扒开提子，露出一只红红的苹果。

她看着苹果发起了怔。有多久没吃过苹果了？差不多五年了吧。

从一个秋日午后，她拒绝一个男孩开始。那天男孩带着苹果对她表白，问她，他们可不可以私下谈恋爱。她说不可以。后来那个苹果从男孩的手里滚到地上，一路磕磕绊绊地滚去墙角。从那以后，她就再没吃过苹果了。

耳边响起楚千淼的说话声，是在劝她吃水果。她赶紧把提子都扒拉回来，又盖住了那个红苹果。她捡起一粒提子放进嘴里。就说她不爱吃提子，实在太甜，甜到让她忧伤。

谷妙语吃着甜到忧伤的提子，看着楚千淼从果盆里刨出苹果，送到嘴边大咬一口。

"你怎么不吃？"楚千淼一边嚼苹果一边含混地问。

谷妙语看着她的吃相，一时无语。这女人真是吃得半点都不优雅，完全看不出她其实是家公司的高管。

谷妙语打量着楚千淼。齐肩的头发被她随便一扎，松松垮垮吊在后脑勺。刘海倒是很时髦，空气的，和楚千淼的小脸型很配。看起来挺小挺秀气的嘴，一见到吃的就张得巨大。这几年来，谷妙语觉得身边的每个人都有变化，或多或少都被时间打上了逐年加一的条码。但楚千淼没有，她好像还和几年前一样，身上的少女感十足。

谷妙语看着少女感十足的楚千淼，笑了。她想或者女人只要有人疼，哪怕七十岁都还是个少女。她得谢谢任炎，把即将步入三十岁的楚千淼疼得还像个少女一样。

想到任炎，她顺势问楚千淼："你和任炎到底什么时候结婚？"

楚千淼咔哧咔哧地咬着苹果："他恨娶，我可不恨嫁，我觉得现在这样挺好。"

谷妙语："我看你是故意折磨他。"

楚千淼："我个人觉得，这是他应得的。"说完她仰头哈哈狂笑。"三十年河东三十年河西，之前他放我在河东一个人泡脚，现在轮到他在河西一个人喝洗脚水了。"

谷妙语莫名觉得自己被喂了一嘴狗粮。

楚千淼话锋一转，忽然问她："别光说我，也说说你自己，你为什么到现在还不谈恋爱？"

谷妙语为自己辩解："我谈了啊，不是不合适吗？就分开了。"

楚千淼一脑门的不可思议："你不是指你之前那两个相亲对象吧？"

谷妙语点头："是他们啊。"

楚千淼摇头："没见过你这么能自欺欺人的人。"

东一句说完，她忽然又问西一句："陶星宇最近怎么样？和他有联系吗？"

谷妙语回她："他的工作室那是我们友司，当然有联系啊。"

楚千淼咬着苹果问："他最近怎么样？还和贺嫣然暧昧着呢？"

谷妙语轻轻一点头："嗯。"

楚千淼："你说陶星宇也挺奇怪，要说以前他爸看不上贺嫣然，不让他娶她，那现在他也没什么阻力了，他怎么还不娶贺嫣然呢？"

谷妙语笑一笑，不开口讲陶星宇的坏话，那毕竟是她年轻时爱慕过的人。

这几年她看得明白，陶星宇是那种因为多情而无情的男人，所以他不会娶贺嫣然的。

楚千淼等不到谷妙语的回答，忽然面色一狠，直接问："我不管了，我直说了，谷子我问你，你这么多年不好好找男朋友，到底是等陶星宇不再暧昧，还是在等邵远长大？你不是真把邵远出国前那什么鬼五年之约放心上了吧？谷子，听我的，理智点，别等，你比他大三岁呢，经不起老，再过十来分钟你都三十了！"

谷妙语笑着说："我没特意等他，我就是一直没遇到合适的。你放心，元旦之后我就接着相亲。"

她怕从楚千淼嘴里继续听到邵远的名字。那名字不管从谁嘴里说出来，她都是一听就心酸。她岔开话题问楚千淼："任炎到底什么时候把喵喵还给我？"

楚千淼恨恨地一咬苹果："他说等我和他结婚他就把喵喵放回来。"

谷妙语抬脚踢她:"求求你赶紧嫁给他行吗? 凭什么你不点头嫁人,他就要绑架我的喵喵!"

楚千淼躲谷妙语的脚:"再踹我可告你人身伤害!"她举着吃了一半的苹果,表情忽地一变,皱着眉对谷妙语说,"你说任炎肉麻不肉麻,他居然管喵喵叫淼淼,他说他扣下喵喵是对我睹猫思人!"她说着一哆嗦。

谷妙语手一颤,捏在指间的一粒提子掉在地毯上。曾经有个人,也像任炎这样,对着喵喵喊过她的名字。

那时他以为她听不到,摸着喵喵说:"好多天没见了,我很想你。你想我吗,妙妙?"

那一声隐秘又极尽温存的妙妙,仿佛言犹在耳。她愣在那儿,愣在回忆里,一时无法自拔。

楚千淼啃完一个苹果,把果核扔进垃圾桶,对谷妙语说:"谷子,这苹果巨甜,据送我苹果的合作方说,这可是国外进口的,你真的不尝一个吗? 我就奇怪了,你怎么突然不吃苹果了?"

谷妙语恍着神,摇摇头,随口问:"你什么合作方啊,这么大方,从国外给你寄苹果,你就不怕任炎吃醋吗?"

楚千淼把头发散开,重新扎了一下。谷妙语看得眼睛疼,她扎得还不如刚才看着利索。

"哦,我这合作方你也认识,他叫周书奇。"

谷妙语觉得嗓子眼都快被提子甜呛了。

"三千水,我们都这么大岁数了,以后能拜托你少扯点犊子吗?"

周书奇就周书奇,弄得好像是她不认识的人一样。

"哦,忘了,那小奇葩认了你当干姐姐。"楚千淼耸耸肩说。

谷妙语这么一想,倒想起之前周书奇也说要送她一箱苹果。只是她一听说是苹果,没给周书奇送礼的机会,直接婉拒了。

说起周书奇,她倒承认楚千淼的一句话,他是个奇葩。

三年前周书奇如愿从律所跳到投行,和心心念念的楚学姐终于再度做了同事。可惜他楚学姐拔腿无情，他刚进投行没多久，他楚学姐就跳到了互联网公司做了高管。于是周书奇三不五时地跑到她这里来哭诉自己的一片痴情付流水。几年下来，算一算周书奇反倒和她的相处时间要比和楚千淼还多一点。后来周书奇为了证明自己对她绝无二心，特意挑了个黄道吉日，不容她拒绝地和她拜了把子。从此以后，所有关于另一个人的消息，倒都由这个莫名其妙得来的干弟弟为她免费播报了。

想到那个人，谷妙语不受控制地开始有点心不在焉。

楚千淼忽然问她："对了，你给爸妈们打过电话了吗？"

谷妙语一边不动声色地低头看看手机上的时间，一边回答她："打了。他们四个人你说多没谱，居然在泰国看人妖看得嫌弃自己闺女们长得不如人妖好看。"

楚千淼哈哈笑："他们四个什么时候有谱过？"

谷妙语也笑，笑着笑着她又低头看手机。她觉得已经过去很久了，可手机上的时间居然还没跳到下一分钟。

"对了，你怎么过来的？"楚千淼问。

"蹭我师傅的车。"谷妙语说完，又看了眼手机。

"你师傅对你真是父爱如山，当年你被辞他也直接不干了，你想开工作室，他跟你搭伙，你想把工作室开成公司，他又跟你一起掏钱变股东。说真的，你师傅除了经常冷笑，哪儿都挺好。"

谷妙语想着骆峰冷笑的样子，笑起来："他是挺爱冷笑的。"

楚千淼顺着骆峰说到嘉乐远："当年放任骆峰和你一起辞职，八成是董兰做得最后悔的决定，看看你们，现在发展得多么苗壮，以后找个金主爸爸扶持一下温暖家，你们离和嘉乐远分庭抗礼也就不远了。"

谷妙语笑："允许你吹捧我，但不要这么闭眼瞎吹。嘉乐远毕竟是上市公司，温暖家想要和它在行业里分庭抗礼，还需要一个马云一样的爸爸来多多关爱我。"

楚千淼翻了个白眼说："我还不能吹你了？对了，我前阵子看到嘉乐远公布非公开发行预案了。"

谷妙语"哦"一声，又低头看了眼手机。和她等待的那通电话相比，她此刻一点也不关心嘉乐远的事情。还有十分钟就十二点，十分钟里，它响起的几率会有多大？

手机突然在她手里振动起来，她整个人都被振得一惊。喜悦瞬间涌起，随后而来的失望又瞬间没顶淹过那片喜悦。

不是他。

"俊年，什么事？"谷妙语接通电话，问电磁波转换另一个终端的潘俊年。

"妙语，咱们公司新成立的公装事业部负责人刚刚跟我说，他今晚被人叫出去吃饭，结果席上有个人在金融街一家金融机构工作，他是那家机构北京负责人的助手，他说他们公司新年后要装修办公室，工程体量很大，据说那家金融机构已经联系几家装饰公司了，正在作比较，公装部的负责人打电话问我，我们温暖家要不要争取一下这个项目。我有点拿不定主意，就马上打电话问问你。"

公装业务是温暖家刚开展不久的业务，以前温暖家只做家装，后来谷妙语意识到，办公室装修是一项非常重要的业务，想把公司做得更大更强，在同行业里更有竞争力，就应该把公司发展成拥有全产业链的综合业务公司，所以除了家装，也应该发展公装。

谷妙语问潘俊年："你是工程部的老大，公装部由你直接管辖，你觉得以公装部现在的水平，能不能扛下这一单？"

潘俊年想一想才回答："应该能。"

谷妙语："能的话，赶紧争取吧。"

潘俊年回答："好，我这就打电话告诉公装部负责人，趁他们的饭局还没散。"挂电话前，他忍不住多问了谷妙语一句，"妙语，如果我说不能扛下这一单，你打算怎么办？"

谷妙语笑了笑："不能扛下吗？那也让公装部负责人先把项目争取下来，然后用剩下的时间，由你这个工程部总经理负责想办法，务必从'不能'变成'能'。"

温暖家能从四面楚歌的绝地成长到今天的样子，靠的就是"永不言弃"和无数个把"不能"变成"能"。

潘俊年笑着说："我猜也是这个结果。"他挂断了电话。

谷妙语收好手机，一抬头看到楚千淼正在直勾勾地看着自己。

"怎么了？被我谈工作时的美貌所惑吗？"

楚千淼叹息："谷子，你和以前真不一样了，我都快想不起你以前满嘴鸡汤的样子了，你现在像个挥斥方遒的女王。"

谷妙语笑："女王想听你直接夸她漂亮、年轻，一点都不像三十岁的女人。"她说完又低头看手机，已经二十三点五十九分了。

电视里忽然一阵吵闹，几个主持人正在扯着嗓子带领现场观众齐声倒数。数字从十喊到一，等喊完零，全世界都爆发出新年快乐的叫声。

2017年了。

谷妙语却只顾着低头看手机。它不响，也不动。之前的每个跨年夜，他都会打电话给她。和她聊一会儿，问她怎么样，有没有去相亲。有两次她说有，他直接在电话里伤心起来。但他并不责怪她那样做，只是说我不骗你，他们一定都没我对你好，你一定做好比较再决定和不和他们交往。

她听着电话直笑。她也问他，有没有遇到合适的女孩子，她还说等遇到了，他就不会再打电话给她了。他却这样告诉她，你就是那个合适我的女孩子啊。她又笑，笑得眼睛都要烫起来。

他们就那么一年又一年地过去。到了今年，他却没有用他那个海外的号码再次撬动她的手机铃声。她的心头隐隐地、越来越绵延地涌起闷窒感。天下终究没有不散的宴席。到了2017年，他终于不再坚持了。

十二点的铃声响过，窗外人们跨年的喧嚣声达到顶点，又渐渐回落。夜晚又变成属于睡眠的时间。新的一年开始了，有些旧事需要放下，给心腾出位置，装新的人与事。

楚千淼看出谷妙语的落寞，她什么也不说，她明白有时最好的安慰不是嘘寒问暖，而是故作不知。

她关掉电视，只对谷妙语问了声"睡吗"，仿佛什么都不知道一样。

谷妙语最后看一眼手机，而后站起身，把它收进口袋，再也不看。

"睡了，明天还要早起去给陶大爷扫墓。"

第二天谷妙语很早就起了床。她有替换备用的衣服放在楚千淼这儿，她没有吵醒楚千淼，悄悄地梳洗完毕，打车去陶大爷的墓地。

陶大爷在胃癌手术后的第二年，癌症复发。又挨了大半年，在2015年的元旦第二天，一觉不醒，从此长眠。

陶大爷在元旦那天还对去医院看望他的谷妙语说："你看大爷厉不厉害？又挺过一个新年。"

谷妙语笑着对他说："您还能挺过五十个新年呢。"

陶大爷听了摇头笑："可饶了我吧，我活得遭罪，挺过这一个新年都费了老大的劲。"

那天陶大爷的精神格外好，他还拉着谷妙语的手聊起天："其实啊，这两年我越来越觉得，邵远那孩子更适合你。我那个独子啊，身上有我年轻时的劣根性。小妙语啊，以后跟邵远好好过日子，别吵架，你看你们一吵架他都不来看我了。"

谷妙语听到这里，知道陶大爷是糊涂了。她赶紧让陶大爷好好休息。

临走前陶大爷对她说："明天你就别来看我了，我打算好好睡一觉。"

结果陶大爷那一觉，从此就睡不醒了。

出殡那天，谷妙语很伤心。这是她成年后第一次经历身边人的生死。原来一个亲近的人从身边离开，以后再也不得相见，是那样一种空落落的感觉，从此所有思念和怀想都变得无根。那是一种近乎绝望又不得不接受的悲伤，很绵延的悲伤。悲伤的份额不会一下子透支完毕，它附着在记忆里，此后每当想起这个人，就会难免悲伤一下。

昨天没有接到那通等待的电话，谷妙语仿佛又体会了一次有人从身边永远别离的感觉，和那种从此附着在记忆里的绵延悲伤。

谷妙语带着一捧鲜花走到陶大爷墓地的时候，发现有人比她到得更早，墓碑前已经放了一捧鲜花。她想也许是陶星宇比她更早到了。

她把花放下，看着墓碑上的陶大爷的照片。老爷子定格在照片里，谁看他，他也在笑着看谁。谷妙语看着照片笑了。

身后有脚步声，继而是说话声。

"妙语，你也来了。"

谷妙语回头，看到陶星宇。她笑着打招呼："陶老师，早。"随后不由一愣。陶星宇既然刚刚到，那么之前的花又是谁送的？

"难得你有心，每年都来看他。"陶星宇对谷妙语说。

他把花放在墓碑前，和照片上的老爷子说了会话。

祭拜过陶大爷，谷妙语和陶星宇一起离开墓地。

出了墓园，陶星宇对谷妙语说："还没吃早饭吧？我请你吃早饭怎么样？"

谷妙语想一想，点点头："还真有点饿。"

两个人到了粥店。陶星宇让谷妙语坐着，他去点吃的。谷妙语坐在餐位上，看着陶星宇忙前忙后。他还是那么绅士，还是对每一个女人都那么绅士。

陶星宇端着一盘早餐回来。

谷妙语帮他把碟碟盏盏端下来，摆到桌上。摆好一抬头，正撞上陶星宇目不转睛地看着自己。

她笑着问："是不是怀疑我起得太早脸都没洗？"掰开一双筷子磨了磨，谷妙语把筷子递给陶星宇，"我还真洗脸了，就是没来得及护肤，脸看起来有点糙吧？"

陶星宇一边接筷子一边笑着摇头："一点都不糙，妙语，你的气质和几年前大不一样了，可你的皮肤还是那么少女。"

谷妙语笑着把长发撩到肩后，准备吃饭。她早上没来得及绑头发，半年前烫过的头发还带着点大卷，波浪一样停靠在她后背上。

旁边有人看她一眼，又忍不住再看一眼。谷妙语被看得纳闷，问陶星宇："我是不是真的脸很糙？"

陶星宇轻轻摇头一笑："是你太漂亮了。"

她真是美而不自知，从前青涩时不知道自己是鲜嫩可口，现在成熟了，也不知道自己一举一动皆是风情。

陶星宇心中一动，一句话脱口而出："妙语，我们试试吧。"

谷妙语怔了一下，随后笑起来。这是几年来她第多少次听到这句话了？

"陶老师，我觉得我们现在这样最好。"

陶星宇也笑："我就知道你会这样说，可我居然还是忍不住要再问你。"

谷妙语把话题引往工作的方向，避开私人敏感区："陶老师，最近工作室一切还顺利吧？"

陶星宇微一皱眉："客套话是，一切都好。但实话实说，这两年我有点后悔被嘉乐远收购了，做别人的子公司，管束太多，财务也不自由。"

谷妙语笑着安慰他："虽然失去了点自由，但你的身价变高了呀，您可是嘉乐远排名前十的自然人股东。"

钱和自由，此消彼长，钱多了，自由自然就少了，毕竟天下没有免费的午餐。

当年董兰收购陶星宇的工作室，给了一个很高的估值，以现金加股票的方式，把工作室纳为控股子公司。陶星宇不仅拥有大笔现金资产，还拥有一小部分嘉乐远的股份。

陶星宇又是摇头一笑："我那点股份，说不上话的。再说嘉乐远又打算非公开发行股票，等发行完，我手里的股票一稀释，就更不值钱了。"

"没事，反正你也不是靠嘉乐远的股票吃饭，你是靠真本事吃饭的。"谷妙语笑着说。

她顺着陶星宇的话想到楚千森昨晚也说过，嘉乐远已经公告了打算非公开发行股票的预案，后来她躺下睡不着，就查了查这个公告。

"好像董兰打算用非公开发行股票融到的钱做线下物流仓储？"谷妙语一边喝粥一边说，"我觉得她这个做法是对的，这也是我下一步要做的事。如果有了自己的物流仓储系统，装饰建材的运送配货会省下一大笔成本。"

陶星宇听着她的话，感慨起来："妙语，你现在真是一个成熟的决策者，你是我见过最有本事的女孩子了。"

谷妙语连忙说："几年前说我是女孩子我还敢认，现在我可不敢当，我都三十了，老了！"她向后撩着头发，笑着说。

陶星宇看着她，几乎停下喝粥的动作。

"其实妙语，你改善了我对二流院校学生的认知，你比很多一流学校的毕业生都厉害得多。你的思维和判断，很敏锐地走在行业前面。"陶星宇认真而中肯地评价着。

"你这么夸我，我更不敢当了。我只是时机抓得好，乘上了互联网的东风。"

陶星宇笑着点头："你把互联网装修搞得这么有声有色，很多公司都在学你们温暖家。"他忽然问，"怕不怕？"

谷妙语摇头："没什么好怕的，你知道任炎吗？他是嘉乐远IPO上市时的签字保代，后来他跳槽到企业时我也在创业，他当时对我说过一句话，一样事物兴起、一种模式成为爆款之后，难免会有一大堆人跟风，但没关系，野蛮生长之后就是市场的趋于规范了，在竞争中大家各凭本事或者留下、或者消亡，这样优胜劣汰以后，会建立起一个良性有序的市场。"

她一只手臂抬到桌面上，手肘拄着桌子，手背撑着脸颊，眼睛看上去是看着陶星宇，但其实透过陶星宇她看得更远。

"况且互联网这阵东风我乘得七七八八了，再局限于互联网这一个元素上，已经搞不出什么新名堂，我差不多也该换新的东风了。"

陶星宇无声地看着面前变得不可同日而语的女人。知性，美丽，聪慧，有魄力有远见。五年而已，她历练像变了一个人。曾经她在仰望他。三年前，她已经可以和他平起平坐。到了现在，他觉得自己就快要仰望这个漂亮女人了。

"妙语。"陶星宇轻轻唤了一声谷妙语，"我有一种感觉，我觉得你很快就会成为这个行业的先锋者。"

谷妙语十指交握抵在下巴上，笑着告诉陶星宇："这正是我的梦想。"

而为之努力去实现它，曾经是她和一个人的约定。

元旦假期结束后的第一个工作日，晚上下班前，周书奇把谷妙语堵在了她的办公室。

他告诉谷妙语，他是来还车的，车屁股上那个大坑已经被完美整容，再也看不出任何凹陷的痕迹。

还了车钥匙，他不着急走，千拖万等想蹭谷妙语一顿晚饭。

谷妙语拿他一点办法都没有，这么几年他像块滚刀肉一样，在她眼皮子底下一直锲而不舍地磨人。

"周书奇，你现在好歹也是投行的部门负责人，能不能拿出一点霸总的气场来？霸总可从来都是买单不蹭饭的。"

西装革履的周书奇一晃脑袋，表示："叫我奇弟，或者奇奇，别指名道姓喊我全名，太见外！"

谷妙语向上一翻眼，放弃和他沟通，他没救了。看看表，她告诉周书奇："我等下有事，今晚就不请你吃饭了，以后补给你。"边说她边找出镜子照了照自己，整理了一下头发和妆容。

周书奇以妇女之友的特殊敏锐察觉到了什么："你等下要办的事……不会是去相亲吧？"

谷妙语怔了下，居然被他猜到了，随后她大方一点头："对。"

几年来父母一直催她找对象谈恋爱结婚，但她一直以忙创业忙工作为由，有意无意地麻痹着自己——她要发展事业，没时间谈恋爱。于是被父母强逼着去参加了几次相亲，最后都不了了之。

现在她三十岁了，她的事业已经步入轨道。从他和她的联络在今年初始戛然而止，她决定，是时候放下过去，面对现实了。她决定从认真相亲开始，踏出重新生活的第一步。

谷妙语趁着红灯，看了眼坐在副驾上的周书奇。他还是一脸的坚定和坚决——听到她是要去相亲，他就挂了这么一副表情在脸上，一定要跟着她一起去看看相亲对象。

"你跟着我去干什么呢？"

"我是你干弟弟啊，我去帮你把关！"

"万一人家以为你和我有什么异性关系呢？"

"那说明他思想不健康，小心眼，正好及时踹了，找个更靠谱的！"

不管她以什么理由劝导他，他都能反过来以歪理邪说力证他不跟着一起去绝对不行，她到时一定会被牛鬼蛇神骗了。

谷妙语最后不知道怎么就被周书奇洗了脑，允许他坐在了副驾上。

"行吧，你非要跟我一起去就一起去。到时万一咱俩都看上对方了，姐也先让给你，好吧？"她在出发前奚落周书奇。

周书奇抛掉他投行精英的人设，扯着领带直叫："姐姐！我直男好吗？笔直笔直的直男了解一下！"

到了相亲地点，谷妙语第一眼看到相亲对象时，腿就有点软。

是个面相清俊的男人，皮肤很白，瘦瘦高高，斯斯文文，看起来要比实际年龄小，很偏嫩的一副长相。虽然样貌不如那个人，可整体气质和那个人很有几分相像。

谷妙语一坐下就站不起来了。

她和对方相谈甚欢。周书奇在一旁看得暗暗咬牙，中途他说要去趟洗手间，谷妙语也顾不上搭理他。

周书奇跑到洗手间立刻打电话："大佬啊，我说你还绷着吗？你再绷，人可就被拐跑了！"

周书奇从洗手间回来不久，谷妙语接到了潘俊年打来的电话。

周书奇默默地拍拍胸口。这通电话终于把她和相亲对象的紧密交谈打断了。

潘俊年在电话里告诉谷妙语："妙语，公装部负责人刚刚告诉我，他接到那家金融机构的回信了，哦对，那家机构叫隽岩资本。隽岩资本老板的助理说，他们把我们公司也列在备选范围内了，但是明天一早我们得出个说话管用的人到隽岩资本去，其他备选的装修公司也会有管事的人去，到时候隽岩资本的老板会和大家逐一洽谈，再从中择优。据说隽岩资本还想顺便投资一家装饰公司。"

谷妙语告诉潘俊年："那明天就你去吧。"

潘俊年赶紧说："妙语，明天还是你去吧，我天天跟一帮干工程的人在一起，去那种高大上的地方，见那些玩资本的人，就变得不太会说话。再说这一单装修额挺大的，项目背后没准还勾连着投资机会，你去吧，你是公司一把手，你去显得重视。"

谷妙语想了下，快速做出决断："好，明天我去。你也和我一起去，要是问到工程施工的部分，你比我更专业。"

和潘俊年谈完公事挂断电话，谷妙语一边收手机一边对相亲对象说抱歉。

相亲对象一反刚才的热情，脸上表情有点复杂。

谷妙语直觉一定是自己刚刚接电话的时候周书奇对他说了什么。

相亲对象很快找了个理由，说自己还有事，得先走。谷妙语有点恋恋不舍，想和他约下次见面的时间。画饼也是可以充饥的，望梅也能止止渴。但周书奇拦住了她。

等相亲对象走后，谷妙语问周书奇："你跟他说什么了？他怎么忽然就走了？"

周书奇整整领带，一副正人君子的样子说："我也没故意说什么，就是告诉他，他长得有点像我同学，不过没我同学帅。他反应了一会儿，可能是觉得自己被人当成替身了吧，有点受伤，就走了。"

谷妙语一下愣在那儿，再也张不开想埋怨周书奇的嘴。

是啊，她是把别人当成替身了。这怎么行？这是在伤害人家。她遏止了想和相亲对象再见面的念头。

第二天，谷妙语带着潘俊年去见隽岩资本的主事人。隽岩资本的办公地点还没有装修，所以他们把这次会面的地点选在了威斯汀酒店的会议室。

威斯汀豪华气派，宫殿一样庄严富丽，来到这儿的人首先都要拜谒一下它的气势非凡。潘俊年进了这样的地方就有点怯场，谷妙语笑着宽慰他："你今天穿着西装的样子非常帅，非常有派头。其实这种地方，最初来时，你是被它的气势压着，等来多了你就会发现，你应该压着它。因为说到底，这里富丽堂皇的一切，都是为你服务的。"

潘俊年挺直了腰板，他也告诉谷妙语："你今天这身套裙，格外棒，你的气势一定秒杀全场！"

谷妙语笑了。

她和潘俊年进到会议室后，见到了几个熟人，都是同行业其他装饰公司的老板或者管事人。不过这些人里，居然没有嘉乐远的。

大家一边聊天一边等隽岩资本的主事人现身。谷妙语听到有人说："我听说这一位是从国外回来的青年才俊，做事风格雷厉风行，很是厉害。"

另一人说："据说这人极度聪明，也极度严格，谁也别想糊弄他。"

前一人又说："所以这单工程其实不好干。不过工程是次要的，重要的是能不能达成后续的投资合作。"

潘俊年坐在风格奢华的五星酒店会议室里，听着老板们谈论着一个厉害人物，忽然就有点紧张。他捅了捅谷妙语的手臂，小声说："我有点紧张。"

谷妙语把手掌放在胸前向下压，从容淡定地告诉他："放轻松，没事。"

会议室的两扇门忽然从外面拉开，所有人都向门口看过去。有人从大开的两扇门间走了进来。

谷妙语手掌还横在胸前做下压的动作宽慰着潘俊年的情绪，不经意地一抬头，向从门口走进来的那人看过去。她横在胸前的手掌一下停在那儿，发起抖，再也压不下去。

她整个人都呆掉了。那一刹她飘去雾里，又如坠深渊，而她这么上天入地浮浮沉沉，也不过就在一秒间。

她看着从门口进来的那人，他正一步又一步地走向会议桌主位。

他额前的刘海向后梳着，定出一个很帅气的型，让光洁的额头露出来。他戴着金丝边眼镜，穿着一身浅黑色西装，系着同色系的领带。眼镜的金丝边和西装上衣里系得密密实实的白衬衫领口，勾勒出一副很禁欲的气质。他每一步都走得大气沉稳，帅气得值得吸引所有注视。

这副打扮，她无比熟悉。他第一次出现在砺行时，就是这样一身打扮。

那是她从不去提，却从没有忘记的人。他好像从来没有变，还是从前的那个人。但他又确实变了。他已经从男孩蜕变成了男人。

他走到主位前，转过身，开了口。

低音炮一样的立体声，击穿几年的岁月时空，环绕着回响在会议室里。

"各位好，我是邵远。"

谷妙语觉得自己快要聋了，轰隆隆的心跳声是始作俑者，它们快震聋了她的耳朵。

谷妙语一边听着自己的心打雷，一边看着邵远。二十七岁的邵远，一个变成成熟男人的邵远。

他站定后对会议室里的人说："各位好，我是邵远，感谢大家的莅临。"

谷妙语定了定神，看到邵远身旁站着一个和他年纪相仿的年轻女人。刚刚她的注意力全放在邵远身上，以至于没有注意到他进来时，身后还跟着一个人，一个气度不凡的美丽女人。凭那身知性果断的气质，表示着这美丽女人的身份一定不是助理或者秘书。她瘦瘦高高的，很骨感，五官轮廓很深邃很立体，气质特别，有一点不具攻击性的倨傲。总体看上去，是个很美很知性，也应该很有能力的年轻女人。

谷妙语暗自打量那个年轻女人的时候，年轻女人眼神一动，也向她打量过来。

她们视线交汇了一瞬，谷妙语微笑一下收回视线，但她能感觉到那年轻女人的视线还落定在她脸上。女人对女人的好奇总是起得无缘由又没上限。

谷妙语把视线调回到邵远脸上，看一下，挪开一下，再去看一下，再挪开一下。怕和他的视线交汇，又期待和他的视线交汇。她觉得自己眼睛就快要抽筋了。

她听到邵远对大家介绍站在他身边的年轻女人："这位是我的合伙人，孟千影，由她来主持接下来的会议。"

邵远说完视线一转。他转得毫无征兆，就那么不容谷妙语反应地对上了她的视线。

金丝边眼镜后，那双眼睛那么令人熟悉。那长长的黑睫毛，还是那么容易煽动人心。

谷妙语耳朵里嗡的一声，整个世界的声音又消失了。她用了极大的意志力控制住自己，绽出一个商务的、无懈可击的礼貌微笑，心却已经如雷如鼓。

邵远的目光定在她的笑容里，看了她好长一眼。直到那个叫孟千影的美丽合伙人开腔，他才半垂下眼，遮住目光。

孟千影未语人先笑，她一笑，气质又变得有点不一样，之前那一点倨傲变成了一分明艳。

谷妙语看着面前的年轻女人，听着她讲话，心头总有一种呼之欲出的奇怪感觉，好像很早就知道她一样。

"其实在座各位老板的公司资料我和邵总都已经看过了，我们对各家公司的基本情况都有一定的了解。今天邀请大家来，除了想为隽岩资本的办公地点做装修，同时也想和大家聊一聊国内目前装修行业的一些情况，大家就把这次会议当成一个小范围的行业交流会吧！"孟千影停了下，环视全场，目光在每个人脸上都周到地落定一下，而后继续说，"还请大家不吝赐教多多交流！"

大家对美女投资人的话都很愿意响应，逐个交流起自家公司和行业的一些情况，每个人都很会突出自家公司的优势。

有人说我们公司作为传统装修公司的代表之一，优势就是拥有优秀的设计师团队和高品质的施工队伍，设计经验足，施工能力强，在装修市场中占有相当比重的份额。还有的装修公司负责人表示，我们公司已经有十几年的发展历程，这十几年的发展里公司积累了丰富的装修经验，也拥有许多行业人才，对客户需求的了解非常深入，也非常顺应行业发展，已经在大力发展互联网装修业务，并且已卓见成效。

大家各抒见解，孟千影穿梭在每个人的见解中，给予适当的呼应。

当谈到互联网装修这一话题时，一直未做声的邵远突然开了口："说起互联网，虽然我之前在国外，但我知道自从李克强总理在2015年的政府工作报告中正式提出互联网的概念，国内这两年互联网发展得特别好，而在互联网装修方面，温暖家应该是行业中的佼佼者了。"他眼帘一掀，眼神一转，目光就那么直勾勾地落在谷妙语脸上。"接下来我想请温暖家的总经理介绍一下互联网装修方面的情况，可以吗？"

"可以吗"三个字让他问出了点余音绕梁的意味。

谷妙语撩了下头发，微笑说好。她满脸自信从容，上身稳坐如松，但藏在桌面下的小腿，腿肚上的筋已在不为人知地隐隐抽动。

她开了腔："我接触互联网相对比较早一点，大概在2012年，我就有了把互联网和传统装修结合在一起的想法。"她说到这儿把目光转向邵远，邵远也正目不转睛地看着她。

他们的视线交汇处是2012年的夏天。那时她和他吃饭聊天，背包里总会扛着厚厚的一本《2012年中国互联网发展报告》。

"请问谷总最初萌生这个想法的原因是？"这是孟千影在发声问她。

谷妙语错开和邵远交汇的视线，看了孟千影一眼。

"因为传统装修中，存在很多行业痛点和弊端，而互联网装修可以改善这些痛点以及弊端。"她看着孟千影，给出自己的见解。"装修行业是一个链条长、环节多、流程复杂的行业，从设计到施工到竣工交付，每一步都可能存在很多问题，以及很多不良现象。在整个传统装修链条中，前端有建材商、经销商，中端是设计公司装修公司，终端是施工团队。这个链条上每个端点都是一道环节，而传统装修因为有如此多的中间环节，必然会造成施工工期冗长。另外传统装修行业整个运作过程透明度不高，所以存在种种猫腻。比如设计师从建材商那里拿返点吃回扣、施工过程中的种种增项、偷工减料，以及施工材料被以次充好的现象……这些都是传统装修行业的痛点与弊端。"她说到这儿停了一下，把目光又转回到邵远脸上。

面对种种的行业痛点和弊端，她曾经在另一个人面前，雄心万丈，说要改善这些不良现象和不好的行业局面。现在那个人就在她面前。

所幸，她当年的雄心万丈到了今天并不只是曾经的一席空话，它得到了一定程度的实现。

她看着邵远，说："根据这些情况，我们成立了温暖家装饰公司，把互联网技术和装修结合在一起。我们为消费者提供一站式服务，从设计到施工、到完工、到售后，我们全程价格透明、品质有保障、售后服务及时到位。我们的互联网装修模式是一种去中间化的装修模式，消费者直接参与到每一个环节中，这样就减少了设计师或者工长联合建材商吃回扣的现象。因为减少了繁冗的中间环节，装修工期大大缩短，可以根据实际情况把工期控制在二十至四十五天内。另外我们和建材商达成合作，提供装修套餐给消费者，这种标准化的装修模式有效避免了在材料方面出现偷工减料或者以次充好的现象。还有最重要的一点，我们的消费者可以通过互联网或者移动设备实时查询装修进度，也可以全程监控我们的施工。"

谷妙语说到这儿停下来喘口气，她看着邵远，不知怎么情绪有一点激动，像在被验收工作似的。好像她多年前对谁许了诺，到今天，她正在逐渐实现诺言。现在她要把实现的成果展示给当年的许诺人看，于是有点骄傲，有点激动——看到了吗？这就是我的这几年！我做到了，我正在改善行业的种种痛点和弊端！

"未来，"谷妙语看着邵远的眼睛，说，"我们还会把VR技术、人工智能也结合到互联网装修上，我们会致力于让这个行业越来越好地发展。"

她从邵远的眼睛里看到一刹流光，好像他也在骄傲。

谷妙语说完一番话，孟千影立刻不加掩饰地送来赞叹："谷总真是年轻有为，您太厉害了！"

谷妙语连说不敢当。到这时她才醒过神来。她刚刚怎么慷慨激昂说了那么多？她不必讲那么多的，跟向谁做这几年的工作汇报似的。

潘俊年碰碰她的手臂，吸引了她的注意力，压低声音对她说："妙语，你刚才帅得炸裂！简直在发光！"谷妙语不好意思地一笑。

潘俊年接着说："我看那个邵总，看你都看得直眼了。"

谷妙语小腿肚上的筋又抽了一下。

其他人又聊了下去。所有人都谈过以后，孟千影站起来对大家说："今天着实感谢各位老板的光临，我们在楼下宴会厅特备了午餐，等下就请大家移步宴会厅就餐。后续还麻烦大家给我发一份装修报价，我们管理层商量之后，会尽快根据大家各自公司的优势和报价，决定选择哪一家合作。达成合作的我们皆大欢喜，没达成合作的也希望大家以后都是好朋友。今天谢谢大家，辛苦各位了！"

孟千影和邵远引领着大家走去宴会厅。

谷妙语告诉潘俊年："你去吃吧，我还有事，先走一步。"她悄悄地从人群尾巴溜走，快步地走去卫生间。

一进卫生间她就冲去水池前用凉水泼脸。脸上的温度降了下来，可心却还是躁着。

她在孟千影做会议结尾词的时候，忽然想起了她到底是谁。以前邵远告诉过她，他高中时喜欢过一个女生，后来那女生全家移民了。那女生就叫孟千影。

她用凉水狠泼了自己两下，忽然有点想笑，怀疑自己这五年，不知道是不是过成了一个笑话。她直起身，从镜子里看着脸上滴水的自己，无声地劝慰着镜子里的人：不，你不是笑话，你是为了事业才没时间谈恋爱，不是为了某个人。

这么告诉自己之后，她好像甘心了一些。

用纸巾擦干脸，认真地补一补妆。成年人了，需要知道，美丽首先是为自己，而后才是他人。

补好妆，又冷静了一下，谷妙语推开卫生间的门走出去。

她闷头走在走廊里，光可鉴人的地面照出自己的影子。视线里突然多了一双黑皮鞋，黑皮鞋上方是浅黑色的西装裤。她抬起头，看到了邵远。

他立体地，带着温度地，站在她面前。

"你进去了好久，是坏肚子了吗？"他出声问她。

她怔一怔，随后笑着摇头："没有。"顿了下，让自己进入自然的状态，像对一个不远不近的老朋友那样寒暄地问，"什么时候回来的啊？"

他隔着金丝边眼镜，一眨不眨地看着她的脸，回答："就这两天。"顿一顿，他说，"元旦那天我在飞机上，没开机。现在想跟你补一句话。"

"新年快乐。"他笑了，"妙语。"

这温柔低语的六个字像细细的针，扎穿谷妙语的耳膜。

心里是种什么感受呢？期盼得太久，期盼到已经失望，却在这时实现了。于是发现期盼已经过了保质期，欣喜没有了，只剩下一点点淡淡的心酸。

谷妙语笑一笑，回了句："新年快乐。"

邵远稍稍往前迈了半步，离她更近了。推推眼镜的金丝边框，他低头问她："晚上有时间吗？"声音沙沙的，像长了只撩人的手。

谷妙语半低下头，抵制掉那一点沙沙的蛊惑。

"没有。"她心里莫名有一股劲，一股不知道哪里不甘心的劲，驱使着她说出"没有"。

"那明天呢？"

"没有。"

"后天呢？"

"没有。"

"大后天？"

"没有。"

"喵喵还好吗？"

"没有。"

一声轻笑，是邵远发出来的。

谷妙语愣了下，意识到自己被套路着干了答非所问的事，她抬起头。

"哦，喵喵。它好得很，现在是个大黄胖子。"

邵远微笑的嘴角弧度渐渐变大，又渐渐摊平。他轻喊了声"妙语"，身后，孟千影也喊了他一声"邵远"。她的手机也不甘寂寞，唱着歌地喊着她接电话。

她接起电话，是骆峰打来的。她一边听骆峰告诉她，让她到街角的那家小馆来，他在那里等她一起吃午饭，一边听着孟千影踩着高跟鞋走过来问邵远，怎么饭也不吃就跑出来了。

和骆峰通完电话，谷妙语对孟千影点头示意，再对邵远说："抱歉我还有事，得先走了。"

邵远飞快地对她说："我晚点打给你，我们再约时间！"

她笑笑，点点头，说好的。

她在那两个人的视线里，尽量走得从容优雅，走得摇曳生姿，可心里却在落荒而逃。

孟千影一路目送谷妙语的背影直到她出了大厅的门。她幽幽地发出感叹："真是个雅致又有味道的漂亮女人。"

扭头一看，邵远还在盯着大厅门口不肯收回目光。好像从她擦身而过的空气里，还能追溯出她鲜活的模样。

"她一直那么漂亮。"

他看着门口，心头涌起淡淡的幸福。他回来了，来实现五年前和她的那个约定。他得谢谢周书奇，这几年终究是帮他守住了她。

谷妙语赶到那家小馆，骆峰就坐在离门不远的地方，她一走进去就看到了他。

骆峰也抬头看到她，对她招手。这动作在别人看起来是有点不耐烦的，脸上的表情也很冷冰冰。但谷妙语却知道她师傅是个外冷内热的构造，她丝毫没被那副模样吓退，迎着那副不耐烦和冷冰冰绽出笑容走过去。

"师傅，你怎么大老远地跑金融街这边来了？"谷妙语坐下问。

骆峰一边拎起水壶给她倒水，一边说："潘俊年跟我说你们今天上午在这边，正好我也过来办事。"

谷妙语觉得骆峰总能一边办事一边顺道见到自己。

骆峰已经提前点好了菜，菜品上得很快，两个人边吃边聊。

聊到12月31号那天的业绩翻番，谷妙语说："师傅，过两天给你和整个设计部放大假吧，你和小亚、金晶还有那些设计师们，也辛苦一整年了，现在效益这么好，该犒劳大家一下，不如你和小亚、金晶他们去新马泰玩儿几天怎么样？"

骆峰一边吃菜一边问了句："你呢，你去吗？"

谷妙语说："我可能去不了，我得在公司坐镇，工程部那边没准得接个公装的大活。"

骆峰"嗯"一声："那让小亚带着那些人出去玩吧，我也留下，帮你坐坐镇。"

谷妙语赶紧说："师傅你也去吧，我想让你也歇歇，去年一整年你就没闲过。公司这边你放心，我镇得住！"

骆峰夹菜的动作停顿下来，而后他放下筷子，抬头看向谷妙语，问："确定这个公装工程，你自己镇得住吗？"

谷妙语闻声筷子一顿，也抬起头看骆峰："师傅，怎么了？"

骆峰的喉结一动，声音滚出喉咙："潘俊年和我说，你们上午去见了那个准备装修办公地点的投资机构，他们的负责人……"骆峰看着谷妙语，说，"叫邵远。"顿一顿，他问，"是我知道的那个邵远吗？"

谷妙语慢慢一点头："嗯。"

她听到骆峰轻轻叹口气，然后说："徒弟，虽然你现在很有本事，别人不能再轻易欺负你，但几年前师傅说过的话依然算数。邵远他妈如果现在还为难你，师傅还给你出头。"

谷妙语眼睛一热，握着筷子的手不觉微微用力。当年的事，师傅什么都知道。五年前她没招架得住董兰，也没招架得住她和邵远之间的感情。骆峰是在担心五年后的她还会招架不住他们。

"谢谢师傅。"她哑着声道谢。

头顶忽然响起一道声音："好巧，你们也在这儿吃饭。"

谷妙语抬头，看到了陶星宇，他身边跟着贺嫣然。陶星宇叫了声"妙语"，又和骆峰打了招呼。

贺嫣然上前一步，笑得如她名字般嫣然，对骆峰问好："骆总您好！"再和谷妙语亲亲热热地打招呼："妙语，我陪陶老师来和董兰董总吃饭，没想到你也在呢，好巧啊！"

谷妙语脸上的笑容很得体也很疏离："是蛮巧的。"但骆峰看到她握着筷子的手背骨节上，泛起了一点白。她在暗暗用力，忍耐着贺嫣然看似不经意的有口无心。

骆峰一抬眼，看向贺嫣然："我纠正你一下，你叫我骆总，那你也得叫她谷总才合适，她在公司里可比我大。"

谷妙语迅速抬起眼帘看向骆峰。她的师傅谈头衔谈得一本正经，他正在一本正经地替她出头。

贺嫣然怔了下，楚楚地笑着解释："我和妙语是大学同学，就……叫得没那么见外了！是吧妙语？"

贺嫣然亲热地把一只手搭在谷妙语肩上。谷妙语把筷子放到桌面上，对骆峰说："师傅，我去下洗手间。"

她起身，借势摆脱贺嫣然的手，对陶星宇笑着说："陶老师，祝你们用餐愉快，我先失陪一下！"

她起身走向洗手间，没有正面回答贺嫣然，她把一个三十岁还在用楚楚可怜做武器的女人，就那么自然无比地晾在了那儿。楚千淼对她说过一句话，贺嫣然现在跟你可不是一个层次的人，她说什么你都晾着她，别搭理，搭理了显得你掉价。

她记住了这个话。

身后有个熟悉的声音招呼着陶星宇和贺嫣然，顺便还和骆峰打了个招呼。谷妙语不用回头都听得出，那是董兰助理的声音。

马助理应了董兰的吩咐，来给陶星宇带路去订好的包间。

陶星宇一边走，一边小声对贺嫣然说："你今天的话有点多了，你其实不用告诉妙语和骆总我们是跟谁一起吃饭。"

贺嫣然一脸知道做错事的表情，"哦"了一声。

进了包间落座，等上司们彼此寒暄过，马助理对董兰说："董事长，刚才我在外面接陶老师的时候，遇到骆峰了。"

董兰抬抬眼，"嗯"了一声。那一声"嗯"中，流露着当年意气用事放走一个人才的遗憾。

贺嫣然很无心地补了一句："您没看到谷妙语吗？她刚刚也在的。"

陶星宇抬眼看了贺嫣然一下，贺嫣然马上敛着下巴楚楚地低下头。

董兰并不回避谷妙语三个字，她趁势和陶星宇聊起了谷妙语和她的温暖家。

"这几年谷妙语的温暖家倒是做起来了。"董兰对陶星宇举举红酒杯。

陶星宇立刻举杯相迎："是啊，她的公司这几年发展势头非常好。"

董兰抿一口酒，酒的液面丝毫没有下降："她运气很好。"

贺嫣然在一旁很自然地接了茬："是啊，她运气真的很好，身边贵人多，有本事的男人都爱帮她忙。"

董兰没搭茬，她从来不搭这个级别的人的茬。

陶星宇转头看着贺嫣然，对她说："嫣然，你去帮我到邻街酒行买瓶酒，要茅台。"

贺嫣然一愣，满眼满脸都是楚楚可怜："现在吗……"

"对，现在。"陶星宇难得地有了点脾气。

董兰看着他们，在贺嫣然委屈地起身前打圆场："算了星宇，我们都不喝酒，别叫小贺去买了。"

陶星宇又看了贺嫣然一眼，她满眼都是"我知道错了"的惶恐。

陶星宇无声叹口气："那就别去了，安静吃饭吧。"

他终究狠不下心做一个不绅士的人，但贺嫣然已经知道他生气了，不敢再乱说。

董兰又把话题聊回到谷妙语和温暖家："说起来，当年要不是叁骄地产的成伯东给了谷妙语和骆峰他们一个大项目做，让他们赚到第一桶金，他们也起不来这么快。小贺刚刚那句话说得确实也没错，谷妙语是挺爱招有本事的人帮她的，其实这也是种本事。"

当年叁骄地产和嘉乐远解除战略合作关系时，陶星宇的工作室已经被董兰收购，他知道一些其中原委。

五年前骆峰从嘉乐远辞职走人，设计二部的邢克免从此山中无老虎，猴子称大王。但他的能力实在跟不上他的虚荣和野心，骆峰走后的第二年，邢克免在嘉乐远与叁骄地产合作的项目里犯了大错，出了纰漏，搞砸了成伯东的精装楼盘设计，连累叁骄地产损失了几千万。后来是董兰的丈夫邵海波出面，替妻子讨人情，成伯东才没有追究。成伯东也算大气，没有让董兰赔偿什么，但叁骄地产提前三年半解除了和嘉乐远的战略合作关系。后来成伯东带着那个项目去找了骆峰和谷妙语，那时谷妙语他们开的还只是间工作室，不是温暖家。

陶星宇知道，和叁骄地产的合作中断，一直是董兰心里的一大憾事。

"听说成总有意自己布局家装产业，打算在装修领域里也分一杯羹。"陶星宇夹着菜，对董兰说，"凭叁骄地产的实力，他们要是进军装修界，未来一定是个强劲的对手。"

董兰波澜不惊："叁骄地产虽然是地产界的翘楚，但他们想涉足家装领域，还得好好扑腾一阵子，毕竟家装产业是个复杂的产业，链条长，专业性强，所以短时间内他们还不足为惧。"董兰说到这儿顿了顿，放下筷子，拿起茶杯喝了口茶。"不过我们嘉乐远从去年开始，营业收入和签单率都在下降，市场份额被那些搅浑水的什么互联网家装公司分走不少。尤其是温暖家。"

她两手交握放在桌面上："说实话，我真没想到谷妙语能成这么大气候。"董兰说着，笑了一下，"现在市场上有很多人效仿她做什么互联网装修，那些公司良莠不齐、没有责任心，就是玩个互联网的噱头，做一票买卖赚一票钱就好，根本不想着品质和口碑，你看去年一年，开了多少家这样的公司，到今年又还有多少家存活。这个市场早晚让他们这些搞互联网噱头的人搅和坏了。我是拗不过董事会那些人，非要搞什么互联网业务，不然我真的不想搞。别看带着互联网名头的现在都风生水起，明天说倒掉也就倒掉了。"

陶星宇不搭茬，只是听。他知道董兰其实心里是有一些意难平的——眼看着谷妙语的互联网装修越做越好，市场份额越来越高，那是她之前半只眼睛都瞧不上的女孩子，她需要讲这样一番话来纾解她的一点意难平。

"星宇啊，今天约你出来吃饭，其实是想跟你说点事。"董兰话锋一转。

陶星宇也放下筷子，专心听董兰讲话，他知道她找自己吃这顿饭的主题要来了。

"今年公司的仗不好打，你知道，我们上市公司需要业绩，对利润有要求，但行业竞争越来越激烈，房地产、建材商甚至电商网站都开始把脚伸进装修领域，想从这个市场分一杯羹，我们的买卖越来越不好干了。所以星宇，"董兰微笑起来，"为了业绩，你今年可能要辛苦一点，帮我多扛下点利润指标。"

陶星宇笑着点头，说："好的。"

不好能怎么样呢？董兰能特意请他吃顿饭，在吃饭的时候和他说这件事，已经算是对他很客气了。假如她把要求他今年多完成业绩的事情拿到会议室说，他一样也得说好，也得去完成。这就是做人家子公司的身不由己。

主题事件谈完，陶星宇重新拿起筷子吃饭。他忽然想到一件事，于是问董兰："听说邵远从国外回来了？说起来我父亲在世的时候，他们爷俩很熟，感情很好。"

董兰笑着点头："嗯，回来了。"

"他回来想好做些什么了吗？"

董兰笑着叹气："他啊，现在主意正本事大，我可管不动了。"她的语气带着点牢骚，可也有点骄傲。"他自己在做金融呢，我和他爸谁也没帮他。他不让我们帮。不过他自己倒是做得风生水起，就是老大不小了也不着急找个女朋友带回来给我看看。儿大不由娘这话，说得是真的对啊。"她说着说着笑了起来，笑容里有着显而易见的无奈。

邵远回国后就住在他出国前自己买的那套房子里。那套位于东南三环，户型奇葩，为了给谷妙语冲签单业绩而买的房子。

晚上他把周书奇叫过来，他喝水，周书奇喝酒，两人边喝边聊天。

周书奇上来就邀功："我的邵爷，你说你把我安插在妙语小姐姐身边好几年替你打探消息，为了杜绝我也喜欢上小姐姐的可能性，还远程威胁我和她拜姐弟，但凡她相亲，你就把我撤出去当眼线，你说我为你做了这么些事，你怎么感谢我吧？"

邵远用力拍他肩膀："一直给你介绍大项目，让你不停赚着承揽费和项目奖金。"

周书奇一听这话开心极了："哦了！"他眼珠一转眉毛一挑，忽然问，"说实话，之前小姐姐答应和一个相亲对象处处看，然后他们约会了几次，我把这消息告诉你的时候，你在大洋彼岸到底哭没哭？"

邵远的表情一下沉静下来。他什么都不用回答，周书奇已经看到他曾经为此有多伤心。

"好了好了，你不用说了，你脸上的表情简直比哭出来还丧。"

"我没真的哭，但是眼泪确实打转了。"邵远大方地分享心事。人成熟了，反而变得不怕分享曾经的心事。"可我有什么立场和资格阻止她谈恋爱呢？刚出国那会，我不是没有再求过她，但我们两人之间的鸿沟一直在，我们都背负了很多东西，家庭、父母、尊严，我们根本没办法在一起。所以在我变得更好、更强，强到可以不受我父母桎梏和威胁，强到可以打破我和她之间的鸿沟之前，我追不下她，她也不会答应和我谈恋爱的。所以那时除了伤心，我只能祈祷她遇到的是个好男人，希望那人能可靠，能爱她并且只爱她，能给她幸福。"

那一阵子，听说谷妙语开始和相亲对象谈朋友，他整晚整晚睡不着。后来临近年关，周书奇告诉他，小姐姐分手了，小姐姐爱工作，不爱谈恋爱，于是就分手了。他的失眠忽然就不治而愈。回想起来，那真是一段酸楚难熬的岁月。

邵远从桌面上拿起一个苹果放在鼻子底下闻。这习惯是从她身上学会的，他一直保留到现在。但凡他想她了，他就会把苹果放在鼻子下面闻一闻。

他想着白天见到她时的样子，嘴角溢出不自觉的微笑。她越来越漂亮了。以前她是又漂亮又甜，现在她是又漂亮又有味道。她一点都不见老，皮肤还是那么白，一丝毛孔都见不到。她说话的时候，说着她的互联网装修，又像以前一样，浑身都在发光。

他白天费了多大的劲，才没冲上去抱住她。他想着她的样子，不住地一个人微笑。

周书奇看着邵远，摇头感叹。

他闻着大红苹果，弯着嘴角笑，架在鼻梁上的金丝边眼镜，配着他流量小生一样的帅脸，在他身上勾勒出一副又斯文又衣冠禽兽的气质。

周书奇看着看着邵远，忍不住叹气感慨，人要帅得亦正亦邪，亦君子亦衣冠禽兽，这才是真帅。

"有时候我真想泼点王水给你毁容！"周书奇一副恨恨的样子说。

邵远忽然想到了什么，抬起头问周书奇："我从国外寄的苹果，你帮我给她了吗？"

"啊？"周书奇反应了一下，"哦，你说我姐啊。我给了，但是没给出去，她死活不收。"周书奇纳闷地皱眉，"不知道从什么时候开始，她好像不怎么吃苹果了。"

邵远闻声愣了一下："那箱苹果呢？"他问。

周书奇答他："我姐不要，我就送给楚学姐了呗。你想啊，万一我姐去楚学姐那里顺口就吃了呢，我这也算曲线救国了对不对？"

周书奇一口喝掉杯子里的红酒，从茶几上捡了几颗老奶奶花生豆，边嚼边问："哎，我能问问你吗，你打算什么时候对小姐姐表白？"

邵远闻着苹果，眼睛在镜片后面几乎在闪光。

"我现在让她做我女朋友，凭我母亲的态度，对她还是不公平。等我帮她一起，完成一件大事，我通过这件大事让我母亲对她改观。在这件大事完成之前，我不会强求我们的关系。我会让她知道我喜欢她，一直喜欢下去，但接不接受我，什么时候接受我，看她自己。"

周书奇对他竖起大拇指,同时送给他一个册封:"情圣!"他忽然又想到什么,对邵远说,"对了,听说你和一个女的一起回来的?你俩什么关系?我告诉你我这几年已经假戏真做和我姐培养出真姐弟情了,作为娘家人我可不能看着你搂着碗又占着锅。"

邵远抬脚踹了踹他:"胡说八道。我和孟千影是单纯的合伙人关系,她对妙语未来的事业会很有帮助,所以我选择由她来做我的合伙人。这几天我正在让项目组研究温暖家的资料,那些人不知道我和妙语的关系,但大家研究完资料都很明确地表示,这个公司非常值得投资,有资本助力一把的话,未来它一定会发展到行业前端。"

邵远看着周书奇,有点难掩的骄傲:"她就是这么棒,我就是这么会喜欢人。"

周书奇一哆嗦:"我说你怎么年纪越长越肉麻?说起来,你妈问没问你为什么这么多年不找对象,'你是不是还惦记那个谷妙语啊?'"周书奇捏着嗓子做出一副阴阳嗓问。

邵远又踢他一下:"我妈不像你这么说话。但她确实问了这个问题。"

"你怎么回答她的?"

"我说是的,我惦记她,从来没停过。"

"你妈岂不是要气炸了?"

"但她气着气着就会不得不接受这个事实,所以,气气也好。"

周书奇目瞪口呆:"死鬼,你也太狡猾了吧!洗脑战术啊!"

邵远对他伸手:"手机借我用下,我的手机没电了。"

周书奇一边递手机一边没好气地问:"你干吗?"

"给心上人打电话。"邵远说。

晚上下班,谷妙语叫楚千森一起喝酒。

店还是那家烧烤店,人已经不再是从前两个无足轻重的人。她们如今一个是老板,一个是高管。

楚千森坐下以后说:"你说咱俩以后是不是应该换个贵点的地方喝小酒浇小

愁？这样也显得我们的愁贵重一点。"

谷妙语先一仰脖喝了一小盅白酒，说："故人带出的旧愁，还是得到老地方来浇才能浇透。"

楚千淼看她上来就喝，赶紧问："谷子，怎么了？"

谷妙语转着空酒盅，看着她说："他回来了。"

"谁？"楚千淼愣怔着问，马上她反应过来，"邵远？"

谷妙语点点头。

"那这是好事……吧？"楚千淼一时不知道该表达怎样的情绪，不知道这到底是不是好事。当年对于谷妙语和邵远，她是坚定地劝分。但五年过去，她亲眼看着谷妙语不是不努力尝试一段新的感情，可最终结局不过是再次力证了她的曾经沧海难为水。现在邵远回来了，谷妙语不再是当年轻飘飘的普通小员工，她有自己的事业、自己的成就，她不比谁矮多少，她已经能在行业中站得和董兰齐平。所以现在的她和邵远，未必不可以重新开始一回。

谷妙语一笑，告诉楚千淼："但他不是一个人回来的，他还有个合伙人，是他高中时候喜欢过的女生，和他们家，应该很门当户对。"

楚千淼一愣，马上回过神，举起酒盅，冲谷妙语说："来，谷子，干杯！以后咱俩还一起过日子，去他的门当户对！让男人都滚一边去，邵远，任炎，陶星宇，他们都是大猪蹄子！"

谷妙语倒上酒，举起酒盅和楚千淼干杯。

一杯酒下肚，楚千淼转眼就忘了自己刚刚男人都是大猪蹄子的宣言。她忍了又忍，最终还是忍不住，试探地问谷妙语："还喜欢他？"

谷妙语笑了，笑容里有一分对自己的无奈。

"这是最好笑也是最悲哀的地方。我看到他时的心动骗不了自己，可横在我们中间的鸿沟还在我也骗不了自己。所以自爱一点的选择，就是我把喜欢压在心里，别去上赶着给他妈瞧不起。"

什么真爱无敌，爱一个人可以为他放弃尊严、抛弃全世界，那都是单纯的小女孩才相信的东西。她们历经世事的女人还是相信自己的事业为好。

放在桌面上的手机响了，来电显示跳跃着周书奇的名字。

谷妙语放下酒盅拿起手机接通电话，她"喂"了一声，说："好吧奇奇同志，这个时间打给我，是打算从我这儿蹭饭吗？"

对方一出声，谷妙语刚上头的那点酒劲立刻就蒸发了。

"是我，邵远。"

谷妙语"哦"一声，随后问："有什么事吗？"

邵远"嗯"了一声，随后说："我想喵喵了，能见见吗？"

谷妙语手指骨里蹿起一道细细的带着电流的凉风，手机差点脱手掉在地上。他又把喵喵的音调说得有点飘了。

谷妙语握了握手机，以轻松的聊天般的口吻回答邵远："喵喵现在在任炎那里，你想看它得直接找你师兄。"

邵远马上在电话里问："你能陪我一起去师兄那里看喵喵吗？"顿了顿，他补了一句，"喵喵是我们一起捡到的。"

谷妙语并没有找到"一起捡到"和"一起去看"之间有什么必然的因果关系，但她还是应了声："好，改天有时间的话一起去。"

挂断电话，不用谷妙语说些什么，楚千淼已经猜到打电话的人是谁，想干的是什么事。

"他借口见猫想见你吧？不是我说，咱们这届的男人，都一个味，只会挟喵喵以令我们。"

谷妙语笑一笑，继续喝酒。

和谷妙语结束通话后，邵远有点失落。

"她躲着我。"他一边把手机递向周书奇，一边说。

周书奇的指尖刚夹到自己的手机，下一秒他的指间一空，邵远又把手机抽了回去。

"我得尽快解决我母亲的态度问题，不然妙语会一直躲着我。"邵远捏着周书奇的手机，飞快地转着，一边转一边说。那转动的频率仿佛是他大脑转速的投射，蓦地他的动作一停。他起身去书房翻找名片夹。等他回来，手里捏着一张名片，他按照名片上面的号码拨打电话。

周书奇抻着脖子，看到名片上的人叫"孟千影"，头衔是"隽岩资本合伙人"。

周书奇在电话的嘟嘟声中发现，邵远刚刚给谷妙语打电话的时候并没有从通讯录里找人，他直接对着键盘就按下了十一个数，但他给他的女性合伙人打电话，却要找名片。所以他姐在他未来小姐夫的心里，地位是如此与众不同。他放心了。

电话一通，邵远就问："我们公司的装修工程最终定给哪家装修公司了？这件事不能再拖了。"

孟千影在电话那边反应了一下："邵远？这号码是……"

邵远简单明了地说："不用存。"

孟千影一笑，回答他刚才的问题："我现在正在陪我舅舅吃饭，最终定哪家公司来装修我们隽岩资本，等明天我和其他管理层沟通之后给你答复。"

邵远说了声"好的"，又补充一句："代我向你舅舅问好。"

挂断电话，他迎上周书奇一副很做作的纳闷表情。

邵远用脚尖踢踢他："有什么想问的就直接问，别给我看脸色。"

周书奇说："我只是奇怪，你是你们公司的霸道总裁，定哪家装修公司还不是你一句话的事？"

邵远颇有耐心地把解释送给了他："如果我这次就启用霸道总裁的功能，一言堂地决定用温暖家，公司里人人都会知道我是冲着不一样的人情给予妙语优待。这样的话，不利于后续投资事宜的开展。毕竟我们公司的投资项目不能全由我一言堂，还是要过一下投资决策委员会的。我非要投也不是不行，只是大家会闹得很不愉快。所以这次，如果其他管理层主动选了妙语的公司来装修，那证明他们是认同妙语和温暖家的实力的，这样后续我为她操盘投资的事情，就会方便很多。"

周书奇点点头，马上又问："那万一这个孟千影和其他管理层研究之后，决定用的是别的装修公司呢？"

邵远说："可能性不大，据我了解，他们和我一样，都很看好温暖家。"

周书奇不依不饶："万一呢？万一他们选的是别的装修公司呢？"

邵远嘴角轻轻一翘："真到那时，我再做个一言堂的霸道总裁也不迟。"

周书奇觉得邵远这一笑，邪魅狂狷极了。

隽岩资本的办公地点还没装修，公司暂时在对街的写字楼租用了一层楼作临时办公地点。

白天上班时，孟千影找到邵远，告诉他："我和其他合伙人商量过了，我们最终的结论是，倾向于选择谷妙语的公司来接我们的装修工程。"

尽管是意料中的结果，听到结论后邵远还是忍不住在心里涌起开心与骄傲。他喜欢的人，就是这么棒，棒得可以全然靠她自己，棒得可以与他的帮忙全然无关。

"我能听听你们选谷妙语的公司的原因吗？"邵远挑挑眉，不动声色地问孟千影。

孟千影回答他："谷妙语的温暖家算是互联网装修公司里的翘楚，市场口碑好，价格透明，全程都有施工监管以及监控，并且是全产业链公司，提供从设计到材料到施工到售后的一整套一站式服务，选择他们，品质有所保证，我们也会比较省心。"

邵远沉吟了一下，问出递进问题："我们今年的投资计划之一，是完成一家互联网装修企业的投资。你觉得谷妙语的温暖家怎么样？"

孟千影想了下，笑着说："我觉得可以约这位谷总过来详谈一下！"

上午快下班时，谷妙语接到电话，居然是隽岩资本那位美女合伙人打来的。

那位叫孟千影的美女合伙人在电话里告诉她，隽岩资本的装修项目最后花落温暖家。孟千影约她第二天带人去隽岩资本临时的办公地点签合同。

放下电话，谷妙语有一丝石头落地的感觉——这单公装最终被他们温暖家拿到了，可也有一丝说不清的怅然。

假如需要装修的是别人的公司，谷妙语是很有自信得到这个结果的。但现在需要装修的公司，一号老板叫邵远。谷妙语不得不怀疑，这是不是邵远在走人情照顾她。别人的人情她不怕走，但邵远的人情，她有点怕。走了他的人情，他母亲也许更要说，看吧，我就说那女人是要攀附我们家的。这么一想谷妙语就恨不得推掉这个工程。可看着潘俊年的雀跃劲，她又觉得没道理因为自己的情绪抹杀公司的整体实力。

她得确信，他们确实有实力得到这样的结果。

第二天谷妙语带着潘俊年到了隽岩资本的临时办公地点，孟千影接待了她，邵远并没有露面。

孟千影谈吐大方，谷妙语和她一谈起公事来就渐渐忘掉了她是"让邵远情窦初开的女生"这件事。

签约前，孟千影告诉谷妙语："选择谷总的公司来帮我们做装修，是我们整个管理层商量后做出的决定。我们对这件事之所以这么郑重其事，是因为我们希望后续能和谷总有机会更深入的合作。"

谷妙语听着孟千影的话，心里那点怀疑自己被邵远优待的不舒服悄然地消散了。

签完装修工程的合同，谷妙语打算和潘俊年一起离开，回去公司即时准备开工事宜。

但她被孟千影叫住了："潘总先走，谷总再多留一会儿，可以吗？我们公司的其他管理层想和您多了解一些互联网装修行业的事情。"

谷妙语就这么毫无准备地被孟千影带往了会议室。

会议室里坐了隽岩资本的管理层和投委会成员。孟千影推开会议室大门侧身让她进入的时候，她忽然找回了当年初入社会找工作被面试时的感觉。她马上意识到，这其实就是一次出其不意的面试。他们不提前告诉她今天会有这样一个会议，不让她有机会准备草稿，给自己的公司准备一个足以比拟上市公司的好故事。

她抬头挺胸，走进会议室。她不是靠讲故事把公司做起来的，她靠的是真本事，所以这样完全不给复习机会的随堂小考，她一点也不怕。

会议室里，邵远还是坐在主位。黑西装白衬衫金丝眼镜，搭配在别人身上是很普通的商务装扮，搭配在他身上却不知怎么，平白无故地就是要比别人都好看，都精英。

他隔壁有个空位，孟千影走过去坐了下来。

谷妙语坐到邵远正对面的位置上。

她知道，从她一进门，邵远就在静静地看她。她不去迎他的视线，怕视线对撞出她的不冷静。

孟千影又主持起会议。

她先问谷妙语第一个问题："我想先问下谷总，您对资本运作这件事怎么看？"

谷妙语笑了笑，回答："一家公司从创立到发展到一定阶段，想要继续壮大下去，通常是离不开资本的扶持的，毕竟好的资本方除了钱，还能给企业带来很多其他资源。我知道有很多同行业公司借助资本都得到了很好的发展。"

有其他人问："那请问谷总，互联网装修行业的资本运作情况，您有所了解吗？"

这问题稍稍有一点难，但难不住谷妙语。

谷妙语从容回答："2015年号称是互联网装修元年，全国对互联网装修业务展开布局的公司有三百多家，其中有二十七家得到了资本方的投资。2016年仅上半年，已经有二十家互联网装修公司得到融资，全年一共有四十六家得到融资，其中有十家公司的融资额都是过亿的。"

提问的那人边听边点头："谷总除了对装修业务了解，看起来对资本和公司运作方面的事情也很了解。"

谷妙语闻声一笑。她初创业时，多少人都当她是个花瓶，她就背负着那些人的有色眼神，一步一逆袭给他们看。

邵远当年给她的优盘，那些关于公司运营的事情，她没有白学白看，有了那些东西做底子，她的创业之路比其他人少走了好些弯道。想到邵远，眼随心动，她的眼神向邵远一瞥。他也正向她看过来，他们的视线毫无征兆地对上。他的眼神像长了手，透过她胸口抓住她的心，往上使劲一抛，她听到她的心一个大跳后落出了咚的一声。

当年的男孩长大了，长成了一个可以用眼神祸害人心的妖孽。

她不动声色地看着邵远，邵远也目不转睛地看着她，而后他忽然冲她微微一笑，声音的低音炮模式全方位打开。他看着她笑着问："能问一下谷总，是从哪里了解的公司运营和资本运作这些东西的吗？"

谷妙语微笑地看着邵远。她一瞬间在想，他是打算从她这里听到怎样的回答呢？

"我去高校听过一些经营管理的课程。"

她看到邵远微不可见地一挤眉心又马上放开，他释放了一个瞬间的失落。

"不过最初的启蒙，是从一个优盘中，那里面存放了很多公司运营和资本运作的资料。"

她看到她的转折点亮了邵远的眼睛，他的镜片像要放射出金光一样。

孟千影笑着说："谷总真是好学，所以看得出您能有今天的成就，绝不是偶然，成功也总是青睐有准备的人。"高帽送出，她话锋一转，又说，"我从高中时就在国外，和国内目前的装修市场有一点脱节。据我所知，国内好像经常定装修免设计费是不是？在美国的话，设计师的设计费要在整个装修费用中占很大比重。"

谷妙语看着孟千影微笑。她知道孟千影这番闲聊一般的话语中其实暗藏着考题——你了解国外装修市场吗？你知道为什么美国的设计费很贵而国内却不这样吗？

谷妙语笑着说："我们都知道，美国其实并没有国内所说的毛坯房，开发商要根据购房者的意愿对房屋进行设计和装修，完成这些之后才能交房，而装修费用会一起算在买房子的房款里。至于装修费用中，美国那边设计费所占比重较大，而我们国内有时会定装修免设计费，那是因为美国购房者对房子装修风格的个性化程度要求比较高，而我们免设计费的装修，往往是标准化的装修模式。如果客户想在标准化装修基础上追求个性化设计，设计费也是要根据客户需求程度进行收取的。"

孟千影点点头："看得出谷总对国外装修情况也很了解。接下来您能给我们介绍一下互联网装修方面的东西吗？所谓互联网装修，到底是个怎样的装修模式。"

谷妙语从容地微笑："其实很多人问过我，到底什么是互联网装修？是在网上做装修吗？可房子是实体的，怎么搬到网上去呢？这时候我会告诉他们，互联网游戏是在网上连网打游戏，但互联网装修可不是把房子搬到网上去装修，这个不管VR还是AR都实现不了，就好像梦里的十万块钱带不到梦外来花，因为这不是同一个维度的事情。"

谷妙语的比喻引出其他人的笑意，气氛变得轻松起来。

"其实互联网装修是把互联网技术渗透到装修过程中，打通装修的整个产业链，让以前不透明的各个环节变得透明，让以前不高效的工期变得高效，让传统装修中的痛点、弊端，在互联网装修中得以改善。"顿了顿，谷妙语决定用实际事例举证她这番话。

"以前在传统装修统治装修界的时期，装修的各个环节是割裂开的，设计是一部分，购买建材是一部分，施工又是一部分。设计的过程中，设计师可以埋下增项的陷阱，购买建材的过程中，设计师可以从建材商那里拿到返点回扣，等施工的时候玩点以次充好的手段，用到的猫腻就更多了。每个环节的割裂和不透明都给客户带来消耗和损失。"谷妙语一边说着，一边看了邵远一眼。这些行业痛点，她都带着他亲身经历过。

她与邵远视线交汇的一瞬，彼此都从对方眼中看到了往事的历历在目。

曾经她因为与这些默认的行业潜规则不为伍、不屈从，而显得格格不入、势单力薄。后来他来了，他懂她，他支持她。他们在酒后豪气干云地约定，以后一定想办法改善这些行业弊病。五年过去，现在她可以微笑地告诉他，五年前那些酒后之言，她做到了。看，时光从不辜负努力的人。

停了一拍，谷妙语继续说："但互联网装修是去中介化、去渠道化的，它是全程透明、全程接受监管的。它能改善传统装修中存在的那些痛点。"

谷妙语的话音落下，立刻有人对她提问。根据刚刚开会前的参会人员介绍，谷妙语记得他是投委会成员中的一个人。

"谷总您好，我和孟总一起从国外回来不久，对国内的装修市场还处在探索阶段。就我现阶段所知，国内互联网装修大都采用的是O2O模式，说白了它其实就是一个平台，在平台上聚集了设计公司、装修公司、建材公司、监理公司等，由客户到平台上根据自己不同阶段的需求选择想要合作的公司。从这点看，它其实并没有打通产业链，每个阶段都需要客户自己去选择合作方。那这和您刚刚说的互联网装修打通产业链是不是有点矛盾？"

谷妙语点点头："您说得很对，O2O模式的互联网装修公司并没有打通产业链，它们只是起到一个中介撮合的作用，协调能力有限，并且不对用户承担主要的装修责任。但O2O平台模式只是互联网装修的一种，除此之外还有一种，叫垂直式互联网装修。所谓垂直模式互联网装修，它是对用户负责一切的一种装修模式，是一种全流程全产业链的一站式服务、一口价服务，它很有效地解决了装修过程中的增项问题，并且从装修设计，到建材选购及运送、工程施工、家居产品配置，再到售后服务，整个过程中，垂直式互联网装修公司会全权对用户负责。"

谷妙语看到提问人听得认真，她笑了笑，继续说："这种垂直式互联网装修模式，一般都采用标准化设计、标准化工艺工序和标准化装修套餐，但在标准化的基础上，也为客户提供个性化的增值服务。我们温暖家就是垂直式的互联网装修公司，2015年我们推出了六百六十六元每平方米的装修套餐，这个装修方案一经推出就备受客户认可，很快市场上就有人开始效仿我们。可以说2015年的时候，我们温暖家的垂直式互联网装修给当时互联网装修的主流模式——O2O模式带去了颠覆般的影响。我相信垂直模式会是未来的行业趋势。现在很多平台式互联网装修公司也都在学我们，他们除了实现他们的平台功能，也在开始着手打通整条产业链。比如某家装网站，除了原来的中介功能，也组建了装修团队，推出了七百九十九元每平方米的整装套餐。"谷妙语声音轻脆，一番话讲得透彻明晰。

孟千影和其他人边听边记下要点。邵远一直目不转睛地看着谷妙语，半点眼神漂移都舍不得，半点她的风采都不忍错过。

刚刚对谷妙语提问的投委会人士马上又提了一个问题："谢谢谷总刚刚的详细解答。我还想再向您请教一下，这两年互联网风生水起，刚刚您也说了，2016、2017两年已经有几十家互联网装修公司得到了融资，这么看这个行业的竞争其实还是很激烈的，那您认为您的公司和其他互联网装修公司相比，竞争优势在哪里呢？"

对于这样直接拍到面门上的问题，尽管没有做过事前的系统准备，谷妙语也一点都不怵。她飞快地整理一下思路后开始回答，脆朗的声音彰显着她的自信，也彰显着从设计师转换为企业领导者后，她身上那种从容果断的非凡气度。那是邵远从没见识过的一种气度。

"2015年被认为是互联网装修元年，那一年装修行业的总体市场规模已经达到4.2万亿元，但互联网装修只占了其中8%的份额。所以面对这么巨大的市场潜力，很多人都蠢蠢欲动，打算到互联网装修领域分一杯羹，说句俗气的比喻，这两年很多互联网装修公司真的就像雨后春笋一样，一个接一个地冒出来，有很多公司很快就得到了资本的青睐，但它们在烧完投资人的钱之后，也很快就走了下坡路甚至倒闭。我没有让温暖家那么快地接受资本，就是想弄清楚这种现象存在的原因。后来我发现，这些迅速冒头、迅速得到投资又迅速陨灭的互联网装修公司，其实是在用投资人的钱卖互联网的噱头，它们的根本目的是尽快占据更多的市场份额提高用户流量，但他们忽略了一点，互联网装修公司，最重要的不是流量，而是用户体验和用户口碑。"

谷妙语喘口气，用目光环视全场。所有人都在认真听她讲。五年前她这个学渣可真不敢想象自己的人生中会有这样一副场面，她坐在一群金融精英面前，对着他们侃侃而谈。

"以用户体验为中心，这是互联网时代最显著的特点。所以相比用户流量，我们公司的根本宗旨是把用户体验和用户口碑放在第一位，拥有良好的用户口碑，这是我们温暖家的核心竞争力。在互联网时代，只有用户体验好了，口碑才会好，而有了好口碑之后自然会有流量。其实为了追求用户流量而忽略用户体验和口碑是一件本末倒置的事，这太急功近利了，反而会适得其反，这样的公司就算投了再多的钱，最终也逃不过走向倒闭。"

谷妙语的话音落下，提问的那人点点头，表示认可她的回答，而后他又针对上面的问题作出补充："如您所说，现在冒出很多挂着互联网装修噱头的公司到市场上搅浑水，捞一票钱就走，搅坏了市场口碑，您觉得这样的现象会不会对互联网装修行业的长远发展造成不利影响？或者说因为这种现象，互联网装修这个概念，还能热多久？"

谷妙语越来越觉得问题在渐渐变得刁钻。这人的问题翻译一下，其实是在问互联网装修这个行业还能走多远，真的值得投资吗？

谷妙语正正神色，说："我觉得当任何一个行业市场前景巨大，大到变成一块大家都想切的蛋糕时，都会有这种搅浑水的现象发生。但这不是一个行业趋于覆灭的过程，相反是一个洗牌的过程，禁不起考验的公司会消亡，存活下来的公司会担负起优化行业的责任。互联网装修行业发展到目前为止，还没有一个行业巨头、一个领头企业存在，但行业在洗牌的过程中会迎来巨变，我相信这个变化一定会缔造出一个领头企业、一个行业表率来，它会成为标杆，在未来引领整个行业良性发展。"

谷妙语的回答让提问人不住点头。孟千影牵回了问话权，她问谷妙语："谷总，假如您得到投资人的投资，您打算用这些钱做什么呢？"

谷妙语蓦地发现，刚刚的问题其实应该是孟千影借投委会成员的口问的。老板总是能通过别人的嘴，问出自己想知道的刁钻问题的答案。

"我打算做四件事。"谷妙语说。"第一件事，把业务布局向三四线城市下沉。"

谷妙语觉得自己骨子里可能有做讲师的潜质，没经过事先准备，她却能在脑子里提取出条理清晰的答案。

"这两年同行们都在一二线城市布局互联网装修，《2016年互联网装修行业白皮书》也显示目前一二线城市是互联网装修的主场。但一二线的市场已经越来越趋近饱和，所以我认为未来的互联网装修市场，将会渐渐向三四线城市下沉。我会这么认为的原因是，现在三四线城市生活水平提高得很快，城市建设的进程也在加快，三四线城市人口对生活品质的要求也在逐步提升，他们购房后对房子的装修事项也越来越上心。从这点来看，谁能尽快布局三四线城市的互联网装修市场，谁就能占据未来更多的市场份额。所以未来我会拿一部分资金出来，把互联网装修渠道向三四线城市下沉。"

"第二件事呢？"那个投委会成员飞快地问。

"第二件事，是在开展了装修业务的城市当地，建立线下体验店。我们是互联网装修企业，想让客户觉得好，真实体验很重要。未来我们会在三四线城市的交通枢纽地带、高档商务区、繁华街区等客流量大的地方，建立线下体验店，我们会结合VR技术，让客户提前到店感受装修后的真实效果。"

提问的那人赞同地点点头，又问："那第三件事呢？"

谷妙语笑起来，一种淡淡的成就感油然而生。对方在等她的回答，等得似乎有那么一点迫不及待。

"第三件事，我要用一部分资金去做仓储物流系统。大家都知道，装修离不了各种建材，但单独运送这些材料，成本很高。所以我打算自建仓储物流系统，减低这部分成本。"

"至于最后一件事，"谷妙语放慢语速，也稍稍加重了些语气，"也是最重要的一件事，我会把更多比重的资金，用在开发智能化装修上。"她顿一顿，用停顿的空当再次引起听众们的注意力。"如果说2015年，互联网是推进装修界快速发展的一阵东风，那到了如今的2017年，这阵东风就该换成人工智能了。"谷妙语环视全场，声音朗朗，"我在启蒙我商业思维的那个优盘中，看到过这样一句话——任何企业要想发展，都需要求变。互联网装修也是这样。这两年人工智能大爆，装修行业光有互联网技术已经远远不够，还得结合智能技术才行。装修界的人工智能技术应用很广，包括智能家居、智能办公系统、智能体验馆等。尤其智能家居，它除了人工智能技术还结合了物联网技术，智慧城市、智能生活一定是未来的发展趋势，所以我会大力布局这方面的产业。未来谁占据了更多的装修市场份额，谁就占据了智能家居的家庭入口优势。"

谷妙语一席话说完，会议室里一时安静无声。但这种安静下，镇着的是在思考中沸腾的各人心绪。大家在品味着谷妙语的话，越品越觉得认同。谷妙语也在品味着每个人的反应，他们神情里流露出的认同叫她有了一种莫名的满足感。

视线流过邵远的脸上。他表情内敛，眼神却泄露了某种激烈的情绪。他好像很骄傲，为她骄傲。好像她在全无准备之下，能有今天这番的流利应答，足以证明她的实力，足以展示她的出众。他为她的能力出众与有荣焉，激动骄傲。

谷妙语强制自己从邵远那里移开视线。他那样热烈的眼神，她几乎不敢承受。

眼神移开后，她听到邵远出了声。她听出他声音里带着一丝哑。人在激动时，往往为了掩饰激动，反而会把声带板出一种发紧的哑。

"谷总刚刚说，行业在洗牌的过程中会迎来巨变，在这个变化中会缔造出一个领头企业、一个行业表率。你觉得温暖家会成为这个领头企业和行业表率吗？"

谷妙语回味了一下这个问题，蓦地笑了："从前我想都没想过自己开公司的事情。直至我得到一个优盘，从中了解了这方面的事情。托那个优盘的福，后来我居然真的把公司开起来了，并且似乎把它经营得还不错。"她说到这儿看了下邵远。邵远正一眨不眨地看着她，听她说。他的目光如水、温存而绵延地向她淹没过来。

她浸润在他的目光中，徐徐地说："在今天之前，我也没敢想过成为行业表率的事情。但今天和诸位聊着聊着，我觉得我们温暖家也不是没有这个潜力的。"她顿一顿，又笑了一下，继续说，"是的，我希望我们温暖家未来能成为领军企业和行业表率。"

邵远看着她，长长地看着，久久的一眼。

"你会的，一定会。"他说。

第二十六章

爱你和咳嗽

　　这场面试般的会议，对谷妙语来说开始得出其不意，对面试官们来说结束得颇为快心遂意。

　　孟千影在会议结束前对谷妙语说："我们做金融的几乎天天开会，而且往往一场会一开就是几个小时，但结束时又会发现这几个小时里聊得其实都是些虚的，像今天这样每句话都带着信息的高质量会议，真是开得我们酣畅淋漓。谢谢谷总给我们带来一场含金量这么高的会议！"

　　谷妙语接住这顶高帽子，连忙礼尚往来地又送回去一顶。

　　"其实我之前也和不少投资人打过照面，很多投资人跟我聊的都是公司利润、营业收入、未来打算在新三板挂牌还是在A股上市，一场天聊下来的感觉很压抑，似乎只要我接受他们的投资，从此以后就要以把他们的投资款尽快赚回翻倍利润为第一要务，而公司的长远发展反而变成是次要的了。所以能遇到像孟总这样，"谷妙语说到这儿，看着孟千影落落大方地笑，"愿意从最基本的层面仔细了解我们这个行业、我们的业务模式和未来发展的投资人，是我们这个行业的福气。"

她礼尚往来送出的这顶高帽子，孟千影显然很受用。

谷妙语的视线瞥过邵远，他的眼神中有点意外和激赏。谷妙语猜想，他一定是没想到多年后的自己也可以变得世故一些，也可以讲一些商场上不失真诚的场面话。

这能力是他启蒙她的，在他二十二岁、她二十五岁那一年。

会议室又响起孟千影的声音，她语调愉悦地做着这场会议的总结词。

"今天和谷总开的这场会，让我们受益匪浅，我们跟着谷总领略到不少行业的新东西。其实刚刚听谷总介绍行业未来的时候，我是听得有点热血沸腾的。我想在座的其他人一定也都和我有一样的感受。"

谷妙语一边微笑一边静静听着，听二十七岁的孟千影说出比她年龄老道了许多的场面话。有超脱自己年龄的智慧和气场的人，都是厉害角色。她想这女孩确实厉害。看看她，再看看邵远，她莫名地想，"般配"两个字，不外如是。

"谷总。"孟千影唤回她的注意力，"说实话，对这个几万亿规模的装修市场，我们是很感兴趣的，所以投资一家优秀的装修公司也是我们几个海归投资人今年的一项投资目标，为国内企业的发展提供助力，是我们这些海归回国做金融的初衷。通过今天和您的交流，我想我们找到最值得投资的那家互联网装修公司了。"孟千影看着谷妙语，表情坚定，眼神果断。"我们对温暖家有很强烈的投资意向，所以请问谷总，您愿意接受我们的投资吗？"

谷妙语觉得这其实是她意料之中的结果。可当这意料中的结果被人从想象中用声音播报出来，还是对她的感官造成了一点冲击力。她和她的温暖家在被人掷地有声地认可着，这种认可充满了真实感。

她不敢去看邵远，他的表情和眼神中一定充满期待，而她恐怕要辜负他的期待。

"谢谢孟总和各位的认可，但我恐怕不能现在就给出答复，毕竟除了我，公司还有三位股东，我需要回去和他们商量一下再做决定。"

这是一个非常冠冕堂皇的理由，这个理由足以遮掩她放在心底的真正纠结。

如果她接受了邵远的投资，董兰会认为她在攀附她儿子，进一步说就是在攀附董兰和邵海波的家世。可仔细想，邵远的事业和董兰没有任何关系，她就算真的接受邵远的投资，实际上也和攀附董兰家的家世没有任何关系。究竟该怎样考量，她还要回去细细想一下，所以当下只能抬出一个冠冕堂皇的理由来缓兵。

孟千影连忙说表示理解，会等待后续谷总的答复，希望是可以达成合作的佳音。

谷妙语笑着说谢谢孟总抬爱，礼貌客气地起身告辞。

邵远忽然说："我来送送谷总。"

已经站起来一半的孟千影停顿了一下，而后站直，走向谷妙语和她握握手，说："既然邵总送您，我就不跟您客气了，我正好回办公室整理一下今天开会的内容！"

谷妙语握着那只软嫩的手，说了声再见。

邵远引着她走到电梯前，按了下行键。

电梯从一楼上来，一层一停地慢。谷妙语对邵远说："别送了，回去忙吧。"

她省略了主语，因为一刹那间她有点混乱，写字楼的职场氛围让她在一瞬间不知道该顺应刚才开会的气氛称他为"您"，还是从故人的角度对他说"你"。

邵远向她站近一步："我不忙。"

电梯到了，他跟着谷妙语一起走进去。

谷妙语第一次觉得只有两个人的电梯是如此空阔，空阔到不说点什么，人会马上尴尬致死。

"是照顾我吗？"她对着电梯镜面的墙壁，从里面问着身边身姿笔挺的帅气男子。

"什么？"带着金丝边眼镜的帅气男子，从镜子里看镜像的她，变成扭头看真实的她。

谷妙语也扭头，对上他的视线。金丝边眼镜像个扩散器，把他两道如水的眼神扩散成绵延一片的汪洋。谷妙语心头一跳。真要命，有的人连眼神都是杀伤性武器。

"你的合伙人说想投资温暖家，这是你想给我送钱照顾我吗？"

邵远立马摇头："不。"他很肯定地说，"是你靠自己的实力赢得的这个结果。"

电梯到了一层。邵远和谷妙语一起走出去。邵远把步子迈大了半步，跨在谷妙语之前，挡住她移往旋转门的路。

"如果我说，我已经想到你会有这方面的顾虑，也懂你这顾虑背后的真正纠结，而我对此已经做好了解决对策，你信吗？"邵远微低着头，一眨不眨地看着谷妙语的眼睛。

谷妙语点点头："我信。"以前他的心就是七窍的，现在恐怕早就变成了七十七窍。

"那你准备了什么对策？"她对他笑了一下，问。

邵远迎着那一笑，眼神都发了光。

"为了打消你的顾虑，我会操盘你的投资事宜，但我自己不会出钱，我让别人来投资你，而且是抢着投资你，这样足以证明不是我照顾你，你是靠自己的实力吸引了投资人。你看这样可以吗？"

谷妙语笑着沉吟了一下，回答他："我考虑考虑。"

邵远的手机响起来。他接通。谷妙语隐隐听到是他助理有事找他。

等邵远收了线，谷妙语笑着对他说："你忙吧，我先走了，我尽快考虑好回答你。"她说完抬步要走，邵远连忙又迈大半步挡在她面前。

"妙语。"他叫了她一声，声音里有一丝迫切，想要表达什么情绪的迫切。这一声叫停了谷妙语的脚步。她定在那儿，等着听邵远将要说的话。

他忽然抬手捏住镜片上下的金丝边框，把眼镜摘了下来。他毫无征兆地向她踏近一步，低头看她。他的长睫毛轻轻向下一扫，像能带动出一阵蛊惑人心的风。他盯住她的脸。

他眼中的她，还像个小姑娘一样，皮肤细腻得没有一丝毛孔，禁得住任何近距离的凝视。

谷妙语被邵远这突来的逼近弄得一愣，她下意识地抬头，视线向上扬，和他一下子凝望在一起。他帅气逼人的面孔，与她的脸颊一下变得咫尺般近。从前青涩的朝气如今蜕变为成熟后的魅力。谷妙语的心漏跳了一拍。曾几何时，她似乎也这样被他撩拨过。

那一次她无动于衷，这一次她却拔腿想逃。

"妙语啊。"他又叫她一次。

"什么？"她力求镇定地问。

他低头凝望她，喉结在他的衬衫领口上方浮动，把有点哑有点动情的声音浮动出了喉咙。

"Cough cannot be hid."

"什么？"她又重复了这两个字。

邵远没有解释他那句英文到底是在表达什么意思，他继续说："出国之前，我对你说我会守护好我们的五年之约。我不知道你是不是也记得那个约定，但它在我心里一直都是算数的，这个约定，几年里我一刻都不敢忘。"

谷妙语的心通通地跳着。当年他离开前问她还记得那个约定吗，她说不记得了。其实她何尝忘记过一刻。

那次他们喝着酒说，五年后，他爬到资本圈的金字塔尖，到那时他帮她成为行业先锋。

"现在我回来了，我可以操盘几亿几十亿的资金投进投出。你也把公司开起来了，并且一直身体力行地改善着这个行业的弊病。"他看着她的眼睛，用他如水的眼神再一次淹没她，"我觉得我们谁都没有辜负这五年。而我，也不会辜负你。"

谷妙语回神的时候才发现自己已经坐在办公室。

邵远那句带着一丝哑的"我也不会辜负你"，像句洗脑的魔音，灌在她耳朵里响了回程的一整路。她猛地拍拍脸。她可真没出息，让小了自己三岁的男人撩拨成这样。

回了神，她立马开始办正事。她把秘书许珊叫进办公室，问她："骆总、李总、潘总，他们都在公司吗？"

许珊马上出去核实，又马上回来，说："骆总、李总在，潘总在一个金融机构的公装现场，最快半小时后回来。"

谷妙语点点头，吩咐道："去通知你的股东大人们，半小时后开会。"

许珊立刻领命往门口走，出门前谷妙语叫住她，突然问了句："Cough cannot be hid，这句话什么意思？"

许珊英语很好，这是谷妙语招她做秘书的重要原因。在和国外客户开会的时候，许珊的英文很能打。

"咳嗽是藏不住的。"许珊站在门口回答谷妙语。

"字面翻译我知道。"谷妙语说，"我是问它有什么其他寓意吗？"

许珊转着眼珠想了想，说："英文中有句谚语，叫'Love and a cough cannot be hid'，意思是爱你和咳嗽一样，都是藏不住的。"

谷妙语微怔在那儿。

半小时后，谷妙语和骆峰、李跃、潘俊年坐在了会议室里。

谷妙语开门见山地和另外三个人说了有关投资方面的事情。

"有家投资机构对我们温暖家有投资意向，大家都是温暖家的股东，是否接受投资，我想征求你们的意见之后再做决定。"她顿了顿，看了眼潘俊年，做了一句补充，"这家投资机构就是俊年你正在装修的那家。"

潘俊年"啊"了一声，又"哦"了一下，有点意外的样子，又马上觉得其实也没什么好意外的。他在"啊"和"哦"之后，第一个发表看法："因为隽岩资本装修办公室的事情，我和妙语一起去见了两次对方的管理层，接触下来我觉得他们都还不错，如果是他们来投资我们温暖家，我没意见。但最终接受还是不接受，由妙语你决定就好。"

谷妙语笑一笑，转头问李跃："你呢，你是什么想法？"

李跃想了想说："姐，资方给我们投完钱之后，会干涉我们的管理吗？如果适当干涉我还可以接受，但要是什么都得听他们的，我就不太接受了。你知道，我能带着销售部干成今天这样，都是你肯给我足够的发挥空间，任我试错。"

谷妙语点点头。她能给李跃足够的发挥空间试错，是因为她明白试错的过程其实也是试对的过程，但资方未必有耐心让拿了他们钱的人从试错中试对。

"我想只要我们几个人的股份加在一起达到绝对控股比例，对温暖家的掌控权就会在我们手里。不过这个问题确实很重要，我会和隽岩资本方面再确定一下，让他们明白投资前提是他们可以指导我们，但不能干扰我们运营。"

潘俊年和李跃的意见已经征询完毕，一个同意，一个有条件的同意。谷妙语把视线挪向骆峰。

"师傅，你是第二大股东，你觉得呢，我们要不要接受投资？"

骆峰靠在椅背上，脸上的神情淡淡的，反应有一秒钟的延时，好像刚刚正在神游，却突然被谷妙语一句话拽回现实。

"徒弟，你看着办吧。"骆峰淡淡开口，"我只会画设计图，公司运营方面的事，你拿主意就好。你每次拿的主意都不会错。这几年公司能做大，都是你拿对了主意。"

他从椅背上直起身，敲了两下桌面，分别是冲着潘俊年和李跃敲的。

"你俩，也别发表什么意见了，都听妙语的。"说完他起了身，"我还有张图得赶，先出去了。"

骆峰率先离开会议室。大家已经习惯了他的特立独行，没把他的先行离开放在心上。

李跃只是忍不住对着打开又关上的会议室门咂舌感叹了一句："姐，骆头儿还真是护徒狂魔，我要是第一天认识他，准保以为他刚刚是在针对我！"

谷妙语笑起来。

潘俊年也看看门口，扭头问李跃："你觉不觉得骆头儿今天有点不太开心？"

李跃哈哈一笑："我五年前在嘉乐远第一次见到骆头儿，就没觉得他开心过。"

谷妙语却对这话走了心。她也觉得骆峰有点不太对劲，他从来没在开会的时候神游过。

散会后谷妙语单独去找了骆峰，试探地问："师傅，你是不是不想接受隽岩资本的投资？是不是担心我们以后会受制于人？"

骆峰从设计图前抬起头，对谷妙语说："我不担心你受制于人，我只是担心你受制于投资你的人的妈。不过不要紧，你是个心里有大主意的人，你能把握好一切的。徒弟，你就记着一件事就行了，不管做什么决策，别让自己受委屈。"

谷妙语心头一片感动。

回到办公室，谷妙语又陷入纠结之中。其他股东的意见说到底就是没意见，她想分担出去的决定权最终还是落回到她的肩头。开会之前她想的是，假如不同意投资的人超过两个，她也就不用纠结烦恼了。可眼下，大家全表示听她的。那到底是该接受还是放弃呢？

办公桌上的手机响起来，谷妙语看着来电显示，发现是老客户冯先生。

当年接冯先生的单时，她还在砺行，还在因为不吃回扣显得格格不入而受着排挤。冯先生的房子是小高层里的一套高档住宅，当时高档住宅的业主还不是砺行的主攻客户，是她自己私下大胆决定闯一闯，决定去攻一攻中产客户。冯先生是她攻下的第一单中产客户，这一单对她来说具有非凡意义，它让她知道了自己的能力是可以驾驭和实现她的梦想的。

谈下冯先生的单后，冯先生对她的设计非常满意，预言她五年后一定身价倍涨不同凡响。她那时跟冯先生做了约定，假如冯先生五年后再买房子，不管她到时是怎样的身价，她都会免费给他做设计。

现在冯先生打电话告诉她："谷设计师，不，应该叫你谷总了，我又买了套房子，这回是栋别墅，在北五环，不知道现在还请不请得动你来帮我做设计？"

谷妙语笑了："当然，您还记得我们的约定，这是我的荣幸，我一定不遗余力。"

冯先生也笑了："你放心，我知道你现在的身价，一般的小装修项目你都不出手了，接我这一单是谷总赏脸，我不会真的免你设计费的。"

谷妙语却坚持："不，五年前我们就约好的，您这一单，我亲自设计，分文不取。"

谷妙语放下电话后，第一次觉得时间这东西是有一点美妙的，虽然它会催老人的容颜，可也会在过去与现在之间，对照出人生的一些美好，一些过去的约定如今被实现了的美好。

第二天上午，谷妙语亲自去冯先生的别墅看了房子。怕路上堵车，她打车去的。

冯先生别墅的地点巧得很，在北五环，和谷妙语当年逆袭了涂晓蓉的那几单装修所在的小区挨着。赶去目的地的路上谷妙语还在想，她和北五环还真是有点缘分。

看完房子做完测量，和冯先生又聊了一会儿，差不多已经是午饭的时间。冯先生要请谷妙语吃午饭，谷妙语婉转地拒绝了。

自从开了公司，谷妙语越发觉得能一个人吃饭是种福气，与人应酬时，一起吃饭不是消遣，而是负担。脑子里要不停地想着社交辞令与人寒暄周旋，这样一顿饭吃下来，往往连吃了什么都不记得，更别说饭的味道是不是鲜美。

从冯先生的别墅离开，谷妙语没有立刻打车。她沿着街边慢慢走着，脚下是熟悉又陌生的街道，新起的楼盘是城市的年轮。

当年她在这里发过传单，和邵远一起。

胃里有了饥饿感，原来回忆往事这样耗神。谷妙语沿街走着，边走边观望着街边的餐馆饭铺。她居然看到了以前吃过的那家黄焖鸡米饭小铺。这么多年，想不到它居然还在，连门脸都和以前一样没有变。

她向着黄焖鸡米饭小铺走过去。临近窗口时，她蓦地站住。

落地窗被擦得干干净净，透明玻璃后面靠门的餐桌前，正坐着一个人。他低着头慢慢吃着鸡米饭，吃得一派孤零零。

似乎察觉到有人在看他，他也转头看向了窗外，而后他定在那儿，愣在那儿。

谷妙语和邵远两个人，一个在里面，一个在外面，隔着透明的玻璃窗，互相无声凝望。时光仿佛在飞快倒退，退回到五年前的一天，他们在这里一起吃饭的那一天。

愣了半晌，邵远猛地站起来，动作太剧烈，带得椅子向后擦着地皮发出可以刺穿窗玻璃的声音。他绕过桌子，绕到门口，站在门边，对她招手，招得几乎有一丝慌张："这里有位置，一起吃吧！"

谷妙语看着他。五年的时光呼啸而过。可这一刻，一切却好像还是从前的样子。那个讨人嫌的小子，扒着门框告诉她，这里有位置，一起吃吧。

谷妙语跟着邵远走进鸡米饭的小店，和他面对面坐下。

"真巧。"她说。

她的饭很快端上来。

"不算巧。"邵远说。

她掰着方便筷子的动作停了停。

邵远说："我特意过来的。回国以后食欲不是很好，不太想吃东西，偏偏只有这个我吃得下去，所有最近我每天中午都过来。"

谷妙语皱了下眉，又松开。金融街到北五环，每天中午，只为吃一顿黄焖鸡米饭。

"食欲不好，去看看中医吧，调理一下。"她掰开筷子说。

邵远摇头说没关系，而后推推眼镜，小心又试探地问："投资的事情，你考虑得怎么样了？"

谷妙语朝着骨碟吐出一块鸡骨头，笑着说："其实想投资我的人很多，所以你告诉我，你在这些人中间有什么竞争优势？"

之前他们的人像面试似的让她说温暖家的竞争优势，现在轮到她来问他了。

邵远放下筷子，扶扶眼镜，字字清晰地说："我会给你最大的空间和自由度，不会干涉你的管理和运营。但如果是其他投资人的话，因为出了钱，难免对你的经营指手画脚。"

听了他这番话，谷妙语的心咚地一跳，跳出了个一锤定音的节拍。

"明天你有空吗？有空的话，我到你们那里，我们仔细谈一谈吧。"

谷妙语第二天又到了隽岩资本临时的办公地点。邵远亲自从一楼大厅门口把她迎进了他的办公室。

来时的路上谷妙语还在担心，万一邵远又撩拨她怎么办，万一她挺不住怎么办。但见了面她的顾虑消失了。邵远和她谈公事的时候，一点都不撩她，很有职业态度，很专业地公事公办。这反而让她放了心，她最怕私事公事纠缠说不清。

他们进屋后，很快孟千影也过来了，三个人立时开起会。

他们首先针对给温暖家引入怎样的投资人展开讨论。

孟千影告诉谷妙语："邵远和我说，投资温暖家就不用隽岩资本的自有资金了，由我们来做管理人进行操盘，为您引入资源更丰富、资金也更充沛的优质投资人，这样更能有利于温暖家的发展。"

谷妙语看了看邵远。他果然言出必行，不用他的钱投她。

邵远也跟着开了口，开始步入正题："我们都知道，装修是房地产的下游产业，人得先有了房子，而后才能有装修的行为。所以装修产业其实和房地产息息相关。妙……请问谷总，你对未来房地产的发展有什么看法和了解吗？"

谷妙语看到孟千影也在等她的回答。这好像又是一道考题，不过好在她平时对基础知识掌握得还算扎实，这样的考题还难不住她。

她看看孟千影，又看看邵远，回答说："我有研究过这两年社科院发布的房地产蓝皮书，数据表明新建商品房的发展速度在逐渐减慢，现在房地产市场在渐渐进入存量房时代。过去老百姓都是一门心思奔着买房使劲，但这几年房价越来越贵，很多人买不起房子，就只能租房子。2016年也就是去年，全国大概有一亿人是通过租房解决了居住的问题。所以未来的房地产行业，应该是存量房占据主导，市场也会从买房为主，渐渐变成买房和租房并重。"

谷妙语的话音一落，邵远和孟千影一起点点头。

或许因为她的回答对上了邵远想要的路数，他好像有一点兴奋。他扶扶眼镜镜框，稳住那点兴奋的情绪，接下谷妙语的话说："没错，我们也仔细调研了一下，根据政策调整和调控，这两年国内房地产市场正在从增量时代过渡向存量时代，以后的房地产市场，新房售卖的比重会逐渐减少，存量房的交易比重会越来越大，比如二手房交易、长租房和整租公寓等。而这些交易，有一个共同的特点，它们都离不开房产经纪。"邵远顿了顿，看向谷妙语。

谷妙语知道，后面的话将会是重点。她全神聆听。

"所以如果有一家大的房产经纪公司投资温暖家，那就相当于温暖家直接对接了房产经纪公司的二手房存量资源，那么未来这些房子的装修，就都可以对接到温暖家来做了。"

谷妙语听得心口咚咚跳。是啊，这绝对是一招好部署。

"而'欢乐住'，"邵远又开了口，"是国内目前发展势头最好的房产经纪公司，所以我们考虑，把欢乐住引为温暖家的投资人。据我们所知，欢乐住也很想布局装修产业，所以这其实是温暖家和欢乐住一拍即合的双赢机会。"

谷妙语被这个想法鼓动得有点兴奋，但她心头也存着疑虑："这个想法是很妙，可欢乐住和我们无缘无故的，它会投资温暖家吗？"

孟千影笑了："你们和它无缘无故，但我不是。"她看着谷妙语说，"欢乐住的董事长正好是我舅舅。"

在孟千影说出欢乐住的董事长吕迎松是她亲舅舅那一刻，谷妙语再一次体会到人生的奇妙性。有本事的人周围，都是有本事的人。有本事的人互相之间要么是世交要么是亲戚。这些人是一个圈子，他们只跟圈子里的人玩。外人想要挤进这个圈子，得把自己修炼得极致强大才有可能。

她知道自己现在虽然比较强大，但还没有强大到能挤进吕迎松的圈子。如果不是孟千影——不，从源头说起来，应该是邵远——如果不是邵远，她想走到吕迎松面前，向他询问要不要投资她的温暖家，这得是一件需要很多中间过程、相当麻烦的事。可孟千影带给她捷径，因为她所不能比的家族家世。

她第一次觉得，董兰的门第观念也不是不可原谅。邵远找这样家族里带着巨大资源的女孩子做伴侣，倒的确要比找她这样白手起家的草根对未来的事业更有帮助。谷妙语忽然发现自己心里有一点不是滋味。这种滋味好像微微有点酸，也有点颓。她马上在心中敲醒自己。

除了没有豪门舅舅，她并不比别人差，她能一手一脚把温暖家做起来，她也很棒。她是没有家世，但她可以通过好好干给她的下一代创造出个家世来。

她记得前几年有个女明星说过一句话：我不嫁豪门，我自己就是豪门。她想这句话对她也适用。这句话对每一个努力奋进的女孩子都适用。

谷妙语在心里咂摸着这句话，看着无论从样貌、年龄、学识还是家世，都很登对的邵远和孟千影，心绪似乎渐渐平静下来。

在孟千影的引荐下，第二天下午三点钟，谷妙语得到了和吕迎松会面的机会。

邵远和孟千影陪她同行。

她之前在公众号的新闻里看到过吕迎松的照片，他在一次峰会上发言的样子被定格在那篇新闻稿中。照片上的吕迎松，双目炯炯，眼神中的犀利光芒丝毫不受平面维度的限制。

见到吕迎松本人，谷妙语在真实世界里切身感受了一次他目光的穿透力。这是一个精明而不好糊弄的人，他应该从来不做亏本买卖，哪怕这买卖是他亲外甥女强烈推介的。

谷妙语感受到了想拉他做自己的投资人，似乎不是一件容易事。

吕迎松在开会前做了一个看表的动作。谷妙语知道，他是在用肢体语言告诉她和邵远还有孟千影，他的时间有限，有什么事你们尽快说明白。

孟千影做了开场白："舅舅，您最近对家装行业的优质公司很感兴趣对吧？"

吕迎松笑一笑，目光炯炯地打太极："你舅舅对其他产业的优质公司也很感兴趣。"

孟千影见招拆招："知道您盘子铺得大。对了舅舅，给您介绍一下，这位就是我昨天在电话里跟您说的，温暖家的老板，谷妙语。温暖家可是非常优质非常有发展前景的互联网装修公司。"

吕迎松打量了一下谷妙语，笑着说："谷总在装修界年轻有为。我外甥女和邵远在金融界也年轻有为。说起我这个外甥女啊，以前总爱吟诗作对，十足十一个文艺女青年，我一度以为她要走上文学道路呢，没想到研究生转专业读了金融，毕业之后还在金融圈干得风生水起。现在有本事的都是你们这些年轻人，我这把老骨头，快被你们拍在沙滩上了。"

他还是打着太极，让话题在边缘游走，不切入中心。

谷妙语有点怀疑，依着吕迎松的态度，他是不是并不想投资她，只是碍于外甥女的面子才见了他们。

吕迎松的手机忽然响起来，他说声抱歉："这是一通不能不接的电话，我失陪一下。"他拿着电话进了和他办公室相连的套间去接。

孟千影趁机去了洗手间。

谷妙语连忙抓住只有两个人的机会问邵远："孟总的舅舅，是不是不想投资温暖家？他的态度很游离主题啊。"

邵远上半身向她倾近，压低声音在她耳边说话。他的声音又沙又磁，那是一种会让听话人稍有不慎就会走神的声音。

谷妙语镇住自己的神经末梢不走神，听到邵远说："恰恰相反，看到他是这个态度，我心里反而有底了。"

谷妙语转头看他。他的上半身还没有收回去，离她无比近，她一转过头，正好跟他眼观眼，鼻对鼻。还好她转头后没说话，否则唇一动，恐怕就要变成嘴对嘴了。

谷妙语赶紧后撤，用眼神询问邵远：为什么这么说？

门口有响动，孟千影上完洗手间进来，另一边吕迎松打完电话也回来了。

邵远对她无声挑眉：你自己想想看。

大家各归各位继续开会。

谷妙语眼观鼻鼻观心迅速想了一下，明白了邵远的笃定来自哪里。如果吕迎松对温暖家一点兴趣都没有，他就不会在百忙中安排这次会面。如果他真的一点投资意向都没有，刚刚他就可以借着那不得不接的电话直接告辞，毫无必要接完电话还要再赶回来把会谈继续下去。而他之所以是一副游离主题打太极的态度，不过是一种谈判手段。买家告诉卖家，你卖的东西我其实不是很感兴趣，这样买家才好压卖家的价钱。

想明白的谷妙语扭头看了邵远一眼。她和他比，还是差了一大截。他瞬间就能反应明白的事，她还要再多反应一下子。

耳边听到吕迎松开口对自己说话，谷妙语连忙集中注意力全神应对。

吕迎松在问她互联网装修方面的事情，以及温暖家的基本情况。她把那天对孟千影他们讲过的东西，又更精确更简练地讲了一遍。吕迎松起初听时还一副只是听听的样子，但听到后面已经走了心。他时不时地插一两句话，有时是装修方面的，有时又是房产经纪业务方面的，问题穿插得好似随机，但谷妙语知道他其实是在用随机的方式考验她在各个领域的本事。

但很幸运，他问的问题，她都知道。

聊着聊着，吕迎松问："你刚刚讲到人工智能技术以后会在越来越多的方面运用到装修中，给我具体讲讲这个。"

谷妙语说："比如设计方面……"

吕迎松笑着打断她："设计方面结合大数据和人工智能为客户提供符合其喜好的方案，这个就不用讲了，已经有很多人在说了，不算新鲜，还有没有其他更新颖的智能技术的应用？"

吕迎松的话音一落，谷妙语感受到身旁的邵远呼吸似乎一紧。她知道他在替自己担心，担心她应对不上这么难缠刁钻的吕迎松。他在给她暗示，假如招架不住，就给他一个信号，他来想办法帮她圆难题。

谷妙语在桌下用脚尖轻轻点了两下地面，告诉邵远：没事。

而后她落落大方地一笑，对吕迎松说："那我就再说点别的应用。除了设计阶段，智能技术也可以用在量房阶段，比如业内有公司正在打造一款智能量房软件，以后我们的设计师到客户家里量房，量完当场就可以根据客户的需求在笔记本电脑或者平板电脑上生成立体效果图。再比如我们的门店内会安装WiFi接入点和摄像头，我们不必人工询问每一个进店的客户喜欢什么样的装修风格，喜欢哪种款式功能的家居家具，我们可以通过摄像头和人工智能技术，记录客户在哪种装修风格的样板间停留时间更长，甚至未来可以开发情绪识别功能，扫描识别客户看到某款装修风格或家具家居的时候情绪有所变动。这样当客户转完样板间之后，我们也通过智能技术计算出客户喜欢的装修风格、家具家居的款式，再根据客户房子的户型面积，自动生成几款全屋设计及相应报价，供客户参考，这样会大大提高我们的签单率。"

吕迎松听得蛮感兴趣："听起来有点意思，年轻人的想法就是新鲜。"他话锋一转，忽然说，"聊了半天了，我知道你们今天来，是想让我投资你们说的温暖家。但想让我出钱投资，你们得给我一个值得我投资的理由。"

"这个问题我来回答吧。"邵远赶在谷妙语开口前，做出抢答举措。

吕迎松点点头，表示谁回答都行，谁回答都不重要，回答能打动他比较重要。

邵远扶扶眼镜，笑着对吕迎松说："吕总，其实值得您投资的理由我可以讲出很多，但您的时间宝贵，我就捡最重要的两点说吧。首先谷总的温暖家是互联网装修行业的翘楚,她的公司里负责每一部分工作的人都是该领域最顶尖的人才,也是公司的股东,所以公司除了实力强,凝聚力更强。然后……"他顿了顿,继续说,"我知道您的欢乐住未来几年的发展重点,除了房产中介,还有长租公寓。长租公寓投放市场前需要装修,拿给别的装修公司去做,等于白送利润给别人,太可惜了,不如拿给自己的公司做。所以出于这一点,您应该投资一家有自己股权的优质装修公司,这样除了从长租公寓租金中赚到利润,您还能从自己所投的装修公司中再赚一部分利润,并且同时打通了房产经纪行业和装修行业上下游产业的产业链,这对您未来运作上市都会是个很好的卖点。"

吕迎松点点头:"你刚刚说对了一句话,我时间宝贵。"

他这句话吊起谷妙语的一口气在她喉咙口。

"所以我就长话短说,邵远,千影,你们派人到谷总的公司去做个尽调吧,然后把尽调报告和公司估值都拿给我看看。"

谷妙语吊在喉咙的那口气,被她徐徐地吐了出来。谈到估值,这次投资,看来还是有点戏的。

从吕迎松的公司出来,北京城已经陷入轰轰烈烈的晚高峰时刻。孟千影要开车先回趟公司,她走前问谷妙语,要不要捎她一段。

谷妙语连忙说不用麻烦,她也开了车。

孟千影又问邵远:"你那车今天限号吧?要不要坐我的车走?"

邵远简短地说:"不用了。"随后他马上对孟千影说,"明天早点到公司,我们落实一下尽调的事情。"

孟千影笑着说:"知道了。"她扭头对谷妙语说:"谷总您看看,我们邵远对您这个项目多上心。"说完她开车走了。

她车子的尾气都要散光了,谷妙语的状态还有点神游。她满耳朵都是孟千影刚刚说的"我们邵远"四个字。

她神游地和邵远说再见,神游地找到自己的车,神游地上车,打火。

副驾的门突然被人拉开。刚刚说了再见的邵远没有和她再见,他直接坐上了她的车。

谷妙语扭头，瞪着眼看向邵远。她耳朵里仿佛还响着"我们邵远"四个字。

她问邵远："你上来干吗？"说完她发现自己的语气有点没好气。

邵远好脾气地回答她："我限号，你捎我一段路吧。"

谷妙语看着他满眼期盼地看着自己，长长的睫毛在期盼中轻微地抖了两下，她在心里叹口气。

"在哪儿把你放下？"这句话一出口，她发现自己还是没什么好气。

"我们邵远"的劲在她心里居然还没过去。

邵远依然好脾气地回答："把我捎到任炎师兄家楼下，可以吗？我想去瞧瞧喵喵。"

谷妙语一脚油门踩下去，把车开上了去任炎家的路。

车子上了主路之后，邵远有点感慨："我离开前你还不会开车呢，现在已经开得这么好了。"

谷妙语呵呵笑了一下："你离开的时候我还有眼不识辉腾呢，现在想买也买得起了。"这句话她是笑着说的，说完她发现自己的语气还是不正常。

她能感觉到邵远在扭头看她。

"你怎么了？是不是在生气？"邵远问。

谷妙语使劲一咧嘴，咧到从侧面看也能看到嘴角翘得很高。

"没有。"

"是不是我说错什么话了？"

"你没有。"

"那是不是孟千影说错什么话了？"

"没有，她那么会说话，怎么会说错话。"谷妙语继续否认。

"那你为什么生气？"

"我没生气！"谷妙语稍稍大了点声。前面十字路口在闪黄灯，她脚下踩了脚油，想在变红灯之前冲过去算了。

"孟千影已经结婚了。"

交通灯变成了红色。谷妙语狠狠踩了一脚刹车，总算及时停稳在白线后。她和邵远都在惯力作用下前倾了一下。

停稳后她扭头看了眼邵远，说："今天和吕迎松谈得还挺顺利，这都得益于孟总了。"

邵远也扭头看她，而后对她一笑，笑得眼都弯了："你语气变得好多了。"

绿灯亮了，谷妙语一脚油把车子踩了出去。起步的惯力把她往座椅背上顶，也让她的脑子在一瞬间逃离"我们邵远"的魔咒声，她的思路重新变得清醒明晰起来。

她忽然有点不甘。她已经三十岁了，怎么还会被一个小自己三岁的男人抓住情绪看得精透。这几年身边人总说她变化大，说她变得越发情绪内敛喜怒不形于色，可把这些变化拿到邵远面前，居然可以毫不费力地被清零。原来这世上真的有克星这回事。

耳边听到邵远又说起了话，谷妙语让自己边听边把情绪沉静下来。

"孟千影和我同年读的研究生，研究生刚毕业她就嫁人了，嫁的是我在国外读研时的室友，说起来，我是媒人。"

听到这里谷妙语一个恍然，难怪孟千影会说"我们邵远"。

"她无论家世能力还是外形，都是无可挑剔。而你们居然没有再续前缘，甚至你还给她做了个媒。"知道孟千影已经嫁了人，谷妙语问出这句话的时候居然意外的语气轻松。

邵远摇头笑一笑，透过挡风玻璃目视前方。

"我现在真的有点后悔以前和你吃烧烤的时候，把什么都告诉你了。"

女人的感觉是个无限极功率放大器，曾经0.1数值的朦胧好感，莫名放大成一份前缘。

谷妙语打着方向盘，一边转弯一边转了话锋问邵远："尽调方面，我需要做些什么配合你们？"

邵远说："我会挑几个有经验的成手尽快到你的公司现场做尽职调查。不过这些事情你不用太操心，我会安排好一切。"

"希望一切能顺利进展下去。"谷妙语一边打正方向盘一边说。

邵远的语气中加入了一点不易察觉的凝重："希望吧。"

怕谷妙语担心，他没有把话彻底说透。

虽然今天和吕迎松谈得还算顺利，但根据吕迎松一开始打太极的态度，后续事情到底进展得怎么样，会不会一直顺利下去，还都不太好说。但没关系，即便后面吕迎松有小算盘，他也不是没有对策。

到了任炎家楼下，谷妙语停好车后，忽然想起一件事。

"你跟任炎提前约过了吗？"

她今天真是有点昏了头，都忘记提前联系任炎问问看他是不是在家。

还好邵远说："约过了，昨晚我和师兄通了电话。师兄说今天会叫楚师姐一起过来。"

谷妙语点点头，放心地下了车。

等电梯的时候邵远问她："喵喵是怎么被养在师兄这里的？"

谷妙语脸上的表情立刻变得像良民遭遇了臭无赖："我和三千水各自买了房子之后，本来喵喵是跟我的，但我创业时期实在太忙，顾不上它，怕它得孤独症，就让三千水把喵喵带回去照顾。结果任炎这个手黑的，直接从三千水家里把喵喵偷走了。"

电梯到了，两个人走进去。翻个面，站成面朝门，邵远问："师兄为什么要偷猫？"

谷妙语两只眼睛有了眼白大于眼珠的趋势。

"喵喵是三千水的命根子，她隔三差五就得看看她的命根子。任炎把喵喵绑架了，相当于隔三差五就能见见三千水了。"

电梯到达目标楼层，谷妙语先走了出去。

邵远看着她的背影，问一句："你呢，你也需要隔三差五地看看喵喵吧？"

谷妙语头也没回地答："嗯，我通常会和三千水一起来。"

邵远看着她的背影，笑了。

任炎的挟喵喵以见心上人的招数，他打算接力下去。

谷妙语和邵远进屋时，楚千淼已经在了。

她在跑过来开门之前应该正在和任炎掐架。她开了门把人让进屋之后，只顾着跟邵远说了一句"哟，这不好几年没见的那谁吗"，就转头跑回厨房和任炎又掐在了一起。

邵远笑一笑，进屋换鞋。

鞋子刚换好，他就看到一只胖胖的橘猫从屋子里晃晃悠悠地走了出来，步态憨憨的，悠哉得像个胖胖的老干部。

它走到离邵远一米远的地方停住，抬起它的胖脸，用黑黑的圆眼珠看着邵远，一脸的"你是谁，你来串门带小鱼干了吗"的困惑表情。

谷妙语站在邵远身边冲喵喵拍拍手，叫了它一声："喵喵！"

喵喵"喵呜"地一叫回应她。

"喵喵过来！"谷妙语又叫一声。

喵喵站在原地不动，还是扬着一张小胖脸，打量邵远。

"它不认识我了。"邵远有点失落地说。

谷妙语呵地一笑："正常，它是猫中的脸盲大王，我换件衣服它就不认识我了，别说它都五年没见过你了。笨蛋喵喵！"

谷妙语冲着喵喵叫笨蛋，喵喵很不开心地喵呜叫。

邵远一听，想了下，抬手把眼镜摘了下来。

奇迹发生了。谷妙语看到喵喵的眼珠迅速扩散成了最大号的美瞳。它抬着小胖脸冲邵远喵呜喵呜叫了好几声，然后颠颠地跑到他脚下，挨着他的脚背一躺，四脚一翻，露出了胖胖的肚皮给邵远。

邵远开心地蹲下去给胖喵喵抓肚皮，一边抓一边抬头对谷妙语说："你看，只要我摘掉眼镜，它还是认识我的！"

这还是她认识的记忆只有七秒的蠢喵吗？

任炎和楚千淼一边掐架一边在厨房做饭，谷妙语和邵远在客厅里玩猫等饭。

邵远一边逗喵喵一边问谷妙语："我能不能把喵喵带回去养几天？"

谷妙语说："看你有没有带走它的本事了。这只小叛徒，我以前想过把它偷回去的，但一抱着它走到门口它就嗷嗷叫唤，死活不走。"

邵远微微一笑，把喵喵摸得越来越懒越来越舒服。

半个小时过去，晚饭一点进展都没有，厨房里的吵闹声倒是停止了。

谷妙语和邵远肚子都很饿，谷妙语有点等不及，从沙发上站起来，对邵远说："我去看看他俩是不是现种大米现养猪呢？"

她走到厨房门口，抬头刚要张嘴问话，声音突然就噎在了喉咙口。

太刺激了。怪不得厨房没有了争吵声，原来是任炎把楚千淼逼在厨房角落里正死命地亲着。

谷妙语看真人接吻秀看得面红耳赤，赶紧转身打算撤退，结果一转身人就撞在了邵远胸前。他居然跟过来了，他可真行，这么多年走路还是不带有声的。

她转身的冲力太大，邵远为了缓解她的冲劲，脚下运劲扎稳，两手抬起揽住她。

厨房里的激吻还在继续，厨房外又多了一个意外拥抱。西落的太阳在彻底消失前拼力送出一抹旖旎霞光，映得整个房间都染了赤金的光。

谷妙语和邵远的这个意外拥抱很快被小胖子喵喵打断。喵喵跑到厨房外喵地叫了一声，谷妙语听到这一声叫唤，理智回笼，推开邵远。

她对邵远说："出去吃吧，等里边那两个神经病做好饭，我们都得饿死。"

邵远非常赞同这个提议。他走到门口换鞋，换完一把抱起喵喵。

谷妙语一脸疑惑。

邵远天经地义地说："我打算把喵喵偷走。"

谷妙语等着门一开喵喵就嗷嗷地叫。结果门开了，邵远走出去了，喵喵一声也没叫……

谷妙语几乎有点心碎。她怎么会捡到一只这么喜好男色的猫？

带着喵喵不方便下馆子，邵远邀请谷妙语到他家里吃晚饭，谷妙语委婉地谢绝了。

邵远退一步，问谷妙语："那能不能帮忙送我回家？"

他说这话时，怀里抱着胖喵喵，他们一人一猫看着她，四只眼睛全都美瞳大开。谷妙语觉得这画面有点犯规。

"你住在哪里？"她发动车子，从辅路开向主路，问邵远。

邵远说了个地址，谷妙语脚下踩着油，把车一猛子扎进主路的车流。

原来他住在那儿。那套他自己买的房子，曾经为了她买的那套房子。

把一人一猫送到地方，邵远问谷妙语："上来坐坐？"

谷妙语摇头："不了。"顿了顿她说，"不过以后我可能会来看喵喵，可以吗？"

邵远简直想把求之不得几个字蘸着荧光粉写在脸上。

"当然！"

谷妙语笑了笑，说声再见，把车子开走。

邵远望着车子直到瞧不见踪影，心满意足地抱着喵喵上楼。

谷妙语等红灯的时候无声地想，不知道他看没看出来，他把喵喵偷走，她其实是愿意的。

她随手按开收音机，一边等红灯一边听广播，里面正好在播放一首应景的老歌。

"为什么才道别就又想见面……我们以后，会变怎样，我迫不及待想知道答案……再靠近一点点，就让你牵手，再勇敢一点点，我就跟你走……"

她想起来了，这首每句歌词都能敲在人心上的歌，叫《恋人未满》。

三天后，邵远安排了尽调小组进驻温暖家。

果然如他所说，他把一切事情都提前安排好，尽量不让谷妙语分心资本运作方面的事情，让她继续把精力投注在公司运营上。

尽调进展得很顺利，尽调小组负责人对邵远汇报工作的时候说："很难想象，根据会计师那边出具的三年一期的审计报告看，谷总的公司在财务管理方面非常正规。一般的创业公司，其实总会有点避税或者漏税的现象，但谷总的温暖家一点税都不用补，公司治理这么健全合规，真是难得。"

邵远很骄傲，比听到有人夸他自己还骄傲。

阳春三月，天气一天比一天暖和，枝头渐绿，草长莺飞，这是北京一年里难得的好时节。

在这样的好天气好时节里，邵远组织会同其他中介机构，完成了对温暖家系统全面的尽职调查工作。他把尽调报告以及温暖家的估值，发给吕迎松。他和谷妙语在春暖花开的好时节里，等待着吕迎松的反馈。但足足等了一个星期，吕迎松没有返来任何回音。

邵远打电话过去询问，吕迎松又开始了他的太极聊天法，顾左右而言他，讲了一堆话也不切入重点。等刚要切入重点的时候他就说我后面还有个会，等我再仔细研究一下资料再答复你们。就算孟千影打电话去问，吕迎松也是这个态度这个回复。

谷妙语总算见识到什么叫亲甥舅明算账。

她趁着孟千影不在场的时候，私下问邵远："吕迎松是不是反悔了？不想投了？"

邵远笑一笑说："如果他反悔不想投了，完全可以托千影带话给我们，就说暂时没有这个意向，这没什么不好开口的。但他没有，所以……"邵远推了下眼镜，一副万事尽在掌握的样子，"恰恰相反，他应该是很想投的。"

谷妙语问："那他为什么是这样的态度？"

邵远没有回答她，他用含笑的眼睛看着她。她被他充满灵光的眼神普度，一下就明白了。

"他在磨我们的耐心和期待值，好把温暖家的估值压低，这样他就能花相对更少的钱，得到温暖家更多的股份，对吗？"

邵远嘴角微微翘着，点点头。

"成功企业家真是会玩幺蛾子。"谷妙语无奈地摇摇头。

她有点疑虑地问："那我们应该怎么扫掉这些幺蛾子？把估值降低吗？"

邵远却一点都不无奈也不疑虑，眼下这结果其实早在他的意料之中，对此他也早就有了进一步的对策。

"不，我们一毛钱都不降，甚至为了不辜负吕迎松的拖延，我们还要把估值再抬高一些。"邵远字字铿锵地说。

谷妙语静静听着，脸上是不动声色，心里是玄惑不已。邵远这话听起来倒是挺解气的，可他们有这份"这个价你到底买不买？你不买我可要涨价了"的议价能力吗？

邵远的眼神穿透她的不动声色，看到了她心底的玄惑。

他总是能看穿她，他看着谷妙语，眼底像有泓智慧的泉，眼神漫出智者才有的光："你还记得我之前跟你说的话吗？"

他说由他来操盘，找人来投资她，并且是抢着投资她。

"只有一个买家，我们的议价能力当然要弱一点。可假如买家不只一个呢？"邵远看着谷妙语，笑容变得跟当下的节气一样，春暖花开，"我会再找个买家，我会让这个买家和吕迎松的欢乐住，竞着价抢投温暖家。"

邵远说："找个人刺激一下吕迎松他就该着急了。"

谷妙语觉得邵远的思路很对，但刺激吕迎松的对象，应该是谁呢。

"这个用来刺激吕迎松的对象好找吗？"谷妙语问。

邵远看着她一笑："这个对象，其实是现成的，并且你很熟。"

听到这里谷妙语挑挑眉。她知道邵远不直接揭晓刺激对象到底是谁的谜底，并不是跟她卖关子，而是在引导她自己去思考，这个适合与吕迎松形成竞价局面的人，可以是谁。

谷妙语沉吟了一下。

能够刺激到吕迎松，那这个人的企业体量，起码要和吕迎松的欢乐住不相上下甚至更大，这样才能给吕迎松造成压力。而会投资装修公司的人，有两种可能，对装修行业感兴趣和看好该行业前景，以及投资人所处的行业，是装修行业的上游或者下游，这样通过投资就可以打通上下游产业链从而获得更多利润——上游包括房地产公司、房产经纪公司，下游则是家居家电制造商。

公司体量大，又看好装修行业的发展，还是装修行业的上游或者下游公司，符合这些条件的对象，谷妙语很快想到了一个——

"你说的现成对象，难道是叁骄地产的成伯东？"

邵远看着谷妙语，嘴角洋溢出微笑，笑意渐浓："我现在觉得，我干脆把你从装修行业挖到金融行业来吧，不出几年，你就会成为金融圈最漂亮最厉害的女投资人！"

谷妙语并不被他的夸奖冲昏头脑，她理智地分析着当前情况："可是成伯东有意自己布局装修行业、自己搞装修公司，这个情况很多业内同行都是知道的。"她担心邵远回国不久，并不了解成伯东的动向意图，所以把他纳为了肯掏钱的对象。

"这个我知道。"邵远推推眼镜说。

谷妙语倒怔了一下，原来他知道成伯东要自己布局装修行业这个情况。

"我是觉得，既然他自己打算搞装修，应该就不会投资其他装修公司了。"谷妙语说出了自己的分析。

邵远冲着谷妙语绽出狡黠的一笑："但如果我们能让他意识到，自己做装修公司还不如直接投资我们的温暖家来得好，他或许就会改变想法了。而最终如果他能投，对我们来说是意外收获。退一步讲，就算他最后真的不投也没关系，因为我们的根本目的是让吕迎松以为他会投，从而心里着急，不再绷着端着。"

谷妙语心里有盏灯啪的一声被邵远点亮。

"至于怎么样让他改变想法，你帮我引荐一下，我去和他说。"邵远对谷妙语说。

谷妙语对邵远的话表示疑惑："你父亲好像和成伯东有点交情，你母亲也和成伯东有过合作，而你和成伯东居然不认识吗？"

邵远摇头一笑："他们是他们，我是我。他们认识成伯东，我并不认识。而我也不需要通过他们去认识，我有你帮我引荐。"

谷妙语和成伯东合作了几个公寓精装修项目，成伯东对谷妙语和骆峰一直是怀着惜才的激赏之心另眼相看，所以当谷妙语对成伯东说有位年轻有为的金融人士想结识他，和他聊一聊，成伯东很赏脸地在百忙中挤出了以饭会友的晚餐时间。

"小谷，那就晚上在金融街洲际酒店的新荣记见吧。对了，把你师傅也一起叫上，我好久没看到他了，正好一起聚一下！"

晚上谷妙语开车载着骆峰一起去洲际酒店。邵远离得近，自己过去先等他们。

路上骆峰还有点犹豫："你不是说这顿饭主要是想跟老成谈投资的事吗？资本方面的事我一窍不通，真有必要带我一起去吗？"

谷妙语一边开车一边笑着回答："师傅，我关于资本方面的事情也是个半吊子，我都敢去忽悠老成，你是我师傅我得听你的，你还有什么不敢的？你是老成点名要见的，他说他可想你了，想见见。"

骆峰嗤地冷笑一声，搓了搓胳膊："是老成说得肉麻，还是你转达得肉麻？"

谷妙语哈哈笑着把车开进停车场。

停好车，谷妙语、骆峰和邵远在洲际酒店地下一层的新荣记门口会合。

邵远主动迎向骆峰，对他伸出右手，态度恭敬地叫了声"骆老师"。这是他不在的五年里，对谷妙语照顾有加的人，谷妙语有今天的局面，离不开这个男人的倾力相帮。邵远对骆峰，有发自心底的谢意。骆峰却表情寡淡地伸手和他握了握。

邵远对这番冷淡回应不以为意，他转而自我介绍："骆老师，以前我们在嘉乐远见过，我是邵远……"

他话音未落，骆峰已经表情寡淡地出了声："嗯，我知道，你母亲是董兰董事长。"顿了顿，骆峰挑了下眉梢，问了句，"你母亲最近都还好吧？"

邵远飞快看了下谷妙语的表情。他看到有人提起自己母亲时，她并没有什么特别的表情，一时不知道自己对此该放心还是忧心。

他回了骆峰一句："都还好，谢谢骆老师的关心。"

骆峰又挑了下眉："听说你母亲那里也打算定增融资呢。"

邵远说："是的，负责保荐的券商正在准备发行材料。"

骆峰点点头："有人帮着弄，应该会挺顺利吧。"说完这句，他看着邵远，眼神中有着某种欲言又止——好像还有什么要说，又好像为着某种顾虑不能当下就说。

邵远看到骆峰的眼神飞快往谷妙语身上一瞟，他在这一瞟间立刻了悟骆峰欲言又止的话到底是什么。他想说的话，以及他刚刚提到的人，和他飞快瞟过的人有关。

他是想说：你帮妙语搞投资的事情，你母亲那边也在搞投资的事情。那你母亲知道你帮着妙语却不帮她，不会挑妙语的毛病吗？

邵远转头问了声谷妙语："我们用去酒店外面迎一下成总吗？"

谷妙语想了下说："我怕他们从地下直接过来，要不你们先进去吧，你们在里边等，我上去迎，咱们兵分两路，周全一点。"她出去迎人前，想起了什么，问邵远，"等下吃饭时，我用发言吗？"

邵远说："不用，今天发言的部分交给。让你吹自己的公司，你总是吹得太保守，还是我来帮你吹吧。"

谷妙语笑着转身走开。

等谷妙语走远，邵远微笑着告诉骆峰："骆老师放心，我母亲那边一切都挺顺利的，我帮不上什么忙。其实我做的事和她做的事是分开的，我们彼此互不干涉。"

他还告诉骆峰："另外我还有位同事叫孟千影，今天她先生回国，她去机场接人了，没能过来一起就餐。之后关于温暖家的一切投资事宜，都会由她站到明面来主持，我会在幕后实际操盘。"顿了顿，他又补了一句，"这样会省去很多麻烦，也方便日后我帮温暖家做进一步的行业布局。"

骆峰听了他这番回答，表情终于不再寡淡，他点点头，有点满意这回答的样子。他对于徒弟的挂心，因为这番回答终于有所放心。

邵远在那一瞬间忽然意识到了什么，这意识让他隐约有了一种属于男人的危机感。

邵远和骆峰进了预订的包间没多久，谷妙语就陪着成伯东进来了。

成伯东给足了谷妙语面子，热情地接受了邵远的名片并给予了周到的初次见面该有的寒暄。邵远忽然觉得成功的企业家未必一定要时刻保有威严，像成伯东这样不端身份肯释放亲和的领导者，也一样能以德服人。

成伯东一上桌就敲定了晚餐的主旋律："来来来，今天谁都不许喝饮料，咱们一起来点白的！"

谷妙语大大方方地笑着说好。

成伯东转头对邵远说："我就喜欢小谷这点，虽然是女孩子，但不扭捏，大气，让她喝白酒，能喝一点她就喝一点，喝不动了直接告诉我。不像有的女同志，不知道为什么骨子里特别瞧不上喝酒这件事，觉得这是个低俗行为。其实骨子里真正风雅的人才更懂喝酒的乐趣，你看李白，要不喝点酒，能写出那么多好诗吗？"

邵远微笑着点头附和："我以前也对女生喝酒抱有成见，后来因为一个人改掉了。"

酒过三巡，气氛大好，邵远找准时机切入正题。

"听说成总有意布局装修行业？"他给成伯东敬了杯酒后问。

成伯东喝得开心，也不藏着掖着，直白回答："对，我有这个想法很久了，我有那么多楼盘，尤其以后精装修楼盘越来越多，与其拿给别的装修公司做，还不如我自己搞一块装修业务出来，自己吃掉这部分利润。"

"成总，关于这个，我能斗胆和您说说我的想法吗？"邵远问。

成伯东笑："说！你今天来见我，不就是为了要说说你的想法吗？有什么想法，大胆说吧，我可以听一听，反正听一听我又不用花钱！"

冲着成伯东这句打趣，邵远知道成伯东是个对一切心里门清的人。他干脆也不迂回遮掩，直接问："成总，和成立一家装修公司相比，您觉得您通过投资一家已经很优秀的装修公司来切入装修市场，会不会是一个更好的选择？"

成伯东笑："但我自己成立的公司，所有利润都是我的，而我投资的公司，只有我投资的那部分利润归我。反正都是花钱，我为什么不奔着所有利润都归我去操作呢？"

邵远扶扶眼镜，有问有答地说："但成总，您这样比较的前提，是您新成立的公司是赚钱的。可事实上，现在装修行业竞争很激烈，没有几家新设的装修公司可以在短时间内获得盈利。"

成伯东轻轻点了下头，示意邵远继续说下去。

邵远说："而且我觉得，虽然房地产行业和装修行业看起来很近、很交融，但说到底还是两个行业，行业之间还是有界限和壁垒的，装修行业看起来简单，其实是个多环节长链条的过程，每个环节看似容易，但要做好，对技术性也是很有要求的。比如销售环节，房地产行业的销售是卖房子，但装修行业的销售其实卖的是服务。能把房子卖好，不一定能把服务卖好。但谷总的温暖家有位销售天才李跃，他厉害到能把装修服务卖出个'12·31'的效应来，这是其他或新设或资深的装修公司的销售望尘莫及的。又比如设计环节，骆老师这样的顶尖设计师可遇不可求，是那些顶着设计师名头实则干着销售的活的人无法比拟的。再比如施工环节，这个环节对技术要求就更高了。该怎么操作水电改造开槽时墙面才不会开裂；该采用什么技术可以保证木门门套防潮防腐；该采取什么工艺卫生间地面排水结构可以做到不开裂……这些都不是一个新开设的装修公司可以迅速摸索和掌握的技术，这些技术需要通过在长久的施工实践中去用心摸索和开拓。而温暖家的工程部负责人潘俊年，就是一位在施工实践中开拓出很多项专利技术的施工人才。"

邵远看成伯东听得认真，心里有了底气。他歇口气，给出一番总结。

"我其实觉得，想进装修行业，不难，但想在装修行业里做得长久、做出利润，很难。因为这个行业需要技术团队，而技术团队以及每个环节的产业一体化，这都不是在短时间内能够构建起来的。所以成总，"邵远边说边对成伯东举起酒盅，"对您来说，成立一家新的装修公司，是从零开始，离一百分足足有一百分的距离。而假如您投资一家已经很优秀的装修公司，起点直接就变成了九十分，奔着一百分去，不过是短短十分的事。"

邵远举起的那只酒盅悬在半空中，它等待着成伯东的酒盅举起来与之相碰。

成伯东沉吟地看着邵远，忽然他一转头，笑着对谷妙语说："小谷啊，原来这顿饭是这小伙来给你拉投资的！我说你哪儿找的这么个精明小伙？他搞金融的没错吧？怎么对装修也这么了解？"

谷妙语冲他笑："成总，他大学刚毕业那会在装修公司实习过。"

"怪不得！"成伯东笑着从桌子上举起酒盅，和邵远举在半空的酒盅一碰。

邵远嘴角无声一翘，有戏。

和邵远对饮后，成伯东放下酒盅，说："小伙子，口才不错，把我说得心活了，回去我好好考虑一下你的提议。"

晚饭结束前，成伯东明确表示回去以后会仔细考虑一下邵远的提议。

表完态度，他带着点微醺的笑意，冲着谷妙语的鼻子尖隔空指了指："小谷，你啊，狡猾狡猾的！今天邵远夸你们温暖家和你那几个合作伙伴的话，要是由你亲自对我说，未免有点自吹自擂。但邵远替你说，就怎么吹怎么擂都不显得过分了。你们这配合打得是真好啊！"

谷妙语大大方方地笑着回答他："您更睿智，不管我们怎么打配合，您一看就全明白。我现在就向您坦白，我们吃饭前我和邵远可不就是按您刚刚说得那么商量的，为了把温暖家吹到极致，此番吹嘘事宜由邵远上阵完成。"

成伯东听得直笑。他笑着转头，瞧向骆峰："骆峰啊，你原来是收了个厉害徒弟，现在你这个厉害徒弟又找了个更厉害的外援，你们这么一组团，这是要奔着世界五百强去了啊！"

骆峰挤出个笑的动作，但动作里没装进去太多笑的意味，一副皮笑肉不笑的样子。但成伯东并不和他多计较，因为他知道光做出这副笑模样，对冷情冷性倨傲不羁的骆峰来说，已经很难得了。这小子这辈子也没把谁真正放在眼里过，除了他收的徒弟。

成伯东最后转向邵远，忽然来了兴致，对邵远问："小兄弟，有没有兴趣搞房地产啊？有兴趣的话到我这儿来，我给你个副总做！"

邵远笑着说："谢谢成总抬爱，我最近几年会一直做金融，短时间内还没有想过转行。"

成伯东像顺口一说似的，问邵远："哎，那你以前在装修公司实习的时候，带你的那个师傅呢？能把你带得这么优秀这么懂行，他一定更优秀更懂行，我估计他现在肯定已经是装修行业的能人大拿了。既然你不想来，那你干脆帮我把带过你的那位师傅引荐给我吧，我这儿正缺这样的人才！"

邵远看着成伯东，嘴角的笑容痕迹一瞬间被他雕刻得更深邃了一些："成总您说得对，当年带我实习的师傅，现在真的是装修行业顶尖的能人大拿。您想招揽她其实非常简单，您投她的公司就行了。"

成伯东听得愣了愣，邵远微笑着把视线投到谷妙语身上

成伯东随着他的视线也看向谷妙语，而后他恍然大悟地一叹："哦哟！你说的带你实习的师傅，是小谷？"

谷妙语但笑不语，邵远点头答是。骆峰挑挑眉梢，他也是第一次知道谷妙语和邵远在嘉乐远之前，原来还有更早的一份渊源。

成伯东转头对谷妙语微醉地笑着说："哟，你俩可真够有缘的，以前你带他实习，现在他帮你募资，你们这是翻翻转转地再续前缘啊！"

谷妙语连忙说成总说笑了。她把成伯东一路送到他的车上，成伯东临关车门前，还不忘对她说："回头把你温暖家的资料发我一份，我好好研究研究！"

谷妙语没等回头，她立刻就用手机把资料发到了成伯东邮箱。贵人多忘事，什么事一回头，贵人准忘。成伯东笑着晃手机，说邮件收到了，等回去他研究完就告诉她结果。

可这个结果，谷妙语一连等了好几天也没等到。

周末她觉得自己有点想喵喵，又或者借着喵喵她顺便想了点别的什么。于是她打电话问邵远，能不能去他那里看看那只黄胖子。

她先是从听筒里听到"砰"的一声——根据经验，她想那应该是通话者手滑把手机掉地上了，随后她听到邵远捡起手机，捡的动作似乎有点手忙脚乱，他把他的声音调频到一个又磁又沙又微微颤的音段，对她说："那个，黄胖子问你想吃什么，它让它哥给你做。"

谷妙语反应了一下才明白，邵远说的黄胖子它哥，是指他自己。

她忽然就忍不住笑了。这小子五年前下巴没几根毛的时候一点都不会卖萌，五年后年纪长了，变成成熟男人了，反倒会萌一萌了。看来时间还真是会改变一个人的，从想法到性格，都会。

谷妙语本来想问邵远家里有米和菜吗，有的话可以由她来做。但话从喉咙口拱出，抵达牙关前，被她悬崖勒马地收住了。她一个单身大龄女青年，主动到一个妙龄男帅哥家里过日子似的烧饭做菜，这未免太暧昧了一些。

于是她把那些话在牙关前翻了个新，告诉邵远："我看你也不像是开伙过日子的人，想吃饭恐怕米和菜都得要现买，还是算了，太麻烦了。到了饭点我请你下馆子吧。"

她开车到了邵远那套房子。

进门的一瞬，她的心跳莫名加快。这套房子是她在嘉乐远装修的第一单，这房子的装修设计让她获了奖，这个奖让她在嘉乐远打开了局面。她觉得毫不夸张地说，这套房子的装修在她的事业旅程中，是一道里程丰碑。而这座丰碑是邵远给她的。

"怎么不住你东三环那套大房子？"谷妙语走到沙发前，一边环视着客厅一边说，"住完那么大的房子，住这么不规则的小房子，住得惯吗？"

邵远看着她的眼睛，捉住她的眼神，回答她的问题："东三环比不上这里，这套房子是你为我装修的。"

谷妙语眼皮一跳，他回国后总是会这么给她毫无准备的一撩。

喵喵听到有人交谈的声音，晃悠着胖胖的身体从卧室里走出来。看到谷妙语后，冲她喵呜地一叫。虽然已经没了小时候的奶音，可成年老猫发起嗲来，嗲力依然不容小觑，谷妙语立刻就没骨气地蹲了下去，人形奴才一样给喵喵按摩揉脸搓肚皮。

邵远看得眼热手痒，也蹲下来，和谷妙语一起给喵喵搓肚皮，喵喵舒服得像一只成年瘫痪猥琐老猫。

谷妙语揉了一会儿揉累了，想把胳膊收回去，喵喵被揉得正舒服，不肯放人，抬起爪子一把抱住谷妙语的胳膊，不让撤走。另一边邵远也想歇一会儿，刚想把胳膊收回去，喵喵立刻警觉地又一把抱住邵远的手臂，要求他继续揉自己。一会儿抱住这个一会儿抱住那个，最后喵喵都忙不过来了，于是它干脆一把同时抱住邵远和谷妙语的胳膊，把他们的手臂用它的肉爪子捆在一起，谁也不许挣开，谁想挣开它就哭唧唧地冲谁叫，它倒是要看看谁的心那么狠，不把它的哭唧唧当回事。

谷妙语和邵远都被这个成年爱撒娇老肥猫吃得死死的，谁也狠不下心忤逆它的肉爪子。于是两个人的手，近得不能再近，近到紧挨着，只要其中一人稍稍一动，就会握在一起。

谷妙语抬头，视线猛地和邵远对在一起。他的眼神每一秒都在展现着升温功能。谷妙语不堪热力，猛地抽出了手。她是怎么了，刚刚怎么还有一点留恋那种肌肤相贴的感觉？三十岁了，这应该是一个女人爱事业多过爱温存的年纪才对。谷妙语静下了心。她把手撤走，喵喵叫得惨惨的，邵远的眼神变得凉凉的。

谷妙语不去看那一人一猫，她站起来，坐到沙发上，把话题导向事业主题。

"成伯东这几天有联系你吗？"她问邵远。

邵远也站起来，坐到她旁边的沙发上，推推眼镜。他就这点好，不管平时看向她的视线温度升得有多高，在谈正事的时候他总能拿出个谈正事的庄重态度。

"没有。"邵远说，"他有联系你吗？"

谷妙语摇头："也没有。"

邵远看着谷妙语，仔细审视过滤着她的表情。之前吕迎松一直没给回馈的时候，她是有一点急的。可是现在，当等不到成伯东的回馈时，她却不像之前那样，她现在看起来一点都不急。

"你不担心吗？"邵远忍不住问谷妙语。

谷妙语笑起来，笑容里充满三十岁女人的智慧和明艳，笑得邵远看眯了眼。

"不担心，我知道你要发后招了。"

邵远的长睫毛在镜片后面抖了一下，抖得满眼春水晃出涟漪。

"哦？我要发后招了吗？那……我要怎么发后招呢？"他故意这么问。

谷妙语又笑了一下。好像她的笑容自己有了意识，它意识到它正在跟一个男人的长睫毛争奇斗艳，于是它把自己绽放得极致明艳。

"按你之前分析吕迎松那样去分析成伯东，可以知道成伯东对投资温暖家是感兴趣的，不然他直接告诉我们他没兴趣投资，还是打算自己开装修公司就好。

没消息就是好消息，可见和成立新的装修公司相比，他是更有意愿以投资温暖家的方式切入装修市场的——这一点是你的功劳，是你那天的那些话，让他明白他就算有钱开公司，也未必开得好一家装修公司。所以这么看的话，他是有投资意向的。但他一直按兵不动，我想这是因为他和吕迎松一样，都在磨我们的耐性呢，等把我们的耐性磨没了，他就能把温暖家的估值压下来。"

她之前还一度以为，依着成伯东和她从前的交情，他会很快给自己一个反馈。但马上事实就让她清醒了——他也像吕迎松那样，在用拖延压估值。于是她懂了，资本家玩资本的时候，讲的都是套路，从来不讲交情。

邵远听着谷妙语的话，徐徐一叹，笑了。他心爱的小姐姐是这样的聪慧过人，是这样的精通举一反三。

"那你猜到我后面打算怎么办了吗？"他笑着问谷妙语。

"不知道我猜得对不对。"谷妙语说，"你之前说要让吕迎松和成伯东形成竞争投资的局面，所以我想你后面，应该会采取点什么行动，刺激一下吕迎松和成伯东，让还没有形成竞争局面的他们尽快形成。"她看到邵远在微笑，于是问，"我猜对了，是吗？"

邵远点点头。

谷妙语问："那么，你要怎么刺激他们？"

邵远看着她，说："不如你说说看，我打算怎么刺激他们。"他的眼神和声音里都有一丝兴奋，一丝等待谷妙语能猜中他想法的兴奋。

喵喵跳到沙发上，爬到谷妙语膝头，懒洋洋地把自己盘成个肉坨。

谷妙语一边摸着喵喵暖呼呼的肉，一边说："那我就猜一下吧。"

"我猜明天周一一上班，你会先联系成伯东，告诉他，不是我们催他，我们温暖家其实也不缺钱，有投资，温暖家会发展得更迅猛，没有投资也不耽误它年年都在挣更多的钱。之所以联系他，是想告诉一声，现在有另外一家大企业欢乐住，也对投资温暖家感兴趣，而且给的估值更高。"

邵远越听眼睛越亮，他鼓励谷妙语继续说下去："然后呢？"

"然后我猜你会再去联系吕迎松，用相同的方法告诉他，地产界的翘楚叁骄地产有意以更高估值投资温暖家。"

"再然后呢？"

"再然后，成伯东和吕迎松，两方人马会通过种种方式和渠道对对方进行试探，试探后他们会得出结论——原来这个叫邵远的人没有说假话，对方确实有意投资温暖家。"

"这之后呢？"

"这之后……"谷妙语笑起来，"这之后我就不知道你最终会怎么布局温暖家的投资了。"

邵远推推眼镜。那一刹谷妙语不知道到底是他镜片反射了光，还是他眼底发出了光，总之他像在发光，看起来有一种运筹帷幄的犀利。

"最终我会让他们两个都出钱。"

在成伯东和吕迎松都确定了对方确实如邵远所说有打算投资温暖家的意愿时，两个人对邵远的联系同时变得密切主动起来。

他们都在试探邵远的想法和意图。这次轮到邵远打太极了。他一边打太极一边煽风点火，把两边需要竞争的氛围酿造得足足的。

一方面，他对吕迎松说："吕总，您之前好久没回音，我们以为您是对温暖家兴趣不大，加上谷总原来就和成总有过项目合作，那天他们见面后说起这事，成总就表示他愿意投温暖家，并且由他来投正合适，毕竟叁骄地产作为全国前三的地产企业，拥有庞大的购房群体，这些购房群体购房之后正好可以到温暖家装修。另外成总还说，以前房地产的商品房是以毛坯房为主，但以后趋势要变了，以后的商品房会从毛坯房过渡为精装房。这样的话，如果由他来投资温暖家，正好可以由温暖家来做这些精装项目，这是大大的双赢。"

另一方面，他对成伯东说："成总，欢乐住那边吕总的投资意向非常强烈，他说能给温暖家带来双赢局面的投资人可不只叁骄地产，他们欢乐住其实能把双赢局面维系得更长久，因为根据国家政策调控的影响，和房地产行业的发展趋势，未来一定是存量房的交易量远远大于新房的交易量，房地产将进入存量房时期。至于房价，也不会降的，甚至会越来越高，所以相对于买房，未来会有越来越多的人选择租房。而二手存量房买卖、长租公寓业务，这都是欢乐住的强项。假如欢乐住投资温暖家，这些业务对应的装修就可以拿到温暖家做，这不是更长久的双赢局面吗？"

邵远不断地煽风点火，把风煽得越来越大，把火点得越来越旺。人从人性被开蒙那天起，就有了犯贱的劣根性。一样东西没人抢的时候，谁也不想要。而一旦有人表示想要，立刻就变得谁都想抢。

成伯东和吕迎松各自表现出强烈的投资意向，他们都对邵远说："让我投最合适，我们公司不差钱，我们更适合温暖家未来的发展。"

邵远把夹在两方人马之间的左右为难表达得恰到好处，他恰到好处地烦恼着，不知道到底该选谁，又恰到好处地在烦恼到头昏脑涨时，猛地醍醐灌顶："何不如你们两方一起投呢？这样的话，将是三方人马一起资源共享。叁骄地产可以借助欢乐住强大的房产经纪资源，为未来存量房时代提前积蓄渠道能量；欢乐住也能借势叁骄地产的精装公寓楼盘，发展长租公寓业务；而这些房源的装修都可以拿到被他们投资的温暖家来做，从此温暖家赚的装修利润中，就有了属于他们各自的一部分。这是个很圆满的三赢局面啊！"

从竞争到合作，从资源对抗到资源共享，从双赢到三赢，成伯东和吕迎松也跟着邵远一起，在恰到好处中猛地醍醐灌顶了。

一个月后的初夏时分，互联网装修行业有了一条大新闻——地产巨头叁骄地产和地产经纪巨头欢乐住，共同对互联网装修公司温暖家进行注资，温暖家一跃成为互联网装修中的独角兽企业。背靠两棵参天大树，谷妙语和她的温暖家一时风头无两。

陶星宇看到新闻后特意给谷妙语打了通电话，向她表示祝贺："妙语，祝贺你！真的，你很了不起！"

谷妙语谦虚地表示："了不起不敢当，我只是运气比较好，遇到的贵人多。"

董兰也看到了新闻，彼时她正因为券商做的增发材料不够有效率而发着不大不小的脾气。

陶星宇去向她汇报第一季度利润指标完成情况的时候，不知从哪里起的话头，他们聊着聊着就聊到了谷妙语的温暖家被两大巨头企业投资这件事。

陶星宇问了句："董事长您觉得温暖家的这次融资搞得怎么样？"

董兰说："她能让地产巨头和地产经纪巨头成为她的股东，几乎相当于把一切需要装修的项目资源都拿到手了。她的这个布局，很厉害。"

董兰说这番话时，语调是平平的，仿佛在客观评论着一件与自己不甚相关的时事，但陶星宇听得出，她平平的语调中不无一点叹羡。

叁骄地产和欢乐住投资温暖家的一切官方事宜都是孟千影在出面运作，邵远躲在幕后做全局掌控者。

成伯东和吕迎松最初对此表示疑惑，不知道邵远这是一番什么样的操作。疑惑会让人产生戒心，成伯东和吕迎松各自通过自己的方式打听着邵远躲在幕后操作的原因，是不是这次投资存在什么隐性问题，而他躲起来不露面，是为了防止隐性问题有一天转成显性之后不好脱身。可他们实在没能从温暖家身上找出什么隐性问题。不管从公司治理还是财务管理看，温暖家都是一家标杆一样合法合规的好公司。

后来吕迎松问了他的外甥女，成伯东直接问了谷妙语，邵远为什么不站到台前来？

孟千影告诉吕迎松："邵远如果现在就站到台前来，后面有一些运作实行起来会很不方便。"

吕迎松不依不饶步步紧逼地问："后面还有什么运作，关于谁的运作，实行起来怎么个不方便？"

孟千影被亲舅舅逼得不交点底不能脱身，只好捡出一部分可以说的实话说："您还没看出来吗？邵远那小子明显是对谷妙语有意思。假如现在他站到台前来，让人们都知道他是这次投资的主控者，万一以后他和谷妙语真在一起了，还不得有人说谷妙语当初为了拉投资和他怎么着怎么着了啊，哪怕他在里面没有周转过自己的一分钱。"

吕迎松点点头，接受了这个说法，随后他又摇摇头："可惜了，我本来瞧着邵远这小伙子是个人才，想把他扣下给我做女婿的。看来你表妹的福气比别人晚了一步。"

孟千影笑着告诉吕迎松："舅舅，实心实意地跟您说，您想多了。"

她当年也想多了，不过好在她又想通了。

另一边成伯东问谷妙语，邵远为什么不直接站到台前来，为什么还找了个代言人，虽然这个代言人挺漂亮，听说家世也不凡，但该出面的躲在幕后，总归叫人有点心里打鼓。

谷妙语觉得她和成伯东合作这么些年，她开起温暖家的第一桶金还是从成伯东那里赚到的，成伯东值得得到一句交底的实话。于是她诚实地告诉成伯东："成总，其实邵远他是董兰的儿子。您也知道，我是从嘉乐远跳出来的，还带走了我师傅、李跃和另外两个设计师，要是董总现在又知道她儿子在帮我融资，说不准得认为我是专挖嘉乐远的墙脚。"

听到邵远是董兰的儿子，成伯东"哦"了一声，这个"哦"字被他拖得有点长，中途转过了一道一波三折的弯。

"哦？邵远原来是董兰的儿子啊……"哦声渐歇，他摇一摇头，"我觉得不至于吧，董兰这个人和她丈夫的为人，我还是了解一些的，他们夫妻二人聪明、有本事，虽然平时自视清高城府也颇深，但眼界还是有的，看人待物都很有一套，在商场上办事的手法也算大气，就算他们的儿子真的帮你融资，董兰也不至于小心眼地认为你在挖她墙脚吧？"

谷妙语在心里其实是同意这番评价的。她也认为邵远的母亲，眼界是有的，看人待物也很有一套。因为很久以前，邵远给她讲过一些商场的道理，那是她第一次接触那些道理，她听得神往又敬佩。而那些道理，邵远说都是他父母教给他的，尤其是他的母亲，教给他更多。所以那时她认为，邵远的母亲该是一个多么充满大智慧的不凡女子。只是后来她明白了，充满大智慧的不凡女子的智慧和不凡有死角，那个死角叫作门第观念。

谷妙语听到成伯东又往下发表新观点："况且投资温暖家的钱是我和吕迎松出，又轮不到邵远出，那么就不存在邵远有可能拿他家里钱投资你的现象。这样说的话，那不就是他们家的墙脚想被你挖都轮不到？"

成伯东说着说着笑起来，谷妙语听着听着也笑起来："成总，我真爱听您说话。"

她真喜欢听成伯东说的最后一句话——他们家的墙脚想被你挖都轮不到。是的，她从来也不屑挖谁家的墙脚，无论她是个小北漂的时候，还是现在她作为温暖家的掌门人。

成伯东盘着手里的核桃，笑着说："不过说真的，我没钱的时候，别人看低我，以为我图他什么，我很生气。但等我有钱以后，我也会控制不住地想，这个人老往我眼前钻，他是不是图我什么东西？人啊，活起来就是这么矛盾，在底层的时候要尊严，到了一定位置之后又往往忘记给别人尊严。其实也不是存心的，就是人在哪个位置，就有了身处那个位置的思维模式。"

谷妙语略一咂摸成伯东这番话，一刹那像用清凉的水泼了把脸，神清气爽。她想起她刚赚了钱之后，给父母重新装修改善居住环境，又给谷妈盘了店面，让她从菜市场的摊位前解放出来做了窗帘专卖店的老板娘。家里条件改善后，从前小区里和父母不太熟不怎么说话的几个人，突然变得愿意找父母聊天了。她一度警惕，那几个人是不是看他们家有钱了，存了什么别的想法？她让父母适当提防一些，说不准那些人是要管他们借钱还是要向他们推销保健品。

谷爸爸当时还说她，说她别管别人，管住自己就好："都是一个小区的人，有什么好提防的。是，他们是来推销保健品了，但我和你妈又不买，怕什么。妙妙，他们怎么做人，他们听说我们有钱了就来热乎乎地聊天推销保健品，那是他们的事，但你不能变，你不能有点钱了就觉得谁都要跟你借钱，谁都想让你买他东西，那你不是变成和那谁他妈一样的人了吗？"

谷妙语现在就着成伯东的话前思后想对照着。成伯东说得对，人在底层的时候要尊严，到了一定位置之后又往往忘记给别人尊严。她得记住这句话，告诫自己以后不要变成忘记给别人尊严的人。

在叁骄地产和欢乐住投资温暖家期间，邵远在暗地里主控和操盘，同时明面上他也在忙着另一个项目——一个新能源的投资项目，项目的负责人正好是孟千影的老公。那个项目也被他推进得风生水起。

谷妙语觉得邵远是天生的投资圣手，他能把他投的每一个项目都镀上赚钱的金光。他想投哪个项目，哪个项目真是命里带着福分。

在叁骄地产和欢乐住彻底完成对温暖家的投资，钱款到账、三方都做过工商变更之后，谷妙语做东，举办了一次庆祝晚宴。

晚宴上几方人马齐聚一堂，谷妙语说了无数遍蓬荜生辉这个词。

"成总您拨冗赶过来，真是令这里蓬荜生辉！"

"吕总听说您推掉了另一个应酬过来的，您的到来真是令这里蓬荜生辉！"

邵远、孟千影，以及孟千影的老公毕堂也来了，那是一个身高逼近一米九、男性荷尔蒙要冲破屋顶的男人。

谷妙语觉得邵远今天格外打眼，他穿着黑西服白衬衫，打着领带，衬衫领口系得一丝不苟，鼻梁上架着金丝边眼镜，嘴角挂着一抹似笑非笑，怎么看怎么帅得一塌糊涂，帅得衣冠禽兽。

温暖家方面，几个创始人股东骆峰、李跃、潘俊年也都来了。骆峰还是冷冰冰的，但温暖家有了两个强大的后盾，他的冷冰冰也是带上了一点温度的冷冰冰。潘俊年多少有一点紧张，坐着不说话，李跃却舌灿莲花，把所有人说得晕头转向。

酒过几巡，气氛变得愈发热烈起来。

吕迎松借着酒劲，朝着李跃一指，说："你这小子，太能说了，太会说了！我要是没投资温暖家，用不着讲情面话，我说什么也得把你挖我这儿来！"

李跃当即表态："吕总，我也跟您交句底，不是我表决心，是真心话。我，且不止我，还有骆头儿、老潘，我们几个，除非我姐说散伙，否则谁也别想把我们从我姐这儿挖走！对吧骆头儿？对吧老潘？"

另外两人给了他肯定的回应。吕迎松一脸受挫，成伯东在一旁借着酒劲热热闹闹地撺掇："老吕，别沮丧，这种被撅的场面，经历者不只你一个人，我也是挖人失败军团的一员，而且屡挖屡败哈哈哈！你只挖了李跃，我挖了骆峰多少年都挖不动，后来挖小潘没挖动，挖李跃也没挖动，都快把铲子挖崩了！小谷那里啊，铜墙铁壁的！"

连孟千影的老公都在一旁跟着感叹："谷总的凝聚力，真的强！"他眼神瞄瞄邵远，又看回谷妙语，说，"我原来觉得一个人守着另一个人好几年是很不可思议的一件事，简直等同于中邪。今天我算亲眼见到了，这不是中邪，应该是人格魅力。"

谷妙语连说着不敢当不敢当，脸上渐渐蒸腾上了热气。

一个人守着另一个人好几年，这句话催动了她体内酒精的发作，酒精在她身体里蹿腾着，蹿腾到胃里，胃里发热，蹿腾到心里，心脏跳得一搏快过一搏，蹿腾到头上，化成水蒸气般要从眼睛里冲出去。她觉得自己想唱歌了。她极力定住视线的焦距，压下想要唱歌的迷离，理智而得体地找了个去洗手间的理由，打算去外面透透气。

潘俊年以为她真要去洗手间，耿直地说："妙语，包间里就有洗手间。"

骆峰腾地站起来，什么话也不说，向包间里的卫生间走过去。

潘俊年："哦，那你现在确实得去外面了。"

谷妙语笑着摇摇头。可爱的老潘，就是他这番耿直，让他经手的每一项工程都是良心工程。

她推门走出包间。走廊里弯弯绕绕，她走着走着就迷了路。走到一堵墙面前，确定前面再不会有路，两边也没有洗手间的存在，她决定回头换另一个方向走。

转身时，视线却被一堵身躯挡住。黑西装，白衬衫。视线上移，入眼是系得一丝不苟的衬衫领口和打得端端正正的领带。领口上方，喉结在微微动。视线再上移，是光洁的下巴，挺直的鼻梁。鼻梁上方架着金丝边眼镜，镜片后面，是汪着海洋一样的两只眼睛，和那么长、长得像两柄羽毛扇一样的睫毛。那两排长睫毛微微扇动，一阵风拂过她的心底。

他忽然上前逼近一步。

她脚底发软，往后一靠，靠在墙壁上。

他抬起一只手臂，肘部打着弯，手撑在墙壁上，圈住了她。他把她抵在他与墙之间，不让她有任何可以逃走的余地。他抵着她，低下头，眼神带着钩，近近地、直直地盯着她的脸看。

"你真漂亮。"

他的声音带着沙，带着磁，带着钩，他把音色调整到一个前所未有的性感频率上，那么撩人。

她靠在墙壁上，仰头回视他。酒精把她雕琢得人面桃花般明艳，她挣扎在理智和唱歌之间，最后理智胜出："你在撩我？"

他笑了，笑得全世界都跟着亮了。

"不撩怎么让你知道我的心意还在呢？我的小姐姐！"

他又向前抵了抵，把胸腔前如雷如鼓的心跳声，送进她耳中。

谷妙语听着邵远的心跳声。他的心跳摩擦着胸腔传出热量，熏蒸着她。她有一瞬间的迷离，但转瞬就被这热量蒸腾得清醒。他又在撩她了。可凭什么？凭什么他回国以后，每次都是他在撩她，每次都把她撩得处在被动？现在她要站到主动的位置上去。

谷妙语抬起两只手，软软地搭在邵远肩上。她想感谢一下脚上十厘米高的高跟鞋，可以让她像现在这样搭着邵远并不吃力。

她看到随着她的动作，有旖旎涟漪泛起在邵远的眼睛里，泛起在他的长睫毛间。他用眼神在告诉她，她的手对他做这样的动作，他整个人都酥了，醉了，没力气了。

趁着他酥了醉了没力气了，谷妙语蓦地在掌心下注了力。她从搭着邵远的肩膀，变成了用力一握。她握着邵远的肩膀向后一推，再迅速扳过一个九十度把他推向一旁的墙壁。现在变成他背靠着墙，而她把他抵在墙壁与自己之间了。

她松了他的肩膀，一只手插进窄腿套装裤的口袋里，另一只手学他刚刚的样子，向上一抬撑在他耳侧旁的墙壁上。身高关系，她的胳膊肘不能像他刚刚那样，打出个颇有富余的弯——她整条胳膊都绷得很直，一种从下往上斜撑的直。但这并不影响她壁咚他的动作也是帅气的。

邵远靠在墙壁上，嘴角带起笑意，他看着她的眼神，变得又迷又痴。

她今晚没穿裙子，穿的是窄腿裤装。裤子配着掐腰的西装上衣，脚上踩着十厘米高跟鞋，手撑在墙上做出壁咚他的动作——看着眼前的谷妙语，邵远觉得自己后背都要麻酥酥地融在墙壁上了。她才是霸道总裁。

完成一套动作后，谷妙语笑着对邵远说："壁咚而已，我也会。"

想着他刚才步步紧逼自己的样子，她把心一横，也往前凑着。

"不就是这样吗？"

她斜向上看着他，他微垂眼眸回应。他们无比得近，近到呼吸都交融在一起。

邵远心头情动，微微探过来，要吻她的唇。谷妙语在那一秒还是怂了，她抛了霸总范，低下头，于是那一吻落在她额头上。温凉的嘴唇，水一般的轻吻，带着可以漫过她全身的温柔。

邵远探出手轻轻捏住谷妙语的下巴，抬起她的脸。他的意图透过他的眼神，清清楚楚传达给她。他想吻她。

谷妙语心头大跳，接受与拒绝像两辆背道而驰的马车，疯狂地撕扯她。在他又凑过来，嘴唇几乎擦过她唇角的一刹，她又低下了头。拒绝那辆马车跑赢了，拉扯着她，躲过他的吻。

她低头，额头抵在他肩膀上，喘粗气。

她听到他发出长长缓缓的一叹，就在她耳边。

"好吧。我被拒绝了。"他的声音里带着落寞和自嘲的笑意。

谷妙语把额头抵在邵远的肩膀上，深深吸一口气。心跳的幅度在这一吸中被稳定下来，情绪和思路也在这一吸中被她理明白。

谷妙语抬头，看着邵远，认认真真地告诉他："其实我也很想被你亲……"

酒精真是奇妙，在醉与不醉的临界点，居然可以缔造出一个让人格外清醒又格外勇敢的地带，它让人在当下说出平时只会隐藏于心间的话时，一点都不觉得有所顾忌。

"其实我也想亲你。"谷妙语把后面的一句话也说完。

她看到邵远的眼睛里一瞬间燃起了火焰。她站在熊熊火焰里，被他灼烧。她的思绪在热烈中前所未有的理智。

"但在这一刻，我想我必须告诉你，也告诉我自己，这不是我们在一起的好时机。"

邵远眼底的火焰矮了矮，但只矮了一瞬，转眼便又烈焰高涨。

"为什么？"

"因为……"谷妙语看着他，笑了，"和五年前比起来，我们现在的处境和过去没有任何改变，你父母依然对我有成见，我也依然不愿意让我的自尊去承受你父母的成见。我们现在的相处，看起来风平浪静，那是因为你母亲还不知道这次投资是你在为我操盘。如果她知道了，会怎么样呢？我猜她会更厌恶我，她会觉得，看吧，我一早就说得没错，这个叫谷妙语的女人就是得攀附我儿子才行。"她看到邵远眼睛里的火焰从高燃变得矮缓。"你看，其实从前存在的问题，现在依然还在，其实我们什么问题都还没有解决。在这样的情况下，我们怎么可以亲在一起？假设我们不管不顾地亲了，满足一下唇齿欲望之后，回到家我会后悔的，我会后悔自己可真没有骨气，眼界怎么就小得只剩下了情情爱爱。"

她三十岁了，这个年纪再也不是爱情统领整个世界。在这个年纪，已经有太多事情比爱情重要得多。比如亲人，比如骨气，比如事业。只有先赢得事业上的尊重，才有被祝福的爱情到来。这是三十岁的谷妙语，想得最明白的一件事情。

谷妙语看着沉默不语的邵远，笑着拍拍他肩膀："邵远，对温暖家的投资，你已经帮我操盘促成了。现在，是我要靠自己做出点成绩的时候了。全国且先不说，但一年后，我要让温暖家成为北京装修市场的龙头。到那时，你母亲就会明白，就算你不帮我操盘投资，早晚也会有别人投资我。温暖家能强大，资本只是助力，根本却是我——当你母亲能承认这一点，我就为我自己找回了尊严。"她又拍拍他的肩，笑容里带上了几分微醺，"到那时，我们再把刚刚那件事干到底吧！"

邵远听着谷妙语的话，眼底的火焰起起落落地烧，最终他笑了，释然又怅然的一笑。

"好，今天我们不亲了，以后再把这事干到底。"他抬手握住谷妙语扣在自己肩上的那只手，轻轻一捏，"不亲归不亲，你让我抱一下吧。"邵远看着谷妙语，尾音轻颤，语调祈求，"就今晚，抱这一下，好吗？"

谷妙语又上前一小步。她和他近得脚尖都贴在一起。她抬手抱住了邵远。

邵远愣了愣，而后用力回抱她，手臂圈在她身上，下巴抵在她的肩膀。他整个包拢住她。

谷妙语感觉到邵远的身体在颤抖。她感觉到自己也是。

"你好像在抖。"她靠在他胸口，轻声地说。

"你不也是。"邵远的声音带着一丝哑。缓了缓，他说："这是我第二次抱女孩子，我还是很紧张。"

谷妙语鼻头一下有点酸。

"这也是我第二次和男生互相拥抱，我也有点。"话音刚落，她感受到他用力把自己抱得更紧。

这拥抱仿佛穿透了五年时光。她忽然有了恍如隔世的感觉，那让他们彼此颤抖的第一次拥抱，仿佛就发生在昨天一样。她把头埋在邵远胸口，听着他又重又快的心跳，笑着想，今夜趁酒醉，就纵容自己别做个清醒人，享受一下这个拥抱吧。到了明天，她就要开始新的战斗了。

初夏五月，拿到投资款的谷妙语开始大展拳脚。她按照事先的规划，一步一步实现着自己的事业宏图。

第一步，她把业务逐步向三四线城市下沉。她在三四线城市纷纷建立起线下门店和体验店。她没有盲目扩充门店数量，每一家门店的成立，都经过周密测算和系统的可行性分析。

首先是门店选址。谷妙语派人亲自到每个城市进行实地考察，通过考察选取交通情况良好、客流量大、周围人群消费能力强、至少两面临街以保证店面可见度的位置作为门店地址。其次是做好成立门店的成本预算。从店铺租金、门店装修费、门店办公设备购置费，到门店拟招聘人员人工费等，每一项费用都经过仔细测算和严格把控。最后是控制投资回报周期。她把投资回报周期控制在了三到五年内。

经过一系列可行性分析，温暖家的门店在三四线城市纷纷成立起来。每家门店开业前，李跃或者亲自飞到现场、或者派得力下属赶过去，给所有销售人员进行系统培训，让他们的销售能力像坐了火箭般快速成长。有几个门店甚至可以做到开业第一天签单额就破千万。温暖家在三四线城市的业务逐步打开局面。

在把业务向三四线城市下沉的同时，谷妙语拨出一部分资金给设计部，专供其结合互联网技术和大数据技术，开发云设计库项目。

作为室内设计师出身，谷妙语亲自参与到这个项目中，收集整理全国楼盘数据信息，建构含百万种以上户型的户型库，并将每种户型进一步细分为客厅布局和房间布局。而每种布局又会生成各种可能的设计方案，这些方案被上传到云端。客户在装修前可以根据自己的喜好，先从云设计库中自行搜集资料、自行设计装修方案，而后再与设计师进行探讨和适当修改。这样既给设计师节省精力和时间，也能让客户参与到设计中，得到更满足其自身要求的设计方案。在这个项目中，谷妙语还加入了VR体验系统。设计图出图后，通过VR技术，客户能提前身临其境地感受到未来自己家装修好以后的样子。

在上面两个项目进展的同时，谷妙语还投入资金对公司从客户关系、工程施工、建材材料、合同签订、售后服务等多个方面实行全面的智能化信息管理。

在智能化信息管理下，从设计到预算、从配材到施工、从验收到售后，每个流程都能够公开透明地显示在电脑屏幕上，每个工程参与者都能从智能信息系统中看到工程进展和施工细节，工程各个部分的管理者也能实时接收到客户的反馈意见，以此实现对装修工程的全程监管。此外工程部还可以通过智能化信息系统实现电子派工，售后服务部也可以通过智能化信息系统对客户提出的问题快速做出响应。假如客户投诉后，售后服务部在三十分钟内还没有做出回应，没有及时联系工程相关人员了解问题，给出解决问题的方案，系统内将做通报处理，并扣罚一系列相应人员的奖金。

智能化信息管理实施以后，温暖家在业界的口碑持续上升。而好口碑的传播为温暖家带来越来越多的优质客户，也带来越来越多的营业收入和利润。

当初的目标正在一个一个实现。夏去秋来，秋去冬至，谷妙语盘算着最初的目标和计划，发现距离她完成所有目标只剩下两件事还没有做——建立自己的仓储物流系统，以及发展装修产业的下游产业，智能家居业务。

成立自己的仓储物流系统，可以大大降低装修建材的运送存储成本，从而可以提高公司的整体利润。能够直观地提高利润的业务，谷妙语觉得它应该尽快得到大力发展。但她同时觉得，发展智能家居业务似乎也是刻不容缓的，毕竟在现在的一站式装修时代，单纯的硬装已经不能满足客户的需求。硬装之后的家居配套，开始成为客户选择装修公司的参考标准之一。而智能家居正在渐渐成为家居配套的主流。装修公司从智能家居业务中获取的利润，未来必定不可小觑。这两件事，都和利润挂钩，都很有必要尽快去做。

谷妙语征询邵远的意见："建立仓储物流系统和发展智能家居业务，这两件事都需要投入大量的资金去做。而我当下应该率先去做哪一件事呢？"

邵远告诉她："不如先布局智能家居产业吧。可以把投资款剩下的钱，拿去投资一家优秀的智能家居企业。"

谷妙语问他这么决定的理由。

邵远说："因为时机刚刚好。"

他告诉谷妙语，周书奇在做项目时正好遇到两个主营智能家居业务的公司。两个公司的老板，分别是一男一女，都没有到三十岁，个个年轻有为。

"这两个公司，你不管收购哪一个，都对温暖家的未来发展大大有利。至于这两个公司的老板，说起来挺特别的，你不见一见聊一聊未免可惜。"邵远说。

谷妙语鲜少听到邵远评价别人会用到"特别"两个字。于是她带着好奇问："他们是怎么个特别法？"

邵远微笑着告诉她："虽然他们现在是竞争对手，但以前，他们是一对夫妻。"

第二十八章

愿俯首称臣

　　邵远一说出那两家主营智能家居业务公司的老板从前是一对夫妻，谷妙语立刻反应过来这两家公司叫什么名字。它们一家叫弘睦电器，一家叫星哲科技。

　　这两家公司在行业内颇有名气，谷妙语从想要布局智能家居产业开始就在调查了解这个领域的相关情况，这两家公司正好在她调查了解的范围内。

　　"我这个便宜干弟弟还真有点门道，居然能和弘睦电器、星哲科技的两位老板搭上关系。"

　　谷妙语笑着说。

　　邵远也笑："当年这两家公司的老板办离婚的时候，找的是周书奇他们所的律师，周书奇帮着那位律师打下手，就和他们认识了。"

　　下了班回到家后，谷妙语又找出了关于弘睦电器和星哲科技的公司资料，重新看了一遍。

　　弘睦电器原来是做传统家电的，这几年在转型做智能家居，主营各种智能家电单品，如智能冰箱、智能空调、智能洗衣机等。尤其是智能冰箱，那是弘睦电器的招牌产品。几年前弘睦电器原来的老董事长出了事，公司一度差点经营不下去。后来是老董事长的女儿姚佳接手了公司。谷妙语翻到几年前的新闻报道，当初老董事长出事，他的女儿被推到风口浪尖接手了烂摊子。从当时的影像图片资料看，姚佳是个弱不经风的大小姐，面对举到自己面前的一只只话筒，她满眼都是不经世事的脆弱和惊恐。那时据说她刚离婚不久。失了婚，家里又出了事，双重打击压在她这个不懂世事傻白甜的大小姐身上，当时很多人都说，弘睦电器不过强弩之末，连姚佳都被推出来扛事了，看来离倒闭也不会太远。

但就是在这种被人人都不看好的情况下，那个弱质纤纤的姚佳，居然把弘睦电器盘活了。她不仅盘活了弘睦电器，还赋予了它新的生命力和新的商机。如今新闻稿的照片里，姚佳意气风发，美丽从容，眼睛里充满果敢决断，再也没有几年前的惊恐和无助。

谷妙语一边收集着姚佳的相关资料，一边对这个比自己还要小一两岁的女人产生了神往与好奇。她想知道是什么力量让这个曾经的落魄千金在职场上逆袭成了如今的模样。

关掉弘睦电器的资料页面，谷妙语又点开星哲科技的文件夹。

星哲科技，一家成立只有短短几年的公司，它是孟星哲和姚佳离婚后成立的公司，主营的业务是智能家居控制平台和智能安防系统，还有一些智能家居单品。星哲科技这家公司的年纪虽然小，但公司的本事却一点都不小，孟星哲手里有十几项发明专利，连国外的公司对他的技术都很感兴趣。

谷妙语翻看着新闻页面，看着照片上的孟星哲。一个文质彬彬但充满冷感的英俊男人，白手起家，做大了公司，离婚后没有再娶。

现在弘睦电器和星哲科技都在发展智能家居业务，两家公司在一定程度上是妥妥的竞争对手。谷妙语忽然觉得邵远的评价很准确。姚佳和孟星哲确实很特别，她挺有兴趣尽快跟他们聊一聊的。

在和弘睦电器、星哲科技对接之前，谷妙语先和两位给她投了真金白银的投资人股东开了个会。她得向他们阐明她打算让温暖家通过投资一家智能家居企业而打进智能家居领域的计划，并征询他们的意见，得到他们的首肯。

她问邵远要不要一起开会，邵远说："还是你们三方聊吧，我就不去了。"

谷妙语把三人小会的开会地址选在了丽丝卡尔顿酒店，希望那里名气远播的下午茶能给会谈带来好气氛。

她的车在开会前一天被周书奇借走，于是开会当天邵远主动请缨做她的司机，把她从公司接往丽丝卡尔顿。

谷妙语坐在车子里，看着车外十二月初的北京。天空灰蒙蒙的，有霾也有云，它们给北京罩上了双倍的阴。

"看样子是要下雨吧。"谷妙语看着窗外说。

邵远一边开车一边回她："天气预报说是雨夹雪。"

雨夹雪，谷妙语最讨厌的天气。那些雨不雨雪不雪的东西，一落到地上，马上变得和泥一样脏兮兮黏糊糊。高跟鞋踩下去，鞋跟好像着不到地一样，每一步都像要摔倒，步步都走得惊心。

"早知道今天不穿高跟鞋出门了。"谷妙语看着阴得掉灰的天气说。

邵远安慰她："没关系，你等下谈完别急着走，我办完事开车过来接你。"

谷妙语点点头："也好，我正好想去看看黄胖子。"

听到谷妙语晚上会登门，邵远心情大好，踩油门的脚都带上了愉快的节拍。

他们接着说起等下开会的事情。

谷妙语的想法比较乐观，她认为局势很明朗，开会其实只是个过场，对于投资智能家居业务，成伯东和吕迎松不会不赞同。但邵远却持保守意见。

"也未必会那么顺利，资本家对自己投出去的每一分钱怎么花、花到哪里、花得值得吗，都是斤斤计较的。"

果然让邵远说中了，会议真的没有谷妙语想象得那么顺利。它一点也不过场，甚至有波有澜。

吕迎松听完谷妙语的阐述就问："妙语啊，人工智能这两年炒得是挺火，可就像前两年大家炒互联网似的，有点噱头大过实际。我看市面上，有人往彩电冰箱上加个无线模块，能用手机遥控开启关闭，那就叫智能家居了。如果是那样的东西，值得花钱去投资吗？"

成伯东也说："妙语，你给我一个你有必要去做这件事的理由。如果你能说服我，你钱不够我帮你补。但如果你说不服我，作为股东之一，我可能会反对你的对外投资。"

谷妙语先回答吕迎松的问题："吕总，您说的那种挂个无线模块能用手机遥控的冰箱，确实是挂着智能家居噱头的伪智能，我先给您解释一下我们想要投的智能家居是什么样的。真正的智能冰箱，远不止有个无线模块那么简单，它是能实时监控追踪冰箱内现有的食物食材的，它还能根据家庭成员以往存放食物的习惯，智能生成符合家庭成员口味的食谱，如果食谱中缺少什么食材，它就会生成购物清单，并且通过网络把清单发送到用户的手机终端上，提醒用户一键下单购买。"

吕迎松听进去了，点点头，但马上又发出新的质疑："这样的冰箱听起来确实不错，但应该很贵，贵的话买的人就少，买的人少，利润就不会高。"

谷妙语再次体会到了商人的三句话不离利润。她看看吕迎松和成伯东，他们的年纪都在五十岁以上，属于比较老派的人，谷妙语知道要说服他们接受新事物，一定得有理有据才行。

"吕总，智能家居贵这个问题可以分几方面来说，一方面是，这几年咱们国家的富裕阶层正在形成，麦肯锡有一项数据调查显示，我们国家在2010年富裕家庭是260万户，此后每年都在以至少20%的速度递增，所以到今天，富裕家庭的数量已经超过1000万户了，这些都是相当有购买力的家庭。以前移动电话刚上市的时候，一部大哥大好几万，贵得吓人，很多人都觉得那玩意那么贵，就算再方便也永远取代不了便宜的座机。可您看现在，手机几乎人手一部，很多家庭里再也不见座机。为什么会这样？原因很简单，随着科技进步，手机零部件的成本在不断降低。未来智能家居也是这样，随着科技不断进步，未来它的功能会越来越完善，但价格一定会是不断降低的。还有一方面，现在有越来越多的八零后九零后开始成为家庭的主力担当人，八零九零这代人从上学时就在学习各种与时俱进的电子技术、数码技术，这代人和科技有更广泛的融合，对居住环境和居住条件都有更高的要求，更崇尚科技时尚。他们是未来十年的掌控者，所以未来智能化的生活是必然趋势，智能家居也会随着他们的需求逐渐成为生活必需品。"

回答了吕迎松，谷妙语接着回答成伯东的问题。

"成总，您让我给您一个有必要这样做的理由，我觉得这个理由就是，未来智能家居的市场潜力巨大，我们现在早布局，未来就多赚钱。"

成伯东说："布局的方式有很多种，除了投资关系还可以形成战略合作。"

谷妙语点头："对，是这样没错。但我们投资一家智能家居企业，比我们和第三方智能家居企业合作要合适得多。您看，要是投资智能家居企业，我们就可以把智能家居产品加到家装套餐中，通过这些高科技产品去提高用户的生活体验，以便吸引更多的客户。而我们和第三方智能家居企业只是单纯的合作，那就相当于我们其实是在替他们卖东西，我们只是他们的经销商。"顿了顿，谷妙语对成伯东说，"成总，其实我想投资智能家居企业的一个重要原因，是智能家居目前还是一个朝阳产业，它正处在一个快速发展的阶段，未来大有可期。我们现在可以再算一笔账，现在中国有十三亿多的人口，大约有3.25亿个家庭。假设平均每个家庭可以拿出五千到一万元消费在智能家居产品上，这样的话，整个智能家居的市场价值就达到了几万亿！这么大的一块蛋糕，我们切它一定要趁早！就我所知，很多同行公司都要来切这块蛋糕。比如上市公司嘉乐远，作为传统装修公司的龙头，它也很有意向打算布局智能家居产业。"

成伯东插了话："但董兰最近好像把精力财力都放在了她的仓储物流系统上，估计一时半会还倒不出手来。"

谷妙语立刻说："所以我们更应该趁别人来不及做的时候，加紧布局，占上先机，您说对吗？再者说，成总和吕总的精装修公寓和长租公寓，如果配套了智能家居产品，这也是房子和公寓的一种附加增值，会起到刺激消费的作用。"

吕迎松和成伯东都笑了。

"其实我们也知道人工智能这是年轻人推崇的东西，他们愿意为这新鲜玩意买单，但我们还是想听听你能说出什么花来。"

会议开完，成伯东和吕迎松都被司机接走了。他们临走前问谷妙语要不要搭车，还说："妙语，你现在好歹也是估值十位数的公司老板，给自己配辆好车、配个司机，不过分！"

谷妙语笑着说："我还是先给二位投资人赚出投资回报来，再配好车和司机吧！"

成伯东和吕迎松笑着离开，她一个人坐在大堂里等邵远。

外面真的开始下起了雨夹雪，下得地面脏兮兮黏糊糊，看着都难受。

等了一会儿，她的手机响起来。接通，是邵远。

邵远问她："还顺利吗？"

她笑着回："还算顺利。"顿了顿又说，"成总吕总这边没问题了，我想明天就约姚佳或者孟星哲聊一聊。"

邵远说："好的，我来安排。我等下就到酒店门口了，你在门口等我吧。"

谷妙语收了线走出大堂门外。

路面沾着雨沾着雪起了黑泥，湿滑得要命。她的鞋跟踩在被雨夹雪润滑的地面上，刚走一步脚下就打了滑。她以一个狼狈至极的姿势，将将站住，总算没有摔下去，但左脚脚踝却扭出了一个反生理结构的角度。一股剧痛从脚踝处蔓延上来。谷妙语无奈地发现，她崴脚了，崴得还不轻，脚踝那里八成是肿了。

她开始讨厌起她的高跟鞋。

门口的服务生过来询问她要不要紧，需不需要扶她进去休息一下。

她不喜欢陌生异性接触自己的身体，于是连忙摆手说不用。可是嘴上说不用，身体却不听使唤，她试着抬脚，脚不肯动，寸步难行。她决定还是别再嘴硬，让服务生帮忙扶自己一把，可还没来得及张嘴，忽然感觉自己整个身体一轻。下一秒是天旋地转。等天地安静下来不再转，她发现自己是被邵远公主抱了。

她隔着他的镜片看他的眼睛，他的长睫毛下是毫不掩饰的心疼。

"是我的错，我不应该让你自己走路出来。"

他抱着她在一片喇叭声里往车前走。他真的把她当成公主一样，抱得珍重无比，走得小心翼翼。把她抱进车里之后，他又探身亲自为她绑好安全带。那一瞬谷妙语忽然觉得，脚上那双高跟鞋也没那么讨厌了。

邵远直接把车开到了医院。挂好号他扶着一瘸一拐的谷妙语去看大夫。要不是医院人多，他真想干脆再一把把她抱起来。看她走得一步一吸气，他也跟着一步一揪心。

好在大夫说谷妙语的脚踝虽然肿得厉害，但没有伤到骨头。大夫给谷妙语开了药，并嘱咐每天揉一揉，避免剧烈运动，避免爬高爬低，尽量少动多休养。

从医院出来，谷妙语犯起了愁。买房子的时候她一心挑地段，买的是套老破小，房子老，没电梯，她住在六层。现在脚崴了，平地她都走得费劲，更别说上下六楼。看来家里是没法住了。

"你送我回趟家，我拿点换洗的东西去住酒店吧。"谷妙语想了想，对邵远说。

邵远立刻转头，看着她时他的眼睛亮得能晃瞎人："要不然，这一阵子你就住在我那里吧。"

他尽量把这话说得蛮不在意，但嗓音的微哑还是出卖了他藏在期待下的一点紧张。

谷妙语冲着他笑，摇摇头："不了，我还是住酒店吧。"

邵远眼底闪过一瞬的失落："我不会对你做什么的，只是想方便照顾你，你不要有顾虑。"

谷妙语还是摇摇头，笑着说："我不担心你，我担心我自己把持不住。"

邵远忽然有了点拨开云雾不堵心的感觉。他开车到了谷妙语家楼下。扶谷妙语下车后，他一抬手臂一弯腰，上下揽着她的肩膀和膝盖窝就想再次把她公主抱起来。

谷妙语赶紧按下他的手："楼道窄，你这么抱我，我们得一路走一路卡住。"

于是邵远绕到她前面，弯下腰，做好准备背她上去的基础动作。

谷妙语趴了上去。邵远把她往上架了架，动作又轻柔又小心。

"稳了？"

"嗯。"

"舒服吗？"

谷妙语笑了："舒服。"

"那走了。"

邵远背着她走进楼道，他一步一步地迈着台阶，迈得不紧不慢。

谷妙语暗暗想不如他就这样不紧不慢地迈下去吧，也挺好的。她抱着邵远的脖子，下巴在他肩膀上方。只要稍稍一转头，他的侧脸就变成她眼中的特写。她想真奇怪啊，那么好看的脸，那么挺的鼻梁，那么长的睫毛，怎么那么巧，偏偏都长在同一个人身上。

耳朵突然接收到他的一声轻笑。

谷妙语耳根一热，他可别是在笑她用眼神偷吃他的长相吧。

"你笑什么呢？"观察了一下邵远微微翘起的嘴角弧度，分析出从那里溢出的微笑似乎和偷看没什么关系，于是谷妙语出声问。

"你还记得吗？之前有次我背老陶上楼，你问他，在我背上坐人肉电梯舒不舒服，老陶说，特别舒服，他还说下楼的时候让我背你，让你也试试有多舒服。"

谷妙语记得邵远说的这件事。那时陶大爷受到陶星宇涉嫌抄袭的风波影响，住的别墅被记者包围了，她和邵远把他从别墅里偷了出来送往小楼。邵远刚刚说的，是他们上小楼时发生的事。虽然已经时隔几年，但当时的每个细节、每个心跳，她都记得。

她记得当时自己说好啊好啊，邵远被这回答吓了一跳迈空了一个台阶。后来邵远真弯了腰给她，问她来不来让他背一下试试。她当时笑闹着拒绝了他，告诉他得了，你这后背还是给你未来女朋友留着吧。

"妙语，你知道吗？"邵远的声音里带着轻柔的笑意，"我听你的话，我的后背一直给我未来的女朋友留着。"

谷妙语的耳朵火烧火燎得热。

轰轰热浪中，她听到邵远问她："妙语，我这辈子，女孩子除了你，谁也不背，你说好不好？"

谷妙语把额头抵在邵远的肩膀上，嘴角处翘起来的笑容不给他看见。

"好。"她轻声说。

谷妙语收拾了换洗的衣服和洗漱用品，当晚就搬进了酒店。邵远不放心她的脚，从金融圈霸道总裁化身女王的忠犬司机，每天乐在其中地接送她上班下班。

和成伯东、吕迎松开完小会的两天后，邵远就死盯着周书奇，让他火速落实了谷妙语想和姚佳、孟星哲会面的事情。

巧得很，约来约去，姚佳和孟星哲居然是同一天有空。谷妙语让秘书许珊把和他们的会面时间一个安排在上午、一个安排在下午。

谷妙语先见的人是姚佳。

和姚佳一照面，谷妙语就有点喜欢这个年轻有为的女老板。

姚佳穿着西装上衣和长裤，瘦瘦高高的，走起路来有点飒也有点媚。一头黑长直，一副白面孔。谷妙语觉得姚佳的长相是那种看似没有攻击力其实却最能无形攻入人心的——第一眼看过去没什么特殊感觉，可多看两眼后就让人移不开眼了，真是越看越抓人眼球的一种漂亮。姚佳身上的气质也很特殊，有很多矛盾的东西混合在一起。温柔，也凌厉。爽快，也城府。她有个很可爱的小动作，边讲话边思考的时候，会无意识地从纸抽里扯出一张纸巾搓成条。临到她走，桌面上已经有了七八根纸巾条。

谷妙语觉得挺有趣的。

她和姚佳一谈就谈了两个小时，结束时还有点意犹未尽。姚佳虽然年轻，但很聪明，也了解她的企业，了解她在做的事情，和她将要做的事情，了解做什么样的事情会对她的企业最有利。这是一个明智的领导者，和她合作一定会很舒服。

一切都很好，但谷妙语仍然觉得，还是有哪里差了一点什么东西。

下午谷妙语在办公室又迎来了孟星哲。

这个和姚佳同龄的男人，从外貌上看，和姚佳还真是郎才女貌般配得很。可惜他们很早以前就离了婚。

谷妙语觉得孟星哲本人比照片上看起来还要高冷。他有一种从骨子里发出来的冷淡和疏离感，虽然他和她握手时，也微笑，也得体客套地说谷总您好，很高兴见到您。

谷妙语觉得孟星哲的冷和骆峰的冷不太一样。骆峰的冷是什么都不在乎的一种冷然，那是一种不羁。但孟星哲给人的冷，是源自于他太过冷静和理智。谷妙语想，太过冷静和理智的人其实是有一点可怕的。

下午这场会谈，孟星哲全程都保持着他的冷静和理智。只是当他看到桌面的文档夹旁边，若隐若现地掖着一根纸巾条的时候——那根纸巾条被文档夹挡着，从谷妙语的角度看不到，所以收拾的时候漏掉了——当看到它，孟星哲那过于冷静和理智的高冷，出现了一道细细的裂缝。

他把纸巾条捡起来，捏在手里，轻轻地搓，然后抬起头，问谷妙语："恕我冒昧地问一句，谷总您是不是已经和姚佳聊过了？"

谷妙语挑挑眉，点点头。她觉得面前这位还真是敏锐。对于前妻的习性，他不仅了如指掌，并且能迅速反应过来她们已经提前聊过一场。

孟星哲轻轻地搓着那根纸巾条，仿佛能从这样的动作中和他的前妻达成某个跨时空的接触。

"谷总。"孟星哲的动作忽然一停，对谷妙语说，"我有一个小小的要求，还希望您能答应。"

谷妙语笑了笑，客气地请他把小小的要求说来听听。

孟星哲握着那根纸巾条，说："您和姚佳初次见面，应该谈得并不深入，所以你们一定还约了下次面谈。我想我们也是一样，第一次见面，也就谈谈公司情况、未来发展，至于以什么方式展开合作，应该是下次面谈要讨论的议题。所以我的请求是，不如下次面谈，您把我和姚佳约在一起。"

谷妙语脑子飞快地转。她在分析孟星哲提出这要求的目的是什么，是想和前妻面对面地同场竞争一较高下吗？

"那我可能要征求一下姚总的意见，问她愿不愿意以这样的方式会谈。"

孟星哲沉吟了一下，说："如果您去征求她的意见，她不一定会答应……我想您应该知道，我们之前是夫妻，但已经离婚了。"孟星哲握着手里的纸巾条，看着谷妙语，字字斟酌地说，"谷总，您想一下，根据弘睦电器和星哲科技的公司特性，假如下次会谈我和姚佳同时在场，其实我们三方会有机会达成三赢的局面。"孟星哲又简要地说了几句话。

谷妙语听得眯起了眼，随后她沉吟了一下。她顺着孟星哲的话想了一下他的公司和姚佳的弘睦电器的特点，而后她豁然开朗。怪不得她之前和姚佳谈完，总觉得弘睦电器虽然也不错，但还是差了一点什么东西。现在她知道那点东西是什么了。弘睦电器差的那点东西，星哲科技正好可以补上。她马上对孟星哲另眼相看。他并不是要和他的前妻同场竞争，她甚至怀疑他对他的前妻还有很深的感情。他说他们会三赢，真是一点都没错。

"我懂了。好吧，我会想办法达成一场我们三方同时在场的会谈。"谷妙语对孟星哲说。

第二次会面之前，谷妙语亲自给姚佳打电话，向她征询是否可以在开会时加入智能家居领域的另一人。

姚佳并没有问另一人是谁，客气地说："会议开在谷总的地盘，谷总说了算，我没关系的。"

于是第二天的会议，姚佳和孟星哲都到了。

姚佳看到孟星哲时有点意外："谷总说的人，原来是你。"

孟星哲打量着她，问了一句和她的话不相干的问题："最近过得好吗？"声音清清冷冷的，叫人听不出什么情绪涟漪。

姚佳点点头："挺好的。"随后她淡淡一笑，"真难得，你还关心我过得好不好。"

孟星哲欲言又止，但最终什么都没说。

他们各自拉开椅子坐下。

谷妙语推门进来，笑着和两个人打招呼："原来两位老板都已经到了，你们到得真早！中午都没什么事吧？等开完会我做东！"

她例行公事地要给姚佳和孟星哲做一番介绍，姚佳笑着说："谷总，您可以不用为我们互相介绍，我和孟总彼此认识，我们直接开会就可以了。"

于是谷妙语也不多做寒暄。和快人快语的人开会就是这点好，可以三言二语就直接步入会议主题。谷妙语笑着对姚佳和孟星哲说："和二位老板分别面谈之后，我回去又仔细了解了一下二位老板的公司，然后我有了一点新的想法。我发现姚总的弘睦电器和孟总的星哲科技，两家公司各有优势——姚总，您的公司主营智能家电单品，比如智能冰箱、智能空调、智能洗衣机、智能微波炉等，尤其智能冰箱，是你们公司的主打产品。而孟总您的公司主要是做智能家居控制平台和安防系统，同时也做一些别的智能家居单品，比如扫地机器人。此外孟总的公司有自己的技术，所以产品成本相对较低，这是星哲科技的最大优势。而弘睦电器主要依托国外技术，产品的成本相对略高。深入了解二位老板的公司后，我的一点看法是，从目前看，智能家电单品在国内很吃香很有市场，但从未来长远看，智能家居控制平台是王道，因为它是接入其他品牌、其他种类智能单品的入口和控制平台，掌握着主动权。"谷妙语说到这里停了下，她观察了一下姚佳和孟星哲的表情。

姚佳一边听一边又开始把纸巾搓成条。于是谷妙语知道，她的话没有白说，姚佳正在一边听一边思考。而孟星哲还是一副冷然的样子，仿佛并不在意姚佳以及她的动作似的。

谷妙语继续说："其实二位老板的业务有重合也有互补，要是能结合在一起，智能单品加开放式的智能控制平台，这样一组合就很完美了。所以我刚刚提到的新的想法，这个想法就是，不知道二位老板有没有考虑过合二为一的可能性？就是说，你们两个人有没有可能先把公司合在一起，比如先由弘睦电器收购星哲科技，之后我们温暖家再和弘睦电器互相持股，这样姚总可以直接用孟总的技术，产品成本将大大降低。孟总也能借助弘睦电器的销售渠道，销售自己的产品，而我们温暖家则与既有智能家居单品又有智能家居控制平台的公司达成合作。这相当于我们三方强强联手，形成三赢的局面。不知道二位老板对我的提议怎么看？"

谷妙语话音落下的一瞬，从孟星哲的眼睛里看到一抹感激。那抹感激从诞生到隐藏速度极快，快到她几乎担心自己是看错了。

姚佳停止了搓纸巾条的动作，转头看向孟星哲，孟星哲也转头看她。他们对视在一起。

姚佳并不掩饰自己被谷妙语的提议说动了一点心思，但她看不出孟星哲的想法。她只看出他和自己对视在一起的眼神，一如既往那么冷静，冷静得叫人看不穿。

姚佳转回头对谷妙语说："谷总的提议很好，但想必孟总不会愿意吧？"

谷妙语没来得及开口，孟星哲先发了声："你没问过我，怎么知道我愿意不愿意？"

姚佳转头又看向孟星哲。孟星哲居然冲她笑了一下，但笑容是不带温度的，那只是他表达戏谑的武器。

"你还是这样，什么都不问我，就直接替我有了想法。"

姚佳怔了一下，随后她问："那么谷总的提议，你怎么看？"

"未尝不可。"孟星哲看着她，回答得波澜不惊。

姚佳手里的纸巾条又被她无意识地搓动："但你现在不可同日而语，你太贵了，我收不起你。"

"其实……"孟星哲的眼神落定在她的笑容里，"你收的话，星哲科技的估值可以没那么高。"

谷妙语旁观着这对离异夫妻，觉得自己刚刚听他们所聊的每一句话，似乎都是别有含义的双关句。

中午谷妙语要请姚佳和孟星哲吃饭，但他们都说自己还有事，不约而同地婉拒了。

至于那个三赢的合作方式，姚佳表示回头会和孟总再私下商讨交流一下，成与不成都会尽快给谷妙语一个答复。孟星哲也很冷淡地表示了同样的观点。谷妙语一边说好，一边佩服孟星哲装大尾巴狼的本事。

中午的饭局免了，正好邵远过来温暖家附近办事，谷妙语便和邵远一起吃午饭。

谷妙语想吃火锅，邵远开车把她接去海底捞。在车上邵远问谷妙语上午和那二位谈得怎么样。

谷妙语想着刚刚开会时姚佳和孟星哲两个人的反应——两个人一起冠冕堂皇说双关语的样子，摇摇头笑着说："我上午差点有个错觉，与其说我在跟他们开会，不如说我在给他们做红娘。他们两个人，对待彼此都是一副前情已了、公事公谈的样子，可偏偏那前情已了其实道是无'情'却有'情'。"

她把上午开会的场景简明又不失精华地对邵远描述了一遍，描述完不忘再多附上一句点评："我有种感觉，假如他们两个的公司真的能合二为一，他们也许跟着就能复婚。"

邵远一边打着方向盘一边微笑。谷妙语好奇他在笑什么。

邵远想了一下说："我只是觉得，所有能再续的前缘，都得好好珍惜。"借着红灯，他扭头看谷妙语，"错过一次已经很可怕了，要是老天赏脸又给一次机会，再抓不住再错过，做人还有什么乐趣？行尸走肉而已。"

谷妙语听得心跳微乱。她明白，他是在借着孟星哲说自己。

红灯变绿，邵远踩了油门。谷妙语的手机铃声响起。接通，居然是孟星哲。他特意对谷妙语道谢，谢谢她替他提出弘睦电器收购星哲科技的方案。他说假如这个方案由他来提出，姚佳一定会拒绝的。

谷妙语笑着说："孟总不用谢我，我会这么做也是因为您说得确实对，您的方案确实能让我们三方三赢。"她顿了顿，又说，"其实我觉得就算是您亲自提出这个方案，姚总也未必会拒绝。"

姚佳是个聪明人，事后她一定会明白过来，弘睦电器收购星哲科技这个方案其实多半是孟星哲提出来的——如果不是得到孟星哲提前首肯，谷妙语开会的时候上来就建议说，姚佳你其实可以把孟星哲的公司收购了——这做法怎么看都是要得罪孟星哲的。

孟星哲笑笑说："还是得谢谢谷总，就算是我的主意，由您来说她会考虑，由我来说她会直接pass。"

挂掉电话，谷妙语对邵远感慨："这对离异夫妻的相处模式还真是拧巴。"

邵远把车子开进停车场。

"希望他们能尽快拧巴成一股绳，这样温暖家对智能家居的布局也能尽快实现。"

邵远扶着谷妙语进了海底捞。来的路上谷妙语已经在手机上排了号，到店时前边还有五六桌。谷妙语和邵远坐在候位区等着。她低头折着一只可以抵掉五毛钱的千纸鹤，邵远看着手机，两个人没有刻意和对方说话，但他们的交流却一刻未断地交织在空气里。尽管在各做各事，但他们都在留心挂意着对方。谷妙语忽然有一种感觉，一种老夫老妻之间才有的岁月静好的感觉。她忽然笑了下。她是低头笑的，笑得无声无息，但邵远却第一时间感知到了她的笑意。

他放下手机问她："在笑什么？可以分享一下吗？"

谷妙语抬起头，当下心头的感觉只可意会不可言传，她无法描述，只好转移话题问："在看什么呢？"

邵远回答她："看新闻。"他的手机放在桌面上，屏幕还亮着，谷妙语瞄到了"嘉乐远定增"几个字。

"嘉乐远向证监会提交了发行申请材料。"邵远不隐瞒，直接告诉谷妙语，他看的是嘉乐远的新闻。

"你母亲那边还顺利吧，需不需要你帮忙？"谷妙语问。

邵远微笑说："我母亲那边有券商律师那些中介机构把关运作，还不用我插手。"

两人说着话时，号排到了。邵远扶着谷妙语走去餐桌前，走前不忘把她折的那些千纸鹤装进袋子里一并带走。

"你真要拿它们抵饭钱？"谷妙语笑着问。

邵远摇一下头："不，我自己留着看。"

谷妙语觉得邵远可真是个天生会哄女人开心的男人。他把她接触过的哪怕一片纸都看得珍贵。

谷妙语一边养着脚一边等待姚佳和孟星哲的消息。

脚渐渐好起来，在元旦前，她终于恢复到上下六楼可以不用人扶也不用扶楼梯的程度。

她搬回了家里，恢复自己开车上下班。对此周书奇替邵远狠狠表达了一番失落："我的姐，你这脚一好，不用邵远接送，我那兄弟的魂可是直接丢了一半。你要是没事的话，多去他家看看黄胖子吧，顺便看看黄胖子家里那位丢魂的空守老人。"

谷妙语笑着说好。

元旦前夕，传来一个好消息。姚佳的弘睦电器要收购星哲科技了，以现金加股份的方式。等新年过后弘睦电器和星哲科技的合并完成，温暖家就可以和弘睦电器展开合作了。

谷妙语觉得这一年的年底，是这几年来，最叫人舒心的。

跨年夜下午，孟千影到访谷妙语的办公室。她来亲自给谷妙语送新年贺礼。

谷妙语直说孟总太破费。孟千影却笑着说："不破费，羊毛出在羊身上，这买礼物的钱，是从你这里赚到的！"她告诉谷妙语，"得谢谢你，通过叁骄地产和欢乐住投资温暖家这个项目，隽岩资本在中间可赚了不小的一笔财务顾问费。"

谷妙语也笑："但这不是你们薅的羊毛，这是你们应得的报酬，没有你们在中间斡旋，我自己可拉不来这投资。"

两个人适当地进行了一番商业互吹，吹得彼此都身心愉悦如沐春风。

聊得开心起来，公事就渐渐化为了私事。孟千影接了老公毕堂一个电话，整通电话她都在撒狗粮。谷妙语在心里感叹年轻真好，二字头的女人还可以在爱人面前如此的小女人。

孟千影挂了电话，谷妙语由衷地对她说："你和你先生感情真好。"

孟千影笑起来："可你一定想不到，我曾经一度给邵远疯狂发送过求爱信息吧？"

谷妙语愣了愣。

孟千影继续说："我舅舅不是说过吗，我以前是个文艺女青年，特别爱写一些酸文字。"

她大大方方地和谷妙语分享起她大学时做的那些傻事。她告诉谷妙语，上大学时，她每天都会给邵远发一条充满文艺气息和朦胧爱的短信，她觉得凭高中时他们之间朦胧的好感，邵远应该能感觉到短信是她发的，毕竟时差是个最明显的提示，毕竟高中时，他似乎就是被她的文艺清高所吸引。可邵远不解风情，他不仅猜不到是她，还回信息叫她以后再也不要骚扰他了。她有她的骄傲，既然邵远没认出她，她也不肯主动告诉邵远发短信的其实是她。从同学那里，她知道邵远毕业后会出国留学，于是在大四毕业前夕，她再三和邵远确认你确定不会跟任何人谈恋爱吗，邵远回她确定。她就此才停止了发送短信的行为。她想反正他也快毕业出国了，等他出来，她再当面修理他的不解风情好了。

可谁知道，他出国之后，他们是再次相遇了，她也还朦朦胧胧地喜欢着他，可他们却没能如她所愿再续前缘。她发现邵远变了，他心里装着一个人。他为心里的那个人肯吃尽一切苦头，肯挨尽一切难处，只求快速成长，快速变得强大。她那时终于明白，她是再也没有机会了，就此她放弃了自己文艺少女的人设，恢复了她本该有的样子。没想到她的本真面目吸引了另外一个人，就是邵远的室友毕堂。原来她在把邵远当风景看着追着的时候，毕堂也在把她当成风景看着赏着心动着。后来他们就走到一块了。毕堂家境普通，出国留学的学费全凭他自己解决。虽然交到了有钱女友，但他不肯花女友的一分钱。

"他越这样，越叫我心动。邵远马上就在我心里成了过去式，毕堂把他碾压得一点踪影都不剩。"孟千影笑着说。随后她顿了顿，叫了谷妙语一声。

"妙语——我今天就不叫你谷总了，叫你妙语吧。你知道邵远为什么把公司起名叫'隽岩资本'吗？隽岩，隽言，其实就是妙语啊。"

谷妙语听得心头一个大跳。原来他的公司名字，是这个意思。原来他把她嵌了进去。

"其实我知道邵远为什么找我做他的合伙人。"孟千影笑笑，继续说，"他想借助我，和我舅舅搭上关系，为你积攒资源。他为了他的心上人，还真是早早就费尽心血绞尽脑汁了。"

谷妙语听得又是心头大跳。她对孟千影表达感谢："谢谢你了，千影。"

孟千影连忙说："可别谢，用不着谢的，邵远用我的资源，我也不是吃素的，我和他也有交换。"她停了一拍，给谷妙语解惑，"我提出了交换条件，我要他帮毕堂完成他的新能源事业。毕堂要强，不肯靠老婆怕被人说成是吃软饭，那我正好让邵远帮忙。所以我和邵远，其实是条件交换，你不用特意谢我。"

谷妙语觉得自己越来越喜欢孟千影这个有些倨傲但又倨傲得恰到好处不失

可爱的聪明女孩。她知道孟千影今天这番话讲出来一定有原因，于是笑着问："今天怎么会告诉我这些事？"

孟千影也笑着回答她："重点来了。我今天之所以告诉你这些事，可不只是我一个人的想法，主导者其实是我老公。最近邵远一直做他的投资项目，我老公说他每天看着自己那么幸福，可他哥们儿却天天跟个丢魂的苦行僧一样，他看着真是于心不忍。所以我们商量了一下，决定做个多管闲事的人，由我来告诉你，邵远这几年过得有多苦多孤独，而你是他心里唯一的动力和慰藉。我们从没见过一个男人可以为情洁身自爱成那样——他真的像个苦行僧一样，一丁点女色都别想近他的身。"

说到这儿，孟千影长叹口气："妙语啊，过了今晚就是2018年了，他都要二十八了，据我老公说他初吻还在呢，你想这是多可怕的一件事！你快解救他一下吧！"

谷妙语听着孟千影的话，一边听一边笑，笑着笑着就哆嗦了一下。她还有心笑别人，她又好到哪里去了？她也一样啊，三十岁了，初吻还在呢！想想还……真是可怕。

又是一年"12·31"之夜，晚上李跃坐镇，让谷妙语赶紧回家。

"去年的温暖家是小船，不稳，还得由你掌舵。今年有了两位投资人爸爸，温暖家已经变成航母了，航母稳当，你不在我自己也能开，姐你就赶紧回家去吧！"

谷妙语选择听话。她回去，也是对李跃能力信任的另一种表达方式。

楚千淼今年不跟她一起跨年，她被任炎抓走了。谷妙语从公司大门口走出去的时候，默默想着这个跨年夜该怎么过呢？还有，今晚邵远怎么那么消停，都不打个电话给她？正想着，耳边传来一道叫声。环绕立体声的低音炮，听得人心都砰砰地跳。

"妙语！"

谷妙语扭头，看到邵远和他的车。他好像一直等在公司门口。

谷妙语听着他的声音，看着他的身影，不由自主地抬手摸了摸嘴唇。

邵远迎着谷妙语走过来。他一过来就替她把包拎过去，仿佛她的包在他手里，她的人也跟着跑不掉。

"你晚上有什么安排吗？"邵远牢牢扣着谷妙语的包，问她，"我能请你一起吃跨年晚饭吗？"

谷妙语笑起来。这个新年如果是这样过，如果是和他一起过，也不错。但她转念想到董兰。

"你今晚不用陪家里人吗？"

"我父母出国了。"邵远说，"他们一般都在国外过新年和春节。所以，今晚你要是拒绝我，我就会一个人形影相吊地过新年。"邵远说完想了想，又补了一句，"会很惨的。"

谷妙语瞪大眼睛，忍着笑意。他堂堂一个霸总，居然在卖惨。

"那你打算请我吃什么？"

她的问话像一盏灯，瞬间点亮了邵远的眼睛，他眼底放光地说："你想吃什么我就请什么！"

谷妙语想了想，反过来问："你呢，你有没有什么特别想吃的？"

邵远的眼睛更亮了："我如果有特别想吃的，你可以做给我吃吗？"

谷妙语挑着眉梢看他："你先说说看，万一我不会做呢。"

邵远的声音一下起了磁："我想喝你煮的粥。"

谷妙语的后背隐隐地麻了一条。他的声音在撩她，撩得她不得不点头说好。

"那么，你家里有米吗？"

邵远飞快地答："有的，好巧，我前两天新买了贡米！"

"纯净水呢？"

"有的，好巧，前两天我安了净水器，纯净水要多少有多少。"

"锅碗瓢盆？青菜瘦肉？油盐酱醋？"

"都有的。"

"都是你前两天好巧好巧备好的？"

"嗯……"

谷妙语明白了。邵远这是在打一场有准备的仗。今晚假如她不问他"你打算吃什么",他也一定会想办法把晚饭内容绕到她煮的粥上。

她笑了。真巧,今晚他要得偿所愿了,她不打算抗拒呢。

邵远开车载着谷妙语回了家。

一路上他都有些状况外的样子,他几乎不相信自己今天这么容易就达成所愿。

到了家,进了门,谷妙语脱了大衣和西装外套。曼妙的身材裹在白衬衫里,白衬衫的下摆掐进西裤中。邵远看着她纤细的腰肢拔不开眼神。把手围拢上去,不知道是种什么感觉。

他几乎有些神魂颠倒地看着谷妙语走进厨房,系上围裙,淘米,洗菜,煮粥,烧下粥的小菜。期间他主动请缨帮忙打下手,可真干起活来却跟丢了魂一样,越帮越忙。洗菜的时候他的眼睛不看菜,只看她。洗锅的时候眼睛不看锅,还是只看她。她问他要酱油,他目不转睛地看着她,抬手递给她的却是一瓶洗洁精。

谷妙语实在受不了了:"我等下问你要盐你是不是打算递给我洗衣粉?"

她把邵远推出厨房,不许他再捣乱。

"求你别伸手了,这样我们还能提前两个小时吃上饭,吃完饭也不至于中毒。"

邵远不肯走远,就倚在门口看她。

喵喵晃荡着胖胖的身躯,晃悠到邵远脚边,冲他喵呜叫了一声。

谷妙语转头向厨房门口瞄一眼,看到一人一猫列队型似的站在那儿看着她、等着她、依恋着她,忽然就觉得胸口有一团什么东西涌上来,一边涌一边爆炸,炸得四肢百骸都酥麻温暖。

那是温暖的家的感觉。

邵远把谷妙语煮的一锅粥都吞了个干干净净。要不是谷妙语及时拦着,她真担心邵远会把锅也舔一遍。

"有那么好吃吗?"她几乎怀疑自己是不是拥有了米其林三星的粥艺。

邵远点头:"你再给我做点吧,我还能吃下去。"

我还能吃下去——咂摸着这句话，谷妙语明白了邵远的真实意图。他其实是怕吃完了饭，她就要回家。可他只要把晚饭一直吃下去，一直不吃完，她就不用走，就不用回家。

谷妙语一颗心整个都软了下来。

她告诉邵远："别吃了，我不走。我陪你跨完年再走。"

邵远立刻结束了晚餐，揉着肚皮把碗筷收拾了。

从厨房出来他看到喵喵像个赖皮精一样躺在谷妙语的腿上撒欢，爪子时不时就撸一下谷妙语的胸口。他眯了眯眼，走过去把肥猫拎起来，不管它喵呜喵呜地叫，把它送去了卧室。喵喵腿一着地就不干了，还想跑出去找谷妙语玩。邵远蹲在地上起了个肉罐头。喵喵颠着小短腿跑到门口时来了个急刹车，然后倒车、掉头、加大马力冲到它的饭碗前。

邵远悄声地起身，走到门口，关上门，成功地把身心俱黄的肥喵喵关在了卧室里。

他走回到沙发前，坐到谷妙语身边和她一起看电视。他坐得浑身僵硬，想碰碰她，又不太敢。不碰她，又心痒难搔。挨她那么近，他越坐越燥热，最后燥得实在忍不了了，他腾地起了身。

"你干吗去？"谷妙语憋着笑也憋着一点坏，一脸纯真地问。

邵远急中生智："我去给你洗点水果。"

他用最凉的凉水洗了把脸，自己降了温后，他洗了个苹果。他把苹果拿回去递给谷妙语。谷妙语接过苹果把它放在鼻子前闻着，这一闻她吸了好长一口气。久违的一闻。

她握着苹果，咬了一口。真甜。几年没吃，她都快忘了苹果的味道。

她转头对邵远说："我都不记得我上次吃苹果是什么时候了。"

邵远在她身边坐下，看着她轻声地问："为什么不吃苹果了？"

谷妙语冲他笑一下，笑容里有点沧桑，那沧桑让她美得无比动人。

"那年夏天，有个小男生带着苹果来找我。他问我，我们能不能私下谈恋爱，我说不能，我还对他说了很决绝的一番话。然后那个苹果就从那个小男生的手里掉到地上，它一路滚，一直滚到墙角才停。从那以后我一拿起苹果就会想到那一天我讲的那些决绝的话，和那个破破的墙角。我就吃不下去了。"

谷妙语又咬了一口苹果，冲邵远笑："不过现在，我这个吃不下苹果的毛病好像治好了。"

邵远目光深深地看着谷妙语，看到眼圈都泛起了红。他以为那一天是他最痛彻心扉，可原来她的痛苦一点不比他少，甚至她因为自己说了那些决绝的话，潜意识里一直背负着伤害了他的内疚。于是她放弃从小最爱吃的水果，以此作为对自己决绝的惩罚。

他低头摘下眼镜，捏捏眼角。再抬起头时，他转过身，也扳过谷妙语的肩膀。他让他们面对面。

他看进她的眼睛，对她说："妙语，我想和你说说话。"

谷妙语迎视着他。她觉得他每一眨眼，长睫毛都向她扇过一阵蛊惑人心的风。

她点点头："你说。"

邵远道："我知道今晚李跃的'12·31'活动会让温暖家的全年业绩又有一个很霸气的提升。等过了今晚，温暖家的全年业绩排到全城数一数二没有任何问题，对吗？"

谷妙语点头："对。"

邵远继续说："通过你这一年的经营和部署，温暖家现在在全国几十个城市都有线下门店，在你的亲自指挥和参与下，温暖家有了云设计库和VR体验系统、智能信息管理系统，对吗？"

谷妙语微笑点头："对！"

邵远道："现在，温暖家的上游对接房地产翘楚和房产经纪龙头企业的所有资源，温暖家的下游将布局智能家居产品和智能家居控制系统。现在的温暖家是一个打通了上下游产业链的了不起的互联网装修公司，对吗？"

谷妙语笑着用力一点头："对！"

自己的成就由别人来说，她来听，原来竟是让她热血沸腾的。

"妙语。"邵远唤了谷妙语一声，这一声轻唤中，满满都是深情，"我想告诉你，你现在厉害得让我想对你俯首称臣！"

邵远情难自已，抬起双手捧住谷妙语的脸。

"妙语，现在就算是我母亲，她也得对你的本事刮目相看，她也得承认，你没有攀附谁，你是靠着自己变得这么强大的！"

谷妙语陷在他掌心的包围里，看着他。她的脸颊被他掌心的温度熨烫着，她的一颗心也跟着一起发灼发热。

他的拇指温柔地划过她的嘴唇，他说话的声音动情得微微发哑，眼睛里的柔情满得再也兜不住，山洪海啸般溢出来："你现在好厉害，你用你的本事证明了自己，你的本事给你找回了尊严。所以现在，"他捧着谷妙语的脸，声音彻底哑下去，声调发着颤，"我可以吻你吗？"

谷妙语看着他，对他笑一下。

"我知道你说的那句话，完整的句子该是什么。"她轻轻吟诵了那句英文，"Love and a cough cannot be hid."

爱你和咳嗽一样，藏不住。

她冲他仰起脸，慢慢闭上眼睛。她轻轻地告诉他："我也是。"

邵远愣了一秒钟，随后他几乎颤抖地把自己的嘴唇覆了上去。

辗转，厮磨。开始是小心翼翼，温柔克制，渐渐地就变得呼吸加快，无法自已。

他托着她的后脑，她双手紧抵他的胸口。他拉着她的手搂住自己的脖子，于是不用再扶她后脑的手得以解放，可以一偿所愿地去圈握住她的腰肢。她的腰那么细那么软，手一握上去，就想一辈子都长在那里不要移开。

他圈着她的腰把她紧紧抵向自己。鼻息间唇齿间，都是她刚刚吃过的甜甜的苹果香气，能叫人醉过去的香气。他幸福得天旋地转，想和她就这样吻到地老天荒。

元旦当天，谷妙语和邵远一起去墓园拜祭陶大爷。

谷妙语想起去年在墓园里看到的那束花，问邵远："去年你就来看过陶大爷了吧？"

邵远点点头："嗯。"

"来了怎么没等等？再晚一会儿你就能见到我了。"谷妙语说。

邵远抬手搂住她的肩膀："我赶了一夜的飞机，没倒时差，很憔悴，不够帅，不想让你看到那样的我。"

谷妙语靠在他肩膀笑起来："傻瓜。"

他们和陶大爷说了会儿话。正说着，陶星宇来了。他居然不是一个人来的，还带了一个年轻女孩。

陶星宇看看谷妙语又看看邵远，笑了。谷妙语看看他又看看那个年轻女孩，也笑了。

他们寒暄了两句，彼此客气地道别。

从墓园出来，吃了早饭看了电影，又吃了午饭又看了电影，一天就这么晃悠悠又甜蜜蜜地过去了。

邵远握着谷妙语的手，问她："今天真的不去我那里吗？这就要回家了？"

谷妙语笑着点头："嗯，不去了，三千水在家里等我呢。"

邵远有点失落地轻轻叹气，但他还是听她的话，把她送回了家。

车到了楼下，邵远丧眉耷眼地锁着车门不让谷妙语下车。谷妙语探身亲了下他的脸颊，笑着告诉他："别这样，精神一点，我们来日方长啊！"

邵远被她这一亲补上了能量，他握着她的手又揉捏了好一会儿，才终于狠下心放她下了车。

谷妙语进屋时看到楚千淼正像咸鱼一样四仰八叉地躺在沙发上。

看到她回来，楚千淼直哼哼："你过来扶我一把，我腰快断了。"

谷妙语过去扶她坐起来，问她怎么回事。

楚千淼靠在沙发上说："老子昨天把任炎狠狠睡了一晚，今早天不亮我就走了，走前我在他床头扔了二百块钱。我要让他知道，他一晚上也就值这个价！"

谷妙语正在喝水，听到二百块钱的时候直接呛了。她弯腰咳嗽，楚千淼过来给她拍背，拍着拍着楚千淼眼尖地看到她脖子上有红印子，那印子一看就是被人嘬出来的。

楚千森立刻激动了，扳过谷妙语的肩膀，颤着声问："谷子，你是不是终于把金刚不坏处女身破了？"

谷妙语的脸一下就红了，她满脸娇羞地告诉楚千森："就差一点。"

楚千森表示很失望："你们，废物！"

楚千森严格拷问谷妙语这一晚到底是怎么过的，怎么就孤男寡女待了一晚还能保住彼此的金刚不坏童男童女身。

"那你们这一晚上都用来干吗了啊？"

谷妙语一边喝凉水一边给楚千森描述了一下这一夜。

她告诉楚千森，他们隔着玻璃窗看星星看月亮，一边看一边摸黑把该干的基本都干了，只除了最后那一下。

楚千森问为什么会除了最后那一下，就最后那一下才是人生以及生人的精华啊。

谷妙语一边喝凉水一边说因为没套子。

楚千森无语地捧住脑袋："没那个你们就不那个了？"

谷妙语喝着凉水说："嗯，他说他没经验，怕控制不住，事后药伤我的身体……跨年夜，超市全关了，周围又没有二十四小时便利店……所以他就忍回去了。"

楚千森目瞪口呆："他忍得回去？"

谷妙语喝着凉水说："嗯。他流了点鼻血，就忍回去了。"

楚千森看着谷妙语，目光充满无语和呆滞："谷子，替我转告邵远，他有慧根，不如出家去吧。"顿了顿，她正了神色，问谷妙语，"谷子，你们现在这样，那……董兰那边打算怎么处理？"

谷妙语笑起来："去年温暖家的全城业绩已经妥妥超过嘉乐远了。邵远说会告诉他妈，如果有攀附这回事，也是他在攀附我。"

第二十九章

帅气的谷总

元旦以后，邵远像每一个追求心爱女孩的男孩子那样，认认真真地追求谷妙语。接送上下班不在话下，每日一束鲜花是必备项目，加上时不时一个走心的小礼物……谷妙语觉得自己步入三十岁后已经死掉的少女心强势复活了。

邵远把她宠得简直不像话，但凡有他在身边，她就不知道什么叫开门关门——他总会先她一步，走上前去把大门打开让她过，把车门打开让她坐，不让她的手指受到一丁点摩擦门把手的累。

他逮着没人的机会就会情不自禁地拉拉她的手、揉揉她、亲亲她、抱抱她，给她个摸头杀，浓情蜜意地喊她两声妙语。在亲吻爱抚到情难自己的时候，他会叫她"妙妙"。

只要妙妙两个字从他嘴里伴随着他的沙哑、他的气息不稳、他的澎湃情感溜出来，谷妙语就觉得自己被人点了麻穴，从腰椎顺着脊梁骨一路往上麻，一直麻到头皮，麻到眼睛里，麻得自己像化在他怀里的一摊水。她终于知道什么叫蜜罐一样的生活。她明明比邵远大，偏偏被他宠小了——在她少女的时候，她没有尝试过被男人宠，但在三十岁这一年，她却被邵远宠成了少女。

至于那件事——那个他们几乎什么都做了但还缺少的最后那一下，他们倒是一直没有着急再继续。似乎过了那一晚，那种豁出去一切的"管它的，先干了再说"的勇气就不复那么强烈。他们开始像其他人一样，一边循序渐进地谈恋爱，一边享受着循序渐进的恋爱带来的酸酸甜甜的乐趣，也循序渐进地重新酝酿随情而生的那种欲望。他们知道他们早晚会属于彼此，在一个合适的契机，在一个情到浓时无法自持的时刻。他们不急在一时。

一月过后，姚佳和孟星哲完成了弘睦电器对星哲科技的收购，吸纳了星哲科技的弘睦电器变得不可同日而语。接下来的三个月，谷妙语进入工作的忙碌期。她和变得不可同日而语的弘睦电器，开始推进合作进程。

好在这期间邵远也很忙，他忙着帮毕堂完成新能源投资事宜。

大家都在忙，反而一时间谁也顾不上像之前那样浓情蜜意了，那点小心酝酿着的私欲就更来不及顾及。

谷妙语的温暖家和姚佳、孟星哲的弘睦电器，双方通过尽调进一步了解对方公司的情况，通过磨合谈判，最终以彼此都接受的价格达成了交叉持股的合作。从此温暖家和弘睦电器强强联合，互为对方的投资者。

这中间有一个小小的插曲。谷妙语通过和姚佳的交叉持股、联盟关系，帮姚佳成功抵御了一次恶意收购。到此谷妙语忽然有点明白，她想把孟星哲和姚佳当成布局下游产业的资源，但其实她才是孟星哲不动声色布局，用以帮助姚佳对抗股权大战的一步棋。她越发感受到了孟星哲的深不可测。但总算他是盟友，不是敌人。

到了四月，温暖家和弘睦电器的互相持股合作彻底完成。他们的合作登上了很多新闻客户端的财经版首页。新闻中的文字，描述他们的合作是"互联网装修公司和智能家电、智能家居企业结成联盟的典范案例"，称温暖家继通过引入叁骄地产和欢乐住的投资打通了上游房地产行业和房产经纪行业以后，现在又通过交叉持股弘睦电器及其子公司星哲科技，打通了下游的家电家居行业。他们还评价谷妙语是"新锐美女企业家"，是"近年来难得一见的有想法、有布局、有魄力、有行动力的经商天才"。

看到这样的评价，谷妙语的第一反应是打电话问邵远："你是不是帮我花钱买新闻通稿了？"

邵远笑得声哑情浓，告诉她："这些对你来说是实至名归的评价，还用不着我花钱去买。"

谷妙语也笑，笑完她皮了一下："学生的经商本事都是靠邵老师指导挖掘的，学生在此谢谢邵老师了！"她皮完这一下很开心。

邵远对她说了一个字："乖。"

她听得又有点哆嗦又有点爽。哆嗦自己明明比他大，却要被他称"乖"来对待，有点爽她这个三十岁的姐姐又被他轻轻松松地宠小了。

她拿着镜子看看里面的自己，好像真的比之前更年轻了些，皮白肉嫩的不说，眼角眉梢也都应了春天的景，带上了点思春的劲。她放下镜子想，爱情果然使人回春。爱情一旦来了，谁还不是个宝宝呢。

董兰也看到了关于温暖家和弘睦电器达成合作的新闻。

彼时陶星宇就在她的办公室，他们正在讨论嘉乐远下一季度的业绩指标。

董兰看到新闻推送后，对陶星宇说："我也想过布局智能产业，现在看到底是慢了一步。不得不说，谷妙语的动作真的很快。"她说到这儿停了下，想结束话题，但感慨终究积累得太多，一时想压也压不住。于是她干脆继续说下去："其实上次她能拉到叁骁地产和欢乐住的投资，我已经很惊讶，以为那应该就是她事业的顶峰了，没想到她还有各种各样的后手。星宇你说……"董兰说到这儿，微微皱起的眉间有了一丝疑惑，"谷妙语，她到底是个什么样的女孩子？"

那不是个家境很差、家教礼仪不好、总和身边男性扯不清的女孩子吗？还比儿子大了三岁。可儿子对她的痴迷却不是一时热度，他竟为她一痴就痴了这么多年。为了那女孩，儿子一直对她和丈夫消极抵抗。她从最初的火冒三丈，到现在硬是被儿子磨得已经发不出脾气。甚至有时她会怀疑，既然儿子这么喜欢她，没完没了的喜欢，她是不是真的看走了眼，那女孩是不是真的挺好、挺优秀的？

她曾经一度怀疑那女孩是要攀附她儿子、攀附他们家。可现在看，那女孩居然谁也没攀附，却已经走出这么远，恐怕都要走到嘉乐远前面去了。

董兰心里隐约能够分析出谷妙语是真的厉害，但让她一下子就承认谷妙语的厉害，否定她从前对谷妙语所做的判断，她总归是有些不甘心。所以她问陶星宇，谷妙语到底是一个什么样的人。她眼睛多毒啊，早几年就看出了陶星宇对谷妙语那点爱而不得的心思。她想听听这个对谷妙语爱而不得的男人，究竟是怎么评价谷妙语的。

陶星宇笑了笑，微眯下眼，眯出一个总结句："妙语她是一个运气好、身边贵人多的女孩子。"

董兰听到"身边贵人多"几个字，不免又要往"和身边男人扯不清"上想，但陶星宇继续说下去的话给了她一个转折。

"但所谓运气好、身边贵人多，其实也都是她自己的人格魅力挣到的，是她应得的。"

"哦？"董兰把一个单音节的疑惑发出了徐徐的长音，"怎么讲？"她不动声色地问着。

陶星宇挑挑眉梢，想了下，回答："比如说，很多人只看到我帮谷妙语做推荐人，让她的作品有资格参加比赛，她因此拿了奖，打开了事业的局面。这看起来是我帮了她，她靠着我得了奖。但大家并不清楚，其实是谷妙语帮了我，是她帮我摆脱了抄袭的嫌疑，帮我保住了我的名誉和职业生涯。没有她的话，我的事业早就因为那次涉嫌抄袭的事件一落千丈了。所以，该说她是我的贵人才对。"

陶星宇看董兰听得认真，也听得有点不想就此打住，于是想了想后，继续说了另一件事。

"还有骆峰，您可能只看到骆峰对谷妙语好、护着她，所以会觉得是不是谷妙语对骆峰使了什么女人爱使的那种招。其实不是的，我和骆峰聊过天，他告诉我他看中的是谷妙语的才气和韧劲。他跟我说，谷妙语当年刚到嘉乐远的时候，被他带着头排挤打压过，但那女孩什么也不说，不告状不诉苦，只埋头做自己该做的。他说这样的女孩不只是人才，她还有人格。"陶星宇看到董兰听进去了。

她是当年亲自把骆峰挖到嘉乐远的人，所以她最了解骆峰，那个高冷不羁的男人从来都话不多，但从不撒谎，他所说的每一句话必然是实话。

陶星宇从董兰的沉默中品味出她其实想听得再多一点，于是他继续说下去。

"还有那个帮谷妙语做工程的潘俊年，他为什么对谷妙语死心塌地？不是什么男女关系的原因，而是因为当年没有谷妙语帮忙，潘俊年起不来，他就一直是个施工现场的小工人，不会有风风光光的今天。还有李跃，之前是嘉乐远的王牌销售，为什么那么义无反顾地跟着谷妙语干？我听销售部的人跟我说过缘由。当年在大家都不敢借钱给李跃的时候，是和他还不熟的谷妙语，二话不说借给他五万块钱给他母亲看病救命。当时大家都说谷妙语傻，但就是她的傻给她带去了回报。"

"至于邵远，"说到这儿陶星宇笑了，他看着董兰，不遮不掩地说，"不瞒您说，您儿子一度是我的情敌。不过现在不是了。"

董兰波澜不惊地微笑了一下，陶星宇看不出她笑容背后到底是什么样的情绪。不过她是什么情绪都不重要，重要的是他已经找到了余生的伴侣，放下了对谷妙语的那点牵绊。所以他不如索性做个好人，帮她成全她和邵远。

他对董兰笑着说："董总，我在认识您之前就认识邵远，那时他是谷妙语在砺行带的一个小销售。我后来不止一次想过，邵远为什么会那么死心塌地喜欢妙语？关于这个问题，其实在邵远回国后，我们私下聊过一次。"

他很意外邵远回国后会主动找到他。他意识到邵远不再是当年的男孩，他完成蜕变成了一个成熟稳重的男人。而邵远来找他，原来是想通过他了解嘉乐远的一些情况，一些从董兰那里了解不到的事情。比如新事物发展太快，董兰在接受上慢了一步；比如董兰在建的家装仓储物流系统，只进行了不到三分之一；比如嘉乐远最近两年有点走下坡路。他们借着那次机会，聊了聊公事，也顺便开诚布公地聊了聊私事，聊了聊邵远为什么这么喜欢谷妙语，还一喜欢就是这么多年。

"邵远告诉我，"陶星宇回忆着邵远当时的话，对董兰说，"他会喜欢妙语，那是因为妙语教给了他完全不同的人生观，让他从自以为生活在上层社会的自我感觉良好中清醒过来，接了地气，让他活得更有血有肉、有感动有悲悯。"

董兰一字一句地听着，她慢慢点点头。儿子与外人的推心置腹和内心剖白，让她有一丝羡慕和酸楚，也有一丝震动。他从来没跟她和丈夫这样过，也从来不跟他们表达他的心里想法。是他们对他的教导方式太过严苛吗？以往他们说的话、对儿子的要求，就该变成是儿子该有的想法，毕竟他们都是为他好，他只要听父母的话就对了，他不需要质疑，他们也不许他质疑——是不是因为这样，他才渐渐和她与丈夫没有了推心置腹和内心剖白的交流？

董兰压下心头那丝震动，对陶星宇说："听说谷妙语上大学时，跟她导员的关系也是不清不楚的？"其他男人的关系排查过了，可依然还有一个。

陶星宇直接笑了起来："不知道您是怎么听到这个说法的，但事实上，谷妙语的导员是我同寝室的同学，就我所知，他确实喜欢谷妙语——那女孩连我也喜欢，我同学会喜欢她一点也不奇怪。但妙语不开窍，不知道她导员的那点心思，这事还没挑明就不了了之了。"

"但我从你秘书那里听到的，并不是这样的说法。"董兰说。

听到董兰提起贺嫣然，陶星宇悠悠地轻叹一口气："嫣然如果给了您不一样的说法，那是因为我吧。她应该是因为我，夸大了许多关于妙语的事情。您还是以我说的话为准就好。"他停了一瞬，忽然有点自嘲地说，"是我拖着她了，如果我干脆点，她也不会变成这样。"

董兰笑了笑，以笑容结束了这番交谈。

"谢谢你跟我聊了这么多，星宇你可以去忙自己的事了。"她对他和他秘书的八卦无意多了解。

陶星宇起身时陷入自己的思绪里，现在既然他已经认定了伴侣人选，也是时候对贺嫣然说得透彻一点了。

四月底，上市公司的年报陆续公布出来。嘉乐远的年报在4月26日也公告了出来。从年报数据上看，嘉乐远的经营业绩整体走低。年报显示嘉乐远的仓储物流系统完成了三分之一，等定增融资到位后将继续推进后面三分之二的工程。温暖家的全年数据也统计出来了——温暖家的单日接单量一年内翻了足足七倍，已经大大超过嘉乐远，毫无疑问做到了全城业绩第一。通过这一年的升级，温暖家毫无争议地成了互联网装修第一品牌。

五月初，一场空前盛大的装修行业峰会在京举行。会议主办邀请的参会者个个分量不轻。那些人都是房地产行业、装修行业、家居行业、建材行业等各行业的顶级大咖，谷妙语也在被邀参会之列。她很快就收到了由主办方寄来的请柬和参会者名册。

她打开参会者名册时，人正被邵远抱着。她侧坐在他腿上，靠在他胸前。

打开名单后，他们一起看见名单上，"谷妙语"三个字，赫然排在"董兰"前面。

随参会请柬一起送到的，还有邀请谷妙语在大会上发言的邀请书。主办方希望她能介绍一下温暖家的发展情况，分享一下她把温暖家运营到如今规模的经验，再分析一下行业存在的问题、行业未来的机遇和行业前景等。

谷妙语坐在邵远的腿上，微蹙着眉问："我到规格这么高的会上发言，让那些业界大咖坐在下面听我说，这合适吗？会不会有点装大尾巴狼？"

邵远快被她双眉浅蹙的样子迷死了。当年甜甜纯纯的小姐姐，如今被时光雕琢得眼角眉梢一个轻动都充满风情。他揽着她软软的细腰——他也爱死她的细腰了——贴着她的耳朵发电："这是你应得的成就，你就是比其他人强——现在也变得比我母亲强，所以就该你上去发言讲话。"

谷妙语被耳畔的温热气息撩得耳痒心痒浑身都痒，她坐在邵远腿上蹭了蹭。邵远的呼吸一下就沉了。

他抽走她手上的会议资料，一手拢着她的细腰，一手轻轻捏着她的下巴，把她的面孔转向自己，声音微哑地问："今天可以不回家吗？"他哑哑的声音里带着一丝想掩饰却掩饰不住的害羞，"我准备了很多种品类的……这回万无一失。"

他的声音太催情，他平常说话时，就已经像个行走的低音炮，现在刻意发起骚，简直叫人听得心头起浪。

谷妙语和邵远一样，也是情思大动，可她今晚确实不行。

"我来大姨妈了……"

邵远的第二次进攻，惨败给大姨妈。

第二天谷妙语到了公司，用小半个上午想好了会议发言内容。

接近午休的时候，她把许珊叫了进来。

"后天有个高端行业峰会，你跟我一起去。"

她交代许珊做好一些准备工作。许珊把需要做的事情一一记录下来，记录完毕，人并不走。

谷妙语问她："吃饭时间到了，你不饿？"

许珊问："老板，今天中午邵总来和您一起吃饭吗？"

最近那位金融圈大帅哥天天中午都来找谷妙语一起吃饭，好像谷妙语是他的健胃消食片似的。

谷妙语摇头："他今天有事，不来。怎么了？"

许珊犹豫再犹豫，往前凑了凑，半趴在办公桌上，对谷妙语说："老板，现在是午休时间，那我就斗胆跟您说点私事，行吗？"

谷妙语听她提到邵远，又看她表情古怪，被她弄得有点好奇："什么私事？"

许珊又酝酿了两口气，说："我跟您说了，您可别尴尬啊！"

"到底什么事？说。"

许珊吞吞口水，说："我知道您和邵总可能正在热恋，就有时候，互相把持不住什么的……但是那个楼梯间吧，不安全……"

谷妙语脑子里轰地升起一团热浪。她知道许珊要跟她说什么了。

邵远第一天来找她吃午饭，那天中午电梯人多，他们吃完饭干脆就进了楼道自己爬楼梯。楼道里有淡淡的烟味，这烟味好像能催情，他们爬着爬着事情就失控了。

邵远不知怎么就把她突然抵在墙边亲起来。他穿着西装戴着金丝边眼镜，衬衫领带系得一丝不苟，明明浑身的禁欲范，偏偏干着和禁欲一点不搭边的事情。她被他衣冠禽兽的帅劲鼓动得也有点心口发燥，于是没有拒绝他，顺着他的激狂和他在楼梯间里陷入热吻。

她以为他们的亲密接触神不知鬼不觉，原来竟是不安全的。

谷妙语镇住自己从耳朵眼往外冒的热气，尽量平静不在意般地问："你怎么发现楼梯间不安全的？"

许珊说："楼梯间总有人去抽烟，有天骆总、李总和潘总他们也在那儿抽烟……李总觉得他们三个大男人跟您说这个不太好，就让我来……提醒您一下，那里容易被观赏。"

谷妙语点点头。是她被爱情冲昏头脑了，尽管是午休，尽管是楼梯间，尽管事先观察过，选了没有摄像头的角落，可还是应该注意一点才对。只是那天她也不知道邵远是突然着了什么魔，忽然就衣冠禽兽了。

现在回想，他是闻到了烟味之后才起了变化的，谷妙语忽然隐隐明白了什么。他是故意的，他应该是瞄到了那几个人在另外的楼梯平台上抽烟，才故意当着他们的面亲她。他在宣誓和昭告对她的占有。似乎她的异性工作伙伴，给了他某种不安全感。就像当初她看到他的美女合伙人时，心里也暗暗酸波醋海了一番。

谷妙语摇头笑笑。以为他真的脱胎换骨成熟了，可原来一发起酸，还是会变得幼稚使个小算计。抬头看看，谷妙语发现许珊居然还在，她脸上正上演着一种欲言又止的表情。

"怎么还不出去吃饭？"

许珊犹豫了一下，说："老板，我还有件事，觉得和您说一声比较好……"

谷妙语问："和刚才那件事有关？"

许珊摇头："是另一件事，这件事和陶星宇、他秘书，以及他新交的女朋友有关。"

谷妙语挑眉，她想到了在墓园见到的陶星宇身边的那个年轻女孩。

"他们的事，为什么要告诉我？"

许珊说："因为他们提到了您的名字。"

许珊给谷妙语详细讲了一下事情的始末。

"老板是这样的，首先容我感叹一句世界真小，陶星宇的女朋友小咪，是我大学室友的闺密，学室内设计的。她毕业之后就进了陶星宇工作室。陶星宇说她有韧劲有灵气，很像一个什么什么人，据说那人应该是陶星宇的白月光，于是陶星宇对小咪另眼相待照顾有加。这么照顾着照顾着，两人私下就好上了。小咪一直比较不开心陶星宇对女生们都挺好，尤其是他秘书，觉得他们之间总有点说不清道不明的暧昧感觉。但是有一天陶星宇去嘉乐远谈完事回到工作室，忽然就宣布了他和小咪的恋情。小咪说陶星宇的秘书当时就傻掉了。"

谷妙语静静听着，隐约好像明白陶星宇那抹白月光是指谁。她忽然觉得世事无常又奇妙，曾经那个温朗的男人又何尝不是她心头的一抹月光。

"之后呢？"谷妙语知道陶星宇宣布恋情后，贺嫣然一定会有所动作，不然她对不起她这五年来的苦守。想到贺嫣然，谷妙语有一种无力感。这几年就算她已经把陶星宇视作普通合作对象，贺嫣然依然不放弃和她的对立，她在贺嫣然眼中依然是最大最坏最讨厌的假想敌。她知道，贺嫣然没少逮着机会就跟人编她的瞎话，但她懒的和她计较。她们的层次已经不一样，她低头和她吵是非，掉价。

许珊继续说下去："后来，当天晚上小咪正在陶星宇家准备和他不可描述，结果贺嫣然找上门了。鉴于屋里小咪有点衣衫不整，陶星宇就没让贺嫣然进屋，但是小咪在屋里听到了他们在门口的全部对话。"

许珊告诉谷妙语，那晚的贺嫣然很崩溃，她跑到陶星宇家门口，问陶星宇："这几年，我对你来说算什么？你难道不喜欢我吗？你如果不喜欢我，为什么一直给我希望？"

陶星宇告诉她："嫣然，你误会了。"

她马上说："不，我没有误会！陶星宇，你告诉我，我哪里不好？我无怨无悔地陪在你身边，从二十五岁一直陪到三十岁，现在你说有女朋友了，就不要我了？"

陶星宇疑惑地问她："可是嫣然，我们什么时候是那种关系了？"

贺嫣然哭得泣不成声："如果我们不是那种关系，你为什么抱我？还不只一次抱我？"

陶星宇叹口气。他是一个受不得女人眼泪的男人，可他怜惜的是那些梨花带雨的泪，说到底并不是那个流泪的女人。

他问贺嫣然："那嫣然，你想我怎么做？"

贺嫣然哭着告诉他："和我在一起！"

　　陶星宇变得语重心长："说实话，嫣然，我不是没有考虑过你。但我知道，有两次你单独出差，你去过吴总的房间，也去过元总的房间。"

　　贺嫣然一下子蒙了。她的冤屈软了下去，她的不甘也心虚起来，啜泣着为自己辩诉："可你从不给我明示，让我有希望也绝望。我也寂寞啊，也想为自己另谋出路。"

　　许珊绘声绘色地叙述着，好像她是那场对峙的亲历者一样。

　　"到这里，陶星宇陶大设计师，使了个杀招，他居然对贺嫣然说但寂寞不是放纵的理由，嫣然，你看妙语和邵远分开这五年，她寂寞吗？她比谁都寂寞，但她从来都不放纵。"

　　谷妙语听得挑挑眉，她怎么觉得陶星宇在给她拉仇恨……

　　"这个时候，据小咪转述，贺嫣然一听到你的名字，像被点着的爆竹一样，瞬间炸了！她冲屋里喊顾小咪，我知道你在里边，你别以为自己真能坐稳陶星宇女朋友的位置，我告诉你，你下场也会很惨，你不过就是因为像谷妙语而已，你就是她的替身！"

　　谷妙语听得心惊肉跳。2018年了，她的同学还活在上世纪的言情狗血剧里，替身梗她都甩得出。

　　许珊说："陶星宇看贺嫣然有点发疯，就没再和她纠缠，让她好自为之。但小咪听到您的名字，她知道我在给您当助手，就跑来跟我讲这个事，她说元旦的时候她和陶星宇一起在墓园见过您，回想一下您的气质，她说觉得她确实有点您的替身的意思，还说听到贺嫣然那晚临走前似乎说过要找您，就让我来跟您说一声。顺便她还想问问您和陶星宇……嗯……怎么说呢……"

　　说到这儿，谷妙语算是彻底听明白许珊为什么跟自己讲这件事了。陶星宇的小女友被贺嫣然的话讲没了自信，需要从她这里吃到一颗定心丸。

　　她笑起来："告诉你这位室友的闺密，以前陶星宇可从来没说因为喜欢我就和贺嫣然划清界限。现在他不仅主动公布恋情，还和贺嫣然讲明说清，你问问她，她是不是比我待遇好得多？"她收起笑，又告诉许珊，"顺便告诉你这位朋友，女孩子经营一段感情，如果安全感需要从别人那里找，是很失败的。她得自己强大起来，相信自己是最好的，那样才迷人。"

许珊佩服又受教地点头："老板，和您比，我们真的还得修炼！"

许珊退了出去。

谷妙语在办公室里有点纳闷，贺嫣然还有什么事需要找她聊吗？

两天后，行业峰会在京盛大举行。与会者遍布房地产行业、地产经纪、装修行业、家居行业、建材行业等几大行业。

谷妙语带着许珊赶到开会酒店。开会前，在大堂里，她看到了许多行业熟人。成伯东和吕迎松都来了，他们拉着谷妙语到处给身边人介绍，这可是我们的摇钱树，大家对她可都要好一点哦。

谷妙语通过他们，在五分钟内就打通了地产界和地产经纪界的人脉。

除了这些人，她还看到了董兰。董兰正在和一个看起来很有派头的男人站在茶点旁边聊天。那人三四十岁的年纪，穿着名牌西装，一手插着裤子口袋，一手端着咖啡杯，头发向后梳得溜光水滑。他看上去和每个中国人无异，但一张嘴讲出来的却是流利的英语。

谷妙语想起参会者名单上有个叫Nelson并用括号注释着外籍华裔的人，想必就是眼前这位了。

谷妙语在嘉乐远待过，她知道董兰处理对外事务的时候，是有专门的翻译，但今天很明显她没有带翻译出来，于是马助理正在充当她的半吊子翻译。

谷妙语带着许珊过去茶点桌旁边，她需要一杯咖啡提神。她喝着咖啡时，耳边是Nelson滔滔不绝的英语，他的语气中带着一种优越感，音调中也流露着一种怪异的笑音。

许珊英语好，把她听到的内容小声地翻给谷妙语听。

"这个人，说他之前在国外最好的装修企业做高官，现在他想到中国发展装修事业，他说虽然他在国外长大，但这里是他父母的祖国，还是有亲切感的。只是他到了这儿才发现，国内装修的技术水平实在太低了，他打算用国外的技术和材料，到时一定会碾压国内大部分装修企业。如果嘉乐远有兴趣，可以从他那里进口国外环保材料。"许珊翻译完吐槽了一句，"这人说话语气怎么那么讨厌，好想打他哦。"

谷妙语笑了笑。

那个叫Nelson的华裔又说了一大堆，马助理"yeah、yeah"地附和，然后翻译给董兰听。

许珊端着咖啡杯越听越皱眉。谷妙语看到她表情的异样，知道她八成是听到了什么不对劲，于是小声问："怎么了？"

许珊皱着眉靠近她，压低声音说："老板，不对头啊！刚刚那个ABC，他在长篇大论diss嘉乐远待遇福利差和整个国内装修行业的装修材料烂呢，董兰身边那个助理怎么那么二，居然还附和人家，给董兰瞎翻译说对方认为嘉乐远的材料好，要和他们的木器厂合作！天哪，怪不得那人笑得那么鬼鬼怪怪的，那个助理听不懂就不要乱翻啊，真丢脸！"

谷妙语也跟着皱起眉。

许珊继续给她同步翻译："现在那个ABC在问那个助理，嘉乐远有互联网技术和人工智能吗，助理这句听懂了，告诉ABC他们正在开发。ABC在diss嘉乐远怎么刚开始开发这两样技术，是不是国内的装修行业都这么落后。助理跟董兰瞎翻译说对方在夸他们结合新技术的想法很棒……ABC又在diss国内的装修材料了！他说国外可从来没有装修完房子为了释放甲醛而放味的说法，因为他们用的都是无醛环保材料，中国还是太落后了，他现在在犹豫要不要回国做这些事，怕自己的思维布局太超前国内行业。呕！哪儿来的优越感？那个助理还在瞎翻，还以为别人在夸他们，恶心死了！"

谷妙语实在听不下去也忍不下去了。这一刻她顾不上和董兰之间积攒了多少加加减减的私人情绪，她只知道不能任由一个外国人瞧不起国内的装修行业和国内的装修同行。

她端着咖啡杯，带着许珊走到董兰和那个人身边，得体而礼貌地微笑，和董兰打了声招呼。

"董总。"

董兰看到谷妙语时怔了怔，她目光飞快地从上到下审视过谷妙语全身，而后她轻轻一点头，算是回复了招呼。

马助理在一旁斜视着谷妙语。

谷妙语看都没看他，对董兰说："董总，不好意思，不是故意偷听，刚刚我们在您后面喝咖啡，不小心听到您和这位Nelson先生的谈话。这位是我的秘书兼翻译，英语很好，据她说马助理应该是会错了Nelson先生的很多语意。我的秘书很专业，如果您不介意的话，让她帮忙给您翻译一下刚刚Nelson先生的话吧。"

董兰看看马助理，马助理眼神里闪过心虚。那抹心虚让董兰眼现厉色，她明白了谷妙语说的话是真的，马助理确实不懂瞎翻了很多话。她又看向谷妙语："那就辛苦你的秘书了。"

许珊快速把刚刚听到的话给董兰复述一遍，董兰越听越是微笑。

谷妙语从她明明生气却沉得住气的样子中看到了邵远。她果然是邵远的母亲。邵远曾经教给她的喜怒不形于色，显然受教于他的母亲。

谷妙语用简单的英语和Nelson周旋。

等董兰听完许珊的叙述，她抬眼剜了马助理一眼，而后对谷妙语说："他跟你们同龄，我不方便和他计较。请你帮我回击他吧，但注意要回击得不失风度。要让他知道，他从国外回来并不意味着他起点就高、就比国人高了一等，他过人的优越感也实在存在得没什么道理。国外的起点是高一些，国内与之相比是落后了一些，但值得骄傲的不是谁的起点高，而是谁的起点明明不高，却进步飞速。"说完这番话，董兰自己倒先愣了愣，她好像从自己的话中悟到了什么。

谷妙语微笑点头。

"我先一样一样反驳他。"她转头对许珊说，"帮我翻译。"

她看着Nelson，笑着说："Nelson先生，您刚刚说到嘉乐远的待遇福利差，但就我所知，国外您所就职高管的那家装饰公司，不久前刚刚发生过施工事故，事故中有人受伤，几方责任人包括您就职的公司，都在互相推诿，推来推去就不了了之了。而这种情况在嘉乐远是绝对不会发生的，因为嘉乐远给公司里每一位员工都上了保险。另外要特别跟您说的是，嘉乐远是国内极富口碑的装修公司，成立十多年来无一起装修事故发生，这一点，你们没能做到。"

许珊把谷妙语的话翻给Nelson听，Nelson听得挑高了眉梢。

谷妙语继续说："至于您提到的各种技术，国内的装修公司也都在开发中，很多公司都已经取得很大的成效。比如我的公司温暖家，就把互联网技术、云计算、大数据、人工智能等很好地融合到了装修领域中。"

谷妙语等许珊翻译完，继续面带微笑地说："还有您说到国内装修材料不环保的问题，这个有点以偏概全了。不排除在一些低级公司里确实存在使用劣质材料的现象，但像嘉乐远这样的老字号装修企业，您需要了解的是，嘉乐远有自己的木业公司，它的木业公司采取世界领先的工艺技术，生产的木门厨柜浴柜，不仅国内在用，还远销国外。"谷妙语愉快地笑了两声，"说不定您公司有部分木材木制品正是从嘉乐远进口的呢！"

许珊帮她翻译。董兰在一旁看着谷妙语，看着这一切。她的表情波澜不惊，但眼神却是目不转睛。

许珊翻译完，Nelson端着咖啡杯对谷妙语耸耸肩膀。他把眉梢挑得高高的，问谷妙语："你这么了解别人的公司？"

谷妙语知道他的弦外之音：你又不是嘉乐远的人，你凭什么讲这些话，而你替嘉乐远讲的这些话，可信？

谷妙语的回答掷地有声："因为我从前就是嘉乐远的员工，我从嘉乐远里走出来的，我当然了解它。"

Nelson耸耸肩，放下咖啡杯走去了会场。

谷妙语也放下咖啡杯和董兰微笑地说失陪，董兰却拦住她。

"稍等。"

谷妙语站定，回身，看向董兰。

董兰对她说了声："谢谢。"

谷妙语回之一笑："您不用谢，我是在为我们中国的装修行业正名，不是为了一己私人。"

谷妙语很早就发现中国人有一个很有趣的特质。不管人和人之间平时有什么私人恩怨情仇，只要外敌当前，就能做到摒弃私怨，同仇敌忾。她想这也许就是中华文化能够流传五千年不断不衰的原因吧，这个民族有团结的精气神在。

她对董兰点头作礼，以示失陪，带着许珊走去会场。

许珊对她悄悄竖大拇指："老板，您刚刚太帅了！我要爱上您了！"

谷妙语冲她眨一下眼，也夸她："你也很帅，谢谢你让我的助理赢了董兰的助理。"

董兰看着谷妙语的背影，叫了马助理一声："小马。"

马助理赶紧应声。

"以后不知道的说不知道，拿不准的说拿不准，不要根据自己的主观想法做加工，闹出笑话来，你丢饭碗事小，丢国内行业的脸，事就大了。"

会议开始后，主持人串词，介绍与会领导、介绍到场嘉宾，并邀请行业领导上台讲话。

领导讲话用了差不多一小时，领导讲完轮到谷妙语。

谷妙语走到台上，调好话筒，然后笑着说出开场白："大家好，我是温暖家的董事长谷妙语，等下我会尽量捡干的说，凝练地说，一定不耽误大家的茶歇时间。"

会场气氛被调动得轻松起来。

董兰坐在台下第二排，看着台上的谷妙语。她见过那么多人的蜕变，但没有一个会比她更惊人。这女孩从前就很机灵，现在已经成长为智慧。这么大的场合，她一点没慌，很会控场。

她仔细听着谷妙语的发言。

"主办方让我讲讲温暖家，讲讲行业未来的发展趋势，那我就谨慎地讲一讲，讲对了大家可以考虑鼓掌，讲错了请大家不吝指正。"

不错的开场，自信和谦逊都兼顾到了。

"我认为从现在到未来几年，家庭装修的发展趋势主要有两个，一是标准化，比如统一套餐，统一施工标准；二是定制化，就是在统一套餐的基础上进行调整，满足客户的个性化需求。而这两种趋势又都有一个统一的趋势，那就是它们全都趋向智能化。标准化、定制化、智能化的装修，我们温暖家都在做，并且取得了不错的市场口碑。未来的家装行业必定要向整合行业产业链的方向发展，比如整合上游的房地产房产经纪公司、整合下游的家电家居公司——在这方面，我们温暖家有幸已经完成初步整合。"

谷妙语介绍了一下温暖家的发展，也介绍了国内行业的发展。她把互联网技术、大数据、VR、人工智能技术等该怎样和装修行业融合在一起，精准凝练地讲述了一遍。

"讲完互联网技术、大数据、VR、人工智能，我想再说一下智能家居。我们温暖家投资了弘睦电器，弘睦电器现在正在开发一款智能冰箱。大家很多人都知道现在的智能冰箱有根据使用者的使用习惯智能生成菜谱、智能下单购买食材的功能，而我们这款智能冰箱，可以提供比之更加智能的服务。比如当独居老人购买了这款冰箱，假如冰箱门一段时间没有被打开过，这款冰箱就会根据日常老人开关冰箱的频率，智能判断老人是否身体不适、是否遭遇了什么意外，从而开启智能联络方式，联络医院以及不在身边的家人。"

她讲得生动鲜活，台下人听得津津有味。讲完这些新技术，她接着讲行业未来的发展。

"家装产业的特点是链条长、过程复杂，想把每个环节都全面地一网打尽是不太容易的，比如有的企业设计好、有的企业主做建材商、有的企业专做硬装后的软装。靠一家公司不能把整个链条打通怎么办？这是个很关键的问题，解决这个问题的最有效方法，我认为是通过行业内具有不同优势的企业间的合作。在某个环节上有短板的公司，和其他在该环节上有优势的公司互相合作，这也是一种打通产业链的方式。既然自己打不通它，那就通过合作去打通它。合作，才是企业间互赢互惠同时促进行业进步的大势。"说到这儿，谷妙语做了一下停顿。她用停顿来做无声的强调，告诉听众们，下面重点要来了。

"希望在未来，同行之间可以打破企业间的竞争壁垒，多多合作，互通互赢，大家一起变得越来越好、越来越强，这样我们的行业才会越来越好、越来越强。"

董兰看着台上的谷妙语，认真听着她的发言。那女孩站在台上，意气风发，姿容飒爽，美丽自信。她此刻是全场的焦点，吸引着所有人的注意力。

耳边听到谷妙语做了总结词："最后我想说，赚利润可以是我们的目的，但不应该是我们的根本目的，我们的根本目的应该是让行业发展得越来越好。改善行业的不良现状，让整个行业能够良性有序地向前发展，这是我从第一天入行、第一天做企业就有的初心。到今天，我的这份初心依然没变。我想我们每个行业人都是有责任的，我们有责任带动整个行业良性有序地向前奔跑！我的发言就是这些，能为大家多留出五分钟的茶歇时间，是我的荣幸，谢谢大家！"

董兰看着谷妙语站在台上鞠躬行礼，真是富有激荡人心的主旋律又不失轻松谐趣的结束语。她今天这番发言真应了她的名字——确实妙语。

台下响起热烈的掌声。掌声是对那女孩讲话内容的认可。整合行业产业链，自己整合不起来，就通过合作去整合。这话确实说得很对。

出于对这番话的认可，董兰也抬起手鼓掌。

掌声响了一会儿才歇下去。接下来是半小时的茶歇时间。董兰看到谷妙语走下台来，走回到她的位置。她坐在第一排，就在她前方斜侧一点的位置。很多人追过来跟她加微信，交换名片。

董兰心里起了一丝波澜，但很快回归平静。以前这种会议，被这么风光围拥的人是她。看来不服老不行了，后浪推前浪，前浪坐在第二排，看后浪闪闪发光。

她看到刚刚开会前那个有着中国人躯壳满嘴英文的Nelson也走过去了，他身边还跟着个人，似乎是他的翻译。她感谢自己的耳朵还没有步入耳力退化的行列，还能听到一些他们的对话。

她听到Nelson说了一串英语，其中有一个词她能听懂——sorry。

谷妙语的助理在给她翻译："老板，Nelson先生在跟您说，翻译先生给他翻译了您刚刚的讲话内容，他对您郑重道歉，对国内的装修行业也郑重道歉。他说他听了您介绍的那些技术，尤其您投资过的那家智能家居企业生产的智能产品，他知道之前是自己眼光狭隘了，谢谢您今天纠正了他的错误认知。"

谷妙语听完助理的话笑了，她让她的助理帮她翻译："Nelson先生，谢谢您最终没有看轻造就了您血统的这个国家。您不小看这个国家，您所在国籍的那个国家才不会小看您。"

董兰听着谷妙语这句话，觉得它真是一句很有道理又很有分量的话。她看到谷妙语带着许珊起身出去吃点心。

身边助理在问她："董事长，我去给您端杯咖啡吗？"

她摆摆手，起了身。

"我自己去吧。"她淡淡地说。

谷妙语在吃茶歇的时候居然见到了一个意想不到的人。

在她端着盘子尽量把吃相表达得优雅吃着一块小蛋糕时，她的肩膀被人轻轻拍了一下。回头一看她就愣住了，拍她的人居然是贺嫣然。她脸上的妆容虽然精致，却难掩神色里的憔悴和伤怀。

"我刚刚坐在下边看到了你的发言。"贺嫣然笑着开口，笑容里倒没了平时的一股做作劲，"你讲得真好，我听着听着就发现，原来我们已经不是一个世界的人了。"

谷妙语吃掉最后一口点心，放下碟子，擦了擦嘴角，然后她才回贺嫣然的话："你是替陶老师来的？"

听到陶星宇，贺嫣然的神色惨淡。

"嗯，我跟他要了参会请柬，他知道我要来，为了躲我，他就不来了。"贺嫣然看着谷妙语，语气里有了一点祈求，"妙语，能和我聊一会儿吗？见你一面，了一下我们这几年的恩恩怨怨，我就要离开北京了。"

谷妙语很想告诉贺嫣然，这几年我和你从来没有什么恩恩怨怨，那些恩恩怨怨都是你往自己脸上贴金单方面臆想出来的。但看到贺嫣然神容惨淡，她没说什么。和一个失意人做计较，没什么意义。

她跟着贺嫣然坐到一旁的卡座上。这酒店环境幽静，卡座与卡座之间隔着一排一人高的绿植，隔出了一种富有大自然感觉的独立空间。

谷妙语隐约觉得她坐下以后，她背后隔着绿植的另一桌也坐了人。

来不及感觉更多，她听到贺嫣然启动了凄凄婉婉的开场白。

"你知道吗？陶星宇有女朋友了，一个年轻女孩，刚到工作室工作还不到一年。你说可笑不可笑，我都没有正眼瞧过她，结果她在我眼皮子底下把人撬走了。想想真是可悲，我一直把你当成敌人千防万防，结果不成想被一个新人挖了墙脚。妙语，你说我惨不惨？我这么多年的痴心，就落了这么个下场！"

谷妙语看着贺嫣然，她奇怪自己是不是变得铁石心肠，居然不为所动。

"你很惨，但我不同情你。"她只是替她觉得悲哀。

贺嫣然眼神瞧了瞧旁边，吸了下鼻子。稳定住情绪后，她把视线又转回来，她的眼底有真的想不通一些事的疑惑："我今天就是想来问问你，你说，我们起点明明是一样的，我们是同样的学校同样的专业，我不比你丑你也不比我更好看，甚至刚步入社会工作时，我的起点还比你高一点。可到了现在，我们怎么会有了天差地别的差距呢？说实话我真的不甘心！"

谷妙语看着贺嫣然，一字一句地告诉她："原因很简单，我寄希望于自己，你寄希望于男人。"她想给贺嫣然一个忠告，希望她走过五年弯路后，下一个五年可以长教训，"这个世界上，最不会辜负你的是你自己，最容易辜负你的，是男人。"

贺嫣然好半晌没说话。过了一会儿她笑起来，对谷妙语说："以前我对董兰说过你很多的假话坏话，我见不得你好，就想让别人也厌恶你。你恨我吗？"

谷妙语笑得云淡风轻，摇摇头。她不是宽宏大度，她只是觉得贺嫣然的坏话没有贺嫣然自己想象得那么有分量。

"我想你高估你的影响力了，董兰厌恶我，是因为她本来就厌恶我。就算你不跟她说我的坏话，她也一样会厌恶我。而你只是说了她当时想听的，那些话其实连是真是假都不重要。"谷妙语顿了顿，问贺嫣然，"但你为什么要告诉我这个？"

她看到贺嫣然脸上出现了复杂的表情。有点释然，也更难过。她做过的坏事没有被追究，这让她释然。但想到她曾用心做过的坏事，在当事人那里居然如此不被在乎，她拼尽全力视为对手的人从不把她当对手，多么叫人难过。

贺嫣然笑出一副很难过的样子。

"我曾经为我的使坏暗暗觉得解恨。可现在，我发现我真蠢，我和你斗了这么多年，到今天我才发现，你不是我的敌人，而你也从来没把我放在眼里当成对手。我真的像个笑话。我等一个人，等到三十岁，等得青春都不在了，等得上学时学的设计技能也荒废了，等到最后那个人给我希望却又不要我。妙语，我要离开北京这个伤心地回老家了，但我其实不知道回去之后我又能干什么，我三十岁了，我还能干什么呢？你说我是不是很可悲？"

谷妙语觉得自己听贺嫣然卖惨只能听到这里了。她是很可悲，但那是她自己一手导致的结果。她最后能给予的，只有一句忠告："三十岁没那么可怕，离死还有好几十年呢，颓废得这么早干什么。"谷妙语叹口气，对贺嫣然说，"嫣然啊，你从三十岁开始，好好为你自己活吧，也还来得及。"

茶歇结束前，贺嫣然离开了。她说她过两天就会离开北京。

谷妙语看着她离开的背影，有点唏嘘。这城市承载了太多人太多的梦想和欲望，有人最后把梦想变成现实，有人最终把欲望化作失望。这五光十色的大都市只认同拼搏，从不同情谁的眼泪。

谷妙语从卡座站起身，回身准备往会场走，转身的时候她看到董兰坐在她身后的卡座。

她怔了怔。

董兰一手捏着托盘一手端着咖啡杯，表情波澜不惊一派淡然。

和她的视线对上，董兰对她轻轻举了举咖啡杯："刚刚的发言，讲得很不错。"

谷妙语又怔了怔，她居然得到了董兰的认可。

峰会一共两天，第二天会议结束的当晚，谷妙语直接开车到了邵远那里。

吃完晚饭邵远询问她的亲戚走了没有，得到肯定回答后，他扣着她不放她走。

在客厅沙发上，谷妙语靠在他胸前笑："你母亲，她称赞了我，还对我说了谢谢。"

邵远揽在她肩头的手用力收紧："我就知道，你可以征服一切人。"

他声音里是浓浓的爱和骄傲。

第二天一早，谷妙语起来做早餐。

她没有睡衣，于是穿了一件邵远的白衬衫。她在煮粥的时候被邵远袭击了，罪名是她穿着他的衬衫，太过美丽。

吃过早饭，洗漱完换好衣服，昨夜的两个人又变成了职业套装加身的精英男女。

谷妙语收拾好自己从房间里出来的时候，邵远已经西装革履地坐在沙发上等她了。他戴着金丝边眼镜，衬衫领口紧系，浑身的禁欲范。他拍拍身边的位置，对谷妙语说："妙妙，来坐一下。"怕谷妙语联想昨夜发生在这里的事情，想歪他发出的邀请，他又补充了一句，"我们聊两句正事。"

谷妙语疑惑地坐过去。坐过去时她还担心邵远会亲亲抱抱，结果她想多了。他真的是和她认真谈正事。

邵远坐在沙发上，长腿岔开，身体前倾，胳膊架在大腿上，两手交握。他一眨不眨地看着谷妙语，然后他说："妙妙，被我母亲称赞，听到她对你说谢谢，我觉得这些还不够。不如你来做嘉乐远的股东吧，做一个不管嘉乐远做出什么决策都需要经过你投票同意的股东。你说还有什么比这个更能让你扬眉吐气的呢？"

邵远看着谷妙语，眼底闪着光，笑着说。

谷妙语被邵远的话说得有点迷糊。她做嘉乐远的股东？怎么做？为什么做？又从谁那里去拿到股份？但她知道邵远从不说没根没由的话，并且他的根由一向布局得盘根错节莫测高深。假如他呈现出一个结果，那么在这个结果之前他一定早就深思熟虑地铺好了满盘棋的棋路。

邵远抬手推推眼镜，绽出微笑。那笑容又帅又发光，流量小生也比不过他的风采翩翩。他的笑容里还有种欣慰，每步棋终究是按照他铺好的棋路走下去，没出意外没出岔子，一切尽在掌控的欣慰。

他微笑着，轻声问谷妙语："你知道我选择回国的契机是什么吗？"他的声音低低哑哑带着磁性，不管说点什么都像绵绵情话，"是我看到嘉乐远发出了打算定增融资的公告。"

他在国外待了五年，五年来他不断丰满自己的羽翼。羽翼初丰后，他一直在寻找一个回国的契机。当他看到母亲把嘉乐远非公开发行股票（即定增）的事项提上日程正式推进，他蓦地发现，自己回国的契机到了。

他在心里设下了全盘的部署和计划。先帮温暖家找最适合它壮大的投资人——欢乐住和叁骄地产，为温暖家注资。这个计划他在回国前很久就已经在筹谋，并且为此他和孟千影达成了交换条件。回国后他按照计划，一边帮温暖家完成被人投资与对外投资，看着它如预想的那样快速发展壮大，一边留意母亲的嘉乐远推进非公开发行股票融资的时间进度。

去年五月的初夏时分，他在幕后操盘帮温暖家完成了被投资事宜。同时间，嘉乐远正在聘请券商准备非公开发行的材料。这个时间进度对他来说刚刚好，一切发展都在他的计划中。

到了去年冬天，温暖家的发展变得势不可挡。那时谷妙语问他，下一步是应该布局智能家居产业，还是仓储物流系统。他告诉她，不如先布局智能家居产业吧。

谷妙语问他这样决定的理由，那时还不是把一切都告诉她的合适时机，于是他给她的理由是，投资智能家居的时机到了，因为周书奇正好认识这个领域的两个佼佼者。而那时他做这个决定的真正理由，其实是不想让她费时间精力、花多余的钱去布控仓储物流系统——他早有打算让温暖家直接使用嘉乐远的仓储物流系统。至于怎么使用，他早就布好了计划。但这些事还不用告诉她，他会替她按部就班地布控好一切。

到了去年年底，谷妙语和姚佳、孟星哲的合作已经基本敲定。温暖家的布局到此算是基本完成，如果再继续向前推进下去，就是仓储物流系统了。那段时间他密切关注嘉乐远定增事项的进展。有天谷妙语和他一起去吃海底捞，他看到嘉乐远已经向证监会提交了发行申请材料的新闻，他又松一口气。他的妙语是有点好运气的，一切时间点都刚刚好，都还在棋盘上早就布好的棋路中。

到了上个月底，嘉乐远的年报公布。年报显示嘉乐远的仓储物流系统只完成了三分之一，目前在等待定增融资的资金到位，这之后嘉乐远将继续推进后面三分之二的工程。而在此同时，温暖家的全年财报也被统计出来，温暖家的收入节节攀升，利润可观，已攻下全城业绩第一。至此，一切时机都是如此刚刚好。刚刚好嘉乐远有仓储物流的项目，需要钱。而温暖家需要仓储物流系统，账上有钱——一部分是两位投资人投进来还没用完的钱，一部分是公司赚得的利润。

刚刚好他的妙语如今的强大，得到了母亲的改观和认可，这让她们未来达成合作变得事半功倍。刚刚好他在谷妙语准备行业峰会发言内容时给了她一点启发和提示，于是谷妙语的发言里有了一条关于企业间协同合作的观点——整合行业产业链，自己整合不起来，就通过企业间的合作去整合。刚刚好他又知道母亲也很认同妙语的这个观点——她夸赞她讲得好。

一切都刚刚好得不得了，效果甚至已经超过他的计划和预期。他想果然努力的人运气总是会好一点，他的妙语那么努力，所以她是个有福气的人。而一切的刚刚好现在都有了一个水到渠成的指向——他的最终计划可以提到日程上来实施推进了。

邵远告诉谷妙语，定增是上市公司非公开发行股票的另一种说法，是对十名以内的对象非公开发行嘉乐远的股票。而认购到这些股票的人，定增完成后，就成为嘉乐远的股东。

"成为嘉乐远的股东，和嘉乐远达成协同合作关系，你就能直接使用嘉乐远的仓储物流系统，不用自己再劳心劳力去打通产业链条上的这个环节。"

谷妙语思考了一下，立刻算明白了这盘账。

假如她用温暖家去认购嘉乐远非公开发行的股票，温暖家就将成为嘉乐远的股东。她可以申请到嘉乐远董事会的一个董事席位，以后嘉乐远所做的每一个决策，都要有她的参与投票。而她手里握有的嘉乐远的股票，是定增时折价买进的，未来随着嘉乐远的市值增值股价上涨，她拥有的股票总值会超过当初认购时花的钱。假如未来她要抛售股票，又会额外多赚一笔差价。而嘉乐远，从温暖家这里得到定增融资的钱以后，便解决了资金缺口的问题，得以继续完成它的仓储物流系统。等完成以后，作为股东的温暖家当然也可以一起共享使用。同样的，董兰也可以从她这里共享互联网技术、大数据、人工智能技术等，还可以共享她的房地产资源和房产经纪资源。

这么一看，双方的合作倒是好处极多的一番强强联合，谁也不会单纯占谁的便宜，却都可以借对方的优势，弥补自己尚有的短板。这一举，倒正应了她在峰会发言时的那个观点，"整合行业产业链，自己整合不起来，就通过企业间的合作去整合"，而这句话恰恰是邵远启发她想到的。她笑起来。她这是把自己交给了一个怎样聪明的男人，他善于谋划、心有全局，又能两方平衡，左右逢源，为每个人都争取到最大化的好处。

"你说得很有道理，有什么比我带着温暖家成为嘉乐远的股东更扬眉吐气的？"谷妙语笑着看向邵远，故意拿出一副温暖家董事长的派头，"那么，就劳烦邵总稍后帮忙运作一下这个事情吧！"

想通过定增认购达成积极正面的合作关系，邵远认为有必要提前和董兰沟通这件事情。于是两天后，孟千影以温暖家聘请的财务顾问身份拜访了董兰。

她给董兰递名片的时候，递出去的是一张名头为"堂梦投资总裁"的名片。

董兰低头看了看名片，不动声色地笑了一下，而后她抬头和孟千影寒暄："上次听到你的消息，还是你和邵远读高中的时候，一晃你们都能独当一面了，我不服老不行了。听说你已经结婚了？"

孟千影笑着点头："是的，我先生叫毕堂，正在白手起家创业，他是我的偶像。"

"白手起家"和"偶像"两个关键词，是来之前邵远叮嘱她说的。他想通过她和毕堂给他母亲在感官意识上做一个投射——看，家世好的人未必就得讲究门当户对。

董兰笑一笑说："白手起家。嗯，也挺好。"

孟千影从后面的"也挺好"三个字里，听出邵远对他母亲的意识投射成功了。她怎么认识了一个这么鸡贼的人。

寒暄过后，孟千影步入正题。她向董兰表明来意，嘉乐远非公开发行的申请快要上会了，过会应该没问题，在此之前，她代表温暖家对董兰表明意愿——温暖家有意参加嘉乐远的定增，认购嘉乐远的股票。

董兰半晌无声，好一会儿后她笑着说："让我听听这番操作背后的理由，我得判断一下想成为嘉乐远股东的人，是出于一种怎样的意图。"

孟千影此行之前，接受过邵远的培训。邵远特意告诉她，会谈时把话说得稍微犀利一点不要紧，因为只有犀利一点，才能让他母亲破掉要面子的心理。

于是孟千影犀利地告诉董兰，恕她直言，嘉乐远的效益近两年在走下坡路，现在做定增的上市公司很多，那些机构投资者都很谨慎地在择优，最后就算嘉乐远的发行申请过会，可以拿到发行批文，也未必有机构会愿意出钱认购。而现在嘉乐远急需的不只是资金，它还需要提供资金的认购方能够给嘉乐远带来其他资源，助力嘉乐远效益变好，让嘉乐远的市值得到提升，这样嘉乐远未来股价才能走高。而温暖家恰恰是符合这一切条件的认购方。

孟千影对董兰说："董总，温暖家认购嘉乐远，其实是两方之间的资源互换，是行业内的强强联合。"

为了佐证这个观点，她摆了一些双方互惠互利的好处。

"董总您看，定增认购完成以后，温暖家就变成了嘉乐远的股东，二者就成了一荣俱荣一损俱损的利益相关方，所以大家有什么好资源必定会互相分享。资源方面，嘉乐远可以借助温暖家切入房地产和房产经纪以及智能家居等领域，同时还能共享温暖家的互联网技术和大数据技术等。而温暖家也可以使用嘉乐远的仓储物流系统，还有嘉乐远的木业公司——嘉乐远的木业公司生产的木门、厨柜、衣柜，工艺好材料环保，这是全国乃至国际都有名气的，温暖家从嘉乐远这里购买木材，既环保又节约成本。"孟千影笑着总结，"所以您看，如果温暖家认购了嘉乐远的定增，没有谁占谁的便宜，双方最终是互利互惠的。"

董兰又沉吟了片刻，再开口时，她面带笑容，话锋一转，问道："这主意，其实是邵远出的吧？"

孟千影怔了一下就痛快地承认了："不瞒您说，确实是的。"

"我知道你们有个公司叫隽岩资本。"董兰点点桌面上的名片，用动作代替语言提出了疑问——所以怎么没有用那公司，而用了这家叫"堂梦投资"的公司做财务顾问。

孟千影连忙解释说："这么做是为了避嫌，我们特意没有用隽岩资本，因为那个公司邵远有份。我们特意用了以我和我先生名字命名的新公司。但您睿智，什么都看透了，董总，您真的是厉害！看得出邵远随您。"高帽送出后，孟千影又说，"其实邵远只是提出了想法，具体的实施还是由我来操作。他现在负责我先生的投资项目，我不过问那个项目的事，而我负责温暖家和嘉乐远相关的一切事宜，运作过程中邵远也不会参与干涉。"她得打消董兰认为儿子白生的念头，在亲妈面前却想着法地帮外面的女人。

但董兰却只笑着点点头，居然没什么不痛快。

"没关系，就算是他出的主意也没什么。"她顿了顿，表情一松，公事公谈的董事长形象渐渐淡去，她现在看起来只是一个谈及子女时变得唏嘘感叹的长辈。"你能和邵远达成这么深度的合作，想必我们家的事，邵远也都和你说了，你既然是局内人，我也不和你遮掩什么了。"

再要强的人，也需要一个发泄情绪的出口。孟千影对她来说，正好就是这个出口。

"当年我和他父亲摆布了他，不许他和谷妙语谈恋爱，因为我们觉得谷妙语家世不好本事不高，会拖累他。当时他没有能力和我们对抗，不得不和谷妙语分开。想不到今天，他居然用他的方式把情势反转，他不仅摆脱了我和他父亲对他的控制摆布，还反过来操持了整个大局，让温暖家做嘉乐远的股东成为一种不可逆的大势。"她忽然笑起来，笑容是欣慰开心的。

"我儿子，他挺厉害的，超过了我和他父亲。以前他不得不受我们控制，现在却可以反过来制约我们。"董兰笑着叫了孟千影一声，孟千影在那一瞬看到了一个不一样的董兰，一个服老的、放弃倔强的董兰，"千影啊，你告诉邵远，虽然我很唏嘘他太向着别的女人了，但看到他的成长，我心里是为他骄傲的。"

"还有，"董兰说，"告诉谷妙语，我邀请她过来我这儿坐一坐，我们可以面谈一下定增认购的事情。"

谷妙语再次出现在嘉乐远，是以堂堂温暖家老板的身份。

她穿着职业套装，头发挽在脑后，干练而美丽，走起路来飒爽带风，步步迈得自信从容。

她身后跟着助理，助理的恭谨跟随更凸显她身为老板的果决霸气。她成为其他人眼中的焦点，所有打量她的目光都包含着一点惊，一点叹，一点仰望。

当年她离开的时候走得有多落魄，今日再回来时就有多风光。

董兰亲自在嘉乐远大门口迎接她。她和董兰在门口握了手，以老板会晤老板的官方姿态。

她问了声"董总"好，董兰微笑着回她一句："谷总客气了。"

她们一起走进嘉乐远，由董兰亲自领路。

到了董兰办公室，谷妙语注意到董兰换了个新助理。她笑着随口问了句马助理呢。其实她没那么在意马助理到底去了哪儿，从前在嘉乐远时她就不大喜欢这个只学了董兰心机算计却没学会她运筹帷幄的男人。

董兰却笑着告诉她："不瞒你说，从峰会回来，我就换掉他了。"

谷妙语以为关于马助理，董兰最多说到这里，但没想到董兰主动说了更多的话："当年我刚任用小马时，他谨小慎微，后来他就变得越来越像我。像我之后他处理问题油滑了，胆子也大了，懂得怎么把一件事向着我爱听的方向说。说起来是我的错，把一个人培养得像自己，很有成就感，但任用一个像自己的人是不大对的，那样处理问题难免就失了全局观，会偏颇。"

谷妙语觉得如果是五年前的自己来听这番话，一定听得只是个热闹。但五年后的她，历经修炼，再也不是职场白丁，她听出了这番话背后的门道——董兰在隐晦地向她表明，当年她对她的认知和态度，有着偏听偏信，有着片面偏颇。对于董兰曾经对自己的偏见，以及那些偏见给她带来的无尊严感，此刻她觉得有一点释怀了。

这样一个人物，能当着她的面对她表示"说起来是我的错"，她觉得自己确实在变得释怀。

手机的振动声响在空气里。她对董兰说了声抱歉，看了眼信息，是邵远在问她："怎么样，和我母亲谈得还顺利吗？"

她忍着从心头攀升到嘴角的笑意，尽量兜住情绪不外流，回道："很好，很顺利。"

再抬头，她收起一切私人的情绪和想法，把手机交给许珊保管。她要以最专业的企业管理人态度面对董兰。这是她在展示自己，也是在给对方尊重。

接下来的时间，两个不同年纪的隔代女人，因为拥有同样的专业态度，让会谈变得愈发流畅通透又顺利。刨除所有私人因素，单从商业角度去看，她们达成了一致观点——她们的合作，也就是温暖家和嘉乐远的合作，确实是强强联合、互利互赢的。

会谈的最后，董兰对谷妙语伸出右手，微笑说："期待未来，你的温暖家可以成为嘉乐远的股东。"

谷妙语把手搭了上去，微微用力地一握。

六月盛夏，天长夜短，天气变得越来越热。在这月最热的那天，谷妙语和邵远得到了好消息。

嘉乐远非公开发行的申请，通过了发审会的审核。

到了七月，嘉乐远正式拿到了非公开发行的批文。温暖家向承销商和嘉乐远发送了《认购意向函》，随后温暖家收到了由承销商发来的《询价函》。孟千影帮着谷妙语测算、填写了认购报价单，发送给嘉乐远。最终根据价格优先、金额优先、时间优先的认购原则，温暖家成功认购到嘉乐远非公开发行的股票。至八月初，一切认购事宜完成，温暖家正式成为上市公司嘉乐远的股东。

各个新闻应用的财经版面都推送着关于这次认购的新闻。谷妙语刷着这些新闻的时候，人正被邵远抱在腿上，侧坐在他怀中。她吃着苹果看着新闻，而他的手臂环在她的腰上。两人所有的亲昵姿势中，他似乎最钟爱这一个。

他把下巴架在她的肩膀上，贴着她的耳朵问，新闻里写了什么。

谷妙语忍着从耳边扩散开的带着温度的麻酥酥，摘着重点内容念给邵远听。

"随着此次认购的完成，温暖家和嘉乐远通过股权关系达成合作，互相借势对方的资源，同时补足自己的短板。温暖家为互联网装修的龙头企业，董事长谷妙语一直致力于改善行业不良状况和弊端，是推进行业发展的先锋人物。嘉乐远是传统装修的领军企业，董事长董兰运筹帷幄，四年前便将嘉乐远成功运作上市。如今随着两家企业的强强联合，家装行业将进行洗牌，市场将进入优胜劣汰的过程，优秀的企业间通过合作变得强大，没有优势特色的企业逐渐将被市场淘汰。通过行业竞争，未来不久必定会催生出能够引领整个行业的独角兽企业。

嘉乐远董事长董兰表示，未来属于年轻人，她和嘉乐远愿意助力温暖家成为未来行业的独角兽。"

谷妙语放下手机，转头看向邵远，她眼中有柔情，心中有天地："外面都说我和你母亲厉害，可我说，你才是最厉害的那个，你就这么把我们拧成了一股绳！"

邵远什么也没说，只凑近她，浓情蜜意地从她唇间偷走了苹果香气。

定增成功后，董兰举办了个答谢酒会。谷妙语和温暖家一众人等，温暖家的两个爸爸级股东，还有孟千影，都在邀请之列。除此之外，董兰还特意正儿八经地给邵远也发送了一份请柬。

到了酒会当晚，邵远是牵着谷妙语的手走到董兰面前的。

董兰垂眼看看他们牵在一起的手，没什么表情，只是抬起眼帘后，她对谷妙语问了句："你父母什么时候再来北京？我想我还欠他们一个道歉。"她微笑着发出邀请，"帮我转告你的父母，我诚挚地邀请他们来家里做客，也谢谢他们，培养了一个好女儿。"

邵远望着自己的母亲，眼底隐忍着感激与骄傲。他的母亲，到底是个有气度的母亲，也是个勇敢的母亲，她敢于抛掉她的执念，也敢于为自己曾经的做法低头道歉。

谷妙语怔了一下，鼻头猛地一酸。父母受到礼遇和尊重，这比她自己受到礼遇和尊重更重要，更让她动容。

董兰和他们小两口碰碰酒杯后，轻笑说："如果你们两情相悦，就抓紧吧，再拖一拖，妙语真的就成高龄产妇了。"

邵远想要开口给他的母亲科普一下，现代社会高龄产妇的起步范围已经是三十五岁了。但谷妙语按了按他的手腕，没让他说。董兰对她曾经存了那么多的芥蒂，如今只剩下生产年纪这一点点——从之前那样诸多挑剔到现在只剩下这么一点，可以了。

她对邵远笑笑，也对董兰笑笑，说了声好，我们会考虑。

董兰走开了，把空间留给小两口。

谷妙语转头问邵远："你母亲这是同意我们了，那你父亲那里呢？"

她穿着晚礼服，露着雪白的肩膀，头发在脑后挽成一颗松松的丸子，有碎发飘曳在她颊畔，衬得她妩媚靓丽，美不胜收。

他抬手揽上她的腰，不着痕迹地揉了揉。她害羞了，伸手过去拍掉他手上的小动作。

邵远笑起来，笑得一脸满足。这些幸福的小情趣，只有相爱的人才能领略到。

他给谷妙语吃定心丸："我父亲两年前病危抢救过一次，那次他差一点没救回来。经历过生死以后，他倒看开了许多事，什么都不想多计较了。那次抢救之后，我父亲怕自己命不久矣，总想尽快看到我结婚生子，但我五年来不近女色，他因此变得比谁都着急。以前他反对我们在一起比我母亲更坚决，可是生死关走过一遭之后，他早就松了口，甚至有一次差点又犯病的时候还反过来劝我母亲说算了，不如就让他俩在一起吧，他只想在死前能有个姓邵的小东西叫他爷爷。"

邵远学着父亲讲这话时的语气，谷妙语微微笑起来。

"你父亲现在在哪儿？"她轻声地问了句。

"疗养院，那里有二十四小时的专业看护。"邵远说。

"明天带我去看看他？"谷妙语挑了下眉，问。

邵远笑了，笑得柔情万千："去看看？那就去看看！"

谷妙语对邵远说要去下洗手间。邵远趁机端着酒杯找到了骆峰。

他有话说，但他没想到先把话说出口的人是骆峰。

"对我徒弟好一点，否则我饶不了你。"骆峰对他举举酒杯，说了这句话，说完很有仪式感地一饮而尽，以此告诫他，我说的是真的。

邵远笑了笑，对骆峰说："谢谢你。"

"谢什么。"骆峰把疑问句冷冰冰地讲成了陈述句。

"谢谢你喜欢她,但从来没让她知道,不让她陷入为难。"邵远看着骆峰,一字一句诚恳地道谢。

骆峰淡淡一笑:"你也说了,她知道了只会为难。她心里就你一个,我又何必多此一举让她为难。"顿了顿,他问,"你那天在楼道里亲她,亲给我看的吧。"他依然把问句讲成了陈述句。

邵远道歉:"对不起,是我狭隘了。"

骆峰呵了一声,看着远处说:"妙语在找你呢。"

邵远循声看过去,看到谷妙语从洗手间回来,看样子是在找他。

邵远和骆峰说告辞,他举杯迈步间,听到骆峰在他身后说了句话。

"喂,小子,记住了,对我徒弟好点,否则我饶不了你。"

邵远没回头,但他笑了。他笑着向高处举了举酒杯,致意给身后的骆峰——放心。

邵远离开后,小亚悄声地凑到骆峰身边。

她和骆峰一起靠在墙壁上,转头对骆峰很认真地说:"头儿,我知道你对妙语的心思。但不知道你知不知道我对你的心思?从过去到现在,你去哪儿我去哪儿,你辞职我辞职,你陪妙语创业,我陪你。"她说得有点激动,顿了口气,平复好情绪后,她问骆峰,"所以头儿,你让邵远对妙语好点,那你什么时候对我好点?你打算什么时候和我也培养培养感情?"

骆峰转头看向小亚,微蹙的眉间有一点惊讶。

"你喜欢我?"

"不然呢?"

骆峰笑了。

"原来老子也是有人喜欢的。"

他放下酒杯,对小亚说:"走。"

小亚:"干吗?"

他大踏步地一边向外走,一边说:"你不是要培养感情吗?这酒会有什么意思。走，我们两个单独出去吃。我请你。"

小亚连忙放下酒杯提着裙摆跟在骆峰身后跑出去，沿途有她不为人见、一闪而过的欣喜泪光。

敬过一圈酒的董兰坐在角落里，一边休息一边不动声色地看着不远处依偎在一起的那对年轻人。

他们还以为他们正站在不起眼的地方，没人会过多注意他们，于是就时不时情难自已地偷偷亲吻一下。她儿子那只手，总是逮着机会就往人家女孩的腰间落，被拍掉还会再放上去，再被拍掉再继续放，其乐无穷似的。

她摇着头笑起来。真是热恋的人才有的状态，把什么无聊事都能做出情趣。

她看着他们，忽然有一点感慨。她想这五年对他们来说意味着什么呢？应该是成长吧。她的儿子成长得够强大，强大到可以不再受父母之命的桎梏，可以随他所愿、肆无忌惮地去爱去保护他所爱的人。那女孩也在成长，没有攀附谁，靠着自己，一步步成长，一步步从不看好她的人那里，赢得了认可和尊重。

他们都很了不起。身为母亲，这回她愿意祝福他们。

谷妙语接到了一个意想不到的邀请——五道口名校的设计专业邀请她到学校礼堂做一个见面分享会。

她应了邀，觉得世界真的很奇妙。她和邵远的渊源就是起始于这所学校，起始于一场见面分享会。

到了开分享会那天，她特意把车停在校园外面，沿着几年前走过的足迹，一步步走进这所校园。

邵远说忙完手头的事会来陪她一起开会，他们约好了在他曾经住过的宿舍楼下见面。

她站在那栋平添了几岁却毫不见变化的宿舍楼前，等着邵远。有三三两两的男生结伴从她身边经过，他们看着她，有点羞涩有点好奇。过了一会儿有个胆子大的男生走过来问她，能不能加个微信。

她来不及委婉拒绝，一只易拉罐从她身边飞速掠过，直飞向前方不远处的垃圾桶，到了垃圾桶上方时，咚的一声，易拉罐精准坠落。

她笑了，知道是谁来了。

低音炮似的声音响起来，对那个讨要联系方式的大胆小男生说："小兄弟，她结婚了，我是她先生。现在你还想加她微信吗？"

男生嘻嘻一笑，说不加了，又说了声："师兄，我认识你，谢谢你帮学校又建了一栋楼。"男生说完跑开了。

谷妙语转身，看着邵远，笑起来。时光穿梭在他们身边，仿若把他们带回到几年前。他又变成了曾经的少年郎，而她是他的丸子头小姐姐。他还是那么英俊那么帅，白衬衫领口的扣子严丝合缝地系着，浑身的禁欲范。她打量着他，随后从他眼中看到了一丝玩味。

她听到他开了口，用他那副低音炮似的嗓子对她说："同学，你就是一直在半夜给我发短信的人吧？"

他居然在模拟他们第一次见面的场景，他居然还记得他们第一次见面时说的话。

而她，她当然也记得。

她忍着笑，一本正经地告诉他："这位同学，你要是真嫌钱多扎手，不如多给自己买点氟哌啶醇吃！"

他笑起来，一边笑一边不管身旁有人来来往往，抬手把她揽进臂弯，贴着她的耳朵说："如果我知道那一次见面后，我会如此爱你，那时我一定换了台词对你说——同学你好，我叫邵远，无不良嗜好，会赚钱，有肌肉，你嫁给我吧。"

他忽然就单膝跪地，变魔术一样变出一枚戒指，举向她："同学，你嫁给我吧！"

她揉一揉鼻子，吸吸气，告诉他。

"好啊。"

谷妙语的见面分享会开得非常成功，气氛和谐又热闹。

分享会尾声，是自由问答环节。有同学站起来问："谷老师，请问您迄今为止最难忘的一件事是什么？"

谷妙语笑起来，看着台下。

"最难忘的事，是五年前我来这里参加别人的分享会，那时我遇到个男生，他弄坏了我一部手机，一直都没还我一部新的。到了五年后的今天他终于还了，不过还的不是手机，是一枚钻戒。"

台下响起热闹和善意的起哄声。

声浪消退后，有个女生站起来，拿着话筒问谷妙语："谷老师，能对我们这些还没毕业的女孩子讲几句话吗？鸡汤那种，可以振聋发聩撞击心灵的那种！"

谷妙语笑容灿烂："没问题，熬鸡汤这事，我是真的很拿手。"随后她正了正神色，又郑重地调了调话筒，让音量可以达到最优最大，然后她说——

"亲爱的女孩们，坚持去做你认为对的事。坚持不一定会成功，但不坚持就是提前认输。永远别让自己在爱情里变得卑微。如果他让你变得卑微，和他说再见。假如有一个男人因为你而变得强大，那他是真的爱你。遇到这样的男人，别犹豫，嫁给他。最后，女孩们，相信自己，你们未来都会绽放成独一无二的花。记得加油，记得做更好的自己。还有，记得幸福。亲爱的女孩们，记得加油，记得做更好的自己，记得幸福！"

2012年8月底，邵远带着一个承诺和一肚子的思念，独自一人离开了北京。那承诺和思念都是冲着一个人，她爱梳丸子头，爱讲鸡汤，爱吃苹果，爱在难过的时候拼命忍住眼泪。

那时虽然已经立秋，但夏日不甘心就这样离场，依然竭尽所能地散发着燥热，燥得初秋仿佛不是新季节的开始，而是旧季节的延续，燥得这交替的季节里盛不下安稳的人心。

邵远登机离开前的那一刻，心情忽然像这交迭更替的季节一样有点迷茫起来。他这一走，不知道到底是充满希望的新开始，还是逼得人不透气的此前人生的延续。

他坐在靠窗的位子上，看着飞机穿破云层腾起在万丈高空。望着窗外的一片白茫茫，他脑子里也映出一片白茫茫，随后在那片白茫茫中蓦地就映出了那个小姐姐的笑脸。

那是能让疲倦的人一下子就获得力量的笑脸，那是看一眼就让人觉得温暖的笑脸。一瞬里他的心思坚定下来。未来几年他愿意吃尽一切的苦,吞掉所有的累,扫清一切的障碍,只为了能够拥有那个美好的笑脸。他看着窗外的白茫茫,心思却不再白茫茫。他的未来绝不是不透气的此前人生的延续,他的未来一定是个充满希望的新开始。

适应国外与国内黑白颠倒的时差,邵远只用了两天。但让沸腾的思念趋于平静,他整整用了两个月。虽然国外与国内是白天与黑夜、黑夜与白天的关系,但日与夜的间隔丝毫不能阻断他对大洋彼岸故土上那位小姐姐的关心和挂怀。

初到异地,他最难克服的就是对谷妙语的想念。见不到真人,他只能想别的办法排解自己的思念情绪。当他想她想得难耐的时候,他就找一只苹果,放在鼻子底下细细地闻。那是他从她那里学来的。生气时、难过时、沮丧时、思考时,闻一闻苹果香气,心就会变得安静下来。

国外的食物相较于中国美食,显得那样贫瘠,这也愈发驱动他思乡思她的心。赶上周末无事的时候,他愿意开车走很远的路,去找寻一家黄焖鸡米饭的店,或者一家鱼头泡饼的店。因为它们是他曾经和她一起吃过的食物,于是它们变成他最爱吃的食物,也成为他百吃不厌的食物。

他很幸运,在第三次出去兜圈子的时候,做这两种食物的店还真的让他找到了。此后五年里,这两家店成了为他分担思念的两个据点。

两家店的老板后来分别对他说了几乎同样的话:"小伙子啊,你一个人就够撑起我这家店五年的营业额了。"

他想告诉他们,这营业额其实不是他撑的,而是他的小姐姐撑的,谁叫他总是想她呢。

到了国外不久,他就策动周书奇做了他的内应,让周书奇变成他的传声筒和眼线,向他远程播报谷妙语的各种动向。他恨不能知道他的小姐姐每一天每一刻都发生了什么事。

他知道她从嘉乐远辞职,他不替她觉得惋惜,因为他明白,她的时机到了。

经过那么多的积累和沉淀，她是时候挖掘出自己的能量大放异彩了，离开嘉乐远会激发她振翅翱翔，飞得更高。

果然，她很果断地开始创业，成立了工作室。

她的师傅骆峰和另外两个同事也都加入了她的工作室，捧她的场和她一起干。他真有点羡慕骆峰，可以在这样里程碑一样的时刻，一刻不离地陪在她身边。他羡慕又嫉妒，可也有点欣慰。多亏是骆峰，若换了别人，也没有能力可以护她周全。

他从周书奇那里了解到，起初妙语的工作室业务开展得有点艰难，接不到什么太像样的设计项目。他听说之后真替她着急，只恨自己手头上没有十套八套的房子拿给她设计，为她撑撑业务门面。周书奇知道他的想法后咂舌不已，笑他骨子里住着一个霸道总裁的灵魂，那种为了喜欢的女人恨不能承包下全世界的鱼塘的霸总灵魂。

他听了这番打趣一点也没动气。周书奇还真说对了，他就愿意当他小姐姐的霸总，有能力默默守护她一辈子的那种。

不过他的担心没有维持太久，因为他的妙语很快就打开了工作室的局面。她很聪明，知道给自己找定位，一个未来有大发展的定位。她把自己的业务定位在互联网家装方面。她明确地知道自己如果能借好互联网的东风，未来几年一定会大有所为。

从周书奇的转述中，他惊喜地发现谷妙语那些打开工作室运营局面的策略和手法，居然是从他这里得到的——他曾经给过她一个优盘，那里面有很多公司运营方面的资料。他还记得他给她优盘的那天，她穿着好看的连衣裙，她的腰身被裙子掐得不盈一握，纤细动人。想起那个优盘，他忽然发现他与她之间的所有物件，无意间都成为时光里他关于她记忆的坐标。那些物件何其普通，却因为连接了他与她的关系，而变得格外富有意义。比如优盘，比如黄焖鸡、鱼头泡饼，比如喵喵。

他格外想念喵喵，还有妙妙。

周书奇告诉他，喵喵很好，过得极其滋润，不管到了哪里，都像个祖宗似的被供着宠着娇惯着。周书奇还说最近谷妙语创业忙没时间，所以喵喵就被楚千淼接去当祖宗了。后来任炎趁着楚千淼不在家，破译了她的密码门锁，醒醒至极地把喵喵偷回家给自己当祖宗去了。周书奇说到这里，声音语调异常愤慨和鄙视："我的邵爷，你能想象到你嫡亲的师兄，堂堂投行精英，居然干得出到别人家偷猫的下作事吗？简直了！"

他听着这鲜活的吐槽，笑了。他知道任炎师兄偷走的不只是喵喵，他还偷走了喵喵所象征的淼淼的心。不过不论如何，知道喵喵过得很好，活得像所有人的祖宗那么好，他就放心欣慰了很多。

一晃眼，时间过去三个月。

他出国留学的当年年底，了解到国内的一些报道中开始出现一个词，叫"互联网+"。

他意识到此时，已经有越来越多的人发现互联网技术是张万能牌，后面不管缀上什么行业、什么领域，似乎都能让这个行业焕发出新的生命和生机。比如互联网+金融、互联网+医疗、互联网+教育，当然还有，互联网+装修。

他回想起很早以前，刚认识妙语没多久的时候，她连去烧烤店和他一起吃饭都背着一本砖头一样的关于互联网技术的书。她那时就兴致勃勃地跟他讨论过，以后要是能通过互联网技术搞装修，一切过程是不是就可以变得透明化一些？那些行业痛点是不是就可以被很有效地规避？所有的猫腻在新技术面前会不会从此变得无所遁形？

他当时就对她有点刮目相看，觉得她很有想法，也很敢有想法。而现在，不只是刮目相看，他已经十足十地想要赞美和歌颂她。她多棒啊，那么具有前瞻性，她的互联网+装修意识，比这个"互联网+"概念的出现还要早一点。

他希望她此后不要有所犹疑，不要有所畏惧，就大无畏地向着她的想法和目标进发吧，她一定会成功的。他也会努力，他们一定会相遇在五年后彼此都有所成就的一个时间节点上，然后他们珠联璧合，互相为对方锦上添花，去成就更有成就的彼此。

后来他又听周书奇说，妙语的一部设计作品被骆峰拿去报名参加了一项世界级设计比赛。他了解到陶星宇也参加了那次比赛，而比赛结果有点让人出乎意料——

"我们都知道妙语小姐姐她是很优秀啦，但谁能料到她一不小心已经优秀到了这个程度？她的设计作品居然已经盖过了陶星宇的设计作品，几乎毫无争议地拿到了一等奖！"周书奇履行着眼线的职责，在黑白颠倒的越洋连线中，尽心尽力地对他做着掺杂了饱满的个人感叹的汇报，"我给你转述下获奖理由，评审会是这么说的——这个新锐的设计师，她虽然年轻，但是设计思路成熟老练，设计角度体现人性化以及便利性，她设计的作品会让人觉得耳目一新，从耳目一新中又会让人感受到温暖和力量。相信住在经过这样设计的家里，会让每一个人的幸福指数都大大提升。"

和周书奇通过这通电话后，他按捺着雀跃的心情，在网上找到了那次比赛的相关报道，也看到了妙语的设计作品。他看着看着，觉得那番评语真的是准确极了，他心里充满了温暖和幸福感。她的设计，真的好棒。很多元素被她不着痕迹地融在里面，充满美感、人性化、体现便利性，同时还兼顾到了性价比。那些元素有好多都是他们以前吃烧烤喝酒聊天时聊过的，她那时总是和他一边喝酒一边神采飞扬地聊一些她的畅想。现在她把那些畅想都变成了现实，她做到了她想要做的事情。她真棒。

2012年的12月31日，他刨去时差算好了国内跨年夜的时间，在北京时间零点之前给她打了电话。

他平时也有给她打过电话，但她都不接。他想今晚反正就再试一下吧，万一她接了呢。结果他真是撞上了运气，那个"万一"实现了，她居然给了新年面子，接通了他的电话。听到她声音响起的那一刻，他有一瞬脑子里是空白的。太期待也太激动，导致愿望真的实现的那一刻，人反而傻掉了。

时间宝贵机会难得，他尽快让自己从空白中抽回神志。他压抑着心里排山倒海的激动，克制得像是位好久不见的普通老朋友那样，尽量平和自然、不起波澜地与她闲话家常。

嗨，好久不见，最近怎么样？

过得好吗？

吃得香吗？

睡得也还行吗？累不累啊？

他一一问着，她也一一答着。

他听着她的声音，仿佛她近在身边。可抬抬手，她的影像散在了空气中。他鼻子酸了，眼睛酸了，心也酸了。这是他喜欢的姑娘，一个全世界只此一个的姑娘。只有她能让他到处都酸，酸得心甘情愿甘之如饴。

他们聊了好一会儿，挂断电话前，他们互相说了新年快乐。这好一会儿的聊天补充给他的能量足够他振奋抖擞一整年了。她只给他这么一点甜头就可以了，他就变得浑身都充满了劲。他想这辈子，他是真的非她不可了。

过完新年，他们的状态又恢复到了从前。他平时再给她打电话，她还是不接。于是他有点明白，可能这一整年里，她只给他们之间一次连通的机会，就是跨年那一刻。

他想没关系，只那一刻也足够了。随后他在2013年伊始，便开始暗自期待起年终那一天的快快到来。

2013年春天刚过、夏天刚来那一阵，周书奇给他带来了关于谷妙语的一个好消息——她打算变工作室为公司，并且已经赚到了开公司的第一桶金。

他真为她开心，也更为她骄傲。她真是有能力又有魄力，抓得住时机，还有不满足于现状的雄心。她想开公司，这说明工作室已经无法承载下她心中关于未来事业的宏伟蓝图了。而他暗暗地雀跃地想，她之所以变工作室为公司，是不是因为她也在心底记着他们的那个约定？

去年夏天有一次他们一起在烧烤店喝酒聊天。那次他喝多了，但他依然记得他们在那家烧烤店说过的话。

他说："小姐姐，等以后我发达了，我带着钱回来，很多很多的钱，我来投资你。"

妙语就说:"好啊。"

他又说:"可前提是,你得先有家公司。你有了公司我才能投资你。"

妙语就笑着说:"好啊,那我就开家公司。"

他掰着手指头数了一番,然后和她定下了五年之约。

他说:"你等我五年。五年应该够我爬到资本圈的金字塔尖了,到时候我帮你成为行业先锋。"

他清清楚楚地记得,她当时回答她的几个字,这几个字是他在异乡孤独奋斗的动力。

她说:"好,我等你五年。"

她是那么说话算话的一个人,所以这个约定,他知道她一定是记得的。哪怕他临出国前发信息问她这个约定时,她的回答是:"不记得了"。

他当时还伤心得不得了,心脏像受了重锤一样疼。可后来静下心来想,他确定她是在说谎。她记忆力那样好,好得令人吃惊,漫不经心地就能记住一幅极其复杂的设计图。所以她一定记得他们的约定。有的人越是在意一些事,就越说自己已经忘记了它,这样就可以欲盖弥彰显得不在意。他后来想明白了这个道理。

所以他想,他得更加努力才行,更快地成长才行。他不能辜负了那个约定。他要尽快成为能为她撑起一片天的"霸总"。

说起妙语赚到开公司的第一桶金,听起来还有一点戏剧性。这桶金居然和嘉乐远也有一点关系。

据周书奇的描述,自打骆峰从嘉乐远辞职,嘉乐远设计部的大梁就由设计二部的邢克免挑了起来。邢克免这个人,他以前在嘉乐远实习那阵子也对这人做过一些调查和了解——因为这人曾经想把谷妙语当成刀和枪用,出于提防和警戒,他对邢克免做了一番调查和了解。

在了解中他发现,邢克免是一个虚荣心与野心都非常旺盛的人,同时有点可悲和可恶的是,邢克免的行动力和能力却又不足以支撑他的虚荣心与野心。于是这样的错位关系导致邢克兔在工作中十分自负自傲，可实际上他却是眼高手低。

元旦后不久，嘉乐远接到来自叁骄地产的一个大设计项目。既然骆峰走了，于是这个项目便交由邢克兔挑头负责。结果眼高手低的邢克兔在设计中屡屡犯错，最后还出了个大纰漏，产生了很严重的后果——他很了不起地以他一己之力搞砸了叁骄地产成伯东的精装修楼盘设计项目，连累叁骄地产损失千万。好在成伯东够大气，看在母亲的面子上，居然没有深追这件事。但损失了几千万，他心里总是生气的，总是要找个方式出出气。于是他提出和嘉乐远提前解除战略合作关系。

这层关系处理完毕后，成伯东再没了顾忌，直接去找了骆峰——其实他原本就想找骆峰的，但好歹和嘉乐远签了战略合作协议，骆峰又从嘉乐远辞了职，而且据他了解骆峰辞职辞得实在不算什么好聚好散，于是这回的精装修项目他才按捺下找骆峰的想法，去找了嘉乐远。结果他这番顾忌可真是够昂贵的，直接让嘉乐远那个叫邢克兔的坑了好几千万。

成伯东去找骆峰，骆峰趁势把这个项目拿到了和妙语合开的工作室来做。这单项目完成后，妙语他们就此赚到了满满的一桶金。妙语赚到这桶金之后没有安于现状，她有了更进一步的想法和计划，就是她要变设计工作室为家装公司。

他就知道，他的小姐姐，心怀很大的。她曾经读过的书、经历过的事、吃过的苦、长过的见识，最终都会变成她通往强大和优秀的桥梁。

妙语就这么把她的公司开起来了。她的公司叫"温暖家"。他觉得这个名字起得真好，每次他只要把这个名字落在舌尖轻轻念一遍，心里就真的觉得有一股细细的绵延的温暖流过。

叁骄地产那个项目完成得很好。温暖家借着那个项目的成功和热度做背书，创立后没有经历过什么空窗期，一直可以接到不错的项目。

他后来听周书奇说，谷妙语把潘俊年和李跃也叫去了，分给他们温暖家的股份，带着他们一起干。据说潘俊年和李跃既意想不到又感动万分，卯着劲地和妙语一起做项目。而妙语，就这样把设计、销售和工程部分全都打通。

在大家的众志成城下，温暖家的生意越来越红火，妙语很快就成为装修界的新贵老板。他在大洋彼岸听着她一个又一个的好消息，一边开心，一边觉得紧迫。妙语她成长得那么快，他也得快点、再快点地强大起来才行。

说起来他在国外的这段日子，还有一个小插曲。他居然遇到了高中同学——那个高中时他曾经有过朦朦胧胧好感的女同学，孟千影。

再相逢时，他看着孟千影，明明白白地确定了一件事。少年时那种懵懂的好感，随着时光淡去了。他现在看着孟千影，只越发看清一个事实——他喜欢妙语，只喜欢她，非常喜欢她。

不，不只是喜欢，那其实该被叫作"爱"。他爱她，也只爱她。

但他还是很高兴能和孟千影重逢，因为他想起了她舅舅是谁——她舅舅在国内的产业，未来正好可以帮到妙语的公司发展。也就是在那个时候，他心里有了清晰的规划，未来该怎样帮妙语把她的事业走向巅峰。有了清晰的规划，他就有了更明确的奋斗方向。周书奇曾经对他感慨，说他恨不得把妙语未来一辈子的事都提前想好。

他没反驳。他觉得爱一个人可不就是应该这样，恨不得把她余生一切事都打点好，让她每一步踏下去走的都是坦途，而路上的那些荆棘，他愿意为她一个人去承受，他甘之如饴。

他记得出国后的第二年夏天，差不多2013年六月份左右，有一天他更新了微信之后，突然被周书奇拉到了一个方框组里——原来是微信上线了群功能，那个圈了好多头像的方框组，其实是微信群。他蓦地意识到，不仅互联网时代来了，移动互联网时代也来了。妙语的互联网装修的春天也一起来了。

他点进群成员页面看了下，一看之后他的心跳快了好几拍。

这个群里，楚千淼在，任炎在，妙语也在。他在一瞬间甚至有点害怕，怕妙语看到他进了群，会不会退出去。

但好在没有。更好在妙语还肯在群里说话。

他们私下里，她可从来不和他聊天。这一刻他真的很想谢谢这个群功能的开发，让他还能有和妙语产生交集的这一点点机会。

周书奇把他拉进群后就给这个群改了名字，叫"喵喵的铲屎官们"。此后这个群里的话题始终围绕着喵喵——准确说是围绕着怎样争夺喵喵的抚养权。

比如今天楚千淼在群里对妙语吼："你那么忙，喵喵都让你养瘦了，赶紧把我小祖宗给我送来，我来养胖它！"

过几天妙语又在群里对楚千淼吼："我刚做完一个项目，可以放几天假，你立马把肥喵还给我，我要带着它减肥！"

再过几天楚千淼又在群里对周书奇吼："我和你妙语小姐姐都出差了，你晚上去你妙语小姐姐那儿把喵喵接走，照顾这小祖宗几天。"

又过几天轮到周书奇对着楚千淼和谷妙语哭："两位小姐姐，你们要给我做主啊，任学长他不是人，他不顾我和喵喵骨肉分离的痛苦，硬从我这儿把喵喵抢走了，临走前他还撂下狠话说，想要猫，告诉你楚学姐，让她亲自去登我的门要！"

接下来群里热闹起来了。

楚千淼和任炎斗嘴，鄙视他光天化日抢猫；楚千淼责备周书奇，说他真是废物，连只猫都看不住；周书奇对妙语嗷呜嗷呜地喊冤，说自己不是废物，怪只怪任炎太道德沦丧；妙语语重心长地告诉周书奇，在猫的问题上，他不无辜，他确实废物；楚千淼和任炎斗嘴吃了瘪，妙语帮她一起向"道德沦丧"的任炎讨猫……

他隔着屏幕，看着和自己隔洋跨海的几个人在群里热热闹闹地吵着，一边看一边心软成了一摊水。他很想谢谢喵喵，谢谢它把这么多人联系在一起，谢谢它在这些人中间制造出了丝丝缕缕的联系，以及温暖的人间烟火气。

这一年的跨年夜之前，他从周书奇那里听到一个消息。这个消息让他沮丧难过了好一阵。

周书奇告诉他，妙语开始相亲了，并且有一个相亲对象条件还不错，妙语似乎有了和那人进一步相处看看的意愿。

最初听到这个消息时，他难过得像被人抽光了身体里的血，看什么都失去了鲜活的颜色，吃什么食物都觉得是在嚼蜡烛。可是山高海远，他不是她的谁，除了自己暗自难过又有什么立场去阻止她相亲呢？

很快到了跨年夜，他在零点前给妙语打电话。谢天谢地，妙语接起了电话。

他像去年一样，压抑着内心澎湃着的各种复杂情绪，若无其事般和她聊天。

最近好吗？累不累？睡得好不好？……听说你去相亲了，怎么样，相处得还好吗？

聊了一大通，绕了一大通，他终于还是忍不住问出了这句话。

他问得像聊家常一样云淡风轻，妙语给他的回答也自然得伤人都无形。

妙语说，嗯，去相亲了，感觉还不错，正在好好相处中。

他当时握着手机，手机就靠在耳边，听筒像瞬间爆破出了爆炸声，把他炸得眼前模糊脑中空白。他不知道他的空白到底维持了多久，是几秒钟，还是几世纪。最后他回过神的时候听到听筒里传来倒数的声音。

他握着手机打起精神对妙语说，新年快乐。

而他一点都不快乐。

元旦过后，这一年他一度过得满心忧郁。直到周书奇告诉他，因为妙语工作太忙，她的相亲对象不理解她，他们掰了，止步在可能连手都没有好好牵一牵的阶段。

他听了这个消息，当天开车去了很远的地方吃了顿黄焖鸡米饭，足足吃了两人份那么多。

不久后母亲的公司成功上市，母亲很高兴，经过两年多的准备和IPO的一度停摆，现在嘉乐远终于成为上市公司了。他也替母亲高兴，但他同时想，妙语的公司未来也会有这么辉煌的一天，尽管她的温暖家现在和嘉乐远比起来，体量还很小，实力也还悬殊。但温暖家总有辉煌起来的那一天，他坚信。因为温暖家的领导者是独一无二的妙语。

这一年他进入华尔街工作。他真真切切地开始积攒起自己的资本实力。

在他努力工作强大自己的同时，周书奇告诉他，妙语把她的公司经营得特别棒，营业额踩了火箭似的蹭蹭涨。周书奇还赞叹不已地说妙语真是会识人、交人、用人，那个骆峰——设计圈的翘楚，那个潘俊年——把温暖家的工程部管理得井井有条，还有那个李跃——简直是营销界的一朵奇葩，就没有他推销不出去的项目和工程。而这几个能人，外面的公司排着队想挖，可惜谁也挖不动。不管他们出多少钱，这几个人就像脚下钉了钉子一样，钉死在妙语身边。

周书奇最后说："我算服了我姐了。"

他耳尖，听到周书奇对妙语改了称呼，便问周书奇怎么回事。于是周书奇告诉他："哦，我单方面和我妙语姐姐认了份干亲，以后她就是我姐，你就是我小姐夫。"

他立刻告诫周书奇："把那个'小'字给我去掉！"

他和妙语如今的境况，都是那个该死的"小"字导致的。这个字成为母亲的忌讳，也让妙语对他们之间的关系毫无信心，裹足不前。

随后他又问周书奇："妙语她最近又相亲了吗？"

周书奇很遗憾地告诉他："嗯，又相亲了，这回这个比之前那些看起来都有戏。"不等他问为什么，周书奇就主动告诉他，"因为这回这一位，长相和气质都有点像你，不过是低配版的你。"

他听了这话，心里又是难过又有一点甜蜜。

这一年的跨年夜，他依然掐算好时间打了电话给妙语。又是兜兜转转地聊了好久，而后他终于还是问她："你现在，有男朋友吗？"

妙语告诉他："好像有，或者说，快有了。"

他坚强地命令自己笑，他让自己笑着对她说："这是我今年听到的最坏的消息。"

他还说："怎么办？我好像一下子没有了奋斗的动力。"

妙语沉默了好一会儿，再开口时他听到她的嗓音似乎有一点哑。她带着那么一点若有似无的哑，对他说："邵远啊，你不是为我奋斗，也不是为任何人，你是为你自己。你要证明的也是你自己。"

他笑着说好的，放心吧，我就是说说，我不会一蹶不振的。他还笑着说新年快乐。可是挂断电话以后，他再也笑不出来了。

过完新年，他陷入一种极其矛盾的情绪。他渴望听到她的消息，又怕听到她的消息，他快被这种矛盾情绪折磨得疯掉了。

他把所有时间都用来工作，用来麻痹自己。他的事业进展得很快很顺利，一切都在按照他的规划进行着，但他怀疑自己奋斗后的成功果实，未来还能不能有机会用在妙语那里。2015年，这一年也不知道是不是他人生的低谷。

这一年春天，国内有了一个新变化。两会期间，李克强总理的工作报告中，频繁出现了"互联网+"这个词。

他想这说明什么呢？这说明互联网技术得到了官方重视，互联网时代将进入飞速发展的时期。而国内的互联网装修时代，借着这阵互联网风潮也将要乘风破浪。

他又想到了妙语。她三年前就有了把互联网和装修结合在一起的想法。她真了不起，她那么有先见有想法又有行动力，她比其他同行，都早了那么多。这么了不起的女孩子，还会不会属于他呢？

他拿起手机打电话给周书奇。他想通了，与其这么被动等待，不如主动出击。假如周书奇告诉他，妙语真的有男朋友了，他立刻买机票杀回去，尽管现在他的资本积累得还不够，回去的时机也还不成熟，一切都还差了几分火候，但他也要不顾一切地杀回去，杀到她面前，问清楚她是不是真的想好了，是不是真的打算和除他以外的人共度余生。他相信她是从内心里爱着自己的。他相信自己能唤醒她。

但好在周书奇给了他一颗惊喜的定心丸吃。

周书奇先问他："你是不是在我身边安窃听器了？你怎么知道我刚和我姐讨论完她和她相亲对象的事？"然后他告诉他，"我还想今天晚上打电话告诉你呢，没想到你和我这么心有灵犀。这么跟你说吧，我姐和她之前那相亲对象，没戏。因为她也发现自己为什么想和那人进一步交往了——长得像你啊！这个发现好像对她的打击有点大，她觉得自己过了这么久怎么还是活在你的阴影里呢？顺便再告诉你一个能让你偷着乐的好消息，我姐说，最近一段时间她要专心忙事业，不再去相亲了。现在行业内大家都开始搞互联网装修，她说要趁着自己起步早奠定自己的行业领先地位。"

这真是一个好消息，他连偷着乐都不了，直接明目张胆地开心。

这一年的跨年夜，他打电话给妙语时，问她："在单身吗？"

妙语告诉他："是的，单身了。"

他忍了又忍，终于还是没忍住，问："怎么和之前你说那人没成吗？"

她大方地回答他："嗯，没成。终究还是差了那么一点。"

他想问差的是哪一点，但他马上就明白了。再像他的人，也终究不是他，就差了这么一点——那人像他却不是他。

这个认知让他接下来一年像安了永动机一样不知疲累。已经成为他合伙人的孟千影忍不住吐槽他："你吃穿不愁的，也不知道你这么拼命的动力到底是什么，到底要证明给谁看？"

他笑而不语。动力当然是他的妙语啊。

就在这一年，他终于攒到了足够的资本——能帮助妙语的温暖家腾飞的计划、人脉、金钱，一切的一切。

这一年年底时分，恰逢母亲的嘉乐远有打算做定向增发的公告发布，至此，他觉得时机到了，他可以回国了。

回国前，他邮寄了一箱苹果给周书奇，让周书奇拿给妙语吃。她最爱吃苹果。他想她吃着苹果的时候，会不会想到这是他给她发的讯号呢？他要回去了，回到她身边，践行他们曾经的约定，帮她成为行业的领军者。

当飞机降落在首都机场那一刻，他心跳得热切又剧烈。那一刻，他只有一个念头：他从此，再也不会离开她。

对他的第一次动心是在那一天。

谷妙语去给陶大爷的别墅做软装。贴墙顶壁纸时，她站到梯子上，可不知怎么她脚下突然一滑，人就栽了下去。

她闭着眼睛做自由落体运动，以为自己会摔在地上，结果却落进一个怀抱里。她感觉抱着她的那副手臂用力收紧，稳稳地抱住了她。

她睁开眼睛，看到抱住她的人是邵远。

她从他脸上看到一种不一样的情绪，他平时不会外露的情绪。他小心地抱着她，有点惊魂未定，好像她是件大家都在抢的宝贝似的，而她这件宝贝最终却落在了他的怀里，由此他脸上有了一层庆幸又珍视的幸福感。

她的心跳一下就乱了一拍。她赶紧跳下地，整理自己的情绪，告诉自己，她的心上人是陶老师，心不要对着别人乱跳。

她拍着胸口，看起来好像惊魂未定地顺气，其实是在压制乱跳的心。她对邵远说："得亏你了，我刚才下落姿势没调整好，要是你没接住我，我就得脸先着地了！天啊太凶险了太凶险了！"她用插科打诨带过了这气氛诡异的一瞬。

晚上她一回到家就开始发呆。

楚千森问她是不是有心事。

她想了想，转头问楚千森："你还记得陶星宇来我们学校做讲座那次，我摔倒了，陶星宇过来扶我，我后来跟你打电话是怎么描述我那会的心情状态的吗？"

楚千森回答她说："记得啊，那是你对陶星宇陷入爱慕的开端，具有里程碑一般的意义，所以我记得特清。"楚千森随后进入调取回忆模式，说，"你说陶星宇伸手扶你起来的那一瞬间，你谁的声音也听不见，但耳朵里又轰隆轰隆地响，听了半天才知道那是你心跳的声音。哦对，你后来还补充了一句很恶心人的话，你说，'不，那不只是心跳声，还是心动声！'"

楚千森声情并茂地学着，肉麻得她想打她。

随后楚千森凑过来，挤挤她的肩膀，问："怎么突然想起问这个了？"

她冲她使劲地笑一笑，说："闲着也是闲着，借你的嘴再回味一下。"

楚千森用眼神剜她，告诉她："我们就差穿同一条纸尿裤长大了，你瞒谁也瞒不了我，说吧，到底怎么回事？"

她叹口气，挣扎了一下决定还是放弃撒谎吧。

她丧眉耷眼地对楚千森说："其实也没什么。就是我今天从梯子上不小心掉下来……邵远把我接住了。"她回想着白天的情形，舔舔嘴唇，继续说，"他接住我的时候，我的状态好像和陶星宇当年扶起我的时候一样……"

她被邵远接住，打横一抱，那一瞬间她心跳得特别快，快到她有点发慌。她分不清那慌是因为差点摔着吓的，还是被邵远一把抱住抱的。之后她赶紧借着帮陶大爷端菜跑去厨房，连邵远的手被割伤也是后来才发现的。

　　而就在她被他抱住的那一瞬间，她觉得邵远不是个小崽子了，他其实是个男人。一个抱住她时，会让她的心跳变快变乱的男人。